고풍 악부 가음
古風 樂府 歌吟

이백 시의 정화
완역 · 해설 고풍 악부 가음

저 자 진옥경 노경희

발 행 2014년 5월 15일
발 행 2014년 5월 26일

펴낸곳 도서출판 역락
등 록 1999년 4월 19일 제303-2002-000014호
펴낸이 이대현
편 집 박선주
디자인 이홍주

주소 서울시 서초구 동광로 46길 6-6(문창빌딩 2F)
전화 02-3409-2058(영업부), 2060(편집부)
팩시밀리 02-3409-2059
e-mail youkrack@hanmail.net

값 50,000원
ISBN 979-11-5686-053-2 93820
잘못된 책은 구입처에서 바꿔 드립니다.

이 도서의 국립중앙도서관 출판시도서목록(CIP)은 서지정보유통지원시스템 홈페이지(http://seoji.nl.go.kr)와 국가자료공동목록시스템(http://www.nl.go.kr/kolisnet)에서 이용하실 수 있습니다.(CIP제어번호: CIP2014015033)

이백 시의 정화

완역 해설

고풍 악부 가음

古風 樂府 歌吟

진옥경 노경희

역락

〈선녀승난도仙女乘鸞圖〉
오대五代, 주문구周文矩 북경北京 국립 고궁박물원古宮博物院

책머리에

시의 나라라 해도 과언이 아닐 만큼 수많은 시와 시인들을 배출한 중국에서, 이백은 최고의 시인으로 손꼽혀왔다. 우리 민요에도 "이태백이 놀던 달"이라는 친숙한 가사가 있는 걸 보면, 그의 시는 지식인들에게 뿐만 아니라 민간에까지 꽤 널리 알려졌음이 분명하다. 서양에서도 근대에 크게 유행했던 이미지즘이 중국고전시의 영향을 받았음은 널리 알려진 사실이며, 그 대표인물인 에즈라 파운드나 에이미 로웰 같은 시인은 모두 한시 애호가였다. 또 근대 작곡가 말러도 그의 교향곡 "대지의 노래"에 이백의 시를 가사로 사용한 바 있다.

하지만 "이태백이 놀던 달"에 인류가 발자국을 새긴 이후로 달의 매력이 이전만 못해진 탓인지, 우리의 삶이나 정서가 점차 이백의 시로부터 멀어져가고 있는 듯이 보인다. 물질적 풍요 속에서 소외나 양극화의 갈등은 깊어져가고, 소통의 부재 속에 사람 사이의 관계마저 일회적이고 피상적인 것으로 변해가면서, 삶의 진정성보다는 어떻게 보이느냐에 매달리는 것 같아 안타깝다.

디지털과 과학기술이 발달하면 할수록 아날로그와 인간감성에 대한 향수도 더욱 강렬해지게 마련이다. 근자에 들어 풍요롭고 편리하기만 한 삶이 과연 바람직한 것이냐에 하는 데 대한 회의와 더불어, 우리의 삶을 제대로 성찰하기 위해서는 인문학과 고전읽기가 반드시 필요하다는 각성이 일기 시작하고 있다. 더욱이 이웃나라에 대한 관심이 고조되면서 중국의 고전에 대한 관심도 높아지고 있는 이즈음, 이백의 시는 새로운 의미로 우리에게 다가온다.

세상을 품으려 했지만 끝내 용납되지 못하여, 누리 밖에 노닐면서도 세상을 잊지 못했던 시인 이백. 그리하여 술과 밤하늘의 달을 사랑하게 된 이 고독한 시인에게 그의 벗 하지장(賀知章)은 '지상에 귀양 온 신선[謫仙人]'이라는 헌사를 바쳤다.

중국 고전들 중에서도 이백의 시는, 뛰어난 상상력과 언어감각으로 오늘날에도 여전히 시대를 뛰어넘는 매력을 간직하고 있다. 그가 쓴 이 뛰어난 인류의 문화유산은 물질적 풍요 속에 메말라가는 현대인의 정서에 자양분이 되고, 또 인문학적 상상력을 불어넣어주는 청량제와 같은 역할을 하리라 믿는다.

본서는 이백의 시들 중 역대 평자들에 의해 가장 이백다운 시로 공인받은 3대 장르인 고풍(古風), 악부(樂府), 가음(歌吟)의 작품들을 번역하고, 각각에 대해 주석과 해설을 붙인 것이다. 악부 부분은 1998년도에 출간한 『완역 이백악부시』에다 일부 작품들을 추가하면서 차서를 재배열하고 각 악부제(樂府題)에 대한 설명을 보충하였으며, 고풍과 가음은 이번에 새로이 번역 해설한 것이다. 책의 첫머리에는 이백 시가 전체의 성격을 개괄한 이백 시가론을 제시하였고, 또 고풍, 악부, 가음으로 이루어진 3부의 첫머리에 각각 장르별 특성을 논한 해제를 덧붙여, 이백 문학에 대한 이해를 돕고자 하였다.

책임저자인 진옥경은 1998년도에 『완역 이백악부시』를 출간한 후 10년 가까이 교육시민운동에 헌신해오면서, 이백 시에 대한 연구 작업도 틈틈이 지속해왔다. 때로는 남편인 필자와 의견을 나누고 토론을 벌이기도 하였으며, 원고의 일부는 필자의 대학원 강의에 사용하며 내용을 수정하고 보충하였다. 본서는 이러한 오랜 작업 과정의 결과물이다.

원시의 의미를 오롯이 담아내면서도 그 맛을 살릴 수 있는 번역이 시 번역의 최고 목표일 것이다. 하지만 장르 자체가 함축적인데다가 시대와 문화의 간극 또한 적지 않아, 시란 번역이 불가능하다는 말이 있을 정도이다. 이 같은 부담을 안고 시 번역서를 내놓는 마음은 조심스럽기만 하다. 하지만 "옛 학자들은 스스로를 위해 공부했는데, 지금의 학자들은 남에게 보이기 위해 공부한다.[古之學者爲己, 今之學者爲人.]"는 말처럼, 자신의 성장을 위해 공부하고자 하는 이들에게 다소나마 보탬이 되기를 기대하며, 존경하는 은사님들께 조그마한 보은이 되기를 바랄 따름이다.

어려운 여건 속에서도 인문학 고전의 출간과 보급을 위해 애쓰는 도서출판 역락의 이대현 사장과, 편집을 맡아 수고해준 편집부 박선주 선생 외 여러분들, 그리고 밤새워 오탈자를 찾아준 막내딸 자연에게도 감사의 뜻을 전한다.

2014. 5

회인에서 **노 경 희**

차례 Contents

1부 고풍古風

제2부 악부樂府

제3부 가음歌吟

일러두기

01

본 저서는 청(淸) 건륭(乾隆)년간에 간행된 왕기(王琦)의 ≪이태백전집李太白全集≫을 저본으로 하고, ≪분류보주본分類補注本≫의 분류에 따른 고풍, 악부, 가음 289수를 우리말로 번역하고 주석과 해설을 단 것이다.

02

서술은 원문, 번역, 해제, 주석, 해설 순으로 하였고, 작품이 장편인 경우에는 주석가들의 방식에 의거하여 단락을 나누었다.

03

주석은 비전공자들의 이해를 도울 수 있는 범위 내에서, 내용에 대한 소개, 역사적 지리적 배경에 관한 기존 주석들을 종합하였다. 이 주석들은 송(宋) 양제현(楊齊賢)의 ≪이한림집李翰林集≫ 25권, 이를 보충한 원(元) 소사윤(蕭士贇)의 ≪분류보주이태백시分類補註李太白詩≫ 25권, 명(明) 호진형(胡震亨)의 ≪이시통李詩通≫ 21권, 청(淸) 왕기(王琦)의 ≪이태백전집李太白全集≫ 36권과 같은 이백 시 사가본(四家本)을 토대로 한 것이다.

04

본 역서의 뒷부분에는 자주 나오는 옛 지명의 현재 이름표와, 이백 행적을 표시한 지도를 첨부하여 독자들의 이해를 돕고자 하였다. 이는 각각 안기, 설천위(安旗, 薛天緯)가 지은 ≪이백연보李白年譜≫와 홍콩 상해서국(上海書局)이 간행한 ≪이백李白≫, 문학과 지성사가 간행한 황선재 역주 ≪이백 오칠언절구≫의 부록편을 수정, 보완한 것이다.

▌이백 시가론▌

붓 끝에 핀 꽃

-이백의 생애와 시세계-

〈옥잠화와 색비름, 나비와 메뚜기〉
현재玄齋 심사정沈師正(1707~1769), 동산방 화랑

붓 끝에 핀 꽃

—이백의 생애와 시세계—

1. 생애

이백(字 太白, 自號 靑蓮居士)은 측천황후 무씨 장안 원년(則天皇后 武氏 長安 元年)인 701년에 태어나 대종 보응 원년(代宗 寶應 元年)인 762년에 세상을 떠났다. 꿈속에서 밝은 별[長庚星, 일명 太白星]이 어머니 품으로 뛰어든 후에 태어났다는 태몽에서부터, 물에 비친 달을 잡고자 강으로 뛰어들어 익사했다는 사인(死因)에 이르기까지, 그의 일생은 베일에 싸인 채 전설이 되었다.

그는 아버지 이객(李客; 이는 장사꾼이라는 의미이며, 본명은 상실되었다)과 어머니 강씨(姜氏)의 아들로 태어났다. 문중에서의 항렬은 열두 번째로서 흔히 그를 '이십이(李十二)'라고 부르는 것은 이러한 까닭에서이다. 확실하지는 않으나, 그의 조상들은 수(隋)나라 말기의 혼란을 피해 중앙아시아 쇄엽(碎葉; Suyab)으로 피신하였다가 신룡(神龍; 705~706) 초기에 광한(廣漢; 지금의 巴西郡 綿州)으로 잠입하였고, 이백의 아버지는 가까운 창명현(昌明縣)으로 이주하였던 것으로 알려져 있다. 그의 가정환경에 대해 알려진 바는 거의 없지만, 장사로 번 재산을 청년 이백에게 주어 세상을 두루 돌아보게 했을 만큼 풍족하였음은 분명하다. 세파에 시달리면서도 친구에게 어두운 낯빛 한 번 보이지 않았다던 구김살 없는 이백의 성격은 이 같은 유년기의 여유로운 집안 분위기와도 밀접한 관계가 있을 것이다.

어린 시절의 이백은 영민함과 씩씩함을 갖춘 조숙한 소년이었다. 남들이 여덟 살 때부터 배우기 시작했다는 육갑(六甲)을 이미 다섯 살 때 외우고, 열 살 때부터는 시서(詩書)와 제자백가 그리고 도가(道家)의 서적까지 섭렵하는 등 폭넓은 독서를 시작하였다. 열다섯 살에는 검술을 좋아했고, 신선의 경지에서 노닐기까지 하였다. 그러나 무엇보다도 글 솜씨에 탁월함을 보여, 열다섯에 부(賦) 짓는 솜씨는 이미 한나라 부(賦)의 대가인 사마상여(司馬相如; B.C.179~B.C.117)를 넘볼 정도였고, 스무 살 때 지은 시문(詩文)은 당대의 예부상서(禮部尙書) 소정(蘇頲; 670~727)에게 '천재적인 아름다움'을 지니고 있으니, 더욱 노력하면 사마상여와도 견줄 수 있겠다는 칭찬과 격려를 받을 정도였다.

그가 스물네 살 되던 724년 고향 촉(蜀)지방을 떠나, 벼슬살이를 위해 장안으로 가기 직전인 741년까지의 당나라는 개원 연간(開元年間; 713~741)의 후반기에 해당된다. 이 시기에 현종(玄宗)은 어진 재상들을 기용하여 정치, 경제, 군사 면에서 전례 없는 안정과 풍요를 누렸기에, 청년 이백 또한 경세제민의 큰 뜻을 품고 웅비할 날을 고대하고 있었다. 고향을 나온 그는 3년 동안 장강(長江) 일대를 유람하면서 수만금을 써가며 벗들과 사귀었고, 안륙(安陸)에서 결혼하여 3년간의 안정된 생활을 누렸다. 그러나 청운의 꿈을 품고 있던 이백은, 저명인사의 추천에 의한 관리 등용이 일반적이던 당시 풍조에 따라, 제후들에게 자신의 재능을 알리고자 730년 장안으로 길을 떠났다. 사명광객(四明狂客)이라 이름난 하지장(賀知章)과 같은 인물에게 자신이 지은 악부 <촉도난蜀道難>을 보여주고 '하늘에서 귀양 온 신선[謫仙人]'이라는 찬사를 받기도 하였지만, 당대 재상 장열(張說)의 둘째아들 장게(張垍)에게는 냉대만 받았고, 장안 근처 종남산(終南山) 옥진공주(玉眞公主)의 별관에 머무르며 왕공 대신들에게 접근하려던 계획도 무산되었다. 이 같은 첫 번째 정계 진출 시도가 실패로 끝나자, 막막한 마음을 가눌 길 없었던 이백은 장안 근처를 여행하기도 하고 술과 노름으로 나날을 보내기도 하였다. 장안을 나온 그는 황하를 따라 송성(宋城; 지금의 河南省 商邱縣)에 도착하여 옛 고적들을 두루 살피다가 안륙(安陸)의 집으로 돌아왔다. 그 후 북쪽 태원(太原) 지방과 남쪽 오(吳)지방을 두루 여행한 후, 산동(山東) 지방에 정착하여 재기의 발판을 다졌다.

현종의 후기 집권기 천보연간(天寶年間; 742~755)이 시작되던 742년과 때를 같이하여 이백의 벼슬길이 열렸다. 태자빈객(太子賓客)으로 있었던 하지장(賀知章), 벗 원단구(元丹丘), 옥진공주(玉眞公主) 등의 추천에 힘입어 한림공봉(翰林供奉) 벼슬을 맡게 된 것이다. 그러나 현종은 개원(開元) 연간에 이룬 성취에 만족하여 교만하고 사치해져서, 정치를 등한시하고 간신들에게 전권을 위임하며 변방의 장수들을 총애하였다. 이로 인하여 왕실은 부패하고 왕의 측근들이 권세를 휘둘러, 충직한 선비는 모략과 배척을 당하는 등 성당 초기의 태평성대는 돌이킬 수 없는 내리막길로 접어들고 있었다.

당시 이백의 벼슬 또한 제왕의 포고문 초고를 마련하고 윤색을 가하거나, 시시때때로 임금의 향연에 불려나가 가공송덕(歌功頌德)을 일삼는 것이 고작이었다. 그는 어지러운 궐내 분위기와 어용 문인으로서의 갑갑한 생활에 회의를 느끼고, 틈만 나면 장안의 한량들과 어울려 술에 만취된 생활을 일삼았다. 취중에 임금의 명을 받들어 시를 지으며, 당대 세도가였던 고력사(高力士)에게 신을 벗게 하고, 도도하기 그지없던 양귀비(楊貴妃)에게 먹을 갈게 하는 등, 기고만장했다는 일화도 이때 나온 것이다. 그는 부패한 궁중에서의 벼슬생활을 견디다 못해 결국 744년, 임금에게 고향으로 돌아가기를 청하여 허락을 받았다. 한 정치 지망생의 천진난만한 꿈이 현실에 부딪쳐 좌절되고 만 것이다.

벼슬을 버리고 장안을 나온 직후인 744년에는 제남군 자극궁(濟南郡 紫極宮)에서 도사(道士) 자격증인 도록(道籙)을 받고 도사가 됨으로써, 소년시절부터 동경하던 도교에 정식으로 귀의하였다. 그 후 안록산(安祿山)의 난이 시작된 755년까지 동노 연주(東魯 兗州; 지금의 山東省 兗州市)의 집을 거점으로 삼아 북쪽과 남쪽 지방, 그리고 장안을 두루 유랑하였다. 두보(杜甫)나 고적(高適)과 같은 당대의 쟁쟁한 시인과 함께 노닐면서 창작에 전념하면서, 임금 곁을 떠나올 수밖에 없었던 울분을 다양한 방식으로 형상화하고, 제왕을 비판하며 정국을 우려하는 작품을 지어내는 가운데 그의 필력은 더욱 원숙해졌다.

안록산의 난이 발발하여 급기야는 현종이 장안을 버린 채 촉(蜀)으로 피신하고, 영무(靈武)에서 그의 아들 형(亨)이 왕위에 올라 숙종(肅宗)이 되자, 이백도 가족들을 이끌고 남쪽으로 피난을 떠났다. 그는 756년 안록산 잔당을 토벌하여 기세를 떨치던 영왕 이린(永王 李璘)의 권유에 못 이겨 그의 막하에 합류하지만, 그 세력의 확장을 경계하던 형 숙종에 의해 린(璘)의 거사가 역모로 간주되고, 이백 또한 이 사건에 연루되어 옥살이 끝에 귀양을 가다가 759년에야 겨우 사면되었다. 이백의 세 번째 정계진출도 결국 실패로 돌아가고 말았던 것이다. 이백은 이 좌절감과 고독을 술로 달래고 불교(佛教)의 청정(淸淨)함으로 씻어보고자 했지만, 심신이 지칠 대로 지친 그는 결국 자신의 모든 작품들을 친척 이양빙(李陽冰)에게 맡기고 몸져누웠다. 762년 등극한 대종(代宗)은 그를 임금 보좌직인 좌습유(左拾遺)에 임명하였으나, 이미 세상을 떠난 뒤였다.

2. 연마와 지향

이백의 이 같은 극적인 삶 이면에는 시 창작을 위한 각고의 노력이 있었다. 누군가의 말처럼, 예술가는 예술가이기 이전에 좋은 숙련공이며, 위대한 걸작도 부지런히 갈고닦은 노력의 결과물인 것이다. 독창적인 시인으로 손꼽히는 이백은 유미문학(唯美文學)의 정화집(精華集 : anthology)인 ≪문선文選≫을 곁에 두고 그 방대한 내용을 세 차례에 걸쳐 모방하여 짓는 등, 역대 작품들에 대한 학습과 연마 과정을 통해 고전 문학 제반의 형식과 기교를 두루 익혔다고 한다. 그의 시 세계를 보다 깊이 이해하기 위해서는 당대(當代)까지 이어져 온 시 형식과 장르의 흐름을 간략하게나마 살펴볼 필요가 있다.

중국 시의 가장 고전적인 형식은, 작품 길이나 운율에 제한이 없이 자연스러운 내재율만을 지닌 고체시(古體詩) 형식으로서, 그 연원은 중국 최초의 시 모음집인 ≪시경詩經≫으로까지 소급된다. 공자(孔子)에 의해 편찬된 305편의 이 시들은 "생각에 사악함이 없다.[思無邪]"라는 찬사와 함께, 부드럽고 온화한[溫柔敦厚] 유가문학(儒家文學)의 모태로 여겨지고 있다. 시경의 여러 판본 중에 하나인 모시(毛詩)는 그 서문(序文; 詩大序)에서 시란 "작자의 마음을 표현한 것[詩言志]"이라 정의하고, 시경의 내용 및 형식적 특징을 육의(六義)로 분류하였으며, "사람의 마음을 움직이고, 정치를 살펴보게 되며, 대중들을 모이게도 하고, 원망하게도 하는 데[興觀羣怨]"에 시의 정치. 사회적 가치가 있으며, "새와 짐승과 풀과 나무의 이름을 많이 알게 해 주는" 등, 생동하는 이미지의 원천(源泉)으로서도 중요하다고 보았다.

본격적인 고체(시) 형식은 한대(漢代) 민가(民歌)로부터 시작되어, 한말(漢末) 건안(建安) 초 <고시십구수古詩十九首>, <대풍가大風歌>, <연가행燕歌行> 등으로 이어지고, 남북조(南北朝)를 거쳐 당대(唐代)까지 약 500년 동안 5언 고체(古體)와 7언 고체(古體) 형식이 주류를 이루었다. 남조(南朝; 430~589) 이래 발달한 근체 형식과 대(對)를 이루는 이 고체 형식은 외양상 5언 고체, 7언 고체, 잡언체(雜言體, 일명 長短句)로 세분되고, 창작 계층별로는 민가(民歌)와 문인시(文人詩)로 나뉘어 상호 영향 속에서 당대(唐代)까지 이어져 왔다.

그 중에서 대중들이 지은 노래가사, 곧 민가의 전통은 ≪시경詩經≫ 중 열다섯 지역의 민요, 15국풍(國風)으로부터 시작되어 한대(漢代)에서 육조(六朝)까지 민가 채집 기관인 악부(樂府)에서 수집한 악부시(樂府詩; 흔히 악부로 불린다)로 이어졌다. 대중적 생활을 바탕으로 한 이 장르의 서사성(敍事性) 강한 소재, 진솔한 정서, 시대를 앞서 가는 참신한 형식 등은 동시대 문인들에게도 많은 영향을 주었다.

지은이를 알 수 없는 민가와는 달리, 시인의 이름을 걸고 창작한 문인 고시의 전통은 조조(曹操; 155~220) 조비(曹丕; 187~226) 조식(曹植; 192~232) 등 조위삼부자(曹魏三父子)에서 시작되어 당대(唐代)에 이르기까지 허다한 시인들의 손을 거치면서, 곡진한 감정을 표현하는 서정(抒情), 철학적 사변을 서술하는 설리(說理), 산수 풍경을 묘사하는 사경(寫景), 인물이나 사물을 세밀하게 묘사하는 영물(詠物), 민가의 내용과 표현기법을 모방하는 모의(模擬) 등과 같은 폭넓은 기법을 망라하며 이어졌다.

고체 형식 외에 당대 시가의 형성에 간접적인 역할을 한 것으로서, 초나라 굴원으로부터 시작된 4, 6조의 초사체(楚辭體)가 있는데, 이는 한(漢)에서 위진(魏晉)을 거치는 가운데, 장황하게 늘어놓고 화려하게 수식하는 '사부(辭賦)'의 장르로 자리 잡았다. 사부는 당대(唐代)에 들어와서도 진사과(進士科) 과거시험(科擧試驗)의 당락을 결정하는 '시부(詩賦)'의 한 분야로 중시되어, 문인들의 기교 연마와 창작 활동에 큰 밑거름이 되었고, 한편으로는 초당대 네 명의 시인[初唐四傑]의 노력에 힘입어, 7언 고체의 변형 형식인 7언 가행체(歌行體; 일명 7言 長短句)를 발달시키는 견인차 역할을 하였다.

이런 흐름과는 별도로, 남조(南朝) 때 장강(長江) 유역에서 유행하던 짤막하고 사랑스런 민가 청상곡사(淸商曲辭)에 영향을 받은 시인들이, 평성(平聲)과 측성(仄聲), 입성(入聲) 등 성조(聲調) 간의 어울림으로 청각적 미감을 극대화시키는 사성팔병설(四聲八病說)을 확립하게 되면서, 성조나 압운이 정형화된 5언 근체와 7언 근체시(近體詩) 형식을 개발하였으며, 절구(絶句)와 율시(律詩) 중심의 근체(시) 형식은 성당(盛唐) 시인들의 창작을 통해 꽃을 피웠다.

이처럼 다채로운 토양 위에 탄생한 이백의 시는, 근체 형식으로 된 일부를 제외하고는 길이나 성조의 운용이 자유로운 고체 형식이 대부분이다. 이러한 성향은 구속을 싫어하는 그의 개인적 기질 외에도, 문단에 대한 비판적 시각이 적지 않게 작용한 결과이다. 시라는 매체를 통해 자신의 시대적 위상과 사명을 밝힌 고풍 제 1수는 독특한 주제와 뚜렷한 관점이 돋보이는데, 여기서 그는 시인의 정치 이상과 현실 정치가 간극 없이 일치하는 주(周) 문왕(文王; BC.1100년 전후) 시절의 시, 즉 '대아(大雅)'를 이상적인 모델로 내세우고, 이 대아가 사라지고 난 후 남조(南朝) 말까지, 시는 장식 성향이 극에 달하며 쇠퇴 일로를 걸어왔다고 비판하였다. 그리하여 쓸데없이 아름답기만 한 기려(綺麗)의 기풍을 일소하고 대아를 회복하는 일이, 다시 도래한 태평성대의 요청이자 자신의 과업이라고 선언하였다. 가깝게는 진자앙(陳子昂; 661~702)의, 좀 더 멀리로는 초당사걸(初唐四傑)의 문제의식을 계승한 그의 창작 지향은, 바야흐로 격률을 완비하여 유행하기 시작한 짤막하고 엄격한 근체 형식이 아니라, 시대와 사회까지도 담아낼 수 있는 큰 그릇, 곧 고체 형식을 통해 구현되었다.

3. 3대 장르

이백을 대표하는 3대 장르인 고풍, 악부, 가음은 이러한 인식 위에 문학 전통의 여러 요소들을 혼합하여 매혹과 다채로움을 더한 시가들로서, 각각의 특징은 다음과 같이 요약해 볼 수 있을 것이다.

시집 첫머리에 실린 59수의 고풍시는 이백이 평생 동안 지은 5언 고체의 무제(無題)작품들을 편자(編者)가 한데 묶은 것으로서, 정치 현실을 개탄하고 풍자하는 진지한 내용에다 단순하고 고전적인 비유들이 많아 '예스러운 풍의 시'

라는 이름에 걸맞다. 후대 비평가들은 이들이 이백의 가치관이나 세계관, 역사의식, 미의식과 같은 광범위한 사상의 발로이며, 역대 5언 고체 시가들 중에서도 최고라고 평가한다. 송대(宋代) 주희(朱熹; 1130~1200)는 이백의 호방한 다른 시들과 달리 온화하고 부드러운(雍容和緩) 작품으로 고풍 첫 수를 들면서, 이처럼 다양하고 탁월한 시세계는 ≪문선文選≫ 시에 대한 학습과 연마의 결과라고 보았다. 청대(淸代) 비평가 심덕잠(沈德潛; 1673~1769)은, 현란한 수사로 재능을 과시하거나 호기를 부린 그의 다른 시들과 달리 고풍 59수는 진중한 기풍이 특색이며, 이는 시대 사회의 아픔을 노래한 완적(阮籍; 210~263)과 진자앙(陳子昂)의 뒤를 이은 것이라며 그 특징과 연원을 요약하였다.

옛 노래나 민가를 모방한 150여 수의 악부는, 시적 관습의 경계를 넘나드는 창조적 재능이 아낌없이 발휘된 작품들이다. 소재의 다양함은 물론이려니와, 서사(敍事)를 중심으로 하는 악부 전통의 대중적 틀거지 위에, 사경(寫景)과 서정(抒情), 설리(說理), 영물(詠物)을 위해 절차탁마된 문인시의 기교들이 예술적 완성도를 높여주고, 짤막한 3언에서부터 10언 이상의 장구로 바뀌는 변화무쌍한 7언 가행체와, 고.근체를 가리지 않는 다양한 형식이 한데 어우러져, 깊이와 화려함을 갖춘 이백의 대표 장르가 되었다.

고풍과 악부가 전통적 소재와 주제를 다루는 고전적인 표현 양식임에 비해, 제목과 내용이 창안된 81수의 가음은 사실적 소재와 신변묘사가 두드러진 개인적 표현 양식이다. 술은 단골 소재로서 작품 곳곳에 등장하며, 이로 인해 한층 고양된 상상력은 고금(古今)과 피아(彼我) 사이를 자유로이 넘나든다. 장단구(長短句)를 포함하는 시원스런 7언 가행체 형식은 사실성이 강조되는 이 장르의 성향에 힘입어 가슴 속 응어리를 거침없이 분출하고 있으며, 당대 유행 곡조와의 연관성이 깊어 보이는 근체 작품들은 노래 가사 특유의 절제된 여운을 지니고 있다.

심덕잠(沈德潛), 왕부지(王夫之; 1619~1692) 등 역대 비평가들은 이백의 필력이 가장 잘 발휘된 분야로서 '가행(歌行)'을 지목하였는데, 이는 '가음'과 어떤 관계일까? '가행'이란 용어는 관점에 따라 넓게도 혹은 좁게도 규정된다. 청(淸)대 전량택(錢良擇; 1678 전후)은 ≪당음심체唐音審體≫에서, '지사(指事; 사실묘사)와 영물(詠物; 사물의 외관에 대한 묘사)을 위주로 하는 7언 고체 및 장단구로서, 옛 표제를 쓰지 않는 작품'으로 그 범위를 분명하게 한정짓고 있다. 이렇게 되면, 뛰어난 작품이 몰린 이백의 '가행'에는 옛 제목을 쓴 악부시들이 배제되고, 사건이나 사물을 중심으로 노래한 대다수 '가음'이 중심을 이루게 된다. 이에 비해 허학이(許學夷; 1563~1633)는 ≪시원변체詩源辨體≫에서 '7언 가행'이란 용어를 사용하면서, <원별리遠別離>, <촉도난蜀道難>, <공무도하公無渡河> 등의 악부시, <명고가鳴皐歌>와 같은 가음, <파릉행灞陵行>, <억구유憶舊遊>, <노군요사魯郡堯祠>, <천모음天姥吟> 등의 일반 시들을 대표작으로 예시하며, '7언 및 장단구 형식으로 된 작품들'을 포괄적으로 '7언 가행' 혹은 '가행'이라고 불렀다. 이런 관점에서도 대부분의 이백의 '가음'은 수작들이라고 평가되는 '가행'에 포함됨을 알 수 있다.

4. 개성

천오백 여 년 전의 시인이 여전히 만인들의 사랑을 받고 있는 데는 그럴 만한 이유가 있을 것이다. 역대 비평가들이 짚어낸 이백 시가의 매력은, 너르고 시원스러우며, 고고하고, 솔직하며, 산뜻하고 말쑥하며, 낭만적이고 변화무쌍한 데 있고, 다양한 소재, 환상적인 비유와 생동하는 이미지, 거침없고 활달한 구문, 염세적이며 냉소적인 세계관이 특색이라는 등, 이 천재 시인에 바쳐진 헌사(獻辭)의 폭은 중국 시사(詩史)상 유례를 찾기 어려울 정도로 너르다.

이백 시에 대해 이루어진 최초의 공식적 평가는, 714~753년 사이의 성당시(盛唐詩)를 수록한 '당인선당시집(唐人選唐詩集)' ≪하악영령집河岳英靈集≫의 언급일 것이다. 이 책을 간행한 은반(殷潘)은 <전성남戰城南> 등 악부 7수(首)를 비롯한 이백의 대표작 13수를 가려 뽑고 "구속을 싫어하는 분방함이 이백의 천성이었으며, 기이하고 또 기이한 악부 <촉도난蜀道難> 같은 작품은 굴원(屈原) 이후에 없다."며 극찬하였다.

이백의 개성을 정확하게 짚어낸 것은 "어려서부터 뛰어난 재주가 있었고, 뜻과 기질이 크고 넓었으며, 세상을 초월하고자 하는 마음을 가졌다.[少有逸才, 志氣宏放, 飄然有超世之心.]"라는 ≪구당서舊唐書≫ <문원열전文苑列傳>의 평일 것이다. 북송 문인 증공(曾鞏; 1019~1083) 역시 <이백시집李白詩集> 후서(後序)에서, "그 표현이 크고 자유롭고 빼어나고 훌륭하다.[其辭宏肆儁偉]"며 ≪구당서≫의 안목에 동의하면서, 초사(楚辭) 작가들조차 그의 시에 미치지 못할 것이라고 하였다.

이백 시에 대해 가장 널리 알려진 평은, 남송(南宋)대 비평가 엄우(嚴羽; 1197?~1253?)가 ≪창랑시화滄浪詩話≫에서, 당대(唐代)를 대표하는 두 시인 이백(李白)과 두보(杜甫)의 시세계를 논하면서, 침울하고 내면의 꺾임과 변화가 두드러진 두보 시의 '침울(沈鬱)'은 호방하고 고고한 이백 시의 '표일(飄逸)'과 치환될 수 없는 독특한 면모라 본 것이다. 이러한 평은 두 대가의 개성을 비교하면서, 7언 가행체 작품들에서 특히 두드러진 이백의 진면모를 잘 요약한 것이다. 이백의 시를 활달하고 자유로운 것으로 본 이러한 평가들은 여타 시인들과 구별되는 특징을 잘 짚어낸 것이기는 하지만, 그의 시 전반을 아우르는 평가로 보기에는 미흡한 감이 있다. 오히려 '이백 시 전체가 다 호방한 것은 아니고, <고풍>1과 같이 온화하고 부드러운 것[雍容和緩]도 있다'고 한 남송 학자 주희(朱熹; 1130~1200)의 견해가 일반화의 오류를 피해 가고 있다.

한편 문학 전통과의 관계에 초점을 맞춘 평으로는, 동시대 시인 두보가 <춘

일억이백春日憶李白>에서 "청신한 유개부, 준일한 포참군.[淸新庾開府, 俊逸鮑參軍.]"이라며 이백과 역대 시인들 간의 유사점을 짚어냈으니, 이백 시의 산뜻하고 참신함이 남조(南朝) 시인 유신(庾信; 字 開府, 513~581) 시와 유사하며, 유장한 호흡과 격조는 포조(鮑照; 字 參軍, 414~466)의 시와 비슷하다는 것이다. 실제로 절제와 함축이 뛰어난 짤막한 근체 작품들이나, 장편 고체 작품 중에 담긴 독창적인 정경묘사(情景描寫)는 유신 근체시의 기풍과 유사하며, 고금을 조망하며 불우를 한탄하는 이백의 7언 가행체 작품들은 <의행로난擬行路難> 8수와 같은 포조의 헌결찬 기개를 닮았다.

그 밖에 "시경(詩經)과 초사(楚辭)를 원조로 삼고, 한위(漢魏) 시를 우두머리로 하여 아래로는 포조와 서릉(徐陵; 507~583), 유신 등도 때때로 원용하는 등, 기괴하며 놀라운 변화에 뛰어났다."는 명대(明代) 호진형(胡震亨)의 평, 이백 시는 "시경과 초사를 원조로 삼고, 양진(梁陳)의 칠언(七言)에 이르기까지 아우르지 않은 것이 없어, 기이하고 기이하다."며 글자마다 내력이 있음을 지적한 풍반(馮班)과 오교(吳喬)의 평, "폭넓은 학문으로 인해 시세계가 깊다."고 한 왕부지(王夫之)의 견해들 모두, 고전문학에 대한 학습과 연마의 내공을 강조한 것이다.

이백의 시에 대한 이처럼 다양한 평가들은 결국, 분석과 평가가 불가능한 천재의 솜씨라는 찬사로 귀결된다. 이백의 "악부가행(樂府歌行)은 폭넓은 연마로 실력을 쌓은 후 주머니를 기울여 꺼낸 것이다."(王夫之), "<원별리>는 황홀함의 극치이다."(翁方綱), "<원별리>, <촉도난>, <천모음> 등은 머리도 없고 꼬리도 없으며, 변화무쌍함이 이리 저리 얽히고 설켜 아득하고 혼미한 것이 재주로 배울 수 있는 것이 아니라, 멍하니 바라보다 쓰러질 따름이다."(胡應麟), "고악부는 고상하고 놀라우며 자유자재로 변화함으로써 천재의 극치를 보여준다."(王世貞), "7언 고체시는 시상(詩想)이 기상천외하고, 단락이 절로 변화하여 생겨나는 것이, 마치 큰 강은 바람이 불지 않아도 절로 물결이 이는 것 같아……사람의 힘으로 미칠 수 있는 바가 아니다."(沈德潛), "제왕(帝王)을 위해 짓게 된 작품에서조차 궁체시(宮體詩)의 구태의연한 영물(詠物)풍을 찾아볼 수 없으니, 신선의 경지이다."(方弘靜), "장자(莊子)와 이소(離騷)에 조예가 깊어 비흥에 뛰어나 황홀한 표현이 많다."(喬億), "그 시의 온갖 의경(意境)이 다 허구(虛構)다."(屠隆)와 같은 평들은 모두, 변화막측하고 황홀한 그의 시에 대한 예찬이다.

한편, 속세와 청산 사이를 방황하는 모순된 가치관에, 꿈과 환상을 즐겨 읊고 때로는 상투적 표현마저 꺼리지 않은 이백의 재기발랄한 시보다, 투철한 유가 정신 위에 각고의 연마로 구축된 두보(杜甫; 712~770)의 견결(堅決)한 시에서 본받을 점이 더 많다고 평하는 이들도 있다. 송대(宋代) 왕안석(王安石; 1021~1086) 같은 이는 이백, 두보, 한유, 구양수 등의 시를 모아 ≪사가시선四家詩選≫을 엮으면서, 두보를 맨 앞에 놓고 이백을 제일 뒤에 놓으며, 뛰어난 재주에 비해 여자와 술이 빈번하게 노래되는 이백의 낮은 식견을 지적하기도 하였다 한다. 이는 특유의 표현양식을 오해하여 온당한 평가로 보기 어려운 면이 있지만, 이백 시의 강한 즉흥성이 흠결로 작용할 때가 없지는 않다. "입만 열면 글이 되었다."(胡震亨), "즉흥적 표현이 많다."(胡應麟), "5언 고시는 노골적 표현[露語]이나 즉흥적 표현[率語]이 많다.", "<장진주將進酒> 등은 작품 전체가 얕고 유치한 표현의 극치이다"(許學夷), "가행은 즉흥성을 넘어 경솔한 것도 있다."(毛先舒), 심지어는 "멋들어지게 호탕하기는 하지만, 화려하기만 하고 내실이 없으며, 호사스럽고 뽐내기 좋아하여 의리가 무엇인지 모른다."(蘇轍)는 맹비난을 받게 된 것도, 작품의 즉흥성향을 말년(末年)의 신중치 못한 처신과 연관 지음으로써 생겨난 것이다.

그러나 이백이 "벗들과 주고받은 증답시(贈答詩)들은, 진정한 속내를 털어놓은 훌륭한 것이다."(方回), "시의 앞머리는 문을 열고 산을 바라보듯 수월해 보이지만……작품 끝부분의 걸출함은 도저히 따라갈 수 없다."(安磐)라는 평들을 미루어 볼 때, 즉흥성이나 경솔함은 옥의 티일 뿐, 궁극적으로는 "이백과 두보의 문장이 있어, 만 길 환한 그 불꽃 영원하여라.[李杜文章在, 光談萬丈長.]"며 예찬한 한유(韓愈; 768~824)나, 이백을 두보와 같은 반열에 두고 '백대를 뛰어 넘는 걸출한 시인[李杜凌跨百代]"이라 평한 소식(蘇軾; 1037~1101)의 견해가, 예술가 이백의 위상을 바르게 자리매김한 것이라 본다.

5. 상징체계

이백의 평생 저작을 모아 <초당집草堂集>을 낸 이양빙(李陽冰; 721전후~785전후)이 그 서문(序文)에서 "표현에 풍흥이 많다.[語多諷興]"고 지적한 이후 "사물을 끌어들여 뜻을 확장하여, 풍흥이 많다.[連類引義, 多諷興.]"라고 한 명대(明代) 호진형(胡震亨)의 평가에 이르기까지, '풍흥'은 이백 시의 개성적 면모로 줄곧 인정되어왔다. 이것이 유가(儒家) 경전(經傳)의 정신과 일치하느냐 하는 도학자적 관점에서 "법도에 맞는 것이 적기는 하다.[白之詩連類引義, 雖中於法度者寡...]"는 증공(曾鞏)의 다소 부정적인 평가를 받기도 하였지만, '연류인의(連類引義)'와 관련된 여러 견해를 종합해 볼 때, 이백이 능했던 풍흥이란 ≪시경≫ 이래로 발전되어 온 여러 비유 기법을 폭넓게 수용하여 개발한 것임을 알 수 있다.

본래 비유는 시의 본질적 요소이고, 이 기법을 구사한 중국 시인들도 허다하지만, "음주(飮酒), 신선(學仙), 전쟁(用兵), 유협(遊俠) 등 이백 시의 주제들이 모두 기흥(寄興)이다"(吳喬), "유협, 신선, 여성, 술 등의 주제는 악부의 전통을 빌린 것이다"(劉熙載) 같은 지적처럼, 광범위한 고전적 주제와 표현들을 개인적 상징체계로 활용한 이백과 같은 경우는 없었으니, 그의 '풍흥'은 부분적 '표현기교'의 수준을 넘어 '표현양식'의 차원으로 확대 발전된 것이다.

당대(唐代) 시인들의 시구에 얽힌 일화를 모은 맹계(孟棨; 875 전후)의 ≪본사시本事詩≫에는 "흥기(興寄)가 깊기로는 4언이 5언 보다 낫고, 5언이 7언 보다 낫다” 한 이백의 말이 인용되어 있다. 4언체 시를 거의 쓰지 않은 이백이기에, 이 같은 발언은 시형(詩形)이 아니라 시어의 경제적인 사용을 통한 ‘함축미와 여운’에 무게를 실은 것임을 알 수 있다. 그가 벗 최성보(崔成甫; ?~758)의 <택반음澤畔吟> 20수를 예찬하며 붙인 서문에서 “감춘 듯 하면서도 드러나고, 은근하게 아름다우며, 슬픔이 나로부터 시작되지 않고, 감흥은 독자(讀者)에 이르러 완성되었다.[微而彰, 婉而麗, 悲不自我, 興成他人.]”라 한 구절을 통해서도, 그의 ‘풍홍’은 시의 호소력에 대한 깊은 고려에서 비롯된 것임을 짐작해볼 수 있다.

“<궁중행락사宮中行樂詞> 8수 등은 제량(齊梁)풍을 이어받았으나, 풍자의 뜻을 잃지 않아 기흥(寄興)이 돋보인다.”는 심덕잠의 평이 단적으로 표현하고 있듯이, 그의 ‘풍홍’은 남조 궁체시(宮體詩)의 폐단을 마저 쓸어내고 옛 도[古道]를 회복하는 데 큰 기여를 하였다. 전통의 독자적 수용을 통해 시사(詩史)의 새로운 지평을 연 그의 이 같은 역할은 높이 평가되어야 할 것이다. 명대(明代) 왕세정(王世貞)을 비롯한 일부 비평가들은 이백의 고전 성향을 두보의 사실주의[卽事名篇]와 대립되는 것 혹은 그만 못한 것으로 평가하기도 하지만, 그 개인적 상징체계의 중심에 놓인 사실주의 정신을 간과하지 않았던 청대(淸代) 왕사정(王士禎)은 그를 ‘악부의 변화 발전[樂府之變]’에 기여한 사실주의 작가들의 반열에 놓았다.

전통을 모방하는 의악부 방면에서 더욱 두드러지게 발휘된 개인적 관점과 사실주의 정신은 고풍이나 가행 등 그의 전 시가를 일관하고 있다. 두보가 선배 시인 이백과의 교류 경쟁을 통해 사회 모순을 고발하는 사실주의 국면을 개척하며 역사의 수레바퀴를 밀고 나아가고자 하였다면, 낭만가객 이백은 시대의 요구에 부응하면서, 그 자신이 어렸을 때 꾸었던 꿈처럼 붓끝마다 꽃을 피우고 영원으로 날아오르는 편을 택하였던 것이다.

제 1 부

고풍古風

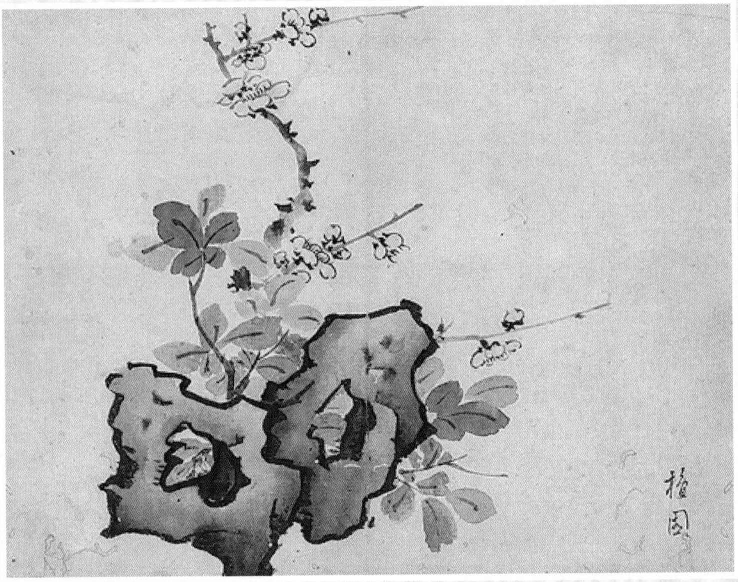

〈괴석에 매화〉

단원檀園 김홍도金弘道(1745~1806)

사색과 비유

이백 시집의 첫머리에는 고풍(古風)이란 범주 안에 5언 고시(古詩) 59수가 실려 있다. 이들은 본래 무제시(無題詩)였는데, 후대의 이백 시문집 편찬자가 <고풍>이라는 명칭을 붙이고 작품에 일련번호를 매겨, '<고풍> 59수'로 불리게 되었다. 작자가 애초에 제목을 붙이지 않았기 때문에 이들은 간혹 대단치 않은 습작 묶음 정도로 오인되기도 하지만, 연구자들에게서는 '인생에 대한 성찰과 사색이 돋보이는 '사변적인 시', 사상적 원류를 알게 해 주는 '진중한 시'로 인정받고 있다. 이백의 시는 호방하고 현란하다는 통념에 비추어 볼 때 고풍시의 이러한 '깊이'는 퍽 이채로운 것인데, 이는 완적(阮籍; 210~263)의 <영회시詠懷詩> 82수, 진자앙(陳子昂; 661~702) <감우시感遇詩> 38수의 창작 정신을 이어, 시인의 역할을 진지하게 고민하고 모색한 궤적이 오롯이 담겨 있기 때문이다.

1. 시인과 사회

천보(天寶) 초 장안(長安)에서 한림공봉(翰林供奉)을 지내던 중 정치현실에 크게 실망한 이백은 744년, 짧은 벼슬 생활을 마감하고 궐(闕)을 나오면서, 그 울분과 갈등을 한 데 엮어 시창작에 매진하였다. 그는 특히 <고풍>1을 통해 '시'의 유구한 역사를 개관하면서 자신의 창작 지향을 밝혔다.

> 크고 바른 시 사라진 지 오래러니 / 나 늙고 나면 그 누가 펼치리오.
> 요순시절 훌륭하던 기풍, 풀 섶에서 시들고 / 전국戰國 시대에는 가시덤불 무성터니,
> 용과 범이 서로를 물고 뜯으면서 / 전쟁이 광포한 진나라에 이르렀도다.
> 바른 소리, 어이 그리 아득한지 / 슬픔과 원망으로 초사楚辭 시인 생겨났다.
> 양웅揚雄과 사마상여司馬相如, 쇠퇴의 흐름을 열어 / 틔어놓은 물꼬가 끝없이 흘렀으니,
> 흥망성쇠 천만 번 바뀌어도 / 바른 문장 끝끝내 물속에 잠겼도다.
> 건안建安 이후의 작품들 / 야단스런 아름다움 보잘 것 없는데
> 성스러운 이 시대에 옛 근원으로 돌아가 / 옷깃 드리운 채 맑고 진실함을 중히 여기도다.
> 뭇 수재들 아름답고 밝은 시절을 만나 / 운을 타고서 저마다 고기비늘처럼 생동하고
> 씨알과 무늬가 어우러져 빛나니 / 뭇 별들이 가을 하늘에 수놓은 듯하도다.
> 나의 뜻은 산술刪述에 있으니 / 드리운 그 빛은 천추를 비추리라.
> 성인을 소망하여 기틀이 선다면 / 기린 얻을 제 붓을 놓으리로다.

작품은 '대아(大雅)가 오래도록 지어지지 못하였구나'라는 개탄으로 시작하여, 공자(孔子) 이후 당대(唐代)까지 오백 년간 이어져 온 시문(詩文)의 역사를 비판하는 것으로 옮겨간다. 여기서의 '대아'란, 주(周) 문왕(文王) 등의 선정(善政)을 기리는 ≪시경詩經≫ 시의 한 분야를 일컫는 용어이지만, '명맥이 끊겼다'거나 '지속적으로 이어져야 마땅했다'는 문맥은 이 용어가 주(周)라는 특정 시대를 넘어서는 개념임을 시사하고 있다.

그 외연적 의미를 짚어볼 수 있는 단서는 작품 중간에 언급된, 제량(齊梁) 이래 '비단처럼 아름답기만 했던 시의 풍조[綺麗]'에 대한 '반감'으로서, 이러한 반감은 흔히 선배 시인 진자앙(661~702)이 동방좌사 규의 수죽편에 붙인 편지

글, <여동방좌사규수죽편서與東方左史虯脩竹篇書>의 영향을 받은 것으로 알려져 있다. 그는 이 글에서, 사회에 대한 지식인의 관심과 책임감을 표현한 '한위(漢魏)시대의 기상[漢魏風骨]'이 사라진 것에 유감을 표하고, '함축미[興寄]'를 잃은 제량(齊梁) 이후 시의 허황한 아름다움에 대해 단호한 비판을 가하면서, 이상적 경지인 '풍아(風雅)'가 발현되지 못하는 현실을 안타까워한 바 있다.

'아(雅)'를 중심으로 한 진자앙의 이와 같은 주장이 실은 당대(唐代) 초기 문인들의 주장을 발전시킨 것이라는 사실은 잘 알려져 있지 않다. 당대 초, 상관의(上官儀; 608~664)와 같은 시인들이 대구(對句)의 여러 유형들을 정리하고 이를 시 창작에 적극 활용하여 우아하고 유약한 시들을 지어내자, 초당사걸(初唐四傑) 중의 왕발(王勃; 650~676)과 양형(楊炯; ?~692)은 제량(齊梁) 이후 시의 '조잡함[彫蟲小技]'을 비난하면서, '시대를 반영한 바른 시', 즉 ≪시경詩經≫을 모범으로 삼는 유가적(儒家的) 문학관에 다시금 주목하였다.

왕발이 배시랑에게 준 <상이부배시랑계上吏部裴侍郎啓>에서 '맹자(孟子)까지만 해도 바른 것을 버리고 교훈을 저버리는 일[遺雅背訓]을 하지 않았으나, 굴원(屈原) 이후 남조(南朝)말에 이르는 동안 시인들이 시를 망쳤다'고 혹평하였고, 그의 벗 양형이 676년에 요절한 왕발의 문집 서문에서 '가의(賈誼)와 사마상여(司馬相如)가 아송(雅頌)을 무너뜨렸다'면서 왕발의 의견에 동조를 표했으며, 조정 내에서 영향력이 있던 문단의 영수 설원초(薛元初)나 낙빈왕(駱賓王; 640~680)이 이들에게 힘을 실어주었던 일련의 활동들은, 종국적으로 남조시(南朝詩)의 유미적 풍조를 불식시킬 돌파구를 유가적 문학관에서 찾아보려던 것이었다.

진자앙은 이러한 초당사걸의 뜻을 이어 시경의 창작정신을 회복하고자 한 것이다. 그가 세상을 떠나자 절친한 친구였던 노장용(盧藏用; ?~713)은 그의 문집에 서문을 붙이면서 벗의 문학적 업적을 기렸는데, 여기에 피력된 시사(詩史)에 대한 논평이 이백 <고풍>1에 직접적인 영향을 준 것으로 보인다.

예전에 공자께서 천부적인 재능으로 위(衛)에서 노(魯)로 돌아오시고는 ≪시詩≫, ≪서書≫를 재편집하고, ≪역易≫의 도(道)를 저술하고 ≪춘추春秋≫를 지으셨으니 수천 백년이 지나도 그 문장은 찬연히 빛나고 있다.

공자가 타계하신 지 200년 만에 초사(楚辭) 작가 굴원(屈原)이 나와, 아름답고 과장적이고 호사스러운 글이 생겨났다. 한(漢)이 세워진 지 200년, 가의(賈誼)와 사마천(司馬遷)의 걸출함으로 예악(禮樂)과 헌장(憲章)에 노련한 풍모가 있었으며, 사마상여(司馬相如)와 양웅(揚雄)의 무리는 훌륭했다가 속였다가 만 번 변하였으니 역시 기이하고 특이한 선비였지만, 안타깝게도 왕공대인(王公大人)의 말씀은 매끄러운 말에 파묻혀버리고 말았다. 그 후에 반고(班固), 장형(張衡), 최인(崔駰; ?－92), 채옹(蔡邕), 조식(曹植), 유정(劉楨), 반악(潘岳), 육기(陸機) 등이 물결을 따라 문장을 지었으니, 대아(大雅)에는 부족하였지만, 남은 열기로 아직 바른 모습은 지니고 있었다.

송(宋)과 제(齊) 이후로 거의 쇠하여졌고, 이리저리 휘청대며 흘러가서는 돌아올 줄 몰랐으며, 서릉(徐陵)과 유신(庾信)에 이르자 하늘이 장차 문학을 망하게 하려 하였고, 그 뒤를 따라 상관의(上官儀) 같은 이가 발자취를 이어 생겨나, 풍아(風雅)의 도가 다 쓸려가 버렸다. (그러나) ≪역경易經≫에 이르기를, 사물은 끝끝내 막히지 않고 통하는 데로 이어진다 하였으니, 도(道)가 상한지 오백 년 만에 진군(陳君; 子昂)을 얻게 된 것이다.[孔宣父以天縱之才, 自衛返魯, 乃刪≪詩≫≪書≫, 述≪易≫道, 而作≪春秋≫. 數千百年, 文章粲然可觀者也. 孔子歿二百歲而騷人作, 於是婉麗浮侈之法行焉. 漢興二百年, 賈誼・馬遷爲之傑, 憲章禮樂, 有老成人之風. 長卿.子雲之儔, 瑰詭萬變, 亦奇特之士也. 惜其王公大人之言, 溺於流辭而不顧. 其後班・張・崔・蔡・曹・劉・潘・陸, 隋波而作, 雖大雅不足, 然其遺風餘烈, 尙有典刑. 宋齊已來, 蓋憔悴矣. 逶迤陵頽, 流靡忘返. 至於徐・庾, 天之將喪斯文也. 後進之士, 若上官儀者, 繼踵而生, 於是風雅之道掃地盡矣. ≪易≫日「物不可以終否, 故受之以泰.」道喪五百歲而得陳君.] <右拾遺陳子昂文集序>

‘대아(大雅)’, 그리고 ‘騷人’ ‘萬變’ ‘憲章’과 같은 어휘가 그대로 쓰인 것을 비롯하여, 문학 발전사를 평가하는 노장용의 시각은 이백의 관점과 대동소이하다. 요컨대 초당사걸(初唐四傑)－진자앙(陳子昂)－노장용(盧藏用)－이백(李白)으로 이어지는 ‘아(雅)’란, 주(周) 문왕(文王)의 태평성대를 최고 모델로 삼는 유가적(儒家的) 문학 이념이자, 유미주의 풍조가 잃어버린 시의 핵심가치, 곧 사회적 맥락[漢魏風骨]과 함축미[興寄]를 아우르는 개념이다. 그러므로 이 같은 복고 지향은 무게 중심을 현실사회 쪽으로 옮겨, 기울어가는 문단의 균형을 바로잡아보려는 의도를 담고 있다.

이백은 <고풍>1의 후반부에서, 막 꽃피기 시작한 성당(盛唐) 문단에서 기라성 같은 시인들과 어깨를 겨루며 참된 시 정신의 구현을 위해 노력하겠다고 선언하였는데, 이는 저물어가는 자신의 나이를 한탄하면서, 시대와 문화의 전승에 힘쓰던 선배들의 산술(刪述) 정신을 되살려 저술활동에 헌신하리라던 공자(孔子)의 자세를 본뜬 것이다.

이백의 시문을 모아 <초당집草堂集>을 편찬한 이양빙(李陽氷)이 그 서문에서 "노장용이 말하기를 '진자앙이 망해가는 물결을 제압하니, 천하가 한 마음으로 이를 따랐다'하였지만, 남아 있는 제량(齊梁) 궁체시 기풍은 이백에 이르러 크게 변하여 다 사라지게 되었다"며 그의 업적을 기렸고, 당(唐) 맹계(孟棨; 875전후)가 ≪본사시本事詩≫에서 그를 평하여 "진자앙과 함께 이름을 날렸으며, 선후배가 힘을 합쳐 공을 세웠다.[與陳拾遺齊名, 先後合德.]"하였으니, 모두 이 같은 지향과 역할을 부각시킨 것이다.

2. 제왕과 병사들

이백이 시가 안에 적극 투영시켜보려던 그 시대와 사회는 어떤 모습이었을까? 그가 주로 활동했던 성당(盛唐; 712~755)대는 당 현종(玄宗)의 치세인 개원(開元; 713~741). 천보(天寶; 742~755)연간으로서, 중국사에 유례없는 번영기이기도 했지만 근저(根底)에 몰락의 단초들을 내포하고 있었다. 나라의 기틀을 잘 잡아가던 임금은 점차 교만하고 사치해져, 731년경에는 음흉한 환관 고력사(高力士)를 총애하고, 736년경에는 이림보(李林甫)와 같은 간신을 재상으로 삼아 정국을 전횡하도록 하여, 덕 있고 충직한 재상 장구령(張九齡)은 귀양 가고, 뜻있는 선비들도 정계 진출 기회를 속속 박탈당하였다. 현종은 천보(天寶)년간에 들어서 745년 양옥배(楊玉杯)를 귀비(貴妃)로 승격시켜 취생몽사를 일삼더니, 752년에는 불학무도(不學無道)한 양국충(梁國忠)에게 재상을 맡기고, 국경의 수비는 안록산(安祿山) 같은 변방 장수(番將)에게 일임하여, 국가 대란인 안록산과 사사명의 난[安史之亂; 755~763]을 자초하며 파국으로 치달았다. 이 와중에 관료들은 부패하였고 부자들은 농민들의 땅을 흡수하여 원성을 샀으며, 잦은 전쟁에 동원된 백성들은 생활 터전을 잃고 가정은 파괴되었다.

이처럼 시대가 저무는 형국이었기에 '태평성대를 구가(謳歌)하리라'던 이백의 당초 소망도 좌절되면서, "예찬하는 소리 오래 전에 무너지고, 대아(大雅)를 대하여 문왕(文王)을 그리노라"(<고풍>35)와 같은 풍자(諷刺)로 굴절될 수밖에 없었다. 서정(抒情) 위주의 5언 고시(古詩)의 전통을 이은 <고풍>은 정국을 바라보는 비장한 심경과 소외된 지식인의 외로움을 묘사하는 데 치중하고 있는데, 역사적 사건이나 사물에 비유(比喩)한 경우가 많다. 하향 길로 접어든 정국은 '침몰'이나 '쇠퇴' 같은 직설적인 어휘로 자주 묘사하고 있으며(2, 11, 29, 35, 51, 54, 58), 세도가들의 대립으로 삼계(三季)가 분열하고 칠웅(七雄)이 맞서 파국으로 치달으면서 진(晉)나라 여섯 고관들끼리 세력다툼을 벌인 전국(戰國)시대의 고사(故事)로써 난국(亂國)을 바라보는 안타까움을 형용하기도 하고(29, 53, 54), 막힌 벽, 가려진 해, 어두움, 눈보라(<고풍>2, 39, 54) 등으로 막막한 심경을 표현하기도 하였다. 문란한 왕실과 혼미한 정국을 바라보는 고통스러운 심경을 묘사한 다음과 같은 작품이 그 단적인 예이다.

> 은殷 왕비 달기妲己는 하늘의 바른 도를 흩뜨렸고 / 초楚 회왕懷王도 어리석은 지 오래 되었다.
> 불길한 짐승이 중원에 우글대고 / 조개풀과 도꼬마리가 솟을대문에 더부룩하다.
> 충신 비간干諫은 간언하다 죽었고 /어진 굴평屈平도 상수湘水 상류에 숨었어라.

범 아가리가 무에 그리 곱다고 / 못된 여수는 공연히 어거지를 부렸는가.
팽함彭咸이 사라진 지 오래되었으니 / 이 뜻일랑 누구와 이야기할 것가.

〈고풍〉51

나라를 망친 왕과 왕비로 인해 온 나라엔 불길한 조짐이 가득하고, 죽음의 구렁텅이로 이끄는 그럴싸한 말들이 난무하니, 우직한 충신의 비극적인 말로(末路)는 정해진 이치이다. 은 왕비와 초 회왕, 비간과 굴평 같은 '서로 다른 시대의 여러 인물들'에 관한 고사들, 불길한 양, 도꼬마리 풀, 범의 아가리 등과 같은 비유, 그리고 팽함같은 충신이 '사라져 개탄해 마지 않'는 작품 말미의 '현재적' 시점은, 그의 관심이 과거사에 멈추어 있지 않음을 여실하게 보여준다.

이처럼 역사 고사를 인용(引用)하여 동시대를 풍자(諷刺)한 작품은 고풍의 많은 부분을 차지하고 있다. 진시황의 몰락 과정을 묘사한 <고풍>3, 31, 48, 주(周) 목왕(穆王)과 한(漢) 무제(武帝)의 황음무도를 그린 43, 초(楚)왕의 황음무도를 비판한 58 등이 이러한 경향을 보이는 대표작이다.

진왕秦王이 천하를 쓸어내고 / 범처럼 노려보니 어이 그리 사나운가.
칼을 휘둘러 뜬 구름을 가르니 / 제후들 모두 서쪽으로 와 조아렸도다.
확고한 결단력은 하늘이 내렸고 / 큰 지략으로 뭇 재사들을 부렸도다.
무기를 거둬 녹여 사람 모양 만들자 / 함곡관函谷關은 아예 동쪽으로 열렸어라.
회계령會稽領 바위에 공을 새겨 넣고는 / 낭야대琅邪臺를 으스대며 구경하노라.
칠십만 징역꾼으로 / 여산驪山 자락에 궁궐터를 닦았고
불사약을 얻고자 애를 쓰며 / 넋 잃은 채 안타까워했도다.
연거푸 힘센 활로 물고기 쏘아 대도 / 큰 고래는 정녕 엄청나기도 하여,
이마와 코는 오악五岳을 닮았는데 / 물결을 일으켜 구름 천둥 뿜어내누나.
지느러미가 푸른 하늘을 가리니 / 무슨 수로 봉래산蓬萊山을 찾을 건가.
서불徐市이 진秦나라 여인을 싣고 갔다는 / 다락배는 어느 때나 돌아오려나.
오로지 보이는 건, 땅 속 물길 세 층 아래 / 금관 속에 찬 재만 묻혔노라.

〈고풍〉3

표면적으로는 장생불로를 추구하던 진시황도 세상을 떠나고 말았다는 과거 지사를 기술한 것처럼 보이지만, 과거사를 돌아보는 마지막 두 구절의 냉소에서 작자의 의도를 읽을 수 있다. 혁혁한 공적과 불로장생에의 굳은 의지에도 불구하고 끝내는 땅 속 차가운 재로 묻히고 만 진시황의 궤적은, 천보(天寶) 9년(750) 형부상서(刑部尙書) 장균(張均) 등을 보내 보선동(寶仙洞)에 있다는 도교의 전적을 가져오게 하는 등, 장생술을 맹신한 당 현종의 어리석은 행태를 거울처럼 비추고 있다. 즉 고사를 인용하며 당대의 제왕을 풍자하고 그 비극적인 말로를 예언하고 있는 것이다. 진시황의 죽음을 불길하게 예고하는 31, 제(齊) 간공(簡公) 시해 사건을 다룬 53도 이와 같은 계열이다.

이러한 작품들은 주자(朱子)가 ≪주자어류朱子語類≫에서 "진자앙을 많이 모방하였으며, 한 구절을 다 인용한 것도 있다.[多效陳子昂, 亦有全用其句處.]"라 한 것처럼, 고시 중에서도 진자앙 <감우시感遇詩>의 직접적인 영향을 보여주고 있다. 또 같은 계열인 완적(阮籍; 210~263)의 <영회시詠懷詩>, 좌사(左思; 250~305)의 <영사詠史>보다 더욱 단순, 과감한 비유로 제왕의 잘못이나 어두운 현실을 비판함으로써, '말하는 사람은 죄가 없고, 듣는 사람은 경계로 삼게 되는' ≪시경≫의 풍자정신(諷刺精神)을 되살리고 있다.

당 현종은 대외적으로 오랑캐와 잦은 교전을 벌여 국토 확장의 야심을 불태워, 병사들은 전쟁터로 내몰리며 삶의 터전을 상실하였다. 이백은 전쟁의 불가피함을 인정하여 병사들의 승전을 기원하기도 하였지만, 제왕의 야욕으로 인해 애꿎은 목숨이 스러지고 단란했던 가정들이 파괴되고 논밭이 피폐해지는 전쟁에 절망하였다. 살벌하고 참담한 전쟁터를 생생하게 묘사하여, 두보(杜甫; 712~770)의 <새상곡塞上曲>에 필적할 만한 걸작이라고 평가되는 <고풍>14는 다음과 같다.

오랑캐 요새엔 모래 바람 드세어 / 예로부터 삭막하기 그지없도다.

낙엽 지고 가을 풀 누래질 적에 / 높이 올라 오랑캐 땅 바라보자니,
황폐한 성은 사막 우에 텅 비었고 / 변경 마을엔 남은 담장 없도다.
백골이 긴 세월 풍상 속에 뒹굴어 / 삼대 같은 잡초더미에 파묻혔구나.
묻노니, 그 누가 그리 포악하였나. / 오랑캐가 무력을 함부로 썼다가,
우리 임금을 진노케 하여 / 지친 병사들 말 위 북을 쳐댔거늘,
화락한 기운은 살기로 변하고 / 징집이 중원을 들레게 하였도다.
병사 삼십육만이 / 저마다 슬퍼서 비 오듯 눈물인데,
또다시 서글프게 행역 나가면 / 고향집 밭갈이는 그 누가 하나.
수자리 간 사람을 보지 않고야 / 어이 변새의 고생을 안다 하리오.
이목李牧이 이제는 가고 없으니 / 변방 사람들 범과 이리를 먹여 기르네.

〈고풍〉14

모래바람이 불어오는 변경에서 시인은 주검이 나뒹구는 전쟁터를 침통하게 굽어보고 있다. 육조(六朝) 및 초당(初唐) 변새시(邊塞詩) 같은 치밀한 전장 묘사에 뒤이은 한(漢)나라 이 장군의 고사(故事)는 비장감을 더해준다. 전쟁을 주제로 한 <고풍> 6, 14, 22, 34에서는 모두, 정경묘사 뒤에 고사를 인용하면서, 평화를 위해 싸워야 하고, 살리기 위해 죽여야 하고, 공(功)을 세운 자와 상 받는 자가 다른 전쟁의 아이러니를 풍자하고 있다.

3. '나'와 그 분신들

"시는 마음을 표현하는 것이라[詩言志]"는 관념은 중국 시인들을 오래도록 지배해 왔지만, 제세지(濟世志) 혹은 지사(志士)라는 용어에서처럼 '사회적 관심사'라는 함의를 띠며 활용되어 온 '지(志)'는, 가기(歌妓)나 무희(舞姬)의 아름다움을 공들여 묘사했던 제량(齊梁) 궁체시(宮體詩)에서 사라졌고, 이러한 추세는 당대(唐代) 초까지 이어졌다. 여기에는 시인들 거의가 궁정시신(宮庭侍臣)이어서 왕을 따

라 시를 짓게 된 계층적 한계도 크게 작용하였다.

초당사걸, 진자앙, 노장용의 뒤를 이어 제량(齊梁)의 유미(唯美) 풍조를 쓸어버리려 했던 이백은 <고풍>1의 첫 머리부터 시종일관 '나[吾, 我]'의 사회적 관심사를 드러내는 데 치중하였는데, 그 표현 방식은 역사적 사실이나 사물을 표면에 내세우는 비유의 성향이 강하였다. 독자 대부분은 이 사물들이 '나'에 대한 등가물(等價物)이라 짐작하고 있지만, 보다 깊이 있는 이해를 위해 그의 시 안에서 이들이 어떻게 연결되어 있으며, 시의 전통과는 어떠한 관계를 맺고 있는지 살펴볼 필요가 있다.

'홀로 핀 난초'만을 묘사한 <고풍>38은 비유가 작품 전반을 일관하고 있다. 전하고자 하는 메시지는 무엇일까?

> 한 떨기 난초, 깊숙한 정원에 피었는데 / 잡초들이 얼크러져 묻혀 버렸네.
> 따사로운 봄볕이 비치는가 싶더니 / 높은 가을 달이 또 다시 구슬프고나.
> 하늘 서리 벌써 후두둑 떨어지니 / 싱싱하던 그 모습 시들까 걱정이라.
> 맑은 바람조차 불어 오지 않는다면 / 고운 그 향기, 누굴 위해 풍기랴.
>
> 〈고풍〉38

깊숙한 정원에서 잡초들에 덮여 곧 져버릴 난초를 그린 이 작품은 도덕적 의미가 배후에 깔린 알레고리(allegory)의 성격을 띠고 있다. 난초가 피어 있는 장소는 인적이 드문 정원이고, 잡초들에게 수모를 당하고 있으며, 무심한 시간은 생명을 위협하고 있다. 난초가 처한 상황, 지닌 품성 등은 불우한 선비의 처지를 묘사한 공자(孔子)의 <유란조幽蘭操>나 초당 낙빈왕(駱賓王)의 <동신부간앙수사현상인임천同辛簿簡仰酬思玄上人林泉>其4와 같은 작품들을 모습을 연상시키고 있지만, 단정 짓기에는 여전히 모호한 부분이 있다.

3년간의 장안(長安) 벼슬 생활을 청산할 수밖에 없었던 울분을 피눈물로 호소한 <고풍>37은 이런 류의 고풍시 해석에 중요한 의미를 지닌다.

그 옛날 연燕나라 신하가 통곡을 하니 / 오뉴월 하늘에서 가을 서리 내렸고
여염집 아낙이 하늘 향해 부르짖자 / 성난 바람이 제齊의 건물에 몰아쳤지.
간절한 마음에 감동하여서 / 조물주조차 슬퍼했다는데
나는 정녕 무슨 허물이 있길래 / 금궐 곁에서 멀리 와 있단 말가.
뜬 구름이 자줏빛 궐문을 가려 / 흰 해도 햇빛을 돌리기 어렵네.
모래알들이 빛나는 구슬을 더럽히고 / 잡초더미가 한 송이 꽃을 뒤덮으니
자고로 모두가 한숨짓는 일, / 흐르는 눈물만 부질없이 옷깃을 적시네.

〈고풍〉37

이 작품은, 천지를 울리며 통곡하는 옛 사람들, 잡초더미에 수모를 당하고 모래에 광채를 잃어버린 '한 송이 꽃'과 '옥'은 궁궐을 나올 수밖에 없었던 불우한 '나'의 등가물임을 분명히 드러내주고 있다. 이로서 37의 난초의 개념은 보다 선명하게 드러난다.

이런 구도의 <고풍>37, 38은 한 걸음 더 나아가, 불행한 '미인'이 등장하는 27의 본뜻도 짐작케 한다.

연燕과 조趙 땅의 빼어난 미인 / 푸른 구름 끝 채색 누대에 있네.
고운 눈매는 밝은 달보다 화사하니 / 웃음 한 번에 나라인들 아까우랴.
언제나 푸른 풀 이울까 저어하며 / 앉은 채 차운 갈바람에 흐느끼노라.
고운 손으로 옥 거문고에 시름을 얹어 / 맑은 새벽에 일어나 장탄식 하노라.
어이하면 헌헌장부 짝이 되어서 / 날아가는 난鸞새를 같이 타 보나.

〈고풍〉27

세월의 무상함을 한탄하며 헌헌장부를 기다리는 '미인'은 불우한 '나'의 다른 이름(vehicle)이다. 대부분의 주석가들은 '기다리는 여인'이 작품의 주인공 격인 이백 시를 '작자 자신에 대한 비유'로 해석하곤 하는데, 유추의 근거가 생략되었을지언정 그리 틀린 관점은 아니다. '추녀(醜女)의 질투를 받아, 군왕(君王)에게 버림받은 미인'이 '임금 곁에서 쫓겨난 열사(烈士)'와 병치(竝置)된 가음

<옥호음玉壺吟>, 같은 제목으로 된 일련의 작품들 안에서 이와 유사한 구도가 발견되는 <효고效古> 시 1, 2는 이런 해석을 뒷받침해주는 <고풍> 밖의 단서들이다.

기실 '난초, 미인'의 비유는 멀리 초사(楚辭)에 그 뿌리를 두고 있으며, 가깝게는 진자앙 <감우시>1, 장구령(張九齡) <감우>2에서 취해 온 것이다. 이들은 오랜 문학의 관습을 통해 불우한 지사(志士)에 대한 상징으로 굳혀져 왔는데, 이백은 누구보다 월등하게 잦은 빈도로 이러한 고전적 상징을 활용하고 있다. 이와 유사한 상징으로서 연꽃(26), 옥(36, 37, 50, 56), 귀한 칼(16), 황학(15), 봉황(40, 54) 등이 있다.

이백 특유의 강한 자아는 이와 같은 사물 뿐 아니라 다양한 역사 인물들로 대치(代置)되곤 한다.

> 함양 이삼월 / 궁궐 버들은 황금 가지인데.
> 푸른 두건 쓴 이, 뉘 집 자제인가 / 구슬 파는 집 한량이로세.
> 저물녘에 술 취해 돌아오면서 / 흰 말 거만하게 내달아 가네.
> 모두들 우러르는 드높은 기개 / 한창 때를 만나서 질탕하게 노니네.
> 자운은 세상 물정 알지 못하여 / 뒤늦게 장양부를 지어 올리고
> 부를 바치자 몸 또한 늘그막 / 태현경을 짓고 나니 귀밑털은 실과 같네.
> 누각에서 떨어진 일, 참으로 애석컨만 / 오로지 이들에게는 웃음거릴세.
>
> 〈고풍〉8

말년까지 고생만 하고 세상의 비웃음을 산 양웅(揚雄)과 미모로 출세한 동언(董偃)의 처지는 빛과 그늘처럼 대비되고 있는데, <고풍>46의 마지막 구절, '변덕스러운 세태에서 멀찌감치 떨어져, 태현경을 지었노라'에 재차 등장하는 양웅은, 유사한 출세가도를 거쳐 초라한 말년을 보내고 있는 이백 자신에 대한 비유이다. 궐 안에서 이름을 날리던 전성기를 회고하며 "승명려 안에서 조서

를 기다릴 제, 모든 이가 양웅의 글재주를 훌륭하다 하였네.[當時待詔承明裏, 皆道揚雄才可觀.]"라 묘사한 <답두수재오송견증答杜秀才五松見贈>의 '양웅'은 자전적(自傳的) 성격의 악부 <동무음東武吟>의 "양자운이 그랬던 일을 본떠, 감천궁에서 부를 바쳤네.[因學揚子雲, 獻賦甘泉宮.]라는 대목에 이르러 그 실체를 드러낸다.

그 밖에 임금의 총애를 한 몸에 받다가 버려진 한(漢)나라 진황후(陳皇后)(2), 고상한 노래를 잘 부르지만 알아주는 사람 없는 초(楚)나라 영객(郢客)(21), 하늘 향해 억울한 처지를 통곡했다는 연(燕)나라 신하나 제(齊)나라 여인(37), 마음이 내키면 홀로 수레를 몰다 바퀴자국이 끝나는 곳에 다다르면 통곡하고 돌아왔다는 진(晉)나라 완적(阮籍)(54) 등도, '나'와 호응하여 실의(失意)에 찬 작자의 고독과 한(恨)을 대신하고 있다.

<고풍>에서는 또한 고시(古詩)의 전통을 이어 갖가지 새와 짐승, 풀과 나무의 이미지로 생동감을 살리고, 때때로 '나'를 비롯한 주인공과 이들을 대립시켜 갈등과 긴장을 높이고 있다. 큰 짐승들은 난폭하거나 사납고 작은 것은 힘이 없고 잔망스러우며 때로는 흉측하다. 꽃과 나무는 쓸모없거나 변덕스럽다. 정리해 보면 다음과 같은 것들이 있다.

> 두꺼비(2), 계수나무(2, 25), 범, 큰 고래(3, 34), 복사꽃(4, 19, 25), 범과 이리(14, 19), 칼(16), 원앙, 누렁이(18), 나방, 누에(22), 푸른 풀(27) 쑥, 원숭이, 벌레(28), 가을 매미(32), 뭇 새, 물고기(34), 벌레, 가시나무, 원숭이(35), 잡초(37, 38, 43, 54), 오동나무, 제비, 참새, 탱자나무, 닭(40), 덩굴풀(44), 불길한 양, 도꼬마리(51), 호랑이(51, 53), 쑥, 해바라기, 콩잎(52), 까마귀(54), 고기 눈알(56)

여러 사물과 나를 대립시켜 선/악, 군자/소인의 구도를 세우는 것은 ≪초사≫ 이래 <영회시>나 <감우시>에서 구사된 고전적인 비유방식인데, 이백은 이러한 표현기법들을 더욱 발전시켜 이중의 의미 층을 지닌 확장된 비유, 곧 알레고리로 발전시켜 자신의 중요한 상징체계의 일부로 삼은 것이다.

4. 신선

59수의 고풍 중에는 은일을 노래하거나 신선을 동경하는 도가(道家) 성향의 작품이 23수를 차지하고 있다. 결코 적지 않은 양의 이러한 작품들은 제1수를 비롯한 유가(儒家) 지향의 고풍들과 어떠한 관계에 있을까?

이백은 어려서부터 신선술을 좋아하여 도관(道觀)에서 생활하기도 하였고, 장안(長安) 벼슬생활을 마감한 직후에는 여귀도사(如貴道士)에게서 도사 자격증에 해당되는 도록(道籙)을 받을 정도로 초월적인 존재에 대한 열망이 강하기도 하였는데, 굴곡진 인생 역정 속에서 신선 세계에 대한 동경은 한층 깊어지게 되었다. 한 때 누려 본 부귀(富貴)는 동쪽으로 흐르는 물결처럼 부질없었고(39), 나비 꿈처럼 무상한 부귀영화에 전전긍긍할 필요가 없다는 체념으로 이어졌으며(9), 산에 올라 경험하는 선유(仙遊)의 청정한 아름다움은 발아래 피투성이 속세와 선명하게 대비될 수밖에 없었다(19).

> 서쪽으로 연화산蓮花山에 올라 / 저 멀리 샛별선녀를 바라보도다.
> 하얀 손에 부용을 들고 / 허공을 걸어가며 하늘나라를 즈려 밟도다.
> 무지개 옷에 너른 띠 끌며 / 훨훨 몸을 날려 하늘로 올라가도다.
> 나를 맞이해 운대雲臺에 올라서는 / 위숙경衛叔卿에게 공손히 읍하는도다.
> 황홀하게 그와 함께 가 / 기러기 앞세워 선계로 솟아 보도다.
> 낙양洛陽의 내를 내려다보니 / 까마득히 오랑캐 졸개들 내달리도다.
> 흐르는 피는 들풀을 적시며 / 승냥이와 이리들이 죄다 갓을 썼도다.
>
> 〈고풍〉19

작품 말미에 등장하는 낙양(洛陽)이라는 지명과, 갓을 쓰고 있는 난폭한 짐승에 대한 비유는 이 지역을 거점으로 시작된 안록산의 난을 연상시킨다. 이백은 전란이 시작되기 직전에 유주(幽州) 여행을 마치고 돌아오면서 전설 속 샛별선녀[明星玉女]가 산다는 화산(華山)에 들른 적이 있는데, 청정한 산에서 전운이 감도는 판국을 굽어볼 수밖에 없었던 당시의 비통한 심경을 이 작품에 담은 것으로 보인다.

옛 왕조가 전국(戰國)시대로 나뉘고, 칠웅(七雄)이 난마처럼 뒤얽히자, 성인이 자줏빛 노을 위로 솟아올랐다는 <고풍>29는, 은일과 선유(仙遊)가 세태에 대한 절망감의 또 다른 표현임을 잘 말해주고 있다. 도의 경지를 해치는 때 묻은 세상을 탓하며, 도피 외에는 선택의 여지가 없다는 절망감(25), 폭군 진시황의 사망 예고를 듣고서 무릉도원을 향해 길 떠나는 백성들의 막막함(31), 화해할 수 없는 세상과 단절한 한(漢)나라 엄군평의 고독(13) 등은 모두 신선 세계만이 유일한 도피처임을 웅변한다. <고풍>7은 신선이 되어 날아갔다는 전설 속 인물, 안기(安期)를 부러워하는 작품으로, 다른 고풍과 달리 속세에 대한 집착의 그림자가 보이지 않는다.

> 객중에 학을 탄 신선이 있어 / 훨훨 날아 하늘 위로 솟구치더니,
> 푸른 구름 속에서 소리쳐 말하기를 / 자기 이름이 안기安期라 하더라.
> 쌍쌍이 백옥 같은 옥동자들이 / 양 옆에서 자줏빛 난鸞새 피리 부는데,
> 떠나가는 그림자 홀연 뵈지 않고 / 회리바람만이 천상의 소리를 배웅하도다.
> 머리를 들어 먼 곳을 바라보니 / 살별처럼 순식간에 사라지누나.
> 원컨대 금광초金光草를 먹어 / 하늘만큼이나 오래도록 살아보리라.
>
> 〈고풍〉7

더 이상 아래를 굽어보지 않는 홀가분한 초탈은 속세에 대한 무거운 절망의 다른 이름이다.

그의 고풍 중에는 나비 꿈(9), 곤(鯤)고기와 붕(鵬)새(33) 같은 장자(莊子)의 우화를 수용한 것 외에도, 태청(7, 19), 은하수(13), 도경(20), 부용(20), 삼주수(30), 유사(29), 삼산(33), 자니해, 약목, 태소(41), 요대(55)와 같은 상상 속의 신선 세계나,

근원을 탐색하고(13), 깊고 오묘한 경지인 침명(沉冥)을 추구한다(13, 36). 자란생(7)과 같은 신선의 음악이 등장하고, 신선이 거처하는 대루산(4), 태백산(5), 부춘산(12), 금화산(17), 곤륜산(17, 40), 연화산(19), 화부주산(20), 봉래산(9, 30), 삼산(33), 지주산(40) 같은 곳을 배경으로, 불사약(4), 자하거(4), 단사(5), 금광초(7), 옥꽃술(17), 옥 음료(41), 보결(5)과 같은 신선의 비결을 익히거나 복용한 후에, 학(7), 용(11), 봉황(13, 40), 누른 학(15), 흰 사슴, 푸른 용(20)을 타고, 날개 달린 말, 나는 수레(4), 구름(28)을 타고 날아가는 신선에 관한 묘사들이 빈번하게 등장하고 있다. 여기에 엄자릉(12, 17), 노중련(10, 36)과 같은 은일의 이상적 모델이나, 한중(4), 안기(7), 목양아(17), 치이자(18), 위숙경(19), 적송자(20), 광성자(25, 28), 왕자진(40), 자하객(55)과 같은 신선 고사(故事)가 펼쳐진다.

이러한 심상(心象)들은 위진남북조(魏晉南北朝) 이래로 발전해 온 유선시(遊仙詩; 신선 추구를 주제로 한 시)들의 요소를 흡수하여 발전시킨 도가(道家)풍 시의 상징(象徵)들이다. 이백은 이 방대한 전통적 상징들을 개인적 방황의 여정과 녹여, 자신만의 상징체계를 구축해 나아갔다. 속세와의 고단한 부대낌 속에서 자존과 자유에 기반한 본질적 자아를 지켜내고 초월을 지향한 이 도가 성향의 고풍시들은 이백 시가의 표일(飄逸)하고 고고(孤高)한 시풍 형성에 크게 이바지하고 있다.

5. 초월의 양식(樣式), 비유

<고풍> 59수를 일관하고 있는 일인칭 화자(話者)는 이들이 '비판과 호소'를 위한 장르임을 말해준다. 더불어 그것이 기대고 있는 고전 양식의 추상성은 그 주관적 울분의 무게를 덜고 시공(時空)의 한계를 넘는 호소력을 지니게 한다. 문인 고시에서 사용되었던 고전적 비유들은 양적으로나 질적으로 확대된 이백

의 <고풍>에서 특정 주제를 상기시키는 상징(象徵)으로 굳어지고, 부분 묘사로부터 알레고리에 이르는 다양한 방식으로 표현되었다. 흔히 풍흥(風興)이라 일컬어지는 이러한 예술적인 기제(機制)는 '신선'과 같은 탈속적(脫俗的) 소재나 주제의 범주를 넘어서는, 이백 시 특유의 초월 성향을 이루는 데 기여하고 있다.

지기 최성보(崔成甫; ?~758)의 <택반음澤畔吟> 20수에 붙인 서문에는 이백이 중시했던 고전 양식의 특징과 효과가 잘 묘사되어 있다.

> 감춘 듯하면서도 드러나고, 은근하게 아름다우며, 슬픔이 나로부터 시작되지 않고, 감흥이 남에게서 완성되었으니, 그 어찌 원망하는 자의 무리가 아니라![至於微而彰, 婉而麗, 悲不自我, 興成他人. 豈不怨者之類乎.]

수수께끼처럼 모호하게, 베일에 싸인 듯 영롱하게, 나의 슬픔을 남의 것인 양 표현하였다 함은 벗의 작품에 대한 찬사이자, 시적 아름다움과 감동에 대한 그 자신의 지론일 터이다. 삶의 고된 여정 속에서 이백은 현실과 환상이 포옹하는 형형색색의 비유 가득한 고풍시들로써 시대의 과제를 해결하고, 독자들에게는 언제까지나 아름다운 형상으로 기억되기를 소망한 것이다.

고풍 1

大雅久不作[1]	크고 바른 시 사라진 지 오래러니
吾衰竟誰陳	나 늙고 나면 그 누가 펼치리오.
王風委蔓草[2]	요순시절 훌륭하던 기풍, 풀 섶에서 시들고
戰國多荊榛[3]	전국戰國 시대에는 가시덤불 무성터니,
龍虎相啖食[4]	용과 범이 서로를 물고 뜯으면서
兵戈逮狂秦[5]	전쟁이 광포한 진秦나라에 이르렀도다.
正聲何微茫	바른 소리는 어이 그리 아득한지
哀怨起騷人[6]	슬픔과 원망으로 초사楚辭 시인 생겨났다.
揚馬激頹波[7]	양웅揚雄과 사마상여司馬相如, 쇠퇴의 흐름 열어
開流蕩無垠[8]	틔어놓은 물꼬가 끝없이 흘렀으니,
廢興雖萬變	흥망성쇠 천만 번 바뀌어도
憲章亦已淪	바른 문장 끝끝내 물속에 잠겼도다.
自從建安來[9]	건안建安 이후의 작품들
綺麗不足珍	야단스런 아름다움 보잘 것 없는데
聖代復元古[10]	성스러운 이 시대에 옛 근원으로 돌아가
垂衣貴清眞[11]	옷깃 드리운 채, 맑고 진실함을 중히 여기도다.
羣才屬休明[12]	뭇 수재들 아름답고 밝은 시절을 만나
乘運共躍鱗[13]	운을 타고서 저마다 고기비늘처럼 생동하고
文質相炳煥	씨알과 무늬가 어우러져 빛나니
衆星羅秋旻[14]	뭇 별들이 가을 하늘에 수놓은 듯하도다.
我志在刪述[15]	나의 뜻은 산술刪述에 있으니
垂輝映千春	드리운 그 빛은 천추를 비추리라.

希聖如有立[16]　성인을 소망하여 기틀이 선다면

絶筆於獲麟[17]　기린 얻을 제 붓을 놓으리로다.

✿ 주석

1 大雅(대아) : <시대서詩大序>에 아(雅)는 바른 것이라고 하였다. ≪시경詩經≫에서는 훌륭한 정치가 이루어진 주(周)나라 초기(B.C.11세기 중반~B.C.771)의 시를 정대아(正大雅)라고 하였다. 이백은 이를 일반화시켜 '크고 바른 시'라는 의미로 사용하였다.

2 王風(왕풍) : 왕도정치가 행해졌던 요순(堯舜) 시절의 민요. ≪예기禮記≫<왕제王制>에서 "태사(太史)로 하여금 시를 진술하게 해서 백성의 풍속을 살폈다"라 하였다. <시대서詩大序>에서 "<관저關雎>와 <인지麟趾> 노래에 담긴 교화는 왕자(王者)의 노래이다."라 하였다.

3 戰國(전국) : 안사고(顔師古; 581~645)는 ≪한서주漢書注≫에서 "춘추시대 이후로 주(周)왕실이 쇠미해지고 제후들이 강성해지면서 서로 공격하였으니, 이를 뭉뚱그려 전국(戰國)이라 한다."라 하였다.

* 진(榛) : ≪운회韻會≫에서 "진(榛)은 나무들이 뭉쳐 자라는 모습이다."라 하였다.

4 龍虎(용호) : 반고(班固; 32~92)는 <답빈희答賓戲>에서 "그리하여 칠웅(七雄)이 으르렁대며 노려보고[虎闞], 중국을 나누어 찢어 용과 범처럼 다투었다."라 하였다.

* 啖食(담식) : 먹다. ≪수서隋書≫에서 "사람이 서로 잡아먹는 일을 열에 너 댓 명은 하였다"라 하였다.

5 狂秦(광진) : 도잠(陶潛; 365~427)의 시에 "흐르고 흘러 미친 진(秦)나라에 이르렀다."라 하였다.

6 騷人(소인) : 임금이 바른 판단을 내리지 못하여 혼탁해진 정국을 원망(騷)하는 초사(楚辭)의 작품들이 생겨나게 된 것을 이른다. 굴원(屈原; B.C.343~B.C.290 전후)이나 송옥(宋玉; B.C.298~B.C.222 전후), 가의(賈誼; B.C.200~B.C.168) 같은 작가들이 여기에 속한다.

소명태자(昭明太子)는 ≪문선서文選序≫에서 "초(楚)나라 사람 굴원은 충정을 품고 결백하게 살았다. 임금이 여론을 따르지 않으면, 신하는 귀에 거슬리는 말이라도 올리는 법이다. 깊이 생각하고 널리 고려하다 결국 상수(湘水) 남쪽으로 쫓겨났다. 빛나고 굳은 뜻은 이미 다쳐 아팠고, 갑갑한 마음은 하소연할 데 없었다. 깊은 물에 다가가 물에 빠져 죽겠다는 생각[懷沙之志]을 하면서, 물가에서 노래를 읊조리며 초췌한 얼굴로 지냈다. 소인(騷人)의 문장은 이로부터 지어지게 되었다."라 하였다.

7 揚馬(양마) : 한부(漢賦)의 대표적인 작가 양웅(揚雄; B.C.53~A.D.18)과 사마상여(司馬相如;

B.C.179~B.C.117)를 가리킨다.

8 無垠(무은) : 경계가 되는 언덕이 없다는 뜻이다.

9 建安(건안) : 한나라 말기의 연호(196~219). 조조(曹操), 조비(曹丕), 조식(曹植) 등 조위삼부자(曹魏三父子)가 문단의 주축을 이루던 시기로서, 이 때 시가 크게 변화하여 이를 건안체(建安體)라고 하였다. 이백은 수사적 아름다움에 치중했던 건안 이후부터 양진(梁陳)까지의 시풍을 극단적인 퇴폐풍조로 간주하였다.

10 聖代(성대) : 당(唐)나라.

11 垂衣(수의) : ≪역경易經≫<계사전繫辭傳>에 의하면 아득한 옛날 임금 황제(黃帝)와 요순(堯舜)은 나라 안이 태평하여 옷을 점잖게 드리운 채 나라를 다스릴 수 있었다고 한다.

12 休明(휴명) : 사조(謝朓; 464~499)의 시에 "예전에 훌륭하고 밝은 시절[休明]을 만나, 10년 동안 궁궐 계단에서 조회를 하였네."라 하였다.

13 躍鱗(약린) : 왕표지(王彪之; 305~377)의 시에, "날아가는 기러기는 날개를 떨치고, 비상하는 용은 비늘을 번득인다[躍鱗]."라 하였다.

14 秋旻(추민) : 가을 하늘. ≪이아爾雅≫<석천釋天>에 따르자면, 가을은 만물이 성숙하여 문채를 이루는 계절이므로, 하늘도 민(旻)으로 표현하였다고 한다.

15 刪述(산술) : 많은 전적(典籍) 중에 취사선택하여 계승하는 것. 공자는 시(詩) 삼천 여 편 중에 삼백 오편을 가려 뽑았고(刪詩), 평소 "述而不作[성인의 말을 전하고 자신의 견해를 새로 지어내지 않는다.]"라는 태도를 간직하고자 노력하며≪論語≫<述而>, 육경(六經)을 산술(刪述)하였다고 한다.

자신의 뜻이 산술(刪述)에 있다한 것은, 바른 전통의 맥을 되살리겠다는 의미이다.

16 希聖(희성) : 하후담(夏侯湛; ?243~?291)의 <민자건찬閔自騫贊>에 "성인은 하늘을 모방하고, 어진 자는 성인을 소망한다.[希聖]"라고 하였다.

17 獲麟(획린) : 두예(杜預)의 ≪춘추좌전집해서春秋左傳集解序≫에 의하면, 기린이나 봉황은 왕도정치를 펴는 훌륭한 임금이 나올 때 나타나는 다섯 영물 중에 속하는데, 기린이 아무 때나 나와서 잡혔다는 것은 세상의 종말이 왔음을 뜻한다고 하였다. ≪춘추春秋≫의 내용이 획린에서 끝났으므로, 이백은 이 구절을 통해 자신이 세상을 하직할 때에나 붓을 놓겠다는 굳은 의지를 밝힌 것이다.

해설

후세 학자들이 고풍(古風)이라 이름 지은, 59수의 무제작(無題作) 중 첫 번째 작품이다. 여기에서 그는, 바른 시란 바른 시대의 소산이라는 유가적 문학관을 토대로 당대까지 변천해

온 시사(詩史)의 흐름을 개관하고 평가한다. 또한 시경을 비롯한 고대의 전적을 수집하고 정리했던 공자의 '산술(刪述)' 작업에 자신의 시대적 임무를 견주면서, 맑고 참됨(淸眞)을 숭상하는 기풍을 진작(振作)시켜보겠노라는 포부도 피력하고 있다.

시인들의 시구에 얽힌 일화(逸話)를 기록하고 평가한 ≪본사시本事詩≫에서 맹계(孟棨; 875 전후)는 "이백은 재주가 뛰어나고 기상이 높은데, 진자앙(陳子昂)과 이름을 나란히 하면서 선배와 후배가 함께 공을 세웠다. 그는 시를 논하여, '양진(梁陳) 이래로 화려하고 경박함이 극에 달하였으며, 심약(沈約)은 또 성률(聲律)을 숭상하였으니, 장차 옛 도를 회복하는 일을 나 아니면 누가 할 것인가'라 하였다."고 평하였다.

정확한 안목과 힘찬 필치로 문학관과 창작 지침을 천명한 이 작품은 이백의 문학 세계를 이해하는 데 매우 중요한 길잡이가 된다.

고풍 2

蟾蜍薄太淸[1] 두꺼비가 하늘에 올라가
蝕此瑤臺月[2] 이 요대瑤臺의 달을 먹어들도다.
圓光虧中天 둥그런 빛이 중천에서 이지러져
金魄遂淪沒[3] 금빛 정령이 스러지도다.
螮蝀入紫微[4] 요사스런 햇무리가 자미성紫微星에 들어가니
大明夷朝暉[5] 크고 밝은 태양이 아침빛을 잃었도다.
浮雲隔兩曜[6] 뜬 구름이 해와 달을 가리어
萬象昏陰霏 삼라만상이 어두운 빗속에 희미한지고.
蕭蕭長門宮[7] 쓸쓸한 장문궁長門宮
昔是今已非 어제는 옳다더니 오늘은 그르다하고
桂蠹花不實[8] 계수나무 벌레는 열매 맺지 못한다며
天霜下嚴威 하늘 서리는 매섭게도 내리치누나.
沉嘆終永夕 침울하게 탄식하며 긴긴 저녁 지새우니
感我涕沾衣 내 마음도 느꺼워 눈물이 옷깃을 적시노라.

주석

1 蟾蜍(섬여) : 두꺼비. ≪회남자淮南子≫<정신훈精神訓>에서 달 가운데 두꺼비가 산다고 하였다. 또 <설림훈說林訓>에는 달이 천하를 비치다가 두꺼비에게 먹힌다는 표현이 나오는데, 이는 월식현상을 설명한 것이다.
* 薄(박) : 다가가다. 이르다.

2 蝕(식) : ≪석명釋名≫에서, "해와 달이 이지러지는 것을 식(蝕)이라 한다. 차츰차츰 침식하여 이지러지는 것이 마치 벌레가 초목의 잎을 먹는 것과 같다."라 하였다.

* 瑤臺月(요대월) : 심약(沈約; 441~513)의 시에 "요대의 달을 머금었다 토한다.[含吐瑤臺月]"라 하였다.

3 魄(백) : 달의 검은 부분을 일컫는 것으로, 초생달에서는 사백(死魄)이라 하고, 보름달에서는 생백(生魄)이라 한다. 금백(金魄)이라 함은 만월의 찬란한 달빛을 이른다.

4 螮蝀(체동) : 무지개. 여기서는 해의 반대편에 생기는 무지개가 아니라, 해 가장자리에 생기는 햇무리를 일컫는다. 무지개와 햇무리는 별개이지만, 이따금 혼동하여 썼다. ≪모시정의毛詩正義≫에서 "체동(螮蝀)은 무지개인데 푸르고 붉은 색으로서 구름 때문에 보인다."라고 하였다. ≪춘추잠담파春秋潛潭巴≫에서는 "무지개(虹)가 해 옆에 생기니 왕비가 임금을 은근히 위협한다."라고 하였다.

* 紫微(자미) : 별 이름. ≪진서晉書≫에 의하면, 자궁(紫宮)의 별자리에는 열다섯 개의 별이 둘러있는데, 서쪽 울타리 일곱, 동쪽 울타리 여덟으로 북두성의 북쪽에 있다. 그 중 하나는 천제의 별자리인 자미성(紫微星)으로, 천자의 곁에서 한결같이 비추며 생명과 법도를 관장한다고 한다.

5 大明(대명) : 해. ≪예기禮記≫<예기禮器>에서 "대명(大明)은 동쪽에서 돋고, 달은 서쪽에서 돋는다.'라고 했다. 정현(鄭玄)의 주에서 '대명은 해이다."라고 하였다.

* 夷(이) : 없어지다. 사라지다. ≪광운廣韻≫에서 "이(夷)는 멸(滅)이다."라고 하였다.

6 兩曜(양요) : 해와 달.

7 長門宮(장문궁) : 한나라 때 진황후(陳皇后)가 유폐되었던 궁전 이름. ≪한서漢書≫<외척전外戚傳>에서 "효무제(孝武帝)의 진 황후는 장공주(長公主) 표(嫖)의 딸이었다. 애초 무제가 태자가 될 때 장공주가 힘을 써주어 장공주의 딸을 비(妃)로 삼았다. 무제가 즉위하여 황후가 되자 총애를 믿고서 교만하고 사치하였는데 십여 년이 지나도 자식이 없었다.

위부자(衛夫子)가 성은을 입었다는 소리를 듣고 분하여 숨이 넘어 갈 뻔한 일이 여러 차례였으므로 임금은 점차 노하게 되었다. 왕비는 아양도 자못 노골적이어서, 원광(元光) 5년 임금은 이를 엄히 다스렸다. 여자 초복(楚服) 등은 황후를 위해 푸닥거리를 하고 제사지내며 저주하는 등 대역무도한 죄를 저질러, 이 일에 연루되어 죽은 자가 삼백여 명이었다. 초복의 머리를 저자 거리에 내걸고, 유사(有司)를 시켜 '황후는 질서를 어지럽히고, 미신에 홀려 하늘의 명을 받들 수 없으니, 옥새와 인수를 올리고 장문궁에 물러나 거하라.'는 책문을 황후에게 내렸다."

8 桂蠹(계두) : 본래는 계수나무에 기생하는 좀 벌레를 뜻하는데, 여기서는 왕의 은혜를 입고 사는 황후를 일컫는다. 왕기의 주석에 따르자면, ≪초사≫에서 "계수나무 벌레가 머물 곳을 모르겠노라."라고 한 것은 충신을 일컬은 것이다.

✿ 해설

달을 먹어 들어가는 흉물스런 두꺼비, 자미성에 침입한 요사스런 햇무리, 해와 달을 가리는 난데없는 구름은 천지의 암흑을 예고한다. 양제현(楊齊賢), 호진형(胡震亨), 왕기 등과 같은 주석가들은 아들을 못 낳아 당 현종(唐 玄宗)에게 버림받은 왕황후(王皇后)의 처지를 동정한 작품이라고 간주하였다. 이들이 착안한 것은 후사가 없다는 핑계로 내쳐진 한(漢) 진황후(陳皇后)의 고사(故事)일 것이다. 하지만 해와 달이 빛을 잃는 작품 전반부의 여러 표현들, 그리고 그 결과 '삼라만상'이 혼미함에 휩싸인다는 표현은, '어두움'의 크기가 성총을 잃은 왕비의 개인적 절망 차원을 넘어서는 것임을 암시하고 있다. 방동수(方東樹), 구태원(瞿蛻園) 같은 학자들이, 엄습해 오는 안사의 난(安史之亂; 755~763)을 예감하고 이백이 처지를 비관한 작품이라 본 것은 이러한 이유에서일 것이다.

이백이 궐내의 혼탁한 분위기를 못 이겨 벼슬 생활을 청산했던 744년 이후, 당 현종의 실정(失政)에 가장 큰 영향을 끼친 것은, 날이 갈수록 볼 것이 없었던 양귀비의 행실이다. 때를 틈타 궐내에서는 환관과 간신이 득세하고, 안록산은 변방의 군권을 장악하면서 반란의 기회를 노리고 있었다. 천지 광명을 해치는 두꺼비나 햇무리, 구름 등은 양귀비(楊太眞; 745년 貴妃 책봉)를 필두로 한 간사한 무리의 득세를 비유한 것으로 보인다.

장문궁에 유폐된 진황후 고사는 악부 <옥계원玉階怨>, <원가행怨歌行>, <첩박명妾薄命>, <백두음白頭吟> 등에도 빈번하게 등장하고 있으며, 악부 <상지회上之回>, <고랑월행古朗月行> 등에도 버림받은 왕비가 임금의 실정(失政)을 우려하는 표현이 있다. 작품의 끝 부분에 왕비의 탄식에 공감하는 '나[我]'의 등장은 이러한 고사들이 임금에 대한 작자의 좌절과 절망을 대신하는 것임을 시사해준다.

고풍 3

秦王掃六合[1] 진왕秦王이 천하를 쓸어내고
虎視何雄哉[2] 범처럼 노려보니 어이 그리 사나운가.
揮劍決浮雲[3] 칼을 휘둘러 뜬 구름을 가르니
諸侯盡西來 제후들 모두 서쪽으로 와 조아렸도다.
明斷自天啓 확고한 결단력은 하늘이 내렸고
大略駕羣才 큰 지략으로 뭇 재사들을 부렸도다.
收兵鑄金人[4] 무기를 거둬 녹여 사람 모양 만들자
函谷正東開[5] 함곡관函谷關은 아예 동쪽으로 열렸어라.
銘功會稽領[6] 회계령會稽領 바위에 공을 새겨 넣고는
騁望琅邪臺[7] 낭야대琅邪臺를 으스대며 구경하노라.
刑徒七十萬[8] 칠십만 징역꾼으로
起土驪山隈 여산驪山 자락에 궁궐터를 닦았고
尙採不死藥[9] 불사약을 얻고자 애를 쓰며
茫然使心哀 넋 잃은 채 안타까워했도다.
連弩射海魚 연거푸 힘센 활로 물고기 쏘아 대도
長鯨正崔嵬[10] 큰 고래는 정녕 엄청나기도 하여,
額鼻象五岳[11] 이마와 코는 오악五岳을 닮았는데
揚波噴雲雷 물결을 일으켜 구름 천둥 뿜어내누나.
鬐鬣蔽靑天 지느러미가 푸른 하늘을 가리니
何由覩蓬萊 무슨 수로 봉래산蓬萊山을 찾을 건가.
徐市載秦女 서불徐市이 진秦나라 여인을 싣고 갔다는
樓船幾時回 다락배는 어느 때나 돌아오려나.

但見三泉下[12] 오로지 보이는 건, 땅 속 물길 세 층 아래
金棺葬寒灰 금관 속에 찬 재만 묻혔노라.

주석

1 六合(육합) : 천지 사방을 말한다. 가의(賈誼)는 <과진론過秦論>에서 "시황(始皇) 때에 서주(西周)와 동주(東周)를 삼키고 제후들을 멸망시켰으며, 지존의 자리에 올라 육합(六合)을 제압하였다."라 하였다.

2 虎視(호시) : 굳세고 강한 모습을 형용한 것. ≪후한서後漢書≫<반고전班固傳>에 "진(秦)나라가 범처럼 노려보았다."는 구절이 있다.

3 決浮雲(결부운) : ≪장자莊子≫<천검편天劍篇>에서 "천자의 칼은 위로 뜬 구름을 가르고, 아래로는 땅의 뿌리를 가른다.[上決浮雲, 下絶地紀.]"라 하였다.

4 收兵(수병) : ≪사기史記≫<진시황본기秦始皇本紀>에서 "천하의 무기를 함양(咸陽)으로 모아 녹여 천 섬이나 되는 쇠로 열 두 개의 사람 동상(銅像)을 만들어 궁 안에 세워놓았다."라 하였다.

5 函谷(함곡) : 함곡관(函谷關). 육국(六國)이 망하자 진(秦)의 동쪽에 있던 요새 함곡관(函谷關을 방어할 필요가 없게 되어 수비를 풀었다고 한다.

6 銘功(명공) : 낭야대(琅邪臺)는 산동성 낭야산(琅邪山) 꼭대기에 돌을 우뚝하게 쌓아 돈대(墩臺; 조금 높직하고 평평하게 흙으로 쌓은 대)를 만든 것이다. 진시황은 진황 28년에 남쪽 낭야산에 올라 크게 즐기며 석 달을 머물고는 백성 삼만 가구를 낭야대 아래에 옮겨 살게 하였다. 십 년 여 뒤에 진시황은 회계령(會稽領)에 올라 우(禹) 임금에 제사 지내고 진(秦)의 덕을 기린 기념비를 세웠다.

7 騁望(빙망) : 으스대며 바라보다.

8 刑徒(형도) : 형벌을 받은 죄수. ≪사기≫에 의하면, 진시황은 궁형(宮刑)과 도형(徒刑)을 받은 죄수 70여 만 명을 나누어 아방궁(阿房宮)을 짓게 하거나, 북산(北山)의 석곽을 캐내어 여산(驪山)을 만들게 하였다고 한다.

9 不死藥(불사약) : ≪사기≫에 의하면, 진시황은 한종(韓終), 후공(侯公), 석생(石生) 등을 시켜 신선의 불사약을 구하러 보냈다. 또 일명 서복(徐福)이라고도 불리던 제(齊)사람 서불(徐市)이 바다 가운데 삼신산(三神山)에 가서 신선을 만나보겠다고 하여, 어린 남녀 수천 명을 딸려 신선을 찾아가게 하였다. 이들은 바다에 가서 선약(仙藥)을 찾아보았지만 몇 년이 되도록 구하지 못하고 비용만 많이 들여 벌을 받을까 두려워한 끝에 거짓으로, 봉래의 선약을 구할 수는 있지만 큰 상어가 괴롭혀 가지 못하니, 활 잘 쏘는 사람을 보내어 센 활을 거푸

쏘게 해야 한다고 꾸며대었다고 한다.

또 진시황은 바다의 신과 싸우는 꿈을 꾸고서, 바다에 들어가는 사람에게 큰 고기를 잡는 도구를 갖고 물속으로 들어가게 하고, 스스로는 연노(連弩)를 갖고서 대어가 나타나기를 기다렸다가 쏘려 하기도 했다.

10 長鯨(장경) : 큰 고래. ≪문선≫에 수록된 목화(木華; 290 전후)의 <해부海賦>에서 "그 물고기는 바다를 가로질러 헤엄치는 고래로서, 비늘은 구름에 꽂히고 지느러미는 하늘을 찌른다."라고 묘사했다.

11 五岳(오악) : 중국의 오대(五大) 명산, 즉 동쪽 태산(泰山). 서쪽 화산(華山), 남쪽 형산(衡山), 북쪽 항산(恒山), 중앙의 숭산(嵩山)을 말한다.

12 三泉(삼천) : 진시황의 무덤이 있는 여산(酈山)에 팠다고 하는 세 층의 지하수를 말한다. ≪사기≫에 의하면, 진시황은 즉위하였을 때 여산을 다듬고, 칠십 여 만 명을 시켜 세 층의 지하수 아래를 깊이 파서 구리를 넣고 관을 두었으며, 궁궐 모형, 신하들의 조상(彫像), 진기한 진품들을 가득 채워 두었다고 한다.

해설

육국(六國)의 난립을 통일하여 천하를 거머쥔 진시황이 장생불로까지 추구하다가 끝내는 세상을 떠나고 말았다는 내용인데, 실제로는 당 현종의 맹목적인 신앙생활을 풍자한 작품으로 알려져 있다.

당 현종은 천보(天寶) 9년 10월, 보선동(寶仙洞)에 귀한 도교(道教)의 전적(典籍)이 있다는 말을 믿고 형부상서(刑部尙書) 장균(張均) 등을 보내 가져오게 하는 등, 지나치게 도교를 숭상하고 장생술(長生術)을 추구하였다. 이백 역시 도교에 귀의하여 도사에게서 단약(丹藥)을 받기도 하고 은둔생활도 한 적이 있지만, 나라의 명운을 짊어진 제왕의 맹신(盲信)이 위험수위에 이르렀다고 경고하였다.

고풍 4

鳳飛九千刃　봉황이 구천 길 하늘을 나니
五章備綵珍[1]　오색이 찬란하고 진귀하여라.
銜書且虛歸[2]　편지 물고서 부질없이 돌아와
空入周與秦　공연히 주周나라와 진秦나라에 들렀고
橫絶歷四海[3]　온 세상 가로질러 여기저기 다녔지만
所居未得鄰　더불어 지낼 데 정하지 못했네.
吾營紫河車[4]　나, 단약을 고아 만드는 건
千載落風塵　천년 뒤 속세에 떨어져서라네.
藥物秘海嶽　약물로 온갖 진귀한 것 다 모으고
採鉛青溪濱[5]　청계青溪 가에서 납을 캐냈네.
時登大樓山[6]　때로는 대루산大樓山에 올라
擧首望仙眞　머리 들어 신선을 찾아보건만
羽駕滅去影　날개 수레의 흔적도 사라지고
飆車絶回輪[7]　바람 수레도 돌아올 줄 모르네.
常恐丹液遲[8]　행여 단약이 늦어져
志願不及申　소망 못 이룰세라 걱정하다가
徒霜鏡中髮　거울 속 머리에 서리만 쌓였으니
羞彼鶴上人　학 탄 저이에게 부끄럽고녀.
桃李何處開　복사꽃일랑은 어디에 피었는고
此花非我春　이 꽃은 나의 봄이 아니러니
惟應清都境[9]　그저 깨끗한 하늘나라에 올라
長與韓衆親[10]　한중韓衆과 오래도록 친해보려네.

주석

1 五章(오장) : 오색의 무늬. ≪좌전左傳≫ 소공(昭公)26년 조(條)에 아홉 가지 문채, 여섯 가지 빛깔, 다섯 가지 무늬로 오색을 수놓았다는 구절이 있다. 두예(杜預; 222~284)의 주석에 따르자면, 푸른색과 붉은색이 어우러진 무늬를 문(文)이라 하고, 붉은색과 흰색 무늬를 장(章)이라 하며, 흰색과 검은색 무늬를 보(黼)라고 하고, 검은색과 푸른색 무늬를 불(黻)이라 한다. 그리고 오색이 함께 어우러진 것을 수(繡)라고 한다. 이 다섯 가지 무늬가 오색의 바탕을 이루는 것이다.

2 銜書(함서) : 편지를 입에 물다. ≪송서宋書≫<부서지符瑞志>에서 "봉황이 편지를 물고 주(周) 문왕(文王)의 도읍으로 날아왔다. 편지 내용은 '은(殷)나라 임금이 무도하여 천하를 괴롭히고 학대하므로, 천명(天命)이 다른 데로 옮겨가 다시 회복할 수 없게 된 지 오래되었다. 신령스러운 신들도 멀리 가버리고, 온갖 귀신도 사라졌으며 다섯 별들이 방수(房宿) 별자리에 모여 온 나라를 비춘다.'라는 것이었다."라 하였다.

3 横絶(횡절) : 하늘을 가로질러 날아가다.

4 紫河車(자하거) : 단약의 한 종류. 원대(元代)의 주석가 소사윤(蕭士贇)의 설명에 따르면, 도가(道家)의 봉래(蓬萊) 수련법에서 하거(河車)는 물이고, 주작(朱雀)은 불이다. 솥에 물 한 말을 붓고 불을 때어 끓이면서 성석(聖石) 아홉 냥을 그 안에 넣으면, 처음에는 차녀(姹女)가 되고 그 다음에 되는 것은 옥액(玉液) 라 부른다. 다시 자줏빛이 되면 이를 자하거(紫河車)라 하고 흰색이 되면 백하거(白河車)라 하며, 푸른색이 되면 청하거(青河車)라 하고 붉은 색이 되면 적하거(赤河車)라 하는데 또한 황천(黃穿)이라 하기도 한다고 했다.

5 青溪(청계) : 청계(青溪)는 지주부(池州府)에 있다고 한다. 여기서 青은 淸으로 써야 옳다.

6 大樓山(대루산) : 지주부((池州府)의 성 남쪽으로 70리 되는 곳에 있는 산.

7 羽駕, 飈車(우가, 표거) : 신선이 탄다는 수레. 양제현(楊齊賢)의 주(注)에 따르면, 우가(羽駕)는 봉황새를 타고 학을 모는 것을 말하고, 표거(飈車)는 바람을 타고 구름에 오르는 것을 말한다.

8 丹液(단액) : 단약. ≪한무내전漢武內傳≫에서 "그 다음으로 약에는 구단금액(九丹金液)이 있는데, 그대가 이걸 복용할 수 있다면 대낮에 승천할 것이다."라 하였다.

9 淸都(청도) : 자미(紫微), 균천(鈞天), 광락(廣樂)과 더불어 천제(天帝)가 거처하는 곳 중의 하나이다.

10 韓衆(한중) : 신선의 이름. ≪초사≫에 "한중(韓衆)을 보고 함께 잠자며 천도(天道)를 물어본다."는 구절이 나온다. 그는 십 삼년 동안 창포를 복용하고 몸에 털이 돋았으며, 하루에 책 수만 자를 외웠고, 겨울에도 언제나 추위를 느끼지 않았다고 한다.

✿ 해설

이백의 <대붕부大鵬賦> 서문에 따르자면, 그가 스물다섯 살 경에 만난 도사 사마승정(司馬承禎; ?~736)에게서 "신선의 풍모와 도인의 기골을 가졌으니, 세상의 끝까지 함께 날아다닐 만하다"라는 칭찬을 받았다. 시인들에 얽힌 일화를 기록한 ≪본사시本事詩≫에는 이백의 <촉도난蜀道難>을 본 하지장(賀知章; 659~744)이 그를 '하늘에서 귀양 온 신선'이라며 극찬하였다는 기록이 있다. 자신에게 주어졌던 이러한 칭찬들은 자연스럽게 내면화되어, 속세에 잘못 떨어진 천 년 묵은 봉황새의 화신으로 자신을 묘사하는 데 이르렀다.

예로부터 봉황의 등장은 성군의 도래를 상징하였다. 은(殷)나라 말기에 봉황이 나타나 주(周) 문왕에게 편지를 물어다 주었다고 한다. 작자는 스스로를 봉황에 비유할 정도로 자신의 재능과 역할에 자부심을 갖고 있지만, 그러한 자신을 알아주는 이가 없는 것이 눈앞의 현실이다. 그는 영원한 청춘을 꿈꾸며 단약을 지어 먹고 본래 자신이 있어야 할 천상 세계로 비상하고 싶은 것이다.

작품 표면에 심심치 않게 드러나는 '나[吾, 我]'는 비유의 원관념을 시사하고 있으며, 부질없이(虛) 공연히(空) 주(周)와 진(秦)에 들렀다는 대목은 이 작품이 장안(長安) 벼슬생활의 실패 이후에 지어진 것임을 암시하고 있다.

그의 고풍시 중에 '신선'을 주제로 한 것이 12수 정도인데, 그 중 아홉은 신선이 되고픈 열망을 노래한 것이고, 셋은 제왕의 신선 추구를 비판한 것이어서, 얼핏 모순된 것처럼 보이기도 한다. 신선 추구의 허망함을 노래한 악부 <등고구이망원해登高丘而望遠海>, <대주행對酒行> 등에 이르면, 더욱 종잡기 어렵다. 이에 대하여 호진형(胡震亨)은 이백이 본래 신선을 믿은 것은 아니며, 유선시는 짐짓 호방한 생각을 펼치기 위한 수단이었다고 옹호하였다. 이러한 해석에도 일리가 있지만, 파란만장한 삶의 여정 속에서 가치관은 변하기도 하며, 대상에 따라 평가가 달라지는 것은 자연스러운 일일 것이다.

고풍 5

太白何蒼蒼[1] 태백산太白山은 어이 그리 푸르른고
星辰上森列 뭇 별들이 그 위에 총총하도다.
去天三百里 하늘에서 불과 삼백 리
邈爾與世絶 아득히 세상과는 떨어져 있구나.
中有綠髮翁 그 가운데 머리 푸른 노인네가
披雲臥松雪 구름 헤치고 눈 쌓인 솔 밑에 누워 있도다.
不笑亦不語 웃지도 않고 말도 없이
冥棲在巖穴 바위 굴 속에 조용히 숨어 사노라.
我來逢眞人 나 이곳에 와 신선을 만나 뵙고
長跪問寶訣[2] 꿇어 엎드려 보결寶訣을 여쭈어 보니
粲然啓玉齒[3] 옥니 가지런히 드러내고
授以鍊藥說 단약 만드는 법 가르쳐 주시노라.
銘骨傳其語 그 말씀 뼈골에 새겨 전하려는데
竦身已電滅[4] 몸을 솟구쳐 번개처럼 사라지도다.
仰望不可及 우러러보아도 따라갈 수 없으니
蒼然五情熱[5] 허둥지둥 애간장만 타는도다.
吾將營丹砂 나 장차 단약을 고아서는
永與世人別 영영 인간세상 떠나리로다.

주석

1 太白(태백) : ≪수경주水經注≫<위수渭水>에서, “태백산은 무공현(武功縣) 남쪽, 장안으로부

터 200리 떨어진 곳에 있는데 높이가 얼마인지는 모른다."라 하였다. 세상에서는 무공현의 태백은 하늘에서 300 리 떨어져 있다고 한다. 두언달(杜彦達)은 "태백산은 남쪽으로 무공산(武功山)에 이어져 있는데, 뭇 산들 중에 가장 높고 빼어나다. 겨울이나 여름 항시 눈이 쌓여 있어 멀리서 바라볼 때 희다고 붙은 이름이다."라 하였다.

2 長跪(장궤) : 무릎을 꿇다. 조식(曹植; 192~232)은 <비룡편飛龍篇>에서 "내가 진인(眞人)을 알아보아 무릎 꿇고 도(道)를 여쭤보았네.[我知眞人, 長跪問道.]"라 하였다.

3 粲然(찬연) : 활짝 웃는 모습. ≪춘추곡량전春秋穀梁傳≫에서 "군인들이 다들 활짝[粲然] 웃었다."라 하였고, 범녕(范甯; 380 전후 在世)은 주(註)에서 "찬연(粲然)은 크게 웃는 모습이다."라 하였다. 곽박(郭璞; 276~324)은 시에서 "영비가 나를 돌아보며 웃네, 옥니를 활짝 드러내며.[靈妃顧我笑, 粲然啓玉齒.]"라 하였다.

4 竦身(송신) : 몸을 솟구치다. ≪포박자抱朴子≫에서 "도를 얻은 자는 위로 능히 구름 뜬 하늘에 몸을 솟구칠 수 있고, 아래로는 강과 바다에 몸을 잠기게 할 수 있다"라 하였다.

5 蒼然(창연) : 황급한 모습.

* 五情(오정) : 조식(曹植)의 <상책궁응조시표上責躬應詔詩表>에서 "육체와 그림자가 서로 애도하니, 다섯 가지 정이 무안해한다"라고 하였는데, 여기서 다섯 가지 정이란 기쁨, 노함, 슬픔, 즐거움, 원망을 일컫는다.

해설

이백은 소시적에 당시 도교계(道教界)의 실력자였던 사마승정(司馬承禎)에게서 신선의 풍도가 있다는 칭찬을 듣고, 이 말에 힘입어 도가수양에 정진하였다. 장성하여 서는 천하 사방의 기인(奇人)들에게 도사 자격증[道籙]을 받기도 하고, 연단(鍊丹)의 비법을 전수받기도 하였으니, <고풍>4와 5는 예사로 지은 작품이 아님을 알 수 있다.

태백산은 자고로 이름난 도사(道士)와 불승(佛僧)들이 많이 은거했던 곳이다. 이 시는 아마도 단약을 복용하면 신선이 될 수 있다는 도가의 이상을 굳게 믿고 있었던 초기 작품인 듯하다. 오직 그 믿음 하나만 성취된다면 아무런 거리낌 없이 세상을 버릴 수 있다는 순수한 열정이 묻어나는 시이다.

고풍 6

代馬不思越[1] 대代에서 온 말은 월越 생각 하지 않고
越鳥不戀燕 월越에서 온 새는 연燕 땅을 그리워 않는 법.
性情有所習 익숙해져 천성이 되었으니
土風固其然 풍토가 정녕 그처럼 만들도다.
昔別雁門關[2] 어제 안문관雁門關을 떠나와서
今戍龍庭前[3] 오늘은 용정龍庭 앞을 지키나니
驚沙亂海日 발굽에 채인 모래, 사막 태양에 뿌려지고
飛雪迷胡天[4] 날리는 눈발로 북쪽 하늘 자욱하다.
蟣虱生虎鶡[5] 범 무늬 옷, 파랑새 모자 깃에 서캐 슬도록
心魂逐旌旃[6] 마음을 다하여 깃발 따라 다녔건만,
苦戰功不賞 애써 싸워 세운 공에 상도 없으니
忠誠難可宣 충성을 바치기, 정녕 어려워라.
誰憐李飛將[7] 그 누가 이비장李飛將을 애달파나 하던가
白首沒三邊[8] 떠돌던 변방에 흰머리 파묻히도록.

주석

1 代馬(대마) : 대(代)는 전국시대 조(趙)나라에 속했던 지역. 지금의 하북성 울현(蔚縣) 동북 지방에서 나는 말. <고시십구수古詩十九首>1에 "오랑캐 말은 북풍을 편안해 하고, 월의 새는 남쪽 가지에 둥지 트네.[胡馬依北風, 越鳥巢南枝.]"라는 구절이 있다.

2 雁門關(안문관) : 안문산(雁門山)의 관문. ≪산서통지山西通志≫에 "안문산(雁門山)은 대주(代州; 山西省 代縣) 북쪽 35 리 되는 곳에 있는데, 기러기가 넘으려면 반드시 이 길을 거쳐야 하므로 이런 이름이 붙었다. 일명 안문새(雁門塞)라고도 하는데, 산에 기대어 관문(關門)을 세

웠으므로 안문관이라고 한다. 산서(山西) 지방에 관문 40여 곳이 모두 좁은 곳에 단단하게 버티고 있지만, 우뚝하게 솟아 웅장하기로는 안문관이 최고이다. 조(趙)나라 이목(李牧)과 한(漢)나라 질도(郅都)가 이곳에서 국경을 방비하여, 흉노(匈奴)가 감히 변방에 접근하지 못하였으니, 모두 일시의 명장(名將)이었음은 분명하지만, 그래도 험준한 지세의 덕을 빌린 것이라고 하지 않을 수 없다."라 하였다.

3 龍庭(용정) : 오랑캐의 본거지를 뜻함. 용성(龍城)은 본디 흉노(匈奴)가 매년 5월에 모여서 제사를 지내던 곳이었는데, 용성에 있는 흉노의 조정이라는 의미로 사용한 말이다.

4 胡天(호천) : 오랑캐 지역. ≪양서梁書≫에 "변방지역도 같은 문자를 쓰고, 오랑캐 지역도 수레바퀴의 폭은 같다.[鳥塞同文, 胡天共軌.]"라 하였다.

5 蟣虱(기슬) : 이와 서캐. ≪한비자≫<유로喩老>에서 "갑주에 이와 서캐가 생기고[甲冑生蟣虱], 제비와 참새가 군막에 집을 지으며, 병사는 쉬지를 못한다."라 하였다.

* 虎鶡(호할) : 용맹한 병사들이 쓰는 범 무늬 옷과 파랑새 깃을 꽂은 모자. ≪후한서≫에 따르면 무관(武冠)을 속칭 대관(大冠)이라고 불렀는데, 갓끈에 장식이 없고 푸른 실로 띠를 만들었으며 두 개의 파랑새 꼬리(鶡)를 양편에 달았다. 파랑새는 용맹한 꿩의 일종으로서, 싸우면 하나가 죽을 때까지 그만두지 않는다고 한다. 호분장(虎賁將)은 범 무늬 바지를 입고 백호 무늬의 칼을 찼으며, 호분무기(虎賁武騎)는 모두가 파랑새 깃 관을 쓰고 범 무늬 짧은 옷을 입었다고 한다.

6 旌旃(정전) : 천자가 내린 깃발과 무늬 없는 붉은 기.

7 飛將(비장) : ≪사기≫<이장군열전李將軍列傳>에 의하면, 한나라 이광(李廣)은 우북평(右北平)의 태수였는데, 흉노가 그 소문을 듣고 한나라의 날랜 장군[飛將]이라고 이름을 붙이고 도망가서 몇 년 동안 우북평에 나타나지 않았다고 한다. 그는 흉노와 6, 70여 차례 전쟁을 하여 한나라를 위해 공을 세웠지만, 마지막 종군에 실패하자 실패 원인을 글로 써서 중앙에 보고할 서생과의 면담을 거부하고, 나이 예순에 스스로 목숨을 끊었다.

진자앙의 <감우시>34에는 이와 유사한, "어이 알리오, 일흔 번 전쟁에 나갔어도 흰머리 되도록 공후에 봉해지지 못하였음을.[何知七十戰, 白首未封侯.]"이라는 구절이 있다.

8 三邊(삼변) : 유주(幽州), 병주(幷州), 양주(凉州)를 가리키는데, 이는 오랑캐와의 접경지역을 대표한다.

해설

정든 고향을 떠나 먼 타지에서 싸우는 병사들의 고달픈 생활을 노래한 작품이다. 이백에게는 이런 종군시들이 적지 않은데, 이들은 오랑캐와 빈번하게 접전해야만 했던 성당(盛唐)

시대의 풍속도이다. 그의 종군시 중에는 악부 <백마편白馬篇>, <자류마紫騮馬>, <호무인胡無人>, <새하곡塞下曲>, <종군행從軍行>, <발백마發白馬>, <출자계북문행出自薊北門行>, <새상곡塞上曲> 등과 같이 한족(漢族)병사들의 기개와 자부심을 노래한 호전적인 작품들도 많지만, 전쟁에 시달리는 병사들의 고충을 묘사한 <관산월關山月>, <북상행北上行> 같은 작품들도 있고, 애써 싸우고도 인정받지 못함을 안타까이 묘사한 <전성남戰城南> 같은 작품들도 있다. 그런 시각에서 보자면 이 작품은 반전적(反戰的) 부류(部類)에 속한다.

고풍 7

客有鶴上仙	객 중에 학을 탄 신선이 있어
飛飛凌太淸[1]	훨훨 날아 하늘 위로 솟구치더니,
揚言碧雲裏	푸른 구름 속에서 소리쳐 말하기를
自言安期名[2]	자기 이름이 안기安期라 하더라.
兩兩白玉童	쌍쌍이 백옥 같은 옥동자들이
雙吹紫鸞笙[3]	양 옆에서 자줏빛 난鸞새 피리 부는데,
去影忽不見	떠나가는 그림자 홀연 뵈지 않고
回風送天聲[4]	회리바람만이 천상의 소리를 배웅하도다.
擧首遠望之	머리를 들어 먼 곳을 바라보니
飄然若流星	살별처럼 순식간에 사라지누나.
願飡金光草[5]	원컨대 금광초金光草를 먹어
壽與天齊傾[6]	하늘만큼이나 오래도록 살아보리라.

주석

1 凌太淸(릉태청) : 하늘 위로 솟구치다. ≪초사≫<구탄九嘆>에서 "마치 왕교가 구름을 타고서, 붉은 구름 기운 싣고 하늘 위로 솟구치듯.[譬若王僑之乘雲兮, 載赤霄而凌太淸.]"이라 하였다.

2 安期(안기) : 봉래산에 산다는 신선 이름. ≪사기≫<봉선서封禪書>에서 "이소군(李少君)이 '제가 바다에서 노닐 적에 안기생(安期生)을 보았습니다. 그는 제게 오이만한 대추를 주었습니다. 안기생은 신선으로 봉래산을 오가는데, 상대가 마음 맞는 사람인 경우에는 눈에도 뜨이지만, 그렇지 못할 때는 숨어 버립니다.'라고 하였다. 그러자 천자는 방사(方士)를 보내어 바다로 들어가 봉래(蓬萊)의 안기생 무리를 찾게 하였다."라고 하였다.

3 紫鸞笙(자란생) : 자주빛 난새 모양의 생황. 주석가 양제현(楊齊賢)에 따르자면, ≪악서樂書≫에 신선 왕자진(王子晉)의 생황은 봉황 날개 모양으로 되어있다는 기록이 있다고 한다.

4 回風(회풍) : 회오리바람.

5 飡(손) : 먹다.

* 金光草(금광초) : 먹으면 장수한다는 고대 전설에 나오는 선초(仙草). ≪광이기廣異記≫에 의하면, 동악부인(東岳夫人)이 사는 곳에 기이한 풀이 있는데, 잎은 파초같이 생겼고, 꽃은 누른색으로 광채가 나므로 이름을 금명초(金明草)라고 부른다. 이를 먹으면 몸이 영묘해져 수명이 하늘과 같아진다고 한다.

6 傾(경) : 본래는 기울인다는 뜻이나, 여기서는 전(轉)하여 수명을 다한다는 뜻으로 쓰였다.

해설

신선이 되고 싶은 간절한 소망을 표현한 작품이다. 단약이나 신선초를 먹은 후 고상한 동물을 타고 비상하는 기본 구도는 <고풍>4와 5의 뒤를 이어 이 작품에도 투영되어 있다. 속세에 대한 집착의 그림자가 전혀 보이지 않는 순수한 유선시(遊仙詩)이다.

고풍 8

咸陽二三月[1]	함양咸陽 이삼월
宮柳黃金枝	궁궐 버들은 황금 가지인데,
綠幘誰家子[2]	푸른 두건 쓴 이, 뉘 집 자제인가
賣珠輕薄兒	구슬 파는 집 한량이로세.
日暮醉酒歸	저물녘에 술 취해 돌아오면서
白馬驕且馳	흰 말 거만하게 내달아 가네.
意氣人所仰	모두들 우러르는 드높은 기개
冶遊方及時	한창 때를 만나서 질탕하게 노니네.
子雲不曉事[3]	자운子雲은 세상 물정 알지 못하여
晩獻長楊辭[4]	뒤늦게 <장양부長楊賦>를 지어 올리고,
賦達身已老	부를 바치자 몸 또한 늘그막
草玄鬢若絲[5]	≪태현경太玄經≫을 짓고 나니 귀밑털은 실과 같네.
投閣良可歎	누각에서 떨어진 일, 참으로 애석컨만
但爲此輩嗤	오직 이들에게는 웃음거릴세.

주석

1 咸陽(함양) : 본래는 진(秦)의 수도가 있던 곳이지만, 당시(唐詩)에서는 대개 수도 장안(長安)을 가리키는 말로 쓰인다.

2 綠幘(녹책) : 한나라 동언(董偃)이 머리에 둘렀던 푸른 두건. ≪한서≫<동방삭전東方朔傳>에 의하면, 임금의 숙모 관도공주(館陶公主)는 당읍후(堂邑侯) 진오(陳午)가 세상을 떠나자 나이 오십에 과부가 되어 동언(董偃)을 귀여워하였다. 당초 언(偃)은 어머니와 구슬 파는 일을 하고 있다가 13세에 어머니를 따라 공주의 집에 들어왔다. 공주는 그가 예쁘게 생겼다는 말

을 듣고 불러 만나보고는 "양어머니가 되어 길러주겠노라."고 하였다. 그리고는 글 쓰고 계산하는 법, 말 관상 보는 법, 활 쏘는 법을 가르쳐주고, 전기(傳記 ; 소설)도 읽혔다. 그의 나이 열여덟 성년이 되자, 집을 나설 때는 고삐를 잡고 들어와서는 안에서 모셨는데 사람됨이 부드럽고 자애로웠다. 관원들도 그를 만나보고 칭송하며 동군(董君)이라 불렀다. 그는 재산을 풀어 선비들과 사귀고, 나중에는 공주의 아름다운 정원을 임금에게 바치라고 권하여 임금의 총애까지 받게 되었다.

3 子雲(자운) : 한대 촉군(蜀郡) 성도(成都) 사람 양웅(揚雄)의 자(字). ≪문선≫에 실린 양수(楊修; 173~217)의 <답임치후전答臨淄侯牋>에서 "우리 집안의 자운(子雲)은 늙도록 세상물정을 몰랐다"라고 했다.

4 長楊(장양) : 양웅이 지었다는 <장양부長楊賦>를 말한다. ≪한서≫<양웅전揚雄傳>에 의하면, 성제(成帝) 때 승명전(承明殿)에서 대조(待詔; 임금의 조서를 다듬는 벼슬)를 지내던 양웅(揚雄)은 곰을 잡는 사웅관(射熊館)에 따라 갔다 돌아와서 임금에게 <장양부>를 지어 올려, 수렵에 지나치게 탐닉하지 말 것을 간언하였다고 한다.

5 草玄(초현) : ≪태현경太玄經≫을 기초(起草)하다. ≪태현경≫은 양웅이 지은 저술이다. ≪한서≫<양웅전>에 의하면, 애제(哀帝) 때 외척인 정씨(丁氏)과 부씨(傅氏), 환관 동현(董賢)이 권세를 휘둘렀는데, 이들에게 아첨한 자들 중에는 벼슬을 얻어 녹봉이 이천 석에 달할 정도로 출세하기도 하였다. 양웅은 이때에 우주 만물의 이치를 논하는 ≪태현경≫을 지으면서 세상일에 초연하였다고 한다. 왕망(王莽; 8~23 재위)이 제위를 찬탈하고 신(新)을 세워 집권하자, 건국 과정을 신화로 만들려고 상공(上公)으로 있던 견풍(甄豐)과 유흠(劉歆)의 아들을 죽이거나 추방하고, 이들과 연줄이 있는 자들도 모두 잡아들였다. 양웅은 이 때 책을 교정하느라 천록각(天祿閣) 위에 있다가, 옥사를 다스리는 관리들이 자신에게 다가오자, 평소 유흠의 아들에게 어려운 글자를 가르쳐주었던 자기에게도 화가 미칠 것을 두려워한 나머지 누각 아래로 뛰어내려 죽을 뻔하였다. 임금은 조서를 내려 용서하였으나, 세간에서는 "고매하다더니 누각에서 뛰어내리고, 청렴하다더니 제왕에 아부나 하네."라며 비웃었다.

해설

봄을 만나 호기롭게 노니는 장안의 한량들을 바라보면서, 그들의 웃음거리가 되어버린 늙은 양웅(揚雄)을 동정하는 노래이다. 이백의 작품 중에 한량과 양웅은 대립적으로 묘사되고 있다. 악부 중에는 협객 등 청년배들의 호탕한 생활을 노래한 <백마편白馬篇>, <상봉행相逢行>1, 2, <소년자少年子>, <소년행少年行>1, 2, <백비과白鼻騧>, <결객소년장행結客少年場行>, 협객과 대비시켜 양웅을 비웃은 <행행차유렵行行且遊獵>, <협객행俠客行> 등은 이 작품과 같이 양웅을 동정하는 대목이 담긴 <고풍>46 등과 서로 어긋나는 듯이 보이기도 한다.

이 같은 차이는 세월에 따른 인생관의 변화가 반영된 데서 온 듯하다. 한량과 협객의 호기에 이끌려 그 자신도 도시에서 살인마저 서슴지 않았다던 청년기를 지나, 장안에서 대조(待詔) 벼슬을 지내며 임금에게 글을 지어 바친 양웅과 같은 경로를 밟으면서 악부 <동무음東武吟>의 "양자운이 그랬던 일을 본떠, 감천궁에서 부를 바쳤네.[因學揚子雲, 獻賦甘泉宮.]"과 같이 양웅과 거의 동일한 방식으로 중년기를 보내고, 세간의 명리에서 초연하고자 했던 양웅의 늘그막을 점차 긍정적으로 보기 시작한 것 같다. 노장용(盧藏用; ?~713)의 <진씨별전陳氏別傳>에는 "우아한 것이 사마상여와 양웅의 풍골이 있었다.[雅有相如子雲之風骨.]"라는 구절로 진자앙(陳子昂)을 기린 대목도 있다.

고풍 9

莊周夢胡蝶[1]	장주莊周는 꿈에 나비가 되었고
胡蝶爲莊周	나비는 다시 장주가 되었지.
一體更變易	하나의 근원이 변하고 또 변하나니
萬事良悠悠	세상만사 참으로 아득할 뿐.
乃知蓬萊水[2]	이제야 알겠나니, 봉래蓬萊 바닷물이
復作淸淺流	얕은 냇물로 변하는 이치.
靑門種瓜人[3]	성 밖 청문靑門에서 오이 심는 이
舊日東陵侯	한 때는 동릉東陵의 제후였다네.
富貴故如此	부귀가 본디 이러하거늘
營營何所求	전전긍긍하며 무엇을 구하리오.

주석

1 莊周(장주) : 장자(莊子)는 본명이 주(周)이다. ≪장자莊子≫<제물론齊物論>에 따르면, 예전에 장주가 꿈에 나비가 되어 훨훨 날아다니면서 기분이 썩 좋아 자신이 장주인 줄을 느끼지 못했다. 잠시 후 꿈에서 깨어나 보니 엄연한 장주였다. 장주와 나비는 엄연히 다르지만, 장주가 꿈에 나비가 된 것인지 나비가 꿈에 장주가 된 것인지 알지 못하는 것, 이렇게 피아(彼我)의 구분이 없어진 경지를 일컬어 물화(物化)라고 한다고 한다.

2 蓬萊(봉래) : 바다 건너 신선이 산다는 전설 속의 산. ≪신선전神仙傳≫에 의하면, 마고할미가 왕방평(王方平)에게 말하기를 "지난번에 모신 이후로 동해가 뽕나무 밭으로 세 번 변하는 것을 보았습니다. 얼마 전에 봉래산에 가보았더니 물이 이전보다 절반 정도 더 얕아졌던데, 다시 뭍이 되려고 하는 게 아닌지요?"라고 하였다고 한다.

3 靑門(청문) : ≪삼보황도三寶黃圖≫에 따르자면, 한(漢) 장안성에서 동쪽으로 나가는 남쪽 편 첫 번째 문인 패성문(霸城門)이 푸른색이어서 백성들은 청성문(靑城門), 혹은 청문(靑門)이라

불렀는데, 문 밖에서 예로부터 좋은 오이가 나왔다. 광릉 사람 소평(邵平)이 진(秦)나라의 동릉후(東陵侯)가 되었다가, 진이 망하자 평민이 되어 청문 바깥에서 오이를 심었는데, 맛이 매우 좋아 당시 사람들이 동릉 오이[東陵瓜]라 불렀다고 한다.

진자앙의 <감우시>14에도 "서산에서 망국의 신하가 아사(餓死)하였고, 동릉에는 옛 제후가 있었네.[西山傷遺老, 東陵有故侯.]"라는 구절이 있다.

✿ 해설

한 순간도 멈추지 않고 변화하는 것이 세상 이치기에, 만사가 다 허망하고 부질없다. 한때 천자의 환대를 받으며 호사스러운 나날을 누렸던 그였기에, 궐을 나와 강남을 방황하던 심경은 나비 꿈을 깬 장주나, 벼슬을 내놓고 오이 농사를 짓던 소평과 같았을 것이다. 완적(阮籍)에게도 하루아침에 오이 농사꾼 된 동릉후를 묘사하며, 임금의 총애와 높은 봉록은 결국 해가 되므로 거친 옷으로 사는 편이 낫다는 내용의 <영회시詠懷詩>6이 있다.

고풍 10

齊有倜儻生[1]	제齊나라에 대범한 인물들 있었지만
魯連特高妙[2]	노중련魯仲連이 그 중 으뜸이었네.
明月出海底[3]	야광주가 바다 밑에서 솟아올라
一朝開光曜	하루아침에 광채를 발하듯,
却秦振英聲	진秦나라 물리치고 귀한 명성 떨치니
後世仰末照[4]	후세 사람들이 남긴 빛을 우러르네.
意輕千金贈	뜻이 높아 천금의 사례도 마다하고
顧向平原笑	평원군平原君을 돌아보며 웃음 지었지.
吾亦澹蕩人[5]	나 또한 호탕한 사람이니
拂衣可同調[6]	옷을 털고서 벗 삼을 만하다네.

주석

1 倜儻(척당) : 호방하다. 대범하다. ≪사기≫<노중련추양열전魯仲連鄒陽傳>에서 "노중련은 기이하고 대범한(俶儻) 계책을 좋아하였다.[好奇偉俶儻之畫策.]"라고 묘사하였다.

2 魯連(노련) : 전국시대의 인물 노중련(魯仲連; 약 B.C.305~B.C.245). ≪사기≫ 열전에 의하면, 노중련은 제(齊)나라 사람이었다. 기이하고 대범한 계책을 좋아했지만 벼슬살이는 마다하였다. 그가 조(趙)나라에 가서 지낼 때는 진(秦)나라가 조나라를 포위하고, 위(魏)나라를 시켜 조나라로 하여금 진나라를 황제라 부르도록 압력을 넣을 때였다.

그러자 노중련은 조나라의 평원군(平原君)을 만나서 말하였다. "장차 일이 어찌될 것 같습니까?" 평원군은 "승리야 제가 어찌 감히 말할 수 있겠습니까만, 사십만 군중을 이미 밖에서 죽였고, 이제 또 한단성(邯鄲城)을 포위하고 가지 않으며, 위나라 왕이 빈객 장군 신원연(辛垣衍)을 보내 우리나라더러 진나라를 황제라 부르라고 합니다. 이제 그 사람이 여기 있으니."라고 하였다. 노중련은 "양(梁)나라 빈객 신원연(辛垣衍)은 어디 있는지요? 제가 당신을 위해 꾸짖고 돌려보내겠습니다."라 하였다. …… 노중련은 신원연을 보고서 아무 말하지 않았다. 신원연이 말하기를 "제가 뵙기에 성이 포위된 이곳에 남아있는 사람은 모두 평원군에게 원하는 것이 있어서인 듯합니다만, 선생의 고결한 모습을 뵈오니 평원군에게 원하는 게 있는 것 같지 않습니다. 어찌하여 포위된 성에 오래 머물며 떠나지 않으시는지요?"라 하였다.

노중련이 말했다. "저 진나라는 예의를 버리고 으뜸가는 공을 차지한 나라입니다. 권세로 그 신하를 부리고, 우격다짐으로 백성을 부립니다. 저들이 방자하게 임금이 되어 천하를 잘못 다스리고 있으니, 저는 동해에 빠져 죽는 한이 있어도 그 백성이 될 수는 없습니다. 장군을 뵙는 까닭은 조나라를 구해보기 위함입니다."

신원연이 말하였다. "선생께서 장차 어떻게 도우시려구요?" 노중련이 말하기를 "제가 양나라와 연(燕)나라로 하여금 (조나라를) 돕게 한다면, 제나라와 초나라도 분명 도울 것입니다." 신원연이 말하였다. "저는 양나라 사람인데, 선생께서는 어떻게 양나라로 하여금 돕게 하시려는지요?" 노중련이 말하였다. "양나라는 진나라가 황제라 칭하는 것의 폐단을 모르고 있소이다. 양나라로 하여금 진나라가 황제라 칭하는 것의 폐단을 알게 만든다면, 반드시 조나라를 구할 터인데. 진나라가 얼마 안 있어 황제라 칭하면 제후의 신하들도 바꾸고, 어리석다고 생각되는 사람의 것을 빼앗아 똑똑하다고 생각되는 자에게 줄 것이며, 미워하는 이의 것을 빼앗아서 아끼는 자에게 줄 것입니다. 또 패배자들의 자녀와 처첩을 제후의 비빈(妃嬪)으로 삼아 양나라 궁궐에 살게 한다면, 양왕은 어찌 편안히 살 수 있을 것이며, 장군은 또 어떻게 옛 총애를 얻을 수 있을지요?" 이에 신원연은 재배하며 감사하여 말하기를 "제가 나가서 다시는 진나라를 황제라 부르라고 하지 않겠습니다."라 하였다.

진왕이 이 말을 듣고 군사를 오십 리 물렸다. 위(魏)의 공자(公子) 무기(無忌)가 진비(晉鄙)의 군사를 빼앗아 조를 구하러 진(秦)의 군사를 공격하니 진나라 군사는 달아났다.

그러자 평원군은 노중련을 제후로 봉하려 하였지만 노중련은 사양했으며, 세 번이나 사람을 보냈으나 끝내 받지 않았다. 평원군이 이에 술자리를 마련하고 술이 거나해지자 앞으로 나아가 천금을 내놓으며 노중련의 무병장수를 빌었다. 노중련이 웃으며 말하기를, "천하의 선비가 귀하게 여기는 것은 남을 위해 어려움을 없애고 난을 물리치며 분란을 풀고도 보상을 받지 않는 것입니다. 무엇을 얻으려는 것은 장사치들이나 하는 짓이지요. 저는 차마 그렇게 못하겠습니다."라 하였다. 그러고서 평원군에게 하직하고 떠나서는 평생 다시 나타나지 않았다고 한다. <고풍>36 참조.

진자앙도 <감우시>16에서 "노중련은 제나라 벼슬 사양하더니, 인수를 남겨놓고 한단을 떠났네.[魯連讓齊爵, 遺組去邯鄲.]"라 한 바 있다.

3 明月(명월) : 명월주(明月珠). 밤에 빛을 발하는 야광주의 일종. ≪사기≫에 "명월주는 강해(江海)에서 나온다."라 하였다.

4 末照(말조) : 남은 빛, 여광(餘光)
5 澹蕩(담탕) : 호탕하다.
6 拂衣(불의) : 옷을 털다. 미련 없이 훌훌 털고 가는 모습. ≪송서宋書≫에 "왕홍지(王弘之)가 옷을 털고 돌아가 밭을 간지 삼년이 지났다."고 하였다.
  * 同調(동조) : 함께 하다.

해설

이백은 전국시대 제나라의 노중련을 정치적 우상으로 여기며 평생 사모하였다. 그것은 그의 전기에 잘 나타나 있듯이, 선비로서 지녀야할 탁월한 정치적 수완과 고결한 성품을 겸비하였기 때문이다. 진자앙과 이백 등의 이 같은 지향은 "나 노중련을 사모하나니, 웃고 말하며 진(秦) 군사를 물리쳤지. 세상에 얽매이지 않음을 귀히 여기면서도, 환난 맞닥뜨려 분쟁을 해결했네. 공을 세우고도 상을 받지 않으니, 높은 절개 우뚝하여 비길 데 없네.[吾慕魯仲連, 談笑却秦軍. 當世貴不羈, 遭難能解紛. 功成不受賞, 高節卓不群.]"와 같은 좌사(左思; 250~305) <영사詠史>3의 뜻을 그대로 이은 것이다.

고풍 11

黃河走東溟	황하黃河는 동쪽 바다로 달려가고
白日落西海	흰 해는 서쪽 바다로 떨어진다.
逝川與流光[1]	가는 물과 흐르는 시간은
飄忽不相待	훌쩍 지나가 기다리지 않는고야.
春容捨我去[2]	고운 얼굴도 날 두고 떠나가고
秋髮已衰改[3]	서리 내린 머리만 쇠하여 변했도다.
人生非寒松	사람이 굳센 소나무가 아닐진대
年貌豈長在	나이와 모습이 어이 장 그대로이랴.
我當乘雲螭[4]	나 마땅히 용을 타고 올라가
吸景駐光彩[5]	해와 달을 들이마셔 빛을 멎게 하리라.

주석

1 逝川(서천) : 흘러가는 강물. 사첨(謝瞻; 387~421)의 시에 "흐르는 강물이 어이 다시 돌아오랴.[逝川豈往復]"라는 구절이 있다.
* 流光(유광) : 흐르는 빛, 즉 지나가는 시간을 말한다.

2 春容(춘용) : 젊은 얼굴.

3 秋髮(추발) : 말년의 센 머리카락.

4 雲螭(운리) : 용을 말한다. 곽박(郭璞)의 <유선시遊仙詩>에 "불사의 나라에 오르고 싶지만, 용이 나를 태우지 않는도다.[雖欲騰丹溪, 雲螭非我駕.]"라는 구절이 있으며, 여연제(呂延濟)는 주(注)에서 "운리(雲螭)는 용이다."라 하였다.

5 吸景(흡경) : 해와 달의 빛을 들이마셔 시간의 흐름을 멈추겠다는 뜻이다.

해설

인생의 짧음을 한탄하는 작품이다. 악부 <단가행短歌行>에도 용을 타고 하늘로 올라가 그들에게 술을 권하여, 지는 해를 잡아두겠다는 내용이 있듯이, 근원적 슬픔을 이처럼 담담하고 운치 있게 묘사해 낼 수 있는 솜씨는 이백 아니고서는 어려울 것이다.

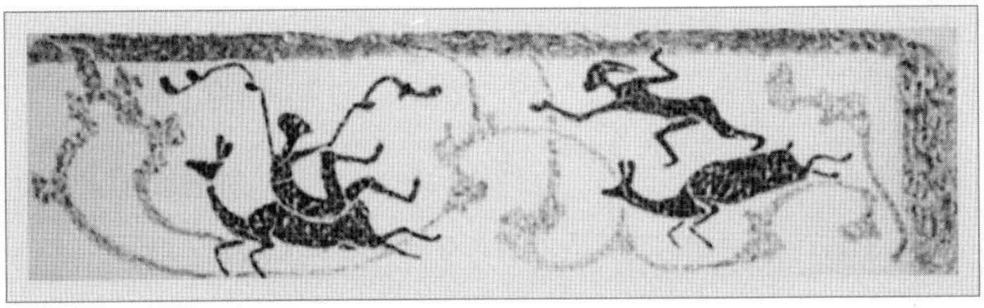

고풍 12

松栢本孤直　송백은 본래 고고하고 꿋꿋하여
難爲桃李顔　아양 떠는 행색일랑 짓기 어려우니
昭昭嚴子陵[1]　밝디 밝은 엄자릉嚴子陵은
垂釣滄波間　푸른 파도 속에 낚시 드리웠다.
身將客星隱[2]　몸일랑 떠돌이별처럼 숨기고서
心與浮雲閑　마음은 뜬 구름인양 한가하여라.
長揖萬乘君　만승 군주에게 하직인사 드리고
還歸富春山[3]　부춘산富春山으로 되돌아왔도다.
淸風灑六合　맑은 바람이 온 누리를 쓸었나니
邈然不可攀　너무도 고고하여 따라갈 수 없어라.
使我長嘆息　나로 하여금 길게 한숨지으며
冥棲巖石間　조용히 바위틈에 숨어 살게 하누나.

주석

[1] 嚴子陵(엄자릉) : ≪후한서後漢書≫<엄광전嚴光傳>에 따르자면, 엄광(嚴光; 생졸년 미상)은 자(字)가 자릉(子陵)이고, 회계(會稽) 여조(餘姚) 사람이었다. 젊어서부터 높은 이름을 날렸으며 후한의 광무제(光武帝)와 동문수학한 사이였는데, 광무제가 즉위하자 이름을 바꾸어 숨어서 나오지 않았다. 임금은 그의 어짊을 아껴 수소문하여 찾았더니, 제(齊) 지방에 양가죽을 걸치고 호수에서 낚시질 하는 한 남자가 있다는 이야기가 들려왔다. 광무제는 그가 엄광이라 여겨, 편한 수레와 비단을 준비하여 사신을 보내 맞이하였으나, 세 번 사양하여 돌려보낸 후에야 궁으로 왔다. 북군(北軍)에 머물게 하면서 침상과 요를 보내고 태관(太官)으로 하여금 아침저녁으로 찬을 올리게 하였다.

임금의 수레가 그날로 관(館)에 다다랐으나, 엄광은 누워 일어나지도 않았다. 임금은 그 옆에 누워 그의 배를 문지르며 "아아 자릉이여, 서로 돕는 것이 옳지 않은가?"하였더니 엄광은 자면서 대꾸도 않다가 한참 뒤에 눈을 크게 뜨고 뚫어지게 바라보며, "당요(唐堯)가 덕이 있어도 소보(巢父)는 귀를 씻었소. 선비에게는 본래부터 뜻이 있거늘 어찌 이리 재촉하시오?"라고 하였다. 임금은 "자릉, 내 결국 그대를 부리지 못하겠구려."라 하고는 수레를 타고 탄식하며 떠났다. 그리고 또 다시 엄광을 불러 예전처럼 도를 논하여 대하기를 여러 날 하였다. 그리고는 같이 누웠더니, 엄광이 다리를 임금의 배 위에 올려놓았다. 이튿날 태사(太史)가 "떠돌이별이 임금 자리를 범하여 사태가 위급하다"고 아뢰자, 임금이 웃으며 "내 친구 엄자릉과 함께 잤노라."라 하였다. 간의대부(諫議大夫)에 임명하였으나 받지 않고 부춘산(富春山)에서 농사를 지었다. 후세 사람들이 그가 낚시질하던 곳을 엄릉 여울[嚴陵瀨]이라 불렀다.

2 將(장) : ~와. 여(與)와 같다.

3 富春山(부춘산) : 절강성(浙江省) 항주(杭州)에 있는 산. ≪일통지一統志≫에서 "부춘산은 동려(同廬縣) 서쪽 30리 되는 곳에 있다. 일명 엄릉산(嚴陵山)이라고도 하는데, 청려기절(淸麗奇絕)하여 금봉수령(錦峰繡嶺)으로 불리며, 바로 한(漢)나라 엄자릉(嚴子陵)이 은거하며 낚시질 하던 곳이다. 앞으로는 장강(長江)이 바라다 보이며, 물가에 동서로 두 군데 낚시터가 있다"라 하였다.

해설

이백은 악부 <공후요箜篌謠>에서도 신분의 차이를 뛰어 넘은 엄자릉과 광무제의 사귐을 그리워하며, 이익과 권세를 따라 이합집산(離合集散)하는 세태를 개탄하였다. 이 작품에서는 특히 세속의 가치에 초연한 엄자릉의 고고함에 깊은 존경을 표하고 있다.

고풍 13

君平旣棄世[1]	군평君平이 세상을 버리자
世亦棄君平	세상 또한 군평을 버렸더라.
觀變窮太易[2]	변화를 바라보며 우주 시초 연구하고
探元化羣生[3]	근원을 탐색하며 뭇 생명을 부렸도다.
寂寞綴道論[4]	적막하게 혼자서 도론道論을 지으면서
空簾閉幽情	텅 빈 주렴으로 깊은 마음 가렸고나.
騶虞不虛來[5]	의로운 추우騶虞는 거저 오지 않으며
鸑鷟有時鳴[6]	신령스런 봉황도 울 때가 있는 법.
安知天漢上[7]	어이 알리오, 은하수 꼭대기
白日懸高名	흰 해에 높다랗게 이름 걸게 될는지.
海客去已久	바다의 나그네 떠난 지 오래거늘
誰人測沉冥[8]	뉘라서 그 깊이를 헤아릴 건가.

주석

1 君平(군평) : 한대(漢代) 사람 엄군평(嚴君平; B.C.86~A.D.10)을 말한다. ≪한서≫에서 “엄군평(嚴君平)은 성도(成都)에서 점을 쳤는데, 일은 비록 천하지만 남에게 은혜를 베풀 수 있는 일이라 여겼다. 사악하고 시비를 따지는 물음이 있을 때는 거북점에 의거하여 이해를 말하였으며, 자식에게는 효도에 의거하여 아우에게는 순종에 의거하여, 신하에게는 충성에 의거하여 말하니 많은 사람들이 그를 따랐다. 날짜를 정해 몇 사람 보아주고 백전(百錢)을 모으면 그럭저럭 살 만하기에, 주렴을 드리우고 ≪노자老子≫를 가르쳤는데, 식견이 넓어 통하지 않는 구석이 없었다. 노장(老莊)의 취지를 살려 10여만 자가 되는 책을 저술하였다.”라 하였다. 포조(鮑照; 421~465전후)의 시에서 “군평은 홀로 적막하였네, 자신과 세상이 서로를 버렸으니.[君平獨寂寞, 身世兩相棄.]”라 하였다. 그는 세상을 버리고 벼슬하지 않았

으며, 세상도 그를 버려 벼슬을 맡기지 않았다는 뜻이다.

2 太易(태역) : ≪열자列子≫에서 "태역(太易)이 있고 태초(太初)가 있고 태시(太始)가 있고 태소(太素)가 있다. 태역이란 기(氣)가 채 나타나지 않은 때이고, 태초란 기가 시작되는 때이고, 태시란 형체가 시작되는 때이며, 태소란 구체적인 사물이 시작되는 때이다."라 하였다.

3 探原(탐원) : 세상일을 멀리하고 우주와 인생의 근원을 탐색한다는 의미이다. 진자앙의 <감우시>36 중에도 "근원을 탐색하며 만물의 변화 바라보고, 세상을 버리고 용을 따르노라. [探原觀羣化, 遺世從雲螭.]"라는 구절이 있다.

* 化羣生(화군생) : 장구령(張九齡; 673~740)은 <감우시>12에서 "문 닫아걸고 만물의 변화를 살펴보며, 수풀 곁에서 상념에 잠기노라.[閉門跡羣化, 憑林結所思.]"라 하였다.

4 道論(도론) : 도의 이론. ≪한서≫에 "태사공(太史公; 司馬遷)이 황자(黃子)에게 도론(道論)을 배웠다."는 구절이 있다.

5 騶虞(추우) : 전설상의 의로운 동물. 검은 무늬를 가진 흰 호랑이로, 산 것은 먹지 않고 지극히 미더운 덕이 있으면 따라 나선다고 한다.

6 鸑鷟(악작) : 주(周)나라가 일어날 때 기산(岐山)에서 울었다는 봉황.

7 天漢(천한) : 은하수. 천하(天河)라고도 한다. ≪박물지博物志≫에서 "예로부터 은하수(天河)는 바다와 이어져 있다고 하는데, 근래에 어떤 사람이 바닷가에 살며 해마다 8월이면 반드시 뗏목을 띄워 다녀오곤 하였다. 한번은 기지를 부려 뗏목 위에 누각을 짓고 많은 양식을 싣고 갔다. 열흘 동안은 그래도 해와 달과 별을 보았지만 그 이후로는 망망하게 밤낮을 알지 못했다.

열 달 쯤 가다가 한 곳에 이르니 성곽 같은 모양이 있고 집들이 즐비하였다. 멀리서 바라보니 궁중에는 베 짜는 아낙들이 많았는데, 한 사내가 소를 끌고 와 물가에서 물을 먹였다. 소 모는 사람이 놀라며 '어떻게 여기 오시었소?'라고 물었다. 그 사람은 온 뜻을 말하고 그곳이 어딘지 물었더니, '그대는 촉군(蜀郡)의 엄군평을 찾아가 물으면 알 수 있을 것이오.'라고 하였다. 결국 강 언덕에 오르지 않고 되돌아 와서는 촉의 군평에게 물으니, '아무 날 아무 시에 객성이 견우성을 범하였다.'라고 하면서 연월일을 따져보자, 이 사람이 은하수에 다녀온 때와 일치하였다."라 하였다.

8 沉冥(침명) : 내면의 깊이. ≪한서≫에 의하면, 엄군평은 속이 깊어 군이 드러내려 하지 않았고 군이 얻으려고 하지 않았으며, 오랫동안 묻혀 지내면서도 그 뜻을 바꾸지 않았다고 한다. <고풍>36 참조.

진자앙의 <감우시>6에도 "심오한 경지는 감각으로 알 수 없으니, 그 누가 그 깊이를 잴 수 있으리.[玄感非象識, 誰能測沉冥.]"라는 구절이 있다.

✿ 해설

자신을 한나라 때의 엄군평에 빗대며 불우한 처지를 개탄한 작품이다. 지금이야 누구 하나 거들떠보지 않는, 세상에 버림받고 세상을 버린 보잘 것 없는 신세지만, 온 세상의 섭리라면 훤히 꿰뚫어 볼 수 있는 지혜를 가졌다며 자부해 마지않는다.

고풍 14

胡關饒風沙[1]　오랑캐 요새엔 모래 바람 드세어
蕭索竟終古　예로부터 삭막하기 그지없도다.
木落秋草黃　낙엽 지고 가을 풀 누래질 적에
登高望戎虜　높이 올라 오랑캐 땅 바라보자니,
荒城空大漠[2]　황폐한 성은 사막 우에 텅 비었고
邊邑無遺堵[3]　변경 마을엔 남은 담장 없도다.
白骨橫千霜　백골이 긴 세월 풍상 속에 뒹굴어
嵯峨蔽榛莽[4]　삼대 같은 잡초더미에 파묻혔구나.
借問誰陵虐[5]　묻노니, 그 누가 그리 포악하였나
天驕毒威武[6]　오랑캐가 무력을 함부로 썼다가,
赫怒我聖皇　우리 임금을 진노케 하여
勞師事鼙鼓　지친 병사들 말 위 북을 쳐댔거늘,
陽和變殺氣　화락한 기운은 살기로 변하고
發卒騷中土　징집이 중원을 들레게 하였도다.
三十六萬人　병사 삼십육만이
哀哀淚如雨　저마다 슬퍼서 비 오듯 눈물인데,
且悲就行役　또다시 서글프게 행역 나가면
安得營農圃　고향집 밭갈이는 그 누가 하나.
不見征戍兒　수자리 간 사람을 보지 않고야
豈知關山苦[7]　어이 변새의 고생을 안다 하리오.
李牧今不在[8]　이목李牧이 이제는 가고 없으니
邊人飼豺虎[9]　변방 사람들 범과 이리를 먹여 기르네.

주석

1 胡關(호관) : 안문관(雁門關), 옥관(玉關), 양관(陽關)과 같은 오랑캐 땅 부근의 요새를 가리키는 말.
2 大漠(대막) : 사막을 뜻함.
3 堵(도) : 담장.
4 嵯峨(차아) : 우뚝하게 높은 모양.
5 陵虐(능학) : 사납고 포악함.
6 天驕(천교) : 오랑캐. ≪한서漢書≫에 "선우(單于)가 사신을 시켜 한나라에 서찰을 보내어, '남쪽에는 위대한 한(漢)나라가 있고 북쪽에는 강한 호(胡)가 있습니다. 호(胡)는 하늘의 교만한 아들[天之驕子]입니다'라고 했다."하였다.
7 關山(관산) : 관문이 있는 국경 지역의 산, 즉 국경의 산악 지역을 뜻한다. 이 구(句) 다음에 "싸우다 죽음으로 절개 지킨 이 많은데, 도끼 잡고 싸운 이들 모두가 평민들. 전사들 죽어 쓰러져 잡초 위에 늘비하고 장군은 관직과 직위 얻었네.[爭鋒多死節, 秉鉞皆庸豎. 戰士塗蒿萊, 將軍獲圭組.]"의 4구가 덧붙은 판본도 있다.
8 李牧(이목) : 전국시대 조(趙)나라 장수. ≪사기≫에 의하면, 안문(雁門), 대(代) 지방에서 흉노의 침입을 막았는데, 흉노가 많은 병사를 이끌고 쳐들어오자, 기이한 병진(兵陣)을 치고 좌우에서 협공하여 기병 10여 만을 죽였다. 그 후로 흉노는 멀리 달아나 10여 년간 조나라 땅 근처에는 얼씬도 하지 못했다고 한다.
9 飼(사) : 먹이를 주다.

해설

무고한 양민이 병졸로 징집되어 이름도 없이 죽어가는 안타까움을 노래한 작품으로서, 진자앙 <감우시>3, 29의 반전적(反戰的) 기조를 이어받고 있으며, 두보(杜甫)의 <새상곡塞上曲>에 필적할 만한 걸작으로 손꼽힌다. 당 현종의 치세는 오랑캐와의 전쟁으로 이어졌다. 제왕의 탐욕을 만족시키려고 평생토록 목숨 내놓고 싸워야 하는 장정들의 심경을 어찌 필설로 다하랴!

고풍 15

燕昭延郭隗[1] 연燕나라 소왕昭王은 곽외郭隗를 모셔와
遂築黃金臺[2] 마침내 황금대黃金臺를 지어 주었더니
劇辛方趙至 극신劇辛이 바야흐로 조趙에서 오고
鄒衍復齊來 추연鄒衍도 또한 제齊에서 왔었는데
奈何青雲士[3] 어이하여 높으신 청운의 선비는
棄我如塵埃 나를 먼지마냥 버리려 하느뇨.
珠玉買歌笑 구슬을 팔아선 계집을 사고
糟糠養賢才 지게미로 어진 재사 대접하다니.
乃知黃鶴擧[4] 아아, 황학黃鶴이 날아서
千里獨徘徊 천리를 홀로 배회하는 맘 알 것도 같으이.

주석

1 燕昭(연소) : 전국시대 연(燕)나라 소왕(昭王; B.C.311~B.C.279재위). ≪사기≫<연소공세가燕召公世家>에 의하면, 연나라 소왕은 즉위하자 몸을 겸손히 하고 예물을 넉넉히 하여 어진 이를 불러 모았다. 곽외(郭隈)에게 말하기를 "제나라가 국난을 틈타 우리나라를 기습 격파했으니, 연나라는 작고 힘이 적은 나라여서 대항하기 어려운 나라임을 알겠습니다. 진실로 어진 선비를 얻어 나라를 함께 다스려 선왕의 부끄러움을 씻는 것이 저의 소원입니다. 선생께서 볼 만 한 것이 있다고 여기시는 분이라면 모셔서 몸소 섬기겠습니다."라고 하였다.

곽외는 "왕께서 선비를 불러 모으려 하신다면 저를 먼저 불러주십시오. 그러면 저보다 어진 사람이야 어찌 천리를 멀다 하겠습니까?"라고 대답하였다. 소왕은 곽외를 위해 궁을 개축하고 스승으로 섬겼다. 그러자 악의(樂毅)가 위(魏)나라에서 오고 추연(鄒衍)은 제(齊)나라에서 왔으며, 또 극신(劇辛)이 조(趙)나라에서 오는 등 선비들이 다투어 연나라로 왔다.

2 黃金臺(황금대) : 연나라 소왕이 천금을 쌓아놓고 천하의 선비를 불렀다는 누대. 이선(李善)의 문선주(文選注)에 의하면 역수(易水)의 동남쪽 18리 되는 곳에 있었다고 한다.

3 青雲士(청운사) : 학식이나 지위가 높은 선비. ≪사기≫<백이열전伯夷列傳>에 "청운의 선비에 의지하지 않고서야 어찌 후세에 이름을 남길 수 있겠는가." 하였다.

4 黃鶴(황학) : '황곡(黃鵠)'으로 되어 있는 판본도 있다. ≪한시외전韓詩外傳≫에 의하면, 춘추시대 전요(田饒)는 노(魯)나라의 애공(哀公)을 섬겼으나 임금이 그를 인정해 주지 않았다. 그래서 애공에게 "신은 장차 임금을 떠나 황곡(黃鵠)처럼 높이 오르려합니다."라고 하였다.

애공이 왜 그러느냐고 묻자 전요가 말하기를, "임금께서는 혹사 저 닭이라는 것을 본 적이 있으신지요? 머리에 벼슬을 이고 있는 것은 문(文)을 가지고 있는 것이며, 발에는 발톱을 가진 것은 무(武)를 가진 것이며, 적이 앞에 있으면 감히 싸우는 것은 용(勇)이 있음이며, 먹을 것을 얻으면 서로 알려주는 것은 인(仁)이 있음이며, 밤을 지켜 때를 잃지 않는 것은 신(信)이 있음이니, 이처럼 닭은 이 다섯 가지 덕성(五德)을 가지고 있습니다. 그런데도 임금께서는 날마다 그것을 삶아서 먹고 있으니, 이는 무엇 때문이겠습니까? 바로 임금 가까이에 있기 때문입니다. 저 황곡은 한 번에 천리를 날아와 임금의 동산과 연못에 앉아 임금의 물고기나 자라를 잡아먹고 임금의 기장이나 수수를 쪼아 먹으며, 이 다섯 가지 덕성 같은 것은 없는데도 임금께서 오히려 그것을 귀하게 여기는 것은 멀리서 온 것이기 때문입니다. 그런 이유로 신이 임금을 떠나 황곡처럼 날아가려는 것입니다."라 하였다고 한다.

해설

노래하며 웃음을 파는 기녀는 아끼면서, 덕 있는 선비를 푸대접하는 당시 풍조를 개탄한 작품이다. 그의 악부 <행로난行路難>2를 비롯한 여러 작품에, 빗자루를 손수 쓸어 선비를 맞이한 연 소왕을 그리는 대목이 종종 등장하는 것으로 미루어 보아, 평소 그의 바람이 어떤 것이었는지를 짐작해볼 수 있다.

고풍 16

寶劍雙蛟龍[1]	귀한 칼은 한 쌍의 교룡
雪花照芙蓉[2]	흰 광채가 연꽃처럼 비추는도다.
精光射天地	번득이는 섬광이 천지에 빛나면
雷騰不可衝	번개 번쩍인대도 맞서지 못하리라.
一去別金匣	한번 금 칼집을 하직하고 떠나더니
飛沉失相從	이리저리 흩어져 만나지 못하도다.
風胡歿已久[3]	풍호자風胡子가 세상 뜬지 하마 오래라
所以潛其鋒	칼끝일랑은 깊숙이 감추었노라.
吳水深萬丈	오吳의 강이 만 길 깊다한들
楚山邈千重	초楚의 산이 천 겹 멀다한들
雌雄終不隔[4]	자웅의 칼들이 끝내 헤어지지 않듯이
神物會當逢	뛰어난 이들끼리 만나볼 날 있으리라.

주석

1 雙蛟龍(쌍교룡) : 한 쌍으로 이루어진 쌍검(雙劍)을 교룡(蛟龍) 두 마리에 비유한 것이다.

2 雪花照芙蓉(설화조부용) : 여기서 설화(雪花)는 칼날이 내뿜는 흰 광채를 말한다. 보검의 눈처럼 흰 광채에 연꽃무늬가 비친다는 뜻이다. ≪월절서越絶書≫에 의하면, 월(越)나라에 칼을 잘 보는 벽촉(薛燭)이라는 사람이 있어 임금 구천(句踐)이 불러다가 물어보았다. 담당자를 불러 순구(純鉤)라는 칼을 가져오게 하였더니, 벽촉이 이를 바라보다 손을 떨쳐 칼을 휘두르자, 칼의 광채가 마치 새로 피는 연꽃 같았다고 한다.

3 風胡(풍호) : 고대에 칼을 잘 볼 줄 알았다고 하는 풍호자(風胡子)를 말한다. ≪월절서≫에 의하면, 초왕(楚王)이 풍호자를 불러 "오나라에 간장(干將)이 있고, 월나라에 구야자(歐冶子)가 있어 세상에 으뜸이라 하던데, 과인이 나라의 보물을 그대 편에 보내 오왕께 부탁하여

이 두 사람에게 쇠칼을 만들게 할 수 있을까?"하고 묻고서, 풍호자를 오나라에 보내 구야자와 간장을 만나서 그들로 하여금 쇠칼을 만들게 하였다. 구야자와 간장은 자산(茨山)을 파서 지하수를 흘려보내고, 좋은 쇠를 얻어 철검 세 개를 만들었다. 풍호자가 초왕에게 이를 바치니, 초왕은 이 세 칼의 번득임을 보고 크게 기뻐하였다. 그리고는 "이 세 칼은 무슨 물건을 뜻하며 이름은 무엇인가?"라고 묻자, 풍호자는 "하나는 용연(龍淵), 두 번째는 태아(泰阿), 세 번째는 공포(工布)라 합니다."라고 하였다고 한다.

4 雌雄(자웅) : 여기서는 한 쌍으로 이루어진 쌍검(雙劍)을 뜻한다. ≪태평어람太平御覽≫<뇌환별전雷煥別傳>에 다음과 같은 기록이 있다. "뇌환(雷煥)은 자가 공장(孔章)이고 파양(鄱陽) 사람으로서 천문과 점에 능하였다. 사공(司空)이었던 장화(張華)가 밤에 두우성(斗牛星) 근처의 이상한 기운을 보고서 뇌환에게 보았냐고 물었더니, 뇌환이 보검의 기운이라 하였다. 장화는 '나의 관상을 본 사람이 날더러 귀하고 현달하게 되어 몸에 보검을 차게 될 것이라 하였는데, 이 말이 실현될 징조인가 보다.'라 하고서, 뇌환을 풍성(豐城)의 현령으로 삼았다. 뇌환이 현에 가서 감옥을 옮기고 그 자리를 30여자 팠더니 푸른 돌로 만든 상자가 하나 나왔다. 그 안에 쌍검이 있었는데 광채가 아주 밝았다. 뇌환은 남창(南昌) 서산의 황백토를 가져다가 그걸로 검을 문질러보았더니 아름다운 광채가 눈부셨다. 그리하여 검 한 자루는 황토 약간과 함께 장화에게 보내었고 나머지 하나는 자신이 가지고 있었다. 장화가 검과 황토를 받고서는 '이것은 간장(干將)의 검이다. 막야(莫耶)는 왜 또 오지 않았을까? 하지만 하늘이 신물(神物)을 만들었으면 결국에는 만나게 되어 있다.'라 하였다. 그리고서 화음(華陰)의 적토(赤土) 한 근을 뇌환에게 보내었다. 뇌환이 그걸 받아 검을 문질러보았더니 선명한 광채가 더욱 빛을 발하였다. 장화가 주살을 당하게 되자 검은 그 옥갑(玉匣)과 더불어 어디로 갔는지 알 수가 없었다. 뒤에 뇌환이 죽고 그의 아들 뇌상(雷爽)이 검을 차고서 연평진(延平津)을 지나가는데 검이 까닭 없이 물속으로 떨어져버렸다. 사람을 시켜 물속에 들어가 찾았더니, 길이가 몇 길 되는 용 두 마리가 서로 얽혀 있는 것이 보였고, 잠시 후 점차 광채가 나더니 태양처럼 강을 비추었다."

✿ 해설

비길 데 없이 훌륭한 칼에 자신을 빗대면서, 알아줄 이가 어디엔가는 있으며 언젠가는 그와 만나게 될 것이라는 한 가닥 희망을 피력한 작품이다. 이는 악부 <양보음梁甫吟>의 '장공의 쌍룡검, 명물들의 만남에는 때가 있는 법'이라 한 마지막 부분과 일치한다. 이러한 생각과 표현방식은 선배 시인 포조(鮑照)의 <증고인마자교시贈故人馬子喬詩>6의 직접적인 영향을 받은 것이기도 하다.

무본(繆本)에서는 이 작품과 <고풍>8(咸陽二三月)을 <감우感遇>라는 제목에 넣었다.

고풍 17

金華牧羊兒[1]　금화산金華山의 양치는 소년
乃是紫烟客[2]　그이가 바로 신선이라네.
我願從之遊　나 그를 따라 노닐려 하나
未去髮已白　가기도 전에 머리부터 세었네.
不知繁華子[3]　모를네라, 부산한 자여
擾擾何所迫[4]　허둥지둥 어이 그리 조급한가.
崑山採瓊蕊[5]　곤륜산崑崙山 옥 꽃술을 따기만 하면
可以鍊精魄[6]　혼백일랑은 단련할 수 있는 것을.

주석

1 金華(금화) : 지금의 절강성 금화시(錦華市) 북쪽에 있는 산 이름. ≪신선전≫에 다음과 같은 기록이 있다. 황초평(皇初平)은 단계(丹溪) 사람으로 나이 열다섯에 집에서 양을 치라 하였는데, 한 도사가 그가 양순하고 공손한 것을 보고서 금화산 동굴에 데려갔는데 사십년이 넘도록 집에 돌아갈 생각을 하지 않았다.

그의 형 초기(初起)가 산으로 가서 아우를 찾았으나 몇 년이 되어도 찾을 수 없었다. 그 후에 저자에서 한 도사를 만나, '양 치던 내 아우 초평을 잃어버린 지 사십년이 되었는데, 죽었는지 살았는지 또 어디 있는지 모르니, 점을 한번 쳐주시오.'라 하였다. 도사는 "금화산에 황초평이라는 양치기가 있는데, 당신의 아우가 틀림없소이다."라 하였다. 그 도사를 따라가 아우를 만나 회포를 풀고 나서 "양들은 어디에 있느냐?"라고 물었더니, "산 동쪽에 있습니다."라고 하였다. 형은 가서 찾아보았으나 흰 돌만 있을 뿐이었다. 초평에게 "산 동쪽에는 양이 없더라."라고 하자, 초평은 "양이 있는데 못 보는 것뿐입니다."라 하였다. 이들이 가서 보는데, 초평이 큰소리로 "일어나라, 양들아!"라고 하니 흰 돌이 모두 수 만 마리의 양으로 변하는 것이었다. 형이 "아우 혼자 이런 신선의 도를 닦았으니, 나도 배울 수 있을까?"라고 하였더니, 아우는 "도를 좋아하면 배울 수 있지요."라고 하였다. 형은 처자를 버리고 아우를 따라 수양을 하면서 송지(松脂)와 복령(茯苓)만 먹었는데, 오백 세가 되자 앉은 채로 금방 사라지고, 햇빛 속을 걸어가도 그림자가 없으며, 아이의 안색을 가질 수 있게 되었다.

뒤에 함께 고향으로 돌아왔더니 친족들이 거의 죽고 없어서 다시 돌아갔다. 초평은 자(字)를 적송자(赤松子)로 바꾸었고, 초기는 자를 노반(魯班)으로 바꾸었다.

2 紫烟客(자연객) : 신선. 자연(紫烟)은 선경(仙境).

3 繁華子(번화자) : 세속의 화려함을 좇는 속인(俗人).

4 擾擾(요요) : 복잡하고 소란한 모양.

5 瓊蘂(경예) : 옥 꽃술. 사마상여(司馬相如)의 <대인부大人賦>에 "경예를 조금씩 먹는다.[噍瓊蕊]"라는 구절이 나오는데, 장읍(張揖)의 주(注)에서 "경수(瓊樹)는 곤륜산(崑崙山) 서쪽 유사(流沙)의 가장자리 지역에서 자라는데, 굵기는 삼백 아름이고 높이는 만 길이며, 꽃은 꽃술로 이루어져 있고 그것을 먹으면 불로장생한다."라고 하였다.

진자앙의 <감우시>6에는 "곤륜산에 옥으로 된 나무 있는데, 어이하면 그 꽃 딸 수 있으리.[崑崙有瑤樹, 安得采其英.]"라는 구절이 있다.

6 精魄(정백) : 혼백. ≪문선≫에 수록된 강엄(江淹; 444~505)의 <잡시雜詩>에 "조용한 물결이 마음을 머물게 한다.[隱淪駐精魄]"는 구절이 있는데, 여향(呂向)의 주(注)에 정백(精魄)은 혼백이라고 하였다.

진자앙의 <감우시>8에서는 "정신과 혼백은 섞여 만나고, 하늘과 땅은 생명을 늘어놓도다.[精魄相交會, 天壤以羅生.]"라 하여, 정(精)과 백(魄)을 구분하였다.

해설

신선이 되려는 욕심으로 조급해지는 자신을 다잡는 내용이다.

이백에게 무한한 상상력을 제공했던 신선 고사들은 한대(漢代) 유향(劉向; B.C.77~ B.C.6)이 엮은 ≪열선전列仙傳≫, 진(晉) 갈홍(葛洪; 284~343)이 엮은 ≪신선전神仙傳≫, 그리고 이에 영향을 받은 남북조(南北朝) 시대 여러 유선시(遊仙詩)에서 유래한 것들이다.

고풍 18

天津三月時[1]　천진교天津橋의 춘삼월
千門桃與李　일천 문에 복사꽃 오얏꽃.
朝爲斷腸花[2]　아침에는 애끊는 꽃이더니
暮逐東流水　저물녘엔 동류수에 흘러가누나.
前水復後水　앞 물결에 또 뒷 물결
古今相續流　예나 제나 연이어 흘러가도다.
新人非舊人　새사람은 옛 사람이 아니어니
年年橋上遊　해마다 다리 위에 노닐도다.
雞鳴海色動[3]　닭이 울어 검푸르게 동이 트면
謁帝羅公侯　황제 뵈올 공후公侯들이 줄을 잇도다.
月落西上陽[4]　달은 서상양西上陽 궁전에 지고
餘輝半城樓　남은 빛이 성루에 반쯤 비치는데,
衣冠照雲日　의관은 구름 사이 햇빛을 비추며
朝下散皇州[5]　조회가 끝나자 거리로 흩어진다.
鞍馬如飛龍　비룡 같은 말을 타고
黃金絡馬頭　황금으로 말머리를 둘렀도다.
行人皆辟易[6]　행인들 모두 두려워 물러서니
志氣橫嵩丘[7]　의기가 숭산嵩山을 가로지른다.
入門上高堂　문을 들어서서 높은 당에 오르니
列鼎錯珍羞　즐비한 그릇에 진수성찬 벌어졌다.
香風引趙舞　향그런 바람은 조趙의 춤 따라 일고
淸管隨齊謳　맑은 피리소리 제齊의 노래 뒤따른다.

七十紫鴛鴦[8]　비오리 일흔 마리
雙雙戲庭幽　쌍쌍이 뜰 한 구석에서 노니나니,
行樂爭晝夜　주야로 행락을 다투며
自言度千秋　천년을 살겠노라 말하는도다.
功成身不退　공을 이루고 물러날 줄 모르던 이
自古多愆尤[9]　자고로 다 허물만 얻었더라.
黃犬空嘆息[10]　부질없이 누렁이를 한탄하고
綠珠成釁讎[11]　녹주綠珠로 피 묻힌 원수가 되었도다.
何如鴟夷子[12]　치이자鴟夷子가 어떠하리오.
散髮棹扁舟　머리 풀어헤치고 쪽배 저었으니.

주석

1 天津(천진) : 낙양의 천진교(天津橋)를 가리킨다. 수(隋)나라 양제(煬帝)가 처음 이 다리를 만들어 낙수(洛水)를 가로지르게 하였다고 한다.

2 斷腸花(단장화) : 애끊는 꽃.

3 海色(해색) : 새벽의 검푸른 하늘빛. 첫 닭이 울 때 하늘빛이 훤해지는 것이 몽롱한 바다 기운 같기 때문에 생겨난 표현이다.

4 上陽(상양) : 상양궁(上陽宮). ≪구당서舊唐書≫<지리지地理志>에 따르면, 동도(東都) 낙양(洛陽)의 궁성 서남 모퉁이에 있으며. 남쪽으로 낙수(洛水)에 임하고 서쪽으로는 곡수(穀水)를 건너다보면서, 동쪽으로는 궁성에, 북쪽으로는 금원(禁苑)에 잇닿아 있었다. 궁 안의 정문(正門)과 정전(正殿)은 모두 동쪽을 향하고 있었는데, 정문을 제상(提象)이라 하였고 정전(正殿)을 관풍(觀風)이라 하였다. 그 안에 별전(別殿)과 정관(亭觀) 등이 아홉 군데 있었다. 상양궁의 서쪽 곡수 건너편에는 서상양궁(西上陽宮)이 있었고, 곡수를 가로질러 놓인 무지개다리로 오가며 행차하였는데, 고종(高宗) 용삭(龍朔)년간 이후에 만들었다고 한다.

5 皇州(황주) : 도성(都城). 사조(謝朓; 464~499)의 시에 "봄빛이 도읍에 가득하다.[春色滿皇州]"라 하였고, 장선(張銑)의 주에서 "황주(皇州)는 제향이다."라 하였다.

6 辟易(벽역) : 물러나서 자리를 바꾸다. ≪한서≫<항우전項羽傳>에서 "양희(楊喜)는 사람과 말이 모두 놀라, 몇 리를 물러났다.[辟易數里]"라 하였고, 안사고(顔師古)의 주에 "벽역은 넓

게 벌려서 본래의 자리를 바꾼다는 말이다."라고 하였다.

7 嵩丘(숭구) : 숭산(嵩山). 오악(五岳)의 하나로 중악(中岳)에 해당하며, 하남성 등봉시(登封市)에 있다. 가음 <원단구가元丹丘歌>에서는 '숭잠(嵩岑)'으로 썼다.

8 紫鴛鴦(자원앙) : 비오리. 원앙(鴛鴦)의 일종으로서 자주색이 많으며, 일명 계칙(鸂鶒)이라고도 한다. 고악부 <계명곡鷄鳴曲>에서 "원앙 일흔 두 마리, 늘어서 절로 줄을 이루었다.[鴛鴦七十二, 羅列自成行.]"라 하였는데, 부귀하고 다복함을 나타낸 표현이다. 또 ≪서경잡기西京雜記≫에서 "무릉(茂陵)의 부자 원광한(袁廣漢)이 북망산(北邙山) 아래에 동산을 만들어서 흰 앵무, 비오리, 모우(牦牛; 긴 털을 가진 물소), 청시(靑兕; 외뿔 들소) 등을 키워, 기이한 동물들이 많았다."라 하였다.

9 愆尤(건우) : 허물.

10 黃犬(황견) : 진(秦)나라의 재상이었던 이사(李斯; ?∞B.C.208)는 진시황이 죽자 조고(趙高)와 함께 이세(二世)를 왕으로 세우고 권세를 휘둘렀지만, 끝내는 조고의 모함으로 요참형(腰斬刑)을 받아 죽게 되었다. 이때 그는 둘째아들에게 말하기를, "너와 함께 누렁이와 매를 데리고 고향 상채(上蔡)의 동문(東門) 밖에서 토끼 사냥을 못하게 되는 것이 한이로구나."라고 하였다. 악부 <행로난行路難>3과 가음 <비가행悲歌行>에도 이사(李斯)의 고사가 사용되었다.

11 綠珠(녹주) : 동진(東晉)의 명사(名士)였던 석숭(石崇; 249~300)의 애첩으로, 예쁘고 피리도 잘 불었다. 당시 권력을 전횡하던 조왕(趙王) 사마륜(司馬倫)이 석숭에게 녹주를 달라고 하였으나 거절당하자 뒤에 석숭을 죽였다. 무사들이 문에 당도하자 녹주는 누대로 도망가 투신하였으며, 석숭 일가는 모두 피살당하였다.

12 鴟夷子(치이자) : 춘추시대 월(越)나라 재상 범려(范蠡; 약 B.C.536~448)의 별명. 그는 월왕(越王) 구천(句踐)을 도와 오(吳)의 부차(夫差)를 무찌르고 난 후, 조각배를 타고 강호로 떠나 이름을 숨겼는데, 제(齊)에 가서는 산발한 채 치이자피(鴟夷子皮)로 행세하였고, 나중에 도(陶)에 가서는 도주공(陶朱公)으로 행세하였으니, 공성신퇴(功成身退)의 모범을 보인 인물이라 할 만 하다. 가음 <남도행南都行>에도 이 범려의 고사가 나온다. 진자앙 <감우시>15에도 "그 누가 보았나, 치이자가 쪽배 타고 오호로 떠났음을.[誰見鴟夷子, 扁舟去五湖.]"이라는 구절이 있다.

해설

한바탕 꿈인 부귀영화건만 이마저도 손에 쥐어지지 않으니, 욕망일랑 접고 은자로 살아야겠다는 다짐이 담긴 작품이다. 장편이긴 하지만, 마지막 네 구는 앞 부분에 묘사된 질탕한 행락의 비극적 결말을 교훈적으로 요약해주고 있다. 즉, 고관대작들의 거들먹거림은 누렁이를 한탄하는 이사(李斯)의 때늦은 뉘우침으로, 가무(歌舞)와 행락에의 탐닉은 녹주(綠珠)의 참극으로 끝이 난다. 반면, 공을 이루고 명예롭게 물러난 성공 사례로 치이자(鴟夷子)의 소탈한 여생이 인용되었다.

"공 이루고 물러날 줄 모르던 이, 자고로 끝이 좋지 않았다.[功成身不退, 自古多愆尤.]"는 이 시의 한 대목은 굴곡진 인생역정과 역사에 대한 조망을 통해 얻은 이백의 처세관으로 유명하다.

고풍 19

西上蓮花山[1] 서쪽으로 연화산蓮花山에 올라
迢迢見明星[2] 저 멀리 샛별선녀를 바라보도다.
素手把芙蓉 하얀 손에 부용을 들고
虛步躡太淸 허공을 걸어가며 하늘나라를 즈려 밟도다.
霓裳曳廣帶 무지개 옷에 너른 띠 끌며
飄拂昇天行 훨훨 몸을 날려 하늘로 올라가도다.
邀我登雲臺[3] 나를 맞이해 운대雲臺에 올라서는
高揖衛叔卿[4] 위숙경衛叔卿에게 공손히 읍하는도다.
恍恍與之去 황홀하게 그와 함께 가
駕鴻淩紫冥[5] 기러기 앞세워 선계로 솟아 보도다.
俯視洛陽川 낙양洛陽의 내를 내려다보니
茫茫走胡兵 까마득히 오랑캐 졸개들 내달리도다.
流血塗野草 흐르는 피는 들풀을 적시며
豺狼盡冠纓 승냥이와 이리들이 죄다 갓을 썼도다.

✿ 주석

1 蓮花山(연화산) : 화산(華山)을 가리킨다. 화산은 오악(五岳) 중 서악(西岳)에 해당하며 섬서성 화음현(華陰縣) 남쪽에 있다. 연화봉(蓮華峯)은 화산의 서쪽 봉우리이다. ≪태평어람太平御覽≫ <화산기華山記>에서 "산꼭대기 연못에 이파리 천개의 연꽃이 피는데, 이를 먹으면 날개가 돋기 때문에 화산(華山)이라고 한다."라 하였다. 가음 <서악운대가송원단구西岳雲臺歌送丹丘子>, <옥진선인사玉眞仙人詞> 참조.

2 明星(명성) : 선녀의 이름. ≪태평광기太平廣記≫<집선록集仙錄>에서 "샛별옥녀(明星玉女)는

화산(華山)에 살며 옥으로 된 음료를 마시고 대낮에 하늘로 오른다."라고 하였다.

3 雲臺(운대) : 운대봉(雲臺峯)을 말한다. 명(明) 신몽(愼蒙)의 ≪명산기名山記≫에 의하면, 태화산(太華山, 즉 華山) 동북쪽에 있으며, 두 봉우리가 우뚝하고 사면이 절벽이라고 한다.

4 衛叔卿(위숙경) : 신선의 이름. ≪신선전神仙傳≫에 따르면, 위숙경(衛叔卿)은 중산(中山) 사람인데 운모(雲母)를 먹고서 신선이 되었다. 한(漢) 원봉(元封) 2년 8월에 무제(武帝)가 대궐에 한가하게 있으려니. 어떤 사람이 흰 사슴이 끄는 구름수레를 타고 하늘에서 내려와서는 궁전 앞에 서는 것이었다. 그는 나이 서른 남짓 되어보였는데, 얼굴은 아이와 같고 날개옷에 별로 장식한 관을 썼다. 임금이 놀라 누구냐고 물으니, 중산 위숙경이라고 하였다.

임금은 "그대가 중산 사람이라면 나의 신하일 터이니 앞에 나와 함께 이야기를 나누어 보자."고 하였다. 숙위경은 임금이 도를 좋아하므로 만나보면 반드시 우대를 받을 줄 알았는데, 자기 신하니 어쩌니 이야기하여 크게 실망을 하고 묵묵히 대답을 하지 않다가, 갑자기 어디론가 사라졌다. 임금은 크게 후회하고 사자 양백(梁伯)을 중산에 보내어 위숙경을 찾아보았으나 못 찾고, 그 아들만 만나 함께 화산(華山)으로 가서 그 아비를 찾아보았다.

그 산에 닿기 전에 절벽 바위 아래서 그 아비가 돌 위에서 몇 사람들과 쌍륙 내기를 하는 것을 바라보니, 자줏빛 구름이 그 위에 어리어 있었으며 선동(仙童) 몇이 깃발을 잡고 백옥으로 된 침상 뒤에 서 있었다.

5 紫冥(자명) : 신선 세계.

✿ 해설

끔찍한 정경 묘사가 이루어진 작품의 마지막 네 구절을 미루어 볼 때, 이 시는 아마도 안록산(安祿山)이 낙양에 침입한 755년에서 756년 사이에 지어진 것으로 보인다. 이백은 753년 유주(幽州) 여행을 마치고 돌아오는 길에 화산(華山)에 들린 적이 있는데, 이때 운대관(雲臺觀)의 도사에게서 도술을 배웠던 듯하다. 전란으로 참혹한 중원 땅을 굽어보면서, 청정한 신선계로 훌쩍 날아오르지도 못하고 그렇다고 어지러운 속세를 바르게 이끌어갈 수도 없이 안타까워하는 심경이 잘 표현되어 있다.

고풍 20

昔我遊齊都　전에 나 제齊나라 서울서 노닐 적에
登華不注峯[1]　화부주華不注 봉우리에 올라갔었지.
玆山何峻秀　이 산은 어이 그리 뾰족하던지
綠翠如芙蓉　짙푸른 모양이 연꽃 같았네.
蕭颯古仙人　사뿐히 날아온 옛 신선이
了知是赤松[2]　적송자赤松子인 줄 이내 알아보았네.
借予一白鹿[3]　내게 흰 사슴 한 마리 빌려주고
自挾兩青龍[4]　푸른 용 두 마리를 양편에 거느렸네.
含笑凌倒景[5]　웃음 띠고 선경으로 솟구쳐 오르니
欣然願相從　기꺼이 그를 따르기 원하였었네.

泣與親友別　흐느끼며 친구와 이별 하자니
欲語再三咽　말을 하려해도 자꾸만 목이 메네.
勗君青松心　푸른 솔 같은 그대 마음 고이 간직하고
努力保霜雪　추상같은 그 기상 길이 보전하시기를.
世路多險艱　인생길엔 험한 굴곡이 많으며
白日欺紅顏　밝은 해는 젊은이를 속이는 법.
分手各千里　잡은 손 놓고서 각자 천만리
去去何時還　가고 가서는 언제 돌아오려나.

在世復幾時　사람 한평생 또 얼마이던가
倏如飄風度　회리바람 지나듯 한순간인 걸.

空聞紫金經[6] 공연히 연단술을 배워 가지고
白首愁相誤 늙마도록 안 된다고 근심을 하네.
撫己忽自笑 저 혼자 달래다 문득 혼자 웃나니
沉吟爲誰故 누구를 위해 우울하게 읊조리는가.
名利徒煎熬 명리名利란 부질없이 사람 마음 들볶을 뿐
安得閑余步 어이 내 발걸음을 늦추게 하리.
終留赤玉舃[7] 마침내 적옥赤玉 신발 남겨두고서
東上蓬萊路 동쪽으로 봉래 길을 떠나보리라.
秦帝如我求 행여 진시황이 나를 찾아도
蒼蒼但煙霧 짙푸른 안개만 자욱하리라.

주석

1 華不注(화부주) : 지금의 산동성 제남시(齊南市) 동북쪽에 있는 산 이름. ≪수경주水經注≫에서 제수(齊水)는 동북쪽으로 화부주산을 지난다고 했다. 여도원(酈道元)의 주(注)에서 "산초나무가 많고 못이 아름다운데, 구릉과 이어지지 않고 불쑥 솟아있다. 범 이빨 같이 우뚝한 봉우리는 특히 빼어나 하늘을 찌른다. 깎아지른 듯한 푸른 벼랑은 마치 푸르게 칠한 눈썹처럼 보인다."라고 하였다.

2 赤松(적송) : 신선 적송자(赤松子)를 말한다. ≪열선전≫에 의하면, 그는 신농(神農) 때 비를 담당하는 신[雨師]으로서, 수옥(水玉)을 복용하며 신농(神農)을 가르쳤고, 불속에 들어가 자신을 태울 수 있었다. 이따금 곤륜산(崑崙山)에 가서 서왕모(西王母)의 석실(石室)에 머물렀고, 비바람을 따라 오르내렸다. 염제(炎帝)의 어린 딸이 그를 따라 함께 신선이 되어 떠났는데, 고신(高辛) 시대에 다시 우사(雨師)가 되었다고 한다.

3 白鹿(백록) : ≪신선전≫에서 선인 위숙경(衛叔卿)이 흰 사슴이 끄는 구름수레를 타고 하늘에서 내려왔다고 하였다. <고풍>19 참조.

4 青龍(청룡) : ≪열선전≫에 다음과 같은 기록이 있다. "호자선(呼子先)이란 자는 한중(漢中)의 관문 아래에 살던 점술가였다. 나이 100여세가 넘어 한중을 떠나려고 늙은 주모[酒家嫗]를 불러 얼른 행장을 꾸리게 하였는데, 선인(仙人)이 떠 풀 강아지 두 마리를 가지고 왔기에, 자선이 한 마리는 주모에게 주고 각기 그걸 탔더니 바로 용이었다. 화음산(華陰山)에 올라 늘

산 위에서 '자선과 주모가 여기에 있노라.'라고 소리쳤다."

5 倒景(도경) : 신선세계, 선경(仙境)을 뜻한다. ≪한서≫의 "멀리 도경에 오른다.[登遐倒景]"에 대한 여순(如淳)의 주에서, "해와 달의 위에 있게 되면, 빛이 아래에서 비치게 되므로 그 경치는 거꾸로 서게 된다."라 하였다. 따라서 도경은 해와 달보다 높은 곳, 즉 신선세계를 말한다.

6 紫金經(자금경) : 연단(煉丹)의 방법을 담은 책 이름.

7 赤玉舃(적옥석) : 붉은 옥으로 만든 신선의 신발. ≪열선전≫에 다음과 같은 기록이 있다. 안기선생(安期先生)은 낭야(琅邪) 부향(阜鄉) 사람이다. 동해변에서 약을 팔았는데 당시 사람들이 다들 '천세옹(千歲翁)'이라 했다. 진시황이 동쪽을 순행하다가 그를 만나기를 청하여 사흘 밤낮을 함께 이야기 하고, 수천만 전의 황금과 구슬을 하사하였으나 그는 부향정(阜鄉亭)을 나가면서 모두 두고 갔다. 보답으로 붉은 옥 신발(赤玉舃) 한 쌍과 함께 편지를 남겨 "수년 후에 나를 봉래산에서 찾으시오."라 하였다. 진시황은 바로 사자 서불(徐市)와 노생(盧生) 등 수백 명을 보내어 바다로 들어가게 하였으나, 그때마다 봉래산에 이르기 전에 풍파를 만나 돌아오고 말아, 부향정의 해변 십여 곳에 그의 사당을 세웠다고 한다.

해설

두 송본(宋本)과 무본(繆本)에서는 이 작품을 둘로 나누어 '昔我遊齊都' 이하 다섯 운까지를 한 수로 보고, '泣與親友別' 이하 네 운을 다른 한 수로 보았다. 그러나 소사윤(蘇士贇)은 이를 한 작품으로 모아, 신선을 따라 멀리 가고자 하는 대목, 친구와 이별하며 흐느끼는 대목, 그리고 인생이 얼마나 된다고 명리를 탐하면서 신세를 들볶는가라고 자문하며 속세를 떠나고자 하는 대목 등의 세 단락으로 나누고 있다.

이백의 경우, 현재와 과거, 주관과 객관, 상상과 현실 등의 다양한 요소들을 뒤섞어 작품을 만든 경우는 적지 않으나, 신선세계에 대한 열망과 회의, 인생살이에 대한 미련과 체념을 한 작품 안에 담은 경우는 그리 흔치 않다. 일관성이 떨어지는 것으로 보아, 취중에 지어졌거나 혹은 여러 경로를 거쳐 작품이 수집되는 과정 중에 몇 개의 작품이 섞였을 가능성도 있다.

작품 첫머리의 두 구절 "전에 나 제(齊)나라 서울서 노닐 적에, 화부주(華不注) 봉우리에 올라갔었지.[昔我遊齊都, 登華不注峯]"는, 완적(阮籍) <영회시>29의 "옛적 나 대량(大梁)에서 노닐 적에, 황화산(黃華山) 위에 올랐었네.[昔余遊大梁, 登于黃華顚.]"의 구문을 도입한 것이다.

고풍 21

郢客吟白雪[1]	영郢 땅의 나그네, 백설가白雪歌를 읊조리니
遺響飛青天	울리는 소리, 창공으로 날아가네.
徒勞歌此曲	이 노래를 불러본들 헛일이니
擧世誰爲傳	세상 천지에 그 누가 전해주리.
試爲巴人唱	파인巴人의 노래를 불러보자니
和者乃數千	따라 부르는 이, 수천 명일세.
呑聲何足道	소리 삼키며 무얼 더 말하리
嘆息空悽然	탄식하며 부질없이 슬퍼나 할 뿐.

주석

1 郢客(영객) : 영(郢)은 춘추시대 초(楚)나라의 수도로, 지금의 호북성 강릉현(江陵縣의 북쪽이다. ≪문선≫에 수록된 송옥(宋玉)의 <대초왕문對楚王問>에서, "나그네 중에 영(郢) 땅에서 노래 부르던 자가 있었는데, 처음에 <하리파인下里巴人>을 노래하자, 나라 안에 창화(唱和)하는 사람이 수천 명이었고, <양아해로陽阿薤露>를 부르자 창화하는 사람이 수백 명이었으며, <양춘백설陽春白雪>을 부르자 온 나라에서 창화하는 사람이 수십 인이었다. 상조(商調)에서 각조(角調)로 이어가며 음조를 바꾸어 노래하니 창화하는 자가 몇 사람에 불과했다." 라는 설명이 있다. 여기서 <양춘백설>은 고상한 노래의 전형이고, <하리파인>은 저속한 노래의 전형으로, 고상한 노래일수록 참된 맛을 아는 자가 적음을 말해주는 이야기이다.

해설

고사(故事)를 이용하여 자신의 고상한 뜻을 알아주는 이 적음을 한탄한 작품이다.

고풍 22

秦水別隴首[1]　진秦 땅의 강물이 농수隴首 언덕 떠나와서
幽咽多悲聲　숨죽여 흐느끼니 서럽기도 하여라.
胡馬顧朔雪　오랑캐 말은 북방의 눈을 돌아보며
躞蹀長嘶鳴　머뭇머뭇 걸으며 길게 울음 운다.
感物動我心　이 광경을 보자니 마음이 울적하여
緬然含歸情　새록새록 고향 생각 사무치누나.
昔視秋蛾飛　엊그제 푸득대는 가을나방 보았건만
今見春蠶生　어느새 봄누에가 굼실대누나.
嫋嫋桑結葉[2]　한들한들 뽕 이파리 돋아나고
萋萋柳垂榮　무성한 버들가지 휘늘어졌도다.
急節謝流水[3]　빠른 세월은 흐르는 물처럼 지나가고
羈心搖懸旌[4]　묶인 마음, 매달린 깃발 따라 나부낀다.
揮涕且復去　눈물 뿌리며 또 걸음을 재촉하니
惻愴何時平　이러한 서글픔 언제나 멎을 건가.

주석

1 隴首(농수) : 지금의 섬서성 농현(隴縣) 서북쪽에 있는 산 이름. 농두(隴頭)라고도 한다. ≪태평어람≫<신씨삼진기辛氏三秦記>에 다음과 같은 기록이 있다. 농우(隴右)의 서쪽 관문은 그 언덕이 꼬불꼬불하여 높이가 몇 리가 되는지 모르는데, 그곳을 오르려면 7일을 가야 넘을 수가 있다. 높은 곳에 100여 가구가 들어설 정도의 터가 있고, 맑은 물이 사방으로 흘러내려간다. 속가(俗歌)에 "농두에 흐르는 물, 우는 소리 흐느끼네. 멀리 진(秦) 땅의 강물을 바라보니, 애간장 끊어지네."라고 하는 노래가 있다.

2 嫋嫋(요뇨) : 부드러운 가지가 바람에 한들거리는 모습.

3 急節(급절) : 빠르다. 여기서는 세월이 흘러가는 것이 마치 유수(流水)가 흘러가버리듯이 빠르다는 뜻이다.

4 羈心(기심) : 매인 마음. 병역(兵役)에 매어 있는 자신의 마음을 말한다.

해설

따스한 봄날, 잔설 쌓인 북녘으로 출정하는 병사들의 참담한 심경을 읊은 작품이다. 작품 초반부에서 강물이 대신하던 흐느낌은 말미에서 끝내 병사의 눈물로 솟구쳐 흘러내린다. 초성(初聲)이 같은 쌍성(雙聲), 같은 글자를 연이어 쓴 첩자(疊字) 같은 소박한 형용어가 많기도 하지만, "매인 마음은 걸린 깃발 따라 나부낀다.[羈心搖懸旌]" 같은 대목은 생동감과 무한한 여운을 간직하고 있다.

고풍 23

秋露白如玉　가을 이슬 희기가 옥구슬 같은데
團團下庭綠[1]　푸르른 뜨락에 동글동글 맺혔네.
我行忽見之[2]　나 길 가다 문득 이를 보자니
寒早悲歲促　이른 추위에 빠른 세월 느껍네.
人生鳥過目[3]　인생은 눈앞을 스쳐가는 새
胡乃自結束　어이하여 스스로를 묶어 두리오.
景公一何愚　경공景公은 어이 그리 미련했는지
牛山淚相續[4]　우산牛山에서 너도 나도 눈물 흘렸네.
物苦不知足　재물은 족한 줄 모르는 게 탈
得隴又望蜀[5]　농隴 땅을 얻고 나면 촉蜀 땅을 넘보는 법.
人心若波瀾　사람 마음 파도처럼 변덕스럽고
世路有屈曲　세상 사는 길도 오르락내리락.
三萬六千日　인생 백년 삼만 육천 날
夜夜當秉燭[6]　밤이면 밤마다 촛불 밝혀 놀아야지.

주석

1 庭綠(정록) : 정원의 푸른 풀.

2 忽見之(홀견지) : 곧 말라 사라질 이슬을 보고서 인생의 무상을 느낀다는 말이다. 장송곡으로 쓰인 한대(漢代) 악부 <해로薤露>에서 "염교 위의 이슬, 어이 그리 쉬이 마르는가. 이슬은 말라도 내일 아침 다시 내리지만, 사람 죽어 한 번 가면 언제 다시 돌아오나.[薤上露, 何易晞, 露晞明朝更復落, 人死一去何時歸.]"라고 하였다.

3 鳥過目(조과목) : 새가 눈앞을 스쳐 지나가듯 순식간이라는 뜻. 장협(張協; ?~307)의 시에

"사람이 너른 바다에 사는 것은 새가 눈앞을 스쳐 지나듯 순간이로세.[人生瀛海內, 忽如鳥過目.]"라 하였다.

4 景公(경공) : ≪열자≫<역명편力命篇>에 다음과 같은 이야기가 나온다. 제(齊)나라 경공(景公)이 우산(牛山)에 노닐다가, 북쪽에 있는 나라의 성을 바라보고 눈물 흘리며 말하기를, "좋기도 할시고, 내 나라여. 빽빽하고 즐비하기도 하여라. 어이 이 나라를 떠나 죽을 수 있으리오? 옛적에 죽지 않은 신선이 있었다던데, 과인도 그를 따르면 어떠할지!"라 하였다.

곁에 있던 애공(艾孔)과 양구거(梁丘據)도 모두 울면서 말하기를 "임금의 은혜를 입어 채소나 고기 부스러기를 얻어먹고 둔한 말 느린 수레를 얻어 타는 저희들도 죽고 싶지 않거늘, 임금님께서야 어련하시겠습니까?"라 하였다. 안자(晏子)가 그 옆에 있다가 혼자 웃었다.

임금은 눈물을 닦고 안자를 바라보며 "과인이 오늘 놀다가 슬퍼져 공(孔)과 거(據)가 따라서 울거늘, 그대만 홀로 웃는 까닭이 무엇인가?"라 하였다. 안자가 대답하기를 "어진 사람으로 하여금 나라를 지키게 한다면 태공(太公)이나 환공(桓公)이 늘 지켜야 할 것이요, 용감한 자로 하여금 지키게 한다면 장공(莊公)이나 영공(靈公)이 늘 지켜야 할 것입니다. 이 (더없이 훌륭한) 임금 몇 분이 늘 나라를 지킨다면, 우리 임금께서는 삿갓 쓰고 논밭에 서서 오로지 일 걱정이나 해야 할 것인데, 죽음을 생각할 겨를이 어디 있겠습니까? 임금께서는 또 어떻게 그 자리에 서시게 되었습니까? 누구에게나 다 왔다가 가는 삶인데 홀로 슬퍼하며 눈물을 흘리시다니, 이는 어질지 못한 것입니다. 어질지 못한 임금에 또 아부하는 신하를 보자니 웃음이 나지 않을 수 없습니다."하였다. 경공이 부끄러워 술잔을 들어 스스로 벌주를 마셨으며, 두 신하들에게도 벌주를 두잔 씩 내렸다.

5 得隴又望蜀(득롱우망촉) : ≪후한서≫<잠팽전岑彭傳>에서 "사람은 만족을 모르는 게 탈이어서, 농(隴) 땅을 평정한 후에 또 촉(蜀) 땅을 넘본다."라 하였다.

6 秉燭(병촉) : 촛불을 밝히다. <고시십구수古詩十九首>15에 "낮은 짧고 밤은 길어 탈이니, 어이 촛불 밝혀 놀지 않으리.[晝短苦夜長, 何不秉燭遊.]"라는 구절이 있다.

해설

아이가 늙은이 되고, 사계절이 갈마드니 공을 세운 자가 세상을 떠나는 것도 당연한 이치라. 사는 일이 이러하거늘, 어이 죽음을 두려워하고 세상에 미련을 두며, 부족함을 한탄하고 마음을 괴롭히랴? 순간의 즐거움에나마 취해봄이 마땅하리라. 오래된 고시(古詩)에 담긴 인생의 의미를 되새겨 본다.

고풍 24

大車揚飛塵　우람한 수레 뿌연 먼지 휘날려
亭午暗阡陌[1]　한낮에도 온 거리가 자욱하여라.
中貴多黃金[2]　세도하는 내관들 황금도 많아
連雲開甲宅[3]　구름에 가 닿은 고대광실 지녔도다.
路逢鬬雞者[4]　길에서 만난 투계꾼 조차
冠蓋何輝赫　관모冠帽와 수레 어이 그리 번쩍이나.
鼻息干虹蜺　거만한 콧김이 하늘을 찌르니
行人皆怵惕　행인들 모두 다 벌벌 떨며 조아린다.
世無洗耳翁[5]　세상에 귀 씻는 소보巢父 노인 없으니
誰知堯與跖[6]　그 누가 요堯임금과 도척盜跖을 가려낼 것가.

주석

1 亭午(정오) : 한낮. 정오(正午)와 통함.
* 阡陌(천맥) : 밭두둑.

2 中貴(중귀) : 임금의 눈에 들어 높은 자리에 오른 사람. 덕망으로 벼슬을 얻은 것이 아니라는 비난의 어감이 담겨있다.

3 甲宅(갑택) : 호화스러운 집. ≪신당서新唐書≫<환자전宦者傳>에 따르면, 개원(開元; 713~741) 천보(天寶; 742~756) 때 내시 중에 누른 옷 입는 등급 이상이 삼천 명이었고, 붉은 옷을 입는 자는 천 명 정도였는데, 임금의 마음에 들기만 하면 어느 날 갑자기 삼품장군(三品將軍)에 제수되어, 집 문 앞에 병사들이 사열을 하였다. 궁궐 안에서는 임금을 곁에서 모시며, 중요한 직책을 맡아 명령을 내리며 위세를 사방에 떨쳤다고 한다. 고력사(高力士; 684~762)가 그 대표적 인물이다. 이림보(李林甫)는 환관은 아니었지만, 구밀복검(口蜜腹劍) 안하무인의 세도를 부리면서 장구령(張九齡), 배요경(裴耀卿), 이적지(李適之) 등 충직한 관료

들을 귀양 보내고 언로(言路)를 차단하였다.

4 路逢(노봉) : 닭을 사람처럼 부리는 열세 살 소년 가창(賈昌)이 길에서 당 현종(玄宗)을 만나, 임금의 사랑을 독차지하고 부귀영화를 누렸던 일을 가리킨다. 이 일에 관해 진홍(陳鴻)의 <동성노부전東城老父傳>에 다음과 같이 묘사되어 있다.

"가창은 장안 선양리(宣陽里) 사람으로 나이 일곱에 날렵하기가 남들을 능가했고 물음에 응대를 잘했으며 새의 말을 알아들었다. 당 현종이 즉위하기 전에는 청명일에 하는 민간의 투계를 좋아하였다. 즉위한 후에는 두 궁궐 사이에 계방(雞坊)을 두고 장안의 수탉들을 찾아내어, 금빛 깃털에 쇠로 만든 며느리발톱으로 치장시켜 높은 볏과 치켜든 꼬랑지를 지닌 수천 마리 닭을 계방에서 사육하였다. 그리고는 육군(六軍)에서 아이들 오백 명을 뽑아서 닭들을 훈련시키고 키우게 하였다. 임금의 취향으로 인해 이러한 풍속은 더욱 극성을 부렸으니, 뭇 왕자들과 외척, 공주, 제후들도 모두 재산을 탕진해가며 닭을 사들였으며, 일반 백성들도 닭싸움을 즐겨하게 되었다.

……황제가 밖에 나갔다가(出遊) 가창이 운룡문(雲龍門) 길가에서 목계(木鷄)를 가지고 노는 것을 보았다. 불러들여서 계방의 아이로 삼고 먹고 입는 것은 우룡무군(友龍武軍)에 준하게 하였다. 가창은 삼척동자였는데 닭 무리 속에 들어가면 마치 아이들과 노는 것처럼 씩씩한 닭, 약한 닭, 용감한 닭, 겁 많은 닭을 알아보고, 물주고 모이줄 때와 질병의 징후 등을 다 잘 알아내었다. 닭 두 마리를 뽑아서 훈련을 시키자 닭은 두려워하며 길이 들어서, 마치 사람처럼 부릴 수 있게 되었다. 계방을 지키는 담당자인 왕승은(王承恩)이 현종에게 말씀드리자 불러다가 궁전의 뜰에서 시험해보았더니 모두 현종의 마음에 들었다. 그날로 가창은 오백 명 아이들의 우두머리가 되었으며, 게다가 충성스럽고 공손하기까지 하여 천자가 몹시 아끼고 총애하였다. 하사한 황금과 비단이 날마다 그의 집으로 들어갔다."

5 洗耳翁(세이옹) : 요(堯)임금 때의 은자였던 소보(巢父)를 가리킨다. ≪고사전高士傳≫에서 "요임금이 허유(許由)에게 천하를 맡아달라고 하자, 허유는 그 이야기를 소보에게 고하였다. 소보는 '너는 어찌 너의 모습을 감추지 않고 너의 빛을 감추지 않느냐? 너는 내 친구가 아니다.'라 하고는 그의 가슴을 밀쳐서 내려 보냈다. 허유는 시무룩해져서 풀이 죽었다. 소보는 청령(清泠)의 강으로 가서 그의 귀를 씻고 눈을 닦으며 말하기를, '지난번에 내가 탐욕스런 말을 듣고 내 친구를 버리게 되었구나.'라고 하고는, 마침내 떠나 평생 다시 만나지 않았다."라 하였다.

6 堯與跖(요여척) : 상고시대의 어진 군주였던 요임금과 춘추시대 큰 도둑이었던 도척(盜跖). ≪장자莊子≫에 의하면 도척은 유하혜(柳下惠)의 동생으로서 9천명의 부하를 끌고 천하를 횡행하였다고 한다. ≪사기정의史記正義≫에서는 본래 '척(跖)'이 황제(黃帝) 시대의 큰 도둑이었으며, 춘추시대 유하혜의 아우는 그 이름을 빌어서 쓴 것이라 하였다.

✿ 해설

호사스러운 생활을 하는 세도가들의 거만함을 보며 세상을 개탄하는 노래이다. 큰 차, 고급 옷, 좋은 집은 예나 제나 부자들의 전유물이다.

≪신당서新唐書≫ 기록에 따르자면, 당나라 전성기 때 내시(內侍)는 누른 옷 등급 이상이 삼천 명, 자줏빛 옷 등급이 천여 명이었는데, 귀한 자나 천한 자 모두가 그들에게 굽실거렸고, 군대 감독권한 또한 절도사보다도 강하여, 장안 근처의 제일가는 명승지와 전답들은 거의 이들 차지였다고 한다. 이 작품은 이백이 장안에 머물 때 잡배들의 소행을 보고 지은 것으로 추정되고 있다.

고풍 25

世道日交喪[1]	세상과 도리는 날마다 서로를 잃어가고
澆風散淳源[2]	천박한 바람이 맑은 샘을 흩뜨리네.
不采芳桂枝	향긋한 계수나무 가지는 모으지 않고
反棲惡木根	구린내 나는 나무 둥치에 깃들어 사네.
所以桃李樹	하여 복사와 오얏이
吐花竟不言[3]	꽃만 피울 뿐 내내 말이 없는 것.
大運有興沒	세상 이치에 흥망이 있어
羣動爭飛奔	온갖 미물들 앞 다투어 내달리건만,
歸來廣成子[4]	숨어사는 광성자廣成子는
去入無窮門[5]	영원무궁한 경지에 들어갔다네.

주석

1 交喪(교상) : 서로를 잃다. ≪장자≫<선성繕性>에서 “세상은 참된 도를 잃었고, 도는 그것을 실현할 세상을 잃었으니 세상과 도가 서로를 잃은 것이다.[世喪道矣, 道喪世矣, 世與道交相喪矣.]”라 하였다.

소사윤(蕭士贇)은 “세상이 도(道)를 가진 사람을 존중할 줄 모르는 것, 이것이 세상이 도를 잃은 것이다. 도를 지닌 사람은 세상이 이런 것을 보고서 결국 세상을 위해 일할 마음이 없어지게 되니, 이것이 도가 세상을 잃은 것 아니겠는가? 그래서 서로를 잃었다고 한다.”라 하였다.

2 澆風(요풍) : 천박한 바람. 왕건(王巾; ?~505)의 <두타사비문頭陀寺碑文>에 “맑은 샘이 위에서 흘러도, 천박한 바람이 아래에서 더럽힌다.[淳源上派, 澆風下黷.]”이라 하였다.

3 不言(불언) : ≪한서≫에 “복사와 오얏나무는 자랑하지 않아도, 그 아래 절로 오솔길이 생긴다.”라는 구절이 나온다. 이는 묵묵히 있어도 그 참된 가치는 저절로 알려지게 마련이라

는 뜻이다.

4 廣成子(광성자) : 공동산(崆峒山) 석실에 살았다는 옛 신선. ≪신선전≫에 의하면 황제(黃帝)가 그에게 몸을 다스리는 이치를 물었더니, "지극한 도는 아득하여 보이지도 들리지도 않으며, 고요히 정신을 품고 있으면 된다. 몸이 바르게 되면 고요하고 맑아지며, 몸을 괴롭히지 않고 정신을 휘젓지 않으면 오래 산다. 마음을 삼가고 감각 작용을 멈추며, 많이 알려 들지 말라. 그 순수한 근원을 지키며 조화로운 데 머물면, 천 이백세가 되어도 늙지를 않는다. 나의 도를 얻은 자는 제일 높게는 제왕이 되며, 이 도를 지키지 못해도 최하 선비는 되니, 너를 떠나 무궁한 경지에 들어 끝없는 벌판에서 노닐며, 해와 달과 함께 빛나고 하늘과 땅과 함께 숨 쉬면, 남들 다 죽어도 나는 살아남는다."라고 대답하였다고 한다. <고풍>28에도 같은 고사(故事)가 인용되고 있다.

5 無窮門(무궁문) : 무궁한 경지. 진자앙의 <감우시>5에 "멍하니 천지를 버려두고, 변화를 잡아타고 무궁한 경지에 들었네.[窅然遺天地, 乘化入無窮.]"라는 구절이 있다.

해설

기울어가는 세상을 풍자하며, 신선의 영원한 경지에 의탁하고자하는 뜻을 밝힌 작품이다. 고전적인 비유들이 공단에 놓인 무늬처럼 은은하다.

고풍 26

碧荷生幽泉　푸른 연이 숨은 샘에서 돋아나
朝日豔且鮮　아침 햇살에 곱고도 말쑥하네.
秋花冒綠水　가을꽃이 초록 물 위로 솟아 피고
密葉羅青烟　무성한 잎새엔 푸른 안개 서렸네.
秀色空絶世　빼어난 자태 세상에 드물건만
馨香竟誰傳　좋은 향기 그 누가 전하리.
坐看飛霜滿　그저 앉아 온 천지에 날리는 서리나 바라보며
凋此紅芳年[1]　이렇게 한창일 때 시들어갈 뿐.
結根未得所　뿌리 내릴 곳을 찾지 못하나니
願托華池邊[2]　귀한 연못에 심어지길 바라네.

주석

1 紅芳(홍방) : 불그레 고운 한창 때. 진자앙의 <감우시>30 중에 "오직 청춘이 사라짐을 한탄하나니, 시듦을 생각하면 느껍기만 하여라.[但恨紅芳歇, 凋傷感所思.]"라는 구절 있다.

2 華池(화지) : ≪초사≫<칠간七諫>에 "두꺼비나 맹꽁이 같은 미물이 귀한 연못에서 논다.[蛙黽遊乎華池]"라는 표현이 있다. 여기서 화지(華池)는 임금 계신 곳을 일컫는 듯하다.

해설

가을은 닥치건만 때늦게 핀 연꽃의 고상함을 알아주는 이 없다. 진가를 알아주는 이의 귀한 연못에 피었더라면 얼마나 좋았을까? 작중 화자(話者)가 탄식하며 앉아 있는 사람인지, 물 위로 솟아 핀 연꽃인지, 그 모호한 경계가 흥미롭다. 향기로운 화초의 비유와 기다림의 주제는 멀리 초사(楚辭)에 뿌리가 닿았는데, 7언체 초사의 절절한 호소에 비해 순박한 5언 고체는 한숨 섞인 혼잣말에 가깝다.

고풍 27

燕趙有秀色　연燕과 조趙 땅의 빼어난 미인
綺樓青雲端　푸른 구름 끝 채색 누대에 있네.
眉目豔皎月　고운 눈매는 밝은 달보다 화사하니
一笑傾城歡[1]　웃음 한 번에 나라인들 아까우랴.
常恐碧草晚　언제나 푸른 풀 이울까 저어하며
坐泣秋風寒　앉은 채 차운 갈바람에 흐느끼노라.
纖手怨玉琴　고운 손으로 옥 거문고에 시름을 얹어
淸晨起長嘆　맑은 새벽에 일어나 장탄식 하노라.
焉得偶君子　어이하면 헌헌장부 짝이 되어서
共乘雙飛鸞[2]　날아가는 난鸞새를 함께 타 보나.

주석

1 一笑(일소) : 육궐(陸厥; 472~499)의 <중산유자첩가中山孺子妾歌>에 "한 번 웃음에 온 성이 기울고, 눈길 한 번에 온 도시가 기운다.[一笑傾城, 一顧傾市.]"라는 구절이 있다. 나라를 기울게 하는 미모[傾國之色]라는 뜻이다.

2 共乘雙飛鸞(공승쌍비란) : 난(鸞)은 봉황의 일종으로 푸른빛이 나는 것이다. ≪열선전≫에 의하면, 진(秦)나라 목공(穆公) 때 소사(蕭史)가 피리를 잘 불어 공작이나 백학을 뜰로 불러들일 수 있었다. 목공의 딸 농옥(弄玉)이 그를 좋아하여 그에게 시집을 보냈다. 소사는 매일 농옥에게 봉황새 우는 소리가 나도록 피리를 가르쳤는데, 몇 년이 지나자 소리가 비슷해졌다. 봉황이 날아와 그의 지붕에 머무르니 목공을 그들을 위해 봉대(鳳臺)를 지어 주었다. 부부는 그곳에 올라가 몇 년 동안 내려오지 않더니, 어느 날 함께 봉황을 타고 날아 가버렸다고 한다.

✿ 해설

이 작품은 앞선 <고풍>26과 같은 주제로서, 아름다운 자태에도 불구하고 헌헌장부를 못 만난 채 늙어 감을 두려워하는 여성을 노래한 작품이다. 타고난 재주와 풍류에도 불구하고 높은 직책에 기용되지 못하는 초조함을 미인에 빗대어 에둘러 표현하는 방식은, 그의 <증배사마贈裴司馬> 등과 같은 시에도 반복되어 나타난다.

이보다 앞서 장구령(張九齡; 673~740)의 <감우>10에는 소매 속에 서찰을 지니고도 임께 부치지 못하고 한수(漢水)가를 헤매며 탄식하는 여성이 묘사되고 있으니, 모두 비슷한 맥락이다.

고풍 28

容顏若飛電	고운 얼굴 시들기 번개와 같고
時景如飄風	좋은 경치 변하기 회리바람 같아라.
草綠霜已白	풀은 푸르더니, 서리 하마 희어졌고
日西月復東	해는 기울고 달 다시 돋았고야.
華鬢不耐秋	흰 머리는 가을에 겨워
颯然成衰蓬	어느 틈에 시든 쑥대궁 되었세라.
古來賢聖人	예로부터 어진 성현들 중
一一誰成功	어느 하나 성공한 이 있었던가.
君子變猿鶴[1]	군자는 원숭이와 학으로 변하고
小人爲沙蟲	소인배들 흙이나 벌레 되었으니,
不及廣成子[2]	구름에 올라 사뿐히 기러기 탄
乘雲駕輕鴻	광성자廣成子 만한 이 하나 없도다.

주석

1 君子變猿鶴(군자변원학) : 군자건 소인이건 모두 죽어서 이물(異物)이 되어 자연으로 돌아갔다는 말이다. ≪예문유취藝文類聚≫에서 ≪포박자抱朴子≫를 인용하여 "주나라 목왕(穆王)이 남쪽으로 가서 오래도록 돌아오지 않으니, 그 사이에 군자는 원숭이와 학이 되고, 소인은 벌레와 모래로 변하였다."라고 하였다. 지금 전하는 ≪포박자≫에는 "삼군(三軍)의 무리가 하루아침에 다 변하여, 군자는 학이 되고, 소인은 모래가 되었다."로 되어 있다.

2 廣成子(광성자) : <고풍>25 참조.

✿ 해설

사람은 쉬이 늙으며 사물은 변하기 쉬우니, 신선이 되어 영원한 세계로 날아가고 싶기만 하다. 무상한 세상에서 그나마 할 수 있는 일이 있다면, 그것은 온갖 집착을 끊고 어지러운 속세를 떠나 청정한 초월의 세계로 향하는 일 뿐이리라.

고풍 29

三季分戰國[1] 삼대三代의 왕조가 전국戰國시대로 갈라져
七雄成亂麻 칠웅七雄의 나라들이 삼 가닥마냥 얽히었다.
王風何怨怒[2] 바르던 풍조가 어찌다 분노로 변하였나
世道終紛拏[3] 세상의 이치 끝내 뒤범벅이 되었도다.
至人洞玄象[4] 성인은 하늘 이치 도통하여
高擧凌紫霞 자줏빛 노을 위로 훌쩍 솟았도다.
仲尼欲浮海[5] 공자孔子는 바다를 건너려 했었고
吾祖之流沙[6] 나의 조상도 서쪽 유사流沙에 갔도다.
聖賢共淪沒 성현들 모두 다 사라져갔으니
臨岐胡咄嗟[7] 갈림길에서 탄식한 들 무슨 소용 있으랴.

주석

1 三季(삼계) : 중국 고대의 하(夏), 은(殷), 주(周) 삼대(三代)의 말기. 여기서는 주나라 말기 제후국들이 분열하여 항쟁하는 전국시대로 넘어가는 시대를 가리킨다. 진자앙 <감우시>17에는 "삼대는 주나라의 치욕으로 빠져들고, 칠웅은 진나라 영씨에게 망하였네.[三季淪周赧, 七雄滅秦嬴.]"라는 구절이 있다.

2 王風(왕풍) : 왕도정치가 행해졌던 태평성대의 민요. <고풍>1 참조.
* 怨怒(원노) : 원망하고 성내다. <시대서詩大序>에서 "혼란기의 음악은 원망과 분노에 차 있다."라 하였다.

3 紛拏(분나) : 어지러이 뒤섞이다.

4 玄象(현상) : 삼라만상의 오묘한 이치.

5 仲尼欲浮海(중니욕부해) : 중니(仲尼)는 공자(孔子)의 자(字). ≪논어≫<공야장公冶長>에 "공자가 말하기를 '나의 도가 실행되지 않으니 뗏목을 타고 바다로 나가고 싶다.'라 하였다."라

는 구절이 있다. 자신의 이상이 실현되지 않아 은둔하고 싶다는 뜻이다.

6 吾祖之流沙(오조지류사) : 당나라는 노자(老子)를 조상으로 섬겼으며, 이백 또한 당 황실의 조상인 흥성황제(興聖皇帝)의 9대손이라고 하였다. ≪열선전≫에 따르면, 주(周)나라 대부(大夫)였던 관영(關令) 윤희(尹喜)는 노자(老子)가 서쪽으로 여행한다는 소식을 듣고 먼저 가서 기다려 노자를 만났는데, 노자도 그의 남다름을 알아보고 책을 써 주었다. 후에 그는 노자와 유사(流沙)를 여행하고 서역인(西域人)이 되었는데, 검은깨를 복용했으며 아무도 그가 어디에서 죽었는지 모른다 한다. <고풍>36 참조.

중니와 노자는 진자앙 <감우시>8 "공자는 태극을 받들고, 노자는 깊은 경지 귀히 여겼네.[仲尼推太極, 老聃貴窈冥.]" 구절에서 함께 등장한다.

7 咄嗟(돌차) : 혀를 차며 탄식하다. 진자앙 <감우시>37에는 맥락이 조금 다르기는 하지만 "혀를 차며 나 무엇을 탄식하리, 변방 사람들 흘린 피가 풀과 명아주에 홍건하니.[咄嗟吾何歎, 邊人塗草萊.]"라는 구절이 있다.

✿ 해설

올바른 도를 잃고 혼란에 빠진 세상을 한탄하면서, 손 써볼 수 없이 혼탁해진 세상을 벗어나려 했던 옛 성현들을 떠올려보고, 은둔하고자 하는 뜻을 나타내었다.

고풍 30

玄風變太古　그윽한 풍조, 태고 적과 달라졌고
道喪無時還　도道는 상하여 돌이킬 수 없어라.
擾擾季葉人[1]　언제나 부산한 말세의 인물
雞鳴趨四關[2]　닭이 울자 부리나케 도성으로 달려가네.
但識金馬門[3]　오로지 금마문金馬門 밖에 모르니
誰知蓬萊山[4]　그 누가 봉래산에 마음을 쓰리.
白首死羅綺　비단 휘장 속에서 백발로 죽기까지
笑歌無時閑　웃고 노래하길 멈추지 않네.
淥酒哂丹液　맑은 술로 단약을 비웃고
青娥凋素顏　푸른 눈썹 먹으로 맨 얼굴 시들었네.
大儒揮金椎　학자 나으리 쇠몽둥이 휘두르며
琢之詩禮間[5]　시니 예니 하며 꾸며대고 있으니,
蒼蒼三珠樹[6]　푸르고 푸른 신선 나라의 삼주수三珠樹
冥目焉能攀　눈을 감고서 어이 올라보리오.

주석

1 季葉(계엽) : 시대의 끄트머리. 말세. 한 판본에는 시정(市井)으로 되어 있다.

2 四關(사관) : 도성의 방어를 위해 검문소나 요새의 역할을 하도록 사방에 설치된 관문. 육기(陸機; 261~303)는 ≪낙양기洛陽記≫에서 "낙양의 동쪽에 성고관(成皐關), 남쪽에 이궐관(伊闕關), 북쪽에 맹진관(孟津關), 서쪽에 함곡관(函谷關)이 있다."라 하였다. ≪사기색은史記索隱≫에서는 "관중(關中)이란 함양(咸陽)으로서, 동쪽에 함곡관(函谷關), 남쪽에 요무관(嶢關)과 무관(武關), 서쪽에 산관(散關), 북쪽에 소관(蕭關)이 있어, 네 관문의 가운데 있다."라고 했다.

3 金馬門(금마문) : ≪삼보황도三輔黃圖≫에 따르면 금마문은 관리들의 관청이다. 한 무제(武帝)가 대완국(大宛國)의 말을 얻자, 그 모습을 동상으로 만들어 그 건물 앞에 세워두어 생겨난 이름이다. 동박삭(東方朔)을 비롯한 신하들이 다들 금마문에서 임금의 조서(詔書)를 기다렸다.

4 蓬萊山(봉래산) : 영주(瀛州), 방장(方丈)과 더불어 신선이 산다는 삼신산(三神山) 중의 하나. ≪십주기十洲記≫에 따르면 봉구(蓬丘)라고도 하며, 동해의 동북쪽 언덕에 있고 그 둘레는 오천 리이다. ……그 위에는 구로장인(九老丈人)의 구천진왕궁(九天眞王宮)이 있다. 태상진인(太上眞人)이 사는 곳이며, 날아다니는 신선만이 이곳에 가 볼 수 있다고 한다.

5 大儒(대유) : ≪장자≫<외물편外物篇>에 나오는 고사이다. 선비들이 ≪시≫와 ≪예≫를 읊어가며 무덤을 도굴하고 있었다. 큰 선비(大儒)가 "동쪽 하늘이 훤해진다. 일이 어찌되었는가?"라고 묻자, 작은 선비(小儒)가 무덤 속에서 "아직 시신의 바지와 저고리를 벗기지는 못하였으나, 입에는 구슬을 물고 있습니다. ≪시≫에 '푸르고 푸른 보리가 무덤가에 무성하네. 살아서 보시도 아니 하고서, 죽어서 어찌 구슬을 물고 있나?'라고 했습니다."라 하고 시신의 귀밑털을 붙잡고 턱을 누르고서 쇠뭉치로 턱을 쳐서 천천히 볼을 벌려 입안에 물었던 구슬을 다치지 않고 꺼내었다.

6 三珠樹(삼주수) : ≪산해경山海經≫에 나오는 전설 속의 나무. 적수(赤水) 위에 산다고 하며 생김새는 측백나무 비슷하고 잎사귀가 모두 구슬이라고 한다. 일설에는 그 모양이 빗자루 같이 생겼다고도 한다.

해설

위선적인 사대부들을 비웃은 작품이다. 완적(阮籍)의 <영회시>67에도 이와 매우 흡사하게 타락하고 위선적인 사대부의 행태를 개탄하는 내용이 있다. 금마문과 봉래산, 술과 단약, 화장품과 맨얼굴 등 관용적인 비유를 통한 도식적인 대조(對照)가 다소 안이한 감을 주기는 하지만, 작품을 일관하는 정직하고 비판적인 시각이 이러한 흠을 메워주고 있다.

고풍 31

鄭客西入關	정용鄭容이 서쪽으로 함곡관函谷關에 들어가려
行行未能已	가고 또 가기를 멈추기 전에
白馬華山君	백마 탄 화산군華山君을
相逢平原里	평원리平原里에서 만났네.
璧遺鎬池君	구슬을 호지군鎬池君에게 전해달라며
明年祖龍死[1]	내년에는 조룡祖龍이 죽는다 하였네.
秦人相謂曰	진秦나라 사람 서로 말하길
吾屬可去矣	'우리들은 떠나야겠구먼'
一往桃花源[2]	한 번 도화원桃花源에 가서는
千春隔流水	천 년 되도록 냇물 건너오지 않네.

주석

1 鄭客(정객) : ≪수신기搜神記≫에 다음과 같은 이야기가 나온다. "진시황 36년에 사신 정용(鄭容)이 관동(關東)에서 와서 함곡관(函谷關)으로 들어가려고 화음(華陰)에 이르렀을 때, 백마가 이끄는 흰 수레가 화산(華山) 위에서 내려오는 것이 보였다. 사람 다니는 길로 오는 것이 아니어서 의아해 하며 멈추어 바라보았더니, 정용이 있는 곳에 이르러 그에게 '어디로 가시오?'라고 물었다. 정용이 '함양(咸陽)에 갑니다.'라고 하자, 수레에 탄 사람이 말하기를 '나는 화산의 사신인데, 서찰 하나를 호지군(鎬池君)에게 전해주시오. 함양 길을 가서 호지(鎬池)에 이르면, 큰 가래나무에 무늬가 있는 돌이 있을 것입니다. 그 돌을 주워 가래나무를 두드리면 응하는 자가 있을 테니 편지를 주면 됩니다.'라 하였다. 정용이 그 말대로 돌로 가래나무를 두드리자, 과연 어떤 사람이 와서 편지를 받으며, '내년에 조룡(祖龍)이 죽을 것입니다.'라 하였다."

≪사기≫의 <진시황본기>에도 다음과 같은 기록이 있다. "사신이 관동에서 밤중에 화

음과 평서(平舒)의 길을 지나고 있는데, 어떤 사람이 구슬을 들고 그를 가로막으면서 말하기를 '나 대신에 호지군에게 갖다 주시오.'라고 하였다. 그리고는 '올해에 조룡이 죽을 것이오.'라 하였다. 사신이 그 까닭을 묻자 금방 사라져 보이지 않고 구슬만 두고 가버렸다. 사신은 구슬을 가지고 와서 모두 보고를 드렸다. 진시황은 한참 동안 묵묵히 있더니 '산(山)귀신은 한 해의 일밖에 모른다.'라고 하였다. 퇴조하고서 '조룡이란 사람의 조상인 게지.'라 하고서 어부(御府)에다 구슬을 보였더니, 28년 행차 때 강을 건너다 빠뜨린 구슬이었다. 그러더니 과연 진시황은 그 이듬해에 세상을 떠났다." 조(祖)는 시(始)요, 룡(龍)은 군(君)이니, 시황(始皇)을 가리킨 것이다. 이백의 이 구절은 ≪수신기≫의 고사와, 이와는 다소 내용이 다른 ≪사기≫의 이야기를 결합시켜 만든 것이다.

2 桃花源(도화원) : 도잠(陶潛; 372~427)의 <도화원기桃花源記>에 따르면, 진(晉)나라 때 무릉(武陵) 사는 한 어부가 우연히 복사꽃이 만발한 별천지[武陵桃源]에 닿았는데, 그 곳 사람들은 진(秦)나라 말기의 난을 피해 가족을 이끌고 이곳으로 온 후 다시는 나가지 않았다고 한다. 그의 <도화원시桃花源詩>에도, "진시황 영씨가 천기를 어지럽히자, 어진 이들 세상 피해 몸을 숨겼네. 하황공(夏黃公), 기리계(綺里季)는 상산으로 가고, 진(秦)나라 사람들도 떠나야겠다고 말했네.[嬴氏亂天紀, 賢者避其世. 黃綺之商山, 伊人亦云逝.]"라는 대목이 나오는데, 이백의 위 작품은 이 마지막 구절에 초점을 맞추었다.

해설

진(秦)나라의 멸망과 관련된 두 가지 사건을 엮어서, 세상을 피해 숨어살고자 하는 마음을 표현한 작품이다. 이백 특유의 독자적 시각과 은근하고 예스러운 멋이 천의무봉의 솜씨로 표현되었다.

고풍 32

蓐收肅金氣[1]　가을 신은 서늘한 기운 흩뿌리고
西陸弦海月[2]　서쪽 하늘엔 바다 위 반달일세.
秋蟬號階軒　가을 매미 섬돌 마루에서 울어대니
感物憂不歇　만물에 느꺼워 근심 솟아나네.
良辰竟何許　좋은 세월일랑 언제나 오려는지
大運有淪忽　하늘의 운도 기울어 사라지네.
天寒悲風生　날은 차고 슬픈 바람 부는데
夜久衆星沒　밤 깊어지자 뭇 별도 사라지네.
惻惻不忍言　가슴 메어져 차마 말로 다 못하고
哀歌達明發　슬픈 노래 부르다 먼동이 트네.

주석

1 蓐收(욕수) : 가을의 신(神). ≪예기禮記≫<월령月令>에서 초가을의 신을 욕수(蓐收)라 하였다. 오행(五行) 중 금(金)은 가을(秋)을 가리킨다. <고풍>52 참조.

2 西陸(서륙) : 서쪽 하늘. 해의 운행이 이곳을 거치는 때가 가을이므로, 가을을 의미하는 말로 쓰인다. ≪후한서≫<보율력지補律曆志>에서 "해가 북륙(北陸)을 지나면 겨울이라 하고, 서륙(西陸)을 지나면 가을이라 하며, 남륙(南陸)을 지나면 여름이라 하고, 동륙(東陸)을 지나면 봄이라 한다."라고 하였다.

* 弦(현) : 한 쪽이 휘어지고 한 쪽이 곧아서, 당긴 활 모양이 된 반달을 일컫는다.

해설

가을의 한탄이 밤의 적막 속에 깊어만 간다. 이토록 밤 새 잠 못 이루며 차마 말 못하는 작자의 고민은 무엇이었을까?

고풍 33

北溟有巨魚[1]	북쪽 바다에 큰 고기 있으니
身長數千里	몸길이가 수천 리러라.
仰噴三山雪[2]	고개 쳐들어 삼산의 눈 뿜어대며
橫吞百川水	곁으로 숱한 강줄기를 삼키는도다.
憑陵隨海運[3]	넘실넘실 물결 따라 가다가
燀赫因風起[4]	기운차게 솟구쳐 바람 타고 오르도다.
吾觀摩天飛	나는 보노라, 하늘만큼 솟아올라
九萬方未已	구만 리를 날아가도 쉬지 않음을.

주석

1 北溟(북명) : 곤(鯤)이라는 상상 속의 거대한 물고기가 산다는 북쪽 바다. ≪장자≫<소요유 逍遙遊>에 나온다.

2 三山(삼산) : 동해 바다 가운데 있다는 봉래(蓬萊), 방장(方丈), 영주(瀛州)의 세 신산(神山)을 말한다.

3 憑陵(빙릉) : 빙(憑)은 의지한다는 뜻이고, 능(陵)은 '凌'으로 된 판본도 있는데 솟는다는 뜻이다. 큰 물고기가 파도를 타고 넘실대는 모습을 말한다.

* 海運(해운) : 바다의 조류를 뜻한다.

4 燀赫(천혁) : 불꽃이 피어오르듯 기운찬 모습.

해설

상상 속의 거대한 물고기인 곤(鯤)이 붕(鵬)새로 화하여 헌결차게 비상하는 장면을 기고만장한 필치로 그려낸 작품이다. 거칠 데 없이 살고픈 이백 자신의 이상을 투영한 것이라 보아도 좋을 듯하다. 그의 ≪이옹에게 올림上李邕≫이란 작품에도 "큰 붕새 하루에 바람과 함께 일어, 회리바람 치며 곧장 구만 리 올라가네.[大鵬一日同風起， 博搖直上九萬裡.]"라며 자신의 굳센 포부를 표현한 구절이 있고, 임종에 즈음하여 지은 가음 <저승길 노래臨路歌>에서도 혈기방장하던 젊은 시절을 회고하면서 천지를 뒤흔들며 나는 큰 붕새에 자신을 비겼다.

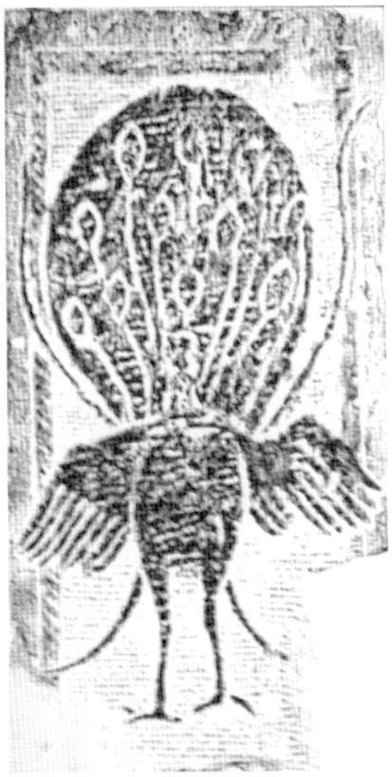

고풍 34

羽檄如流星[1]	깃 달린 격서, 유성처럼 빨리 달려
虎符合專城[2]	호랑이 부절이 성주의 것과 부합하자,
喧呼救邊急	함성 울리며 국경의 위급을 구하려니
羣鳥皆夜鳴	뭇 새들도 한밤중에 일제히 우짖도다.
白日曜紫微	밝은 해는 자미성紫微星을 비추고
三公運權衡[3]	삼공三公 벼슬들 온갖 힘 기울여,
天地皆得一[4]	하늘 땅 모두가 하나로 어우러지고
澹然四海淸	온 천하가 말쑥해졌건만.
借問此何爲	묻노니, “이 어인 일인고”
答言楚徵兵	“초楚 땅에 징병을 한다네.”
渡瀘及五月[5]	한여름 오월에 노수瀘水를 건너
將赴雲南征	운남 땅으로 싸우러 가네.
怯卒非戰士	겁먹은 졸병들은 전사가 아니며
炎方難遠行	뜨거운 남쪽 땅, 먼 길 가기 어렵거늘,
長號別嚴親	엄한 부모님을 울부짖으며 하직하려니
日月慘光晶	해와 달도 빛을 잃었구나.
泣盡繼以血	흐느낌 다하자 피눈물 이어지고
心摧兩無聲	기가 막히어 저마다 소리조차 죽었네.
困獸當猛虎	쫓기던 짐승이 사나운 범에 맞서며
窮魚餌奔鯨	갈 데 없는 물고기가 날뛰는 고래를 무는 격.
千去不一回[6]	천 명이 가서 하나도 돌아오지 못하리니
投軀豈全生	몸을 던지고서 목숨 어이 건지리오.

如何舞干戚　　방패와 도끼 들고 춤을 추어
一使有苗平[7]　　유묘有苗 오랑캐 평정하는 편이 어떠하리오.

주석

1 羽檄(우격) : 급한 내용을 담은 격서(檄書). 대개 병사의 징집에 사용되었으며, 깃털을 꽂아 급한 내용임을 표시하였다.

2 虎符(호부) : 고대에 군사를 징발할 때 사용하던 호랑이 모양의 부절(符節). 임금이 군사책임자를 지방에 파견할 때 이 호부(虎符)를 둘로 쪼개어 하나는 보관하고 다른 하나를 주어서 보내는데, 뒤에 군사를 징발하는 명령을 내릴 때 이 호부를 징표로 삼는다.

* 專城(전성) : 성주(城主) 혹은 성의 책임자. 옛날에 태수(太守)나 주목(州牧)을 이렇게 불렀는데, 여기서는 지방의 군사책임자를 가리킨다.

3 三公(삼공) : 국정을 총괄하는 세 가지의 최고벼슬을 일컫는 말. ≪한시외전漢詩外傳≫에서는 삼공이란 산천지리와 곡식 소출 등 땅에 관계된 일을 맡아서 하는 사공(司空), 계절 변화와 천문의 일등 하늘의 일을 도맡아 하는 사마(司馬), 사회조직과 계층 등 사람의 일을 맡아보는 사도(司徒)를 일컫는다고 하였다. ≪통전通典≫에 의하면 주(周)나라 때에는 태사(太師), 태부(太傅), 태보(太保)를 삼공이라 하다가, 한대(漢代)에 와서 승상(丞相), 대사마(大司馬), 어사대부(御使大夫)를 삼공이라 하게 되었으며, 후한(後漢) 이후로 남북조시대까지 태위(太尉), 사도(司徒), 사공(司空)을 삼공이라 하다가, 수대(隋代)에 들어와 태위(太尉), 사도(司徒), 사공(司空)을 삼공이라 하면서, 당대(唐代)에도 이를 답습하였다고 한다.

4 得一(득일) : 무위자연의 도(道). ≪노자≫에서 "하늘이 하나를 얻으면 온 세상이 맑아지고, 땅이 하나를 얻으면 만물이 편안해진다."라고 하였다. 하상공(河上公)의 주(注)에서 "하나란 무위(無爲)의 도의 아들이다. 하늘이 하나를 얻었으니 그래서 삼라만상이 청명하고, 땅이 하나를 얻었으니 그래서 안정되고 동요하지 않는다."라 하였다.

5 渡瀘(도로) : 노수(瀘水)는 지금의 운남성(雲南省) 요주(姚州)에 있는 금사강(金沙江)이다. 이곳은 살기를 띤 두 봉우리 사이로 강이 흐르기 때문에, 음력 3월에서 5월 사이에 강을 건너는 사람은 그 독기로 인해 반드시 죽는다고 한다.

≪자치통감資治通鑑≫에 의하면, 천보(天寶) 10년(751) 4월, 검남절도사(劍南節度使) 선우중통(鮮于仲通)이 남조(南詔)를 정벌하였으나, 노남(瀘南)에서 크게 패하였다. 이에 장안. 낙양. 하남. 하북의 병사로 남조를 공격하려 했으나, 운남(雲南)에 전염병이 많아 전쟁도 하기 전에 태반이 죽는다는 소문을 듣고 사람들이 가려하지 않았다. 양국충(楊國忠)은 어사(御使)를 보내어 사람을 잡아 줄줄이 형틀에 씌워 군대에 보냈다. 예전에는 백성 중에 공이 있는

자는 징병을 면해주어 전쟁에서 공을 세우려고 노력하였는데, 양국충은 공훈을 세운 집에서도 징발하여 출정시켰기에 많은 백성들이 원망하였으며, 부모처자들이 전송 나와 울부짖는 소리가 벌판을 울렸다고 한다.

6 不一回(불일회) : 하나도 살아 돌아오지 못하는 것을 가리킨다. 진자앙의 <감우시>3에 "오로지 보이나니 사막의 주검들, 그 누가 변새 위 외로운 혼을 가여이 여기리오.[但見沙場死, 誰憐塞上孤.]"라는 구절이 있다.

7 有苗平(유묘평) : ≪예문유취藝文類聚≫<제왕세기帝王世紀>에 의하면, 순(舜)임금 때 유묘씨(有苗氏)가 항복하지 않아 우(禹)가 정벌을 청하였지만, 순임금은 덕이 부족하여 무력을 쓰는 것은 온당치 않다며 3년을 교화에 힘쓰고 70일 동안 붉은 방패와 도끼(干戚)를 들고서 춤을 추자, 결국 유묘씨가 항복하였다고 한다. 또 ≪서경≫<대우모大禹謨>에서도 "임금께서 이에 문덕을 크게 베푸시고 양쪽 섬돌 사이에서 방패와 깃을 들고 춤을 추니, 칠십 일만에 유묘씨가 감복하였다."라고 하였다.

해설

전쟁이 일어났으나 병사가 부족하여, 일반 백성들까지 징집(徵集)하여 사지(死地)로 내모는 처절한 정경을 사실적으로 묘사한 시이다. 문답식 대화와 핍진한 묘사로 보아, 출정(出征) 광경을 실제 목도(目睹)하고 지은 것으로 짐작된다. 배경은 다르지만, 악부 <예장행>에도 병사와 가족들의 울부짖음이 하늘을 찌르는 참담한 출정 장면이 여실하게 묘사되어 있다.

고풍 35

醜女來效顰　못생긴 아낙이 서시西施를 흉내 내며
還家驚四鄰[1]　집에 돌아오니 온 이웃이 놀랐고,
壽陵失本步　수릉壽陵 사람은 본래 걸음마저 잊어
笑殺邯鄲人[2]　한단邯鄲 사람들 우스워 죽었다네.
一曲斐然子　화려한 노래 한 가락
雕蟲喪天眞[3]　벌레를 새기느라 천진함을 잃었고,
棘刺造沐猴　대추나무 가시로 원숭이를 만든다며
三年費精神[4]　삼 년 세월 정력을 허비했네.
功成無所用　공을 이루어도 쓸 데가 없고
楚楚且華身[5]　휘황찬란 차림새만 요란하네.
大雅思文王[6]　≪대아大雅≫ 읊조리며 문왕文王을 그려보나
頌聲久崩淪　덕을 기리는 노래 사라진 지 하마 오래네.
安得郢中質　어이하면 영郢 땅의 참된 벗을 얻어
一揮成風斤[7]　바람 가르며 도끼 자루 휘둘러 볼꼬.

주석

1 醜女(추녀) : ≪장자≫<천운天運>에 나오는 이야기이다. 춘추시대 월(越)나라 미녀 서시(西施)가 가슴을 앓아 길을 가다가 얼굴을 찌푸리자, 마을의 추녀가 이를 예쁘다 여기어 집에서는 가슴을 움켜쥐고 길에서는 얼굴을 찌푸렸다. 마을의 부자(富者)는 이를 보더니 문을 굳게 걸어 잠그고 나오지 않았으며, 가난한 이는 이를 보더니 처자를 데리고 떠나버렸다고 한다.

2 壽陵(수릉) : ≪장자≫<추수秋水>에 나오는 이야기이다. 수릉(壽陵) 사는 어떤 사람이 의젓

한 걸음걸이를 배우려고 한단(邯鄲)에 갔다가, 제대로 배우지도 못하고 이전에 걷던 법마저 잊어버려 기어서 자기 나라로 돌아갔다고 한다.

3 一曲(일곡) : 양웅(揚雄)이 젊은 시절에 화려한 부(賦) 작품을 지은 일을 말한 듯하다. '비연자(斐然子)'를 곡명으로 보기도 하는데, 본래 비연(斐然)은 문채가 빛나는 모습이다. 彫蟲(조충)은 충서(蟲書)를 새긴다는 뜻이다. 충서는 중국 고대 서체(書體)의 일종으로 그 모습이 벌레나 새를 닮았다고 붙여진 이름이다. 한나라 양웅(揚雄)은 ≪법언法言≫<오자吾子>에서 자신이 어릴 적에 부(賦) 짓는 일을 좋아하였지만, 이는 조무래기들이 충서(蟲書)를 파고 각부(刻符)를 아로새기는 일과 같은 것으로, 어른은 하지 않는 일이라며 부(賦)의 창작을 비판한 일이 있다.

4 棘刺(극자) : ≪한비자≫<외저설外儲說>에 나오는 이야기이다. 송(宋)나라 사람 중에 연(燕)나라 왕을 위해 대추나무 가시로 어미 원숭이를 만들겠으니, 석 달 동안 재계를 하고 계시면 볼 수 있을 것이라는 자가 있어, 왕은 많은 돈을 주어 봉양하였다. 왕실의 한 대장장이가 임금에게 말하기를 "제가 듣기로 임금이란 본래 열흘 동안 잔치 없이 재계하는 일은 없다 하였거늘, 이는 필시 왕께서 오래 재계를 하시며 시시한 물건을 기다릴 수 없음을 미리 알고서 석 달을 말미로 잡은 듯합니다. 무릇 조각이란 깎아내는 도구가 더 작은 법인데, 지금 대장장이인 저도 가시를 깎아 낼 도구가 없습니다. 분명 그러한 물건이 아닐 것이니 왕은 통촉하소서."라고 하였다. 왕이 그를 가두고 문초하자 과연 허황된 말이었기에 잡아 죽이고 말았다. 간언한 이가 왕에게 말하기를 "속이 얕고 수다스러운 선비는 그럴싸한 말만 늘어놓는 법입니다."라고 하였다.

5 楚楚(초초) : 선명한 모양.

6 大雅(대아) : ≪시경≫의 일부. 태평성대의 기반을 마련한 주(周) 문왕(文王)의 공덕을 노래하는 내용이 많이 담겨 있다. 이백에게서의 '대아'는 바른 정치의 소산인 '건강한 시'를 뜻하며, 몰락한 정치가 시인들의 원망과 슬픔을 자아내는 것과 대조를 이룬다. <고풍>1 참조.

7 成風斤(성풍근) : ≪장자≫<서무귀徐無鬼>에 나오는 이야기이다. 장자(莊子)가 주검을 안장하러 가는 길에 혜자(惠子)의 묘 곁을 지나게 되자 뒤따르던 이에게, "영(郢) 사람이 자기 코끝에 파리 날개 두께만큼 회칠을 하고는 장석(匠石)을 불러 깎아내도록 하였다. 장석이 바람소리를 내며 도끼를 휘둘러 틀림없이 회칠을 다 벗겨내었으되 코는 상하지 않았는데, 영 사람은 선 채로 낯빛 하나 변하지 않았다. 송원군(宋元君)이 이를 듣고 장석을 불러 '과인을 위해서도 그렇게 해보라'고 하였다. 장석이 말하기를 '제가 그렇게 깎아 본 적이 있지만, 회칠한 코를 도끼에 내맡기고도 태연히 서 있던 제 짝이 죽은 지 오래됩니다.'라고 하였다. 혜자가 죽은 이래로 나도 벗이 사라져 더불어 이야기할 자가 없도다."라며 한탄하였다.

✿ 해설

글줄 깨나 한다는 자는 벼슬 나부랭이나 얻고자 애를 쓰고 있으니, 세상 바로잡는 일에 무슨 보탬이 되리오? 우아하며 강건한 시풍의 회복을 시대의 사명으로 삼은 이백은 자신과 그 뜻을 같이 할 짝을 그리워할 따름이다.

고풍 36

抱玉入楚國　옥을 안고 초楚나라에 들었다가
見疑古所聞[1]　의심만 받았던 일, 예로부터 들어왔네.
良寶終見棄　좋은 보물 끝내 버려졌으니
徒勞三獻君　임금께 세 번 바쳤지만 헛수고였네.
直木忌先伐[2]　곧은 나무는 먼저 벼혀질까 걱정하고
芳蘭哀自焚[3]　향그런 난초는 불타는 것 슬퍼하네.
盈滿天所損　한 가득 차게 되면 하늘이 덜어내니
沉冥道爲羣[4]　깊고 또 깊게 도道를 벗 삼아 보리라.
東海汎碧水　동해 푸른 물결에 배를 띄우고
西關乘紫雲[5]　서쪽 관문에서 자줏빛 구름 탔던,
魯連及柱史[6]　노중련魯仲連과 주하사柱下史처럼
可以躡清芬[7]　맑은 경지에 오를 수 있으리.

주석

1 抱玉(포옥) : ≪한비자≫<화씨편和氏篇>에 나오는 이야기이다. 초(楚)나라 화씨(和氏)가 초산(楚山)에서 옥돌을 얻어 여왕(厲王)에게 바치자, 왕은 전문가에게 감정(鑑定)을 시켰다. 전문가가 이를 돌이라고 하자, 왕은 화씨를 미친놈이라 하여 그 왼쪽 발꿈치를 자르는 벌을 내렸다. 여왕이 세상을 떠나고 무왕(武王)이 즉위하자, 화씨는 무왕에게 다시 옥돌을 바쳤다. 무왕이 감정을 시키자 또 돌이라 하여, 왕은 화씨의 오른쪽 발꿈치를 잘랐다.

무왕이 세상을 떠나고 문왕(文王)이 즉위하자 화씨는 그 옥돌을 안고 초산 아래에서 통곡하였는데 사흘 밤낮을 울어 피눈물이 이어졌다. 왕이 이 소식을 듣고 그 사람에게 "천하에 발꿈치 잘린 이가 많은데 그대는 왜 그다지 슬피 우는가?"하고 물었더니, "나는 발꿈치 잘린 것을 슬퍼하는 게 아니라, 보물을 돌이라 하고, 곧은 선비를 미쳤다 하기 때문이오." 하였다. 왕이 옥 전문가로 하여금 그 옥돌을 다듬게 하였더니 보옥이 되어, 화씨벽(和氏璧)이라고 이름 붙였다.

2 直木忌先伐(직목기선벌) : ≪장자≫<산목山木>에서 "곧은 나무가 먼저 베어지고, 단 샘물이 먼저 마르게 된다."라 하였다.

3 芳蘭(방란) : 난초가 향(香)으로 쓰이는 것을 말한다.

4 沉冥(침명) : 심오한 도가(道家)의 세계. <고풍>13 참조.

5 西關(서관) : ≪고사전高士傳≫에 의하면 노자(老子)는 은(殷)나라 때 태어나 주(周)나라에서 주하사(柱下史)가 되었다. 주나라의 덕이 쇠하자 푸른 소가 모는 수레를 타고 대진(大秦) 땅으로 가며 서관(西關)을 넘었는데, 관(關)의 책임자였던 희(喜)가 그 기운을 보고서 먼저 알아차렸으며, 세상만물들도 다 그가 오기를 기다리는 듯하였다. 얼마 후 과연 노자가 도착하자 억지로 책을 짓게 하여, 노자는 ≪도덕경道德經≫ 오천여 자(字)를 짓고서 명실상부한 도가(道家)의 원조가 되었다. <고풍>29 참조.

6 魯連(노련) : 노중련(魯仲連). <고풍>10 참조.

* 柱史(주사) : 주하사(柱下史). 노자가 주나라 무왕(武王; ?~B.C.1043)때 맡았다고 하는 관명. 감찰을 맡은 어사(御使)에 해당하는 벼슬이라고 한다.

7 淸芬(청분) : 맑고 향기로운 기운. 악부 <동무음> 참조.

해설

불우한 처지가 괴롭다 못해, 애련(愛憐)과 희노(喜怒)에 물들지 않는 청정한 세계를 그리는 시이다. 의심을 받고 궐을 나올 수밖에 없었던 울분은 강박적으로 이백을 괴롭힌다. 화씨벽 고사에 얽힌 억울한 이의 통곡은 <고풍>37의 연나라 신하와 제나라 아낙의 통곡으로 이어진다.

주석가 소사윤(蕭士贇)은 이백의 <감우>7이 이 <고풍>36과 몇 글자만 다른 것에 대해, 전사(傳寫; 베껴 쓰는 것) 중에 변형된 것을 <감우>라는 이름으로 남겨둔 것이라고 보았다.

고풍 37

燕臣昔慟哭　그 옛날 연燕나라 신하가 통곡을 하니
五月飛秋霜[1]　오뉴월 하늘에서 가을 서리 내렸고
庶女號蒼天　여염집 아낙이 하늘 향해 부르짖자
震風擊齊堂[2]　성난 바람이 제齊의 건물에 몰아쳤지.
精誠有所感　간절한 마음에 감동하여서
造化爲悲傷　조물주조차 슬퍼했다는데
而我竟何辜[3]　나는 정녕 무슨 허물이 있길래
遠身金殿旁　금궐 곁에서 멀리 와 있단 말가.
浮雲蔽紫闥[4]　뜬 구름이 자줏빛 궐문을 가려
白日難回光　흰 해도 햇빛을 돌리기 어렵네.
羣沙穢明珠　모래알들이 빛나는 구슬을 더럽히고
衆草凌孤芳　잡초더미가 한 송이 꽃을 뒤덮으니
古來共歎息　자고로 모두가 한숨짓는 일
流淚空沾裳　흐르는 눈물만 부질없이 옷깃을 적시네.

주석

1 燕臣(연신) : ≪논형論衡≫<감허편感虛篇>에 나오는 이야기이다. 전국시대 추연(鄒衍)은 죄 없이 연(燕)나라에서 구금되었다. 그때가 한 여름 오월이었는데 추연이 하늘을 우러러 탄식을 하자, 하늘에서 서리가 내렸다고 한다.

2 庶女(서녀) : ≪회남자淮南子≫<남명훈覽冥訓>에 나오는 이야기이다. 제(齊)나라의 여염집 과부가 자식도 없이 개가하지 않은 채 시어머니를 정성껏 봉양하고 살았는데, 시누이가 자기 어머니 재산을 노려 며느리를 시집보내려 하였다. 며느리가 끝내 응하지 않자 시누이

가 그 어미를 죽이고 죄를 며느리에게 덮어씌웠다. 며느리는 자신의 무죄를 밝힐 수 없자 한에 사무쳐 하늘을 원망하니, 하늘에서 벼락이 내리쳐 경공(景公)의 누대가 무너져서 왕이 다치고 해일이 크게 일어났다고 한다.

3 辜(고) : 허물.

4 紫闥(자달) : 임금 계신 궁궐.

✿ 해설

뜬 구름과 모래알로써 소인배를, 흰 해로써 임금을, 좋은 구슬과 향초(香草)로써 군자를 암시하는 비유는 초사(楚辭)에 많이 쓰였으며, 이후 지식인의 회재불우(懷才不遇)를 읊은 영회시(詠懷詩)나 감우시(感遇詩)의 단골 표현 방식이 되었다. 이백의 <고풍>시가 이 계보를 잇고 있음을 여실히 보여주는 작품이다. <고풍> 해제 참조.

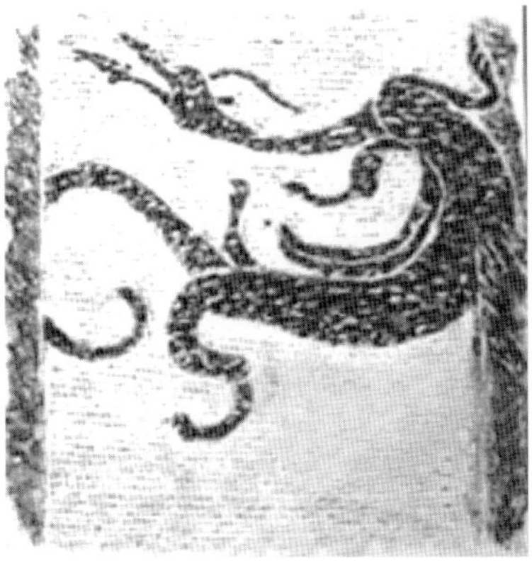

고풍 38

孤蘭生幽園　한 떨기 난초, 깊숙한 정원에 피었는데
衆草共蕪沒　잡초들이 얼크러져 묻혀버렸네.
雖照陽春暉　따사로운 봄볕이 비치는가 싶더니
復悲高秋月　높은 가을 달이 또 다시 구슬프고나.
飛霜早淅瀝[1]　하늘 서리 벌써 후두둑 떨어지니
綠豔恐休歇　싱싱하던 그 모습 시들까 걱정이라.
若無淸風吹　맑은 바람조차 불어오지 않는다면
香氣爲誰發　고운 그 향기, 누굴 위해 풍기랴.

주석

[1] 淅瀝(석력) : 비나 이슬이 떨어지는 소리.

해설

소인배들에 둘러싸인 군자의 무력감과 불안함을 난초에 빗대어 한탄한 작품이다. 시간의 흐름을 예민하게 묘사한 시구들 때문에 말년의 작품으로 추정되기도 하지만, 마지막 두 구절 때문에 누군가의 힘을 빌어 발탁될 희망을 품은 초기 작품으로 간주되기도 한다. 원망의 마음을 고상한 난초에 비긴 것은 "난초와 두약(杜若), 봄과 여름에 피어나, 다보록하니 어이 그리 푸르른고.[蘭若生春夏, 芊蔚何靑靑.]"라 하면서, 가을을 지나 속절없이 흐르는 세월을 한탄한 진자앙 <감우시>2를 직접적으로 이어받았고, 본인의 <고풍>37과도 한 맥락에 있다. 짜임새 있는 틀거지와 간결한 묘사가 고풍스런 문인화(文人畵)를 연상시킨다.

고풍 39

登高望四海	높이 올라 사방을 바라보니
天地何漫漫	하늘과 땅 어이 그리 아득한고.
霜被羣物秋	서리에 덮여 만물이 가을이며
風飄大荒寒	바람 나부껴 대지 더욱 차거웁다.
榮華東流水	부귀영화는 동으로 흘러가는 강물이요
萬事皆波瀾	세상사 모두 부질없는 물결이라.
白日掩徂暉[1]	밝은 해 가리워 뉘엿뉘엿 저물고
浮雲無定端	뜬 구름은 하릴없이 흘러만 간다.
梧桐巢燕雀	귀한 오동나무에 제비 참새 둥지 틀고
枳棘棲鴛鸞[2]	가시 돋친 탱자나무에 봉황새 깃들였다.
且復歸去來	또 다시 되돌아가자며
劍歌行路難[3]	칼집 두다리며 <행로난行路難>을 부르노라.

주석

1 徂暉(조휘) : 지는 햇살. 석양. 사조(謝朓; 464~499)의 ≪수덕부酬德賦≫에 "때로 즐겁게 노닐다가 아쉬워하며, 저물녘 석양을 돌아보노라.[時遊盤以未極, 睠落景之徂暉.]"라는 구절이 있다.

2 鴛鸞(원란) : '원(鴛)'은 '원(鵷)'으로 써야 옳다. 봉황의 일종이라 한다. ≪장자≫<추수秋水>에 원추(鵷雛)라는 새가 나오는데, 남해에서 북해 쪽으로 날아가며, 오동이 아니면 머물지 않고, 익은 과일 아니면 먹지를 않고, 예천(醴泉; 감미로운 샘물)이 아니면 마시지 않는다고 한다. 탱자나무에 봉황이 깃들였다는 표현에는 자신이 걸맞지 않은 곳에 처해 있다는 깊은 원망이 담겨 있다.

3 劍歌(검가) : 허리에 찬 칼집을 두드리며 그 박자에 맞추어 부르는 노래. 전국시대 제(齊)나라 맹상군(孟嘗君)의 식객이었던 풍환(馮驩)이 자신을 예우해주지 않음에 불만을 가지고, 칼

집을 두드리며 노래했다고 한다.

* 行路難(행로난) : 한대(漢代)로부터 이어져 온, 인생행로의 어려움을 한탄한 노래 제목. 이백에게도 같은 제목의 악부가 3수 있다.

✿ 해설

지조 높은 선비가 세상을 개탄하는 노래이다. 가을, 가려진 해, 정처 없는 구름, 제자리를 잃은 봉황과 참새 등 전통적인 군자/소인의 구도가 작품에 고전적인 무늬를 드리운다.

칼을 두드리며 <행로난>을 부른다는 표현은 남조 양대(梁代) 시인 포조(鮑照; 421~465전후)의 시 구절에서 유래한 것으로, 강개한 심정을 나타낼 때 쓰인다. "또 다시 돌아간다."는 마지막 구절을 근거로, 모함 받고 조정에서 물러나 장안을 떠나며 지은 작품으로 추정하기도 한다.

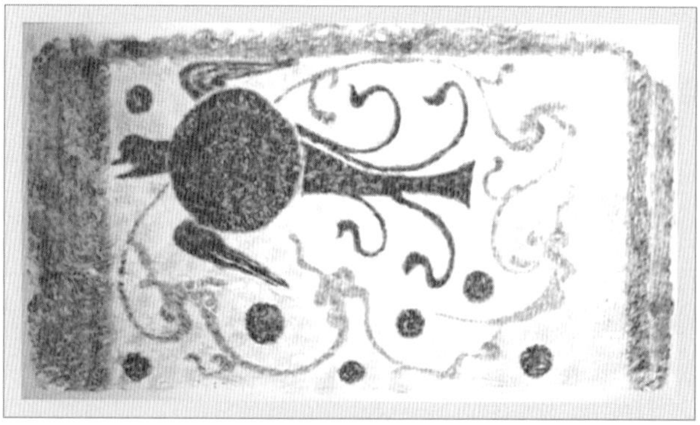

고풍 40

鳳飢不啄粟　봉황은 주려도 곡식을 쪼지 않고
所食唯琅玕[1]　먹는 것은 오로지 옥돌뿐이라.
焉能與羣雞　어이 뭇 닭과 뒤섞여
刺蹙爭一飡　한 줌 모이 놓고 다투며 쪼아대랴.
朝鳴崑丘樹[2]　아침엔 곤륜산崑崙山 나무에서 울고
夕飲砥柱湍[3]　저녁엔 지주산砥柱山 여울을 마시나니,
歸飛海路遠　날아 돌아가는 바닷길 아득하고
獨宿天霜寒　홀로 지새우는 하늘 서리 차가워라.
幸遇王子晉[4]　다행히 왕자진王子晉을 만나
結交青雲端　푸른 구름 가에서 사귀었도다.
懷恩未得報　고마운 은혜에 보답도 못한 채
感別空長嘆　이별이 아쉬워 장탄식만 하도다.

✿ 주석

1 琅玕(낭간) : 봉황이 깃드는 나무에 열매로 맺는다는 옥돌이다. ≪태평어람≫에 인용된 장자(莊子)의 이야기에 나온다. 장자(莊子)가 말하기를 "노자(老子)는 공자가 제자 5인을 거느린 것을 보고서 탄식하며, '내가 평소에 듣기로 남쪽에 봉(鳳)이란 새가 있는데, 지내는 곳은 적석(積石) 천리 밖이요 천성적으로 날것을 먹는데, 그가 깃들여 사는 나무는 경지(瓊枝)로, 그 높이가 수 백 길이며 구림낭간(璆林琅玕)을 열매로 맺는다.'라고 말하였다."라고 하였다. 세속적인 잣대로 잴 수 없는 도가(道家)의 높은 경지를 암시한 말이다.

2 崑丘(곤구) : 곤륜산(崑崙山). ≪회남자淮南子≫에 따르면, 봉황은 팔 만 길 높이로 올라가 사해 밖에서 노닐며, 곤륜산(崑崙山)의 황무지를 지나 지주(砥柱)의 여울물을 마신다고 한다. 또 ≪산해경≫에 의하면 서해의 남쪽, 유사(流沙)의 가장자리, 적수(赤水)의 뒤, 흑수(黑水)의

앞에 곤륜(崑崙)이라고 하는 큰 산의 언덕이 있다고 한다.

3 砥柱(지주) : 산 이름. 삼문산(三門山)이라고도 하며, 섬주(陝州) 협석현(硤石縣) 동북쪽 오십 리 황하 가운데 있다. 황하 물길이 갈라지며 산을 에워싸며 흘러가, 산이 기둥처럼 보이기 때문에 붙여진 이름이다.

4 王子晉(왕자진) : 중국 고대의 신선. ≪열선전列仙傳≫에 의하면 왕자교(王子喬)는 주(周)나라 영왕(靈王)의 태자, 진(晉)이었다고 한다. 생황을 잘 불어 봉황 우는 소리도 내며, 이수(伊水)와 낙수(洛水) 물가에서 노닐었는데, 도사 부구생(浮丘生)을 만나 숭고산(崇古山)으로 들어갔다.

✿ 해설

때를 만나지 못한 봉황새에 자신을 비기며, 아끼는 지음(知音)과의 헤어짐을 안타까워하는 내용이다. 이 작품이 신룡(神龍) 같이 천의무봉하다는 찬사를 받는 이유는, 환상적인 내용과 자연스럽고 유려한 전개방식 때문인 듯하다.

왕자진이 구체적으로 누구를 가리키고 있는지에 대해서는 의견이 분분하나, 등장인물과 장면 설정이 유사한 그의 악부 <봉생편鳳笙篇>과 대조해 볼 때, 길 떠나는 사람을 왕자진에 빗댄 것이 분명하다.

고풍 41

朝弄紫泥海[1]　아침엔 자줏빛 진흙 바다를 헤적이고
夕披丹霞裳　저녁엔 붉은 노을 치마 자락 걸쳐본다.
揮手折若木[2]　손을 휘둘러 빛나는 약목若木 버혀내어
拂此西日光　이 저녁 햇빛을 가려보리라.
雲臥遊八極　구름에 누워 온 세상을 누비자니
玉顔已千霜　말간 얼굴엔 어느덧 천 번의 서리 내렸도다.
飄飄入無倪　훨훨 날아올라 끝없는 데 들어가
稽首祈上皇　머리 조아려 옥황상제께 빌었더니
呼我遊太素[3]　나를 불러 태소太素에서 놀게 하고
玉杯賜瓊漿[4]　옥잔에 귀한 음료를 내리셨다.
一飡歷萬歲　한 번 마시면 만년을 사나니
何用還故鄉　고향에 돌아갈 일, 무에 있으랴.
永隨長風去　영원히 긴 바람 따라다니며
天外恣飄揚　하늘 밖에서 마음껏 나부끼련다.

주석

1 紫泥海(자니해) : 한나라 동방삭(東方朔)이 다녀왔다는 전설 중의 바다 이름. ≪동명기洞冥記≫에 의하면, 동방삭이 나가서 일 년이 지나서야 돌아오자, 그의 어머니가 매우 놀라며 "떠난 지 일 년이 되어서 돌아오다니, 내게 무어라 위로를 할 거냐?"라고 물었다. 동방삭은 "제가 자니해(紫泥海)에 가서 자줏빛 물에 옷을 더럽히고 우연(虞淵)에서 옷을 빨고서 아침에 길을 떠나 정오에 돌아왔건만, 어이 일 년이 지났다고 하시는지요?"라고 되물었다고 한다. 삼천갑자 동방삭다운 익살스런 대꾸이다.

2 若木(약목) : 해가 지는 서쪽 땅에 있다는 전설 속의 나무. ≪초사≫<이소離騷>에서 "약목를 베어 해를 가리고, 하릴 없이 어슬렁대노라."라 하였고, 왕일(王逸)은 주(注) 에서 "약목은 곤륜산 서쪽에 있는데, 그 밝기가 아래의 땅을 다 밝혀줄 정도이다."라고 하였다.

3 太素(태소) : 상제(上帝)가 다스리는 하늘나라. ≪태평어람≫에 인용된 ≪대동진경大洞眞經≫에서 "태소(太素)의 삼원산(三元山)에 중황태일상제(中黃太一上帝)의 집이 있다."라고 했다.

4 瓊漿(경장) : 신선이 마시는 좋은 술. ≪초사≫<초혼招魂>에 "화려한 잔 늘어놓았고, 좋은 술도 있도다.[華酌既陳, 有瓊漿些.]"라 하였다.

✿ 해설

신선 세계에서 마음껏 노니는 즐거움을 노래한 유선시(遊仙詩)이다.

'아침에는~, 저녁에는~'의 구문(構文)에 대하여 주석가 소사윤(蕭士贇)은, "朝發鄴城橋, 暮濟白馬津" "朝發廣莫門, 暮宿丹水山" "朝旦發陽崖, 暮落憩陰峰"과 같은 ≪문선文選≫ 시들의 첫 구(起句)나 "朝發軔於天津兮, 夕余濟乎西極" "朝馳余馬乎江皋, 夕濟乎西澨" 등과 같은 초사(楚辭)의 구문(構文)을 도입한 것이라고 지적하였다.

고풍 42

搖裔雙白鷗[1]　훨훨 나는 갈매기 한 쌍
鳴飛滄江流　끼룩대며 창강 따라 날아가네.
宜與海人狎[2]　응당 고기잡이와 함께 할지니
豈伊雲鶴儔　어이 저 구름 사이 학들과 벗하리.
寄影宿沙月　몸을 맡겨 모래 위 달빛 속에 잠들고
㳂芳戲春洲[3]　꽃향기 좇아 봄 모래톱 위를 날으리.
吾亦洗心者[4]　나 역시 마음 씻은 사람이러니
忘機從爾遊[5]　삿된 마음 잊은 채 너를 따라 노닐리.

주석

1 搖裔(요예) : 옷자락이 흔들린다는 뜻으로, 이리저리 흔들리는 모양을 뜻한다.

2 宜與海人狎(의여해인압) : ≪열자列子≫<황제편黃帝篇>에 나오는 이야기이다. 바닷가에 사는 사람 중에 갈매기를 좋아하는 사람이 있어, 매일 아침 바다에서 새들과 놀았는데 갈매기는 그를 따라 날면서 두려워하지 않았다. 그 아버지가 그걸 알고서 한 마리만 잡아오라고 하였는데, 다음날 바닷가에 나가 보았더니 갈매기들은 높이 날며 춤만 추고 내려오지 않았다고 한다.

3 㳂(연) : 沿(연)과 같다. 물을 따라 내려가다.

4 洗心(세심) : 마음을 씻다. 진자앙의 <감우시>31에 "오직 저 흰 갈매기만이 마음 씻는 이야기를 할 만 하도다.[唯應白鷗鳥, 可爲洗心言.]"라는 구절이 있다.

5 忘機(망기) : 기심(機心)을 잊다. 기심(機心)이란 욕심을 품고 있는 삿된 마음을 뜻한다.

해설

이 작품은 이백이 벼슬할 때 강호를 그리며 지은 시로 추정하고 있다. 구름 사이 학처럼 높은 지위에 있는 사람보다는 갈매기와 같이 소박하고 꾸밈없는 재야인사와 더불어 노닐겠다는 담백한 지향을 표현한 것이다.

완적(阮籍)의 <영회시>46에서도 갈매기는 드넓은 바다를 배경으로 얽매임 없이 살아가는 새로 묘사되고 있지만, 비교 대상은 나뭇가지와 쑥대 풀 사이나 오고가며 옹색하게 살아가는 비둘기이다.

고풍 43

周穆八荒意[1]	주周 목왕穆王은 유람 생각뿐이었고
漢皇萬乘尊[2]	한漢나라 무제武帝도 만승의 지존이었네.
淫樂心不極	질탕한 즐거움도 성에 안차니
雄豪安足論	영웅호걸일랑 어이 논하리.
西海宴王母	서해에서 서왕모西王母와 잔치를 벌이고
北宮邀上元	북쪽 궁궐서 상원부인上元夫人 맞이했건만
瑤水聞遺歌	요지瑤池에는 슬픈 옛 가락만 들리고
玉杯竟空言[3]	옥 술잔 신선 이야기, 빈 말 되고 말았네.
靈跡成蔓草	신비한 자취는 무성한 잡초 되고
徒悲千載魂	천년 혼이 슬프기만 하고녀.

주석

1 周穆(주목) : 주(周)나라 목왕(穆王). ≪열자列子≫<주목왕편周穆王篇>에 의하면, 그는 여덟 마리 준마를 끌고 마음대로 멀리 돌아다녔는데, 끝내 선녀 서왕모(西王母)에게 초대되어 요지(瑤池) 가에서 술잔을 나누었다. 서왕모는 왕을 위해 노래를 부르고 왕이 화답하였는데, 그 가사가 애달팠다고 한다. 진자앙의 <감우시>26에도 "제멋대로라 목천자여, 흥겨운 일 좋아하여 흰 구름에 가고자 하였네.[荒哉穆天子, 好興期白雲.]"라 하였다.

2 漢皇(한황) : 한(漢)나라 무제(武帝)를 가리킨다. ≪한무내전漢武內傳≫에 의하면, 그는 신선술에 탐닉하였는데 원봉(元封) 7년에 서왕모가 하늘의 신선들을 이끌고 궁궐로 날아 내려와 무제에게 아름다운 선녀 상원부인(上元夫人)을 소개해 주었다고 한다.

3 玉杯(옥배) : 옥 술잔. 한나라 무제는 신명대(神明臺)를 지어 신선에게 제사지냈다. 그 위에 승로반(承露盤)이 있는데, 신선이 손바닥을 펼쳐 쟁반과 옥 잔[玉杯]을 받든 모습을 구리로 주조하고는, 여기에 내린 이슬에 옥 부스러기[玉屑]를 섞어 먹으며 신선의 도를 추구하였

다고 한다. 진자앙의 <감우시>12에 "요대에 예쁜 웃음 기울어지고, 옥 술잔에 고운 눈썹도 사라지도다.[瑤臺傾巧笑, 玉杯殞雙蛾.]"라 하였다.

✿ 해설

정치는 아랑곳하지 않고 여색에만 탐닉했던 역대 제왕들의 말로를 회고하며 시대를 한탄하는 내용이다. 이는 임금의 질탕한 태도를 근심스럽게 바라보는 왕비의 시선을 빌어서, "그저 요지(瑤池)의 잔치만 생각하면서, 돌아와서도 그 즐거움 끝이 없고녀."라고 노래한 악부 <상지회上之回>의 한탄과 맥을 같이하고 있다. 도교(道敎)와 양귀비에 탐닉하여 정치를 등한히 하고 있던 현종(玄宗)을 염두에 둔 작품으로 보인다.

고풍 44

綠蘿紛葳蕤[1]	짙푸른 겨우살이 얼기설기 얼크러져
繚繞松柏枝[2]	송백 가지를 휘감아 올랐네.
草木有所託	푸새 것들도 의지할 데 있어
歲寒尙不移	날이 차가와도 꿈쩍을 않는데.
奈何夭桃色	어이하리오, 복사꽃 얼굴로
坐嘆葑菲詩[3]	앉아서 봉비葑菲 시만 읊조리며 한숨짓다니.
玉顏豔紅彩	옥 같이 고운 얼굴 불그레 빛나고
雲髮非素絲	구름 같은 검은 머리, 백발도 아니언만
君子恩已畢	그이의 사랑 이미 끝이 났으니
賤妾將何爲[4]	이 몸은 장차 어이하리요.

주석

1 綠蘿(녹라) : 겨우살이. ≪시경詩經 소아小雅≫<규변頍弁>에 "칡과 겨우살이, 송백 가지에 얼크러졌네.[葛與女蘿, 施於松柏.]"라 하였다.

2 夭桃(요도) : 여린 복숭아나무. 여기서는 갓 피어난 복사꽃. ≪시경 주남周南≫<도요桃夭>에 "복숭아나무 여린 가지에 복사 꽃 화사하다.[桃之夭夭, 灼灼其華.]"라 하였다.

3 葑菲(봉비) : 동그랗고 작은 순무와 무. ≪시경 패풍邶風≫<곡풍谷風>에 "세차게 불어오는 산골짝 바람, 궂은 날씨에 비까지 내리네. 벌써 한 마음 되었어야 할 사이, 화를 내시면 안 되어요. 순무와 무 캐실 때, 뿌리만 보면 안 되어요. 처음 언약 어기지 않으시면, 그대와 죽도록 살고지고.[習習谷風, 以陰以雨. 黽勉同心, 不宜有怒. 采葑采菲, 無以下體. 德音莫違, 及爾同死.]"라 하였다. 노래에서 순무와 무를 캘 때 뿌리만 봐서는 안 된다 함은, 외모가 시들었다고 사랑의 언약을 저버려서는 안 된다는 원망을 말한 것이다.

4 賤妾(천첩) : 여성이 자신을 낮추어 일컫는 말. 토사(兎絲)와 여라(女羅)를 노래한 <고시십구

수古詩十九首>8의 "천한 이 몸 또 어이할거나.[賤妾亦何爲]" 같은 구절은 여인이 늙어서 임의 사랑이 식어질까를 걱정하는 내용인데, 이 작품의 주인공은 늙지도 않았는데 버림받았음을 한탄하고 있다.

✿ 해설

연인들의 정가(情歌)에 군신(君臣)의 정(情)을 실어 표현하는 것은 이백의 독특한 상징체계 중의 하나이다. 여러 시인들이 이와 유사한 작품들을 지었지만, 원관념과 보조관념 사이의 상호 연관성을 짚어낼 단서가 부족한 데 비해, 이백은 가음 <옥호음玉壺吟> 등과 같은 작품에서 양자 간의 상호 연관성을 분명히 드러내고 있다.

여러 주석가들이 위의 작품을 두고서도 이백이 궁궐에서 쫓겨나다시피 하였을 때 지은 것이라 추측하는 이유도 여기에 있다. 이러한 비유방식은 '원망하지만 노하는 데까지 이르지 않는' ≪시경≫이나 ≪초사≫, <고시십구수>의 우아한 표현방식의 영향을 받은 바 크다.

고풍 45

八荒馳驚飇[1]	천지팔방 몰아치는 일진광풍에
萬物盡凋落	온갖 만물들 모조리 쇠하는도다.
浮雲蔽頹陽	뜬구름은 지는 해를 가리고
洪波振大壑[2]	산 같은 파도는 큰 골을 울리도다.
龍鳳脫罔罟	용과 봉이 그물을 빠져나왔으니
飄颻將安託	훨훨 날아가 어느 곳에 의지하랴.
去去乘白駒[3]	흰 망아지 타고 정처 없이 길을 떠나
空山詠場藿	적막한 산에서 부추 밭 시나 읊어보리라.

주석

1 飇(표) : 광풍(狂風).

2 大壑(대학) : ≪장자≫<천지天地>에 나오는, 아무리 물을 대어도 더 깊어지지 않고 퍼내도 줄지 않는다는 큰 골짜기를 말한다. ≪열자≫에서도 발해(渤海) 동쪽에 귀허(歸虛)라는 바닥 없는 큰 골짜기[大壑]가 있어 온 세상의 물과 은하수까지 모두 그리로 들어가지만, 늘어나거나 줄지 않는다고 했다.

3 白駒(백구) : ≪시경 소아≫<백구白駒>에 "흰 망아지가 내 밭의 부추를 뜯어 먹으니. 붙들어 매어 이 아침 내내 잡아두리. 바로 그 사람을 여기에 거닐며 쉬게 하리.[皎皎白駒, 食我場藿. 縶之維之, 以永今朝, 所謂伊人, 於焉逍遙.]"라는 구절이 나온다. 모전(毛傳)에 따르면 주(周) 선왕(宣王) 말기에 어진 이를 기용하지 않자, 그는 부추를 먹는 흰 망아지를 타고 가버렸다고 한다. 어진 이를 태운 흰 망아지가 내 텃밭의 야채를 뜯을지언정 붙들어서 보내지 말아야 하거늘, 어디도 그럴 기미가 보이지 않는 말세에 현자는 떠나버릴 수밖에 없다는 의미이다.

✿ 해설

용, 봉황, 흰 망아지 등 작품에 등장하는 여러 가지 신비한 동물들은 가리키는 바가 있음이 분명하며, 그 중에도 '말세(末世)'의 현자를 암시하는 '부추를 먹는 흰 망아지'의 비유에는 원관념의 윤곽이 잘 드러나 있다. 주석가들 모두가 이 작품에 대하여 '천보(天寶)년간 안록산(安祿山)의 난(亂)이 온 세상을 휩쓸 때, 자신과 같은 어진 이가 감옥에서 나와도 의지할 곳 없음을 한탄한 것'이라는 데 의견을 같이하는 것도 이 때문이다.

고풍 46

一百四十年[1]　일백 하고도 사십 년
國容何赫然　나라의 위엄, 어이 그리 높다란가.
隱隱五鳳樓[2]　어슴프레 오봉루五鳳樓
峨峨橫三川[3]　삐죽이 삼천三川에 비꼈다.
王侯象星月　왕후장상, 일월처럼 빛나고
賓客如雲烟　빈객들은 구름떼처럼 모였다.
鬪雞金宮裏　금 궁 안에선 닭싸움이며
蹴踘瑤臺邊[4]　요대瑤臺 가에선 공놀이라.
擧動搖白日　한번 납시면 흰 해를 뒤흔들고
指揮回靑天　휘젓는 손가락에 푸른 하늘도 돌도다.
當塗何翕忽[5]　요직에 있는 날들, 어이 그리 짧은가
失路長棄捐　길 잃고 나면 영영 버려지도다.
獨有楊執戟[6]　어쩌다 양자운揚子雲 닮은 이 있어
閉關草太玄[7]　문 닫아걸고 ≪태현경太玄經≫을 짓노라.

주석

1 一百四十年(일백사십년) : 당(唐; 618~907)나라가 건국한 지 140년 경 되는 때는 천보(天寶) 14년(758)인데, 작품 내용은 '투계에 축국'을 관람하던 천보 초(初) 장안의 호사스러움을 묘사하고 있어서, 주석가들은 '四'자가 잘못된 것이라고 보고 있다. <고풍>24 참조.

2 五鳳樓(오봉루) : 장안(長安) 궁정의 누각.

3 三川(삼천) : 장안(長安) 근처를 흐르는 세 강물, 즉 경수(涇水), 위수(渭水), 낙수(洛水)를 일컫는다.

4 蹴踘(축국) : 공을 치거나 발로 차는 놀이.

5 當塗(당도) : 요직에 있는 자. 양웅(揚雄)의 <해조解嘲>에 "요직을 맡은 이는 청운에 오르고, 길 잃은 자는 도랑에 버려지네.[當塗者升青雲, 失路者委溝渠.]"라는 표현이 있다.

소사윤(蕭士贇)은 양웅의 표현과 비슷한 이 구절에 대해, 지름길을 얻어서 그것에 의지하면 금새 크게 귀해지지만, 그것을 얻지 못해 의지하지 못하면 끝내 버려지고 등용되지 않는다고 풀이하였는데, 왕기(王琦)는 이것이 잘못되었다고 보았다. 그는 총애 받는 신하가 뜻을 얻는 기간은 순간에 지나지 않으며, 하루아침에 총애를 잃고 나면 영영 버려져 쓰이지 않으니, 믿을 만한 것이 못됨을 말한 것으로 보았다. 소사윤은 양웅의 원전에 대한 해석에 충실하였고, 왕기는 이 구절을 빌어 쓴 이백의 취지에 초점을 맞추었기 때문에 생겨난 차이이다.

* 翕忽(흡홀) : 빠른 모양.

6 楊(양) : 양웅(揚雄)을 가리키므로 양(揚)으로 써야 옳다.

7 太玄(태현) : 한나라가 어수선하였던 애제(哀帝; B.C.6~B.C.1 재위) 때 양웅(揚雄)이 문을 닫아걸고 지었다는 ≪태현경太玄經≫을 말한다. 조식(曹植)은 <여양수서與楊修書>에서 "옛날 양자운은 전대(前代)에 창을 들고 호위하는 보잘 것 없는 신하였을 따름이다.[昔揚子雲先朝執戟之臣耳]"라 하였다. <고풍>8, 35 참조.

해설

출세하여 재능을 뽐내던 시절은 잠깐. 한번 길 잃은 자는 버림받아 끝내 쓰이지 못한다. 상심을 딛고 영원한 가치를 추구하고자 문 닫아 걸고 저술에 몰두하였던 양자운의 처지에서 자신의 모습을 발견한다.

고풍 47

桃花開東園　　복사꽃 동쪽 뜰에 피어나
含笑誇白日　　웃음 띠고 햇빛 아래 으스대네.
偶蒙東風榮　　어쩌다 태탕한 봄바람 불어와
生此豔陽質　　이처럼 아리땁게 피어났다네.
豈無佳人色　　어이 고운 자태 없으리오만
但恐花不實　　열매 맺지 못할까 그것이 걱정.
宛轉龍火飛[1]　　너울너울 용화龍火가 타오를 때면
零落早相失　　시들어 일찌감치 떨어질 테지.
詎知南山松　　남산 소나무의
獨立自蕭颾[2]　　우뚝 선 저 스산함을 그 누가 알리.

✿ 주석

1 龍火(용화) : 화성(火星). 이십팔 수(宿; 별자리) 중 동방(東方) 8수(宿)를 창룡(蒼龍)이라 하고, 이 중 가운데 별자리[心宿]를 화성(火星)이라고 하는데, 가을이 되면 서남쪽에 나타나므로, 용화가 타오른다는 것은 가을이 온다는 뜻이다.

2 蕭颾(소슬) : 쓸쓸한 모습.

✿ 해설

내실 없는 선비가 어쩌다 총애를 받게 되더라도 쉽게 버려질 것이라는 풍자의 뜻이 강한 작품이다. 복사꽃과 부용을 소나무와 대비시킨 그의 <감흥感興>4와 비슷한 내용인데, 이 또한 고풍을 베껴 쓰던 중 변형되어 남게 된 것으로 보인다.

고풍 48

秦皇按寶劍　진나라 황제 보검을 짚고서
赫怒震威神　불처럼 진노하며 부르르 떠노라.
逐日巡海右　일출을 보려고 바닷가에 납시더니
驅石駕滄津[1]　돌을 굴려 바다 나루에 쌓았어라.
徵卒空九寓[2]　병졸 모으느라 온 세상을 비웠고
作橋傷萬人　다리 놓으려 일만 명을 해쳤도다.
但求蓬島藥[3]　오로지 봉래산 불사약만 구했으니
豈思農扈春[4]　농사철인들 생각이나 했으랴.
力盡功不贍[5]　힘은 다했건만 이렇다 할 공도 없으니
千載爲悲辛　긴 세월 후에도 애통하기만 하여라.

주석

1 驅石(구석) : ≪삼제략기三齊略記≫에 의하면 진시황이 바닷가에 돌다리를 놓아 해돋이 전망대를 만들고자 하였다. 그 때 돌을 몰아 바다에 넣는 재주를 가진 신선이 있었는데, 성양(城陽) 열 한 개의 산석이 일제히 일어서서 동쪽으로 기울어 따라가려는 듯이 보였다. 돌이 빨리 가지 않는다고 말하자, 신선이 갑자기 채찍질을 하여 돌에서 피가 흘러 붉게 되었으며, 지금까지도 그 빛깔이 여전하다고 한다.

* 滄津(창진) : 바닷가의 큰 나루.

2 九寓(구우) : 구주(九州). 온 세상, 천하의 뜻이다.

3 蓬島藥(봉도약) : 불사약. ≪사기≫<봉선서封禪書>에 의하면 발해(渤海) 가운데 봉래(蓬萊), 방장(方丈), 영주(瀛州) 등 삼신산(三神山)이 있는데, 그다지 멀리 있는 것은 아니지만 가까이 가면 바람에 배가 밀려난다고 한다. 진시황이 천하를 통일하고 바다에 갔을 때 방사(方士)들이 거기에는 모든 신선과 불사약이 있다고 하기에, 어린 남녀 삼천 명을 바다로 보내

약을 구해오게 하였다. 하지만 배가 바다에 나가자 바람에 다 부서지고, 가지 못하는 모습을 멀리서 바라볼 수밖에 없었다고 한다.

4 農扈春(농호춘) : ≪독단獨斷≫에 의하면, 고대 오제(五帝) 중의 하나였던 소호(少昊)는 농사를 담당하는 아홉 개의 관직을 만들었는데, 그 중 춘호씨(春扈氏)는 백성들에게 밭을 가는 법을 가르쳐주었다고 한다. 여기서 농호(農扈)는 춘호씨(春扈氏)를 말하며, 따라서 농호춘(農扈春)이란 밭가는 봄철을 뜻한다. 파랑새 '호(扈)'자는 시중든다는 뜻의 '호(扈)'자와 통한다.

5 贍(섬) : 넉넉하다. 족하다.

해설

허황한 것만 쫓으며 백성을 돌보지 않는 당(唐) 황실을, 통일 후 얼마 못 가고 망해버린 진(秦)나라에 빗대어 풍자한 것이다. 사해(四海)를 진동하는 진시황의 위세, 일신상의 허황한 욕망을 채우기 위해 벌인 쓸데없는 사업들. 그 와중에 일터를 잃고 희생된 백성들……. 당 현종(玄宗) 역시 개원(開元)년간에 세운 치적에도 불구하고, 천보(天寶)년간의 황음무도로 역사의 죄인이 되고 말았다.

고풍 49

美人出南國　　미인이 남쪽 땅에서 태어나
灼灼芙蓉姿　　연꽃인양 환하고 아리땁건만
皓齒終不發　　흰 이는 끝내 보이지 아니하고
芳心空自持　　고운 마음 홀로 지닐 뿐.
由來紫宮女　　예로부터 궁궐의 여인들
共妒青蛾眉　　미인의 푸른 아미를 질투하노니
歸去瀟湘沚[1]　　소상강瀟湘江 물가로 돌아가
沉吟何足悲　　낮게 읊어본들, 그 슬픔 어이하리.

주석

[1] 沚(지) : 강 가운데 조그만 모래섬.

해설

재능이 있으면서도 인정받지 못하고 오히려 남들의 시기를 받는 회재불우(懷才不遇)의 심정을 노래한 작품이다. '흰 이 드러내어 웃지를 않고 고운 마음 홀로 품었다'는 구절은, 은근하면서도 완곡한 ≪시경≫의 원정(怨情)을 그대로 살렸다는 평을 받고 있다. 이 시는 또한 '세간의 질투를 받는 미인' '소상강 가에 잠드는 남쪽 나라의 가인'을 노래한 조식(曹植)의 <잡시雜詩>(南國有佳人)의 영향을 받은 흔적이 역력하다. ≪문선≫에 <잡시雜詩>6수 중 네 번째 작품으로 수록되어 있는 내용은 다음과 같다.

"남쪽 나라에 가인 있으니, 어여쁜 얼굴이 복사꽃 오얏꽃 같아라.

아침이면 강 북쪽 언덕에서 놀다가, 해가 지면 상수의 물가에서 잠든다.

세상은 고운 얼굴 박대하니, 누굴 위해 흰 이를 드러내리오.

잠깐사이 한 해가 저물어 가니, 꽃다운 모습 오래 간직하기 어려워라.

[南國有佳人, 容華若桃李. 朝遊江北岸, 日夕宿湘沚. 時俗薄朱顔, 誰爲發皓齒. 俯仰歲將暮, 榮耀難久持.]"

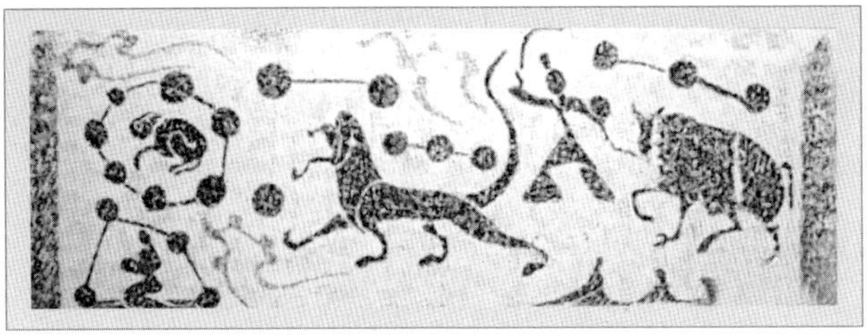

고풍 50

宋國梧臺東[1] 송宋나라 오대梧臺의 동쪽에서
野人得燕石 시골뜨기가 연燕 땅의 돌을 얻어
誇作天下珍 천하의 보배라 으스대면서
却哂趙王璧[2] 조왕趙王의 화씨벽和氏璧을 비웃었니라.
趙璧無緇磷[3] 조왕의 구슬이야 티 하나 없건마는
燕石非貞眞 연나라 돌은 진짜배기 아니라네.
流俗多錯誤 세상 사람들 잘못 알기 십상이니
豈知玉與珉[4] 옥과 옥돌을 어이 구별하리오.

주석

1 梧臺(오대) : ≪태평어람≫에서 ≪감자闞子≫를 인용하여 "송(宋)나라에 한 어리석은 이가 오대(梧臺) 동쪽에서 연산(燕山)의 돌을 얻어, 집에 돌아가 이를 큰 보물이라고 숨겨두었다. 주(周)나라 나그네가 이 말을 듣고 가서 보려고 하니, 주인은 일주일을 목욕재계하고 갓과 현복(玄服; 제사를 주관할 때 입는 옷)을 갖추어 입은 다음 보물을 내왔는데, 호화로운 궤짝이 열 겹이요, 붉은 비단에 또 열 겹을 쌌다. 나그네가 보더니, 허허 웃으며 '이는 연(燕)의 돌로서, 기왓장이나 벽돌과 다를 바 없다.'고 하였다. 주인은 크게 노하며 이를 더욱 깊숙이 숨겼다."라 하였다.

2 哂(신) : 비웃다.

* 趙王璧(조왕벽) : 전국시대의 보물이었던 화씨벽(和氏璧)을 말한다. 조(趙) 혜문왕(惠文王) 때 초(楚)나라 화씨벽을 얻어서 붙은 이름이다. <고풍>36 참조.

3 緇磷(치린) : 검은 빛깔의 흠.

4 珉(민) : 옥돌. 아름답기는 하지만 옥이 아닌 돌.

해설

돌을 보물이라 여기고 애지중지하였다는 송(宋)나라 사람의 이야기를 통해, 사이비를 아끼고 참된 인재를 몰라보는 세태를 한탄하였다. 역시 회재불우(懷才不遇)의 노래이다.

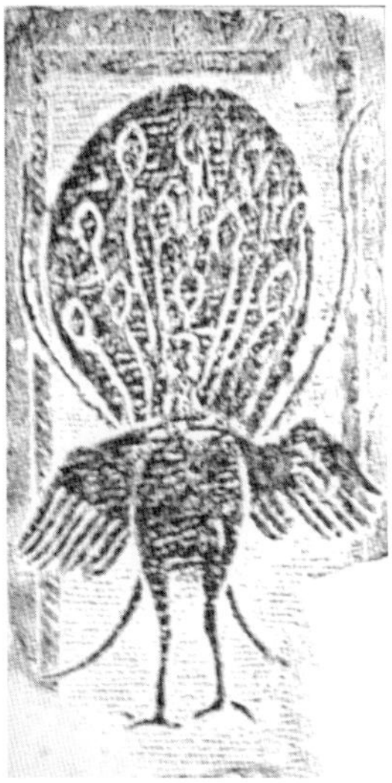

고풍 51

殷后亂天紀[1] 은殷 왕비 달기妲己는 천기를 흩뜨렸고
楚懷亦已昏[2] 초楚 회왕懷王도 어리석은 지 오래 되었다.
夷羊滿中野[3] 불길한 짐승이 중원에 우글대고
菉葹盈高門[4] 조개풀과 도꼬마리가 솟을대문에 더부룩하다.
比干諫而死 충신 비간干諫은 간언하다 죽었고
屈平竄湘源 어진 굴평屈平도 상수湘水 상류에 숨었어라.
虎口何婉孌[5] 범 아가리가 무에 그리 곱다고
女嬃空嬋娟[6] 못된 여수는 공연히 어거지를 부렸나.
彭咸久淪沒[7] 팽함彭咸이 사라진 지 오래되었으니
此意與誰論 이 뜻일랑 누구와 이야기할 것가.

주석

1 殷后(은후) : 은(殷)나라 마지막 임금이었던 주왕(紂王)의 비(妃)였던 달기(妲己)를 말한다. 주왕은 음란하고 잔인했던 달기에 눈이 멀어 조세를 무겁게 하고 사치스러운 생활을 즐겼으며, 반대하는 자들을 죄인으로 몰아 숯불에 달군 구리 기둥 위를 걸어가게 하는 포락(炮烙)의 벌을 즐기는 등, 나라를 혼란에 빠뜨렸다고 한다.

2 楚懷(초회) : 전국(戰國)시대 초(楚)나라 회왕(懷王)을 말한다. 그는 충신이었던 굴원(屈原)의 간언을 듣지 않고 제(齊)나라와 단교하고 진(秦)나라를 가까이 하였다가 결국 속아서 진(秦)나라 땅에서 죽었다.

3 夷羊(이양) : 은(殷)나라가 망할 때 나타났다고 하는 신령스러운 짐승이다. ≪국어國語≫<주어周語>에 "상(商)나라가 흥할 때에는 도올(檮杌)이 비산(丕山)에 오랫동안 머물렀고, 망할 때에는 이양(夷羊)이 벌판에 가득하였다.[商之興也, 檮杌次於丕山, 其亡也, 夷羊在牧.]"라 하였다.

4 菉葹(녹시) : ≪초사≫<이소>에 "조개풀, 도꼬마리가 집에 가득하여도, 멀리 홀로 외떨어

진 채 굴복하지 않는다.[薋菉葹以盈室兮, 判獨離以不服.]”라는 표현이 나온다. 이 풀들은 다 쓸모없이 질긴 잡초로서, 왕의 측근에서 아첨과 무고를 일삼는 무리들을 비유한 것이다.

5 虎口(호구) : 험한 지경. 진 이세(秦 二世) 호해(胡亥)가 숙손통(叔孫通)을 박사에 명하자, 선비들은 아첨하여 왕의 환대를 받은 숙손통을 비난하였다. 숙손통은 “하마터면 범 아가리를 빠져나오지 못할 뻔했네.”라 하며 설(薛) 지역으로 도망갔다. 이는 ‘은나라 비간(比干)이 간하다 죽은 것은 범 아가리에 빠진 것과 다를 바 없는데, 은나라 주(紂) 임금처럼 어리석은 진 이세 밑에서는 나도 비간처럼 죽을 일이 또 생길 것이다’라는 뜻이다.

* 婉孌(완련) : 예쁘고 곱다.

소사윤(蕭士贇)은 이 구절을 “나는 숙손통처럼 어리석은 임금 밑에서 우물쭈물하지 않겠다”는 뜻으로 이 구절을 풀이하였다.

6 女嬃(여수) : 굴원(屈原; B.C.343~B.C.290 전후)의 누이. <이소離騷>에 “누이는 잡아끌면서, 되풀이하여 나를 꾸짖도다.[女嬃之嬋媛兮, 申申其詈子.]”라 하였다. 왕일(王逸)의 주에 따르면, 그녀는 굴원의 생각이 세상과 맞지 않아 추방당하였다고 생각하여, 그를 억지로 잡아끌면서 여러 차례 그를 꾸짖었다고 한다.

* 嬋娟(선연) : <이소>에서 쓴 ‘嬋媛(선원)’인 것 같다. 왕일은 주(注)에서 “嬋媛은 이끄는 것”이라고 하였다.

7 彭咸(팽함) : 은(殷)나라의 어진 대부로서, 역시 <이소>에 나오는데, 임금에게 간언하다 소용이 없자 물에 빠져 죽었다고 한다.

해설

은(殷)나라를 멸망으로 이끈 달기(妲己), 어리석은 초(楚) 회왕(懷王), 굴원에게 세태에 따르라고 충고하는 여수(女嬃), 그리고 비참한 말로를 맞이한 충신 비간(比干), 팽함(彭咸), 굴평(屈平) 등에 관한 고사들은 모두 어두운 현실을 조명하며, 불행한 결말을 예고한다.

작품의 도입부는 도연명(陶淵明)의 <도화원시桃花源詩> 첫 대목, “嬴氏亂天紀, 賢者避其世.[진 시황 영씨가 천기를 어지럽히자, 어진 이들 세상 피해 몸을 숨겼네.]”와 매우 흡사하게 시작하고 있다. 여러 주석가들은 이 작품을, 모함 받아 귀양 갔던 당대 어진 재상 장구령(張九齡; 673~740)의 죽음을 애도하며 한탄한 것이라고 보기도 한다. 그러나 여러 고사들로 인해 작품 전체가 모호함에 싸여 있고, 충신이 사라진 지 ‘오래’라는 마지막 구절마저 당대 인물의 죽음과 연관 짓기에는 무리가 있어 보인다. 어리석은 제왕과 간교한 주변 인물들로 인해 충신이 사라지고, 몰락으로 치닫는 와중에서의 한탄을 표현한 것이라 봄이 좋겠다.

고풍 52

青春流驚湍	푸른 봄, 세찬 여울로 흐르더니
朱明驟回薄[1]	왕성한 여름도 건듯 돌고 돌아
不忍看秋蓬	차마 가을 쑥대 바라보기 어렵구나
飄揚竟何託	펄펄 날아서 어디로 가나.
光風滅蘭蕙[2]	가을바람은 난초를 이울게 하고
白露灑葵藿[3]	흰 이슬, 아욱과 콩잎에 흩뿌린다.
美人不我期	미인은 나와 기약도 없는데
草木日零落	풀과 나무, 날로 시들어 가노라.

주석

1 朱明(주명) : 운이 성하고 빛나는 여름철.

* 回薄(회박) : 가의(賈誼)의 <복조부鵩鳥賦>에 "만물이 순환하여 끊임없이 돌아가노니, 요동을 치며 변하는도다.[萬物回薄兮, 振蕩相轉.]"라는 구절이 있다.

2 光風(광풍) : 가을바람. 송옥(宋玉)의 <초혼招魂>에 "반짝이는 바람이 향초를 헤적여 난초를 흔들도다.[光風轉蕙, 氾崇蘭些.]"라는 구절이 있는데, 주석가들은 광풍(光風)을 초목을 흔들어 햇빛에 반짝이게 하는 '고운' 가을바람이라 하였다. 하지만 위 작품에서는 만물을 쇠멸케 하는 '무상한' 가을바람으로 보는 것이 문맥상 온당한 듯하다. 오행(五行) 중 번쩍이는[光] 금(金)은 가을(秋)을 가리킨다.

3 葵藿(규곽) : 아욱과 콩잎. 완적(阮籍)의 <영회시>2에 "가을바람에 콩 잎 날리고, 어지러이 떨어지는 것 이로부터 시작이라.[秋風吹飛藿, 零亂從此始.]"라는 구절이 있다. 원대(元代) 왕정(王禎)의 ≪농서農書≫에 '葵'는 양지에 자라는 풀로서 쉽게 자라 벌판에 가득하며, 땅이 기름지거나 메마른 것에 상관없이 생겨나는 푸성귀라 사시사철 남새로 쓰인다고 하였다. '藿'은 콩잎이다.

✿ 해설

이 작품은 초사 <이소>에서 “해와 달이 훌쩍 지나 머물지 않아, 봄과 가을 갈마들며 바뀌어 가도다. 풀과 나무 시들어 떨어져가니, 아름다운 사람 늙어감이 걱정이로다.[日月忽其不淹兮, 春與秋其代謝. 惟草木之零落兮, 恐美人之遲暮.]”라고 한 대목을 살린 것이다.

기다리는 미인은 오지 않건만, 어느덧 인생길은 가을에 접어들었다. 회재불우와 무상감이 교차하는 가을의 노래이다.

고풍 53

戰國何紛紛	전국戰國시대 어이 그리 뒤숭숭한고
兵戈亂浮雲	창과 칼이 뜬 구름인양 어지럽도다.
趙倚兩虎鬭[1]	조趙나라는 두 호랑이에 의지해 맞서 싸우고
晉爲六卿分[2]	진晉나라는 여섯 고관으로 나뉘었도다.
奸臣欲竊位	간신은 호시탐탐 자리를 노리고
樹黨自相羣	제 편 만들어 저마다 무리 짓더니,
果然田成子[3]	아니나 다를까, 전성자田成子는
一旦殺齊君	하루아침에 제齊나라 임금을 시해했도다.

주석

1 兩虎(양호) : 전국시대 조(趙)나라의 실력자였던 염파(廉頗)와 인상여(藺相如)를 가리킨다. ≪사기≫<염파인상여열전廉頗藺相如列傳>에, 자신을 견제하는 염파에게 '강한 나라가 우리 조(趙)나라를 쳐들어오지 못하는 것은 우리 두 사람이 있기 때문이요. 이제 이 두 호랑이(兩虎)가 같이 싸우게 된다면, 함께 살 수 없는 지경이 되고 말 것이오.'라고 하며, 강한 결속을 제안하는 인상여의 말이 인용되어 있다.

2 六卿(육경) : 춘추시대 진(晉)나라의 종실인 기혜(祁傒)와 숙향자(叔嚮子)는 임금과 사이가 좋지 않았다. 경공(頃公) 12년에 범씨(范氏), 중행씨(中行氏), 지씨(智氏), 한(韓), 위(魏), 조(趙)의 여섯 고관(六卿)들이 왕실을 약화시키려고 법으로 종실을 멸하고, 그 땅을 열 개의 현으로 나누어 각자의 자식들을 대부로 삼았다. 이에 진나라는 약해지고, 여섯 고관의 지위는 강해지게 되었다. 사마광(司馬光; 1019~1086)은 ≪자치통감資治通鑑≫에서 이때를 전국시대(戰國時代)의 시발점으로 보았다.

3 田成子(전성자) : 춘추시대 제(齊)나라의 재상(宰相). ≪논어論語≫<헌문憲問>편에 "진성자(陳成子)가 간공(簡公)을 시해하자 공자(孔子)는 목욕재계하고 애공(哀公)을 만나, '진항(陳恆)이 그 임금을 시해하였으니 그를 칩시다.'라고 청하였다."라는 기록이 나온다. 당시 전씨(田氏)

와 진씨(陳氏)는 한 핏줄이었다.

✿ 해설

표면적으로 전국(戰國) 시대를 노래한 것인데, 주석가들은 모두 안록산(安祿山)의 난을 전후로 한, 천보(天寶; 742~756) 말의 어지러운 정국을 노래한 것으로 보고 있다. 무력이 세상을 지배하고 세도가들에 의해 파벌이 나뉘어, 급기야는 임금의 목숨을 빼앗는 신하가 나오고 만 그 옛날의 혼란상이 작자의 눈앞에서 되풀이되고 있는 것이다. 옛 왕조의 파멸 과정을 곱씹는 대목에서 위태로운 현실에 개입할 수 없는 안타까움이 절절히 묻어난다.

고풍 54

倚劍登高臺	칼 짚고 높은 누대에 올라
悠悠送春目	저 멀리 봄 풍경을 바라보노라.
蒼榛蔽層丘	푸른 덤불은 첩첩 언덕을 뒤덮었고
瓊草隱深谷	고운 풀들 깊은 계곡에 숨었도다.
鳳鳥鳴西海	봉황이 서해에서 울다가
欲集無珍木	쉬고자 하나 귀한 나무 없도다.
鸒斯得所居[1]	까마귀 떼들만 머물 데를 얻었으니
蒿下盈萬族	쑥대 아래 온갖 무리 우글대도다.
晉風日已頹	진晉나라 풍속이 날로 쇠하여가니
窮途方慟哭[2]	막다른 길에서 통곡할 뿐이어라.

주석

[1] 鸒斯(여사) : 떼 까마귀. 까마귀과에 속하는 검은 새. 참새보다 작으며, 배 아래가 흰데 무리 짓기를 좋아한다. 곡식류를 먹으며 세간에서는 필오(必烏)라고 불렀다.

[2] 窮途(궁도) : 막다른 길. ≪진서晉書≫<완적전阮籍傳>에 "때로 마음이 내키면 홀로 수레를 몰았는데, 지름길로 가지 않았고 수레바퀴 자국이 끝나는 곳에 다다르면 크게 울부짖으며 통곡하고는 돌아왔다."는 기록이 있다. 그가 통곡한 것은 막다른 데 부딪혔기 때문일 것이다.

해설

실경(實景) 묘사에서 비유로, 다시 역사의 고사(故事)로 이어지지만, 혼란한 정국에 속수무책인 비통함을 숨길 수는 없는가보다. 위진(魏晉; 220~420)시대 완적(阮籍)의 시대 인식과 창작 지향에 공감하고, 그의 <영회시>와 같은 계열의 고풍시(古風詩)를 지을 수밖에 없는 이유가 담겨있는 작품이다.

고풍 55

齊瑟彈東吟[1]	제齊의 거문고로 동쪽 가락 퉁기고
秦弦弄西音[2]	진秦의 쟁으로 서쪽 곡조 울리며
慷慨動顔魄	가슴이 벅차 정신이 아득하도록
使人成荒淫	사람 마음을 마구 휘저어 놓도다.
彼美佞邪子[3]	저 아양 떠는 간사한 것이
婉孌來相尋[4]	교태부리며 어여쁘게 다가온다.
一笑雙白璧	한 번 웃음에 흰 구슬 한 쌍
再歌千黄金	두 번 노래엔 황금이 천 냥.
珍色不貴道	여색만 좋아하고 도리道理일랑 아랑곳 않으니
詎惜飛光沉[5]	해와 달이 진다한들 무어 대수랴.
安識紫霞客[6]	어이 알리오, 자하紫霞의 선객이
瑤臺鳴素琴[7]	요대瑤臺에서 수수한 거문고 타는 것을.

주석

1 齊瑟(제슬) : 조식(曹植; 192~232)의 시 <증정이贈丁廙>에 "진의 쟁으로 서쪽 가락 울리고, 제의 거문고 퉁기며 동쪽 민요 부른다.[秦箏發西氣, 齊瑟揚東謳.]"라 했다.

2 秦弦(진현) : 조비(曹丕; 187~226)의 시에서 "제나라 기생이 동쪽 춤을 추고, 진나라 쟁으로 서쪽 가락 연주한다.[齊倡發東舞, 秦箏奏西音.]"라 했다. 여기서 동쪽이나 서쪽이란, 중원을 중심으로 한 각 지역들을 일컫는다.

3 佞邪子(영사자) : 간사한 인물.

4 婉孌(완련) : 곱고 아름다운 모습.

5 飛光(비광) : 하늘에 뜨고 지며 빛나는 해와 달.

6 紫霞客(자하객) : 신선. 욕심 없고 고상한 인물.

7 素琴(소진) : 야단스럽게 장식하지 않은 거문고.

✿ 해설

미인만을 좋아하며 고상함을 멀리하는 세태를 풍자한 작품이다. 여색을 좋아하는 하찮은 범부의 음탕함이야 개의할 바 아니지만, 그것이 한 나라를 이끄는 임금일 경우에는 뜻있는 선비의 근심거리일 수밖에 없다. 제왕의 신선 추구를 비판한 <고풍>3, 43, 48들과는 달리, 이 작품에서의 신선(神仙)은 성총을 가리는 요물(妖物)들의 대척점에 있는 고고한 선비를 의미한다.

고풍 56

越客採明珠　　월越의 사람이 야광주 캐내어
提攜出南隅　　이를 들고서 남쪽에서 왔더니
清輝照海月　　맑은 광채, 바다 위 달처럼 빛나고
美價傾皇都　　훌륭한 값어치에 도성이 기우뚱.
獻君君按劍[1]　　임금께 바쳤건만 되레 칼을 만지시니
懷寶空長吁　　보물을 안고서 부질없이 장탄식.
魚目復相哂[2]　　물고기 눈알들도 어울려 비웃으니
寸心增煩紆　　이 내 가슴엔 울분만 첩첩.

주석

1 按劍(안검) : ≪한서漢書≫<추양전鄒陽傳>에 "제가 듣기로, 명월처럼 빛나는 구슬이나 야광의 옥도 길 가는 사람에게 몰래 던지면 모두들 칼을 만지면서 흘겨보지 않는 이가 없다고 하는데, 이는 어째서이겠습니까? 이는 이유 없이 자기 앞으로 던졌기 때문입니다."라는 구절이 있다. 다소 맥락이 다르기는 하지만, 여기서는 임금이 자신의 진가를 못 알아보고 진노하는 것을 표현한 것이다.

2 魚目(어목) : 물고기의 눈알. 여기서는 야광주인 척하지만 실제로는 그렇지 않은 사이비, 즉 재능 없이 자리 차지하고 있는 당시의 벼슬아치들을 비유한 것이다. 장협(張協; ?~307)의 시에서 "물고기 눈알이 명월을 비웃는다.[魚目笑明月]"라 하였다.

해설

이백은 <고풍>36, 37, 악부 <국가행鞠歌行>, 가음 <명고가송잠징군鳴皐歌送岑徵君> 등에서 버려진 옥에 대한 안타까움을 자주 읊었다. 진흙 속에 묻힌 구슬, 버려진 구슬. 돌로 여겨진 구슬들이 고기 눈알 같은 가짜들에 의해 비웃음을 당해야 하는 기막힌 현실을 통절히 하소연하였다.

고풍 57

羽族稟萬化[1] 날짐승도 저마다 타고난 재주 있어
小大各有依 작건 크건 저마다 의지할 데 있어라.
周周亦何辜[2] 주주周周새는 대관절 무슨 죄길래
六翮掩不揮[3] 날개 접은 채 펼치지 못하는가.
願銜衆禽翼 바라건대, 뭇 새들의 깃털을 물고
一向黃河飛 황하로 곧장 날아가고파.
飛者莫我顧 날아가는 새, 나를 거들떠도 안보니
嘆息將安歸 탄식만 하네, 어디로 가야하나.

주석

1 稟(품) : 받다.
 * 萬化(만화) : 천변만화(千變萬化). 만물마다 갖고 있는 갖가지 다양한 특성을 말한다.

2 周周(주주) : 완적(阮籍)의 <영회시>17에 "주주새는 깃털 물기를 바란다네.[周周尙銜羽]"라는 구절이 나온다. 주주새는 머리가 무겁고 꼬리가 굽어 강에서 물을 마시려면 번번이 빠지기 때문에, 다른 새가 깃털을 입에 물어주어야 물을 마신다고 한다. 또 완적(阮籍)의 시에 "하늘의 그물이 사방 벌판에 펼쳐져, 날개 접고서 펼치지를 못하네.[天網張四野, 六翮掩不舒.]"라 하였다. 도움이 절실한 처지를 비유한 것이다.

3 翮(핵) : 깃촉.

해설

다른 새의 깃털 없이는 날 수 없는 주주새에, 세도가의 도움을 바라는 풀죽은 작자 자신 모습을 투영한 작품이다. 평소 봉황새에 비기며 으스대던 이백이 다른 새의 깃털에 의지할 수밖에 없는 주주새의 심경에 동감하기까지, 거쳐 온 인생역정이 눈에 선하다.

고풍 58

我行巫山渚[1] 나는 무산巫山의 모래섬에 와
尋古登陽臺 옛 자취 찾아 양대陽臺에 오르노라.
天空綵雲滅 텅 빈 하늘엔 오색 노을 사라지고
地遠淸風來 아득한 대지엔 맑은 바람 불어온다.
神女去已久 선녀는 떠나간 지 오래건만
襄王安在哉 양왕襄王은 이제 어디에 있나.
荒淫竟淪沒 황음무도 끝에 망하고 말아
樵牧徒悲哀 나무꾼과 목동만이 슬퍼할 뿐이로다.

주석

1 巫山(무산) : 중국 사천성과 호북성 사이 장강삼협(長江三峽)에 걸쳐 있는 산. 송옥(宋玉)의 <고당부高唐賦>에 다음과 같은 이야기가 나온다. 초(楚)나라 양왕(襄王)이 송옥과 함께 운몽(雲夢)의 누대에서 노닐며 고당의 건물을 바라보았다. 그 위에는 유독 구름 기운이 홀연히 위로 솟았다가 갑자기 변하는 등, 잠깐 새에 변화가 무쌍하였다.

왕이 송옥에게 "이것이 무슨 기운인가?"하고 물었더니 송옥이 대답하기를, "아침 구름(朝雲)이라 합니다. 예전에 선왕(先王)께서 고당에 노닐 때, 피곤하여 낮잠을 자는데 꿈에 한 여인이 나타나 '저는 무산의 선녀로 고당을 지나던 길입니다. 그대가 고당에 놀러 오셨다기에 침석을 함께 하고자 합니다.'라 하였습니다. 왕이 그녀를 맞이하였고, 그녀는 떠날 때 '저는 무산의 남쪽 고구(高丘)의 돌산에 살며, 아침에는 구름이 되고 저녁에는 지나는 비가 됩니다. 아침마다 저녁마다 양대(陽臺)의 아래에 있습니다.'라고 말하였답니다. 아침에 보니 과연 그 말과 같아서, 사당을 세우고 조운(朝雲)이라 이름을 지었습니다."라 하였다.

진자앙의 <감우시> 중에 "무산에 채색 구름 사라지고, 높은 언덕 정녕 아득도 하다.[巫山綵雲沒, 高丘正微茫.]"(27), "옛 적 장화대의 잔치 열고는 초 왕은 질탕하게 노닐었도다.[昔日章華宴, 荊王樂荒淫.]"(28)라는 구절들이 있다.

✿ 해설

이 작품은 이백이 남쪽으로 귀양갈 때 무산(巫山)을 지나며 그에 얽힌 전설을 회고한 것으로 추정된다.

그의 가음 <양양가>나 <양원음>에도 초 양왕(襄王)의 황음무도를 개탄하는 구절들이 나오는데, 사치와 환락을 즐기던 "양왕은 지금 어디 있는가[襄王安在哉]"라고 되묻는 구절은 완적(阮籍) <영회시>31의 구절을 그대로 가져온 것이다. 선녀 조운(朝雲)에게 홀린 인물은 본래 양왕이 아니지만, <고당부高唐賦>의 후속편에 해당하는 <신녀부神女賦>에는 양왕이 선녀와 노니는 내용이 주를 이룬다. 사치와 환락도 잠깐, 영고성쇠의 무상한 궤적을 따라갈 뿐이다.

고풍 59

惻惻泣路岐[1]　구슬프게 갈림길에서 흐느끼며
哀哀悲素絲[2]　애절하게 흰 실을 슬퍼하노니
路岐有南北　길이 갈리면 남북이 있고
素絲易變移　실이 희면 변색하기 쉬워서라.
萬事固如此　세상만사 본디 이러하거늘
人生無定期　사람의 한평생 기약 없어라.
田竇相傾奪[3]　전분田蚡과 두영竇嬰이 맞대고 싸우니
賓客互盈虧　식객도 서로 불었다 줄었다
世途多翻覆　세상 길 엎치락뒤치락
交道方嶮巇[4]　사귐의 길 또한 험난도 하여라.
斗酒强然諾　말술에 마지못해 그러마하고는
寸心終自疑　속으로는 끝내 의심을 한다.
張陳竟火滅　장이張耳와 진여陳餘, 끝내 불처럼 꺼져갔고
蕭朱亦星離[5]　소육蕭育과 주박朱博도 별처럼 흩어졌다.
衆鳥集榮柯　뭇 새들은 우람한 나무에 모여들고
窮魚守枯池　주린 물고기만 마른 연못을 지키는고야.
嗟嗟失歡客　아아! 웃음 잃은 나그네야
勤問何所規　묻노니, 그대 무엇을 찾느뇨.

주석

[1] 路岐(노기) : 갈림길. ≪회남자≫<설림훈說林訓>에 양자(楊子; 楊朱, B.C.440~B.C.360)가 갈

림길을 보고 울음을 터뜨렸는데, 그 이유는 남으로도 또 북으로도 갈 수 있기 때문이었다는 이야기가 나온다.

장구령(張九齡; 673~740)의 <감우>3에 "크게 탄식하는 양주는 길 갈라졌다고 괜시리 흐느꼈네.[浩歎楊朱子, 徒然泣路岐.]"라는 구절이 있으며, 진자앙의 <감우시>14에도 "갈래길에서 세상의 이치를 흐느끼나니, 하늘의 도리는 진정 알 길이 없도다.[臨岐泣世道, 天命良悠悠.]"라는 구절이 있다.

2 素絲(소사) : 흰 명주실. ≪여씨춘추呂氏春秋≫에 의하면 묵자(墨子; 墨翟, B.C.468~B.C.376)는 표백하여 희게 만든 실을 보고 탄식을 했는데, 흰 실은 황색도 될 수 있고, 검은색으로도 물들일 수 있기 때문이었다고 한다.

3 田竇(전두) : 한(漢)나라 경제(景帝) 때의 세족이었던 전분(田蚡)과 두영(竇嬰)을 말한다. ≪사기≫<위기무안후열전魏其武安侯列傳>에 의하면 이들은 정치적으로 경쟁관계에 있어, 그 세력의 부침(浮沈)에 따라 빈객들이 몰렸다고 한다.

4 嶮巇(험희) : 험준하다.

5 張陳(장진)·蕭朱(소주) : 장진(張陳)은 전국시대 말에서 한대 초기까지 살았던 장이(張耳)와 진여(陳餘)를, 소주(蕭朱)는 서한(西漢) 때의 소육(蕭育)과 주박(朱博)을 말한다. ≪후한서後漢書≫<왕단전王丹傳>에 "장진(張陳)은 흉하게 끝나고, 소주(蕭朱)는 멀어지고 말았다."라는 구절이 있다.

장이와 진여는 처음에는 목숨을 내놓을 만한 친구 사이였으나 결국에는 사이가 멀어져, 뒤에 한(漢)나라 장수가 된 장이는 지수(泜水) 가에서 진여를 살해하였다. 또한 소육과 주박도 친구 사이로 당대에 이름을 날렸으나, 끝내는 사이가 멀어져 불미스러운 최후를 맞이하였다. 흉종극말(凶終隙末; 흉하게 끝나고 사이가 멀어짐으로 결말나다.)라는 성어(成語)도 이들의 이야기에서 나온 것이다.

해설

시정잡배들의 이합집산에 대해 환멸을 표현한 작품으로서, 예스러운 분위기와 근체에 가까운 성률이 절묘하게 어우러져 초당시(初唐詩) 중 으뜸이라는 평을 받고 있다.

힘도 없고 장래도 불투명한 자에게 무슨 벗이 찾아오랴. 벗과의 우정에 회의적인 기조는 악부 <공후요箜篌謠>와도 닮았다. 숨길 수 없는 비통함은 흐느낌과 탄식으로 이어지니, 이는 조식(曹植) <靈芝篇>의 "흐느끼니 눈물이 수건을 적시네.[歔欷涕霑巾.]", 진림(陳琳) <遊覽>의 "흐느끼니 눈물이 옷깃을 적시네.[歔欷涕霑襟.]"에 담긴 강개(慷慨)함, 또는 완적 <영회시>59의 "고개 수그렸다 쳐들며 또 다시 흐느끼노라.[俛仰復歔欷.]", 진자앙 <감우시>12의

"갈래길에서 세상과 도의 어긋남을 흐느끼나니, 천명은 그저 아득하기만.(臨岐泣世道, 天命良悠悠.]"같은 비분(悲憤)의 계보를 이은 것이다.

침몰(51), 영락(52), 멸망(53), 통곡(54), 암흑(55), 울분(56), 탄식(57), 비애(58), 흐느낌과 한탄(59)… 비유의 형식일지언정, 현실에 대한 작자의 고뇌는 고풍시의 후반부로 갈수록 걷잡을 수 없는 지경으로 치닫는다.

제 2 부

악부樂府

〈명황행촉도明皇幸蜀圖〉
당唐 이소도李昭道, 대북臺北 국립 고궁박물원

오래된 노래

이백이 평생에 걸쳐 지은 150편 가량의 악부(樂府)에는 그를 대표하는 시들이 거의 망라되어 있다. 오랜 세월이 지난 오늘, 목청껏 부르던 그의 노랫소리는 사라졌지만, 영롱한 가사는 시로 남아 여전히 우리의 심금을 울려주고 있다. 악부에 그의 대표작이 몰려 있는 이유는 아마도 오랜 전통을 통해 축적된 악부의 장르적 특성이 그의 천재적 솜씨에 힘입어 한껏 발현되었기 때문일 것이다.

1. 유래

악부라는 명칭은 본래 한(漢; B.C.206~A.D.220)나라 때 음악을 관장하던 기관의 이름에서 유래한 것이지만, 세월의 흐름과 더불어 이 기관에 수집된 민가(民歌)와 문인들이 지은 노래를 포괄하는 '노래시'란 의미로 더 많이 쓰이게 되었다.

한대의 악부는 호각과 피리 반주에 곁들여진 외래민요 고취곡사(鼓吹曲辭), 여러 가지 악기 반주가 덧붙여진 노래 상화가사(相和歌辭), 그리고 뚜렷한 계통을 파악하기 어려운 잡곡가사(雜曲歌辭)와 잡가요사(雜歌謠辭) 같은 각 지방의 민요들이 주종을 이룬다.

살림이 궁핍하여 급기야는 도둑질하러 칼을 들고 집을 나서며 아내와 실랑이를 벌이는 남정네나, 부모를 잃고 형의 집에 얹혀 살며 온갖 구박을 참아내는 고아, 그리고 어린 것들을 두고 차마 눈을 감지 못하는 병든 아낙의 눈물겨운 노래는 당시 서민 생활의 참상을 생생하게 보여준다. 또한 겨울에 우레가 울고 여름에 눈이 올 때까지 임을 사랑하리라는 천진하고 열렬한 아가씨의 노래나, 연 이파리 밑에서 무심하게 오락가락하는 고기들의 모습을 그린 소박한 노래, 그리고 흰 사슴을 타고 신선과 함께 날아다니는 환상적인 노래 속에는 대중들의 기쁨과 소망이 담겨 있다. '슬픔과 기쁨에 겨운 사건들을 표현한 것[感於哀樂, 緣事而發.]'이라는 옛사람의 설명은, 한대 악부 민가가 서정적 요소와 서사적 요소를 갖춘 대중들의 생활시였음을 잘 말해 주고 있다. 위진(魏晉; 220~317) 시대에 들어오자 조식(曹植; 192~232)을 비롯한 문인(文人)들은 한대 악부 민가의 내용을 모방하고 당대 현실에 대한 관심을 덧붙인 '모방한 악부' 즉, 의악부(擬樂府)를 지었다. 십 년 동안 임의 버림을 받은 아낙의 막막한 심경을 대신하여 표현한 노래, 임금에게 의심받는 억울한 심경을 토로한 신하의 노래, 변방에서 혹한과 싸우는 병사들의 비참한 생활을 목도하고 부른 선비의 애끓는 노래 등, 의악부 안에는 지식인들의 눈에 비친 당대 사회의 면면이 세련된 필치로 묘사되어 있다.

이민족이 중원 지방을 지배하여 동진(東晉)이 장강 가 건업(建鄴; 지금의 南京)으로 수도를 옮겼던 남북조(南北朝; 317~589) 시대로 접어들자, 장강 가에 사는 여성들이나 북방 변경을 지키고 있는 병사들의 생활 감정을 노래한 단편 민가들이 많이 나오게 되었다. 여기에는 진말(晉末)부터 불리기 시작했던 청상곡사(淸商曲辭)와 양대(梁代; 502~557)에 와서 수집된 변방의 민요 고각횡취곡(鼓角橫吹曲)이 주류를 이룬다. 배를 타고 떠난 낭군을 기다리는 아낙의 노래, 베를 짜는 아녀자들의 노래, 호수에서 연밥을 따는 처녀들의 노래, 싸우러 나가는 용사의 노래, 전장(戰場)의 밤에 고향을 그리는 장정들의 노래 등, 꾸밈없고 사랑스러우며 때로는 동음이의어(同音異義語)를 이용한 말장난 섞인 재미있는 민요들이 많았다. 궁정을 중심으로 활동하던 시인들 또한 당대 민가의 영롱함에 이끌려, 그 내용을 본뜬 의악부를 지었는데, 포조(鮑照; 421~465 전후)를 비롯한 몇몇 작가들을 제외하고는 소박하고 깊은 정을 그려내기보다 화려하고 장식적인 수사에 치중함으로써, 악부 민가의 본 모습에서 점차 멀어져 갔다. 춤노래인 무곡가사(舞曲歌辭)와 악기 반주가 곁들여진 금곡가사(琴曲歌辭) 같은 오락적인 노래가 문인들에 의해 본격적으로 지어진 것도 이즈음이다.

당대(唐代; 618~907)에는 활발해진 외국과의 교역 경로를 따라 서역의 음악이 들어오고 각 지역에서도 토속적인 음악이 자생하여, 어디를 가나 노래와 춤이 넘쳐나는 세상이 되었다. 당시 유행하던 민가는 곡자(曲子)라는 민간사(民間詞)였지만, 음악에 대한 소양이 부족한 성당대의 악부 작가들은 노래로도 부를 수 없는 옛 악부의 맥 빠진 모방작만을 간간이 지어내는 형편이었으므로, 의악부는 장르로서의 생명력을 거의 상실하고 소멸될 지경에 이르렀다.

2. 계승과 발전

이백은 이 같은 의악부의 쇠퇴기에, 일반 시인들의 관심에서 멀어진 의악부를 자신만의 독특한 표현 양식으로 개발함으로써 독자적인 안목과 재능을 과시하였다. 대체 그는 이 장르에서 어떠한 가능성을 엿보았기에 그토록 열정적으로 작품 창작에 몰두했던 것일까? 이에 대한 해답의 실마리는 아무래도 그의 악부 대부분이 취하고 있는 '의(擬)' '악부(樂府)' 양식이 '모방'이라는 관습적 태도와 악부 민가의 '노래' 형식이 결합된 것이라는 사실에서 찾아야 할 듯하다.

원류가 되는 민가의 특성을 다시 되짚어 보자면, 시경에서 시작되어 이백 악부로 이어지는 중국 노래의 전통은, 생활 속에서 느끼는 기쁨과 슬픔, 좌절과 희망과 같은 다양한 대중적 정서를 핵으로 한다. 다시 말해 민가는 소외된 대중들의 공통적 관심사에 대한 보편적 정서가 전통을 이루는 일종의 사회시였다. 정치 활동의 중심부에 진입할 수 없었던 이백은 악부의 이 같은 특성에 착안하여 당대 사회 현실을 반영하고 문제를 제기하고자, 강남에서 장안으로, 변경에서 북방으로, 그리고 바깥 세상으로부터 깊숙한 내면세계로 이어지는 여행길에서 자신과 이웃의 노래를 불렀던 것이다. 다음과 같은 내용이 이백 악부의 사회시다운 면모를 잘 설명해 주고 있다.

강남 생활을 노래한 것은 그의 악부 중에서 가장 청신하고 아름다운 작품들로서, 배를 타고 장강을 오르내리며 상업에 종사하는 남편을 둔 아낙들의 노래인 남조 민가의 기풍을 살려, 그들의 건강하고 청순한 아리따움과 애처로운 기다림의 모습을 그려내고 있다.

작자 자신의 두 번에 걸친 장안 생활을 바탕으로 지은 악부에는 왕공 귀족들의 화려하고 사치스러운 생활과 후궁들의 애환, 그리고 젊은 풍류객들의 질탕한 생활 태도와 솟구치는 기백이 담겨 있다. 이를 통해 우리는, 막강한 정치 권력이나 젊은 혈기에 대한 그의 동경심과 약자인 여성들에 대한 동정심을 엿볼 수 있다.

가족을 떠난 병사들의 외로움과 괴로움, 죽음에 대한 공포와 광기에 가까운 적개심이 한데 뒤엉킨 변방의 노래에는, 그들의 비참한 생활에 대한 작가의 안타까운 심경과 이국적 풍경에 대한 경이로운 시선이 담겨 있다. 반면에 임금과 나라를 위해 목숨을 바친 북방 출신의 투사들을 예찬한 작품에는, 드높은 기백과 흔들리지 않는 충절에 대한 외경이 표현되어 있다.

이와 같이 절반 이상의 악부에서 대중적 삶을 노래하게 된 것이 설령 악부의 장르적 특성 때문이라고는 해도, 전통적인 교육을 받고 사대부로서 살아가고자 했던 그의 출신 계층과 지향을 고려해 볼 때, 장르의 선택이나 왕성한 창작 활동의 이면에는 대중들의 생활에 대한 각별한 애정과 관심이 자리 잡고 있었음을 부정할 수 없을 것이다. 다만 안타까운 것은 이백이 당대(唐代) 악부 민가의 가락인 곡자(曲子)의 요소를 얼마나 수용했는지를 밝혀 줄 만한 자료가 현재 별로 없다는 사실이다. 당대 곡자의 모음인 ≪교방기敎坊記≫나 송대(宋代)에 집대성된 악부 모음집 ≪악부시집樂府詩集≫에 당대(唐代)의 민요가 일부 수록되어 있지만 이백 악부와 유사한 것은 일부이며, <장진주將進酒>를 제외하고는 근래에 발견된 돈황곡자(敦煌曲子) 안에서도 직접적인 관련성을 찾아내기는 어렵다. 위작(僞作)의 혐의를 받고 있는 악부이자 곡자인 <보살만菩薩蠻>이나 <억진아憶秦娥>가 그의 작품임을 뒷받침할 수 있는 결정적인 단서가 나올 때까지는 기존의 자료들을 토대로 최대한 추정해 보는 길 밖에 없을 것이다.

이백 악부가 지니는 또 하나의 독특함은, 여러 차례에 걸친 정계 진출 시도와 좌절, 초월 의지와 신선에의 지향, 그리고 음주와 쾌락에의 탐닉 등으로 이어지는 그 자신의 개인적 방황의 궤적을 솔직하게, 때로는 우의적(寓意的)으로 그려냄으로써, 지식인의 포부와 갈등마저도 악부에 담아 표현해냈다는 점이다. 작품의 표면에는 종전의 악부 민가에서는 좀처럼 찾아보기 어려운 '나[我, 吾]'가 빈번하게 드러나며, 때로는 동식물과 여성을 포함하는 대변된 '나'로 모습을 바꾸기도 한다.

결과적으로 그의 악부 안에는 기다리는 여인, 일하는 여인, 적과 싸우는 남정네, 공을 세운 영웅 등과 같은 이웃들의 목소리가 작자의 목소리와 한데 뒤섞여 있다. 이렇게 되면 나의 노래는 우리의 노래가 되어, 아무리 자아를 강조한다고 해도 그 개체적 체험은 공동체적 정서 안에서 위안 받고 공감을 얻는다. 요컨대 이백은 '노래' 형식을 통해 당시 사회 속에서 일어나는 다양한 갈등 상황을 묘사해내고, 그 대중성을 통한 '친숙하게 만들기' 효과를 덤으로 얻고자 한 것으로 보인다.

3. 심화

독창성을 누구보다도 중시했던 이백이 자신과 이웃의 삶을 노래하기 위해 옛 작품에 대한 '모방' 양식을 선택하였다는 점은 우리의 주목을 끌기에 충분하다. 자칫하면 진부한 되풀이로 전락할 위험마저 안고 있는 이러한 전달 방식의 이점(利點)은 무엇일까? 아마도 그 가장 중요한 특성은 낯익은 제목이나 고전적 주제, 그리고 관용적 세부묘사의 모방을 통해 이어지는 의악부의 전통이, 서로 다른 시간과 공간 속에서 되풀이되는 고질적인 사회 문제에 대한 통시적(通時的) 공감대를 제공한다는 것이리라. 다시 말해서 악부 민가의 대중적 수준과 범위에 머물러 있던 공감의 차원은, 의악부의 고전적 특성에 힘입어 시간적으로나 공간상으로 거의 무제한 확장될 수 있게 된 것이다.

옛 작품에 대한 모방의 전통은 또한 자유자재의 상상력을 마음껏 실어 펼 수 있는 표현 기교의 창고 내지는 체계적인 학습의 장을 제공한다. 그가 예순이 넘는 나이에 재능 있는 후학에게 악부의 기교를 가르쳤다는 기록은, 평소 그가 고전의 위력을 어느 정도 인정하고 있었는지 잘 설명해 준다. 그러나 무엇보다도 그를 사로잡은 의악부의 매력은, 같은 내용을 걸고 선배 작가들과 재능을 겨룰 수 있는 '공개경쟁의 장'이라는 점이었다. 그는 자신의 모든 역량을 기울여 선배들을 능가하는 기교들을 개발하고 표현의 새로운 지평을 열고자 힘썼다.

고전적 주제와 소재의 반복적 운용을 통해 잘 다듬어진 상징들은, 악부의 서사적 틀거지 속 다양한 화자(話者)들이 풀어내는 술회(述懷) 양식과 한데 엮여,

옛것과 현재 것, 너와 나의 경계를 넘나드는 황홀한 환상(幻想)을 만들어내며, 이는 그의 전 시가 중에서도 최고 수준의 풍흥(風興)이라 할 만하다. 천재적이라고 밖에 달리 설명할 길 없는 절묘한 순간 포착의 시점(時點), 직선적이고 간결한 백묘(白描), 탁월한 색채 감각과 뛰어난 형상 묘사로 강화된 회화성, 참신한 비유와 기발한 과장, 과거와 현재, 주관과 객관, 긍정과 부정 사이를 오고가는 가변적인 시점(視點)과 입체적 구성 방식 등, 그의 악부가 지닌 생동하는 아름다움과 세련된 깊이는 이렇듯 열거하기 어려운 수많은 요소들로 이루어졌다.

이와 같은 특징을 종합해 볼 때, 이백 악부의 탁월성은 두 가지로 요약될 수 있을 것이다. 그 하나는 고전의 '모방'을 통해, 사회적 관심사를 역사의 범주로까지 확대하여 서정의 보편적 공감대를 마련함으로서, 악부라는 대중적 장르에 고전적 무게와 깊이를 부여한 점이며, 또 다른 하나는 대중들의 삶 속에 자신을 던져 넣어 '노래'함으로써, 단지 기존 작품들의 거죽만을 베끼기에 급급했던 선배 의악부 시인들의 딜레마를 해결하였다는 사실이다. 이 안에서 '모방'을 위해 동원된 고전적·낭만적 관습들은 '노래' 형식의 대중적·현실적 기반과 충돌하지 않으며, 보다 너른 현실주의 정신 속에서 조화롭게 어울린다. 마치 인생을 노래하는 한마당에 허물없는 이웃과 세련된 선배 시인들을 함께 초대한 것 같이.

악부 <장진주>의 "그대와 함께 만고의 시름을 녹여 볼까나.[與爾同銷萬古愁.]"라는 구절은 '수심'이 인간의 중요한 근원적 정서라는 생각을 잘 반영하고 있으며, "나는 그저 날랜 손가락에 소리 담아 정 실을 뿐, 이 가락의 고금일랑 알지 못하노라.[吾但寫聲發情於妙指. 殊不知此曲之古今.]"한 악부 <유간천幽澗泉>의 구절은, 이 영원하고 보편적인 주제를 참신하고 다채롭게 변주시켜 생기와 색채를 더해보고자 한 악부 창작 의도를 잘 보여주고 있다.

그가 얼마나 아름답고 인상적인 곡을 붙여 악부를 노래했는지는 분명치 않지만, 전후 맥락을 통해 그들이 실제 가창되었으리라는 추정을 가능케 하는 단서는 작품 안에서도 발견된다. 이칙격(夷則格)과 같은 음조(音調)를 제목에 명시한 <이칙격상백구불무사夷則格上白鳩拂舞辭>, 당대 가무희의 발달 과정에 비추어 볼 때, 가무희의 가사적 특성이 분명한 <설벽사기고취치자반곡사設辟邪伎鼓吹稚子斑曲辭>와 <상운락上雲樂>, 현악기가 곁들여진 노래임을 작품 안에 언급하고 악기의 연주기법을 표시한 <유간천幽澗泉>은 가창되었음이 분명하다. 그리고 곡조에 한을 실어 표현한다는 구절이 담겨 있는 <동무음東武吟>, <예장행豫章行>, <치조비雉朝飛>는 악부의 허구적 성격을 감안하더라도 가창 가능성을 배제할 수 없는 작품이다. 또한, 당(唐) 무후(武后) 때 잔존했다는 63개의 악부 구곡(舊曲) 중에 <백저白紵>, <녹수淥水>, <자야子夜> 등은 이백 시가 중에 노래된 곡명으로 등장하고 있으며, <양반아楊叛兒>, <오야제烏夜啼>도 이백 당시까지는 남아 있었을 것으로 짐작된다. 그의 <추등파릉망동정秋登巴陵望洞庭> 시 구절 중에는 <채련곡采蓮曲> 노래를 듣는다는 표현이 있어, 이 곡도 당시 남방에서 불렸음을 알 수 있다. 그 외 남부 지방의 전통적 노랫가락 오월조(吳越調)의 특색인 칠언(七言) 이상의 장구(長句)가 등장하는 <원별리遠別離>, <공무도하公無渡河>, <촉도난蜀道難>, <전성남戰城南>, <비룡인飛龍引>, <일출입행日出入行>, <북풍행北風行>, <유간천幽澗泉>, <고유소사古有所思>, <군도곡君道曲>은 이백 악부의 가창 가능성을 뒷받침하는 또 다른 증거이다.

또한 칠언 이상의 장구(長句)가 포함된 작품에 3, 5, 7언의 잡언구(雜言句)가 빈번하게 등장하고 있다는 사실은, 그 외의 수많은 잡언체 악부들의 가창 가능성마저 시사해 주고 있다. 실제로 악부 <천마가天馬歌> 등의 변화무쌍한 압운(押韻) 방식과 불규칙한 절주(節奏)가 당대(唐代) 중앙 아시아 음악과 관계가 있다고 본 구미(歐美)의 Elling O. Eide 같은 학자의 연구도 있다.

이백 악부의 구문은 주어~동사~목적어의 어순을 뼈대로 하는 중국어의 기본 문형에서 크게 벗어나지 않는다. 또한 그 가운데 빈번하게 등장하는 다양한 허사(虛詞)들은 설명적인 어감을 강화해 준다. 한 구 혹은 두 구 단위로 이어지는 산문적 구문이 지니는 추진력은 이백 악부 특유의 역동감과 호쾌한 기풍을 만들어내는 데 큰 역할을 한다. 시의 구문이 산문이나 구어에 가깝다는 것은, 구상과 표현 사이의 간격이 그리 크지 않음을 의미하는 것이기도 하다. 꾸미지 않는 시란 있을 수 없다지만, 성조의 어울림과 심상의 참신함을 각별히 고려하여 글자의 도치와 생략을 서슴지 않았던 근체(近體) 시 구문에 비해, 산문에 가까운 이백의 고체(古體) 악부는 훨씬 자연스러운 느낌을 준다. 짧게는 3언에서부터 길게는 11언에 이르는 잡언구(雜言句)는 이러한 고체시 구문의 단조로움을 탈피하고 변화를 주기 위한 다양한 시도이다.

술과 달과 신선을 사랑한 자유인이었으면서도, 마음 한구석에서 솟구치는 현실 참여에의 욕구로 인해 끊임없이 고뇌하였던 지식인 이백. 우리는 그의 악부를 통해, 자신의 삶을 정직하게 표현하고 선배 작가들과 어깨를 겨루며 기량을 키워나간 천재 시인의 참모습을 발견할 수 있다.

001 원별리 遠別離

머나먼 이별

遠別離	머나먼 이별
古有皇英之二女[1]	그 옛날 아황과 여영 두 여인,
乃在洞庭之南	바로 동정호 남쪽
瀟湘之浦[2]	소상강 물가에서 헤어졌지.
海水直下萬里深[3]	호수 물 발아래 만 리 깊은데
誰人不言此離苦	그 누가 이 이별 괴롭다 않으리.
日慘慘兮雲冥冥	날은 어둑어둑 먹구름 끼어 있고
猩猩啼烟兮鬼嘯雨[4]	안개 속에 성성이 울며 빗속에서 귀신 흐느끼네.
我縱言之將何補	내 설령 말해 본 들 무슨 소용 있으랴.
皇穹竊恐不照余之忠誠[5]	하늘이 나의 충정 못 밝힐세라
雷憑憑兮欲吼怒[6]	우르릉 쿵쾅대며 우레도 노호하려 들었지.
堯舜當之亦禪禹[7]	요순堯舜도 할 수 없이 우禹에게 양보하니,
君失臣兮龍爲魚	임금이 신하 잃어 용이 물고기 되고
權歸臣兮鼠變虎	신하가 득세하여 쥐가 범이 되었네.
或云	그 누가 말하길
堯幽囚	요 임금은 옥에 갇혔고
舜野死[8]	순 임금은 들에서 죽었다 하네.
九疑聯綿皆相似[9]	구의봉이 이어지며 모두 다 어슷비슷
重瞳孤墳竟何是[10]	순임금의 외로운 무덤, 도대체 어디인가.
帝子泣兮綠雲間[11]	아황 여영 흐느끼네, 푸른 구름 사이에서
隨風波兮去無還	바람 물결 따라 가서 돌아오지 않으니.

慟哭兮遠望	통곡하며 고개 들어 아득히 머나먼
見蒼梧之深山[12]	창오의 깊은 산을 바라보네.
蒼梧山崩湘水絶	창오산 무너지고 상수 마른 뒤에나
竹上之淚乃可滅[13]	댓잎 위에 지는 눈물 사라지리라.

해제

초사(楚辭)와 고시(古詩) 중의 이별을 노래한 내용을 본떠 만든 노래로 남북조시대에 <장별리長別離>와 <생별리生別離>가 있었다. <원별리遠別離>는 이백이 이를 다시 개편하여 새롭게 만든 노래로서, 잡곡가사(雜曲歌辭)에 속한다. 이 작품은 당(唐) 은번(殷璠)이 714에서 753년 사이에 지어진 시가를 모아 엮은 ≪하악영령집河岳英靈集≫에 실려 있어, 753년 이전에 지어진 작품임을 알 수 있다.

주석

1 皇英之二女(황영지이이녀) : 요(堯)임금의 두 딸이었던 아황(娥皇)과 여영(女英)을 말한다. 순(舜)에게 시집갔다가 순이 세상을 떠나자 그 뒤를 이어 상수(湘水)에 몸을 던져 죽었다고 한다.

2 瀟湘(소상) : 호남성(湖南省) 동정호(洞庭湖)의 남쪽 영릉 부근의 소수(瀟水)와 양해산(陽海山)에서 발원하여 장강으로 유입되는 상수(湘水)를 함께 일컫는 말이다.

3 海水(해수) : 동정호를 가리킨다. 중국에서는 깊고 넓은 강이나 호수를 해(海)라 부른다. 동정호의 깊이로 슬픔을 비유한 표현이다.

4 猩猩(성성) : 성성이. 사람과 매우 닮은 원숭이류. 힘이 세고 우는 소리가 몹시 구슬프다 한다.

5 皇穹(황궁) : 하늘.

6 憑憑(빙빙) : 우르릉거리는 큰소리.

7 堯舜當之亦禪禹(요순당지선우) : 요(堯)에서 순(舜)으로, 순(舜)에서 우(禹)로의 권력의 이동을 말한다. 요임금이 신하였던 순에게 양위한 주요 이유가 그 덕이 미더워서였다는 것이 일반적인 견해이지만, 순이 요를 강제로 폐하였다는 설도 있다.

8 堯幽囚、舜野死(요유수 순야사) : ≪사기정의史記正義≫에 인용된 ≪죽서竹書≫에서 요임금의 덕이 쇠하자 순이 그를 옥에 가두었고, 또 순임금은 백성들의 농사를 독려하다가 들판에

서 세상을 떠났다고 하였다. 이상의 세 고사는 덕이 있어도 권력에 밀려남을 빗댄 것이다.

9 九疑(구의) : 순의 무덤인 영릉(零陵)이 있다는 산. 지금의 호남성 영원현(寧遠縣) 남쪽이다. 이 산의 아홉 골짜기 모양이 모두 비슷하다고 하여 붙여진 이름이다.

10 重瞳(중동) : 순(舜)임금을 가리킨다. 순임금은 눈동자가 이중[重瞳]이어서 이름을 중화(重華)라 했다고 한다.

11 帝子(제자) : 아황(娥皇)과 여영(女英)을 말한다. 요임금의 자식이므로 이렇게 칭하였다.

12 蒼梧(창오) : 구의산을 말한다. ≪산해경山海經≫의 설명에 따르면, 남쪽에 있는 창오구(蒼梧丘)와 창오연(蒼梧淵) 사이에 구의봉이 있다고 한다.

13 竹上之淚(죽상지루) : 순(舜)임금이 창오(蒼梧)에서 죽자, 아황과 여영이 따라가지 못함을 슬퍼하며 함께 통곡하였는데, 이때 뿌린 눈물이 대나무에 떨어져 반점으로 얼룩지게 했다고 한다.

해설

이 작품은 이백이 간신들의 모함으로 장안을 떠난 후, 권신(權臣)들의 득세로 조정의 기강이 어지러워지고, 변방 또한 소란스러워져 안사의 난으로 치닫기만 하는 위태로운 정국을 우려한 노래이다. 근대의 이백 연구자 안기(安旗; 1925~)는 이백이 753년 즈음 세 번째로 장안에 간 것으로 보고, <원별리>가 당시 정세에 대한 그의 안타까움을 형용한 것이라 보았다. <고풍> 제 59수에 이어 <악부> 첫수 역시 통곡으로 이어지는 것에는 담겨진 뜻이 있으리라.

예로부터 귀양지로 이름난 동정호 주변을 배경으로 하면서 충신의 우국지정을 주제로 삼은 것이나, 장단이 일정치 않은 자유로운 구법과 불길하고 음산한 분위기를 형용하는 세부 묘사들을 운용한 까닭은, 쫓겨난 신하의 비탄을 묘사한 초사(楚辭)의 분위기를 만들어내기 위함이다. 그러나 자신의 우국지심을 순임금에 대한 제자(帝子)의 사랑에 비기면서 신화 전설과 개인적 체험, 역사적 사실과 당대 정치 현실과 같은 요소들을 천의무봉하게 엮어가는 솜씨는 대표적인 초사 작가 굴원(屈原)을 능가하고 있다 할 만하다.

002 공무도하 公無渡河

강 건너지 말아요

黃河西來決崑崙[1]	황하 물은 서쪽에서 와 곤륜산崑崙山을 끊고는
咆哮萬里觸龍門[2]	만리를 포효하며 용문龍門에 부딪네.
波滔天[3]	물결이 하늘에 닿자
堯咨嗟	요堯임금 한숨짓고
大禹理百川[4]	우禹임금이 뭇 강물 다스릴 적에
兒啼不窺家[5]	아이가 울어도 집에 들르지 않았네.
殺湍堙洪水[6]	여울을 없애고 넘치는 물 막아
九州始蠶麻	온 땅은 비로소 누에 치고 삼도 심어
其害乃去	재앙 사라지기
茫然風沙[7]	까마득히 모래 날아가 듯 하였네.
披髮之叟狂而癡	봉두난발 늙은이는 미치광이 얼뜨기
清晨徑流欲奚爲	꼭두새벽에 물을 건너 무얼 하려나.
旁人不惜妻止之	남이야 상관 안 해도 아내는 그를 막네.
公無渡河苦渡之[8]	임이여, 강 건너지 말랐더니 그예 건너는구려.
虎可搏	범은 때려잡아도
河難馮[9]	강 건너긴 어려운 것.
公果溺死流海湄[10]	임이여, 끝내 물에 빠져 바다로 흘러가는구려.
有長鯨白齒若雪山	허연 이빨 설산 같은 큰 고래 있어
公乎公乎挂罥於其間[11]	임이여, 임이여, 그 틈새에 걸려버렸구려.
箜篌所悲竟不還[12]	공후箜篌 슬퍼하네, 끝내 오지 않음을.

해제

일명 <공후인箜篌引>이라고도 하는 이 노래에는 다음과 같은 유래가 있다. 고조선(古朝鮮) 나루터의 사공이었던 곽리자고(霍里子高)가 어느 날 아침 배를 젓고 있는데, 한 백발의 미친 사내가 머리를 풀어헤치고 술병을 들고서 강물에 뛰어들어 건너려 하였다. 그의 아내가 뒤따라와서 막으려 했지만 미치지 못하여 결국 빠져죽고 말았다. 그러자 그 아내가 공후(箜篌)를 끌어다 이렇게 노래하였다. "그대여 강 건너지 마오, 그대여 강 건너지 마오. 물에 빠져 죽으면, 그대를 어이할꼬.[公無渡河, 公無渡河. 墮河則死, 將奈公何.]" 이 구슬픈 노래를 마치자 그녀도 강에 뛰어들어 죽었다. 곽리자고가 집에 돌아와서 아내 여옥(麗玉)에게 얘기하자, 여옥은 그들을 애도하며 공후를 끌어다가 그 곡조를 그대로 연주하니, 듣는 이 누구나 눈물을 흘리며 울지 않는 이가 없었다고 한다. 이백의 노래는 이를 모방한 작품으로 상화가사(相和歌辭) 중의 하나이다.

주석

1 崑崙(곤륜) : 황하의 근원이 있다는 산.

2 龍門(용문) : 산서성 하진현(山西省 河津縣) 서쪽. 황하의 유역으로 양 언덕이 험준한 산이며 물살도 거세어, 뭍으로나 물길로나 더 이상 갈 수 없다고 한다. 이곳을 거슬러 뛰어오르는 고기는 용이 된다는 전설이 있다.

3 滔天(도천) : 하늘에까지 넘치다.

4 理(이) : 치수(治水)를 말한다.

5 窺家(규가) : 집에 들르다. 우(禹) 임금은 팔 년 동안 객지에 나가 있는 동안, 자기 집 앞을 세 번 지나갔으나 안으로 들어가지 않고 치수(治水)에 전념하였다고 한다.

6 殺湍(쇄단) : 여울을 메우다.

7 風沙(풍사) : 모래가 바람에 날리다. 흙이 바람에 날릴 정도로 말랐다는 뜻이다.

8 公無渡河(공무도하) : 가음 <횡강사橫江詞>6에도 "그대 강 건너지 말고 돌아오시게(公無渡河歸去來)"라는 구절이 있다.

9 馮(빙) : 강을 건너다.

10 海湄(해미) : 바닷가.

11 挂罥(괘견) : 매달려 있다.

12 箜篌(공후) : 중국 고대의 현악기. 금(琴)과 비슷한 모양이나 크기가 작다.

해설

이백 시의 비판자들은 이 작품을 예로 들면서, 제멋대로 방자한 이백의 고질(痼疾)을 꼬집기도 하는데, 축자적(逐字的)으로 볼 때는 두서없는 넋두리에 불과한 듯이 여겨지기도 한다.

행간의 의미를 찾기 위해서는 단락 나누기와 비유적인 해석이 불가피할 것이다. 아득한 옛날부터 만인의 두려움의 대상인 강물을, 섣불리 휘어잡을 수 없이 거친 세상의 흐름으로 해석해 보자. 그렇게 되면 요순에게 최대 과제였던 치수(治水)는 곧 바른 정치나 제세(濟世)의 개념으로 이해해 볼 수 있을 것이고, 요순의 치수(治水)가 다 끝난 후 새벽녘에 물에 뛰어들어 목숨을 잃은 백수광부의 어리석음은, 명군(明君)의 덕으로 상당히 개선된 수준에 이른 정치판도 속에 멋모르고 뛰어들었다가 급기야는 정치 생명마저 잃게 된 이백 자신의 모습을 형용한 것이 된다. 작품 안의 늙은이는, 영왕(永王)에 가담하였던 것을 뒤늦게 자책하는 늙고 지친 만년의 자화상일 수도 있다.

분방한 경지를 넘은 듯 난해한 내용은 알코올 중독의 불안 심리를 반영하는지도 모른다. 좌충우돌과 횡설수설, 혼란에 빠진 천재의 불우한 말로를 보는 것 같다.

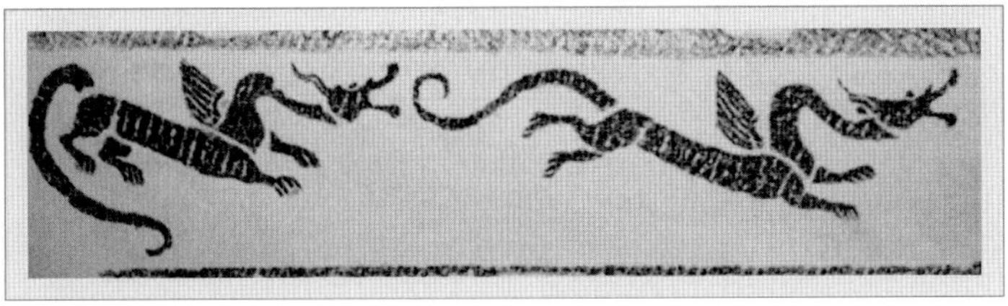

003 촉도난 蜀道難

촉으로 가는 길 어려워

噫吁嚱[1]	어허라.
危乎高哉	험하고도 높구나.
蜀道之難	촉도의 험난함이여
難於上青天[2]	하늘 오르기보다 어려워라.
蠶叢及魚鳧[3]	잠총蠶叢과 어부魚鳧 시절
開國何茫然	나라 열던 때, 아득도 한데
爾來四萬八千歲	그 뒤로 사만 팔천 년
不與秦塞通人烟	진秦 땅과는 인적이 끊겼세라.
西當太白有鳥道[4]	서쪽 태백산太白山으로 난 조도鳥道로만
可以橫絶峨眉巔[5]	아미산峨眉山 꼭대기를 질러갈 수 있노라.
地崩山摧壯士死[6]	땅 꺼지고 산 무너져 장사들이 죽은 뒤
然後天梯石棧相鉤連[7]	하늘 사다리, 잔도棧道가 꼬리를 물고 엮였도다.
上有六龍廻日之高標[8]	위로는 여섯 용이 해를 돌쳐 세우는 천길 벼랑이요
下有衝波逆折之回川	아래는 거센 물결 꺾어 도는 계류러라.
黃鶴之飛尙不得過[9]	누른 학조차도 날아 지나지 못하고
猿猱欲度愁攀援[10]	날쌔다는 원숭이도 오르자니 걱정이라.
青泥何盤盤[11]	청니봉青泥峯은 어이 그리 돌고 도나.
百步九折縈巖巒	백 걸음에 아홉 구비 바위산을 휘감누나.
捫參歷井仰脅息[12]	삼성參星 쓰다듬고 정성井星을 지나 고개 젖혀 헐떡이니

以手撫膺坐長嘆	숨찬 가슴 부여안고 주저앉아 한숨이라.
問君西遊何時還	묻노니, 그대 서쪽 길 떠나 어느 때 돌아오나.
畏途巉巖不可攀	까마득히 가파른 길, 못 오를까 무서우이.
但見悲鳥號古木	오로지 보이나니, 고목에서 구슬피 우는 새
雄飛雌從繞林間	암수 한 쌍 다정하게 수풀 사이 누벼 날고,
又聞子規啼夜月[13]	또 달빛 속 두견새 소리에
愁空山	텅 빈 산은 수심 겨워라.

蜀道之難	촉도의 험난함이여
難於上青天	하늘 오르기보다 어렵나니
使人聽此凋朱顏	말만 듣고도 얼굴빛이 시드노라.
連峯去天不盈尺	잇단 봉우리 하늘에서 지척이요,
枯松倒挂倚絶壁	벼랑 우엔 거꾸러질 듯 마른 소나무 걸려 있다.
飛湍瀑流爭喧豗[14]	빠른 여울 내지르는 폭포, 앞 다투어 소리치고
砯崖轉石萬壑雷[15]	급류에 부딪혀 구르는 돌, 일만 골 천둥친다.
其險也若此	그 험함이 이 같거늘
嗟爾遠道之人胡爲乎來哉	아아, 먼 곳의 사람이 어쩌자고 예 왔는가.
劍閣崢嶸而崔嵬[16]	검각劍閣은 삐죽삐죽 높기도 하여
一夫當關	한 명이 관문關門을 지키면
萬夫莫開	만 명도 못 당하고
所守或匪親[17]	수문장이 친하지 않다면
化爲狼與豺[18]	승냥이와 다를 바 없다.
朝避猛虎	아침엔 호랑이 피하고
夕避長蛇	저녁엔 구렁이 피하니
磨牙吮血[19]	이로 으깨고 피를 빨아

殺人如麻 　　사람 잡아 낭자하다.
錦城雖云樂[20] 　　금관성錦官城이 좋다고 해도
不如早還家 　　일찌감치 집으로 가느니만 못하리라.

蜀道之難 　　촉도의 험난함이여
難於上青天 　　하늘 오르기보다 어려워라.
側身西望長咨嗟[21] 　　몸 기우려 서쪽 향해 긴 한숨만 쉬노라.

해제

장안에서 촉(蜀), 즉 지금의 사천(四川) 지역으로 갈 때 지나는 잔도(棧道)로 이어진 길의 험난함을 노래한 것으로, 상화가사(相和歌辭) 중의 하나이다. <촉도난행蜀道難行>이라는 옛 노래가 있었다고 하나 오래전에 없어졌고, 남조 양(梁) 이후 소강(蕭綱; 503~551), 유효위(劉孝威; 496~549), 음갱(陰鏗; 511~563) 등의 <촉도난蜀道難>만 전할 뿐이다.

주석

1 噫吁嚱(희우희) : '흐휴'하는 탄식소리. 한(漢) 고취곡사(鼓吹曲辭) <유소사有所思> 중에 '妃呼豨(비호희, fei hu xi)'라는 탄사가 그 유래인 듯하다. 妃는 妃로 된 판본도 있다.

2 難於上青天(난어상청천) : 하늘에 오르기보다 어렵다. 어(於)는 비교격 어조사.

3 蠶叢及魚鳧(잠총급어부) : 양웅(揚雄)은 ≪촉왕본기蜀王本紀≫에서 잠총(蠶叢), 백관(柏灌), 어부(魚鳧), 개명(開明)이 촉(蜀)의 선조라 하였다.

4 太白(태백) : 섬서성(陝西省)의 태령(泰嶺) 산맥의 주봉. 꼭대기에 연중 눈이 덮여 생긴 이름이다.

5 峨眉巓(아미전) : 아미산(峨眉山) 꼭대기. 아미산은 사천성(四川省)에 있는 산으로 두 개의 산이 마주보고 있는 모습이 눈썹 같다고 하여 생긴 이름이다.

6 壯士死(장사사) : 전설에 의하면 진(秦) 혜왕(惠王)은 촉왕(蜀王)이 여색을 좋아한다는 것을 알고서, 여자 다섯을 촉(蜀)에 시집보내도록 하였다. 촉에서 장정 다섯이 그들을 맞이하러 왔는데, 돌아가는 길에 재동(梓橦)이란 곳에서 땅속으로 들어가는 뱀을 만났다. 다섯 장정이

그 꼬리를 잡아당기자 결국 땅이 꺼지고 산도 무너져 모두들 거기에 깔려 죽었다. 그 뒤에 오령(五嶺)이 생겼다고 한다.

7 天梯石棧(천제석잔) : 나무로 만든 사다리와 바위 벼랑에 달아낸 잔도(棧道).

鉤連(구련) : 고리가 연결되듯 이어지다.

8 六龍回日(육룡회일) : 고대 신화에서 희화(羲和)는 여섯 마리의 용이 이끄는 수레를 타고 동쪽에서 서쪽으로 달렸는데, 그 수레가 촉의 산봉우리에 막히자 되돌아갔다고 한다.

9 尙(상) : 오히려.

10 攀援(반원) : 더위잡다.

11 青泥(청니) : 섬서성 약양현(陝西省 略陽縣) 서북쪽에 있는 고개의 이름. 진(秦)에서 촉으로 가는 도중에 있다. 진흙탕이 많아 생긴 이름이다.

12 捫參歷井(문삼역정) : 삼(參)을 더듬으며 정(井)을 지나가다. 삼(參)과 정(井)은 28성수(星宿)에 속하는 별자리 이름. 천문(天文)에서 삼(參)은 촉(蜀)에, 정(井)은 진(秦)에 해당된다.

13 子規(자규) : 두견새. 촉 지방에 많이 서식하며 남방에도 산다.

14 飛湍(비단) : 급류.

* 喧豗(훤회) : 떠들썩하다.

15 砅(빙) : 벼랑에 물이 부딪혀 나는 소리.

16 劍閣(검각) : 사천성 검각현(劍閣縣) 북쪽 대검산(大劍山)과 소검산(小劍山) 사이 30리 정도의 험한 잔도(棧道)로 이루어진 길.

* 崢嶸(쟁영) · 崔嵬(최외) : 삐죽삐죽 높은 모양.

17 匪(비) : 아닐 비(非)와 같은 뜻.

* 친(親) : ≪하악영령집河岳英靈集≫, ≪문원영화文苑英華≫, ≪운예우의雲溪友議≫ 등에서는 인(人)으로 표기하고 있다. 그럴 경우 이 구절은 "사람답지 못하면"으로 풀이된다.

18 狼(낭) : 이리

* 豺(시) : 승냥이

19 吮(연) : 빨아먹다.

20 錦城(금성) : 성도(成都)에서 남쪽으로 십 리 떨어진 곳에 있는 성. 일명 금관성(錦官城)이라고도 한다.

21 咨嗟(자차) : 탄식하다.

해설

이 시는 이백이 장안에 갔을 때 하지장(賀知章)에게 내보여준 야심작이다. 당시 하지장은 작품을 다 읽기도 전에 네 번이나 찬탄하며, 하늘에서 귀양 온 신선이라는 뜻의 '적선(謫仙)'이라는 별명을 붙여주고, 허리에 찼던 금 거북을 풀어 술과 바꾸어서 함께 취하도록 마셨다고 한다.

통상적인 시의 첫머리로 사용된 일 없는 거친 한숨소리로 시작하여, 촉도에 얽힌 까마득하고 아득한 전설은 장대하고 기괴한 정경들로 황홀하게 바뀌고, 칼끝보다 무시무시하며, 흉측한 맹수들보다도 두려운 것은 험난한 촉도의 최정상을 차지하고 있는 수문장의 잔인함이라 탄식한다. 소리와 빛과 움직임을 부여받은 갖가지 형상들은 3, 4, 5, 7, 9, 11언으로 바뀌는 자유로운 잡언체(雜言體) 속에서 살아 뛰놀고, 작품 전체를 감싸는 세도막 형식은 천마(天馬)의 고삐처럼 작품에 안정감을 부여하며 이 환상적인 걸작을 완성하고 있다. 당인선당시집(唐人選唐詩集)인 ≪하악영령집≫을 엮은 은반(殷潘)은 이백의 작품들 중에서도 특히 이 <촉도난>을 가리켜 '기이하고 또 기이한 작품'이라 탄복을 금치 못하였다.

근인 첨영(詹鍈)은 이 작품과 그의 <검각부劍閣賦> <송우인입촉送友人入蜀>시 사이의 유사점을 찾아내어, 서로 선후관계에 있는 작품들일 가능성에 무게를 두었다. 실제로 이백에게 가음 <백운가송유십육귀산白雲歌送劉十六歸山> 외에 <백운가송우인白雲歌送友人> 시가 있는 사례 등으로 미루어볼 때, 이 같은 주장은 설득력이 있다.

이 작품의 높은 회화성은 실경(實景)을 묘사한 것이라는 추측을 불러일으키기도 하고, "촉도가 이리도 험하니, 공명을 어이 구하랴.[蜀道難如此, 功名詎可要.]"라는 진(陳) 음갱(陰鏗)의 <촉도난蜀道難>과 연관지어, 공명(功名)으로 가는 길의 고단함을 비유한 시로 읽기도 한다. 뿐만 아니라 "수문장이 친하지 않다면[所守或匪親]"이후 후반부의 모호한 내용으로 인해 작자의 의도를 추측하는 견해들도 분분하였다.

그것은 <1>현종(玄宗)의 촉(蜀) 지역 행차를 풍자한 것이다. <2>촉(蜀)지역 검남절도사(劍南節度使) 엄무(嚴茂)의 무례함을 비난한 것이다. <3>토번(吐藩)을 물리치며 위세를 떨치던 술수가(術數家) 장구겸경(章仇兼瓊)을 풍자한 것이다. 등이다. 그 중에 753년 이후의 사건들을 담고 있다는 <1><2>의 주장은, 이 작품이 실린 ≪하악영령집≫이 714년부터 753년간의 시를 모은 것이라는 사실이 밝혀지기 이전에 나온 것이어서 근거를 잃었다. 이에 비해 양송본(兩宋本) 및 무본(繆本) ≪이태백문집李太白文集≫의 <촉도난> 제목 아래에는 "장구겸경을 풍자한 것이다[諷章仇兼瓊也.]"라는 이백의 자주(自注)가 붙어 있어 이 작품의 배경으로서 가장 높은 신뢰를 받고 있는데, ≪하악영령집≫ ≪돈황잔권당시선敦煌殘卷唐詩選≫ ≪문원영화文苑英華≫ ≪당문수唐文粹≫와 같은 선집에는 이 여섯 글자가 빠져 있어 논란의 여지는 남아 있다.

004 양보음 梁甫吟

양보의 노래

長嘯梁甫吟	길게 <양보음>을 읊조리나니
何時見陽春	언제나 화창한 봄을 보려나.
君不見	그대 모르는가,
朝歌屠叟辭棘津[1]	조가朝歌의 늙은 백정, 극진棘津을 떠나
八十西來釣渭濱	팔순에 서쪽으로 와 위수渭水가에 낚시질함을.
寧羞白髮照淸水	맑은 물에 비치는 백발 어이 대수랴.
逢時壯氣思經綸[2]	때를 만나 기운차게 펼칠 경륜 생각하노라.
廣張三千六白釣[3]	삼천육백 허구한 날 낚싯대를 펼쳐놓고
風期暗與文王親[4]	인품으로 어느 새 문왕文王과 친해졌도다.
大賢虎變愚不測	어진 인물의 변신일랑 얼간이는 짐작 못해
當年頗似尋常人[5]	처음에야 여느 사람과 다를 바 없어라.
君不見	그대 모르는가,
高陽酒徒起草中[6]	고양高陽의 주정뱅이 초야에서 나오자
長揖山東隆準公[7]	산동山東의 어르신께 길게 읍揖만 하고서,
入門不拜騁雄辯	문에 들어 절도 없이 웅변을 토했을 때
兩女輟洗來趨風	두 여인은 대야 거두고 바람같이 물러나왔음을.
東下齊城七十二[8]	동쪽으로 제齊나라 성 일흔 두 곳 함락하고
指揮楚漢如旋蓬[9]	초楚나라와 한漢나라를 솜씨 좋게 지휘했네.
狂客落魄尙如此	미치광이 건달조차 이러하였거늘
何況壯士當羣雄	항차 뭇 영웅에 견줄 장사임에야.
我欲攀龍見明主	나는 용을 더위잡고 어진 임금 뵈려 하나

雷公砰訇震天鼓[10]	천둥장군 진동하며 하늘 북을 울려대네.
帝旁投壺多玉女	임금 곁에 투호하는 여러 미인들
三時大笑開電光	삼시 세 때 크게 웃어 번개를 치게 하고
倏爍晦冥起風雨[11]	어둠 속에 번쩍이며 비바람을 일으키네.
閶闔九門不可通	겹겹이 닫힌 궁문 들어갈 수 없어서
以額叩關閽者怒	이마로 빗장 찧으니 문지기가 노발대발.
白日不照吾精誠[12]	흰 해는 간절한 내 정성을 안 비추니
杞國無事憂天傾[13]	기杞나라 사람 일없이 하늘 무너질까 걱정했네.
猰貐磨牙競人肉[14]	설유猰貐는 이를 갈며 사람 고기 다투어도
騶虞不折生草莖[15]	추우騶虞는 풀줄기조차도 꺾지 않는다네.
手接飛猱搏彫虎	손으로 날랜 잔나비 붙들고 얼룩 범을 때려잡으며
側足焦原未言苦[16]	천 길 벼랑에서 헛디뎌도 힘들다 않으련만.
智者可卷愚者豪	지혜로운 이 숨고 우매한 자 날뛰니
世人見我輕鴻毛	세상사람 나를 기러기 털처럼 업신여기네.
力排南山三壯士	힘으로는 남산을 떠밀 만한 세 장사도
齊相殺之費二桃[17]	제齊나라 재상이 그들 죽이는 데 복숭아 둘이면 되었고,
吳楚弄兵無劇孟[18]	오초吳楚에서 극맹劇孟 없이 병사를 일으키자
亞夫咍爾爲徒勞	주아보周亞夫가 비웃으며 너흰 헛일이라 했네.
梁甫吟	양보의 노래
聲正悲	소리 정녕 서글퍼라.
張公兩龍劍[19]	장공張公의 쌍룡검
神物合有時	신물神物의 만남에는 때가 있는 법
風雲感會起屠釣	풍운이 어우러지면 백정과 어부도 쓰이나니
大人峴屼當安之[20]	큰 인물은 불안할 때도 의연해야지.

✿ 해제

양보(梁甫)는 제(齊) 지역 태산(泰山) 부근에 있는 험한 산 이름이다. 한(漢)나라 때 장형(張衡; 78~139)이 <사수시四愁詩>에서 "내 그리운 이 태산에 있는데, 그를 따르려 하나 양보산이 험하여라.[我所思兮在泰山, 欲往從之梁甫艱.]"라고 노래한 이래, 이후 역대 시인들은 이 산을 인생길의 어려운 장애물로 간주하여, 고향에 돌아가지 못함을 한탄하거나 간신들의 모함에 의해 죽음을 당한 신하의 슬픔을 <양보음梁甫吟>에 담아서 노래해 왔다. 상화가사(相和歌辭) 중의 하나이다.

✿ 주석

1 朝歌屠叟(조가도수) : 조가의 늙은 백정. 문왕(文王)과 무왕(武王)을 보필하여 주(周)나라를 건국한 태공망(太公望) 여상(呂尙)을 가리킨다. 그는 젊은 시절에 조가(朝歌; 지금의 하남성 북부 淇縣)에서 소를 잡는 일을 했고, 극진(棘津; 지금의 하남성 延津縣 동북쪽)에서는 가난 때문에 품을 팔고 밥장사도 했다고 한다.

2 思經綸(사경륜) : 경륜을 발휘하겠다고 다짐하다.

3 三千六百釣(삼천육백조) : 십 년 정도의 세월 동안 고기 낚은 것을 일컫는다. '조(釣)'는 다른 판본에는 '균(鈞)'이라 된 것도 있는데, 이 경우 잡은 고기의 무게를 어림쳐 합친 것이라는 의미로 해석된다. 여상(呂尙)이 나이 팔십에 반계(磻溪)에서 낚시질하다가 문왕을 만났던 일을 일컬은 것이다.

4 風期(풍기) : 풍도(風度).

5 當年(당년) : 그 때, 즉 문왕와 여상이 처음 만났던 때를 가리킨다.

6 高陽酒徒(고양주도) : 한대(漢代) 고양(高陽) 출신 역이기(酈食其)를 가리킨다. 그는 집이 가난하고 의식(衣食)을 구하지 못하여 고향사람들은 그를 미치광이라고 불렀다. 패공(沛公) 유방(劉邦)이 고양에 오자 역이기는 그를 만나보려 하였으나, 그 부하가 패공은 유생(儒生)을 좋아하지 않는다 하였다. 그러자 그는 자신 고양의 주정뱅이지 유생이 아니라고 하여 결국 만나게 되었다. 역이기가 당도하였을 때 패공은 침상에 걸터앉아 두 여인에게 발을 씻기고 있는 중이었다. 이 모습을 보고 역이기가 "의로운 병사들을 불러 모아 진(秦)나라를 쳐부수어야 마땅할 이때에, 큰 인물을 거만하게 앉아서 맞이하다니 있을 수 없는 일이오."라고 하였다. 패공은 그제야 놀라 부랴부랴 대야를 치우게 하고 옷을 걷은 후, 역이기를 제일 좋은 자리에 앉히고 사과하였다고 한다.

7 山東隆準公(산동융준공) : 유방(劉邦)을 가리킨다. 융준(隆準)은 코가 우뚝하고[隆] 잘 생겼다는

뜻이다.

8 東下齊城(동하제성) : 동쪽으로 제(齊)의 성을 함락시키다. 역이기는 패공의 세객(說客)이 되어, 제왕(齊王)에게 가서 한(漢)에 투항하도록 권유하여 항복을 받아내었고, 그 후 여세를 몰아 초한(楚漢)의 오랜 대치 상태를 허물고자 하였다.

9 如旋蓬(여선봉) : 바람에 날리는 쑥처럼 가볍게 처리했다는 뜻이다.

10 砰訇(팽굉) : 요란한 소리.

11 倏爍晦冥(숙삭회명) : 어두운 곳에서 빠르게 번쩍이다.

12 白日不照(백일부조) : 자신이 황제로부터 주목받지 못함을 비유한 표현이다.

13 杞國(기국) : 춘추시대 나라 이름. 이 나라에 하늘 무너질까봐 걱정[杞憂]했다는 사람이 살았다고 한다. 여기서는 자신의 나라 걱정이 인정받지 못하고 부질없는 일임을 표현한 것이다.

14 猰貐(설유) : 사나운 동물의 이름. 여기서는 조정의 간신들을 비유한다.

15 騶虞(추우) : 몸보다 꼬리가 긴 얼룩무늬 흰 호랑이. 서방(西方)의 동물로 왕에게 덕이 있으면 나타나는데, 살아 있는 풀줄기도 밟지 않으며 제 명에 죽은 짐승 고기만 먹는 어진 동물[仁獸]이라 한다.

16 側足(측족) : 두려워 발을 헛디디거나 비틀거리다.

* 焦原(초원) : 산동성에 있다는 깎아지른 듯 높은 돌 계곡.

17 齊相(제상) : 춘추시대 제(齊)의 재상이었던 안자(晏子)를 가리킨다. 그는 경공(景公)을 섬기는 공손접(公孫接), 전개강(田開疆), 고야자(古冶者) 등 세 장사들이 자신에게 불손한 태도를 보이자, 이들을 이간질하여 죽이려고 복숭아 두 개를 보내면서 공이 많다고 생각하는 자가 먹으라고 하였더니, 저마다 자기가 먹어야 한다고 우기며 다투다가 서로 해쳐 결국 모두 다 죽고 말았다고 한다.

18 劇孟(극맹) : 한(漢)의 협객(俠客). 오(吳)와 초(楚)가 한(漢)에 반란을 도모하여 주아보(周亞夫)가 이를 진압하러 가던 중에 하남(河南)에서 극맹(劇孟)을 얻고는, "오초(吳楚)가 천하를 얻고자 다투면서도 극맹을 찾지 않은 것은 큰 실책이다."고 지적하며, "이제는 적을 수중에 얻은 거나 다를 바 없다."고 기뻐하였다 한다.

19 張公(장공) : 서진(西晉)의 장화(張華; 232~300)를 가리킨다. 그는 북두성과 견우성 사이에 상서로운 기운이 서리자, 뇌환(雷煥)을 그 기운이 뻗치는 예장(豫章) 풍성(豐城)으로 보내어 칼 두 자루를 얻었다. 그는 그 중 한 자루를 옛 명검인 간장(干將)이라 여겨 늘 곁에 두고서, "하늘이 신령한 물건[神物]을 만들었다면 또 하나의 명검인 막야(莫耶)도 언젠가 반드시 만나게 될 것이다."라고 했다 한다.

20 峴屼(얼올) : 불안한 모양.

해설

인생의 봄을 기다리는 울적한 노래이다. 오랜 허송세월 끝에 때를 만나 임금을 보필할 수 있었던 태공망(太公望)이나 역이기(酈食其)를 부러워하며, 제상(齊相) 안자(晏子)이나 용사(勇士)인 극맹(劇孟)에 비길 수 있는 경륜을 지녔으면서도 간신들의 방해로 임금에게 다가가지 못하는 자신의 불우한 신세를 한탄하고 있다. 그는 이 같은 괴로움이 오로지 때를 못 만난 데서 비롯된 것일 뿐이라 위안하고 장래를 기약하며, 의기소침한 마음을 추스르고 의연함을 되찾는다.

작품 중간에 표현된 "뭇 영웅을 당해낼 수 있는 장사"란 곧 이백 자신을 말하는 것임을 미루어볼 때, <양보음梁甫吟>은 장안에서 정계 진출의 출로를 모색하던 패기 넘치는 30세 전후의 작품으로 짐작된다.

그의 시문집 안에는 이 외에도 "갈수록 눈물이 옷깃에 가득한데, 소리 높이어 양보음을 읊노라.[去去涙滿襟, 擧聲梁甫吟.]"<冬夜醉宿龍門覺起言志>, "나 역시 와룡객, 때때로 양보음을 읊노라.[余亦南陽子, 時爲梁甫吟.]"<留別王司馬嵩>와 같은 구절이 있다.

005 오야제 烏夜啼

까마귀 밤에 울고

黃雲城邊烏欲棲	황운성黃雲城 옆 까마귀는 제 둥지 찾아
歸飛啞啞枝上啼[1]	날아 돌아와 까악까악 가지에서 울어대네.
機中織錦秦川女[2]	베틀에서 비단 짜던 진천秦川의 아낙
碧紗如烟隔窗語[3]	어른대는 푸른 깁창 너머로 두런대는 소리
停梭悵然憶遠人	북을 놓고 하염없이 먼 임 그리나니
獨宿孤房淚如雨	홀로 지새우는 빈 방엔 눈물만 비 오는 듯.

해제

<오야제烏夜啼>는 남조 송(宋; 420~479) 임천왕(臨川王) 유의경(劉義慶)이 처음 지었다고 전하는데, 여기서 좋은 소식을 미리 전해주는 까마귀를 노래한 것이다. 청상곡사(淸商曲辭) 중의 하나이다.

주석

1 啞啞(아아) : 까악까악 하는 까마귀 소리.

2 秦川女(진천녀) : 전진(前秦; 351~394) 두도(竇滔)의 처 소혜(蘇蕙; 字는 若蘭)를 말한다. 그녀는 사방 어느 쪽으로 읽어도 시가 되는 회문시(迴文詩)를 비단으로 짜서 먼 곳에 있는 임에게 보냈다고 한다. 진천(秦川)은 지금의 섬서성(陝西省) 일대. 악부 <구별리久別離> 참조.

3 碧紗如烟(벽사여연) : 얇고 푸른 비단 창이 안개 낀 듯 아련하다는 뜻. 이백의 작품에는 특히 연(烟, 煙)과 같은 표현을 통해 신비스러운 분위기를 돋운 구절이 많다. <궁중행락사>3, <절양류>, <장상사>2, <상지회> 참조.

✿ 해설

외로움이 엄습하는 순간을 포착하여 극적으로 표현한 작품이다. 아름다운 채색으로 그리운 마음을 수놓아 보냈다는 여인의 애절한 이야기에, 저녁 까마귀소리, 창 밖에서 들리는 무심한 두런거림, 그리고 창문의 푸르고 아련한 빛과 감촉들을 섞어 처연한 정경을 그려내고 있다.

006 오서곡 烏棲曲

까마귀 깃들일 제

姑蘇臺上烏棲時[1]	고소대姑蘇臺 위 까마귀, 둥지에 깃들일 제
吳王宮裏醉西施[2]	오왕吳王은 궁 안에서 서시西施에 취해 있네.
吳歌楚舞歡未畢	오吳의 노래 초楚의 춤, 그 즐거움 한창인데
靑山欲銜半邊日	푸른 산은 지는 해를 반쪽이나 머금었네.
銀箭金壺漏水多	은 화살 금 동이에 물시계 차오를 제
起看秋月墜江波	일어나 바라보네, 가을 달이 물결 위로 떨어짐을
東方漸高奈樂何	먼동은 터오는데, 어이하나 이 즐거움.

해제

<오서곡烏棲曲>은 본디 육조시대 강남에서 불리던 민가로서, 청상곡사(淸商曲辭) 중의 하나이다.

주석

1 姑蘇臺(고소대) : 춘추시대 오왕 부차(吳王 夫差)가 삼년에 걸쳐 세운 누대. 강소성 오현(江蘇省 吳縣) 서남쪽에 위치. 오리(五里)에 벋어 있으며, 장식 또한 매우 공들였다. 밤놀이를 위한 별관 춘소궁(春宵宮)이 딸렸고, 술 담는 천 석들이 주종(酒鐘)도 있었다. 부차는 천지(天池)라는 연못을 판 후, 청룡주(靑龍舟)라는 배를 띄우고, 그 곳에 기녀와 풍악을 마련하여 서시와 함께 뱃놀이를 즐겼다.

2 西施(서시) : 춘추시대 월(越)나라의 미인. 전쟁에서 져 오(吳)나라의 지배를 받던 월나라 왕 구천(句踐)은 저라산(苧羅山)에서 죽을 끓이고 나무하며 약야계(若耶溪)에서 빨래하던 서시(西施)를 데려다가, 온갖 치장을 다 하게 하고 행동거지를 가르쳐 원수인 오왕 부차(夫差)에게 바쳤다. 부차는 서시에게 미혹되어 국정(國政)을 소홀히 하게 되었고, 결국 월나라에게 망

하고 말았다.

해설

해질녘부터 시작되는 제왕의 술자리, 그 곳에는 절세의 미인 서시가 왕의 눈을 현혹시키고 있다. 춤과 노래로 즐거움은 고조되어 가건만, 시간은 쉬지 않고 흘러가면서 이들 위로 엄습한다.

이 작품은 예로부터 '귀신이 곡할 만한[哭鬼神]' 시로 알려져 왔다. 그 이유는 여러 측면에서 설명될 수 있겠지만, 무엇보다도 누구나 다 아는 역사적 고사(故事)를 흥미진진하게 이끌어가는 작자의 얽어짜기의 솜씨에 있다고 생각된다.

그 얽어짜기의 탁월함은 주요 구성 성분인 시간적 요소를 운용하는 면에서 가장 돋보인다. 저녁에서 새벽까지를 시간의 축으로 삼은 것도 참신한 설정이거니와, 이 시간적 요소를 작품 곳곳에 돌출시킴으로써 긴박감을 조성하는 재주는 가히 천재적이다. 게다가 이 시간의 축은 열락(悅樂)의 축과 반대쪽에서 작용하면서, 도입~전개~갈등~전환~맺음의 단계로 전개되는 이야기에 긴장감을 부여한다.

여기에 '깃들다[棲]', '취하다[醉]'와 같은 하강의 어감을 지니고 있는 동사들은 '아직 끝나지 않았다[未畢]', '반쪽을 머금었다[銜半]'와 같이 일시 정지를 암시하는 표현으로 연결되고, '물시계의 물이 차오르다[漏水多]'라는 의미를 통해 다시 점진적인 상승세를 보이다가, '일어서 바라보다[起看]'라는 동사에 의해 순간적인 정점에 이르고, 급기야는 '추락하다[墜]'라는 동사에 의해 급강하한다. 그러나 곧바로 '점차 떠오른다[漸高]'는 표현에 의해 다시 원점으로 서서히 상승한다. 이 같은 동적 심상(動的 心象)들의 방향성과 속도감은 이야기의 고저완급(高低緩急)을 형성하며, 그야말로 변화막측. 신출귀몰의 경지를 이루어내고 있다.

007 전성남 戰城南

전쟁의 노래

去年戰	지난 해 싸움은
桑乾源[1]	상건원桑乾源에서
今年戰	올해 싸움은
葱河道[2]	총하도葱河道에서.
洗兵條支海上波[3]	조지條支 바닷물에 무기를 씻고
放馬天山雪中草[4]	천산天山 눈 위에 말을 놓아먹인다네.
萬里長征戰	만 리 길 기나긴 원정에
三軍盡衰老	병사들은 죄다 지쳐 늙었네.
匈奴以殺戮爲耕作	흉노들은 죽이는 걸 농사로 여기어
古來惟見白骨黃沙田	예로부터 보이는 건 황사 벌에 나뒹구는 백골들 뿐.
秦家築城備胡處	진秦나라 때 성을 쌓아 오랑캐 막던 곳에
漢家還有烽火燃	한漢대에도 여전히 봉화 연기 타오르네.
烽火燃不息	봉화는 타올라 꺼질 줄 모르고
征戰無已時	전쟁은 허구한 날 그칠 줄을 모르네.
野戰格鬪死[5]	벌판 싸움에서 백병전으로 죽으면
敗馬號鳴向天悲	패한 말은 하늘 향해 구슬프게 울부짖고,
烏鳶啄人腸	까마귀와 솔개는 사람 내장 쪼아서
銜飛上挂枯樹枝	물고 날아올라 마른 가지에 걸어놓네.
士卒塗草莽[6]	병졸들 죽어서 풀 섶에 널렸으니
將軍空爾爲[7]	장군은 부질없는 짓만 하였구나.
乃知兵者是凶器	이제야 알겠나니, 무기란 흉기라서

聖人不得已而用之　　성인들은 어쩔 수 없을 때만 썼다는 것을.

해제

한대(漢代)부터 전해져온 <전성남戰城南>은 전쟁의 비참함을 노래한 악곡으로서, 횡취곡사(鼓吹鐃歌) 중의 하나이다.

주석

1 桑乾源(상건원) : 오늘날 영정하(永定河)의 상류인 상건하(桑乾河)를 말한다. 하북성 서북부와 산서성 북부를 흐르는데, 당대에는 해(奚)나 거란(契丹)과 자주 전투가 있었던 지역이다.

2 葱河道(총하도) : 신강성(新疆省) 서남쪽 총령(葱嶺)에서 발원한 총하(葱河) 부근의 땅.

3 條支(조지) : 서역의 나라 이름. ≪후한서後漢書≫<서역전西域傳>의 의하면, 조지국(條支國)은 그 성이 산 위에 있으며 주위가 40여리 된다. 서해에 임하고 있는데 물이 남쪽, 동북쪽을 에워싸고 있어서 오직 북서쪽으로만 육로로 나갈 수가 있다고 한다. 여기서는 서역을 통칭한 것.

4 天山(천산) : 신강성 소륵현(新疆省 疏勒縣 Kashgar)의 서북쪽을 가로질러 중앙아시아까지 이어져 있는 산. 만년설에 덮여 있어 설산(雪山)이라고도 하며, 흉노들은 이를 매우 신성시하여 근처를 지날 때 말에서 내려 절을 하였다고 한다. 악부 <새하곡塞下曲>1 참조.

5 格鬪(격투) : 백병전.

6 塗(도) : 바르다. 더럽히다.

7 空爾(공이) : 부질없이. 爾는 然과 같은 역할.

해설

악부 <전성남戰城南>은 한대(漢代)에서부터 시작되어 초당(初唐)대까지 여러 시인들이 지었으나, 후대로 갈수록 풍경(風景) 묘사에 치중하는 <새하곡塞下曲>이나 <종군행從軍行>류와 크게 다르지 않은 내용을 근체(近體)의 형식에 담음으로써, 본래의 유장한 서사성(敍事性)을 상실하게 되었다. 이백은 장편고체(長篇古體) 형식을 택하고 전장의 참담함을 묘사하는데 힘을 기울여, 한(漢) 악부에 버금가는 반전시(反戰詩)를 지어냈다.

앞의 여러 전쟁시에 잘 나타나 있듯이 이백은 호전성(好戰性)을 드러내기도 하다가, 이 작품에서와 같이 전쟁을 혐오(嫌惡)하는 시각을 표명하기도 한다. 이것은 그 자신의 개인적인 모순에서 비롯된 것이라기보다는, 평화를 위해 싸워야 한다는 전쟁 자체의 아이러니에서 기인한 것이라고 할 수 있겠다.

008 장진주 將進酒

권주가

君不見	그대 모르는가,
黃河之水天上來	황하의 강물이 하늘에서 내려와
奔流到海不復回	바다로 쏟아져 흘러가서 돌아오지 않음을.
君不見	그대 모르는가,
高堂明鏡悲白髮	고대광실 환한 거울 앞에서 흰 머리 슬퍼함을
朝如青絲暮成雪	아침에 푸른 실 같더니 저녁엔 눈처럼 세었다고.
人生得意須盡歡	모름지기 인생은 마음껏 즐길지니
莫使金樽空對月	금 술통 빈 채로 달을 거저 대하지 말라.
天生我材必有用	하늘이 내 재주 내었을 땐 필경 쓰일 데 있으리니
千金散盡還復來	천금을 탕진해도 언젠가는 돌아올 터
烹羊宰牛且爲樂[1]	양 삶고 소 잡아서 즐겨나 보자.
會須一飮三百杯	한번 마셨다면 삼백 잔은 마실지라.
岑夫子[2]	잠부자
丹丘生[3]	단구생
將進酒	한 잔 드시게나.
杯莫停	잔 멈추지 마시고
與君歌一曲	그대 위해 한 곡조 읊어보리니
請君爲我傾耳聽	나를 위해 귀 기울여 들어보게.
鐘鼓饌玉不足貴[4]	풍악 소리 살진 안주 대단할 게 없다네.
但願長醉不用醒	오로지 원하느니 내내 취해 안 깨는 것.
古來聖賢皆寂寞	예로부터 성현들은 다 흔적 없어도

惟有飮者留其名	오직 술고래만은 이름을 남겼다네.
陳王昔時宴平樂	진왕陳王이 예전에 평락전平樂殿에 잔치할 제
斗酒十千恣歡謔[5]	한 말에 만 냥 술을 흠뻑 즐겼네.
主人何爲言少錢	주인은 어이하여 돈이 적다 하는가.
徑須沽取對君酌	당장 술 받아다 그대 함께 마셔야지.
五花馬	오화마五花馬
千金裘[6]	값진 갖옷
呼兒將出還美酒	아이 불러 내어다가 살진 술과 바꾸어서
與爾同銷萬古愁	그대 함께 만고의 시름 녹여나 보세.

해제

<장진주將進酒>는 한대(漢代)로부터 전해져온 술 마시고 마음껏 노래하자는 내용의 노래로, 고취곡사(鼓吹曲辭) 중의 하나이다.

주석

[1] 宰(재) : 고기를 저며 요리하다.
[2] 岑夫子(잠부자) : 이백의 벗이었던 잠징군(岑徵君)을 가리킨다.
[3] 丹丘生(단구생) : 이백의 벗이었던 원단구(元丹丘)을 가리킨다.
[4] 饌玉(찬옥) : 옥찬(玉饌). 맛있는 음식.
[5] 陳王(진왕)…歡謔(환학) : 위(魏)나라 조식(曹植)은 진왕(陳王)이 되어 평락전(平樂殿)에서 한 말에 만 냥되는 술을 마음껏 즐겼다고 한다.
[6] 千金裘(천금구) : 여우의 겨드랑이 털로 만들었다는 값비싼 갖옷.

해설

젊은이다운 헌걸찬 기세와 낙천적 인생관이 돋보이는 권주가이다. 세상일이 이도 저도 여의치 않을 때, 마음 맞는 친구와 어울려 대취하는 것만큼 큰 즐거움도 흔치 않을 것이다. 그는 첫 번째 장안행에서 정계 진출에 실패하고 양원(梁園)지방에서 잠징군(岑徵君), 원단구(元丹丘) 같은 친구들과 교유하며 재기의 기회를 다지고 있었다. 그에게 있어서 술이란 '만고의 시름'을 삭여주며, 자신의 재능에 대한 긍지를 간직하게 해주고, 현재의 가난함에 대한 불안감을 씻어주는 고마운 벗이었던 것이다.

인생이 무상하니, 좋은 술을 풍성하게 즐기자는 작품 전체의 구도는 한대(漢代) 고시(古詩) 첫 수의 "사람 한평생 이 세상에 마치 먼 길 나그네같이 순식간이러니, 말술로 서로 즐기며 인색하게 말고 후하게 할지라.[人生天地間, 忽如遠行客. 斗酒相娛樂, 聊厚不爲薄.]"와 같은 대목에서 착상을 얻었다. 좋은 때를 허비하지 말고 즐기자는 주제와, 화려한 술잔, 소 잡고 양 잡아 마련한 좋은 안주, 노래를 부르는 주인과 같은 작은 심상(心象)들은 한대(漢代) 악부 <고가古歌>와 <서문행西門行>, 위(魏) 조조(曹操)의 <단가행短歌行>, 남조(南朝) 때 송(宋) 포조(鮑照)의 <의행로난擬行路難> 등의 시 구절에서 착상을 얻은 것이다.

009 행행차유렵편 行行且遊獵篇

사냥의 노래

邊城兒	변방의 젊은이
生年不讀一字書	생전가야 책 한 자 읽은 적 없이
但知遊獵誇輕趫[1]	사냥이나 일삼으며 날램을 뽐낼 뿐.
胡馬秋肥宜白草[2]	호마가 가을에 살지는 건 백초를 뜯기 때문.
騎來躡影何矜驕[3]	말 타고 달려오는 그림자 어이 그리 당당한지.
金鞭拂雪揮鳴鞘[4]	금 채찍 눈 날리며 소리 나게 휘두르고
半酣呼鷹出遠郊[5]	거나한 채 매를 불러 교외로 나아가네.
弓彎滿月不虛發	만월같이 당긴 시위 실수도 없이
雙鶬迸落連飛髇[6]	울리는 화살 연해 날아 쌍 두루미 떨어지네.
海邊觀者皆辟易[7]	호수 옆 구경꾼들 모두 다 물러나니
猛氣英風振沙磧	사나운 기개, 늠름한 풍도 온 사막에 떨치네.
儒生不及遊俠人	꽁생원 선비는 협객만도 못한 것
白首下帷復何益	방구석에 흰머리 드리운들 무슨 보탬 되리오.

해제

역대로 <행행차유렵편行行且遊獵篇>에서는 천자의 호사스런 수렵 모습을 읊조려 왔으나, 이백은 각도를 달리하여 사냥꾼들의 수렵을 묘사하였다. 잡곡가사(雜曲歌辭) 중의 하나이다.

주석

1 趫(교) : 재빠르고 민첩하다.

2 白草(백초) : 서북방에 많이 나는 풀. 마르면 흰색이 나고, 소나 말의 좋은 먹이가 된다.
3 躡影(섭영) : 빠르게 달리는 그림자를 말한다.
4 鞘(초) : 채찍 끝의 장식을 말한다.
5 酣(감) : 술을 마셔 거나하게 취하다.
6 鶬(창) : 재두루미.
* 髇(효) : 활촉의 속이 비어서 쏘면 소리 내며 나는 화살이다.
7 辟易(벽역) : 두려워하여 멀리 물러남을 말한다.

해설

타고난 협객의 거만하고 용맹한 태도를 특징적으로 묘사한 작품이다. 무지렁이 사냥꾼은 두려울 것 없는 야성으로 사람들을 사로잡는다. 이백은 완력으로 세상을 제압해 버리는 이들의 거친 태도와 흰머리 꽁생원을 비웃는 오만함에 마음을 빼앗기고 만다.

010 비룡인 飛龍引 2수
용은 날아가고

(1)

黃帝鑄鼎於荊山[1]	황제黃帝가 형산荊山에서 구리 솥을 만들어
鍊丹砂	단사丹砂를 고았네.
丹砂成黃金	단사가 황금 되니
騎龍飛上太淸家[2]	용을 잡아타고 태청가太淸家에 올랐네.
雲愁海思令人嗟	구름 같은 수심, 바다 같은 상념일랑 한숨만 짓게 할 뿐
宮中綵女顏如花[3]	궁중의 고운 여인, 꽃 같은 얼굴로
飄然揮手凌紫霞	너울너울 손 흔들며 노을 위로 솟아서
從風縱體登鸞車[4]	바람에 몸을 실어 난거鸞車에 올랐네.
登鸞車	난거에 올라
侍軒轅	헌원軒轅을 모시고
遨遊靑天中	푸른 하늘에서 마음껏 노니나니
其樂不可言	그 즐거움 이루 형용할 수 없다네.

해제

<비룡인飛龍引>은 황제(黃帝)가 신선이 되어 용을 타고 하늘로 올라간 전설을 읊은 민요로서, 금곡가사(琴曲歌辭) 중의 하나이다.

주석

1 黃帝(황제) : 중국 고대의 제왕. 소전(少典)의 아들로서 성(姓)은 공손(公孫)이고, 이름은 헌원(軒轅)이며, 토덕(土德)의 상서로움을 지녔다 하여 황제(黃帝)라고 불렸다고 한다.

* 鑄鼎(주정) : 솥을 주조하다. ≪사기≫<봉선서封禪書>에 따르자면, 전설에 황제가 수산(首山)의 구리를 캐내어 형산(荊山) 아래서 솥을 주조하여 단약을 고아 먹고는 용을 타고 하늘로 올라갔다고 한다.

* 荊山(형산) : 지금의 하남성 문향현(閿鄕縣) 남쪽에 있는 산.

2 太淸家(태청가) : 도가(道家)에서 말하는 하늘. 지상에서 사십 리 위쪽의 공간이라 한다.

3 綵女(채녀) : 아름다운 궁녀.

4 鸞車(난거) : 천자의 수레. ≪사기≫<봉선서>에 따르자면, 황제(皇帝)를 따라 승천한 궁녀와 신하가 칠십여 명이었다고 하며, ≪포박자抱朴子≫에서는 황제를 따라 승천한 여인이 천이백 명이라고 하였다.

해설

신선의 세계에서 노니는 즐거움을 형용한 작품이다. 구리 솥에 구은 단약을 먹고 하늘에 오른 황제(黃帝)는 일체의 세속적 괴로움과 인간적 속박을 잊는다. 신선이 된 것이다.

진(晉) 나라 문학가(文學家)이자 신선가(神仙家)였던 갈홍(葛洪; 283~343)의 말에 따르자면, 신선은 "훨훨 날아 태청(太淸)에도 오르고, 자소(紫霄; 옥황상제의 궁전)에도 날아간다. 천균(天鈞)의 음악을 듣고, 구지(九芝)를 먹으며, 옛 신선인 적송자(赤松子)나 선문고(羨門高)와 더불어 노닌다." 속세에서는 얻어질 수도 없는, 그리하여 말로 표현하기 어려운 절대 자유, 이것이 이백이 추구했던 최고의 경지이다. 전설을 배경으로 펼쳐지는 무한한 환상의 세계가 독자들을 별천지로 이끈다.

(2)

鼎湖流水淸且閑[1]	정호鼎湖에 흐르는 물 맑고도 한가롭다.
軒轅去時有弓劍[2]	헌원軒轅이 떠날 때 활과 칼을 남겼으니
古人傳道留其間	옛사람 전한 법이 그 가운데 서려 있다.

後宮嬋娟多花顔	후궁 중엔 아리땁고 꽃다운 얼굴 많았는데
乘鸞飛烟亦不還	난새 타고 안개 날리며 가서는 아니 온다.
騎龍攀天造天關[3]	용을 잡아타고 하늘나라에 다다른다.
造天關	하늘나라에 이르러
聞天語	하늘의 말 듣는다.
屯雲河車載玉女[4]	구름 같은 수레에 선녀를 태우노라.
載玉女	선녀를 태우고
過紫皇[5]	천제 곁을 지나노라.
紫皇乃賜白兎所擣之藥方	천제는 흰 토끼가 찧은 약처방을 내리시니
後天而老凋三光[6]	하늘보다 오래 살아, 삼광三光도 빛을 잃었다.
下視瑤池見王母[7]	요지瑤池를 굽어보며 서왕모西王母를 바라보니
蛾眉蕭颯如秋霜	눈썹엔 희끗희끗 무서리가 내렸구나.

주석

1 鼎湖(정호) : 형산(荊山) 아래에 있는 호수. 황제는 이 호수 가운데에서 단약을 만들어 먹고 승천하였다고 한다.

2 弓劍(궁검) : 활과 칼. 황제(黃帝)가 붕어하자 활과 칼만 남아서, 황제가 신선에 되었다고 믿게 되었다 한다. 일설에는 황제가 용을 타고 승천할 때 시신(侍臣)들을 데리고 갔는데, 용을 타지 못한 신하들이 용의 수염을 잡고 올라가다가 수염이 뽑혀 떨어지면서 황제의 활을 떨구었다고 한다. 이에 백성들은 못내 아쉬워하며 이를 "오호(烏號)"라고 불렀다고 한다.

3 造(조) : 다다르다.

* 天關(천관) : 북두칠성. 곧 천상의 세계를 말한다.

4 屯雲河車(둔운하거) : 수레가 구름떼같이 많음을 일컬은 것이다.

5 紫皇(자황) : 하늘나라에 사는 최고의 신선.

6 三光(삼광) : 해와 달과 별을 가리킨다.

7 王母(왕모) : 서왕모(西王母). 선녀로서 사람처럼 생겼으나 호랑이 이빨에 흐트러진 머리를 하고, 머리 장식을 꽂고 휘파람을 잘 분다. 서쪽 곤륜산(崑崙山)에 살면서 주 목왕(周 穆王)과 요지(瑤池)에서 함께 술을 마셨고, 한 무제(漢 武帝)에게는 장생불로하는 선도(仙桃) 세 개

를 주었다고 한다.

✿ 해설

정호(鼎湖) 부근에는 황제가 승천할 때 떨어뜨렸다는 용의 수염과 활, 칼 등을 보존한 곳이 있었던 듯하다. 이러한 물건들을 보며 이백의 상상력은 끝도 없이 이어진다. 시공을 초월한 생명과 진정한 즐거움이 넘치는 곳. 아름다운 여인까지 동반한 그의 신유(神遊)는 화려하다 못해 호사스럽기까지 하다.

011 천마가 天馬歌

천마의 노래

天馬出來月支窟	천마가 월지月支 굴에서 나와
背爲虎文龍翼骨	등은 범 무늬요 기골은 용 날개라.
嘶青雲	푸른 구름에서 울며
振綠髮	푸른 갈기 드날린다.
蘭筋權奇走滅沒[1]	눈 위 힘줄 실룩이며 까마득히 내달아서
騰崑崙	곤륜산에 오르고
歷西極	서쪽 끝 달려가도
四足無一蹶	다리 하나 절룩이지 않는다.
雞鳴刷燕晡秣越[2]	닭 울면 연燕 땅에서 빗질하고 저물녘엔 월越 땅에서 꼴 먹이니
神行電邁躡慌惚	귀신 가고 번개 지나듯 쏜살같이 내달리네.
天馬呼	천마 소리치며
飛龍趨	비룡처럼 달려가네.
目明長庚臆雙鳧[3]	빛나는 눈 샛별이요 가슴에는 오리 한 쌍
尾如流星首渴烏[4]	꼬리는 유성 같고 머리는 갈오渴烏인데
口噴紅光汗溝朱[5]	입에 붉은 빛 뿜으며 연지 땀을 흘리네.
曾陪時龍躍天衢[6]	일찍이 당대의 용을 모시고 하늘에서 뛰놀 적에
羈金絡月照皇都[7]	머리에 두른 금장식이 장안을 비추었고
逸氣稜稜凌九區[8]	늠름한 기상은 온 천지에 떨쳤다네.
白璧如山誰敢沽[9]	산만큼 큰 구슬을 뉘라 감히 사려는지
回頭笑紫燕[10]	고개 돌려 외면하며 자연紫燕 말을 비웃다니

但覺爾輩愚[11]	그대들 어리석음이 새삼스러울 따름.
天馬奔	천마는 달리며
戀君軒[12]	임금 수레 그리노라.
駷躍驚矯浮雲翻[13]	재갈 당겨 펄쩍 뛰니 뜬 구름 날리는데
萬里足躑躅[14]	만 리를 가도 머뭇머뭇
遙瞻閶闔門	아득히 하늘 문을 바라보노라.
不逢寒風子[15]	한풍자寒風子를 못 만나니
誰採逸景孫[16]	뉘라서 준마의 후손임을 알아줄 건가.
白雲在青天	흰 구름 푸른 하늘에 떠 있고
丘陵遠崔嵬	언덕은 멀리 우뚝우뚝한데.
鹽車上峻坂	소금수레 끌고서 높은 비탈 오를 적에
倒行逆施畏日晚	비척비척 허위 단숨, 날 저물까 걱정이라.
伯樂剪拂中道遺[17]	백락伯樂이 돌보았건만 중도에 버림받고
少盡其力老棄之	젊었을 적 힘 다 쓰고 늙어지자 쫓겨났네.
願逢田子方[18]	바라건대 전자방田子方을 만나나 보면
惻然爲我悲	날 가여이 여겨 슬퍼해주련만.
雖有玉山禾[19]	옥산玉山의 목화木禾가 있다 하여도
不能療苦飢	피곤과 허기를 채울 수 없네.
嚴霜五月凋桂枝	오뉴월 서리엔 계수나무도 시드나니
伏櫪含寃摧兩眉[20]	구유에 머리 박고 원통함에 찌푸리네.
請君贖獻穆天子[21]	그대여 목천자穆天子께 이 몸 바쳐준다면
猶堪弄影舞瑤池	요지瑤池에서 그림자 흔들며 춤이라도 추련마는.

해제

<천마가天馬歌>는 한 무제(漢 武帝) 때 만들어진 교묘가사(郊廟歌辭)로서, 서역에서 온 천리마의 명민함을 노래한 민요이다.

주석

1 蘭筋(난근) : 말의 눈 위에 우물 정(井)자 모양으로 움푹 파진 곳에서부터 불거져 나온 힘줄을 말한다. 이것이 뚜렷해야 준마가 된다고 한다.

* 權奇(권기) : 기묘하여 범상치 않다.

2 刷(쇄) : 솔질하다.

* 晡秣(포말) : 저녁에 말 먹이다.

3 長庚(장경) : 저녁에 서쪽 하늘에 보이는 큰 별인 태백성(太白星), 곳 샛별을 말한다.

* 雙鳧(쌍부) : 오리 한 쌍. 말의 가슴 양쪽 근육이 두 마리의 오리 같아 보임을 말한 것이다.

4 渴烏(갈오) : 낮은 곳의 물을 길어 올리는 고대의 기구. 구부러진 대롱 모양이라 한다.

5 汗溝朱(한구주) : 연지 빛깔의 땀을 흘린다는 말. 옛날 서역에서 가지고 온 명마 중에는 피같이 붉은 땀을 흘리는 말이 있었다고 한다. 한구(汗溝)는 말의 배와 다리 속에 연결되어 있는 땀 흐르는 부분이다.

6 天衢(천구) : 하늘 길. 여기서는 수도 장안을 말한다.

7 羈金絡月(기금낙월) : 황금으로 장식한 말의 굴레. 낙월(絡月)은 좋은 말 이마의 머리뼈가 달 모양으로 생긴 것을 말한다.

8 稜稜(능릉) : 성품이 바른 모양.

9 沽(고) : 사다.

10 紫燕(자연) : 명마의 일종인 자연마(紫燕馬).

11 爾輩(이배) : 너희들. 그들. 명마를 모함하는 무리를 가리킨다.

12 君軒(군헌) : 임금의 수레.

13 駷躍(송약) : 재갈을 당겨 말이 놀라 뛰어오르다.

14 躑躅(척촉) : 머뭇거리며 나아가지 않는 모습.

15 寒風子(한풍자) : 고대에 말 이빨의 상을 잘 보았다는 인물.

16 逸景(일경) : 준마의 이름. 그림자처럼 빨지 지나간다는 뜻이다.

17 伯樂(백락) : 말의 관상을 잘 보아 천리마를 정확하게 가려냈다는 고대의 인물이다. ≪전국책≫의 <초책楚策>에 "늙은 준마가 소금 수레를 끌고 태항산을 올라가며 발굽은 무력하

고 무릎은 꺾이며, 꼬리는 처지고 살갗은 문드러지며, 몸의 진액은 땅에 뿌려지고, 흰 땀은 줄줄 흐르는 가운데, 산비탈 중턱에서 머뭇거리며, 끌채를 등에 진 채 올라가지 못하고 있다. 이때 백락이 그 준마를 만나, 대번 수레에서 내려 부여잡고 통곡을 하고, 모시옷을 벗어서 준마를 덮어줄 것이다.[夫驥之齒至矣, 服鹽車而上太行, 蹄申膝折, 尾湛胕潰, 漉汁灑地, 白汗交流, 中阪遷延, 負轅不能上, 伯樂遭之, 下車攀而哭之, 解紵衣而冪之.]"라고 하였다. 자신의 불우함을 비유한 대목이다.

* 剪拂(전불) : 털을 깎고 빗질하여 털어주다.

18 田子方(전자방) : 전국시대 인물. 그는 늙고 쇠진한 말을 동정하여 사들였기 때문에, 천하의 곤궁한 선비들이 그를 믿고 따랐다고 한다.

19 玉山禾(옥산화) : 경산(瓊山)에서 난다는 목화(木禾). 높이가 다섯 길이며 둘레는 다섯 아름이라고 한다.

20 寃(원) : 원통하다. '冤'과 같은 글자.

21 穆天子(목천자) : 주 목왕(周 穆王; B.C.947~B.C.928 재위)을 말한다. ≪목천자전穆天子傳≫에 그는 여덟 마리의 준마를 타고서 먼 곳을 유람한 이야기가 나오는데, 신녀(神女)인 서왕모(西王母)를 찾아가 요지(瑤池)에서 술을 마시기도 하였다.

해설

아름다움과 기상을 고루 갖춘 준마가 부르는 불우의 노래이다. 그가 소재로 택한 천리마가 단순히 말을 가리키는 것이 아님은 짐작되는 바이지만, 그의 다른 시를 참작해 보면 본뜻은 더욱 분명해진다. 즉, <서정증채사인웅書情贈蔡舍人雄> 중에는 그가 장안에서 벼슬할 때 임금에게서 비룡(飛龍)이라는 두 마리의 천마(天馬)를 하사받은 적이 있었음을 자랑하면서, "내 마음은 아직도 천마의 수레를 따라간다."라고 토로하는 구절이 나온다. 이를 미루어볼 때, 천마의 입을 빌려 회상되는 준마의 비극적 일생은 곧 뛰어난 자질을 지닌 이백 자신의 파란 만장했던 한평생을 가리키는 것이며, 지금이라도 임금께 바쳐만 준다면 견마지로(犬馬之勞)를 다하겠노라는 천마의 말은 곧, 재기용되리라는 기대감을 떨쳐버리지 못하는 그 자신의 미련을 뜻하는 것이라고 해석해 볼 수 있다.

012 행로난 行路難 3수

인생길 어려워라

(1)

金樽淸酒斗十千	금동이 맑은 술은 한 말에 만 냥이요
玉盤珍羞直萬錢[1]	옥쟁반의 진수성찬 값지기도 하건마는,
停杯投筯不能食[2]	잔 놓고 저 던진 채 먹지를 못하고
拔劍四顧心茫然	칼 빼들고 둘러보니 마음만 막막하네.
欲渡黃河冰塞川	황하를 건너려니 얼음장이 강을 막고
將登太行雪滿山[3]	태항산太行山에 오르려니 온 산엔 눈이 가득.
閒來垂釣碧溪上	한가하게 벽계碧溪에 와 낚시를 드리우다
忽復乘舟夢日邊[4]	문득 다시 배에 올라 해 근처를 그려보네.
行路難	가는 길 어려워라.
行路難	가는 길 어려워.
多岐路[5]	갈림길도 많은데
今安在	지금 어드메인가.
長風破浪會有時	긴 바람이 파도 부술 그 날 정녕 있을 터
直挂雲帆濟滄海	구름 돛 펴 올리고 푸른 바다 건너리라.

해제

行路難(행로난)은 본래 한대(漢代)의 민요였는데, 후에 많은 문인들이 그 내용을 모방하여 인생행로의 어려움을 노래하였다. 잡곡가사(雜曲歌辭) 중의 하나이다.

주석

1 羞(수) : 음식.
2 筯(저) : 젓가락.
3 太行(태항) : 하남성 제원현(齊源縣) 남쪽에서 시작하여 하북성에 걸쳐 있는 산맥과 그 중심 봉우리.
4 日邊(일변) : 천자가 살고 있는 장안(長安)을 가리킨다. 그의 가음 <영왕동순가永王東巡歌>11에서 "서쪽으로 장안에 들어가 해 근처에 닿았네.[西入長安到日邊]"라 하였다.
5 岐路(기로) : 갈림길.

해설

옛날 양자(楊子)가 갈림길에서 울고 말았다는 고사가 잘 말해 주고 있듯이, 미래는 누구에게나 미지수이고 선택 또한 어려운 법이지만, 현재가 불안정한 이에게 앞날은 유난히 불안하다. 이 작품은 이러한 불안감을 다시 희망의 정수박이에 들이붓는 과정을 형상적(形象的)으로 표현한 것이다.

이백은 30세가 되자 제세(濟世)의 부푼 꿈을 안고 상경하여 정계 진출을 도모하였지만, 결국 임금에게 적극 천거해 주는 이를 얻지 못하고 절망하였다. 당시 과거제도는 있으나 마나였고, 신진 인사는 실력자의 천거에 의해 등용되는 경우가 더 많았는데, 이즈음의 정계 판도는 장열(張說), 장구령(張九齡) 등 어진 재상이 힘을 잃고, 간신 고력사(高力士)와 이림보(李林甫)가 득세하기 시작하는 등, 강직한 이백에게 매우 불리하게 작용하였다.

이백은 불우한 일생을 보냈던 선배 시인 포조(鮑照)의 작품 <의행로난擬行路難>6의 "밥상을 대하여도 먹을 수 없고, 칼을 빼어 기둥 치며 길게 한숨 쉬네.[對案不能食, 拔劍擊柱長歎息.]"와 같은 주요 심상(心象)과, 한대(漢代) <고시古詩>의 '막다른 길'에 관한 심상을 도입함으로써, 이를 잘 알고 있는 독자들과의 정서적 공감대를 마련하는 한편, 과장된 상황 묘사와 생동감 있는 비유를 통해 정계 진출의 어려움과 방황 심리를 극적으로 형용하여 호소력을 높이고 있다.

(2)

大道如青天	큰 길이 하늘처럼 트였건만
我獨不得出	나만 유독 못 나서네.
羞逐長安社中兒[1]	내 차마 장안長安의 한량 뒤나 좇으면서
赤雞白狗賭梨栗[2]	닭싸움 투견으로 내기 걸긴 부끄럽네.
彈劍作歌奏苦聲	칼 두드리고 노래하며 괴로운 가락이나 낼 뿐
曳裾王門不稱情[3]	옷자락 끌며 어르신 문전에 기웃대긴 싫다네.
淮陰市井笑韓信[4]	회음淮陰의 시정배들 한신韓信을 비웃었고
漢朝公卿忌賈生[5]	한나라 공경公卿들은 가의賈誼를 꺼렸었네.
君不見	그대 모르는가,
昔時燕家重郭隗[6]	지난날 연燕 임금은 곽외郭隗를 잘 모시고
擁篲折節無嫌猜[7]	손수 비질하며 기꺼이 허리 굽혀,
劇辛樂毅感恩分	극신劇辛과 악의樂毅가 성은에 감격하여
輸肝剖膽効英才	간과 쓸개 다 내놓고 지혜로 보답하였음을.
昭王白骨縈蔓草	소왕昭王의 백골 우엔 덩굴풀만 무성하니
誰人更掃黃金臺[8]	뉘라서 또다시 황금대黃金臺를 쓸어주랴.
行路難	가는 길 어려우니
歸去來	돌아갈거나.

주석

1 社中兒(사중아) : 귀공자나 한량을 뜻한다. 본래 사중社中은 토지신에게 제사지내는 곳인데, 한(漢) 이후로 대중들의 향연 장소로 발전했다.

2 賭梨栗(도리율) : 배나 밤을 걸고 내기하다.

3 曳裾(예거) : 옷자락을 끌다. 굽신거리며 귀족고관들의 주변을 배회하는 모습을 형용한 것이다.

4 韓信(한신) : 한(漢)의 개국공신. 회음(淮陰) 출신이었던 그는 본래 젊은 시절 가난하여 밥을 얻어먹기도 하고 마을 부랑아들로부터 굴욕을 당하기도 했지만, 끝내 기량을 키워 큰 인물이 되었다.

5 賈生(가생) : 가의(賈誼)를 말한다. 한(漢)나라 문제(文帝)가 재능이 뛰어난 젊은 가의(賈誼)를 가까이 기용하려고 좌우 신하와 의논하였으나, 조정의 대신들이 헐뜯고 반대하여 결국 멀리 장사(長沙)로 쫓겨나고 말았다.

6 郭隗(곽외) : 전국시대 연(燕)의 소왕(昭王)이 스승으로 모시던 인물.

7 擁篲折節(옹수절절) : 빗자루를 들고 비질을 하고 허리를 굽히다. 연나라 소왕이 곽외(郭隗)를 기용하여 누대를 새로 짓는 등 어진 선비들을 극진히 대접하자, 추연(鄒衍), 극신(劇辛), 악의(樂毅)와 같은 인재들이 천하에서 몰려들었다. 추연(鄒衍)이 왔을 때 왕은 손수 바닥을 쓸고 쩔쩔매며 그를 맞이하였고 한다.

8 黃金臺(황금대) : 연 소왕이 곽외를 위해 지은 일종의 영빈관. 그곳에 황금을 쌓아놓고 손님들을 모셨다 하여 붙여진 이름이다. 지금의 하북성(河北省) 대흥현(大興縣) 동남쪽에 있었다 한다.

해설

두 수 모두 이백의 드높은 기개가 잘 표현된 작품이다. 이백은 개원(開元) 초기에 이룬 현종(玄宗)의 뛰어난 치적을 높이 평가했지만, 그가 정계에 진출하고자 했던 개원(開元) 후반기가 간신들이 득세하기 시작한 시기였음은 간파하지 못하였다. 따라서 태평성대에 한 자리 얻지 못한 것을 오로지 자신의 오만함 탓으로 돌리며, 위인들의 불우했던 시절을 떠올려 자신을 위로하고, 임금의 전폭적인 후원 속에서 지모를 발휘하였던 인물들을 부러워한다.

이백은 이 작품에서 사실적인 서술에 고사(故事)를 자유자재로 엇섞음으로써, 과거라는 거울에 비친 현재의 모습을 입체적으로 표현해내고 있다.

(3)

有耳莫洗潁川水[1]	귀 있어도 영수潁水 물에 귀 씻지 말고
有口莫食首陽蕨[2]	입 있어도 수양산 고사릴랑 먹지를 마라.
含光混世貴無名	빛을 품고 세상살이 조용함이 제일이니

何用孤高比雲月	고고하게 구름 달에 견준들 무슨 소용 있으랴.
吾觀自古賢達人	내가 보니, 자고로 출세했단 인물들
功成不退皆殞身	공 세우고 은퇴 않아 모두들 몸 상했다.
子胥既棄吳江上[3]	오자서伍子胥도 급기야는 오강吳江에 버려졌고
屈原終投湘水濱[4]	굴원屈原도 끝내는 상수湘水에 몸 던졌다.
陸機雄才豈自保[5]	육기陸機 뛰어난 재주로 제 몸 하나 건사했나
李斯稅駕苦不早[6]	이사李斯의 물러남, 늦은 게 탈이었다.
華亭鶴唳詎可聞	화정華亭의 학 소리를 어이 들을 거며
上蔡蒼鷹何足道[7]	상채上蔡의 매사냥, 두말하면 무엇 하랴.
君不見	그대 모르는가,
吳中張翰稱達生[8]	오중吳中의 장한張翰을 트인 사람이라 하는 걸
秋風忽憶江東行	가을바람에 불현듯 고향길 떠났다지.
且樂生前一杯酒	생전에 한 잔 술을 즐기면 그만
何須身後千載名	죽은 후 명성이야 바라 무엇하리요.

주석

1 穎川水(영천수) : 영수(穎水). 요(堯)임금으로부터 나라를 양보하겠다는 말을 듣고 귀를 씻었다고 하는 강이다.

2 首陽蕨(수양궐) : 수양산(首陽山)의 고사리. 고죽군(孤竹君)의 아들 백이와 숙제는 주(周) 무왕(武王)의 은(殷) 정벌을 반대하였으나 받아들여지지 않자 수양산에 올라 고사리를 캐먹다가 세상을 떠났다고 한다. 허유(許由)와 백이(伯夷), 숙제(叔齊)에 얽힌 고사들은 청렴결백을 상징하는 것이지만, 이 작품에서는 그러한 훌륭함으로써도 유명해져선 안 된다는 뜻으로 사용하였다.

3 子胥(자서) : 춘추시대 초(楚)나라 출신 오자서(伍子胥). 그는 초(楚)나라에서 망명하여 오왕(吳王)의 부차(夫差)를 보필하여 월(越)나라와 싸워 이겨 항복을 받았지만, 뒤에 모함을 받고 왕이 내린 칼로 자결하였다. 부차는 저주에 찬 그의 유언에 격분하여 말가죽에 그 시신을 싸 오강(吳江)에 던졌다고 한다.

4 屈原(굴원) : 전국 시대 초(楚) 회왕(懷王)의 신하로 이름은 평(平)이다. 그는 모함을 받아 쫓겨나 강호(江湖)를 유랑하다가 결국 상수(湘水)의 지류인 멱라강(汨羅江)에 투신하였다.

5 陸機(육기) : 진(晉; 265~317)나라 육기(陸機; 261~303)는 성도왕(成都王) 영(穎)과 하간왕(河間王) 옹(顒)의 장군이 되어 싸웠으나, 환관 맹구(孟玖)의 모함을 받아 죽음을 당하게 되자, 고향에 있는 화정(華亭)에서 우는 학 소리를 다시 못 듣게 되었다고 한탄하였다.

6 李斯稅駕(이사세가) : 이사가 은퇴하다. 진(秦)의 승상이었던 이사(李斯)는 시황(始皇)을 보필하여 높은 벼슬과 녹을 누렸다. 하루는 그가 셋째아들을 위해 잔치를 벌이자, 백관의 우두머리들이 모두 와서 건강을 축복했다. 이사는 "이같이 부귀한 생활도 언젠가 끝이 나서 수레를 끌던 늙은 말처럼 버림받을 때가 올 터인데, 나는 언제나 수레에서 풀려날지 모르겠구나."라고 한탄하였다. 세가(稅駕)는 수레에서 말을 푼다는 뜻으로 은퇴를 나타낸다.

7 上蔡(상채) : 지금의 하남성에 속하는 이사(李斯)의 고향. 이사는 진시황이 죽자 조고(趙高)와 함께 이세(二世)를 왕으로 세우고 권세를 휘둘렀지만, 끝내는 조고의 모함으로 요참형(腰斬刑)을 받아 죽게 되었다. 형장에서 죽기 전에 그는 둘째아들에게 말하기를, "너와 함께 누렁이와 매를 데리고 상채(上蔡)의 동문(東門) 밖에서 토끼 사냥을 못하게 되는 것이 한이로구나."라 하였다고 한다.

8 張翰(장한) : 서진(西晉) 때의 문인. 그는 제(齊) 땅에서 아전 노릇을 하던 중 가을바람이 불자 고향 오중(吳中; 지금의 강소성 吳縣)의 고채(菰菜), 순갱(蓴羹), 노어회(鱸魚膾) 같은 별미 생각이 간절하여, 죽은 후 명성을 얻느니 살아 한 잔 술을 마시겠노라며 낙향하여 유유자적한 생활을 누렸다고 한다.

해설

앞서 <행로난>1, 2가 젊은이의 꿋꿋한 기개를 잃지 않은 모습을 반영한 작품임에 비해, 이 작품은 갖은 풍상을 겪은 후의 움츠러든 인생관을 노래한 것이다. 여러 가지 고사를 인용하며 '무명(無名)'과 '신퇴(身退)'를 강조하는 세련된 충고 속에서 우리는 세파에 시달리고 지친 이백의 모습을 발견하게 된다.

013 장상사1 長相思

오랜 그리움

長相思	애타게 그리노라
在長安	장안에서.
絡緯秋啼金井闌[1]	가을 우물가에 귀뚜리 슬피 울고
微霜凄凄簟色寒[2]	싸늘한 서릿발에 대자리마저 차가운데,
孤燈不明思欲絶	가물대는 호롱불 밑 상념조차 끊어질 듯
卷帷望月空長嘆	휘장 걷고 달을 보며 공연히 한숨이라.
美人如花隔雲端	꽃 같은 내 임은 먼 구름 가에 있어라.
上有青冥之高天	위로는 까마득히 푸른 높다란 하늘
下有淥水之波瀾	아래로는 맑은 강 거센 물결.
天長路遠魂飛苦	하늘 높고 길은 멀어 마음만 헤매이며
夢魂不到關山難	꿈길에도 험한 관산關山 가볼 수 없구나.
長相思	그리고 그리노라
摧心肝	애간장 녹는다.

해제

한대(漢代)의 고시(古詩)에서부터 빈번하게 노래되어온 그리움[相思]의 주제를 바탕으로 하여, 남조(南朝) 때부터 문인들이 본격적으로 이 악부제(樂府題)로써 가사를 짓기 시작하였다. 잡곡가사(雜曲歌辭) 중의 하나이다.

주석

1 絡緯(낙위) : 귀뚜라미. 베짱이라고도 한다.

* 金井闌(금정난) : 우물의 난간. 金井은 우물의 미칭(美稱)이고, 闌은 난간이다.

2 簟色(점색) : 대자리의 빛깔.

해설

첫 두 구절과 뒤에 나오는 "하늘 높고 길은 멀어 마음만 헤매이며, 꿈길에도 험한 관산(關山) 가볼 수 없구나.[天長路遠魂飛苦, 夢不到關山難.]" 부분을 연결시켜 볼 때, 이 작품은 일차적으로 장안(長安)에 있는 아낙이 관산(關山) 너머에 있는 낭군을 그리는 노래로 파악된다.

그러나 주석가들은 작품에 등장하는 그리움의 대상 '미인'은 당대 임금이나 그의 측근을 암시하는 것이며, 그리워하는 주체는 작자 자신이라고 해석한다. 마치 우리나라 정철(鄭澈)의 <사미인곡思美人曲>에서 '미인'이 임금을 가리키며, 그리움을 품고 있는 여인네는 정철 자신을 가리킨다고 해석하는 것과 마찬가지이다. 작가 의도에 대한 지나친 천착은 시 본래의 맛을 해치므로 경계해야 하겠지만, 그의 강한 정치 지향성과 비흥성(比興性)을 고려해 볼 때 이 같은 해석이 견강부회만은 아니라고 생각된다.

014 상류전행 上留田行

상류전의 노래

行至上留田	발길이 상류전上留田에 닿았는데
孤墳何崢嶸[1]	외딴 무덤 어이 그리 썰렁한고.
積此萬古恨	이 같은 만고의 한이 쌓이고 쌓여
春草不復生	한 포기 봄풀도 다시 나지 않는구나.
悲風四邊來	서글픈 바람 사방에서 불어오니
腸斷白楊聲	애달픈 백양白楊나무 소리.
借問誰家地	"대관절 누구 땅이관대
埋沒蒿里塋[2]	무덤이 허물어져 있는고?"
古老向予言	한 노인장 내게 말하길,
言是上留田	"이곳은 상류전이라 하는데
蓬科馬鬣今已平[3]	쑥대 자란 봉분이 깎여진 지 오래라오.
昔之弟死兄不葬	그 옛날에 아우 죽자 형은 장사도 안 지내고
他人於此擧銘旌	남이 여기에다 명정銘旌을 세웠지요."
一鳥死	새 한 마리 죽으면
百鳥鳴	온갖 새가 울어대고
一獸走	짐승 한 마리 내달으면
百獸驚	뭇 짐승 다 놀라거늘.
桓山之禽別離苦[4]	환산桓山의 새는 이별이 괴로워
欲去迴翔不能征	날아가려다 차마 못 떠나는데.
田氏倉卒骨肉分	전씨田氏네는 느닷없이 형제끼리 싸우더니
靑天白日摧紫荊[5]	청천백일에 자형紫荊나무 부러졌네.

交讓之木本同形[6]	교양交讓나무는 본래부터 한 몸이라
東枝顦顇西枝榮	동쪽 가지 시들면 서쪽 가지 싱싱했네.
無心之物尙如此	무심한 미물조차 이러하거늘
參商胡乃尋天兵[7]	삼성參星과 상성商星, 어이 하늘의 병사를 동원했는지.
孤竹延陵[8]	고죽孤竹과 연릉延陵은
讓國揚名	나라 양보하여 이름 날렸건만
高風緬邈[9]	고상한 풍조 아득하고
頹波激淸	탁한 물결이 맑은 물을 뒤덮네.
尺布之謠[10]	척포尺布의 노래
塞耳不能聽	귀를 막고 듣지 못하네.

해제

옛날에 상류전(上留田)이라는 곳에서 부모가 돌아가신 후 어린 아우를 돌봐주지 않는 형이 있어, 이웃들이 이를 개탄하는 노래를 지었는데, 이를 <상류전上留田>이라 불렀다고 한다. 이백의 작품에는 아우가 죽은 것으로 되어 있다. 상화가사(相和歌辭) 중의 하나이다.

주석

1 崢嶸(쟁영) : 가파르고 험한 모양. 여기서는 풀 한 포기 나지 않는 살벌한 모양을 일컫는다.
2 蒿里塋(호리영) : 호리(蒿里)는 태산 남쪽 공동 묘지가 있는 산 이름. 영(塋)은 무덤.
3 蓬科(봉과) : 봉과(蓬顆). 과(顆)는 흙. 봉과(蓬科)는 쑥이 무성한 무덤.
* 馬鬣(마렵) : 말갈기. 말은 갈기 부근의 근육이 얇아 뼈가 불거진 모습이 봉분(封墳)을 닮아 무덤의 이칭(異稱)으로 사용되었다.
4 桓山之禽(환산지금) : 환산(桓山)에 사는 새는 네 마리의 새끼를 낳아 키우는데, 이들이 성장하여 사방으로 날아가는 날, 그 어미는 새끼들이 다시 돌아오지 못함을 슬퍼하여 애통하게 울어댄다고 한다.
5 摧紫荊(최자형) : ≪속제해기續齊諧記≫에 따르면, 경조(京兆)의 전진(田眞)이라는 사람은 삼형

제였는데, 재산을 삼분하자고 의논하면서 공평하게 해야 하니 집 앞에 있는 자형(紫荊)나무도 삼분해야한다고 말하였다. 이튿날 나무 앞에 가보니, 불에 탄 것처럼 나무가 말라 죽었다. 진(眞)이 가보고 크게 놀라 아우들에게 말하기를, "나무는 본래 한 줄기인데 이를 도끼질해서 나눈다고 하니 초췌해진 것이다. 사람이 나무만 못 하구나." 하였다. 그리하여 슬픔을 가누지 못하고 나무를 베지 못하였는데, 나무도 그의 말을 듣고 다시 싱싱해졌다고 한다. 형제들은 모두 느끼는 바 있어, 재산을 도로 합하고 효자 집안이 되었다고 한다.

6 交讓之木(교양지목) : 황금산(黃金山)에 산다는 굴거리나무는 한 해에 동쪽 가지가 무성하면 서쪽 가지가 마르고, 이듬해는 그 반대 형상이 번갈아 일어나 서로 양보하는 듯이 보인다는 데서 얻어진 이름이다.

7 參商(삼상) : 옛날 고신씨(高辛氏)의 두 아들은 밤낮을 가리지 않고 싸웠다. 후제(后帝)는 큰 아들을 상구(商丘)로 보내 상성(商星)을 주관하게 하였고, 작은 아들은 대하(大夏)로 보내 삼성(參星)을 주관하게 하였다.

8 孤竹延陵(고죽연릉) : 백이(伯夷) 숙제(叔齊) 형제와 季札(季札)을 가리킨다. 은(殷; B.C.1300~B.C.1028)나라의 백이(伯夷)와 숙제(叔齊)는 고죽군(孤竹君)의 두 아들로서, 서로 임금 자리를 양보하다가 자취를 감추어버렸다. 또 춘추시대 오왕(吳王) 수몽(壽夢)에게는 제번(諸樊), 여제(餘祭), 여매(餘昧), 계찰(季札) 네 아들이 있었는데, 그 중 막내인 계찰이 가장 현명하여 그에게 왕위를 물려주려 하였지만, 계찰이 끝내 사양하고 가족을 버리고 농사를 지었으므로 포기하고 말았다. 뒤에 계찰은 연릉(延陵)에 봉해져 호(號)를 연릉계자(延陵季子)라 하였다.

9 緬邈(면막) : 아득히 멀다.

10 尺布之謠(척포지요) : 한 고조(漢 高祖; B.C.206~B.C.195 재위)의 총애를 받은 조(趙)나라의 미인에게서 난 아들 장(長)은 회남(淮南)의 왕으로 봉해졌는데, 고조의 아들 효문제(孝文帝)가 즉위하자 형의 위세를 믿고 포악하게 굴어 귀양을 가게 되었다. 그가 탄 죄인 호송 수레가 각 고을을 지날 때 아무도 수레의 문을 열고 아는 척하지 않자, 장(長)은 분한 나머지 굶어죽고 말았다. 이 사건으로 인해 한(漢)나라에는 다음과 같은 민요가 떠돌았다. "한 자의 짧은 베로도 바느질할 수 있고, 한 말의 적은 조도 절구질할 수 있건만, 형과 아우 두 사람, 서로 봐줄 수 없었네."

해설

이 작품은 현종(玄宗)의 뒤를 이은 숙종(肅宗)이 그의 아우 영왕(永王) 린(璘)을 못마땅하게 여겨 불화가 생긴 것을 풍자한 노래이다. 이백이 영왕에게 협조하기를 결심했을 즈음, 이들 형제간의 알력관계를 눈치 채지 못하였던 듯하다. 그러나 강릉 대도독(江陵 大都督)으로 있던 영왕이 배와 병사를 이끌고 광릉(廣陵)으로 동하(東下)하고, 숙종(肅宗)이 이를 반역 행위로 간주하여 회남절도사(淮南節度使)로 고적(高適)을 파견하였을 때에야, 이백도 이들 형제지간의 불화를 알게 되고 이 같은 작품을 지었던 것이다. 비록 전반부에서는 형제지간의 불화를 완곡하게 지적하고 있지만, 뒤로 갈수록 그 다툼의 원인이 왕위에 있다는 것을 분명하게 드러내고 있다. 귀가 막혀서 듣지 못한다는 표현은 고향에 대한 '기막힌' 그리움을 형용한 한대(漢代) 이릉(李陵)의 시구를 전혀 다른 맥락에 그대로 옮겨 쓴 것이다.

015 춘일행 春日行

봄노래

深宮高樓入紫淸[1]	구중심처 높은 누대, 하늘을 찌르고
金作蛟龍盤繡楹	금빛 교룡은 조각 기둥을 감쌌다.
佳人當窗弄白日	미인은 창가에서 햇빛을 즐기다가
絃作手語彈鳴箏	줄 위에 마음 실어 쟁箏을 퉁겨본다.
春風吹落君王耳	봄바람 소리 싣고 군왕 귓전 스치니
此曲乃是昇天行[2]	이 곡이 바로 승천행昇天行이라.
因出天池泛蓬瀛[3]	내쳐 연못에 나가 신산神山 옆에 배 띄우니
樓船蹙沓波浪驚[4]	늘어선 높다란 배, 물결 철썩인다.
三千雙蛾獻歌笑	어여쁜 삼천 궁녀들 노래와 웃음 바치고
撾鍾考鼓宮殿傾[5]	종치고 북 울리니 온 대궐이 기울도다.
萬姓聚舞歌太平	만백성 모여 춤추고 태평을 노래하니
我無爲	나 가만히 있어도
人自寧	다들 절로 평안하다.
三十六帝欲相迎[6]	서른여섯 하늘 임금이 앞 다투어 맞이하고
仙人飄翩下雲輧[7]	신선이 훨훨 날며 구름수레 몰아와도
帝不去	황제는 안 떠나고
留鎬京[8]	호경鎬京에 남아 있다.
安能爲軒轅[9]	어이 헌원軒轅이 되어
獨往入窅冥[10]	혼자만 오묘한 경지에 들 수 있으랴.
小臣拜獻南山壽[11]	소신 잔을 올려 만수무강 비옵나니
陛下萬古垂鴻名	폐하의 크신 이름, 만고에 떨치시라.

✿ 해제

봄날의 즐거움을 노래한 <춘일행春日行>의 가사를 처음 지은 이는 남조(南朝) 때 포조(鮑照; 421~465 전후)였다. 이백은 시상(詩想)을 더욱 발전시켜 태평성대를 봄날에 비기며 임금의 덕을 송축하였다. 잡곡가사(雜曲歌辭) 중의 하나이다.

✿ 주석

1 紫清(자청) : 신선이나 천제(天帝)의 거처. 하늘.

2 昇天行(승천행) : 잡곡가사에 속하는 옛 악곡의 이름. 주로 인생무상과 신선추구를 내용으로 담았다.

3 天池蓬瀛(천지봉영) : 천지(天池)는 윤택함이 널리 퍼진다는 뜻을 가진 장안 서쪽의 연못 태액지(太液池)를 가리킨다. 이 연못 가운데 영주(瀛洲), 봉래(蓬萊), 방장(方丈)의 삼신산(三神山)의 모습을 본떠 만든 세 개의 인공 산이 있었는데, 봉영(蓬瀛)은 이 중 봉래산과 영주산을 말한다.

4 蹙沓(축답) : 배들이 빽빽하게 들어선 모습.

5 撾鍾考鼓(과종고고) : 종을 울리고[撾] 북을 두드리다[考].

6 三十六帝(삼십육제) : 도교에서 말하는 36명의 상제(上帝).

7 軿(변) : 덮개가 있는 부인용 수레.

8 留鎬京(유호경) : 도교에 심취한 당 현종이 신선을 추구하였지만, 그래도 왕실을 버리지는 않았음을 칭송하는 의미이다.

9 軒轅(헌원) : 하남성 신정현(新鄭縣)의 헌원(軒轅) 언덕에 산다는 상고시대 오제(五帝) 중의 한 성인. 신선이 되어 용을 타고 하늘로 올라갔다고 한다.

10 窅冥(요명) : 도(道)를 깨친 오묘한 경지.

11 南山壽(남산수) : 만수무강. ≪시경詩經≫ <천보天保> 편에 남산처럼 오래 산다는 구절이 나온다.

✿ 해설

이백은 두 차례의 장안 생활을 토대로, 번영을 구가하고 있던 성당대(盛唐代) 장안의 모습을 정교하고 생생하게 묘사해내었다. 이 작품에서도 하늘을 찌를 듯이 서 있는 궁궐의 위용과 화려하게 장식된 궐내의 기물들, 가지각색으로 이어지는 군왕의 즐거움, 봄을 맞는 궁궐 안의 정경 묘사 등이 생동한다.

다만 이 작품에서의 화려한 궁중 묘사는 군주의 공과 덕을 기리는 장식용이라는 점에서, 봄날 향연에서 제왕의 기분을 돋우기 위해 지은 노래였으리라는 혐의를 벗어날 수 없다.

016 전유준주행 前有樽酒行 2수

앞에 술이 있으니

(1)

春風東來忽相過	봄바람이 동쪽에서 건듯 불어와
金樽淥酒生微波	금동이에 맑은 술이 찰랑거리네.
落花紛紛稍覺多	지는 꽃잎 편편이 어느 새 수북하고
美人欲醉朱顔酡[1]	미인은 몇 잔 술에 고운 얼굴 붉어졌네.
靑軒桃李能幾何[2]	청루의 도리桃李인들 그 얼마나 가리오.
流光欺人忽蹉跎[3]	세월은 사람 속여 속절없이 지나는데.
君起舞	그대 일어나 춤추구려.
日西夕	해는 서산에 기우는데
當年意氣不肯傾	한창 때 혈기를 쏟아 붓지 않는다면
白髮如絲歎何益	백발이 성성하여 탄식한들 무엇 하리.

해제

이백 이전에 서진(西晉)의 傅玄(217～278)과 진(陳)의 張正見(527～575)은 <전유준주행前有樽酒行>에서 술을 차려놓고 주인과 길손이 건배하는 내용을 노래했다. 잡곡가사(雜曲歌辭) 중의 하나이다.

주석

1 酡(타) : 불그레해진 모습.

2 靑軒(청헌) : 호사스러운 집, 또는 기루.

3 蹉跎(차타) : 때를 놓치다. 시기가 이미 지나버리다.

해설

봄바람 태탕하게 불어오고 꽃잎 펄펄 날릴 제, 한가하게 술잔을 기울인다. 가는 봄 지는 해가 아쉬워 일어나 춤도 추어본다. 부질없는 한 세상, 젊을 때 마음 기울여 벗과 사귀지 않는다면, 늙어 무슨 소용이랴. 쓸쓸함이 깃든 한 폭의 아름다운 그림이다.

(2)

琴奏龍門之綠桐[1]	용문龍門의 푸른 오동 거문고 타고
玉壺美酒淸若空	옥단지의 맑은 술은 바닥까지 비치네.
催絃拂柱與君飮	풍악을 울리면서 그대와 마시노니
看朱成碧顔始紅[2]	취기가 거나하여 얼굴이 붉어오네.
胡姬貌如花	오랑캐 아가씨 꽃처럼 아리따운데
當壚笑春風[3]	목로 앞에서 봄바람에 웃음 짓네.
笑春風	봄바람에 웃으며
舞羅衣	깁 옷 날려 춤추나니
君今不醉將安歸	그대 지금 안 취하고 어디로 가려는가.

주석

1 龍門之綠桐(용문지녹동) : 용문(龍門)의 푸른 오동나무. 높이가 백 척이 넘고 곁가지가 없어서 거문고 만들기에 좋다고 한다.

2 看朱成碧(간주성벽) : 붉은 것이 갑자기 푸르게 보이다. 취하여 몽롱하게 보이는 상태를 형용한 것이다.

3 壚(노) : 술 단지를 얹어 놓기 위해 흙으로 만든 목로.

✿ 해설

술자리에 풍악이 빠질소냐, 노래에 춤까지 곁들였다. 푸른 거문고, 맑은 술, 거나한 얼굴들, 아가씨의 선연한 웃음, 봄바람에 날리는 춤옷 자락. 담채화를 보는 듯, 여린 아름다움이 넘친다.

017 야좌음 夜坐吟

밤중에 홀로 앉아

冬夜夜寒覺夜長	겨울 밤, 밤은 추워 유난히도 긴데
沉吟久坐坐北堂	읊조리며 우두커니 북쪽 방에 앉아 있다.
冰合井泉月入閨	우물도 얼어붙는 달빛, 방에 드니
金釭青凝照悲啼	등잔의 푸른빛은 흐느낌을 비춘다.
金釭滅[1]	등잔불 사위니
啼轉多	흐느낌이 더해지고
掩妾淚	이 내 눈물 닦으며
聽君歌	그대 노래 듣는다.
歌有聲	노래엔 가락 있고
妾有情	내게는 정이 있다.
情聲合	정과 가락이 모여
兩無違	어울려 하나로다.
一語不入意[2]	한 마디라도 성에 안 차면
從君萬曲梁塵飛[3]	그대 따라 오만 가락으로 들보 먼지 날려보리라.

✿ 해제

<야좌음夜坐吟>은 남조 송(宋)의 포조(鮑照)가 처음 만든 노래로서, "깊고 깊은 겨울밤에 앉아 노래 읊는다.[冬夜沈沈夜坐吟]"로 시작하는데, 음악을 듣고 느낀 감상을 노래한 것이라고 한다. 잡곡가사(雜曲歌辭) 중의 하나이다.

주석

1 金釭(금강) : 등잔.
2 入意(입의) : 마음에 들다. 만족하다.
3 梁塵飛(양진비) : 들보의 먼지가 날다. 노랫소리가 크게 울림을 과장한 것이다. 유향(劉向)의 ≪별록別錄≫에 "한(漢) 이래로 노래를 잘하는 노(魯)의 우공(虞公)이 맑고 애절한 소리를 내면, 들보 위의 먼지가 다 떨렸다.[漢興以來, 善歌者魯人虞公發聲淸哀, 蓋動梁塵.]"라는 구절이 있다.

해설

추운 겨울밤 늦도록 임이 오기를 기다리며 밤새도록 그의 노래를 즐겨보고프다는 작중 여성화자(話者)의 애틋한 소망이 담긴 작품이다.

앞 구절의 글자를 다음 구절의 처음에서 반복하는 선련구법(蟬聯句法)의 기교가 당김음과 같은 독특한 리듬을 만들어내고 있다. 차가운 날씨, 얼어붙은 푸른 달빛, 금속성의 광택, 흐느끼는 소리. 이 같은 차갑고 예리한 감각적 심상들은 어두움 속에 웅크리고 있는 여성(妾)의 실루엣을 서서히 드러내고, 다시 3언의 밭은 호흡과 함께 등장하는 남성(君)은, 선련구법의 독특한 리듬 속에 작중 인물과 함께 사랑 노래의 정점으로 치닫는다.

018 야전황작행 野田黃雀行

벌판의 참새

遊莫逐炎洲翠[1]	놀아도 염주炎洲 파랑새는 쫓지를 말고
棲莫近吳宮燕[2]	깃들여도 오궁吳宮 제비집엔 얼씬도 마라.
吳宮火起焚巢窠	오궁에 불이 나면 보금자리 죄다 타고
炎洲逐翠遭網羅	염주 파랑새 뒤쫓다간 새그물을 만난단다.
蕭條兩翅蓬蒿下[3]	쑥대풀 아래에 날개 고이 접는다면
縱有鷹鸇奈若何[4]	제 아무리 새매인들 어쩔 도리 있으랴.

해제

위(魏)의 조식(曹植; 192~232)이 맨 처음 지었다고 하는 <야전황작행野田黃雀行>은, 본디 참새가 매를 피하려고 그물로 뛰어들었다가 소년에게 구조된다는 내용의 노래로서 상화가사(相和歌辭) 중의 하나이다. 이백이 여기에 시대적 우의(寓意)를 담아, 후대에 구밀복검(口密腹劍)의 간악한 인물로 평가받는 당시의 재상 이림보(李林甫)가 조정을 장악한 상황을 말 한 것으로 보는 견해도 있다.

주석

1 炎州翠(염주취) : 해남(海南) 지방에 많이 서식하는 물총새. 제비 비슷하게 생겼으며, 푸른색을 띠고 있다.

2 吳宮燕(오궁연) : 오궁(吳宮)의 한 관리가 제비 집을 불에 비추어 보다가 잘못하여 궁을 다 태웠다고 한다.

3 蕭條(소조) : 조용한 모양.

4 鷹鸇(응전) : 새매. 암컷이 몸집이 크고 수컷이 작으며, 빛깔은 청황색이 나며 주로 제비나 비둘기, 참새 등을 잡아먹는다.

✿ 해설

참새를 빌어 아무에게도 의지하지 말고 조용히 목숨이나 부지하는 것이 상책이라는 약자의 처세술을 노래한 작품이다. 유약한 자들의 비겁한 태도를 풍자하기 위해 지은 작품이라고 보기에는 <쌍연리雙燕離>에 인용된 새 둥지에 관한 고사(故事)가 반복 등장하는 것이 심상치 않으며, <행로난行路難>3이나 <공성작空城雀> 그리고 <목욕자沐浴子> 등의 악부에서 표명한 소극적 인생관과 너무나 닮았다. 오만방자함만으로 버티기엔 인생이 너무나 길고 힘겨웠던 모양이다.

019 공후요 箜篌謠

공후를 타며

攀天莫登龍	하늘을 오른대도 용 잡아타지 말고
走山莫騎虎	산 오를 때도 호랑이는 타지 마라.
貴賤結交心不移	처지 다른 친구 간에 마음 변치 않는 것은
惟有嚴陵及光武[1]	오로지 엄릉嚴陵과 광무제光武帝뿐이어라.
周公稱大聖	주공周公이 제 아무리 큰 성인이란들
管蔡寧相容[2]	관숙管叔과 채숙蔡叔을 감쌀 수 있었던가.
漢謠一斗粟	한나라 노래에, 한 말의 곡식도
不與淮南舂[3]	회남淮南의 아우와는 찧어 먹지 않는댔다.
兄弟尙路人	형제조차 남이어늘
吾心安所從	내 마음 따를 곳은 어디메인가.
他人方寸間	다른 사람 마음 속에는
山海幾千重	산과 바다가 첩첩인 것을.
輕言託朋友	친구에게 속마음 무심코 말했다가
對面九疑峯[4]	구의봉九疑峯을 마주하게 될 줄이야.
多花必早落	꽃이 많이 피면 일찍 지는 법
桃李不如松	복사나 오얏나무, 소나무만 못하여라.
管鮑久已死[5]	관중管仲과 포숙鮑叔이 세상 뜬 지 오래이니
何人繼其蹤	어느 누가 그 발자취 이어 갈 건가.

해제

앞에 나온 <공무도하公無渡河>, 즉 <공후인箜篌引>과 같은 악곡으로 보기도 하지만 가사 내용은 전혀 다르다. 벗과의 사귐에는 끝이 있게 마련이라는 <공후요箜篌謠> 가사의 내용으로 미루어볼 때, 악기 공후(箜篌)를 타며 부른 점은 같더라도 다른 노래로 보는 것이 좋을 듯하다. 잡가요사(雜歌謠辭) 중의 하나이다.

주석

1 嚴陵(엄릉) : 후한(後漢)의 엄광(嚴光)을 가리키는데, 그의 자(字)가 자릉(子陵)이어서 엄자릉(嚴子陵)이라 불렀다. 후한 때 광무제(光武帝; 25~57 재위)가 된 유수(劉秀)와 동문수학한 사이였다. 유수(劉秀)가 임금이 된 후 한방에서 같이 자며 정을 나누었는데, 이튿날 별자리를 관측하던 태사(太史)가 아뢰기를 "어제 객성(客星)이 옥좌를 범했는데 별일 없으셨느냐?"고 묻자, 임금은 "옛 친구 엄자릉과 잘 때 그가 내 배 위에 다리를 올려놓았다."고 했다는 일화가 전한다.

2 管蔡(관채) : 주(周)나라의 관숙(管叔)과 채숙(蔡叔)을 가리킨다. 무왕(武王)이 죽은 후 주공(周公)이 제후들의 반란을 염려하여 어린 성왕(成王)을 대신해서 섭정을 하였는데, 관숙이나 채숙과 같은 형제들이 그 저의를 의심하고 무경(武庚)과 합심하여 반란을 도모하였다. 주공은 성왕의 허락을 받아 무경과 관숙을 주살하고 채숙을 추방하였다.

3 漢謠(한요)…淮南春(회남용) : 악부 <상류전행> 참조.

4 九疑峯(구의봉) : 호남성 영원현(寧遠縣) 남쪽 60여리 되는 곳에 있는 산. 아홉 개의 봉우리가 모두 비슷하므로 긴가민가하다는 뜻에서 붙여진 이름이다.

5 管鮑(관포) : 춘추시대의 관중(管仲)과 포숙(鮑叔)을 가리킨다. 어려운 가운데서도 벗의 처지를 충분히 이해해 주었던 지기지우(知己之友)의 대명사이다.

해설

우정에 대한 환멸을 읊조린 작품으로서, <야전황작행野田黃雀行>, <목욕자沐浴子>의 첫머리와 같은 방식으로 펼치는 인생 선배로서의 충고가 절절하다. <상류전행上留田行>에 나오는 형제지간의 알력에 관한 고사(故事)가 여기서도 반복되어 등장하는 것으로 보아, 이 작품 역시 영왕 린의 사건 후에 지은 것이 분명한데, 이즈음 그가 벗에게 크게 실망한 일이 있었다면 그것은 아마도 고적(高適) 때문이었을 것이다.

이백은 일찍이 장안 벼슬살이를 그만둔 사십대 중반에 양송(梁宋)에서 두보(杜甫)와 함께 고적을 만나 시주(詩酒)로 사귄 적이 있었다. 그러나 757년 고적이 이린의 반란을 평정하게 되면서, 이백도 인에게 가담했다는 죄를 얻어 옥에 갇혔다가 급기야는 야랑(夜郎)으로 귀양을 가게 되었다. 나라를 구해 보겠다는 일념으로 영왕에게 가담했던 자신의 본심을 이해해 주기는커녕, 오히려 죄과를 치르게 만든 벗에게 이백은 적지 않은 유감을 품었을 것이다. <공후요箜篌謠>가 이 사건 후에 지어졌다고 추정할 수 있는 또 다른 이유는, 작품 끝부분에 이백이 구의봉(九疑峯)에 근접해 있는 것으로 묘사된 시구가 나온다는 점에서도 찾을 수 있다. 구의봉은 영릉(零陵) 근방에 있는 산으로서, 이백이 이곳을 거쳐 간 것은 오로지 야랑(夜郎)으로 귀양을 다녀온 직후인 759년뿐이기 때문이다.

020 치조비 雉朝飛

아침에 나는 꿩

麥隴青青三月時	보리밭 푸르른 춘삼월 아침
白雉朝飛挾兩雌	하얀 장끼, 까투리 양 옆에 끼고 날아가누나.
錦衣綺翼何離褷[1]	비단 옷에 고운 날개 보스스도 하여
犢牧采薪感之悲	독목犢牧이 나무하다 신세 한탄했다지.
春天和	봄빛 화창하고
白日暖	햇볕 따스한 날
啄食飲泉勇氣滿	모이 쪼고 물마시고 용기가 충천하여
爭雄鬪死繡頸斷	제 잘났다 물고 뜯다 고운 목이 잘리웠다.
雉子斑奏急管絃[2]	치자반雉子斑 가락은 자진모리로 돌아가고
心傾美酒盡玉椀	마음은 향그런 술에 끌려 옥 주발을 다 비운다.
枯楊枯楊爾生稊[3]	마른 버들아, 마른 버들아, 널랑은 움 돋건만
我獨七十而孤棲	나만 나 일흔에 의지가지없구나.
彈絃寫恨意不盡	줄을 퉁겨 한을 실어 봐도 시름은 끝이 없고
瞑目歸黃泥	차라리 눈을 감고 흙으로나 돌아가고자.

해제

<치조비雉朝飛>는 본디 전국시대에 나이 오십이 되도록 아내를 얻지 못한 제(齊)의 처사(處士) 독목자(犢牧子)가, 나무하러 갔다가 쌍쌍이 노는 꿩을 보고 자신의 처지를 한탄하며 지었다는 노래로서, 금곡가사(琴曲歌辭) 중의 하나이다.

주석

1 離褷(이시) : 솜털이 갓 나오는 모양.
2 雉子斑(치자반) : 고취곡사(鼓吹曲辭)에 속하는 고대의 노래 이름. 꿩의 분장을 하고 연주했다고 한다.
3 生稊(생제) : 싹이 돋다. 움이 트다.

해설

자칭 나이 일흔이라는 말년의 이백은(실제로 그는 62세에 타계했다) 치자반(雉子斑) 노랫가락을 들으며 술에 취해 있다. 그의 눈앞에는 화창한 봄을 만나 으스대며 뽐내다가 끝내는 적에게 목을 물려 죽음을 당하는 아름답고 처절한 꿩의 말로가 떠오른다. 그것은 아마도 불우한 천재의 마지막 모습이리라. 이때의 고독감은 짝 없는 처사가 꿩 한 쌍을 바라보며 느꼈다는 절절한 외로움과 매우 닮았다. 다시는 움트지 않을 인생이 새삼 한탄스러울 따름, 이제 남은 일은 술에 취한 채 눈 감고 다가올 죽음을 조용히 맞이하는 일뿐이다.

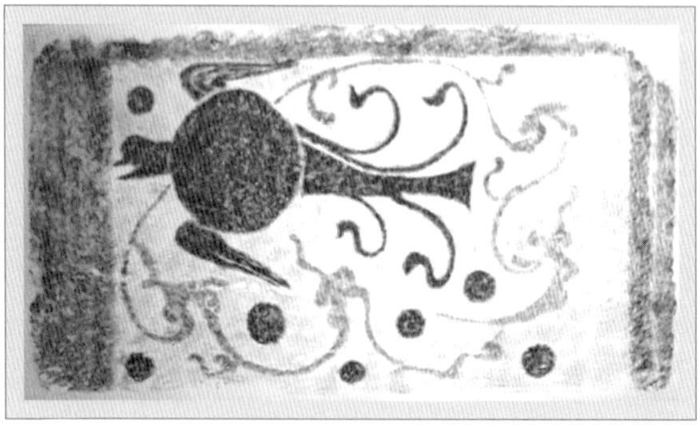

021 상운락 上雲樂

광대의 노래

金天之西[1]	금천金天의 서쪽
白日所沒	해가 지는 곳
康老胡雛[2]	문강康老이란 늙은 오랑캐 녀석은
生彼月窟[3]	저기 월굴月窟에서 났다네.
巉巖容儀[4]	당당한 자태에
戌削風骨[5]	깎아 다듬은 풍모.
碧玉炅炅雙目瞳[6]	푸른 구슬 번득이는 두 눈동자에
黃金拳拳兩鬢紅[7]	금빛머리 곱슬곱슬, 두 살쩍은 붉다네.
華蓋垂下睫[8]	차일 같은 눈썹이 눈꺼풀을 덮었으며
嵩岳臨上脣[9]	숭산嵩山처럼 우뚝한 코, 입술까지 늘어졌네.
不覩詭譎貌[10]	이 괴상한 모습을 보지 않고서야
豈知造化神	조물주의 전능함을 어이 알 수 있으리.

大道是文康之嚴父	우주의 도가 문강文康의 엄한 아비요
元氣乃文康之老親	자연의 원기가 문강文康의 조부라네.
撫頂弄盤古[11]	이마를 문지르며 반고盤古를 희롱했고
推車轉天輪[12]	수레를 몰아 천지의 바퀴를 돌렸네.
云見日月初生時	말하길, 해와 달이 처음으로 생길 적에
鑄冶火精與水銀[13]	불과 물의 정精을 녹여 붓는 걸 보았다네.
陽烏未出谷[14]	해 속 까마귀가 아직 골짜기에 있고
顧兔半藏身[15]	뒤를 보는 토끼도 반쯤 몸을 숨겼을 때,

女媧戱黃土[16]	여왜女媧가 진흙으로 장난을 쳐
團作愚下人	어리석은 인간을 빚어내고는
散在六合間	온 세상에다 흩뿌렸더니
濛濛若沙塵[17]	자욱한 티끌 먼지 같아졌다네.
生死了不盡	나고 죽음이 끝이 없거늘
誰明此胡是仙眞	그 누가 이 오랑캐가 진짜 신선인지 가려주리.
西海栽若木[18]	서해에 약목若木 심고
東溟植扶桑[19]	동해에 부상扶桑 심어
別來幾多時	떠나온 지 얼마인가
枝葉萬里長	줄기와 잎사귀, 만 리에 벋었네.

中國有七聖[20]	중국에 일곱 성인 있었지만
半路頹鴻荒	중도에 무너져 사라지고
陛下應運起[21]	폐하께서 천운 따라 일어나시니
龍飛入咸陽[22]	용이 날아서 함양咸陽에 들어왔네.
赤眉立盆子[23]	적미赤眉의 도적들이 유분자盆子를 옹립하자
白水興漢光[24]	백수白水에선 한漢광무제光武帝 봉기했지.
叱咤四海動[25]	호령소리 만방에 울리고
洪濤爲簸揚[26]	거대한 파도 드날리면서,
擧足蹋紫微[27]	발을 높이 들어 대궐에 들어서자
天關自開張[28]	하늘 문이 절로 열렸네.

老胡感至德	늙은 오랑캐도 지극한 덕에 감읍하여서
東來進仙倡[29]	동쪽으로 와서 신선놀이 바쳐 올리네.
五色師子	오색의 사자와

九苞鳳凰[30]	의젓한 봉황은
是老胡雞犬	오랑캐 녀석에게 닭이요 개라.
鳴舞飛帝鄉	임금의 땅에서 노래하고 춤춰 날뛰니
淋漓颯沓[31]	우르르 몰려 빙빙 돌고
進退成行	들고나길 정연하게
能胡歌	오랑캐 노래 잘 부르고
獻漢酒	한나라 술, 따라 올리네.
跪雙膝	두 무릎 꿇고서
並兩肘[32]	양 팔꿈치 가지런히
散花指天擧素手	꽃 뿌리고 하늘 향해 흰 손 치켜 올려
拜龍顏	용안에 절하고
獻聖壽	만수무강 비옵나니
北斗戾[33]	북두성이 삐뚤어지고
南山摧	남산 무너질 때까지
天子九九八十一萬歲	천자께선 구구 팔십일만 년
長傾萬歲杯	축수祝壽의 잔을 내내 기울이소서.

✿ 해제

<상운락上雲樂>은 본디 양 무제(梁 武帝) 때 만들어진 광대놀이 가사로서, 청상곡사(淸商曲辭) 중의 하나이다. 눈은 푸르고 코가 높으며 머리카락이 백발인 상고시대부터 살아왔다는 늙은 오랑캐 문강(文康)을 등장시켜, 공작, 봉황, 백록 등을 끌어다 희롱하고, 양(梁)나라를 흠모하여 유람 와서는 황제에게 엎드려 절을 하고 장수를 축원한다는 내용으로, 주사(周捨; 469~524)가 처음 가사를 지었다고 한다. 이백은 이를 본따, 문강(文康)의 치사(致詞; 경사가 있을 때 임금께 올리는 송덕의 글)을 빌어 당 숙종(唐 肅宗; 756~763 재위)의 등극을 축하한 것으로 보인다.

근대 연구자 임이북(任二北)은 저서 ≪당희농唐戲弄≫에서 이 작품의 가무희적 특성을 집중

부각시키면서, <상운락>의 '樂'은 '음악'이 아니라 '기쁨, 즐거움'으로 해석하여야 한다고 보았다. 그렇게 되면 이 작품 제목은 '구름 위로 솟는 기쁨'이란 뜻이 된다.

주석

1 金天(금천) : 오제(五帝) 중의 하나인 소호(少昊)가 지킨다는 서쪽 지방.

2 康老胡雛(강로호추) : 늙은 오랑캐 문강(文康). 추(雛)는 새끼 새. 사람을 낮추어 부르는 말.

3 月窟(월굴) : 서역의 먼 지방 달이 떠오르는 곳.

4 巉巖(참암) : 깎아지른 듯 우뚝한 모양.

5 戌削(술삭) : 조각이나 그림처럼 다듬어졌음을 형용하는 말.

6 炅炅(경경) : 눈빛이 푸르게 번쩍이는 모습.

7 拳拳(권권) : 금발이 곱슬곱슬한 모습.

* 鬢(빈) : 귀밑머리. 살쩍.

8 華蓋(화개) : 어가(御駕)의 햇빛을 가리는 일산(日傘). 차일. 여기서는 눈썹을 가리킨다.

9 嵩岳(숭악) : 중국의 오악(五岳) 중 중악(中岳)에 해당하는 숭산(嵩山). 하남성 등봉현(登封縣)의 북쪽에 있다. 여기서는 코를 가리킨다.

10 詭譎(궤휼) : 괴상함.

11 盤古(반고) : 천지개벽할 때 나와 이 세상을 다스렸다는 전설 속 거인.

12 天輪(천륜) : 천지 만물의 운행을 끊임없이 돌아가는 수레바퀴에 비유한 것.

13 水銀(수은) : 물 기운[水氣]의 정수(精髓), 즉 수정(水精). 《회남자淮南子》<천문훈天文訓>에서 "양의 열기가 모여 불이 되며, 불기운의 정수가 해이다. 음의 한기가 모여 물이 되며, 물 기운의 정수가 달이다.[積陽之熱氣生火, 火氣之精者爲日, 積陰之寒氣生水, 水氣之精者爲月.]"라 하였다. 시에서 수은(水銀)으로 쓴 것은 운(韻)을 맞추기 위한 것으로 보인다.

14 陽烏(양오) : 해 속에 산다는 까마귀.

15 顧兔(고토) : 달 속에 있다는, 뒤돌아보는 모습의 토끼.

16 女媧(여와) : 염제(炎帝)의 딸이었다는 전설 속의 여신. 동해에 놀러 갔다가 바다에 빠져 죽은 후, 정위(精衛)라는 새가 되어 서산(西山)의 나무와 돌을 가져다가 동해를 메운다고 한다.

17 濛濛(몽몽) : 자욱한 모양.

18 若木(약목) : 곤륜산(崑崙山) 서쪽 해가 지는 곳에 있다는 거대한 나무.

19 扶桑(부상) : 동해의 해가 뜨는 곳에 있다는 거대한 나무.

20 七聖(칠성) : 당(唐)나라 고조(高祖; 618~626재위)로부터 태종(太宗; 627~649재위), 고종(高宗; 650~683재위), 중종(中宗; 683~684, 705~710재위), 예종(睿宗; 684재위), 무후(武后;

684~705 재위), 현종(玄宗; 712~756재위)까지의 황제들을 가리킨다.

21 陛下(폐하) : 현종(玄宗)의 뒤를 계승한 숙종(肅宗)을 가리킨다.

22 飛龍入咸陽(비룡입함양) : 숙종이 영무(靈武)에서 즉위한 후 서경(西京; 즉 장안)으로 환도한 사실을 일컫는다.

23 盆子(분자) : 안록산(安祿山)이 죽자 그 잔당들이 안경서(安慶緖)를 우두머리로 받든 사건을, 후한(後漢) 건무(建武) 원년(52) 적미(赤眉)의 도적들이 유분자(劉盆子)를 천자로 옹립하여 천단(擅斷)했던 사실에 비유한 것이다.

24 白水(백수) : 후한(後漢)의 광무제(光武帝; 25~57 재위)는 남양(南陽) 백수향(白水鄕)에서 흥기하였다. 한광(漢光)은 한나라 광무제를 말한다.

25 叱咤(질타) : 큰소리로 꾸짖다.

26 簸揚(파양) : 물결이 위아래로 크게 흔들리다.

27 蹋紫微(답자미) : 궁궐에 들다. 자미(紫微)는 본래 황제의 위치에 해당하는 별자리 이름인데, 이로써 황제의 궁궐을 나타낸다. 숙종이 천자에 즉위한 것을 일컫는다.

28 天關(천관) : 사방 관새(關塞)를 통한 왕래가 원활하게 된 것을 이른다.

29 仙倡(선창) : 신선 분장을 한 광대놀이.

30 九苞(구포) : 봉황이 지녔다는 아홉 가지 덕성.

31 淋漓(임리) : 원기가 넘치는 모양. 풍성한 모양.

* 颯沓(삽답) : 빙빙 도는 모습.

32 肘(주) : 팔꿈치.

33 北斗戾(북두려) : 음양의 근원인 북두칠성이 어그러진다는 표현은 '남산이 무너진다'는 뒷구절과 함께 영겁의 끝, 다시 말해서 영원무궁을 의미한다.

해설

서역에서 온 놀이광대 문강(文康)의 입을 빌려 숙종(肅宗; 756~763 재위)의 등극과 환도(還都)를 송축하는 내용이다. 그가 놀이광대의 입을 빌려 장황하게 늘어놓은 사설은 양(梁)나라 주사가 지은 <상운락>의 사설과 매우 유사하여, 임이북(任二北) 같은 이는 이백이 생존하던 시기까지 이 놀이가 잔존해 있었을 가능성이 있다고 주장하며, 당회요에 한다.

광대의 우스꽝스러운 모습과 능청맞고 허풍 넘치는 사설을 동원한 해학도 해학이려니와, 광대의 입을 통해 작자 자신의 속심을 에둘러 말하는 예스러운 품이 돋보인다.

022 이칙격상백구불무사 夷則格上白鳩拂舞辭

흰 비둘기의 노래

鏗鳴鐘[1]	맑은 종 울리며
考朗鼓[2]	팽팽한 북 두드린다.
歌白鳩	흰 비둘기 노래 불러
引拂舞[3]	불무拂舞를 추게 한다.
白鳩之白誰與鄰	비둘기의 새하얀 빛 그 누구와 짝할 건가
霜衣雪襟誠可珍	서리 같은 저고리, 눈처럼 흰 깃 정녕 귀해라.
含哺七子能平均	일곱 자식 먹이면서 공평도 하구나.
食不噎[4]	꾸역꾸역 먹지 않고
性安馴	본바탕이 유순하다.
首農政[5]	농사일에 으뜸이니
鳴陽春	봄날을 노래한다.
天子刻玉杖	천자께서 옥 지팡이 깎아
鏤形賜耆人[6]	이 모양을 아로새겨 노인에게 내리셨다.
白鷺之白非純眞	백로의 하얀 빛깔 순진함이 아니거늘
外潔其色心匪仁	거죽이야 희다마는 마음보가 음흉하다.
闕五德[7]	닭이 지닌 다섯 가지 덕도 없고
無司晨[8]	새벽을 알리는 일도 않으면서
胡爲啄我葭下之紫鱗	어이 해 갈대 아래 자줏빛 내 물고기 쪼아 먹나.
鷹鸇雕鶚[9]	새매와 물수리는
貪而好殺	욕심 많고 사오납다.
鳳凰雖大聖	봉황은 성스런 새라고 하지만

不願以爲臣　　　　신하 되기를 싫어하는 도다.

✿ 해제

<이칙격상백구불무사夷則格上白鳩拂舞辭>란 이칙격(夷則格)의 음률에 맞추어 부르는 흰 비둘기(白鳩)의 노래로서 불무(拂舞) 가사라는 뜻이다. 이칙격은 고대 12음률의 하나이며, <백구불무사>는 비둘기들이 모여들어 임금의 건국(建國)을 송축하는 내용이 대부분이었다고 한다. 불무(拂舞)는 긴 털을 묶어 손잡이를 단 불자(拂子)를 들고 추는 춤이다. 위진(魏晉) 시대에 강남의 민간에서 나와 궁중에서 채택되어 양대(梁代)에 크게 성행하였고, 당대(唐代)까지 남아 있었다고 한다. 무곡가사(舞曲歌辭) 중의 하나이다.

✿ 주석

1 鏗(갱) : 치다.
2 考(고) : 두드리다.
3 引拂舞(인불무) : 불무(拂舞) 춤을 이끌어내다.
4 不噎(불열) : 목이 메도록 게걸스레 먹지 않다. 열(噎)은 목이 멘다는 뜻이다.
5 首農政(수농정) : 비둘기가 울 때쯤이면 농사일이 거의 끝난다고 한다.
6 鏤形(누형) : 흰 비둘기의 모양을 아로새기다. 한대(漢代)에 천자가 8, 90세 되는 노인들에게 옥 지팡이를 선사하면서 그 위에 비둘기 장식을 붙였는데, 이는 게걸스럽지 않게 먹는 비둘기를 통해 노인들의 과욕을 경계하고 장수를 기원하는 뜻에서였다고 한다.
7 五德(오덕) : 닭이 지닌 다섯 가지의 덕성. 즉 멋쟁이 벼슬, 사나운 발톱, 싸움을 잘하는 용기, 모이를 찾으면 무리를 부르는 어진 마음, 시기 놓치지 않고 때를 알리는 신실함 등의 다섯 가지의 덕이다.
8 司晨(사신) : 수탉이 새벽을 알리는 일을 뜻한다.
9 鷹鸇雕鶚(응전조악) : 새매와 물수리. 응전(鷹鸇)은 새매를, 조악(雕鶚)를 물수리를 뜻한다.

✿ 해설

이백의 악부에는 유난히 많은 동물들이 화자(話者)나 주인공으로 등장하여 작자의 목소리를 대변한다. 이는 얼핏 직선적이고 활달한 이백답지 않은 면모라고 생각되기도 하지만, 곡진한 정일수록 둘러서 말하는 그의 완곡어법을 이해하고 나면 그다지 의아스럽지만도 않다. 다양하고 친근한 동물들의 목소리 뒤에 자신을 은폐시킴으로써 보다 깊고 풍부한 정감의 세계를 만들어내고 있다는 점에서, 이러한 작품들이야말로 높은 예술성을 지닌 것이라고 보아야 할 것이다.

위의 작품은 사나운 벼슬아치와 욕심 많은 신하들을 매와 봉황에 빗대어 풍자하고, 흰 비둘기같이 유순하고 깨끗한 신하의 충성심을 노래한 것이다. 그는 유난히 흰 빛을 사랑하였는데, 흰 비둘기, 서리, 눈, 옥과 같은 하얀 사물들이 대거 등장하는 이 작품을 통해서도 그 이유가 짐작되고 남는다. 3, 4, 5, 7, 9언구가 엇섞여 변화가 많은 것이나, 제목에 음조를 나타내는 이칙격(夷則格)이 붙은 것, 그리고 종(鐘)과 북(鼓)을 울리며 노래하고 춤으로 이어진다는 도입부 등으로 미루어 볼 때, 곡조에 실어 연주했던 것이 확실하다 하겠다.

023 일출입행 日出入行

해는 뜨고 지며

日出東方隈	동쪽 모퉁이에 해 돋아오니
似從地底來	마치 땅 속에서 솟아오른 것 같구나.
歷天又入海	하늘 가로질러 다시 바다에 잠기니
六龍所舍安在哉[1]	여섯 용이 잠자는 곳 어드메인가.
其始與終古不息[2]	그 시작부터 영원토록 쉬지 않누나.
人非元氣[3]	사람은 원기元氣가 아니어늘
安得與之久徘徊	어이 그와 더불어 오래 움직대리오.
草不謝榮於春風	풀잎은 봄바람에 무성해짐을 마다 않고
木不怨落於秋天	나무는 가을날에 시듦을 꺼리지 않는도다.
誰揮鞭策驅四運[4]	그 누가 채찍 들고 계절을 몰아대나
萬物興歇皆自然	세상만물 나고 시듦 저마다 자연이로다.
羲和羲和[5]	희화羲和야, 희화야
汝奚汨沒於荒淫之波[6]	너는 어이 방탕한 물결에 빠져버렸나.
魯陽何德[7]	노양魯陽은 무슨 재주로
駐景揮戈	해를 멈추고 창을 휘둘렀나.
逆道違天	도리를 거스르고 하늘을 어겼으니
矯誣實多[8]	그 허랑함이 실로 크구나.
吾將囊括大塊[9]	나 장차 온 세상을 자루에다 담고서
浩然與溟涬同科[10]	너른 마음으로 천지와 하나 되리라.

해제

해의 출몰은 영원히 계속되지만 인생은 짧고 유한함을 한탄하며, 여섯 마리의 용을 타고 승천하기를 기원하는 노래로서 상화가사(相和歌辭)의 하나이다. 교묘가사(郊廟歌辭) 중에도 <일출입日出入>이라는 한대(漢代)의 가사가 남아있다.

주석

1 六龍(육룡) : 해를 실은 수레를 끈다는 여섯 마리의 용을 말한다. 고대 신화에서 해의 신 희화(羲和)가 수레에 해를 싣고, 이 여섯 마리의 용을 몰아 동쪽에서 서쪽으로 달린다고 한다.

2 終古(종고) : 오래되다.

3 元氣(원기) : 하늘과 땅이 채 나뉘기 전의 모든 것이 다 뒤섞여 있는 상태를 말한다.

4 四運(사운) : 사계절의 운행.

5 羲和(희화) : 해의 신(神).

6 汨沒(골몰) : 가라앉다.

* 荒淫之波(황음지파) : 방탕의 물결. 해가 제 궤도를 이탈했다는 노양(魯陽)의 고사(故事)를 일컬은 것이다.

7 魯陽(노양) : 춘추 시대 노(魯)나라 양공(陽公)을 가리킨다. 그가 한구(韓構)와 힘자랑을 하면서 날이 저물도록 창을 휘두르자, 지던 해가 백 리 동쪽으로 되돌아갔다고 한다.

8 矯誣(교무) : 속이다.

9 囊括(낭괄) : 자루에 넣고 주둥이를 동여매다. 거시적으로 본다는 뜻이다. 진자앙의 <감우시>11에 "세상 다스리는 도를 자루에 넣고, 몸은 흰 구름에 두네.[囊括經世道, 遺身在白雲.]"라는 구절이 있다.

* 大塊(대괴) : 대지.

10 溟涬(명행) : 천지자연의 기운, 즉 원기(元氣)를 말한다.

* 科(과) : 등급.

해설

해가 뜨고 지는 장대한 경관을 바라보며 만물의 근원적 힘에 외경심을 품으면서, 자신 또한 대자연의 법칙에 따라 거시적인 자세로 살아가리라는 의지를 표명한 작품이다. 이러한 의연함은 우주 안에서 차지하는 인간의 위상을 진정으로 이해한 사람만이 지닐 수 있는 태도일 것이다.

024 호무인 胡無人

오랑캐 무찌르고

嚴風吹霜海草凋	매운바람 서리 날려 바닷가 풀 시들 적에
筋幹精堅胡馬驕[1]	활과 화살 팽팽하고 오랑캐 말 당당하네.
漢家戰士三十萬	한漢의 군사 삼십 만에
將軍兼領霍嫖姚[2]	지휘하는 장군은 곽표요霍嫖姚라네.
流星白羽腰間插	유성 같은 흰 깃 화살, 허리춤에 꽂혀 있고
劍花秋蓮光出匣[3]	보검의 번득이는 광채, 칼집에서 나오네.
天兵照雪下玉關[4]	병사들 눈 속에서 옥문관玉門關을 나서니
虜箭如沙射金甲	오랑캐 화살 모래처럼 갑옷 위로 쏟아지네.
雲龍風虎盡交回[5]	용호상박 뒤엉켜 힘을 다해 싸웠으니
太白入月敵可摧[6]	태백성太白星은 달에 들어 적을 무찌르겠네.
敵可摧	적을 무찌르면
旄頭滅[7]	모두旄頭별 사라지리.
履胡之腸涉胡血	오랑캐 오장 짓밟고 오랑캐 피를 건너리.
懸胡青天上	오랑캐 목을 하늘 높이 매달고
埋胡紫塞旁[8]	오랑캐 주검, 자새紫塞 옆에 묻으리.
胡無人	오랑캐 사라지고
漢道昌[9]	한나라 힘 떨치리.

해제

국경 지방 수자리 정경을 주로 노래한 악곡으로 <호무인행胡無人行>이라 하기도 한다.

상화가사(相和歌辭) 중의 하나이다.

주석

1 筋幹(근간) : 힘줄과 뼈대. 여기서는 활과 화살대를 일컫는다.

2 嫖姚(표요) : 한나라 장군 곽거병(霍去病)의 별명. '표요(嫖姚)'는 훨훨 난다는 뜻의 '표요(飄搖)'와 음이 같다.

3 劍花秋蓮(검화추련) : 검화(劍花)는 칼이 부딪힐 때 생기는 불꽃의 광채, 추련(秋蓮)은 보검의 이름이다.

4 天兵(천병) : 조정에서 파견한 병사를 높인 표현.

* 玉關(옥관) : 지금의 감숙성 돈황현(敦煌縣) 서쪽에 있는 옥문관(玉門關)을 일컫는다. 중국 한(漢)나라 때부터 서관(西關)을 지나 서역(西域)으로 가던 통로였다.

5 雲龍、風虎(용운 풍호) : 각각 군진(軍陣)의 이름이다.

6 入月(입월) : 태백성(太白星)은 살육을 주관하는데, 이 별이 달로 들어가면 오랑캐 우두머리를 죽일 수 있다고 한다.

7 旄頭(모두) : 오랑캐 별인 묘성(昴星)을 가리킨다. 일곱 개의 별로 이루어져 있다.

8 紫塞(자새) : 만리장성(萬里長城). 그 흙이 자줏빛이어서 붙여진 이름이다.

9 漢道昌(한도창) : 이 구절 다음에 "陛下之壽三千霜, 但歌大風雲飛揚, 安用猛士兮守四方.[폐하께선 삼천년 장수하시며, '큰 바람에 구름 휘날리는데, 어이하면 용맹한 군사 얻어 사방을 지킬까' 노래만 부르소서.]"의 3구가 붙어 있는 판본(板本)들도 있다. 한 고조(漢 高祖)의 <대풍가大風歌> 시구를 그대로 옮겨놓은 이 부분은 전체 흐름에 어울리지 않아, "漢道昌"으로 끝맺는 것이 더 낫다.

해설

병사들의 기개와 소망을 힘차게 노래한 종군시(從軍詩)이다. 병사들의 출정(出征), 교전(交戰), 승전(勝戰)의 세 단계를 시간의 흐름에 따라 이어 서술한 전형적인 서사구조의 작품이다.

025 북풍행 北風行

북풍 몰아쳐

燭龍棲寒門[1]	촉룡燭龍이 한문산寒門山에 들었으니
光耀猶旦開[2]	훤하기가 동틀 녘 같구나.
日月照之何不及此	해와 달은 어이 여기를 비치지 않나
惟有北風號怒天上來	북풍만이 노호하며 하늘에서 불어오노라.
燕山雪花大如席	연산燕山의 눈꽃송이 방석만 한데
片片吹落軒轅臺[3]	펄펄 날리어 헌원대軒轅臺에 떨어진다.
幽州思婦十二月[4]	유주幽州 섣달에 임 그리는 여인네는
停歌罷笑雙蛾摧	노래 잊고 웃음 잃고 아미를 찌푸렸다.
倚門望行人[5]	문에 기대어 길 떠나간 낭군을 그리워하나니
念君長城苦寒良可哀	장성長城에서 추위로 고생한 그대 생각에 슬프기만 하여라.
別時提劍救邊去	떠나던 날 칼을 차고 수자리를 지킨다며
遺此虎文金鞞靫[6]	범 무늬의 이 활 통을 남겨두고 떠났지.
中有一雙白羽箭	속에 든 한 쌍의 흰 깃 화살에는
蜘蛛結網生塵埃[7]	거미가 줄을 치고 먼지만 덮쌓였다.
箭空在	화살만 덩그러니
人今戰死不復回	그 사람 이제 죽어 돌아오지 못하노라.
不忍見此物	차마 이것 못 볼괘라.
焚之已成灰	태워 그만 재 되었다.
黃河捧土尚可塞[8]	황하 물이야 흙 쌓아 막을 수 있다지만
北風雨雪恨難裁	북풍한설 이 내 한은 어이할거나.

해제

북쪽 지방의 추운 날씨에서 고생하는 병사들의 생활을 노래한 것으로, 잡곡가사(雜曲歌辭)에 속한다.

주석

1 燭龍(촉룡) : 안문(雁門) 북쪽 위우산(委羽山)에 숨어 있다는 신룡(神龍). 신과 같은 얼굴에 용의 몸뚱아리를 하고 있으며 다리는 없다. 이것이 눈을 뜨면 낮이 되고 감으면 밤이 되며, 숨을 내쉬면 가을이 되고 큰소리를 치면 우레 울리는 여름이 된다고 한다.
 * 寒門(한문) : 북방에 있는 북극의 산.

2 猶旦開(유단개) : 하늘이 밝지 않고 새벽녘처럼 희끄무레하다는 뜻.

3 軒轅臺(헌원대) : 삼황(三皇) 중에 하나인 헌원씨(軒轅氏)를 기리기 위해 유주(幽州)에 흙으로 쌓은 대(臺). 지금은 산 정상에 중수(重修)되었다.

4 幽州(유주) : 연경(燕京). 지금의 북경(北京).

5 行人(행인) : 징집되어 전쟁터로 나간 남편을 가리킨다.

6 鞞靫(병차) : 활통.

7 蜘蛛(지주) : 거미.

8 黃河捧土(황하봉토) : 황하 가에 사는 사람들이 풍파가 세다는 맹진(孟津)을 흙으로 막으려 하였다 한다. 이는 처지를 파악하지 못하고 어림없는 일을 도모한다는 뜻이다.

해설

전쟁으로 남편을 잃은 유주(幽州) 아낙이 종군하러 북쪽으로 오는 병사들을 바라보며 그리움에 사무쳐하는 내용이다. 그가 두고 간 유품을 차마 볼 수 없어 태워버렸다는 표현은 '산이 닳고 강이 마르고 겨울에 벼락이 치고 여름에 눈이 내린대도 임과 떨어질 수 없다.'는 한(漢) 악부(樂府) <상야上邪>나, 임에게 버림을 받고 그가 보내주었던 비녀를 '분질러 태우고 바람에 재를 날려 보냈다'는 한 악부 <유소사有所思> 등, 북방 여성 특유의 강렬한 애정표현과 같은 맥락이다.

기실 이 작품의 시제(時制)는 다소 모호한 감이 있다. 종군병사들을 바라보며 전쟁터로 떠난 낭군을 그리는 사부(思婦)를 묘사한 것처럼 보이던 앞부분은, 현재형인지 가정형인지가 애매한 금(今)을 기점으로 낭군의 죽음이 돌연 등장하고, 그가 두고 떠난 이(此) 활 통은 어느 틈에(已) 불에 태워져 재가 되어버렸다는 마지막 대목의 설정은 앞부분의 완만한 진행에 비해 급하고 과한 감이 있다.

이러한 부자연스러움은 노래가사로서의 극적 효과를 지나치게 의식하여 생겨난 듯하다. 가까운 예로, 그의 악부 <원가행怨歌行>의 내용은 조비연(趙飛燕)에게 한(漢) 성제(成帝)의 사랑을 빼앗긴 반첩여(班婕妤)의 원망을 묘사하면서, 벼슬을 사직하고 궁궐을 나올 수밖에 없었던 작자 자신의 처지를 빗댄 것인데, 제목에 붙은 자주(自注)에는 "장안에서 궁인(宮人)이 시집가는 것을 보았는데, 벗이 나더러 그녀의 처지를 대신하여 짓게 하였다"하였음에도, 시의 내용은 이 같은 작시 상황과 거의 무관하다. "이백의 시는 모두가 허구"라는 명(明)대 희곡가 도륭(屠隆)의 지적도 있지만, 노래 가사로서의 악부에서는 특히 허구성이 강하다는 것을 실감하게 되는데, <북풍행>에서 전쟁터로 떠나 추위에 고생을 하던 남편의 전사(戰死)가 갑작스럽게 느껴지고, 활 통을 태운 시점이 모호하게 여겨지는 것은, 더욱 극적이고 더욱 생생한 허구를 엮어내야 한다는 의욕이 자연스러움을 다소 손상시켰기 때문이라고 본다.

'방석만큼 큰 눈, 북풍 몰아치는 십이월' 등 작품의 배경 묘사 상당부분은 포조(鮑照; 421~465 전후)의 <학고學古> 시에서 착상하였다.

026 협객행 俠客行

협객의 노래

趙客縵胡纓[1]	조나라 사나이, 무늬 없는 갓끈 매고
吳鉤霜雪明[2]	오구검吳鉤劍 칼날은 서릿발처럼 빛났네.
銀鞍照白馬	은 안장이 흰 말에 번쩍대고
颯沓如流星	날래기가 살별과 같았네.
十步殺一人	열 걸음에 하나씩 해치우면서
千里不留行	천 리를 나아가도 멈추질 않았네.
事了拂衣去	일 마치면 훌훌 옷 털고 떠나
深藏身與名	신분과 이름을 깊이 숨겨버렸네.
閑過信陵飮[3]	한가로이 신릉군信陵君에 들러 술 마실 때면
脫劍膝前橫	칼을 풀어 무릎 앞에 뉘어 놓고는,
將炙啖朱亥[4]	고깃점을 집어다 주해朱亥 입에 넣어주고
持觴勸侯嬴[5]	술잔을 들어서 후영에게 권하였네.
三杯吐然諾[6]	석 잔 술에 그러마고 응낙하고 나면
五岳倒爲輕[7]	오악이 도리어 가벼울 정도였네.
眼花耳熱後[8]	눈이 어지럽고 귀가 후끈거린 다음
意氣素霓生[9]	의기는 흰 무지개로 뻗쳐올랐고,
救趙揮金槌	조나라 구하러 쇠몽둥이 휘두르자
邯鄲先震驚[10]	한단이 먼저 쩌렁쩌렁 울렸네.
千秋二壯士[11]	천추에 빛나는 두 장사
烜赫大梁城	대량성에 그 이름 떨쳤네.
縱死俠骨香[12]	비록 죽어도 의로운 기개 향기로우리니

不慚世上英　　세상 영웅들에 부끄러울 게 없다네.
誰能書閣下　　그 누가 서재에 틀어박혀
白首太玄經[13]　　흰머리 되도록 태현경이나 지으리.

해제

주로 협객의 늠름한 기상을 노래하는 악곡으로서, 잡곡가사(雜曲歌辭) 중의 하나이다.

주석

1 趙客(조객) : 조(趙)나라 출신이 협객(俠客). 전국시대의 연(燕)나라와 조(趙)나라 지역에서 예로부터 협객들이 많이 나왔다고 한다.
  * 縵胡纓(만호영) : 장식과 무늬가 없는 갓끈. 무사의 복식 중 하나.
2 吳鉤(오구) : 반달 모양으로 구부러진 칼.
3 信陵(신릉) : 信陵君(신릉군). 전국시대 위(魏)나라 공자(公子) 무기(無忌). 문하에 식객 3천 명을 거느렸다고 한다. 조(趙)나라 수도 한단(邯鄲)이 진(秦)나라 군사에게 포위되었을 때 조나라 평원군(平原君)이 구원을 요청하자, 신릉군은 후영(侯嬴)의 계책을 써서 위왕(魏王)의 병부(兵符)를 훔치고 장수 진비(晉鄙)를 죽인 다음, 직접 군사를 지휘하여 조나라를 구원하여 한단의 포위를 풀었다.
4 啖(담) : 먹이다.
  * 朱亥(주해) : 위(魏)나라의 협사(俠士). 대량(大梁; 지금의 하남성 開封)의 시저에서 백정 일을 하다가 후영(侯嬴)의 추천으로 신릉군을 알게 되었다. 뒤에 신릉군이 조나라를 구원하려 할 때, 훔친 병부를 의심하며 군권을 넘겨주지 않으려는 위(魏)나라 장군 진비(晉鄙)를 철퇴로 쳐 죽여, 신릉군이 조나라를 구원하는데 일조하였다.
5 侯嬴(후영) : 위나라의 협사(협사). 나이 70세에 위나라 대량(大梁) 성문의 문지기 노릇을 하였으나 신릉군이 늘 그를 상객으로 대우하였다. 뒤에 신릉군이 조나라를 구원할 때 왕의 병부를 훔쳐서 군권을 장악할 계책을 일러주고, 자신은 스스로 목숨을 끊었다.
6 吐然諾(토연락) : 말로 그렇게 하겠다고 응낙하다.
7 五岳(오악) : 땅의 덕으로 각각의 지역을 진정시킨다는 다섯 개의 높은 산. 동악(東岳) 태산(泰山), 서악(西岳) 화산(華山), 남악(南岳) 형산(衡山), 북악(北岳) 항산(恒山), 중악(中岳) 숭산(崇山).
8 眼花(안화) : 술이 얼근하게 취해 눈앞이 어른거리고 귀가 후끈거리는 상태를 말한다.

9 素霓(소예) : 흰 무지개. ≪전국책≫<위책魏策>에 의하면 섭정(聶政)이 한괴(韓傀)를 암살할 때 흰 무지개가 해를 꿰뚫었다고 한다.

10 邯鄲(한단) : 전국시대 조(趙)나라 수도. 하북성 성안현(河北省 成安縣) 서북쪽.

11 二壯士(이장사) : 주해(朱亥)와 후영(侯嬴)을 가리킨다.

12 俠骨香(협골향) : 협객의 뼈가 향기롭다. 의로운 기개가 널리 뻗치다. 서진(西晉) 장화(張華; 232~300)의 <박릉왕궁협곡博陵王宮俠曲>2에서 “살아서는 벗들 따라 노닐고, 죽어서 협객의 뼈 향기 풍기리.[生從命子遊, 死聞俠骨香.]”라 하였다.

13 太玄經(태현경) : 한나라 양웅(揚雄; B.C.53~A.D.18)이 지은 저술. 그는 세상 물정에 어두워 세간의 웃음거리가 되면서도, 만년에까지 우주의 원리를 연구하여 ≪태현경太玄經≫을 지었다.

✿ 해설

신릉군(信陵君)을 도와 조(趙)나라를 구원했던 전국시대 주해와 후영 등, 조(趙)와 위(魏)의 여러 협객들에 관한 일화를 섞어 그 의로움을 예찬한 노래이다. 협객들의 호사스러운 외양 묘사는 그림같이 특징적이며, 술 마시고 의기를 뽐내는 호탕한 동작 묘사는 살아 있는 듯 생생하다.

027 관산월 關山月

관산에 뜬 달

明月出天山	밝은 달 천산天山 위로 떠올라
蒼茫雲海間[1]	구름바다 사이에서 푸르게 빛나도다.
長風幾萬里	긴 바람은 몇 만 리
吹度玉門關[2]	옥문관玉門關을 지나며 불어오누나.
漢下白登道[3]	한漢나라는 백등登道 길로 나아가고
胡窺青海灣[4]	오랑캐는 청해만青海灣을 엿보과라.
由來征戰地	예로부터 이름 난 싸움터
不見有人還	여기서 돌아온 이 하나도 없으니,
戍客望邊色	변새를 망보는 수자리꾼 얼굴엔
思歸多苦顔	온통 돌아가고픈 표정뿐이라.
高樓當此夜	이런 밤 높다란 누대엔
嘆息未應閑	한숨소리 채 끊일 새 없으리라.

해제

변방에 나온 병사들이 고향 그리워하는 마음을 주로 읊은 노래로서 횡취곡사(橫吹曲辭) 중의 하나이다.

주석

1 蒼茫(창망) : 푸르고 먼 모양.

2 玉門關(옥문관) : 지금의 감숙성 돈황현(甘肅省 敦煌縣) 서쪽에 있는 관문.

3 白登(백등) : 산서성 대동현(山西省 大同縣) 동쪽에 있는 백등산(白登山). 한 고조(漢 高祖; B.C.206~B.C.195 재위)와 오랑캐 모돈(冒頓) 족이 싸웠다는 곳이다.

4 青海灣(청해만) : 청해성(青海省) 북동부에 있는 호수.

✿ 해설

광활한 하늘 가운데 환한 달이 떠오르고, 한 줄기 가을바람이 만 리를 불어간다는 서두(序頭) 부분의 시원스런 묘사가 고상한 격조와 호쾌한 풍취를 잘 드러내주고 있는 작품이다. 죽음의 그림자가 어른대는 전쟁터에서 돌아갈 수 없는 고향을 그리는 병사들의 침통함은 달이나 바람의 자유로움과 대조를 이루며 작품에 짙은 음영을 드리우고 있다.

028 독록편 獨漉篇

또록또록

獨漉水中泥[1]	독록獨漉 물은 흙탕물
水濁不見月	물이 흐려 달이 비치지 않네.
不見月尙可	달이야 못 보아도 상관없다만
水深行人沒	물이 깊으면 행인이 빠진다네.
越鳥從南來	월越의 새는 남쪽에서 오고
胡雁亦北度	호胡 땅 기러기도 북녘에서 오는데,
我欲彎弓向天射	활을 당겨 하늘 향해 쏘고 싶지만
惜其中道失歸路	중도에 돌아갈 길 잃을까 안쓰럽구나.
落葉別樹	낙엽은 나무 떠나
飄零隨風	바람 따라 날리는데,
客無所託	나그네 의지 없어
悲與此同	서러움이 이와 같네.
羅帷舒卷	비단 장막 펄럭이니
似有人開	누군가 헤치는 듯,
明月直入	밝은 달이 비쳐 드니
無心可猜[2]	무심함이 부러워라.
雄劍挂壁	좋은 칼 벽에 걸려
時時龍鳴	때때로 용울음이언만,
不斷犀象[3]	무소 코끼리 못 베어
繡澀苔生[4]	무늬 녹슬고 이끼 났네.
國恥未雪	나라 치욕 못 씻고서

何用成名	무엇으로 이름 내나.
神鷹夢澤[5]	몽택夢澤의 날랜 매는
不顧鴟鳶[6]	뭇 새들을 상대 않고,
爲君一擊	임금 위해 한 번 내쳐
鵬搏九天	구천 붕새 잡는다네.

해제

탐욕스러운 세태를 풍자한 노래로서, 분리된 듯이 보이는 여러 개의 단락이 한데 연결된 것이 특징이다. 무곡가사(舞曲歌辭) 중의 하나이다.

주석

1 獨漉(독록) : 물소리를 형용한 냇물 이름인 듯하다.
2 猜(시) : 부럽다.
3 犀象(서상) : 무소와 코끼리. 칼의 예리한 정도는 단단하기로 이름난 무소의 뿔을 자를 수 있는지 여부를 보고 알아낼 수 있다.
4 繡澀(수삽) : 칼자루나 칼집의 무늬에 녹이 슬어 거친 모양.
5 神鷹夢澤(신응몽택) : 몽택(夢澤)의 날랜 매. 몽택은 호북성 안륙현(安陸縣) 남쪽에 있던 못으로 운택(雲澤)과 더불어 운몽(雲夢)이라 불렀다. ≪태평광기太平廣記≫에 이런 이야기가 나온다. 춘추 시대 초 문왕(楚 文王)이 사냥을 즐겨 어떤 사람이 매를 바쳤는데, 왕이 보니 여느 매와는 달랐다. 이 매를 데리고 운몽(雲夢)의 못가에서 수렵을 하는데, 다를 매들은 앞 다퉈 새들을 쫓았지만, 이 매는 눈을 크게 뜬 후 구름 가만 바라보았다. 잠시 후 무언가 움직이는 낌새를 채고 쏜살같이 날아오르더니, 곧 깃털이 눈같이 날리고 피가 비 오듯 낭자하였다. 조금 있다가 큰 새가 땅에 떨어졌는데 양 날개의 폭이 십여 리, 부리 가장자리에는 누런색이 있었지만 아무도 그 새가 무엇인지 알지 못했다. 당시 만물박사가 "이것은 대붕(大鵬)의 새끼입니다."라 하였다.
6 鴟鳶(치연) : 올빼미와 소리개.

해설

본래 옛 민요는 아비의 원수를 갚고야 말겠다는 다짐의 노래였는데, 이백은 초점을 다소 돌려 나라와 임금을 위해 복수하겠다는 노래로 바꾸었다. 이 같은 비장한 결심은 바로 757년 천자(天子)의 아들인 영왕(永王) 린(璘)이 운몽(雲夢)에서 홍기할 때 가담하고자 하였기 때문에 나오게 된 것이다. 위 작품에서 등장하는 운몽(雲夢)이라는 지명으로 미루어볼 때, 이백은 정치적 재기를 꿈꾸었던 말년에 이 <독록편獨漉篇>을 지으며 꺼져가는 공명심의 불씨를 되살리고자 하였음을 알 수 있다.

한때 이 작품은 두서가 없어 난해하다는 비판을 받기도 하였지만, 제4구씩 끊어지며 마지막 부분만 6구인 각 단락은 각각의 뜻이 서로 무관한 것 같으면서도, 내면적으로는 이어진 맥락이 있다. 분절된 전통형식 속에 옛 노래가사(古辭)의 흔적을 간직한 채, 의지할 데 없는 작자 자신의 고단한 신세, 불우하여 마음껏 재능을 펴보지 못한 데 대한 회한, 그럼에도 끝내 식지 않는 공업(功業)에 대한 간절한 열망 등이 잘 연결되어 있다.

029 등고구이망원해 登高丘而望遠海

높이 올라 멀리 바라보며

登高丘	높은 언덕에 올라
望遠海	먼 바다 바라본다.
六鼇骨已霜[1]	여섯 자라의 뼈는 이미 서리가 되었거늘
三山流安在[2]	삼산은 흘러서 어디에 있나.
扶桑半摧折	부상扶桑 나무는 반쯤 꺾이고
白日沉光彩[3]	밝은 해도 잠기어 빛을 잃었다.
銀臺金闕如夢中[4]	은대銀臺니 금궐金闕이니 꿈결처럼 부질없고
秦皇漢武空相待[5]	진시황과 한무제漢武帝는 공연히 기다렸다.
精衛費木石[6]	정위精衛는 돌과 나무만 허비했고
黿鼉無所憑[7]	자라와 악어 다리도 믿을 수 없다.
君不見	그대 못 보았나,
驪山茂陵盡灰滅[8]	여산驪山과 무릉茂陵이 모조리 재가 되어
牧羊之子來攀登	양치는 아이들이 오르내림을.
盜賊劫寶玉	도적들이 무덤 보물 훔쳐갈 동안
精靈竟何能	혼령들은 대체 무얼 했는가.
窮兵黷武有如此[9]	군졸들 다 모아 막아도 이러하거늘
鼎湖飛龍安可乘[10]	정호鼎湖에 나는 용을 어이 탈건가.

해제

위 문제(魏 文帝, 曹丕)의 악부 <십오十五>의 첫 구절 "산에 올라 멀리 바라보다.[登山而遠

望]"를 제목으로 삼아 이백이 처음으로 만든 노래로서, 상화가사(相和歌辭) 중의 하나이다.

주석

1 六鼇(육오) : 발해(渤海) 바다에서 다섯 산을 떠받치다가 용백(龍伯) 나라 거인에게 잡혔다는 여섯 마리의 용을 말한다. 발해(渤海)의 동쪽 몇 만 리 되는 곳에 바닥이 없는 큰 골짜기가 있다는 전설이 있는데, 그 가운데 있는 다섯 개의 산은 뿌리가 없이 상하로 움직였다고 한다. 선성(仙聖)이 이를 못마땅하게 여겨 천제(天帝)께 아뢰었더니, 우강(禺疆)에게 명하여 열다섯 마리의 자라로 하여금 머리로 떠받치고 있게 하였다. 그런데 용백(龍伯)의 나라에 사는 거인이 그 중 여섯 마리의 자라를 낚아 그 뼈를 불에 태워 점을 치는 바람에, 다섯 개의 산 중에 두 개가 떠내려가서 큰 바다에 빠져버렸다고 한다.

2 三山(삼산) : 동해 바다 가운데 있다는 삼신산(三神山), 즉 봉래(蓬萊), 방장(方丈), 영주(瀛州)의 세 산을 말한다. 이들은 서로 그다지 멀리 떨어져 있지는 않지만, 바라보면 가까운 듯하다가 다가가면 바람이 불어 배가 접근할 수 없다고 한다. 여기서는 앞에 나온 여섯 자라[六鼇]가 떠받치던 산으로 간주되어 있다.

3 扶桑(부상)…白日(백일) : 세월이 무수하게 흘렀다는 뜻이다. 부상(扶桑)은 전설에서 해가 뜨는 곳에 있다고 하는 나무이다.

4 銀臺金闕(은대금궐) : 은으로 만든 누대와 황금 궁궐. 삼신산에는 신선과 불사의 약이 있고, 모든 물건과 짐승이 흰빛이며, 금과 은으로 지은 궁궐이 있다고 한다.

5 秦皇漢武(진황한무) : 진시황(秦始皇)과 한 무제(漢 武帝). 진시황(秦始皇)은 어린 남녀들을 삼신산(三神山)에 파견하여 불사(不死)의 약을 가져오게 하였으나 실패하였고, 한 무제(漢 武帝) 역시 신선술을 좋아하였지만 결국 다 죽고 없다는 말이다.

6 精衛(정위) : 전설 속의 새 이름. 이 새는 본래 염제(炎帝)의 딸이었는데, 동해에 놀러 갔다가 물에 빠져 죽은 후 새로 변하여, 서산(西山)의 나뭇가지와 돌을 물어다가 떨어뜨려 바다를 메우려 하였다고 한다. 악부 <내일대난來日大難> 참조.

7 黿鼉(원타) : 자라와 악어.

8 驪山(여산) : 진시황의 능이 있는 곳으로, 지금의 섬서성 임동현(臨潼縣) 동남쪽이다.

* 茂陵(무릉) : 한 무제(漢 武帝)의 능이 있는 곳으로, 섬서성 흥평현(興平縣) 동북쪽이다.

9 黷武(독무) : 함부로 전쟁을 하여 무예의 도리를 더럽히다.

10 鼎湖飛龍(정호비룡) : 황제(黃帝)는 형산(荊山) 아래 정호(鼎湖) 가운데에서 단약을 만들어 먹고 승천하였다고 한다. 악부 <비룡인飛龍引>2 참조.

✿ 해설

성당대(盛唐代)에는 제왕을 필두로 한 도교 숭상의 기풍이 한 시대를 휩쓸었으며, 이백 자신도 어렸을 때부터의 훈도와 당대의 기풍에 힘입어 신선이 되는 일을 가능한 것으로 믿고, 도록(道籙) 전수까지 받았다. 그러나 이 작품에 잘 드러나 있듯이, 이러한 믿음에 강한 회의를 느낄 때도 있었던 듯하다.

일찍이 조식(曹植; 192~232)도 선량한 친구의 급작스런 재앙을 바라보면서 그간에 추구했던 신선세계에 대해 허무감을 <증백마왕표贈白馬王彪>에 담아 표현한 적이 있다. 조식과 유사한 신선에의 회의가 어느 시기에 무슨 이유로 이백에게 엄습하게 되었는지는 분명치 않지만, 진시황이나 한 무제 같은 임금들의 성선(成仙) 실패(失敗)를 거론한 이 작품을 통해 유추할 수 있는 것은, 당대 제왕의 행태에 대한 환멸감으로부터 이러한 자문(自問)이 제기되었을지도 모른다는 점이다. 역대 제왕들의 실패는 이미 자명한 사실이건만, 이를 새삼스럽게 거론하게 된 구체적인 이유는 무엇이었을까? 그것은 아마도 노자(老子)에 친히 주석을 달고 도관(道觀)을 개축하며 신선술을 추구하다가, 천보(天寶) 연간에 들어 양귀비에 미혹되고 이림보(李林甫)에 실권을 맡기며 정치를 그르쳤던 당 현종(唐 玄宗)에 대한 실망감을 완곡하게 표현하기 위해서가 아니었을까?

지상의 일도 제대로 이끌지 못하는데, 천상의 세계에 성공적으로 진입할 길을 무슨 수로 찾을 것인가? 이백으로서는 이러한 물음에 답할 길이 없었을 것이다.

030 양춘가 陽春歌

좋은 봄날

長安白日照春空	장안의 밝은 햇살, 봄 하늘을 비추는데
綠楊結烟桑裊風[1]	푸른 버들에 내 끼고 뽕나무엔 산들바람.
披香殿前花始紅[2]	피향전披香殿 앞뜰엔 갓 붉은 꽃이요
流芳發色繡戶中	수놓은 방에선 분단장이 한창이라.
繡戶中	수놓은 방 안으로
相經過[3]	서로 들러보니
飛燕皇后輕身舞[4]	비연황후飛燕皇后의 사뿐한 춤 맵시에다
紫宮夫人絶世歌[5]	자궁부인紫宮夫人의 빼어난 노래 솜씨.
聖君三萬六千日	성군聖君은 삼만 육천 날
歲歲年年奈樂何	해마다 달마다 그 즐거움 어이하랴.

해제

남조(南朝) 때 나온 <양춘가> 노래는 주로 교외의 풍경 속에 만물이 약동하는 봄날을 즐거워하는 내용이었는데, 이백은 그 배경을 궁궐로 옮겨 궁중의 봄철 행락을 노래하였다. 청상곡사(淸商曲辭) 중의 하나이다.

주석

1 裊(요) : 간드러진 모습.

2 披香殿(피향전) : 한대(漢代)부터 있어온 황후의 거처. 당대 장안(長安)의 경선궁(慶善宮) 안에 있었다 한다.

3 經過(경과) : 이백의 시에서는 '들르다'라는 뜻으로 쓰였다. 악부 <소년행少年行>1, 2 참조.

4 飛燕皇后(비연황후) : 한(漢)나라 성제(成帝; B.C.32~B.C.7 재위)의 애희(愛姬) 조비연(趙飛燕)을 말한다. 창기(娼妓) 출신으로 허리가 가녀린 미인이었다.

5 紫宮夫人(자궁부인) : 한 무제(漢 武帝)의 황후 이부인(李夫人)을 가리킨다. 비연황후와 함께 양태진(楊太眞, 745년 貴妃가 됨)을 일컬은 것이다. 자궁(紫宮)은 황제가 거처하는 자미궁(紫微宮), 즉 미앙궁(未央宮)을 말한다. 악부 <상운락> 참조.

✿ 해설

따스한 봄날에 애희의 아름다운 맵시와 가무를 즐기는 임금의 생활은 더할 나위 없이 행복하다. 나른한 햇살과 가벼운 바람, 내 서린 버들과 막 붉게 피어나기 시작한 꽃들, 날아갈 듯한 춤에다 맵자한 노랫가락 등, 촉각과 시각, 청각적인 심상들이 한데 어우러져, 화려하고 풍요로운 궁중 생활의 즐거움을 한층 돋우어주고 있다.

031 양반아 楊叛兒
양반아

君歌楊叛兒	그대는 양반아楊叛兒 노래를 부르시지요.
妾勸新豐酒[1]	저는 신풍新豐의 술을 따르리이다.
何許最關人[2]	어느 곳이 제일 마음에 드시나요.
烏啼白門柳[3]	까마귀 지저귀는 백문白門 밖 버들.
烏啼隱楊花	까마귀는 버들 꽃에 숨어 울라 하구요
君醉留妾家	님일랑 취하시면 저희 집에 머무셔요.
博山爐中沉香火[4]	박산博山 향로에 침향沉香을 피우면
雙烟一氣凌紫霞[5]	한데 서린 향의 연기, 별천지라오.

해제

<양반아楊叛兒>는 본래 남조 제(齊)나라 때 무당의 자식인 양민(楊旻)이 어릴 적에 모친을 따라 궁내에 들어갔다가, 장성하여 하후(何后)의 총애를 받게 된 일을 노래한 동요였는데, 뒤에는 '양씨 아주머니네 아이'라는 뜻의 '양파아(楊婆兒)'가 음이 와전되면서 양반아(楊叛兒)가 되었다고 한다. 청상곡사(淸商曲辭) 중의 하나이다.

주석

1 新豐酒(신풍주) : 장안 근처의 신풍(新豐) 지방에서는 맛좋은 술이 생산되었다.
2 關(관) : 사로잡다.
3 白門(백문) : 건업(建鄴; 지금의 남경)성 서쪽 문.
4 博山爐(박산로) : 신선이 산다는 박산(博山)이 바다에 떠 있는 모양으로 만들었다는 향로.
 * 沉香(침향) : 향나무를 바닷물에 담가 말려 만든 고급 향.

5 紫霞(자하) : 자줏빛 노을. 신선 세계를 뜻한다.

해설

이 작품은 의미가 모호한 고악부(古樂府)의 내용을 확장시켜 한층 짜임새 있는 시로 발전시킨 걸작으로 평가되어 왔다.

고악부(古樂府)의 내용은 다음과 같다. "잠시 백문 앞에 나갔더니, 버드나무에 까마귀 숨을 만하더이다. 절랑은 침수향이 될 터이니, 임일랑은 박산향로 되소서.[暫出白門前, 楊柳可藏烏. 歡作沉水香, 儂作博山爐.]"

이백은 이 작품에 진(晉) 민요 <자야가子夜歌>의 '어디서 두 마음 맺어 볼까나. 서릉의 잣나무 아래지.' 그리고 <상성가上聲歌>의 '백문 안에서 북소리 들리네.' 혹은 '버드나무엔 참새 숨을 만하네.'와 같은 구절을 수용한 위에, 남제(南齊) 때 민요 <소소소가蘇小小歌>의 전개 방식을 원용하여 아양 떠는 기녀의 모습을 그림같이 묘사하고 있다. <소소소가>의 내용은 다음과 같다. "저는 좋은 수레에 타구요, 임일랑은 푸른 말에 타셔요. 어디서 두 마음 맺어볼까요? 그야 서릉의 소나무 아래죠.[我乘油壁車, 郎乘青驄馬. 何處結同心, 西陵松柏下.]"

032 쌍연리 雙燕離

제비 한 쌍 헤어져

雙燕復雙燕	제비 한 쌍 또 한 쌍
雙飛令人羨	함께 날아가니 부럽기만 하여라.
玉樓珠閣不獨棲	호사스런 누각에 홀로 안 살고
金窗繡戶長相見	곱디고운 창가에서 늘 마주 했는데
柏梁失火去[1]	백량대柏梁臺가 불에 타자 떠나
因入吳王宮	오궁吳宮에 들었더니,
吳宮又焚蕩[2]	오궁도 불에 타서
雛盡巢亦空	새끼 죽고 둥지 비고.
憔悴一身在	초라하게 홀로 남아
孀雌憶故雄[3]	홀어미는 낭군 생각
雙飛難再得	함께 날기는 어려울 테지
傷我寸心中	이 내 가슴 에이노라.

해제

남조 때 나온 거문고곡으로서 내용은 다정했던 제비 한 쌍의 이별을 노래한 것이며, 금곡가사(琴曲歌辭) 중의 하나이다.

주석

[1] 柏梁(백량) : 한 무제(漢 武帝)가 장안 서쪽에 건축한 누대. 원인 모를 화재로 불탔다고 한다. 여기서는 그 곳에 둥지를 튼 제비집이 불에 탄 사실을 표현한 것이다.

2 吳宮又焚蕩(오궁우분탕) : 진시황(秦始皇) 때 오궁(吳宮)의 한 관리가 제비 집을 불에 비추어 보다가 잘못하여 궁을 다 태웠다고 한다.

3 孀(상) : 과부.

해설

살 곳을 찾아 이리저리 전전하건만 형편이 여의치 못할 뿐 아니라, 설상가상으로 오래 의지하던 배필이 멀리 떠난 심경을 짝 잃은 제비에 빗대어 노래한 작품이다. 주석가들은 이백의 장안 벼슬 실패 과정을 백량대(柏梁臺)의 화재에 빗대고, 영왕 린(璘)에 가담하여 실패한 일을 오궁(吳宮)의 불에 비유한 것으로 풀이하고 있다. 그가 757년에 자신의 비참한 처지를 하소연한 <만분사투위랑중萬憤詞投魏郎中> 중의 "한 집안 일가들 풀 더미에 흩어지고, 난을 만나 다시는 손잡을 수 없었네.[一門骨肉散百草, 遇難不復相提攜.]"라는 구절은 위 작품의 내용과 매우 유사하여, 이러한 추측은 사실과 부합하는 듯이 보인다.

그의 말년에는 각종 동식물의 처지를 묘사한 작품이 많은 부분을 차지한다. 이는 일차적으로 점차 가중되는 불안감과 세상에 대한 원망을 직접적으로 토로하기 꺼렸기 때문에 생겨난 현상이겠지만, 이로 인해 작품에 깊이가 생기고 풍부한 맛이 더해지게 되었음을 부정할 수 없다.

033 산인권주 山人勸酒

산사람이 술 권하니

蒼蒼雲松	검푸른 구름 속 소나무
落落綺皓[1]	우뚝 솟은 상산사호商山四皓.
春風爾來爲阿誰	봄바람아, 너는 눌 위해 불어오나
胡蝶忽然滿芳草	나비들이 어느덧 방초芳草간에 가득하다.
秀眉霜雪顔桃花	뻗친 눈썹 서리 같고 얼굴은 도화桃花러니
骨青髓綠長美好	푸르른 그 기골 좋기도 하구나.
稱是秦世避世人	듣자 하니, 진秦나라 때 세상 등진 이라는데
勸酒相歡不知老	술 권하며 서로 즐겨 늙을 줄을 모르더라.
各守麋鹿志[2]	저마다 초야草野의 뜻을 지키며
恥隨龍虎爭	용호龍虎 따라 다투기를 부끄러워하더니만
欻起佐太子	홀연히 일어나 태자를 보필하여
漢皇乃復驚	한漢나라 황제, 이에 다시금 놀라더라.
顧謂戚夫人	돌아보며 척부인戚夫人에게 말하였다지
彼翁羽翼成[3]	"저 노인들이 날개를 달아주었다"고.
歸來商山下[4]	상산商山 아래로 되돌아와
泛若雲無情[5]	두둥실 구름처럼 무심하여라.
擧觴酹巢由[6]	잔 들어 소보巢父와 허유許由에게 술 권하노니
洗耳何獨清[7]	귀를 씻은 일, 어이 그리 말쑥한가.
浩歌望嵩岳[8]	힘차게 노래하고 숭산嵩山을 바라보며
意氣還相傾	아득히 그와 함께 의기意氣를 견주노라.

해제

이백이 직접 만든 노래로서 금곡가사(琴曲歌辭)의 하나이다.

주석

1 綺皓(기호) : 한나라 때 상산(商山)에 숨어살던 기리계(綺里季), 동원공(東園公), 하황공(夏黃公), 녹리선생(甪里先生) 등 네 명의 은자(隱者), 즉 네 명의 은자(隱者)를 말한다. 악부 <동무음> 참조.

2 糜鹿志(미록지) : 고라니나 사슴처럼 초야에 묻혀 살겠다는 뜻.

3 羽翼成(우익성) : 날개가 이루어지다. ≪사기≫에 따르자면, 한 고조(漢 高祖)가 태자(太子)를 폐하고 척부인(戚夫人) 소생의 여의(如意)에게 왕위를 물려주려 하였으나, 연회석상에서 명망 높은 상산사호(商山四皓)가 태자(太子)를 보필하는 모습을 보고, 척부인에게 말하기를, "내가 후사를 바꾸고 싶어도 태자에게 날개가 달려, 이젠 그를 폐할 수 없다."고 하였다 한다.

4 商山(상산) : 섬서성(陝西省) 상현(商縣) 동남쪽의 산. 머리와 눈썹이 모두 허연 네 명의 노인, 이른바 상산사호(商山四皓)가 숨어 살았다는 산이다.

5 泛(범) : 마음이 너른 모양.

6 酹(뇌) : 술을 붓다.

7 洗耳(세이) : 귀를 씻다. 요임금 때 영수(潁水) 가에 살던 허유(許由)는 나라를 양보하겠다는 요(堯)의 말을 듣자, 귀를 더럽혔다면서 영천수(潁川水)에 귀를 씻었다. 이는 욕심 없는 마음을 상징하는 것이다. 악부 <행로난>3 참조.

8 嵩岳(숭악) : 하남성 등봉현(登封縣)의 북쪽에 있는 숭산(嵩山)을 말한다.

해설

은거와 정치 참여 어느 면에서나 이름을 세운 상산사호(商山四皓)의 높은 덕을 기리며, 그들을 닮아보려는 처세관을 피력한 작품이다. 그의 시가 중에는 <상산사호商山四皓>, <과사호묘過四皓墓> 등도 있어, 이들을 모두 존경하였음을 알 수 있다. 이백은 <대수산답맹소부이문서代壽山答孟少府移門書>에서도 "지위가 높아지면 천하를 고루 잘살게 해줄 것이며, 벼슬길에 오르지 못하면 혼자서라도 좋은 일하며 지낼 예정"이라고 하여, 맹자(孟子)의 '궁달(窮

達)'사상이나 노자(老子)의 '공성신퇴(功成身退)' 사상을 좇으려는 뜻을 표명하였듯이, 이백은 유가적 제세(濟世) 활동과 도가적 은둔(隱遁)이 갈등 없이 차례로 이어지는 것을 이상적인 생애로 여겼다.

병석에 누운 이백에게서 만권(萬卷)의 시와 함께 시문집의 서문을 부탁받은 당도(當塗) 현령 이양빙(李陽冰; 721전후~785전후)은 <초당집서草堂集序>에서, 이백의 시를 높이 산 당 현종이 대궐로 들어간 그를 상산사호(綺皓) 대하듯 최고의 예로서 맞이하였다고 기록하였다.

034 우전채화 于闐採花

우전의 꽃 따는 이

于闐採花人[1]	서쪽 나라 우전于闐의 꽃 따는 이
自言花相似	“꽃은 다 엇비슷하다” 했지만
明妃一朝西入胡	명비明妃가 하루아침에 서쪽 오랑캐 땅으로 가자
胡中美女多羞死	그 곳 미녀 모두들 부끄러워 숨었다네.
乃知漢地多明姝	그제야 알았다네, 한나라에 허다한 미인과
胡中無花可方比	견줄 꽃이 오랑캐 땅엔 하나도 없음을.
丹青能令醜者姸	채색이 못난이를 어여삐 치장하여
無鹽翻在深宮裏[2]	무염無鹽 같은 못난이가 깊은 궁에 거하다니.
自古妒蛾眉	자고로 미인은 시샘을 받게 마련
胡沙埋皓齒	오랑캐 땅 사막에 고운 얼굴 묻혔네.

해제

진수(陳隋) 시대에 나온 변새 지방의 이국정취를 노래한 악곡으로서 잡곡가사(雜曲歌辭) 중의 하나이다. 본래 채화(採花)는 꽃을 따는 것이지만, 여기서는 미인 뽑는 것에 빗대었다.

주석

1 于闐(우전) : 예날 서역국(西域國) 중 하나. 지금의 신강(新疆) 위구르자치구의 화전현(和田縣) 부근이다.

2 無鹽(무염) : 전국시대 제 선왕(齊 宣王)의 왕비인 종리춘(鍾離春)을 가리킨다. 그녀는 무염(無鹽) 지방 출신으로, 절구머리에 옴폭 눈, 긴 손가락에 굵은 마디. 들창코에 쉰 목소리. 자라목에 대머리, 곱사에 큰 가슴, 검은 피부 등 둘도 없이 추하여, 나이 사십에도 쳐다보는

사람이 없었다. 그럼에도 불구하고 그녀는 갈옷을 여미고 왕에게 찾아가 국정(國政)에 대해 충고하고 그 지혜로움으로 인해 왕비에 간택되었다고 한다.

해설

아름다운 여인의 운명이 기박하다는 악부 <왕소군王昭君>과 같은 소재의 원시(怨詩)이지만, 오히려 회재불우(懷才不遇) 시의 성격이 더욱 강하게 느껴지는 작품이다. 그것은 아마도 마지막 네 구에 언급된 미인의 기구함이 불우한 지식인의 비극적 운명과 너무도 닮았기 때문일 것이다.

실제로 그의 즉흥적 노래인 가음 <옥호음玉壺吟>에서는 못난이의 질투에 희생된 박복(薄福)한 미인과, 모략에 의해 어려운 처지에 직면한 열사(烈士)가 함께 등장하기도 한다. 더구나 <구참懼讒> 시에는 복숭아 두 개의 음모에 의해 죽음을 당한 세 장사(壯士), 아름다움을 시새운 뭇 여성들의 질투, 버림받은 부채 등의 고사(故事)들이 연이어져, 이들 간의 밀접한 상관성을 말해 주고 있다.

이처럼 여인의 한을 읊조린 이백의 원시(怨詩)는 불우한 선비의 한탄으로 치환되어 읽힌다.

035 국가행 鞠歌行

곤궁한 선비의 노래

玉不自言如桃李[1]	옥이 도리桃李마냥 잠자코 있노라니
魚目笑之卞和恥[2]	물고기 눈깔이 변화卞和의 치욕을 비웃더라.
楚國青蠅何太多[3]	초나라엔 쉬파리가 어이 그리 많았던가
連城白璧遭讒毁[4]	성들과 바꿀 흰 옥으로 모함만 당하였다.
荊山長號泣血人	형산荊山에서 소리치며 피눈물을 흘리던 이
忠臣死爲刖足鬼	충신은 죽어 절름발이 귀신 되었구나.
聽曲知甯戚[5]	노래 듣고 영척甯戚 마음을 헤아린 건
夷吾因小妻	이오夷吾가 아내 말을 들어서였다.
秦穆五羊皮	진 목공은 양가죽 다섯 장으로
買死百里奚[6]	죽어가는 백리해百里奚를 구했나니라.
洗拂青雲上	청운 위에 이름 날린 인걸도
當時賤如泥	한때는 빈천함이 진흙 같았다.
朝歌鼓刀叟[7]	조가朝歌의 백정 늙은이가
虎變磻溪中	반계磻溪에서 출세하여
一擧釣六合[8]	단번에 온 세상을 낚아 올리고
遂荒營丘東[9]	마침내 영구營丘 동쪽 차지하였다.
平生渭水曲[10]	평생 위수곡渭水曲 부른다 한들
誰識此老翁	그 누가 이 늙은이 알아주려나.
奈何今之人	요즈음 사람들 어이하려나
雙目送飛鴻[11]	기러기 바라보며 딴전만 피우니.

해제

서진(西晉) 이후에 나온 <국가행鞠歌行>의 가사는 주로 뛰어난 인재가 지기(知己)를 만나지 못해 곤궁함에 처해 있음을 한탄하는 내용으로, 상화가사(相和歌辭중)의 하나이다. 여기서 鞠(국)은 곤궁하다는 뜻이다.

주석

1 桃李(도리) : 훌륭한 덕을 비유한다. ≪사기≫<이장군열전李將軍列傳>에서 "복숭아 자두나무는 좋은 열매를 맺으므로, 말하지 않아도 그 아래에 절로 길이 생기기 마련이다.[桃李不言, 下自成蹊.]"라 하였다.

2 卞和(변화) : 춘추시대 초(楚)나라 사람. 그는 거대한 옥돌을 얻어 여왕(厲王)과 그 뒤를 계승한 무왕(武王)에게 지속적으로 옥돌을 바쳤으나, 옥을 감정하는 자가 돌이라고 우겨 양 발꿈치를 잘리는 벌[刖足刑]을 받았다. 무왕(武王)의 뒤를 이어 문왕(文王)이 왕위에 오르자, 변화는 그 옥돌을 안고 초나라의 산 아래서 사흘 밤낮을 통곡하였다. 왕이 전문가에게 그 돌을 다듬게 해보니 과연 값진 옥이 되었다고 한다. 훌륭한 재능 갖고서도 불우한 처지에 놓여, 물고기 눈알[魚目] 같은 사이비 무리의 비웃음을 받는다는 뜻이다.

3 靑蠅(청승) : 쉬파리. 쉬파리는 배설물로 흰 바탕을 검게 더럽히거나 검은 바탕을 희게 만들어, 선과 악의 가치관을 혼란시키는 아첨꾼에 비유된다.

4 連城白璧(연성백벽) : 화씨벽(和氏璧)을 가리킨다. 주나라 때 조(趙)나라 혜문왕(惠文王)이 화씨벽을 성(城) 열다섯 개와 바꾸고자 하였다.

5 甯戚(영척) : 춘추시대 위(衛)나라 사람으로서 제(齊)나라의 재상이 되어 환공(桓公)을 보좌한 인물이다. 그가 처음 제 환공(齊 桓公)을 만나보려 하였을 때 방법을 찾지 못하여, 남의 노비가 되어 동문(東門) 밖에서 머물면서 소의 뿔을 두드리며 슬픈 노래를 부르고 있었다. 환공(桓公)이 이를 듣고서 관중(管仲 : 본명은 夷吾이고, 仲은 그의 字이다)을 시켜 그 뜻을 알아보고자 하였다. 관중도 닷새 동안 그 뜻을 풀 수가 없어 고심하고 있는데, 그의 아내가 천(倩)이 영척이 부른 노래 가사가 옛날 백수(白水) 노래임을 밝히며, 그가 환공에게 등용되기를 원하고 있음을 가르쳐주었다. 이에 환공은 그를 만나보고 재상으로 삼았고, 그 덕에 제나라가 크게 다스려지게 되었다고 한다.

6 百里奚(백리해) : 춘추 시대 초(楚)나라 완읍(宛邑) 사람으로, 뒤에 진(秦)나라 목공(穆公)을 도와 패자로 만들어 후에 진나라가 천하를 통일하는 기초를 만든 인물이다. 처음에 우(虞)나라의 대부로 있었으나 우나라가 멸망하자 달아났다. 뒤에 초(楚)의 천한 사람의 노예가 되

어 있는 것을 양가죽 다섯 장으로 바꾸어 진 목공(秦 穆公)이 국정을 맡겼다고 하여, 사람들이 그를 오고대부(五羖大夫)라 불렀다고 한다.

7 鼓刀叟(고도수) : 주(周)나라의 개국공신인 태공망 여상(太公望 呂尙)을 가리킨다. 그는 은나라의 주(紂) 임금을 피해 동해(東海) 가에 살고 있다가 문왕(文王)이 흥기(興起)하였다는 소식을 듣고 초야에서 나왔는데, 조가(朝歌)라는 곳에 있을 때 극도로 곤궁하여 소를 잡기도 하였고, 위수(渭水) 가에서 낚시질도 하였다. 한편 문왕은 성인(聖人)을 얻는 꿈을 꾸고는 사냥을 나가 위수(渭水)가의 반계(磻溪)에서 낚시질하던 태공(太公)을 만나 수레에 태우고 와서 스승으로 삼았다. 영척(甯戚), 백리해(百里奚), 태공망(太公望 呂尙) 등에 얽힌 고사들의 이면에는, 한때 곤궁하고 비천했지만 행운을 얻어 공적을 남길 수 있었던 인물들을 한없이 부러워하는 작자의 마음이 담겨져 있다.

8 六合(육합) : 천지와 사방. 온 세상.

9 荒營丘東(황영구동) : 영구(營丘) 동편을 차지하다. 여기서 '황(荒)'은 가지다[有]라는 뜻이다. 영구(營丘)는 지금의 산동성 창낙현(昌樂縣) 동남쪽의 영구(營丘)로, 태공망이 제(齊)에 봉해진 것을 가리킨다.

10 渭水曲(위수곡) : 위수(渭水) 가에서 낚시질하다 발탁된 태공망을 부러워하는 노래라는 뜻이다.

11 雙目(쌍목) : 남과 얘기하며 한눈파는 것을 말한다. 춘추시대 위 영공(衛 靈公)이 공자(孔子)와 얘기를 나눌 때 기러기만 바라보며 업신여기자, 공자가 떠나버렸다고 한다.

해설

비유와 고사(故事)가 뒤얽힌, 불우를 한탄한 노래이다. 세상의 질시를 받을지언정 자신은 옥과 같다는 자부심이야 여전하건만, <양보음梁甫吟>에서처럼 그가 평생 선망해 오던 태공망의 행운이 끝내 찾아오지 않으리라는 불안감을 떨치기 어렵다. 세상은 너무나 냉담하고 그 자신도 나이가 들었지만, 출세한 인물들에 관한 여러 고사들을 인용할 만큼 재기용에의 희망은 아직 남아 있다.

036 유간천 幽澗泉

숨은 냇물

拂彼白石	저 흰 돌을 털어내고서
彈吾素琴	내 수수한 금琴을 울려나 보자.
幽澗愀兮流泉深	숨은 냇물 슬퍼서 깊이도 흘러라.
善手明徽[1]	남다른 솜씨에 윤나는 기러기 발
高張淸心[2]	맑은 마음 드높이 펼쳐나 보자.
寂歷似千古	쓸쓸하니 태곳적 같고
松颼飅兮萬尋[3]	소나무 설렁설렁 만길 높이 솟았는데
中見愁猿弔影而危處兮	그 가운데 풀죽은 잔나비, 그림자 드리운 채 어설프게 매달려
叫秋木而長吟	지는 낙엽 안타까워 길게도 흐느낀다.
客有哀時失職而聽者	시절 겹고 쫓겨난 나그네 이 소리 듣고
淚淋浪以霑襟[4]	눈물이 비 오듯 옷깃을 적시누나.
乃緝商綴羽[5]	가락은 상조商調로 또 우조羽調로
潺湲成音[6]	절절하게 이어지고,
吾但寫聲發情於妙指	나는 그저 날랜 손가락에 소리 담아 정 실을 뿐
殊不知此曲之古今	이 가락의 고금일랑 아지 못하노라.
幽澗泉	그윽한 시냇물
鳴深林	깊은 숲을 울린다.

해제

이백이 직접 지은 노래로서 금곡가사(琴曲歌辭)에 속한다.

주석

1 徽(휘) : 거문고 줄을 받치는 기러기 발.
2 高張(고장) : 소리를 높이 펼치다. 금(琴)은 그 음색이 높이 퍼지며, 슬(瑟)은 아래로 가라앉으려는 경향이 있다고 한다.
3 颼飅(수류) : 바람소리를 형용한 것.
4 淋浪(임랑) : 자꾸 흘러내리는 모양.
5 緝(집) : 잇다. 여기서는 음조를 바꾸어 연이어 연주함을 말한다.
6 潺湲(잔원) : 물 흐르는 모양.

해설

이 작품은 할 일을 잃고 가을을 만나 더욱 깊어진 시름을 시냇물 소리로 형상화시킨 것이다. 내용으로 미루어볼 때, 장안 생활을 청산하고 강호로 돌아온 후의 뼈저린 외로움을 노래한 듯하다. 고독한 마음과 숨은 시냇물 소리 사이의 상관성을 이끌어내는 탁월한 감각이나, 맑은 금(琴) 소리와 구슬픈 원숭이 울음으로 쓸쓸한 분위기를 돋우어내는 솜씨 등 그의 천부적인 재능을 엿볼 수 있는 작품이다.

037 왕소군 王昭君 2수

왕소군

(1)

漢家秦地月	한漢나라 진秦 땅에 뜬 달
流影照明妃[1]	흐르는 달빛이 명비明妃를 비추네.
一去玉關道	한 번 옥관玉關 길에 오르더니만
天涯去不歸	천 리 먼 곳 가서는 오지 않네.
漢月還從東海出	한漢의 달이야 또 다시 동해서 돋건마는
明妃西嫁無來日	명비明妃는 서쪽으로 시집가 돌아올 기약 없네.
燕支長寒雪作花[2]	연지산燕支山 긴 겨울에 눈꽃마저 피었는데
蛾眉憔悴沒胡沙	고운 모습 시들어 오랑캐 땅 모래에 묻혔네.
生乏黃金枉圖畫[3]	살아선 황금이 없어 그림을 그르치더니
死留青塚使人嗟[4]	죽어선 청총青塚을 남겨 한숨짓게 하네.

해제

본래 한나라 원제(元帝; B.C.48~B.C.33 재위) 때 궁녀였던 왕소군(王昭君)의 기박한 운명을 노래한 악곡으로, 상화가사(相和歌辭) 중의 하나이다.

주석

1 明妃(명비) : 왕소군(王昭君)은 뛰어난 미모에도 불구하고 궁녀들의 모습을 그려 임금에게 바치는 모연수(毛延壽)에게 뇌물을 바치지 않아 임금의 눈에 띄지 못하였다. 당시 흉노가 한(漢)과 화친을 원하자, 임금은 궁궐에서 가장 못생긴 궁녀를 뽑아 선우(單于)의 비(妃)로 삼

고자 하였는데, 초상화 탓에 소군(昭君)이 뽑히게 되었다. 그녀가 한(漢)나라 궁궐을 떠나기 직전 임금을 뵙고 하직을 고하는데, 그 아름다움과 우아한 자태는 궁중에서 제일이었다. 이에 임금은 그녀를 오랑캐에게 보내기로 한 것을 크게 후회하였으나, 그녀는 오랑캐 우두머리에게 시집가 그 곳에서 세상을 떠났다. 서진 문황제(西晉 文皇帝)의 휘(諱)인 소(昭)를 피하여 나중에는 소군(昭君)을 명군(明君), 명비(明妃)라 불렀다.

2 燕支(연지) : 지금의 감숙성(甘肅省) 영창현(永昌縣)과 민락현(民樂縣) 사이에 있는 산 이름. 일명 언지산(焉支山), 산단산(刪丹山). 한대(漢代)에 기련산(祁連山)과 함께 흉노의 중요한 근거지였다.

3 枉(왕) : 조작하다.

4 青塚(청총) : 내몽고 대흑하(大黑河) 남쪽, 지금의 호화호특(呼和浩特市; Hūhéhàotè)시 남쪽 20리 되는 곳의 있는 왕소군의 능묘 이름. 호(胡) 땅의 풀은 가을이 되면 흰 빛으로 시드는데, 소군의 묘에 난 풀은 언제나 푸르러 이러한 이름이 붙었다고 한다.

(2)

昭君拂玉鞍	소군昭君이 옥안장을 털며
上馬啼紅頰	말에 올라 복사 뺨에 눈물 흘리네.
今日漢宮人	오늘 한漢나라 궁녀가
明朝胡地妾	내일이면 오랑캐 아내.

해설

앞의 작품과 같이 아름다운 왕소군의 기구한 운명을 안타까워하는 노래이다. 수많은 시인들이 그녀의 일생을 시로 읊었지만, 이 작품과 같이 간결하고 명료하게 표현한 경우는 찾아보기 어렵다. 이 작품의 탁월성은 작별의 순간에 초점을 맞추고, 이를 기점으로 하여 뒤바뀐 처지를 짤막한 대구로 처리함으로써, 극적 효과를 높인 데 있다.

038 중산유자첩가 中山孺子妾歌

중산의 어린 궁녀

中山孺子妾[1]	중산왕中山王의 어린 궁녀
特以色見珍	빼어난 자태로 이름이 났네.
雖不如延年妹[2]	이연년李延年의 여동생만은 못하다 해도
亦是當時絶世人	그 역시 당대의 절세가인이었네.
桃李出深井	도리桃李가 깊은 우물가에서 자라나
花豔驚上春	요염한 꽃으로 새 봄을 놀래켰지.
一貴復一賤	한때 귀했다가 또 금방 천해지니
關天豈由身	하늘에 달린 일, 어이 사람 탓이리.
芙蓉老秋霜	연꽃은 가을 서리에 시들고
團扇羞網塵	둥근 부채 먼지 속에 버려져 괴롭네.
戚姬髡髮入舂市[3]	척부인戚夫人은 머리 깎여 절구 마을에 갇혔으니
萬古共悲辛	서럽고 괴롭기는 예나 제나 마찬가지.

해제

잡가요사(雜歌謠辭) 중의 하나이다. 이 노래의 제목에 대해, ≪악부시집≫에서는 종래 ≪한서漢書≫에 "조서를 내려 중산정왕(中山靖王) 자쾌(子噲)와 유자첩(孺子妾) 빙(冰)에게 상을 내린, 미앙재인(未央才人) 가시(歌詩) 4수[詔賜中山靖王子噲及孺子妾冰未央材人歌詩四篇]"라는 기록이 있는데, 그 유래를 잘못 안 육궐(陸厥; 472~499)이 이를 한데 묶어 <중산유자첩가中山孺子妾歌>를 지었고, 이백도 이를 그대로 모방한 것"이라고 설명했다.

주석

1 中山(중산) : 지금의 하북성 정현(河北省 定縣) 일대를 말한다.

* 孺子妾(유자첩) : 어린 궁인(宮人).

2 延年妹(연년매) : 중산(中山) 지방 출신인 이연년(李延年)의 여동생으로, 한 무제(漢 武帝)의 총애를 받은 이부인(李夫人)을 말한다.

3 戚姬髡髮(척희곤발) : 척부인(戚夫人)이 머리를 깎이다. 한 고조(漢 高祖)가 죽고 혜제(惠帝)가 왕위를 계승하면서 고조의 본부인이었던 여후(呂后)가 태후(太后)에 오르자, 고조의 총희(寵姬)였던 척부인을 가두어 머리를 깎고 붉은 옷을 입혀 죄인들이나 하는 절구질을 하게 하였다고 한다.

해설

버림받은 궁녀의 노래이다. 이백의 악부 중에는 이와 같이 가련한 처지의 여성이 등장하는 작품이 많다. 이는 임금에게 버림받은 자신의 신세를 실어 표현하기에 적합하였기 때문으로 추정되지만, 다양한 상황 설정과 곡진한 심경 묘사는 타의 추종을 불허한다.

039 형주가 荊州歌

형주의 노래

白帝城邊足風波[1]	백제성白帝城 옆으로 물결이 높으니
瞿塘五月誰敢過	오월의 구당瞿塘 여울 그 누가 건너리오.
荊州麥熟繭成蛾[2]	형주荊州에 보리 익고 고치가 나방 될 제
繰絲憶君頭緖多	명주실 자으며 임 생각에 싱숭생숭
撥穀飛鳴奈妾何[3]	뻐꾸기 울며 나니 저는 어이하리오.

해제

남조(南朝) 때 형주(荊州; 지금의 호북성 江陵縣 일대) 부근에서 유행한 노래로서 청상곡사(淸商曲辭) 중의 하나이다.

주석

1 白帝城(백제성) : 지금의 사천성 봉절현(奉節縣) 백제산(白帝山)에 위치한 성으로, 신(新)나라를 세운 王莽(B.C. 45~A.D. 23)에 대항하여 公孫述(?~36)이 할거하던 곳이었다.
2 繭(견) : 누에고치.
3 撥穀(발곡) : 뻐꾸기. 그 우는 소리를 본뜬 이름이다.

해설

이 작품은 민요의 소박함을 잘 간직한 시로서 높이 평가되고 있다. 뽕을 따고 누에를 먹이며 길쌈하면서 임 그리는 아낙의 정서를, 생활환경이나 처지가 다른 문인(文人)이 제대로 표현해내기란 쉽지 않은 일이다. 이러한 어려움에도 불구하고 그 정서를 성공적으로 표현할 수 있었던 것은 서민의 생활과 애환에 대한 관심과 사랑이 남달라, 민가(民歌)를 즐겨 학습하였기 때문이다.

040 치자반곡사 設辟邪伎鼓吹雉子斑曲辭

춤을 곁들여 연주하는 치자반곡 가사

辟邪伎作鼓吹驚[1]	벽사辟邪 광대 요란하게 북을 울리니
雉子斑之奏曲成	치자반雉子斑 가락이 어우러지네.
喔咿振迅欲飛鳴[2]	끽 끽 울어대며 날갯짓할 때
扇錦翼	비단 깃 펄럭여
雄風生	거센 바람 일어나네.
雙雌同飮啄	까투리 둘과 한데 먹고 마시는데
趫悍誰能爭	날래고 사나움을 그 누구와 겨루리.
乍向草中耿介死[3]	차라리 풀 섶에서 고고하게 죽을망정
不求黃金籠下生	황금 조롱에 갇혀 살아가긴 싫다네.
天地至廣大	온 천지 가없이 광활한데
何惜遂物情[4]	자연의 이치 따르길 어이 마다하리.
善卷讓天子[5]	선권善卷은 천자 자리 내놓았고
務光亦逃名[6]	무광務光도 이름나길 피했다네.
所貴曠士懷	귀하게 여기노니, 달사達士의 높은 뜻
朗然合大淸	드넓은 하늘에 맞닿아 있네.

해제

본래 꿩의 모습과 생태를 노래한 한대(漢代)의 민요였던 <치자반雉子班>이 남조시대에 춤곡으로 바뀐 것이며, 내용도 뒤에는 은거하여 사는 선비를 꿩에 비겨 노래하기도 하였다. 고취곡사(鼓吹曲辭) 중의 하나이다.

주석

1 辟邪伎(벽사기) : 사슴 비슷하면서 꼬리가 긴 벽사(辟邪)라는 동물로 분장하고 춤추는 기예. 남조 양대(梁代)부터 시작되었다고 한다.

2 喔咿(악이) : 봉황이나 닭 등과 같은 새가 우는 소리.

 * 振迅(진신) : 날개를 퍼덕이다.

3 乍(사) : 차라리.

 * 耿介(경개) : 지조가 굳은 모양.

4 遂物情(수물정) : 자연의 흐름에 맞추어 지내다.

5 善卷(선권) : 순(舜) 임금 시대의 은자(隱者). ≪장자莊子≫<양왕讓王>편에 순임금이 그에게 천하를 물려주려 하였으나 받지 않았다는 대목이 있다.

6 務光(무광) : 상(商)나라 초기의 은자. 탕(湯) 임금이 걸(桀) 왕을 정벌하고 그에게 천하를 물려주려 하였으나, 임금을 폐하고 백성을 죽인 나라에서 살 수 없다며 돌을 등에 지고 여수(廬水)에 투신하였다고 한다. ≪장자≫<양왕>.

해설

꿩을 주제로 한 음악을 들으며, 아름답고 자유로운 꿩의 모습을 떠올리다가, 자신도 그처럼 고고하게 살겠노라고 다짐하는 내용이다. 마음 가는 대로 지은 작품이기 때문에 전반부와 후반부의 내용이 다소 분리된 듯한 느낌을 주고 있으나, 세속에 얽매이지 않고 초연하게 살아가겠다는 뒷부분을 강조하고 있음은 두 말할 나위 없다. 그가 도가 사상에서 가장 크게 도움받은 것은, 괴로운 현실에서 잠시나마 놓여날 수 있는 마음의 여유를 얻었다는 점이리라.

041 상봉행1 相逢行

만남의 노래

相逢紅塵內	붉은 먼지 길에서 서로 만나선
高揖黃金鞭	황금 채찍 높이 들어 인사하노라.
萬戶垂楊裏[1]	버들 사이 만 채의 집들 중에
君家阿那邊[2]	그대의 댁은 어디시온지.

해제

인생행로의 험난함을 주로 노래해온 악곡으로서, 상화가사(相和歌辭) 중 하나이다. 이백은 '상봉행(相逢行)'이란 제하(題下)에 2편의 가사를 남겼는데, 이 <상봉행1>은 5언 4구의 짧은 절구형식이지만, 뒤에 나오는 <상봉행2>는 30구에 달하는 장편이다.

주석

1 萬戶(만호) : 장안이 한창 번화할 때 집이 줄잡아 만 채였다고 한다. 악부 <군자유소사행君子有所思行> 참조.

2 阿那邊(아나변) : '어느 곳이냐?'라는 의미의 당대(唐代) 구어(口語).

해설

말을 달려 붉은 먼지 날리는 길에서 두 장부가 마주친다. 평소에 흠모해 오던 이를 뜻밖에 만나, 채찍 든 손을 높이 모아 예를 갖춘다. 여러 말 나누지 않아도 단번에 의기가 상통하여, 버드나무 사이로 장안 시내를 굽어보며 사는 곳을 물으면서 다시 만날 것을 기약한다. 동작 하나와 한마디 말로 헌헌장부의 기품을 그려내는 솜씨에서, 이백 시의 묘미는 '쉬운 말, 깊은 여운'에 있음을 실감하게 된다.

042 고유소사 古有所思

예로부터 이런 생각이

我思仙人乃在碧海之東隅	나 푸른 바다 동쪽 신선 사는 곳 그리나니
海寒多天風	바다 차갑고 하늘 바람 몰아쳐
白波連山倒蓬壺[1]	산처럼 줄지은 흰 물결, 봉래산을 뒤엎네.
長鯨噴湧不可涉	큰 고래가 물 뿜고 날뛰니 건너갈 수 없고
撫心茫茫淚如珠	마음 달래 봐도 막막하여 구슬 같은 눈물뿐.
西來青鳥東飛去[2]	서쪽에서 온 푸른 새 동쪽으로 날아갈 제
願寄一書謝麻姑[3]	바라건대 편지 한 장, 마고麻姑에게 보냈으면.

해제

<유소사有所思>는 고취곡사(鼓吹曲辭)의 하나로서, 본디 강렬한 그리움과 더불어 변심에 대한 단호한 절교의 선언을 내용으로 하는 한대(漢代)의 민요였다. 이백의 <고유소사古有所思>에서는 여기에 신선의 색채를 더하였다.

주석

1 蓬壺(봉호) : 동해 바다 한가운데 있다는 선산(仙山) 중의 하나인 봉래산(蓬萊山)의 별칭. 산이 병 모양으로 생겼다고 하여 붙여진 이름이다.

2 青鳥(청조) : 서왕모(西王母)를 모시고 다닌다는 서쪽에 사는 새.

3 麻姑(마고) : 신녀(神女)의 이름. 나이 열여덟 남짓에 머리 위에 쪽을 지었고, 남은 머리는 허리까지 늘어뜨렸으며, 손톱은 새 발톱처럼 길고, 아름답고 빛나는 옷을 입었다고 한다. 바다가 세 번이나 뽕밭이 되는 것을 본 적이 있다고 하는, 시간을 초월한 선녀이다.

✿ 해설

선경(仙境)에 도달하고자 하나 여의치 못함을 노래한 작품이다. 그의 앞길을 방해하는 장애물은 차가운 바다에 사나운 바람, 산 같은 파도, 큰 고래 등 갈수록 태산이다. 그는 별 도리 없이 눈물만 흘리며, 새를 날려 보내어 마음이라도 전하기를 소망해 본다.

역대의 주석가들은 이 작품을 도가지향적인 것으로 파악하고 있지만, 관점에 따라서는 또 다른 해석도 가능하다고 본다. 그 이유는 주제가 전혀 다른 작품들과 적지 않은 요소들을 공유하고 있기 때문이다.

우선 사모(思慕)의 대상이 멀리 떨어져 있어 안타까워하는 작품의 구도가, 정계 진출의 불가능함을 한탄한 <행로난行路難>1이나, 임(임금)과의 만남이 어려움을 탄식한 악부 <장상사長相思>1과 매우 흡사하다. 또한 그가 접근해 보고 싶은 대상 '선인(仙人)'은 그 의 또 다른 악부 <춘일행春日行>에서 임금의 지원자로 묘사되고 있는 점도 간과할 수 없다. 이들을 연결해 보면 그가 그리는 신선이란 접근하기 어려운 임금이나 그 측근을 암시한 것일 가능성은 적지 않다.

뿐만 아니라, 대상에의 접근을 가로막고 있는 방해꾼 '고래'는 그의 <사마장군가司馬將軍歌>나 <임강왕절사가臨江王節士歌>, <공무도하公無渡河> 등과 같은 여러 암유시(暗喩詩)에서 안록산과 그 일당, 혹은 간신들을 빗대는 비유로 이미 여러 차례 사용된 바 있다. 그리고 사모의 대상에게 마음을 전해 주는 메신저 '새'는 감우시(感遇詩)류 성격이 농후한 악부 <의고擬古>에도 등장하고 있다.

이렇게 되면 이 작품에서 말하는 구선(求仙)의 어려움이란, 당대 임금이나 그 측근에 대한 접근의 어려움을 에둘러 말한 것일 수도 있다는 추측이 가능해진다. 그러나 정확한 해석은 불가능해 보인다. 이백은 작품 안에 단 한 마디의 단서도 남기지 않았기 때문이다. 잡힐 듯 말 듯 안개에 싸인 것이 이백 악부의 매력이다.

043 구별리 久別離

오랜 이별

別來幾春未還家	집 떠나 못 가본지 몇 봄이나 지났노.
玉窗五見櫻桃花	옥창 가에 앵도 꽃을 다섯 번 보았네.
況有錦字書[1]	비단에 수놓은 편지 보내온들
開緘使人嗟	열어 봐야 한숨만 더할 뿐.
至此腸斷彼心絶	이처럼 애탈 적엔 그 맘인들 오죽하리.
雲鬟綠鬢罷梳結[2]	구름 같은 검은 머리 빗질 손질 그만둔 채
愁如回飇亂白雪	흩어지는 흰 눈 마냥 심사만 어지러워.
去年寄書報陽臺	지난 해 편지 보내 양대陽臺에 있다더니
今年寄書重相催	금년엔 편지 보내 만나길 재촉하네.
東風兮東風	봄바람아, 봄바람아.
爲我吹行雲使西來	날 위해 가는 구름 서편으로 보내다오.
待來竟不來	기다려도 기다려도 끝내 오지 않고
落花寂寂委青苔	낙화만 조용하게 이끼 우에 시드네.

해제

<고별리古別離>나 <생별리生別離> 같은 옛 민요를 바탕으로 이백이 새로 만든 노래로서, 잡곡가사(雜曲歌辭) 중의 하나이다. 원곡(原曲)은 여성의 입장에서 쓴 그리움[閨怨]의 노래였다.

주석

1 錦字書(금자서) : 비단에 수놓은 편지. 전진(前秦; 351~394) 두도(竇滔)의 처 소혜(蘇蕙)가 그

리운 마음을 시로 지어 이를 비단에다 수를 놓아 임지(臨地)에 있는 남편에게 보냈다고 한다. 그 내용이 애처로울 뿐만 아니라, 사방으로 돌려가며 읽게 되어 있는 독특한 모양으로 이름이 났었다.

2 鬟(환) : 쪽머리.

해설

수놓은 집 편지를 받아들고 먼 곳에 있는 아내를 그리는 시인데, 작품 후반부는 화자(話者)의 경계가 모호하다. 이백은 751년 가을 양원(梁園)의 집을 떠나 753년에 선성(宣成)에 갔고, 영왕 린의 사건에 연루되어 귀양 가게 된 757년 가을까지 이곳을 중심으로 강남 각지를 오가며 생활하였다. 756년에 지은 <추포기내秋浦寄內>에는 양원(梁園)에 있는 아내가 금자서(錦字書)를 보내와, 그녀의 편지를 못 받아본 지 삼 년이 지났음을 헤아려 보는 구절이 나오는 것으로 보아, 집 떠난 후 앵도 꽃을 다섯 번 보았고, 아내가 보낸 금자서를 받았다는 내용의 <구별리久別離> 역시 756년에 지어진 것이 분명하다.

044 백두음 白頭吟 2수

흰머리 되고지고

(1)

錦水東北流[1]	금강은 동으로 북으로 흘러
波蕩雙鴛鴦	원앙 한 쌍을 갈라놓았네.
雄巢漢宮樹	수놈은 한궁漢宮 나무에 깃들고
雌弄秦草芳	암컷은 진秦 땅 풀밭에서 노네.
寧同萬死碎綺翼[2]	만 번 고쳐 죽어 함께 날개 찢길지언정
不忍雲間兩分張	구름 끝에 따로 떨어지는 건 차마 못하겠네.
此時阿嬌正嬌妒[3]	이때에 아교阿嬌는 질투에 사로잡혀
獨坐長門愁日暮	저물도록 장문궁長門宮에 홀로 앉아 수심에 잠겼네.
但願君恩顧妾深	"그 임이 나만을 살뜰히 여긴다면
豈惜黃金買詞賦[4]	글을 구하는 데 황금인들 아까우리."
相如作賦得黃金	상여相如가 부賦를 지어 황금을 받아서는
丈夫好新多異心	새것 좋아하는 남정네라 다른 마음 품었다네.
一朝將聘茂陵女	하루아침에 무릉茂陵 소녀 맞아들이자
文君因贈白頭吟	탁문군卓文君은 백발의 노래 지어 보냈네.
東流不作西歸水	동쪽으로 흐르는 물, 서편으론 못 돌려도
落花辭條羞故林	꽃은 떨어지며 정든 나무에 미안해한다네.
兎絲故無情[5]	새삼은 본디 무정하여
隨風任傾倒	바람 따라 멋대로 기우는데
誰使女蘿枝[6]	뉘라서 여라女蘿 덩굴더러
而來强縈抱	억지로 얽히라 하였던가.

兩草猶一心	푸새 것들도 한마음이련만
人心不如草	사람 마음은 푸새만도 못하여라.
莫捲龍鬚席[7]	용수龍鬚 자리 걷지 마라
從他生網絲	거미줄 슬도록 버려둬라.
且留琥珀枕[8]	호박 베개도 놔두거라
或有夢來時	꿈결엘랑 오실라.
覆水再收豈滿杯[9]	엎지른 물 담는다고 어이 도로 그득하랴
棄妾已去難重回	날 버리고 가신 임, 다시 오기 어렵지라.
古來得意不相負	예로부터 잘 되어도 저버리지 않는 건
祇今惟見青陵臺[10]	보이나니 지금껏 청릉대青陵臺 뿐이로다.

해제

<백두음白頭吟>은 본래 사마상여(司馬相如; B.C.179~B.C.118)의 아내인 탁문군(卓文君)이 지었다는 노래이다. 사마상여가 무릉(茂陵)의 소녀를 새로 맞아들이려 하자, 탁문군은 이 노래르 지어 절교를 선언하였고, 이로 인해 사마상여는 새사람 맞이하는 일을 포기하였다고 한다. 탁문군이 처음 지었다는 <백두음>의 내용은 다음과 같다. "산 위의 눈같이 희기도 하여라. 구름 사이 달처럼 희기도 하여라. 듣자 하니 그대 다른 마음 품었다 하여, 헤어지고자 하노라. 오늘은 말 술 마시며 마주하지만, 내일은 강물 어구에 있으리라. 저벅저벅 강 어구로 말을 몰면, 강물은 동서로 갈려 흐르리라. 하염없이 하염없이 울고 난 후, 결혼하고서 흐느끼지 않으리라. 원컨대 한 마음 가진 이와 머리 허옇게 세도록 갈라지지 않으리라." 상화가사(相和歌辭) 중의 하나이다.

주석

[1] 錦水(금수) : 촉(蜀) 지방에 두 갈래로 흐르는 강. 그 물에 깁을 빨아 널면 빛이 더욱 선명해진다 해서 생긴 이름이다. 여기서는 이별의 운명을 형상적으로 표현한 것이다.

[2] 寧(영) : 차라리. '寧~不~'은 '차라리~할지언정 ~은 못하겠다.'는 뜻이다.

3 阿嬌(아교) : 한 무제(漢 武帝)의 비(妃)인 진황후(陳皇后)의 아명(兒名). 한 무제가 어렸을 때 아교(阿嬌)를 각시로 맞게 되면 황금으로 된 집을 지어 살게 하겠다고 말했는데. 장성하여서 과연 그 말대로 그녀와 결혼하여 총애하였다.

4 詞賦(사부) : 사마상여(司馬相如)가 진황후를 위해 지어준 <장문부長門賦>를 가리킨다. 무제(武帝)가 위자부(衛子夫)를 총애할 때, 진황후 아교(阿嬌)는 장문궁(長門宮)에서 질투로 시름에 잠겨 있다가, 사마상여가 문장에 뛰어나다는 소식을 듣자 술자리를 마련하고 황금 백 근을 준비하여 자신의 처지를 하소연하였다. 상여(相如)는 그녀를 동정하여 <장문부>를 지어 임금에게 바쳤더니, 그 애절한 내용에 임금이 감동하여 황후는 사랑을 되찾게 되었다고 한다.

5 兎絲(토사) : 새삼. 덩굴식물의 일종이다.

6 女蘿(여라) : 겨우살이. 역시 덩굴식물의 일종이다.

7 龍鬚席(용수석) : 용수초(龍鬚草)로 짠 돗자리.

8 琥珀枕(호박침) : 누런빛의 보석 호박으로 만든 베개. 한(漢)나라 때 조비연(趙飛燕)이 황후가 되고 그 아우가 왕의 총애를 얻어 소양전(昭陽殿)에 있을 때, 임금이 이를 보냈다고 한다.

9 覆水(복수) : 물을 엎다. 태공(太公)이 집안 경영에 아랑곳하지 않자 그 아내 마씨(馬氏)는 집을 나가버렸는데, 태공(太公)이 제(齊)에 봉해지자 예전처럼 함께 살기를 애원하였다. 이에 태공(太公)은 물 한 동이를 땅에 부으며, 쏟은 물은 다시 주워 담을 수는 없는 것이라고 하였다.

10 靑陵臺(청릉대) : 남조 송(宋)나라 때 한붕(韓朋)이 지었다는 누대. 송 강왕(宋 康王)이 한붕의 아름다운 처를 빼앗고자, 그에게 청릉대를 지으라 하고 다 짓고 나서 죽였다. 그의 처는 남편의 주검을 보러 와서는 높은 누대에서 몸을 던져 목숨을 끊었다. 왕은 누대 좌우에 이들을 나누어 묻게 하였으나, 양 무덤에서 각기 한 그루의 나무가 자라, 가지가 서로 얽히고 그 위에서 두 마리 새가 슬피 울었다고 한다.

(2)

錦水東流碧	금강이 동으로 푸르게 흘러
波蕩雙鴛鴦	두 마리 원앙새를 갈라놓았네.
雄巢漢宮樹	수컷은 한漢 궁궐 나무에 깃들고
雌弄秦草芳	암컷은 진秦의 풀 섶에서 노네.
相如去蜀謁武帝	상여相如가 촉蜀을 떠나 무제武帝를 뵈올 적에

赤車駟馬生輝光	붉은 수레 네 필 말이 으리으리했었네.
一朝再覽大人作	어느 아침 대인부大人賦를 두 번 보시자
萬乘忽欲凌雲翔	천자의 마음, 구름 위로 솟았네.
聞道阿嬌失恩寵	듣자하니 아교阿嬌가 총애를 잃고서
千金買賦要君王	천금으로 부賦를 얻어 임금 마음 사자했네.
相如不憶貧賤日	상여는 가난했던 옛 시절을 잊고서
位高金多聘私室	귀해지고 부해지자 소실을 들인다고
茂陵姝子皆見求	무릉茂陵 아가씨를 모조리 찾아보니
文君歡愛從此畢	문군文君의 행복은 이것으로 끝이 났네.
淚如雙泉水	눈물은 두 줄기 샘처럼
行墮紫羅襟	자주비단 옷자락에 하염없이 떨어졌네.
五更雞三唱	늦은 밤 일어나 닭이 세 번 울 때까지
清晨白頭吟	첫 새벽에 백발의 노래를 지었네.
長吁不整綠雲鬢	검은 머리 흩뜨린 채 긴 한숨을 내어 쉬며
仰訴青天哀怨深	청천 우러른 하소연, 애절함이 사무치네.
城崩杞梁妻	성이 무너져라 슬퍼했던 기량杞梁의 처
誰道土無心	그 누가 흙덩이를 무심타 하리.
東流不作西歸水	동쪽으로 흐르는 물, 서쪽으로 못 돌려도
落花辭枝羞故林	꽃은 떨어지며 정든 수풀에 미안해한다네.
頭上玉燕釵	머리에 꽂은 옥 제비 비녀
是妾嫁時物	이 몸이 시집 올 때 지니고 온 것.
贈君表相思	그대 향한 그리움의 정표로 드리나니
羅袖幸時拂	어쩌다 옷소매로 스침이나 받으려나.
莫卷龍須席	용수龍須자리 걷지 마라
從他生網絲	거미줄 슬게 두거라.

且留琥珀枕	호박 베게 놔두거라
還有夢來時	꿈에라도 오실라.
鷫鸘裘在錦屛上	비단 병풍 우에 걸린 숙상鷫鸘 갖옷
自君一掛無由披	그대가 걸쳐 논 후 입어본 일 없어라.
妾有秦樓鏡	나에게 진루秦樓의 거울이 있어
照心勝照井	우물보다 더 맑게 마음을 비추나니
願持照新人	바라건대 가져다 새 사람을 비쳐보고
雙對可憐影	가련한 내 모습도 마주 비춰보시길.
覆水卻收不滿杯	엎지른 물 쓸어 담는다고 그릇에 차랴마는
相如還謝文君回	상여는 문군文君에게 돌아오라 빌었네.
古來得意不相負	예로부터 득의하고 저버리지 않은 것은
只今惟有青陵臺	지금껏 오로지 청릉대青陵臺 뿐이로다.

해설

사랑하는 사람에게 버림받은 기막힌 운명을 노래한 작품으로서, 여기에는 두 개의 이야기가 맞물려 있다. 그 하나는 한 무제(漢 武帝)의 관심을 잃은 아교(阿嬌; 陳皇后)의 이야기이고, 다른 하나는 사마상여(司馬相如)의 사랑을 잃은 탁문군(卓文君)의 이야기이다. 한 무제가 총애하던 진황후는 위자부(衛子夫)에게 남편의 사랑을 빼앗기고 시름에 잠겨 있던 중, 사마상여에게 황금을 내리고 자신의 처지를 묘사하는 글을 왕에게 지어 바치게 하여 임금의 마음을 되돌렸다. 그러나 사마상여 역시 그 금을 얻어 부자가 되자 무릉의 새 아가씨를 맞이하려 했다는 것이다.

버림받은 여자의 처지를 누구보다 잘 이해하여 그 처지를 곡진하게 묘사했던 사람이, 그 글에 대한 사례를 받아 새 각시를 맞이하려다가 결국에는 아내로부터 절교시를 받기에 이르렀다는 것은 완벽한 아이러니이다. 이백은 이 두 사건이 연쇄적으로 일어났다는 데 착안하여, 남성들의 고질적인 여성 편력과 여성 경시 풍조를 지적하는 데로 발전시키고 있다. 혹자들은 현종(玄宗)이 무혜비(武惠妃)를 총애하여 왕황후(王皇后)를 폐한 사건을 암시한 작품이라고 주장하기도 하지만, 작품 속에서 그 단서를 찾아내기가 쉽지는 않다.

이 작품에서 특히 주목할 만한 것은, 버림받은 아내의 불행한 처지를 제삼자적인 입장에서 묘사하다가, 9·10구나 혹은 15구 이하에서와 같이 그녀로 하여금 직접 하소연하게 하는 서술 시점(視點)의 이동이다. 이와 같이 자유롭게 시점을 바꾸는 것은 그의 다른 여러 악부에서도 구사된 바 있는 이백 특유의 기법이다.

045 채련곡 採蓮曲

연 따러 가세

若耶溪旁採蓮女[1]	약야若耶 개울가에 연밥 따는 저 아가씨
笑隔荷花共人語	연꽃 너머 웃으며 얘기하네.
日照新妝水底明	고운 단장 햇살 받아 물속에 밝고
風飄香袂空中擧	향그런 옷소매는 들려 나부끼네.
岸上誰家遊冶郎[2]	언덕 우엔 뉘 집 한량들인지
三三五五映垂楊	삼삼오오 짝을 지어 버들 새로 어른대네.
紫騮嘶入落花去[3]	자류마紫騮馬는 울면서 떨어진 꽃 사이를 지나다가
見此踟躕空斷腸	이를 보고 머뭇머뭇 공연히 애태우네.

해제

양자강 유역에서 유행하던 노래를 바탕으로 양 무제(梁 武帝; 502~549 재위) 부자(父子)가 가사를 만든 이래로, 많은 시인들이 이를 모방한 가사를 지었다. 배를 타고 연밥이나 연근 캐는 일은 본디 생계를 위한 일이었으나, 연꽃 사이의 아름다운 처녀를 묘사하는 데 치중했던 귀족 시인들에 의해 연꽃이나 연잎을 따는 놀이 차원으로 변모되었다. 청상곡사(淸商曲辭) 중의 하나이다. 이백의 이 작품은 오스트리아의 근대 작곡가 말러(Gustav Mahler; 1860~1911)의 아홉 번째 교향곡 <대지의 노래 Das Lied von der Erde> 중 <아름다움에 대하여 Von der Schönheit>의 가사로 쓰인 바 있다.

주석

1 若耶溪(약야계) : 절강성 회계현(浙江省 會稽縣) 동남 20여 리에 있는데, 춘추시대 월(越)의 미인 서시(西施)가 어렸을 때 이곳에서 깁을 빨아 말리고 연을 캐다가 범려(范蠡)의 눈에 띄어

오왕(吳王) 부차(夫差)에게 바쳐졌다.

2 遊冶郎(유야랑) : 기생들과 노는 한량. 冶(야)는 아리따운 여인이라는 뜻.

3 紫騮馬(자류마) : 대추 빛깔의 붉은 명마.

✿ 해설

이 작품 역시 색채와 명암의 대비가 뛰어난 시가이다. 아가씨들은 연꽃 사이에서 눈부시게 빛나고, 말 탄 한량들은 버들 그늘 사이로 처자들을 기웃거린다. 머뭇대며 괜스레 속 태우는 것은 한량들이 타고 가는 말이다. 이백 특유의 미적 감각과 유머를 엿볼 수 있는 작품이다.

046 임강왕절사가 臨江王節士歌

강가에 모인 병사들

洞庭白波木葉稀	동정호에 흰 물결, 나뭇잎 성근데
燕鴻始入吳雲飛[1]	연燕 기러기 날아들자 오吳의 구름 날리네.
吳雲寒	오의 구름 차가우니
燕鴻苦	연 기러기 괴로워라.
風號沙宿瀟湘浦	바람 몰아치는 소상瀟湘 포구 모래에서 잠자며
節士悲秋淚如雨	꿋꿋한 장사는 가을 겨워 눈물이 비와 같네.
白日當天心	빛나는 해 중천에 떠올라
照之可以事明主	훤히 비춰주니 밝은 임금 섬길 만하겠네.
壯士憤	장사 노하니
雄風生	거센 바람 일어나네.
安得倚天劍	어이하면 천검天劍으로
跨海斬長鯨[2]	바다 가로타고 큰 고래 버힐 건가.

해제

한대(漢代)에 <임강왕臨江王>과 <추사절사가秋思節士歌>라는 노래가 이미 있었던 것으로 보아, 남조 제(齊)의 육궐(陸厥)이 처음 지었다는 <임강왕절사가臨江王節士歌>도 아마 이들을 결합시켜 만든 것인 듯하다. 잡가요사(雜歌謠辭) 중의 하나이다.

주석

1 燕(연) : 지금의 하북성(河北省) 일대를 말한다.

2 長鯨(장경) : 국란(國亂)을 일으킨 안록산(安祿山)의 잔당을 지칭한 것이다.

✿ 해설

악부 <쌍연리雙燕離>처럼 북쪽에서 남쪽으로 날아온 기러기의 이야기가 등장하는 것으로 미루어볼 때, 안록산의 잔당인 강초원(康楚元)과 장가연(張嘉延) 등이 형주(荊州)를 공략한 759년 가을에 지은 작품으로 추정된다. 이백의 나이 이제 말년에 접어들었음에도 불구하고, 적을 물리치고 왕실을 바로 세우려는 기개는 여전히 남아 있다.

047 사마장군가 司馬將軍歌

사마장군의 노래

狂風吹古月	사나운 바람이 옛 달에 몰아쳐
竊弄章華臺[1]	짐짓 장화대章華臺를 넘보며 지나도다.
北落明星動光彩[2]	북락北落 밝은 별빛 예사롭지 않더니만
南征猛將如雲雷	남쪽 토벌 나선 맹장, 구름 같고 우레 같다.
手中電曳倚天劍	손에는 번득이는 천검天劍을 지녔다가
直斬長鯨海水開	단번에 큰 고래 쳐 바닷물이 갈라진다.
我見樓船壯心目[3]	나, 함선을 보며 마음을 장히 하니
頗似龍驤下三蜀[4]	흡사 용양장군龍驤將軍이 삼촉三蜀으로 내려가듯.
揚兵習戰張虎旗	군사 부려 전쟁 치러 범 깃발을 펼쳐드니
江中白浪如銀屋	강 가운데 흰 물결은 은빛 집채 같도다.
身居玉帳臨河魁[5]	군막에 거처하며 하괴河魁를 향해 서니
紫髯若戟冠崔嵬	검은 수염 창과 같고 모자는 삐죽삐죽.
細柳開營揖天子[6]	세류細柳에 진을 치고 천자에게 읍하니
始知灞上爲嬰孩[7]	파상灞上 군대 애숭인 줄 비로소 알겠도다.
羌笛橫吹阿嚲迴[8]	오랑캐 피리로 아타회阿嚲迴를 불다가
向月樓中吹落梅[9]	달을 향해 누樓 안에서 낙매화落梅花를 부노라.
將軍自起舞長劍	장군 선뜻 일어나서 장검무長劍舞를 추자하니
壯士呼聲動九垓[10]	장사들의 환호소리 온 천지를 흔들도다.
功成獻凱見明主	공 세우고 승전보로 어진 임금 뵈오면
丹青畵像麒麟臺[11]	단청 입힌 초상화가 기린각麒麟閣에 걸리리라.

해제

전조(前趙)의 군주 유요(劉曜; ?~329)가 서진(西晉)의 맹장 진안(陳安; ?~323)을 기려 만든 노래였다고 하며, 잡가요사(雜歌謠辭) 중의 하나이다. 사마장군(司馬將軍)은 진왕(晉王) 사마보(司馬寶)의 장수였던 진안을 가리킨다.

주석

1 章華臺(장화대) : 호북성 감리현(湖北省 監利縣)의 이호(離湖) 가운데 있던 누대.

2 北落(북락) : 북락사문(北落師門)이라는 별. 이 별이 크고 모서리가 뚜렷할 때에는 나라가 태평하고, 약간 어두워질 때는 병사들이 고생할 일이 생긴다고 한다.

3 心目(심목) : 사물을 분별할 수 있는 마음.

4 龍驤(용양) : 진(晉)의 왕준(王濬)을 가리킨다. 무제(武帝)가 오(吳)나라를 정벌할 때 왕준이 망루가 있는 거대한 전함을 만들었다고 하며, 또 용양장군(龍驤將軍)에 임명되어 군사들을 이끌고 촉(蜀)을 출발하여 큰 승리를 거두었다고 한다.

* 三蜀(삼촉) : 한대(漢代)에 설치된 촉군(蜀郡), 광한(廣漢), 건위(犍爲) 지역을 이른다.

5 河魁(하괴) : 고대의 전진(戰陣)에서 주장(主將)이 설치하는 군장(軍帳)의 방향으로 염승(厭勝)의 일종이다. 장군의 장막(玉帳)은 서북방을 향해 쳐야 승리할 수 있다고 한다.

6 細柳(세류) : 장안 동쪽의 곳집이 있는 곳의 지명.

7 灞上(파상) : 장안 동쪽의 군사적 요지였던 파수(灞水) 서편 고원 일대를 일컫는다. 패상(霸上)이라고도 쓴다. 한 문제(漢 文帝) 6년(B.C.174)에 흉노가 크게 침입하여 천자는 유례(劉禮)를 장군으로 삼아 이곳에 주둔케 하였고, 주아보(周亞夫)에게 세류(細柳)를 맡겼다. 한 번은 천자가 친히 군대를 위로하러 갔는데, 유례와 그의 군사는 곧바로 천자를 맞이하였지만, 주아보의 군사들은 천자의 명령에 아랑곳하지 않고 장군의 명령을 기다렸으며, 주아보는 군례(軍禮)에 따라 천자께 절도 않고 가볍게 읍(揖)만 하였다. 천자는 주아보의 엄한 군율(軍律)에 감동하여 말하기를, "지난번 파상(灞上)의 군대는 아이들 장난 같아 흉노가 습격하기 딱 좋을 것 같더니, 아보의 군대는 함부로 넘볼 수 없을 것 같았노라" 하였다고 한다.

8 羌笛(강적) : 서방 오랑캐가 부는 피리.

* 阿彈迴(아타회) : 피리 곡명(曲名).

9 落梅(낙매) : 매화락(梅花落)이라는 피리 곡명.

10 九垓(구해) : 땅 끝.

11 麒麟臺(기린대) : 한나라 고조(高祖) 때 소하(蕭何)가 지어 공신(功臣)들의 초상을 걸었다는 기

린각(麒麟閣)을 말한다. 악부 <새하곡>3 참조.

✿ 해설

이 작품 역시 <임강왕절사가臨江王節師歌>와 같은 시기에 지어진 것이다. 반군의 잔당을 소탕하기 위해 강가에 결집해 있는 군사들을 보자, 이백은 젊은 병사들의 우렁찬 기개와 무한한 가능성이 미덥고 부러워 덩달아 마음을 장히 해본다.

집채만 한 은빛 물결이 넘실대는 강가에 구름같이 모여든 군사들, 하늘을 찌르는 병사들의 기상, 창과 같이 꼿꼿한 검은 수염에 삐죽삐죽한 모자를 쓴 장군들의 모습, 혹은 장검무를 추어 사기를 돋구는 장군과 환호를 지르며 이를 구경하는 병사들, 병영 안의 여러 모습들이 눈에 선하다.

048 군도곡 君道曲

임금의 길

大君若天覆[1]	어진 임금은 하늘과 같아서
廣運無不至[2]	아득히 멀리 닿지 않는 곳 없네.
軒后爪牙常先太山稽[3]	헌후軒后는 상선常先과 태산계太山稽를 손발 삼아
如心之使臂	마음먹은 대로 제 팔 부리듯 하였네.
小白鴻翼於夷吾[4]	소백小白에게 이오夷吾는 기러기의 날개였고
劉葛魚水本無二[5]	유비劉備와 제갈량諸葛亮은 물과 고기처럼 하나였네.
土扶可成墻	흙을 다지면 담장이 되듯이
積德爲厚地	덕을 쌓으면 온 누리를 넉넉하게 한다네.

해제

작품의 제목 아래에 "양대에 ≪아가≫ 5장이 있었는데, 이제 그 1장을 짓는다.[梁之雅歌有五章, 今作一章.]"라는 원주(原注)가 붙어 있다. 하지만 양대 ≪아가≫ 5장 중에 <신도곡臣道曲>이란 항목은 있으나 <군도곡君道曲>은 없다. 어진 임금과 좋은 신하의 상보관계(相輔關係)를 강조한 내용으로 미루어보아, 5장(章) 중의 하나인 <응왕수도곡應王受圖曲>을 모방하고, 제명(題名)만 <신도곡>을 변형시켜 <군도곡>으로 쓴 듯하다. 청상곡사(淸商曲辭) 중의 하나이다.

주석

[1] 天覆(천부) : 하늘이 세상을 덮다, 즉 하늘이 만물을 나서 자라게 하는 은덕의 원천임을 말한다.

[2] 廣運(광운) : 사방. 동서를 광(廣)이라 하고 남북을 운(運)이라 한다.

3 軒后(헌후) : 황제(黃帝) 헌원씨(軒轅氏)를 말한다.

* 常先太山稽(상선태산계) : 황제(黃帝)의 대신이었던 상선(常先)과 태산계(太山稽)를 말한다. 황제가 천하를 다스릴 때, 이들을 스승으로 삼아 자문을 구했다고 한다.

4 鴻翼(홍익) : 기러기의 날개. 춘추시대 제 환공(齊 桓公; 이름 小白)은 재상 관중(管仲; 이름 夷吾)을 중시하여 그를 중보(仲父; 큰아버지)라고 부르며, "나에게 중보는 기러기에게서의 날개와 다를 바 없다."라고 하였다.

5 魚水(어수) : 물고기와 물. 삼국시대(三國時代; 220~265) 유비(劉備)는 제갈량(諸葛亮)의 소중함을 강조하여 "내게 제갈공명(諸葛孔明)이 있는 것은 마치 물고기가 물을 얻은 것과 같다."라 하였다.

해설

어진 정치를 위해서는 현명한 신하의 보필이 무엇보다 중요함을 강조한 작품이다. 5언, 7언, 9언 등 길이가 일정치 않은 잡언(雜言)의 시구를 자유롭게 운용하는 가운데, 지모 있는 신하를 아끼던 왕들에 관한 전고(典故)들로서, 임금의 총애를 갈구하는 자신의 욕망을 함축시켰다.

049 결말자 結韈子

버선 끈 매며

燕南壯士吳門豪[1]	연燕나라 남쪽 장사, 오吳나라 호걸은
筑中置鉛魚隱刀	축 안에 납덩이 넣고, 생선 속에 칼 숨겼지.
感君恩重許君命	무거운 군은君恩에 감읍하여 군명君命을 따르거늘
泰山一擲輕鴻毛	태산조차 새털처럼 가벼이 던지리라.

해제

본디 어떤 노인이 한 관리로 하여금 여러 사람들 앞에서 일부러 자신의 버선 끈을 매도록 시킴으로써, 그를 훌륭한 인물로 알려지게 만들었다는 이야기를 바탕으로 만들어진 노래이다. 이백은 이를 바탕으로 은혜를 소중하게 여겨 목숨조차 아까워하지 않는다는 유협적(遊俠的) 내용으로 확대시켰다. 잡곡가사(雜曲歌辭) 중의 하나이다.

주석

1 燕南壯士(연남장사) : 전국시대의 자객 형가(荊軻)의 친구였던 고점리(高漸離)를 말한다. 그는 축(筑)이란 악기를 잘 탔는데, 연(燕)나라 태자의 부탁을 받고 진왕(秦王)을 암살하러 떠나는 형가를 역수(易水) 가에서 송별하며 축을 연주하였다. 뒤에 형가가 진왕 암살에 실패하고 죽은 후, 진왕(秦王) 앞에서 축을 연주할 때 축 속에 납덩이를 숨기고 있다가 진왕(秦王)을 저격하였으나 역시 실패하였다. 악부 <소년행>1 참조.

* 吳門豪(오문호) : 구은 생선 속에 칼을 숨겨 오왕 료(吳王 僚)를 찔러 죽인 춘추시대의 전저(專諸)를 일컫는다.

해설

목숨을 건 의사(義士)들의 장한 행적을 근체(近體)의 형식에 담아 간결하고 함축적으로 표현하였다. 잘 알려진 역사적 사실을 독자적으로 재구성하여 주제를 부각시키고, 과장적인 표현으로 집중도를 높인 작품이다.

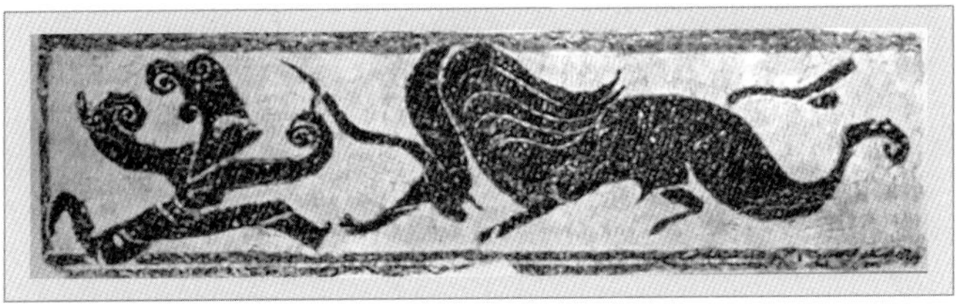

050 결객소년장행 結客少年場行

젊은이들 모여서

紫燕黃金瞳[1]	자연마紫燕馬는 황금빛 눈동자
啾啾搖綠鬉[2]	히힝 울며 푸른 갈기를 흔드네.
平明相馳逐[3]	날 밝자 저마다 달려 나가서는
結客洛門東[4]	낙양洛陽 동문에서 의리 맺었네.
少年學劍術	젊은이는 칼솜씨를 익혀서
淩轢白猿公[5]	백원공白猿公 쯤이야 우습게 알지.
珠袍曳錦帶	구슬 옷에 비단 띠를 끌면서
匕首揷吳鴻[6]	비수로는 오홍검吳鴻劍을 찼다네.
由來萬夫勇	이전부터 만 명 대적할 용기에
挾此生雄風	이것까지 지녔으니 거친 바람 일었네.
託交從劇孟[7]	친교를 맺어 극맹劇孟을 따르며
買醉入新豐[8]	술을 마시러 신풍新豐에 갔네.
笑盡一杯酒	웃으며 한 잔 술 다 들이키고는
殺人都市中	도성의 저자에서 사람을 죽였네.
羞道易水寒[9]	역수易水가 차갑다는 노래 부끄럽게
從令日貫虹[10]	부질없이 무지개는 해를 꿰뚫었으니
燕丹事不立[11]	연燕나라 태자 단丹의 일 이루지 못하고
虛沒秦帝宮	헛되이 진秦 궁궐에서 죽임을 당했네.
武陽死灰人[12]	무양武陽은 안색이 창백해진 겁쟁이
安可與成功	어이 더불어 공을 세우리.

해제

목숨을 가벼이 여기고 의리를 중시하며 공명을 세우는 호탕한 젊은 협객들의 모습을 노래한 악곡으로, 잡곡가사(雜曲歌辭) 중의 하나이다.

주석

1 紫燕(자연) : 명마의 일종.
  * 黃金瞳(황금동) : 명마의 눈동자가 황금빛으로 번쩍이며 빛난다는 뜻이다.

2 啾啾(추추) : 말 우는 소리.

3 平明(평명) : 새벽.

4 結客(결객) : 사귀다. 동맹을 맺다.
  * 洛門(낙문) : 낙양(洛陽)의 성문.

5 白猿公(백원공) : 월(越)나라에 창과 칼 솜씨가 뛰어난 처녀가 있어 월왕(越王)이 그녀를 초빙하였는데, 그녀가 왕을 만나러 길을 떠났다가 도중에 원공(袁公)이라 자처하는 노인을 만났다. 그녀가 칼솜씨를 한 번 보고자하여 그와 대결하였는데, 노인은 나무 위로 날아가 흰 원숭이[白猿]로 변하였다고 한다.

6 吳鴻(오홍) : 보검명(寶劍名). 춘추시대 오왕(吳王) 합려(闔閭)가 명검을 구하고 있던 중, 한 사람이 칼 두 자루를 바치고 상을 달라고 청하였다. 왕이 어떤 점이 뛰어난가 물었더니 자신의 두 아들을 죽여 그 피를 바른 칼이라고 하면서, 오홍(吳鴻)과 호계(扈稽) 두 아들의 이름을 부르자, 두 칼은 날아가 아비 가슴에 붙었다. 왕은 기뻐하면서 상을 내리고 애지중지하였다.

7 劇孟(극맹) : 한(漢)나라 때의 협객. 한량들과 노름을 즐겨하면서 자신의 포부를 감추었다고 한다.

8 新豐(신풍) : 한대(漢代)의 현명(縣名). 지금의 섬서성 임동현(臨潼縣) 동북쪽에 있었으며, 좋은 술이 나는 곳으로 유명하였다.

9 易水寒(역수한) : 역수는 하북성 역현(河北省 易縣) 서쪽에서 발원하여 거마하(拒馬河)로 유입되는 하천. 전국시대 연(燕)나라 형가(荊軻)는 "역수 강물 차가운데[易水寒], 장사 한 번 가면 다시 돌아오지 못하리."라는 비장한 노래를 부르며 역수를 건너 진왕(秦王)을 죽이러 떠났다.

10 從令(종령) : 부질없이 …하게 하다. '徒令(도령)'으로 된 판본도 있는데, 이것이 옳다.
  * 日貫虹(일관홍) : 해를 무지개가 꿰뚫다. 의미상 '虹貫日'이 옳으나 압운을 위해 도치한 것이다. ≪전국책戰國策≫<위책魏策>에서 "전저(專諸)가 오왕 료(吳王 僚)를 암살할 때 혜

성이 달을 범하였고, 섭정(聶政)이 한괴(韓傀)를 암살할 때 흰 무지개가 해를 꿰뚫었으며[白虹貫日], 요리(要離)가 경기(慶忌)를 암살할 때 송골매가 궁전에 부딪혔다."라 하였다.

11 燕丹(연단) : 전국시대 연(燕)나라 태자 단(丹). 그는 진(秦)나라에 볼모로 잡혀 있을 때 냉대받은데 분개하고 또 진나라의 압박을 막기 위하며, 형가를 보내 진왕 정(秦王 政)을 암살하려고 하였다.

12 武揚(무양) : 진무양(秦武陽). 형가가 진왕을 암살하러 갈 때 함께 동행하였던 연(燕)나라의 무사. 진나라 궁전에 들어가 진왕을 알현할 때 종과 북이 큰소리로 울리자 안색이 잿빛으로 변하고 말았다. 왕의 측근들이 이를 수상히 여기고 음모를 사전에 발각하여, 암살 계획은 수포로 돌아가고 말았다.

* 死灰(사회) : 창백한 안색.

해설

연나라 태자 단(丹)을 위해 진왕(秦王)을 죽이려 했다가 실패한 형가(荊軻)를 염두에 두고, 의리를 위해선 목숨마저 아까울 것 없는 협사(俠士)의 용맹한 기상을 노래한 작품이다. 호사스러운 복식에 날랜 기량, 의리 있고 호탕한 성격에 남다른 기백을 갖춘 사나이, 바로 이백이 동경하였던 협객의 전형이다.

051 장간행 長干行 2수

장간 마을에서

(1)

妾髮初覆額	내 머리 이마를 막 덮을 적에
折花門前劇	꽃을 꺾으며 문 앞에서 놀았네.
郎騎竹馬來[1]	그대는 대나무 말을 타고 와서는
遶牀弄青梅	침상을 뱅뱅 돌며 매실로 장난쳤지.
同居長干里	장간長干 마을에 함께 살면서
兩小無嫌猜	두 꼬마 사이엔 허물이 없었지.
十四爲君婦	열넷에 당신의 아내가 되어
羞顔未嘗開	수줍어 얼굴을 들지 못하고
低頭向暗壁	고개를 숙인 채 어둔 벽만 바라보며
千喚不一回	천 번을 불러도 단 한 번 돌아보지 못하였지.
十五始展眉	열다섯에 비로소 활짝 웃으며
願同塵與灰	티끌 먼지 되도록 살고지자 했었지.
常存抱柱信[2]	우직한 그 마음 변치 않으니
豈上望夫臺[3]	망부대望夫臺에 오를 필요 무에 있으리.
十六君遠行	열여섯에 그대는 먼 길에 올라
瞿塘灩澦堆[4]	구당瞿塘의 염예퇴灩澦堆로 길을 떠났지.
五月不可觸	오월엔 풍파가 세어 얼씬도 못하고
猿聲天上哀	원숭이 소리만 하늘가에 애닯다는데.
門前遲行跡	문 앞엔 자취마저 뜸해져
一一生綠苔	발자국 하나마다 푸른 이끼 돋았네.

苔深不能掃	이끼는 깊어서 쓸 수도 없고
落葉秋風早	어느 덧 갈바람에 나뭇잎 지네.
八月胡蝶來	팔월에 나비들이 나와서는
雙飛西園草	쌍쌍이 서쪽 풀밭 날아다니네.
感此傷妾心	이를 보자니 마음이 울적하여
坐愁紅顔老	앉은 채로 수심에 홍안만 늙어갈 뿐.
早晩下三巴[5]	언제고 삼파三巴를 떠나올 때면
豫將書報家	미리 집으로 기별이나 해주오.
相迎不道遠	마중 나가는 길 머다 안 하고
直至長風沙[6]	곧바로 장풍사長風沙까지 달려가리다.

해제

남조(南朝) 때 건업(建鄴; 지금의 南京) 근처에서 유행하던 민가로서 청상곡사(淸商曲辭) 중의 하나이다. 장간(長干)은 당시의 동네 이름인데, 지금의 남경시 중화문(中華門) 바깥 진회하(秦淮河) 남쪽이다.

주석

1 竹馬(죽마) : 대나무로 만든 말로서, 예닐곱 살 정도의 아이가 타고 노는 장난감이다.

2 抱柱信(포주신) : 죽음으로 약속을 지키는 굳은 신의를 말한다. 옛날 미생(尾生)이라는 자가 한 아가씨와 다리 아래서 만나기로 약속을 하고는, 그녀가 오지 않자 물이 불어나는데도 그 자리에서 기다리다가 다리를 부여안고 죽었다고 한다.

3 望夫臺(망부대) : 남편을 기다리는 누대. 옛날 진명(陳明)이라는 사람의 아내가 도깨비에게 잡혀 굴속에 갇혀 있었는데, 진명이 점을 쳐 그 곳을 찾아갔지만 굴이 깊어 바닥을 알 수 없었다. 이에 새끼줄을 드리워 타고 내려가 아내를 구해서 먼저 내보냈으나, 동행한 이웃이 진명을 구하지 않아 빠져 나오지 못했다. 이에 아내는 파양(鄱陽) 서쪽 언덕에 올라가 돌아오지 않는 낭군을 기다렸다고 한다.

4 瞿塘灩澦堆(구당염예퇴) : 장강삼협(長江三峽; 瞿塘峽, 巫峽, 西陵峽)의 입구로서 양 언덕이 마주 보는 곳을 강이 통과하여 물살이 세기로 이름났다.
5 三巴(삼파) : 지금의 중경(重慶), 사천성 봉절현(奉節縣) 그리고 합천현(合川縣)을 삼파(三巴)라 불렀다.
6 長風沙(장풍사) : 남경(南京)으로부터 장강을 따라 약 700여 리 상류에 있는 지명.

✿ 해설

물길 상인의 아내가 남편에게 보내는 편지 형식의 노래이다. 이러한 내용은 장강(長江)을 중심으로 수운업이 발달한 육조(六朝) 이래 많이 나온 것으로서, 남성에 비해 행동반경이 넓지 못하고, 감정 표현에 있어서도 소극적이고 수동적인 경향이 강했던 당시 여성들의 여린 정서가 담겨 있다.

이백은 강남에서 삼을 기르거나 누에를 쳐 길쌈하고, 연밥을 캐는 등 힘써 일하는 강남의 아리땁고 청순한 여성들을 사랑하였고, 그들의 독수공방 처지를 누구보다도 애처롭게 묘사해내었다. 그 중에서도 이 작품은 천진난만한 소꿉친구에서 수줍은 신부로 커가는 가운데 외로움을 알게 된 한 여성의 애틋한 하소연을 곡진하게 풀어놓은 시이다.

이백의 시문집 안에는 두 수의 <장간행長干行>이 있는데, 다른 한 수는 이 작품과 매우 비슷한 내용이지만 긴장도가 떨어지는 등 다소 산만하여 초고(草稿)나 위작(僞作)으로 여겨지고 있다.

미국 시인 Ezra Pound(1885～1972)는 일본 학자의 도움으로 이 작품을 영역하였는데, 제 19～20구를

> 'You dragged your feet when you went out.
> By the gate now, the moss is grown, the different mosses,
> Too deep to clear them away!'

라 하여, 떠나는 임의 무거운 발자국 때문에 이끼가 생긴 것으로 보았다. 그러나 遲(지)는 임이 찾아오는 횟수가 뜸함을 일컫는 것으로 봄이 옳다.

(2)

憶妾深閨里	깊고 깊던 규중시절 되돌아보면
烟塵不曾識	먼지인지 안개이지 분간도 못했건만
嫁與長干人	장간 사람에게 시집 온 후론
沙頭候風色	모래사장에서 바람결만 바라보네.
五月南風興	오월 남풍이 불어올 제면
思君下巴陵[1]	그대 파릉巴陵으로 내려오려니
八月西風起	팔월 서풍이 일어날 제면
想君發揚子[2]	그대 양자강揚子江을 떠나려니.
去來悲如何	가나 오나 쓰라림이 그 얼마인고
見少別離多	짧은 만남에 이별은 긴데.
湘潭几日到[3]	상담湘潭에는 언제나 오시려나
妾夢越風波	이 몸 꿈에서 풍파를 넘어보네.
昨夜狂風度	지난 밤 일진광풍 쓸고 가더니
吹折江頭樹	강어귀 나뭇가지 꺾어놓았네.
淼淼暗無邊[4]	물은 질펀하고 아득하게 펼쳐졌는데
行人在何處	길 떠난 그 이는 어디 계실까.
好乘浮雲驄	구름같이 날랜 말 즐겨 타면서
佳期蘭渚東[5]	난저蘭渚 동편에서 달콤한 약속도 했었지.
鴛鴦綠蒲上	푸른 부들 사이엔 한 쌍 원앙새
翡翠錦屛中	비단 병풍엔 푸른 비취새.
自憐十五余	가련도 하다, 내 나이 열다섯
顔色桃花紅	복사꽃인양 불그레 고운 얼굴
那作商人婦	어쩌다 장돌뱅이 아내가 되어
愁水復愁風	강물도 시름, 바람도 시름이런가.

주석

1 巴陵(파릉) : 강남서도(江南西道)에 속해 있던 파주(巴州). 당(唐) 고조(高祖) 무덕(武德; 618~626)년간에 이름을 악주(岳州)로 바꾸었다.

2 揚子(양자) : 양자강(揚子江). 민산(岷山)에서 발원하여, 상수(湘水). 한수(漢水), 예장수(預章水) 등의 지류와 합쳐져 강녕부(江寧府) 성의 서남쪽을 감돌아 서북을 지나 진강(鎭江)에 이르면 비로소 양자강이라 불린다. 진주(眞州) 양자현(揚子縣)의 왼쪽에 있어 진강(鎭江)과 갈린다.

3 湘潭(상담) : 담주(潭州)에 상담현(湘潭縣)이 있다.

4 淼淼(묘묘) : 물이 아득한 모양.

5 蘭渚(난저) : 향기로운 난초 꽃이 만발한 모래톱.

052 고랑월행 古朗月行

밝은 옛 달

小時不識月	어렸을 땐 달을 몰라
呼作白玉盤	하얀 옥쟁반이라 불렀지.
又疑瑤臺鏡[1]	또 요대瑤臺의 거울이
飛在青雲端	푸른 하늘 끝으로 날아왔나 했었지.
仙人垂兩足	신선이 두 발을 늘어뜨린
桂樹何團團[2]	계수나무는 어이 그리 둥그렇던지.
白兎擣藥成	흰 토끼가 약을 찧어 만들면
問言與誰餐	"누구와 나눠 먹니?" 물어도 보았지.
蟾蜍蝕圓影[3]	두꺼비가 둥근 그림자를 먹어 들어가
大明夜已殘[4]	환한 달이 밤중에 벌써 기우네.
羿昔落九烏[5]	그 옛날 예羿가 아홉 까마귀 쏘아 맞혀
天人淸且安	하늘과 사람이 맑아지고 편했거늘,
陰精此淪惑[6]	그늘의 요정이 이리도 미혹되어
去去不足觀	날이 갈수록 볼 것이 없네.
憂來其如何	근심 안고 바라본 지 그 얼마인가
悽愴摧心肝	비통한 생각에 가슴만 에이네.

해제

밝은 달에서 시흥을 끌어낸 노래로서, ≪악부시집樂府詩集≫에는 잡곡가사(雜曲歌辭)에 <낭월행朗月行>이란 제목으로 수록되어 있다. 이백 이전에는 남조 송대(宋代)에 포조(鮑照)가 지은 노래가 있다.

주석

1 瑤臺(요대) : 신선이 산다는 누대.
2 團團(단단) : 둥그런 모양.
3 蟾蜍(섬여) : 두꺼비. 중국에는 달에 두꺼비가 살고 있어서 그 두꺼비가 달을 먹어들면 월식이 된다는 전설이 있다.
4 大明(대명) : 달을 일컫는다.
5 羿(예) : 태고시절 요(堯) 임금 때 열 개의 태양이 한꺼번에 빛나서 초목이 다 말라죽었다. 이에 요는 예를 시켜 아홉 개의 해를 쏘아 그 안에 살고 있던 까마귀를 죽였다고 한다.
6 陰精(음정) : 달을 일컫는다.

해설

달은 이백이 가장 좋아하고 또 많이 읊조린 대상이었지만, 어두움마저 감싸는 그 여성적 포용력과 티 없는 모습에 이끌려 자신의 외로움을 하소연하거나, 가을 정취를 돋우기 위해 동원한 경우가 대부분이고, 이 작품과 같이 주 묘사 대상으로 다룬 경우는 의외로 드물다.

옥토끼가 계수나무 밑에서 약을 찧고 있는 티 없이 맑은 유년의 달에는 어느 덧 그늘이 드리워진다. 두꺼비가 먹어들어 이지러진 달이 유독 그의 근심을 자아내는 이유는 무엇일까?

여기서 이지러진 달, 윤혹(淪惑)된 달이라는 표현 속에는 이미 상징적 의미가 부여되었음을 알 수 있다. 유년 이후의 달은 못된 두꺼비에게 먹혀들어가는 개탄스러운 존재의 다른 이름인 것이다. 앞서 예시한 작품들 속에 담긴 이백의 강한 정치 성향을 고려한다면, 달은 당대 군왕의 성총을 어지럽히며 파멸의 길을 자초하고 있는 양귀비(楊貴妃)요, 엄습해 오는 어두움은 다가올 안록산(安祿山)과 사사명(史思明)의 난에 대한 징조라는 주석가들의 해석에 동의할 수밖에 없다.

053 상지회 上之回

임금님은 회중으로

三十六離宮[1]	서른여섯 별궁
樓臺與天通	누대는 하늘로 솟았는데
閣道步行月[2]	떠가는 달 아래 회랑을 걸으며
美人愁烟空	미인은 아련한 수심으로 부질없네.
恩疏寵不及	걸음 뜸하시고 괴욤도 전만 못해
桃李傷春風	봄바람에 복사꽃 시들어가건만,
淫樂意何極	질탕한 즐거움 언제 끝내려는지
金輿向回中[3]	금빛 가마는 회중回中을 향하네.
萬乘出黃道[4]	만 대 수레가 황도黃道로 나서고
千騎揚彩虹[5]	천 명의 기병이 오색 깃발 날리네.
前軍細柳北[6]	앞선 군사들은 세류細柳 북쪽에
後騎甘泉東[7]	후미 기마병은 감천甘泉 동쪽에.
豈問渭川老[8]	어이 위천渭川 노인에게 물어보거나
寧邀襄野童[9]	양야襄野의 아이에게 자문을 구하리.
但慕瑤池宴[10]	그저 요지瑤池의 잔치만 생각하며
歸來樂未窮	돌아와서도 그 즐거움 끝이 없고녀.

해제

본래 회중(回中; 감숙성甘肅省 고원현固原縣)까지 길을 낸 한나라 무제(武帝)의 덕을 기린 노래로서 고취곡사(鼓吹鐃歌) 중의 하나이다.

주석

1 離宮(이궁) : 장안에 있는 36개의 별궁.

2 閣道(각도) : 건물 사이에 지붕이 있는 길.

3 回中(회중) : 감숙성 고원현(固原縣). 매우 험준한 곳이었는데, 한 무제(漢 武帝)가 그 곳을 행차하면서 길을 닦았다.

4 黃道(황도) : 해가 다니는 길. 곧 천자가 다니는 길.

5 彩虹(채홍) : 오색 깃발.

6 細柳(세류) : 지금의 섬서성 장안현(長安縣) 서남쪽이다.

7 甘泉(감천) : 지금의 섬서성 부시현(膚施縣) 남쪽이다.

8 渭川老(위천로) : 태공망 여상(太公望 呂尙)을 가리킨다. 주(周)의 서백(西伯, 文王)이 사냥 나가기 전에 점을 치니, 용도 아니요 이무기도 아니며, 호랑이나 곰도 아닌 것을 잡아 세상을 다스리는 데 크게 도움을 받을 것이라는 괘가 나왔다. 이윽고 사냥을 나갔다가 위수(渭水)의 북쪽에서 낚싯줄을 드리우고 있던 여상(呂尙)을 만나, 그를 수레에 태워 돌아와 스승으로 삼았다고 한다. 악부 <국가행> 참조.

9 襄野童(양야동) : 양성(襄城) 들판의 아이. 황제(黃帝; 軒轅氏)가 대외(大隗)를 만나러 구자산(具茨山)으로 가다가, 성인들도 길을 잃었다는 양성(襄城)의 벌판에 다다랐다. 그 곳에서 어떤 목동을 만나 길을 안내받고는, 그가 범상치 않은 인물이라 여겨 세상 다스리는 법을 물어보았다고 한다.

10 瑤池(요지) : 서왕모(西王母)가 산다는 신선계의 연못. 주 목왕(周 穆王)이 여덟 마리의 준마를 타고서 서왕모를 찾아가 이곳에서 술을 마셨다고 한다. 여기서는 질탕한 술자리를 뜻한다.

해설

한대(漢代)의 백성들은, 흉노에게 빼앗겼던 회중(回中)의 궁궐을 되찾고 그 곳에 이르는 길을 개통시킨 한 무제(漢 武帝)의 공적을 기리며 <상지회上之回>를 노래하였다.

이백은 한 악부(漢 樂府)와 동일한 표제(標題)의 작품을 짓는 가운데, 국력을 키워나가며 승승장구했던 한나라 임금과, 정치에 소홀하기 시작한 당 현종의 차이를 은근히 부각시키면서, 현종의 무분별을 우려하는 쪽으로 내용을 몰아간다. 여기에서 우리는 기존 악부의 내용을 힘써 모방하던 의악부(擬樂府)의 굴레를 넘어, 고전적인 틀 속에 당대 현실과 주관적 감정을 담아내려는 이백의 노력을 엿볼 수 있다. 또한 임금의 방탕함에 대한 우려를 나타내기 위해 총애를 잃은 왕비를 등장시키고 자신의 목소리를 감추는 대목에서, 이백 특유의 우회적 표현법을 이해하게 된다.

054 독불견 獨不見

임 그리워

白馬誰家子	백마 탄 이, 뉘 집 남정네인가
黃龍邊塞兒[1]	황룡성黃龍城 수자리 지키는 저 병사.
天山三丈雪	천산天山엔 세 길 눈
豈是遠行時	어이 먼 길 떠날 때이랴.
春蕙忽秋草	봄 난초 피더니 가을 풀 버석이고
莎雞鳴曲池[2]	굽이치는 연못가에 귀뚜리 운다.
風催寒梭響[3]	바람은 찬 베틀 북 재촉하며 울리고
月入霜閨悲[4]	싸늘한 규방에 달빛마저 서러워라.
憶與君別年	그대와 헤어질 때 돌이켜보니
種桃齊蛾眉	그 때 심은 복숭아 내 키보다 작더니만,
桃今百餘尺	복숭아나무 이제는 백 척도 넘어
花落成枯枝	꽃 지고 가지만 앙상하고녀.
終然獨不見	끝끝내 그 임 보이지 않고
流淚空自知	부질없이 홀로 눈물 흘리노라.

해제

본디 그리워도 만나지 못해 안타까운 심정을 노래한 악곡인데, 당대(唐代)에는 작품 안에 '그리워라[獨不見]'라는 구절을 넣어 상사(相思)의 정을 노래하는 것이 유행하였다. 잡곡가사(雜曲歌辭) 중의 하나이다.

주석

1 黃龍城(황룡성) : 섬서성(陝西省) 황룡산(黃龍山)에 있는 수자리를 일컫는다.
2 莎雞(사계) : 귀뚜라미. 일설에는 베짱이라도 한다.
3 寒梭(한사) : 차가운 베틀 북. 梭를 椶(종;종려나무)로 표기한 판본이 있지만, 남방지방에서 자라는 나무여서, 1, 2구를 비롯한 작품 배경 묘사로 적합하지 않다.
4 霜閨(상규) : 임이 없어 썰렁한 방.

해설

변방에 출정한 낭군을 그리는 고향 아내의 노래로, 악부 <새하곡>4와 내용이 무척 유사하다. 이 작품의 묘미는 되묻는 형식을 빌려 여성의 완곡하고 절절한 정을 묘사한 제 3, 4구에 있다. 즉, 거국적 명분을 위한 전쟁 때문에 기약도 없이 지아비와 이별해야 하는 한 아낙의 기막힌 상황을 "눈 쌓인 한겨울에 이별이 웬 말인가."라는 물음으로 표현한 대목에서, 여성의 한(恨)을 헤아려 곡진하게 표현해 내는 이백의 능력을 엿볼 수 있다.

055 백저사 白紵辭 3수

모시 한삼 춤 노래

(1)

揚淸歌	맑은 곡조 드날려
發皓齒	흰 이 드러내라.
北方佳人東鄰子[1]	북방 가인, 동쪽 마을 아가씨야
且吟白紵停綠水[2]	녹수곡綠水曲은 그만두고 백저가白紵歌를 부르거라.
長袖拂面爲君起	긴 소매로 얼굴 스치며 임을 위해 일어서니
寒雲夜捲霜海空	찬 구름 밤에 걷혀 서리 바다가 트였구나.
胡風吹天飄塞鴻	북풍이 하늘에 불어 변방 기러기 흩어져도
玉顔滿堂樂未終	고운 얼굴은 당에 가득, 즐거움 한이 없다.

해제

<백저사白紵辭>는 본디 흰 모시 장삼으로 추는 백저무(白紵舞)의 아름다움을 즐기며 좋은 때를 놓치지 말자는 내용의 오(吳)지방 전래 민요이다. 무곡가사(舞曲歌辭) 중의 하나이다.

주석

[1] 北方佳人(북방가인) : 한(漢)나라 이연년(李延年; B.C.140~B.C.87 전후)의 시에 "북방에 미인이 있어, 드문 아름다움 홀로 우뚝하여라.[北方有佳人, 絶世而獨立.]"라는 구절이 있다.

* 東鄰子(동린자) : 전국시대 초(楚)나라 송옥(宋玉; B.C.290 전후~B.C.223 전후)의 <등도자호색부登徒子好色賦>에 "천하의 미인 중에 초나라 미인을 따를 만한 이 없고, 초나라의 미인 중에 저희 마을 미인보다 나은 사람 없습니다. 저희 마을의 미인으로는 우리 동쪽 집

처자가 제일입니다.[天下之佳人, 莫若楚國, 楚國之麗者, 莫若臣裡, 臣裡之美者, 莫若臣東家之子.]"라는 구절이 있다.

2 綠水曲(녹수곡) : 남조 제(齊; 479~502)나라 때부터 전해 내려오는 옛 남방 무곡(舞曲)의 이름. 원 이름은 녹수곡(淥水曲)이다.

✿ 해설

이 작품은 술자리에서 취흥을 돕는 창기(唱妓)의 아름다운 자태와 목소리를 노래한 것이다. 연이어진 세 작품의 내용을 종합해 볼 때, 당시 백저사는 춤에 노래가 곁들여진 형태였던 것으로 보인다. 무희(舞姬) 내지는 가희(歌姬)의 미모나 노랫가락을 형용하기 위해 사용된 여러 가지 감각적 시어들은, 미인의 모습을 공들여 형용한 육조(六朝) 궁체시(宮體詩)의 전통적 요소이다. 그러나 여인이 노래 부르기 위해 일어서는 대목 뒤에 곧바로 술자리 주변의 가을 풍경에 대한 묘사를 덧붙임으로써, 그녀의 차고 트인 노랫소리를 연상시키는 공감각적 표현은 이백의 감수성이 아니면 불가능한 것이다.

(2)

館娃日落歌吹深[1]	관왜전館娃殿 저물녘에 풍악소리 그윽한데
月寒江淸夜沉沉	달은 차고 강은 맑아 밤 더욱 이슥하다.
美人一笑千黃金	미인의 한 번 웃음 천 냥인들 아까우랴.
垂羅舞縠揚哀音[2]	비단 자락 끌면서 한삼춤에 슬픈 노래
郢中白雪且莫吟[3]	영중郢中의 백설가白雪歌는 읊지를 말고
子夜吳歌動君心[4]	자야오가子夜吳歌로 님의 마음 끌어보아라.
動君心	임의 마음 흔들어서
冀君賞	임의 괴옴 바라노니
願作天池雙鴛鴦	바라건대 하늘 연못 한 쌍의 원앙 되어
一朝飛去靑雲上	하루아침에 푸른 구름 위로 훨훨 날고 지고.

✿ 주석

[1] 館娃(관왜) : 춘추시대 미인 서시(西施)가 머물렀다는 연석산(硯石山) 위의 오(吳)나라 궁궐 관왜전(館娃殿).

[2] 舞縠(무곡) : 깁을 손에 들고 춤을 추다.

[3] 白雪(백설) : 전국 시대 초나라의 고상한 노래인 <양춘백설陽春白雪>을 말한다. 한나라 유향(劉向; B.C.77~B.C.6)이 ≪신서新序≫에서 "영중(郢中)에서 노래 부르는 손 중에……<양춘백설>을 부르면 나라 안에서 그에 화답할 수 있는 사람이 수십 명에 불과하다."고 하면서 옛 가락에 관심을 두지 않는 경박한 세태를 개탄한 일이 있다. 여기서 영중(郢中)은 초나라의 수도. <백설>은 본래 애조를 띤 금곡(琴曲)이었는데, 후에 여기에 가사를 붙여 <백설가>가 되었다.

[4] 子夜吳歌(자야오가) : 진(晋; 317~420)나라 때 자야(子夜)라는 여인이 부른 슬픈 곡조의 남방 노래. 후세 사람들이 사철의 행락을 노래하는 가사를 붙여 <자야사시가子夜四時歌>를 지었다.

✿ 해설

술자리에서 아름다운 가희(歌姬)에게 가무를 재촉하는 노래이다. 주변 경관에 대한 감각적 표현 속에 술자리의 몽롱한 분위기가 살아나고, 노래를 청하는 허튼 말투 속에 취객의 모습이 생생하게 떠오른다.

(3)

吳刀剪綵縫舞衣[1]	오吳 땅 칼로 비단 버혀 춤옷을 지었으니
明粧麗服奪春暉	밝은 단장 고운 옷에 봄빛마저 무색하다.
揚眉轉袖若雪飛	웃으며 소매 젖혀 돌리니 흰 눈 날리는 듯
傾城獨立世所稀	성을 쓰러뜨릴 미인일랑 세상에 드무나니
激楚結風醉忘歸[2]	휘모리 가락 잦아들고 취해 돌아가기도 잊었세라.
高堂月落燭已微	높다란 지붕에 달 기울고 촛불마저 사위어갈 제

玉釵挂纓君莫違　　옥비녀 갓끈에 걸렸다고 그대 과히 허물 마소서.

주석

1 吳刀(오도) : 오(吳; 지금의 강소성 일대) 지방에서 생산된 칼. 예로부터 이 지역에서 좋은 칼이 많이 나왔는데, 손잡이가 약간 굽은 오구(吳鉤)나, 아들을 죽여 그 피를 바른 명검 오홍(吳鴻) 등이 대표적이다.

2 激楚結風(격초결풍) : 박자가 급박하고 애절한 곡조를 가리킨다. 激楚는 급한 박자의 가락, 結風은 회오리바람이라는 뜻이다.

해설

이 작품은 무희의 화려한 춤옷, 고운 단장, 선녀같이 춤추는 모습을 객관적으로 묘사한 뒤에, '그대[君]'라는 이인칭대명사를 사용하면서 취객에게 아양 떠는 여인의 말을 덧붙인 시이다. 이백의 악부 중에는 이같이 한 작품 내에서 묘사 시점(視點)을 이동시킨 경우가 적지 않은데, 관찰자와 묘사 대상 사이를 자유롭게 넘나들면서 다양한 시각을 표출하는 방식은, 고정된 틀에 얽매이기 싫어하는 그의 분방함을 잘 드러내주는 부분이기도 하다.

056 명안행 鳴雁行

우는 기러기

胡雁鳴	북쪽 기러기 울며
辭燕山[1]	연산燕山을 하직하고,
昨發委羽朝度關[2]	어제 위우委羽 떠나 아침에 관문 넘네.
一一銜蘆枝	저마다 갈대가지 꺾어 물고
南飛散落天地間	남쪽으로 날아와 온 천지에 흩어지네.
連行接翼往復還	죽지 가지런히 줄을 지어 오고 가고
客居烟波寄湘吳[3]	연파烟波에 몸을 맡겨 상오湘吳에 머무네.
凌霜觸雪毛體枯	서리 딛고 눈을 맞아 온몸이 야위었고
畏逢矰繳驚相呼[4]	주살을 맞을세라 겁에 질려 우짖네.
聞絃虛墜良可吁	시위 소리에 지레 떨어지니, 가련도 하지
君更彈射何爲乎	그대 또 활을 쏜들 무엇 하리오.

해제

포조(鮑照; 421~465 전후)가 처음 지은 노래로서, 혹한에 떠는 기러기의 가련한 처지를 노래했다. 잡곡가사(雜曲歌辭) 중의 하나이다.

주석

[1] 燕山(연산) : 지금의 하북성 북동부 일대를 말한다.

[2] 委羽(위우) : 해가 비치지 않는 북방의 극지에 있다는 산. 북방을 뜻한다.

* 關(관) : 여기서는 산서성 대현(代縣)에 있는 안문관(雁門關)을 가리킨다.

3 湘吳(상오) : 남방지역을 말한다. 본래 상(湘)은 호남성(湖南省)을, 오(吳)는 강소성(江蘇省) 남부를 가리킨다.

4 矰繳(증격) : 주살과 주살의 줄. 주살은 오늬에 줄을 매어 쏘는 활을 말한다.

해설

남쪽으로 날아와 의지할 곳 없는 기러기의 처지를 동정적으로 그린 작품이다. 상오(湘吳)의 지명이 나오는 것으로 미루어볼 때, 영왕 린의 사건으로 고초를 당한 말년의 작품으로 추정된다.

057 첩박명 妾薄命

박복한 내 신세

漢帝重阿嬌[1]	한 무제가 아교阿嬌를 끔찍이 아껴
貯之黃金屋	황금 궁궐에 고이 모셔둘 적엔,
咳唾落九天[2]	하늘에서 떨어진 침방울조차
隨風生珠玉	바람 따라 구슬로 변할 지경이었네.
寵極愛還歇	총애 끝에 귀애함이 시들해지고
妒深情却疎	깊은 질투에 정마저 버스러져
長門一步地	장문長門이 지척이언만은
不肯暫迴車	발길 한 번 안 돌리네.
雨落不上天	떨어진 빗방울 하늘로 못 오르고
水覆難再收	쏟아진 물은 주워 담기 어려운 법.
君情與妾意	그대의 정과 나의 마음
各自東西流	제각각 흩어져버렸네.
昔日芙蓉花	예전엔 부용芙蓉꽃이라더니
今成斷根草[3]	이제는 단근초斷根草라 하네.
以色事他人	자태 예쁘다고 다른 이를 고와 하니
能得幾時好	그러한 사랑이야 얼마나 가리.

해제

조식(曹植)은 잔치의 즐거움이 오래가지 않음을 <첩박명妾薄命> 노래로써 한탄하였고, 양(梁)의 소강(蕭綱)은 여기에 사랑하는 사람이 돌아오지 않음을 상심하는 내용을 담았다. 잡곡가사(雜曲歌辭) 중의 하나이다.

주석

1 阿嬌(아교) : 한(漢) 무제(武帝)의 왕비 진황후(陳皇后)의 아명(兒名). 악부 <백두음> 참조.

2 咳唾(해타) : 침방울.

3 斷根草(단근초) : 먹지 못하는 풀. 일명 단장초(斷腸草). 그 꽃의 이름은 부용(芙蓉)이며 매우 아름답다고 한다. 여기서는 같은 사물을 두고 한때는 고와 하다가 세월이 지나자 쓸모없다고 버리는 인심을 개탄한 것이다.

해설

군왕의 변덕에 행불행(幸不幸)이 좌우되는 왕후의 기구한 운명을 노래한 작품이다. 그리 길지 않은 이 작품에서 이백은 세 번 이상 운(韻)을 바꾸어 가며 변화된 여성의 처지를 표현하려 하였다. 그는 특히 이와 같은 종류의 원시(怨詩)류의 작품 안에서, 총애를 받다가 어느 날 갑자기 버림받게 된 상황묘사를 통해 극적 효과를 겨냥한 경우가 적지 않다. 악부 <원가행>, <진녀권의>, <왕소군> 등이 그 대표적인 예인데, 이는 한 성제(漢 成帝) 때 동요로부터 시작된 원시(怨詩)의 전통적인 기법이기도 하다. 그는 아마도 이러한 작품을 통하여, 당대 임금의 신임을 한 몸에 받다가 권신들의 모함으로 장안을 떠날 수밖에 없었던 자신의 처지를 한층 극적으로 표현하고 싶었을 것이다. 애꿎은 이유로 버림받은 여인이나 신하는 모두 동정 받아 마땅한 약자들이기 때문이다.

총애를 받을 때는 침방울조차 구슬이 되어버렸다는 표현은 이백 독자적인 과장이 아니라, 한 헌제(漢 靈帝; 168~189에 재위) 때 권력에 아첨하기를 좋아하는 세태를 풍자한 조일(趙壹)의 <질사시疾邪詩> 시구(詩句)를 변형하여 수용한 것이다.

058 유주호마객가 幽州胡馬客歌

유주 사나이의 노래

幽州胡馬客[1]	오랑캐 말 탄 유주幽州 사나이
綠眼虎皮冠	초록빛 눈에 범 가죽 관.
笑拂兩隻箭	웃음 띠며 화살 두 대 뽑아들자
萬人不可干[2]	만인 중 그 누구도 얼씬 못하네.
彎弓若轉月[3]	만월처럼 시위를 한껏 당기자
白雁落雲端	흰 기러기 구름 가에 떨어진다네.
雙雙掉鞭行[4]	나란히 말채찍을 휘두르면서
游獵向樓蘭[5]	누란樓蘭으로 사냥하러 길을 떠나네.
出門不顧後	문을 나서면 뒤 돌아볼 생각 않고
報國死何難	나라 은혜 갚자 하니 죽음 어이 두려우리.
天驕五單于[6]	타고난 안하무인 오랑캐 다섯 족속
狼戾好凶殘[7]	흉포하고 잔인하기 그지없거늘,
牛馬散北海[8]	북해北海에 소와 말을 흩어놓고는
割鮮若虎餐	산채로 찢어서 범처럼 먹으며
雖居燕支山[9]	연지산燕支山에 모여 살아도
不道朔雪寒	북풍한설을 춥다 안 하네.
婦女馬上笑	그 곳 아녀자들 말 위에서 웃는 모습
顔如赬玉盤[10]	마치 붉디붉은 옥쟁반 같은데,
翻飛射鳥獸	몸을 날려서 짐승들을 쏘아 잡고
花月醉彫鞍	꽃 피고 달 뜰 적에 안장에서 취한다네.
旄頭四光芒[11]	모두성旄頭星 별 빛이 사방에 가득하고

爭戰若蜂攢[12]	싸우러 모인 것이 벌떼와 같네.
白刃灑赤血	은빛 칼로 붉은 피를 흩뿌리니
流沙爲之丹	흐르는 모래사막 온통 붉어 끔찍하네.
名將古誰是	예로부터 명장名將이 누구라던고
疲兵良可嘆	지친 병사들 너무나 안타깝네.
何時天狼滅[13]	어느 때나 천랑天狼 별이 사라지고서
父子得安閑	아비와 아들 다 함께 편히 살거나.

해제

북방의 호쾌한 남아의 기상과 삶을 노래한 악곡으로 횡취곡사(橫吹曲辭)에 속한다.

주석

1 幽州(유주) : 하북성 순천(順天) 일대로서, 지금의 북경(北京) 북쪽이다. 악부 <북상행北上行> 참조.

2 干(간) : 막다.

3 轉月(전월) : 구르는 달, 즉 만월.

4 掉(도) : 흔들다.

5 天驕(천교) : 흉노의 부족장은 자신들을 '하늘이 낸 도도한 종족[天驕]'이라 불렀다고 한다. 악부 <새하곡塞下曲>3 참조.

* 樓蘭(누란) : 한나라 서역국 중 하나인 선선국(鄯善國). 신강성(新疆省) 선선현(鄯善縣) 동남쪽에 있었다.

6 五單于(오선우) : 흉노의 다섯 종족. 선우(單于)는 흉노의 부족장.

7 狼戾(낭려) : 이리처럼 사납다.

8 北海(북해) : 흉노의 지명.

9 燕支山(연지산) : 감숙성 산단현(山丹縣)에 있는 산. 일명 언지산(焉支山).

10 赬(정) : 짙은 빨간색.

11 旄頭(모두) : 오랑캐별인 묘성(昴星)을 가리킨다. 일곱 개의 별로 이루어져 있다. 악부 <호

무인> 참조.

12 蜂攢(봉찬) : 벌떼와 같이 한꺼번에 몰려드는 모습을 말한다.

13 天狼(천랑) : 동쪽의 별 이름. 그 모서리의 빛깔이 변하면 도적이 횡행하게 된다고 한다.

✿ 해설

북방의 이국적 정경을 잘 묘사한 작품이다. 거친 차림새에 걸출한 무예와 굳은 의지를 갖춘 사나이와, 붉고 둥근 얼굴에 활달하면서도 섬세한 마음씨를 지닌 아녀자의 형상이 살아 있다. 작품의 전반부에서는 이들의 강인함을 노래하다가 다시 전쟁의 끔찍함을 상기시킴으로써 스러져가는 생명에 대한 깊은 동정심과 전쟁에 대한 혐오감을 표현하고 있다.

059 문유거마객행 門有車馬客行

수레 탄 나그네

門有車馬賓	문 앞에 수레 탄 손이 있는데
金鞍耀朱輪	금 안장에 붉은 바퀴 번쩍거리네.
謂從丹霄落[1]	장안에서 내려왔다 얘기하는데
乃是故鄕親	이게 바로 고향 친구 아니던가.
呼兒掃中堂	아이 불러 사랑을 쓸게 하고서
坐客論悲辛	자리를 권하고 고생담을 나누네.
對酒兩不飮	술이 있건마는 아무도 못 마시고
停觴淚盈巾	술잔도 멈춘 채 눈물만 수건을 적시네.
嘆我萬里遊	한탄커니, 나 만리를 떠돌아다니며
飄颻三十春	삼십 춘추 세월을 날려버리고
空談帝王略[2]	부질없이 제왕의 계책이나 논하다가
紫綬不挂身[3]	자줏빛 인끈일랑 차보지도 못했네.
雄劍藏玉匣	좋은 칼은 옥궤에서 썩고 있고
陰符生素塵[4]	병서엔 흰 먼지만 쌓이는데,
廓落無所合[5]	쓸쓸하게 알아주는 이 없이
流離湘水濱	상수湘水가나 헤매고 다니다니.
借問宗黨間	“일가들은 다들 편안하신지?”
多爲泉下人	“거의 다 저승 귀신이 되었지.”
生苦百戰役	살아서는 갖은 전쟁에 시달리더니
死託萬鬼鄰	죽어서는 온갖 귀신들과 뒤섞였구먼.
北風揚胡沙	북풍이 오랑캐 땅 모래를 휩쓸면

埋翳周與秦[6]	주周나라 진秦나라도 파묻히는 법.
大運且如此	세상의 큰 이치 본래 이러하거늘
蒼穹寧匪仁	하늘을 어이 어질다 하리.
惻愴竟何道	슬퍼하며 더 이상 무슨 말을 하리오
存亡任大鈞[7]	삶과 죽음일랑 자연에다 맡길 밖에.

해제

<문유만리객행門有萬里客行>이라고도 하며, 조식(曹植; 192~232)의 작품이 가장 오래 되었다. 고향에서 온 옛 친구나 서울에서 온 나그네에게 소식을 물으면, 그가 도시의 변화나 친구들의 죽음을 소상히 알려주는 내용의 민요로서, 대화의 기법이 특징이다. 조식 이후 육기(陸機; 261~303), 장화(張華; 232~300) 등이 모방하여 지었으며, 상화가사(相和歌辭) 중의 하나이다.

주석

1 丹霄(단소) : 천상(天上)의 세계, 곧 장안(長安)을 가리킨다.
2 帝王略(제왕략) : 천하를 다스리는 계책.
3 紫綬(자수) : 공후장군(公侯將軍) 등 높은 벼슬들이 차는 인감(印鑑)의 끈.
4 陰符(음부) : 주(周)나라 태공망 여상(呂尙)이 지었다는 병법서(兵法書).
5 廓落(확락) : 쓸쓸한 처지가 된 모양.
6 埋翳(매예) : 묻혀서 가려지다.
7 大鈞(대균) : 천지자연의 조화(造化)를 말한다. 균(鈞)은 본래 항아리 만들 때 쓰는 바퀴 모양의 연장이다.

해설

이 작품은 뜻밖에 찾아온 고향 친구에게 눈물을 흘리며 신세를 한탄하는 내용으로서, 자연스러운 대화 속에 비장감이 넘친다. 주석가들은 오랑캐 모래바람에 주(周)와 진(秦) 같은 큰 나라조차 묻혀버린다는 구절 속에 사사명(史思明)의 난(亂)이 발발하던 국내 사정이 함축되어 있으며, "쓸쓸하게 알아주는 이 없이 상수(湘水)가를 헤매고 다닌다."는 구절로 보아 이 작품은 759년의 영릉(零陵)행을 묘사한 것으로 추정하고 있다.

세상의 온갖 변화에 시달리고 앞길마저 막막할 때에도 실낱같은 희망을 버리지 않던 그가, 이제는 세상 돌아가는 대로 맡겨야겠다는 방임의 상태에 이르렀다. 오랫동안 그를 괴롭혀온 세상에 대해 이제 체념을 말하는 그에게서 어느덧 노년이 느껴진다.

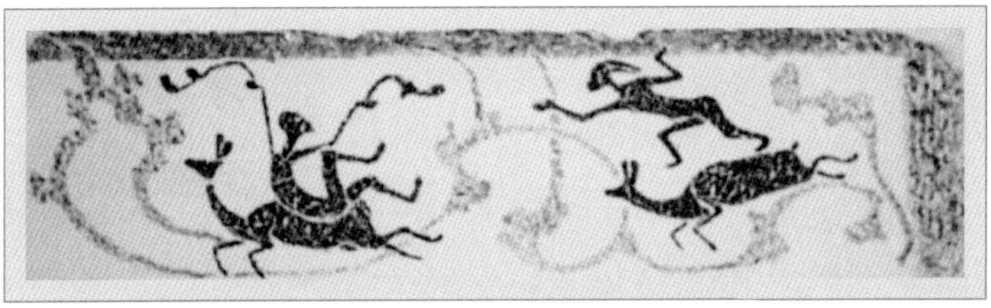

060 군자유소사행 君子有所思行

군자의 생각

紫閣連終南[1]	자각봉紫閣峯은 종남산終南山에 이어져
青冥天倪色[2]	짙푸른 하늘가의 빛이로다.
憑崖望咸陽[3]	벼랑에 기대어 함양咸陽을 바라보니
宮闕羅北極	궁궐은 북쪽 끝에 늘어섰구나.
萬井驚畵出[4]	만 호의 반듯한 집들, 그림인 양 놀랍고
九衢如絃直	아홉 갈래 큰 길은 줄그은 듯 곧아라.
渭水銀河清[5]	위수渭水 강물은 은하처럼 맑기도 하여
橫天流不息	하늘을 가로질러 쉬지 않고 흘러간다.
朝野盛文物	온 누리에 문물이 번성해지니
衣冠何翕赩[6]	관료들 차림새, 어이 그리 화려한가.
廐馬散連山[7]	마구간 말들은 이산 저산 흩어지고
軍容威絶域	군사들 위용일랑 변방까지 드높아라.
伊皐運元化[8]	어진 신하들은 태평성대 이뤄내고
衛霍輸筋力[9]	날랜 장사들은 그 힘을 떨치더니,
歌鍾樂未休	즐거운 풍악소리 끝나기도 전에
榮去老還逼	영화榮華는 사라지고 쇠락함이 찾아든다.
圓光過滿缺[10]	달도 찼다가는 기울게 마련
太陽移中昃[11]	해도 떴다가는 지는 게 이치.
不散東海金[12]	동해의 황금을 나눠 쓰지 않고서
何爭西輝匿	어이 지는 해를 잡아둘거나.
無作牛山悲[13]	우산牛山의 근심거리 만들어내어

惻愴淚沾臆　　비통한 눈물일랑 짓지 말진저.

해제

주로 부귀영화는 오래 가지 않고 덧없는 것이라는 내용을 담은 옛 노래로서, 서진(西晉)의 육기(陸機), 송(宋)의 포조(鮑照), 양(梁)의 심약(沈約) 등의 가사가 전한다. ≪악부시집≫에는 잡곡가사(雜曲歌辭)로 편입되어 있으나, 왕승건(王僧虔)의 ≪기록技錄≫에서는 상화슬조곡(相和瑟調曲)이라 하였다.

주석

1 紫閣峯(자각봉) : 장안에서 70여 리 떨어진 곳에 있는 종남산(終南山)의 한 봉우리.

2 天倪色(천예색) : 하늘 가의 빛깔. 여기서는 봉우리의 빛깔을 묘사한 것이다.

3 咸陽(함양) : 본래는 전국시대 진(秦)의 수도이나, 여기서는 장안(長安)을 가리킨다.

4 萬井(만정) : 여기서는 장안성(長安城)의 종횡으로 뻗은 수많은 가로(街路)들이 우물 정(井)자 모양으로 구획된 집터를 말한다.

5 渭水(위수) : 장안성을 가로질러 흐르는 강물.

6 衣冠(의관) : 의관을 갖춘 관료나 사대부를 말한다.

* 翕赩(흡혁) : 성(盛)한 모양.

7 廐馬(구마) : 마구간의 말. 당 현종(玄宗)은 말을 좋아하여, 마구간 말이 40만 필에 이르렀다고 한다.

8 伊皐(이고) : 은(殷)나라 재상 이윤(伊尹)과 당우(唐虞)의 재상 고요(皐陶). 어질고 훌륭한 재상을 뜻한다.

9 衛霍(위곽) : 한나라 때 흉노를 물리친 용맹한 장군 위청(衛青)과 곽거병(霍去病). 날랜 장수를 뜻한다.

10 圓光(원광) : 여기서는 달을 가리킨다.

11 中昃(중측) : 해가 한가운데 높이 뜨고 기울다.

12 東海金(동해금) : 동해(東海)의 난릉(蘭陵) 사람 소광(疏廣)이 조정에서 물러나 귀향할 때 받았다는 황금을 말한다. 그는 한(漢)나라 때 태부(太傅) 벼슬을 5년간 지낸 후 퇴임을 청하여 황금 70근을 받아 귀향하고는, 그 돈으로 일가친척을 불러 잔치를 벌이며 여생을 즐겁게 보냈다고 한다.

13 牛山悲(우산비) : 춘추시대 제(齊)나라 경공(景公; B.C.547~B.C.489 재위)이 신하들과 함께 우산(牛山)에 올라가, 대자연의 영원함에 비해 무상한 인생을 슬퍼하며 눈물을 흘렸던 일을 가리킨다. <고풍>23 참조.

해설

종남산에 올라 그림 같은 장안을 조망하면서, 쇠락을 경계하는 내용이다. 같은 제목의 악부를 지은 육기(陸機), 포조(鮑照), 심약(沈約) 외에도, 번화한 도시를 부감(俯瞰)하면서 그 흥망성쇠를 묘사하고 무상한 인생을 한탄한 작품들이 많이 있다. Stephen Owen 같은 비평가는 이러한 구조의 연원은 한(漢)대 도성부(都城賦)들에까지 소급할 수 있으며, 포조(鮑照)의 <무성부蕪城賦>에서 풍격이 갖추어졌다고 보았다. 하지만, 한대 도성부는 풍자의 의도가 담겨진 정도일 뿐이고, 실제 장안을 소재로 하면서 뚜렷한 '선(先) 번영, 후(後) 몰락'의 구조를 갖추게 된 것은 초당(初唐) 노조린(盧照隣)의 <행로난行路難>, 낙빈왕(駱賓王)의 <제경편帝京篇>등과 같은 장편 가행체(歌行體) 작품들에서부터이다.

이백의 이 작품은 장황한 나열은 피하면서, 선명하고 간결한 필치로 도시의 아름다움을 묘사하고, 그 몰락의 모습도 눈앞에 보듯이 그려내고 있다. 노래의 특성상 지어진 구체적 시점이나 배경은 확실치 않아, 번영을 구가하던 성당 초기에 지은 것인지, 안록산의 난을 전후하여 지은 것인지, 연구자들은 제작 시점을 저마다 다르게 잡고 있다.

061 동해유용부 東海有勇婦

장한 동해의 아낙

梁山感杞妻[1]	양산梁山도 기량杞梁의 처妻에 감복하여
慟哭爲之傾	통곡소리에 기울었다지.
金石忽暫開	쇠와 돌조차 문득 잠시 움직인 건
都由激深情	모두가 깊은 정에 감격해서지.
東海有勇婦	동해東海 지역에 장한 아낙 있거늘
何慚蘇子卿[2]	소자경蘇子卿에 견준들 어이 손색 있으리.
學劍越處子[3]	월越 땅 처자에게 검술을 익혀서
超騰若流星[4]	훨훨 나는 것이 살별 같았네.
捐軀報夫讎	한 몸 던지어 낭군 원수 갚으려니
萬死不顧生	만 번을 죽는대도 목숨 아깝지 않네.
白刃耀素雪	은빛 칼날, 흰 눈 위에 번득이니
蒼天感精誠	푸른 하늘도 그 정성에 감복했네.
十步兩躩躍[5]	열 걸음 거리를 두어 번에 내달으며
三呼一交兵	세 차례 소리치며 한바탕 대적했네.
斬首掉國門	머리는 베어서 나라 문에 걸어놓고
蹴踏五藏行[6]	원수의 오장五臟을 짓밟으며 다녔네.
豁此伉儷憤[7]	이처럼 시원하게 낭군의 원수 갚아
粲然大義明	그 빛도 찬란하게 대의가 밝혀졌네.
北海李使君[8]	북해北海 태수 이옹李邕은
飛章奏天庭[9]	상소를 급히 올려 임금께 탄원했네.
捨罪警風俗	죄를 용서받고 세상을 놀래면서

流芳播滄瀛[10]	동녘 땅에 꽃다운 명성 날리니,
名在列女籍	그 이름, 열녀의 명부에 올라
竹帛已光榮	글로써 기록되니 이 아니 영광인가.
淳于免詔獄	순우의淳于意가 옥살이를 면한 것은
漢主爲緹縈[11]	한나라 임금이 제영緹縈을 보아서요,
津妾一棹歌[12]	뱃사공 딸은 뱃노래 한 곡조로
脫父於嚴刑	모진 형벌에서 아비를 구해냈네.
十子若不肖	열 아들 있어도 못난이라면
不如一女英	용감한 딸 하나에 비할 것 없네.
豫讓斬空衣[13]	예양은 쓸데없이 옷 나부랑이나 베었을 뿐
有心竟無成	마음만 앞섰지 끝내 성사 못시켰네.
要離殺慶忌[14]	요리要離가 경기慶忌를 죽일 때 했던 일
壯夫所素輕	장부가 평소 코웃음 치는 짓.
妻子亦何辜	아내와 아이가 무슨 죄인가
焚之買虛聲	불 태워 헛된 이름만 샀을 뿐.
豈如東海婦	어이 동해의 아낙만 하리오
事立獨揚名	일을 이루고 홀로 이름 날렸거니.

해제

이백이 당시 목격한 보복사건을 토대로, 아버지의 원수를 갚은 딸을 기린 조식(曹植; 192~232)의 <정미편精微篇>을 모방하여 지은 노래이다. 무곡가사(舞曲歌辭) 중의 하나이다. 한편 <관중유정녀關中有貞女> 혹은 <관중유용녀關中有勇女>라는 옛 노래를 모방한 것이라고 보기도 하지만, 그 가사가 전하지 않아 확실한 것은 알 수 없다.

주석

1 杞妻(기처) : 춘추시대 제(齊)나라 사람 기량(杞梁; 이름은 殖)의 아내를 말한다. ≪열녀전列女傳≫에 의하면 그녀는 남편이 전사하자, 자식도 없고 가까운 친척도 없는 자신의 신세를 한탄하여 성 아래에서 통곡하였는데, 너무 섧게 울어 성이 무너졌다고 한다. 조식(曹植)의 시에서는 기량의 아내가 죽은 남편을 슬퍼하며 통곡하자 양산(梁山)이 기울었다고 하였다.

2 蘇自卿(소자경) : 조식(曹植)의 시 <정미편精微篇>에 나오는 용감한 여인 소래경(蘇來卿)을 말한다. 그녀는 지금의 하남(河南 산동성(山東省 부근인 관동(關東) 지방에 살았고 하며, 아버지의 원수를 갚아 죽은 후에도 공명을 떨쳤다고 한다.

3 越處子(월처자) : 뛰어난 검술로 이름난 월(越)의 처녀가 왕의 부름을 받고 길을 가던 중, 자칭 원공袁公이라는 사람을 만나 실력을 겨루어보았는데, 힘이 부친 원공이 나무 위로 올라가서는 흰 원숭이로 변하였다고 한다. 악부 <결객소년장행> 참조.

4 超騰(초등) : 몸을 솟구쳐 뛰어넘다.

5 矍躍(곽약) : 도약하다.

6 五藏(오장) : 오장(五臟)을 뜻한다.

7 伉儷(항려) : 배필.

8 北海(북해) : 이백이 살던 당시 이옹(李邕)이 북해태수로 있어 그를 이북해(李北海)라고 불렀다고 한다. 그는 임금에게 탄원서를 올려 이 용감한 여성의 죄를 사해 주었던 듯하다.

9 飛章(비장) : 급한 편지.

10 滄瀛(창영) : 삼신산(三神山)이 있다는 동해 바다. 여기서는 동쪽 지방을 광범위하게 일컫는다.

11 緹縈(제영) : 한(漢)나라 문제(文帝; B.C.179~B.C.157 재위) 때 제(齊) 지역의 태창령(太倉令)이었던 순우의(淳于意)의 딸. 그녀는 죄를 지어 장안으로 압송되는 아버지를 따라가 임금에게 글을 올려, 사형 받을 아버지 대신에 노비가 되겠다고 자청함으로써 황제를 감동시켜 육형(肉刑)을 명하게 되었다고 한다.

12 津妾(진첩) : 춘추시대 조(趙)나라 뱃사공의 딸 연(娟)을 말한다. 그녀는 아버지의 잘못을 대신하여 임금에게 간곡히 용서를 빌고 벌을 면하게 되자 그 즐거움을 노래로 불렀다. 임금인 조간자(趙簡子, 이름은 앙鞅)는 이 노래를 듣고 매우 기뻐하며 그녀를 아내로 삼았다고 한다.

* 棹歌(도가) : 뱃노래.

13 豫讓(예양) : 전국시대 진(晉)나라의 자객. 그는 자신을 알아준 지백(智伯)의 원수를 갚기 위해 여러 번 조양자(趙襄子)를 살해하고자 하였으나 매번 발각되어 실패하고 말았는데, 자결하기 전에 조양자에게 그의 옷이나마 베게 해달라고 애원하였다고 한다.

14 要離(요리) : 춘추시대의 인물. 그는 오왕(吳王)과 대적하고 있는 경기(慶忌)의 암살하려고 그에게 접근하기 위하여, 왕으로 하여금 자신을 죄인으로 만들고 자기 아내와 아이를 불태워 죽이게 하였다. 쫓기는 몸으로 경기와 가까워진 요리는 기회를 틈타 결국 암살에 성공하였다. 하지만 임금을 섬긴다고 제 처자식을 죽였고, 새 임금을 위해 옛 임금의 자식을 해쳤으며, 목숨을 위해 올바른 행실을 저버렸음을 부끄럽게 여기고는 결국 자결하고 말았다.

해설

늠름한 여장부의 활약상을 여러 고사에 비기면서 그 공을 높이 기린 노래이다. 다소 장황한 감도 있지만, 용맹함에 대한 이백의 동경심이 얼마나 컸는지를 잘 반영하고 있는 작품이기도 하다.

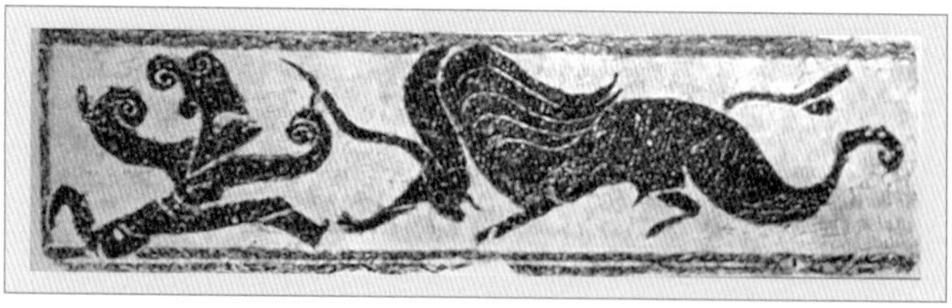

062 황갈편 黃葛篇

누런 칡 삶아

黃葛生洛溪[1]	누른 칡이 낙계에 돋아
黃花自綿冪[2]	노란 꽃 절로 다보록하여라.
青烟蔓長條[3]	푸른 빛 감도는 긴 가지 번어 올라
繚繞幾百尺	얽히고설킨 것이 수 백 척이로다.
閨人費素手	아낙네는 하얀 손을 놀려
採緝作絺綌[4]	실 자아 길쌈질 하고
縫爲絶國衣[5]	외딴 나라 옷을 지어서
遠寄日南客[6]	멀리 일남日南 계신 낭군께 부쳐드린다.
蒼梧大火落[7]	창오蒼梧에 여름별 지고 가을 되어도
署服莫輕擲	여름옷 마다하여 버리진 마오.
此物雖過時	이 옷 비록 철 지났어도
是妾手中跡	저의 손길이 담긴 것이니.

해제

이백이 당시 여염집의 생활을 보고 감흥이 일어 새로 만든 자작 가요이다.

주석

1 黃葛(황갈) : 갈포. 7, 8월에 꽃이 피는 칡의 줄기를 삶아, 흐르는 물에 담그고 청초(青草) 속에서 발효시켜 다시 수중 처리를 한 다음, 햇볕에 말려 만든 누른 섬유.

* 洛溪(낙계) : 냇물 이름. 옛 오(吳) 지방 민요 <전계가前溪歌>에 "갈포가 더부룩이 뒤얽혀,

낙계 가에 났구나.[黃葛結蒙籠, 生在洛溪邊.]"라는 구절이 있는데, 이 심상(心象)을 끌어다 쓴 듯하다.

2 綿冪(면멱) : 복스럽게 많이 핀 모습.

3 青烟(청연) : 푸른 가지가 얽히고설킨 모양.

4 緝(집) : 실을 뽑아내다.

* 絺綌(치격) : 고운 갈옷[絺]과 거친 갈옷[綌].

5 絶國衣(절국의) : 만리 타국 외딴 곳에 계신 낭군이 입을 옷이라는 뜻이다.

6 日南(일남) : 당대(唐代)의 환주(驩州). 안남(安南)의 북부 지방.

7 蒼梧(창오) : 일남(日南) 지방에 있는 산. 지금의 광서장족자치구(廣西壯族自治區)의 동부 경계.

* 大火(대화) : 음력 6월 말쯤 남쪽에 보이다가 7월 말쯤 지는 붉은 색을 띤 대표적인 여름 별. 심성(心星). 일명 안타레스.

✿ 해설

시골 아낙의 소박한 생활과 남편에 대한 깊은 정을 노래한 작품이다. 시 안에서 칡덩굴이 등장하게 된 근원은, 갈옷 지어 입고 근친가려는 새색시의 설렘을 읊은 ≪시경詩經≫의 <갈담葛覃> 편으로 거슬러 올라간다. 이 작품에서 신혼의 행복감과 밀접하게 연관되어 있던 칡덩굴은, ≪시경≫<갈생葛生> 편에 이르러 포옹하는 연인을 연상시키며 임의 부재로 인한 외로움을 한껏 돋우는 우울한 물건으로 변한다. 정녕 사물은 보는 이의 처지에 따라 전혀 다른 느낌을 불러일으키게 마련인가 보다. 이백은 이와 같은 <갈생>편의 우울한 분위기를 수용하면서도, 먼 임지에 가 있는 낭군에게 정성스럽게 옷을 지어 부치는 아낙의 모습을 덧붙여 그려냄으로써 미묘한 차이를 드러내고 있다.

길쌈과 재봉하는 아낙의 모습을 객관적으로 묘사해 나가다가 마지막에 그녀의 혼잣말을 덧붙이는 방법은, 영물(詠物)에 서정(抒情)을 결합시키면서 방관자와 당사자의 경계를 모호하게 하는 이백 특유의 기법이다.

063 백마편 白馬篇

흰 말을 타고

龍馬花雪毛[1]	눈꽃 무늬의 새하얀 용마龍馬
金鞍五陵豪[2]	금 안장에 오릉五陵의 사나이.
秋霜切玉劍[3]	추상같은 절옥검切玉劍에
落日明珠袍	밤에도 빛나는 구슬 저고리.
鬪雞事萬乘	닭싸움 내기하며 만승 군주 섬기나니
軒蓋一何高	수레 차일은 어이 그리 높다란고.
弓摧南山虎[4]	활로는 남산 호랑이 쏘아 잡고
手接太行猱[5]	맨손으로 태항산太行山 원숭이도 잡는다네.
酒後競風采	술 마신 후에는 풍채를 뽐내나니
三杯弄寶刀	석 잔을 들이키곤 보검을 휘두르네.
殺人如剪草	사람 죽이기를 풀 베듯 하며
劇孟同遊遨[6]	극맹劇孟과 함께 놀며 다닌다네.
發憤去函谷[7]	의분義憤을 일으켜 함곡관函谷關에 가고
從軍向臨洮[8]	군대 따라서 임조臨洮로 향한다네.
叱咤經百戰	큰소리로 호령하며 온갖 전쟁 치러내니
匈奴盡奔逃	흉노 오랑캐들 모두 다 도망갔네.
歸來使酒氣	일마치고 돌아와 술주정 하면서
未肯拜蕭曹[9]	소하蕭何나 조참曹參에게 절하려 않네.
羞入原憲室	원헌原憲의 집에 들어가기 꺼리노니
荒徑隱蓬蒿[10]	황폐한 길 쑥대 속에 숨어 살기 부끄러워.

해제

삼국시대 위(魏)나라 조식(曹植)이 처음으로 만든 노래로서, 말 타고 참전(參戰)하여 공을 세우고자 하는 사나이의 드높은 기상을 노래하는 것이 이 악부의 전통이다. 잡곡가사(雜曲歌辭) 중의 하나이다.

주석

1 龍馬(용마) : 준마(駿馬). 말의 키가 8자 이상 되면 용이 된다는 이야기가 있다.
2 五陵(오릉) : 장안 북쪽에 있던 호족(豪族)들의 거주지. 한대(漢代)에 이곳에 고조(高祖) 이후의 다섯 제왕의 능을 조성하고, 근처에 호족들을 대량으로 이주시켰다고 한다.
3 切玉劍(절옥검) : 주 목왕(周 穆王; B.C.947~B.C.928)이 서쪽 오랑캐를 무찌를 때 사용했다는 붉은 칼. 진흙을 자르듯 옥을 벨 수 있었다고 한다.
4 南山虎(남산호) : 진(晉; 265~420)나라 주처(周處)가 잡아서 사살했다는 남산에 살던 이마가 흰 호랑이를 말한다.
5 太行猱(태항유) : 태항산(太行山)에 사는 날쌘 원숭이.
6 劇孟(극맹) : 서한(西漢) 때의 이름난 협객. 오(吳)와 초(楚)가 반란을 일으켰을 때, 한(漢)나라 측에서 극맹(劇孟)을 자기편으로 끌어들이고서 마치 적국(敵國)을 얻은 것처럼 기뻐하였다고 한다.
7 函谷(함곡) : 함곡관(函谷關). 장안 서쪽 100여 리에 있는 천혜의 요새로서, 군사들은 이곳을 경유하여 서북 변새 지방으로 출정(出征)하였다.
8 臨洮(임조) : 지금의 감숙성 민현(甘肅省 岷縣) 동북쪽. 당대의 조주(洮州)에 속한 군사적 요충지였다. 악부 <자야오가>4 참조.
9 蕭曹(소조) : 유방(劉邦)의 한나라 건국을 도운 일등공신 소하(蕭何)와 조참(曹參).
10 原憲(원헌) : 춘추시대 노(魯)나라 사람. 쑥으로 문을 엮고 깨진 항아리로 창을 만들어 살 만큼 가난하였으나, 늘 곧게 앉아 현(絃)을 타며 노래하였다고 한다.

해설

성당시대(盛唐時代) 장안성의 교외는 주가(酒家)와 오락장이 즐비한 한량들의 행락처였다. 이 작품은 호사스러운 표현과 과장적인 비유, 그리고 형상성이 넘치는 사실 묘사 등을 통해, 장안 근처를 배회하는 젊은이들의 기개와 공명심을 표현한 작품이다. 이는 영웅호걸의 드높은 기상을 읊조리기 좋아했던 건안시대(建安時代) 조위삼부자(曹魏三父子) 작품들과의 유사성을 보여주는 것이면서, 정열적이고 호전적인 성당인(盛唐人)의 기상을 대표하는 것이기도 하다.

064 봉생편 鳳笙篇

통소 소리

仙人十五愛吹笙[1]	신선이 열다섯에 생笙 불기를 좋아하여
學得崑丘彩鳳鳴[2]	곤구崑丘의 오색 봉황 소리 배워 익혔네.
始聞鍊氣飡金液[3]	기氣를 단련하고 선약 먹는 법 들더니
復道朝天赴玉京[4]	천제天帝 뵈오러 옥경玉京에 간다 하네.
玉京迢迢幾千里	옥경은 수 천리 아득도 한데
鳳笙去去無窮已	생황도 멀리멀리 한없이 가겠네.
欲嘆離聲發絳唇[5]	이별 노래 한숨 실어 붉은 입술 열어보고
更嗟別調流纖指	이별곡에 탄식 얹어 섬세하게 손 고루네.
此時惜別詎堪聞	이때 이별 안타까워 차마 어이 들으리
此地相看未忍分	예서 만나보니 헤어지기 참 괴로워.
重吟眞曲和清吹[6]	다시 진곡眞曲 읊어 맑은 생황 가락에 화답하고
却奏仙歌響綠雲	또 선가仙歌를 부니 푸른 구름까지 울려나네.
綠雲紫氣向函關[7]	푸른 구름에 자줏빛 기운, 함곡관函谷關을 향하노니
訪道應尋緱氏山[8]	가는 길에 구씨산緱氏山도 들러보겠네.
莫學吹笙王子晉	생笙 불던 왕자진王子晉일랑 배우지 말게.
一學浮丘斷不還	부구생浮丘生에게 배웠다간 돌아오지 못할지니.

✿ 해제

청상곡사(清商曲辭)의 하나로서, ≪악부시집≫에는 <봉취생곡鳳吹笙曲>으로 실려 있다.

주석

1 仙人(선인) : 왕자교(王子喬)를 가리킨다. 그는 주 영왕(周 靈王)의 태자 진(晉)으로, 생(笙)을 불어 봉황 소리를 잘 내었으며, 이수(伊水)와 낙수(洛水) 사이에서 놀았는데, 도사 부구공(浮丘公)이 그를 데리고 숭고산(崇高山)으로 올라갔다. 30여년 뒤에 환량(桓良)을 만나서, 가족들에게 7월 7일에 자신을 구씨산(緱氏山) 꼭대기에서 기다리라고 하였다. 그 때가 되자 왕자교는 흰 학을 타고 산꼭대기에 나타나 손을 흔들어서 사람들에게 하직하고 떠나갔다고 한다.

2 崑丘(곤구) : 곤륜산(崑崙山). 서해의 남쪽 유사(流沙)의 가장자리, 적수(赤水)의 뒤, 흑수(黑水)의 앞에 있으며, 봉황새가 그 위를 지나간다고 한다.

3 金液(금액) : 신선이 되기 위해 복용한다는 선약(仙藥).

4 復道(부도) : 재차 이야기하다.

玉京(옥경) : 천제(天帝)가 산다는 천상의 도시.

5 絳脣(강순) : 붉은 입술. 흔히 진(脣)과 순(唇)은 통용됨.

6 眞曲(진곡) : 도가(道家)의 음악.

7 紫氣(자기) : 신선 주변에 어리는 신성한 기운.

8 緱氏山(구씨산) : 하남성 구씨현(河南省 緱氏縣) 동남쪽 이십구 리에 있다는 산. ≪열선전列仙傳≫에 따르자면 왕자교(王子喬)가 이곳에서 신선이 되어 흰 학을 타고 하늘로 올랐다고 한다.

해설

장안 길에 오르려는 벗과 만나, 생황과 현악기(이백이 잘 가지고 다녔다는 琴인 듯하다.)를 연주하고, 노래를 부르며 이별을 아쉬워하는 작품이다. 떠나는 사람의 생황소리가 봉황의 울음소리를 닮을 만큼 빼어났고, 그의 도가적 풍도 역시 남달랐기에 선경(仙境)을 묘사하는 데 각별한 공을 들인 듯하나, 지나치게 장식적이고 산만한 감이 있다. 이 작품이 후인(後人)의 위작(僞作)일지도 모른다는 의심을 받는 것도 이 때문이 아닌가 생각된다.

065 원가행 怨歌行

원망의 노래

十五入漢宮	내 나이 열다섯에 한궁漢宮에 들어올 땐
花顔笑春紅	꽃다운 모습이 봄꽃보다 고왔다네.
君王選玉色	임금은 어여쁜 얼굴을 가려 뽑아
侍寢金屛中	금병풍 안에서 한 베개 베었다네.
遷枕嬌夕月	베개 밀쳐두고 저녁달에 아양이요
卷衣戀春風	옷을 개키며 봄바람을 그렸건만
寧知趙飛燕[1]	어이 알았으리, 조비연趙飛燕이란 것이
奪寵恨無窮	사랑을 빼앗아 한만 끝없게 될 줄을.
沉憂能傷人	깊은 시름은 사람을 상케 하여
綠鬢成霜蓬	검푸르던 머리결은 서리 맞은 쑥 되었네.
一朝不得意	하루아침에 사랑을 잃으니
世事徒爲空	세상 모든 일이 헛되고 부질없네.
鷫鸘換美酒[2]	숙상鷫鸘 갖옷 내어다 좋은 술과 바꾸고
舞衣罷雕龍[3]	고운 장롱 속 춤옷도 내다 버렸네.
寒苦不忍言	춥고 괴로워도 차마 말을 못하고
爲君奏絲桐	임을 위해 거문고 뜯어보자니
腸斷絃亦絶	애 끊어지자 시울 또한 끊어지고
悲心夜忡忡[4]	서러운 마음에 이 밤도 깊어가네.

해제

한(漢)나라 성제(成帝)의 후궁이었던 반첩여(班婕妤; B.C.48~2이후)가 처음 지었다는 노래로서, 그 내용은 임금의 사랑이 식어 총애를 잃을 것을 두려워하는 궁녀의 원망을 담았다. 상화가사(相和歌辭) 중의 하나이다.

주석

1 趙飛燕(조비연) : 한 성제(漢 成帝; B.C.32~B.C.7 재위)의 두 번째 황후(皇后). 그녀가 황제의 사랑을 독차지하면서, 허황후(許皇后)와 반첩여(班婕妤)는 총애를 잃고 말았다.

2 鷫鸘(숙상) : 숙상(鷫鸘)이라는 새의 깃털로 만든 갖옷을 말한다. 사마상여(司馬相如)는 새로 과부되어 친정에 와 있던 탁문군(卓文君)을 꾀어 성도(成都)로 야반도주해서는, 문군(文君)이 갖고 있던 숙상(鷫鸘) 갖옷을 팔아 술집을 냈다고 한다.

3 雕龍(조룡) : 문양을 아로새긴 장롱. 조농(雕櫳).

4 忡忡(충충) : 시름겨운 모습.

해설

버림받은 궁녀의 한을 노래한 작품이다. 작품에는 "장안에서 궁인이 시집가는 것을 보았는데, 벗이 나더러 그녀를 대신하여 짓게 하였다.[長安見內人出嫁. 友人令予代爲之.]"라는 자주(自注)가 붙어 있는데, 근인 안기(安旗)는 작품 내용이 이러한 작시 상황을 반영하기보다 작자 자신의 처지를 슬퍼하는 자상(自傷)적 성향이 더 강하다고 보았다. 그의 작품 중에 버림받은 여성의 자술 형식으로 일관한 <증배사마贈裴司馬> 같은 시는 이러한 추정에 힘을 실어준다.

작중 인물 여인의 과거가 아름답고 행복하였기에 혼자 된 현재는 더욱 비참하고, 급기야는 행복했던 시절 입었던 춤옷마저도 내버리는 극단에까지 이르게 된다. 이는 "산언덕 닳아 없어지고 강물이 말라붙어도, 임에 대한 나의 사랑은 식지 않을 것이라."는 한 악부(漢 樂府) <상야上邪>와 같은 열정의 또 다른 표현이다. 뿐만 아니라, 나의 애간장이 끊어지니 타던 거문고 줄도 끊어져 버렸다는 표현은 여성의 절절한 마음을 극적으로 형상화시킨 것으로서, 혹자는 이같이 예사롭지 않은 심리묘사가 그의 오랜 여성 편력 중에 터득된 것이라고 지적하기도 한다.

066 새하곡 塞下曲 6수

요새 아래서

(1)

五月天山雪[1]	오월의 천산天山엔 흰 눈이 쌓여
無花祇有寒[2]	꽃은 피지 않고 춥기만 하네.
笛中聞折柳[3]	피리소리 중엔 절류곡折柳曲도 들리건만
春色未曾看	봄빛일랑 아직도 보이지 않네.
曉戰隨金鼓	새벽엔 쇠북소리 따라 싸우고
宵眠抱玉鞍	밤에는 옥안장을 품고 잠드네.
願將腰下劍	원컨대 허리춤의 칼 빼어들고서
直爲斬樓蘭[4]	단번에 오랑캐를 내리치고자.

해제

한대(漢代)에 이연년(李延年)은 전쟁을 묘사한 <출새出塞>와 <입새入塞> 등의 노래를 지었는데, 당대(唐代)에 들어서는 여러 시인이 이를 변형시켜 <새하곡塞下曲>, <새상곡塞上曲> 등의 새로운 노래를 만들어, 주로 만리장성[塞] 부근의 변새지역의 정경을 노래하였다. 당대(唐代)에 나온 신악부사(新樂府辭) 중의 하나이다.

주석

1 天山(천산) : 신강(新疆) 위구르자치구의 소륵현(疏勒縣) 서북쪽을 가로질러 중앙아시아까지 이어져 있는 산. 만년설에 덮여 있어 설산(雪山)이라고도 하는데, 흉노들은 이를 매우 신성시하여 근처를 지날 때 말에서 내려 절을 하였다고 한다.

2 祇(지) : 단지.

3 折柳(절류) : 피리곡인 <절양류折楊柳>를 말한다.

4 樓蘭(누란) : 한(漢)나라 때 서역국(西域國)의 하나. 나바파(納縛波). 한나라 보개자(傅介子)는 사절로서 누란(樓蘭)으로 갔는데, 그 곳의 왕이 한나라의 물건을 탐내어 구경하고자 하였다. 보개자는 물건을 보여주고 왕과 술을 마시다가 술기운이 거나해지자 왕을 자신의 장막 안으로 유인하여 장사들로 하여금 찔러 죽이게 하였다. 돌아와서 의양후(義陽侯)에 봉해졌다.

해설

변방의 정경을 근체(近體)의 형식에 담아 간결하게 노래한 작품이다. 병사들에게 있어서 겨울은 유난히 괴로운 계절이다. 끝도 없이 되풀이되는 전쟁과 기약도 없이 멀기만 한 봄으로 병사들은 암담하기만 하여, 이제는 그만 오랑캐의 맹장만 잡아 전쟁을 끝내고도 싶어진다.

오월이 되어도 눈만 있고 꽃은 없으며, 피리 연주곡 이름에 버들이 나오지만 정작 봄은 멀었다는 '春來不似春'의 경지를, '있다'와 '없다'의 절묘한 변주로 표현한 시의 전반부가 인상적이다.

(2)

天兵下北荒　　천자의 병사들, 거친 북쪽 땅으로 출정하고
胡馬欲南飮　　오랑캐 말들은 남쪽 물을 마시려 하네.
橫戈從百戰　　창 비껴들고서 온갖 전쟁 나서는 건
直爲銜恩甚　　오직 망극한 은혜 입어서라네.
握雪海上飡　　눈 움켜 청해靑海 호수 가에서 요기를 하고
拂沙隴頭寢[1]　　모래 털고 농두隴頭에서 잠을 잔다네.
何當破月氏[2]　　어느 날에나 월지국月氏國을 무찌르고서
然後方高枕　　베개를 높이 하고 편히 잠들꼬.

주석

[1] 隴頭(농두) : 섬서성(陝西省)과 감숙성(甘肅省) 사이에 있는 농산(隴山) 일대를 일컫는 말.
[2] 月氏(월지) : 옛 서역국(西域國)의 하나. 지금의 주천(酒泉) 부근에 위치하였다.

해설

근체시는 대개 '기련(起聯)—주제 제시, 함련(頷聯)과 경련(頸聯)—주제 확대, 미련(尾聯)—작자 반응'의 일반적 틀을 따른다. 작자는 특히 대구(對句)가 이루어지는 함련(頷聯)과 경련(頸聯)에서 역량을 과시하는데, 종군(從軍)을 주제로 하는 경우에는 병사들이 감내해야 할 괴로운 환경과 고향에 대한 그리움을 자아내는 사물들에 대한 묘사 등 전장(戰場) 주변의 여러 가지 정경묘사(情景描寫)가 대구 형식에 담기게 된다.

(3)

駿馬似風飇[1]	준마는 회오리바람 같은데
鳴鞭出渭橋	채찍소리 울리며 위교渭橋를 나섰네.
彎弓辭漢月	활을 매어 한漢나라 달과 작별하고
揷羽破天驕[2]	화살 깃 꽂고서 오랑캐를 쳐부쉈네.
陣解星芒盡[3]	전쟁 끝나 군진 풀자 혜성 꼬리 사라지고
營空海霧消	군영이 텅 비니 바다 안개 걷혔네.
功成畵麟閣[4]	공을 세워 기린각麒麟閣에 그려진 건
獨有霍嫖姚[5]	오로지 곽표요霍嫖姚 장군 뿐이라네.

주석

[1] 風飇(풍표) : 회오리바람.
[2] 天驕(천교) : 한대(漢代) 사람들이 흉노를 일컫는 말. 흉노의 선우(單于)는 자신들을 '하늘이

낸 도도한 종족[天驕]'이라 불렀다고 한다.

3 星芒(성망) : 혜성의 꼬리. 중국인들은 혜성[客星]이 흰 빛을 발하는 것은 전쟁이 일어날 징조라고 믿었다.

4 麟閣(인각) : 기린각(麒麟閣). 한나라 고조(高祖) 때 소하(蕭何)가 지어 공신(功臣)들의 초상을 걸었다는 누각.

5 霍嫖姚(곽표요) : 한의 장군 곽거병(霍去病)을 일컬은 말. 악부 <호무인> 참조.

해설

간결하지만 풍자가 담긴 노래이다. 생명은 누구에게나 소중한 것이기에, 목숨 걸고 전쟁터에 나가 싸우는 병사들의 마음은 비장하기 이를 데 없다. 그럼에도 불구하고 실제로 전쟁이 끝나고 공을 따질 때, 수많은 병사들의 노고와 희생은 도외시되고 이를 지휘한 몇몇 장수의 공만 두드러지고 만다. 이백은 담담한 어조로 종군의 과정을 묘사하다가 마지막 연(聯)에 가서야 종전 후의 부당한 처사를 지적하여, 그 어처구니없음을 강조하고 있다.

(4)

白馬黃金塞[1]	흰 말은 황금 요새黃金塞에
雲砂繞夢思	구름 덮인 사막이 꿈결에 보이네.
那堪愁苦節	어이 견디리, 외롭고 힘든 철에
遠憶邊城兒	멀리 수자리 간 임 생각나니.
螢飛秋窗滿	개똥벌레 가을 창에 가득 날아들고
月度霜閨遲	달빛은 썰렁한 방 더디도 지나가네.
摧殘梧桐葉	오동나무 이파리 꺾이어 시들고
蕭颯沙棠枝[2]	사당나무 가지는 쓸쓸한 가을소리.
無時獨不見[3]	불현듯 그리운 생각 사무쳐
淚流空自知	부질없이 홀로 눈물 흘리네.

주석

1 黃金塞(황금새) : 유주(幽州; 하북성 順天 일대. 지금의 북경 북쪽)에 있었다는 변새의 지명.
2 沙棠(사당) : 곤륜산에 자생하는 나무. 노란 꽃이 피고 붉은 열매가 열리며, 자두와 비슷한 맛이 난다.
3 無時(무시) : 시도 때도 없이. 무시로.

해설

아내가 기다리는 고향집의 가을 풍경을 애절하게 표현한 작품이다. 외로운 혼잣말과 쓸쓸한 정경 묘사 속에 여성을 바라보는 작가의 섬세하고 따스한 시선이 담겨 있다.

(5)

塞虜乘秋下	변새의 오랑캐, 가을 틈타 내려오니
天兵出漢家[1]	천자의 병사들도 한漢나라 집을 나섰다.
將軍分虎竹[2]	장군은 호죽을 나누고
戰士臥龍沙[3]	병사는 용사龍沙에 누웠다.
邊月隨弓影	국경의 달은 활 그림자를 따르고
胡霜拂劍花	호胡 땅 서리는 검화에 스치도다.
玉關殊未入[4]	행여 옥문관玉門關에 살아 들지 못하여도
少婦莫長嗟	젊은 아내여, 긴 한숨일랑 짓지를 마오.

주석

1 天兵(천병) : 병사들을 높여서 부른 표현. 악부 <호무인> 참조.
2 虎竹(호죽) : 병사들을 징집할 때 쓰는 부절(符節). 반은 수도에 남기고 반은 변방에 나가는 장군이 가졌다.

3 龍沙(용사) : 중국의 서북부 새외(塞外) 근처의 사막. 일명 백룡퇴(白龍堆)라고도 한다.
4 玉關(옥관) : 옥문관(玉門關).

해설

고적한 변새의 정경 묘사와 함께 아내에게 건네는 병사의 비장한 당부가 한없는 여운을 남기는 작품이다.

(6)

烽火動沙漠	봉화 불이 사막에 어른대더니
連照甘泉雲[1]	연이어 감천甘泉의 구름에 비치도다.
漢皇按劍起	한漢나라 황제는 검을 짚고 일어나
還召李將軍[2]	곧바로 이장군李將軍을 불러들인다.
兵氣天上合	싸움의 기운은 하늘을 찌르고
鼓聲隴底聞[3]	북소리 농산隴山 비탈까지 들려온다.
橫行負勇氣	용기를 다해 돌진해 나가
一戰靜妖氛[4]	단 한번 싸움으로 요기 진압하리라.

주석

1 甘泉(감천) : 진한(秦漢) 때의 궁전 이름. 섬서성 부시현(陝西省 膚施縣) 남쪽, 장안의 북쪽 감천산(甘泉山) 위에 있었다.
2 李將軍(이장군) : 한나라의 장군 이광(李廣). 비장군(飛將軍)이란 별명을 있을 정도로 용맹하여 흉노들이 늘 그를 피하였다고 한다.
3 隴底(농저) : 섬서성(陝西省)과 감숙성(甘肅省) 사이에 있는 농산(隴山). 底는 비탈을 의미하는 坻(저)의 뜻으로 쓰인 것.
4 妖氛(요분) : 요망한 기운.

✿ 해설

전쟁이 시작되자 촉박하게 돌아가는 전후방의 상황을 생생하게 묘사한 작품이다. 역동성이 강한 여러 개의 동사들이 일련의 힘찬 움직임들을 만들어내고, 빈번한 장면 이동이 긴박감을 더해 준다.

067 내일대난 來日大難

지나온 날 힘들었지만

來日一身[1]	지나온 날 이 한 몸
攜糧負薪	식량 들고 땔감 지고,
道長食盡	갈 길 먼데 양식 떨어져
苦口焦唇	입은 쓰고 입술 말랐는데,
今日醉飽	오늘은 실컷 먹고 마시거늘
樂過千春	그 즐거움, 천 번의 봄보다 낫네.
仙人相存[2]	신선이 날 찾아와
誘我遠學	도학道學으로 나를 꾀어,
海淩三山[3]	바다로는 삼산三山을 넘고
陸憩五嶽	땅에서는 오악五嶽에 쉬며,
乘龍天飛	용을 타고 하늘 올라
目瞻兩角	두 뿔을 보네.
授以神藥	선약仙藥을 내게 주니
金丹滿握	금단金丹이 손에 가득.
蟪蛄蒙恩[4]	매미가 은혜 입어
深愧短促	단명함을 한탄하고
思塡東海[5]	동해를 메우고자
强銜一木	막대기 하나 문 격일세.
道重天地	도道는 천지보다 중하다고
軒師廣成[6]	헌원씨軒轅氏는 광성자廣成子에게 배워
蟬翼九五[7]	임금 자리 내던지고

以求長生	불로장생 구하였지.
下士大笑	졸장부들 웃는 소리
如蒼蠅聲[8]	쉬파리 소리 같다네.

해제

한대(漢代)에 나온 악곡으로서 본래의 이름은 <선재행善哉行>인데, 그 가사 중에 나오는 구절을 따서 새로운 제목으로 만든 것이다. 인생은 짧아 장담할 수 없으니, 친구들과 즐기고 장생술을 터득해 보라고 권유하는 노래로서, 상화가사(相和歌辭) 중의 하나이다.

주석

1 來日(내일) : 지나온 날.
2 存(존) : 안부를 묻다. 위문하다.
3 三山(삼산) : 동해 바다 가운데 있다는 봉래(蓬萊), 방장(方丈), 영주(瀛州)의 세 신산(神山).
4 蟪蛄(혜고) : 씽씽매미. 매미의 일종. 봄에 나서 여름에 죽기 때문에 일 년이라는 단위가 있는 줄을 모르는 매미에 인간의 좁은 식견을 빗대어 표현한 것이다.
5 塡東海(전동해) : 동해를 메우다. 정위(精衛)라는 새는 본래 전설 속 염제(炎帝, 神農氏)의 딸이었는데, 동해에 놀러 갔다가 물에 빠져 죽은 후 새로 변하여, 서산(西山)의 나뭇가지와 돌을 물어다가 바다를 메우려 하였다고 한다. 이는 미약한 힘으로 큰일을 도모하는 것을 이르는 말인데, 여기서는 은혜에 보답코자 하나 힘이 보잘것없음을 표현한 것이다.
6 廣成(광성) : 황제(黃帝) 헌원씨(軒轅氏)가 찾아가 만났다는 은자(隱者) 광성자(廣成子)를 말한다.
7 蟬翼(선익) : 매미 날개처럼 가벼이 여기다.
* 九五(구오) : 천자(天子)의 지위를 뜻하는 주역(周易)의 괘효(卦爻).
8 下士(하사) : 미천한 선비.

해설

신선의 세계에 노닐게 된 기쁨을 고풍스러운 4언체로 노래한 작품이다. 이백은 744년 겨울에 제남(濟南; 산동성 濟南市) 자극궁(紫極宮)에서 고천사(高天師) 여귀도사(如貴道士)에게 도사 자격증인 진록(眞籙)을 전수받았다. 그의 도교 성향은 어렸을 때부터 싹터온 것이지만, 작품 끝부분의 내용을 미루어볼 때, 도교에의 본격적인 귀의에는 장안 생활에서의 좌절감이 크게 작용하였던 듯하다.

068 새상곡 塞上曲

요새 위에서

大漢無中策[1]	이 큰 한漢나라에 묘책이 없어
匈奴犯渭橋[2]	오랑캐들 함부로 위교渭橋를 넘보과라.
五原秋草綠[3]	오원五原에 가을 풀이 푸르를 적에
胡馬一何驕	오랑캐 말들은 어이 그리 당당한고.
命將征西極	장수에게 명하여 서쪽 끝을 치게 하니
橫行陰山側[4]	음산陰山 옆에서 활약도 눈부시다.
燕支落漢家[5]	연지산燕支山이 한漢나라에 함락되자
婦女無花色	그곳 아낙네들 낯빛이 어두워라.
轉戰渡黃河	말머리 돌려 황하를 건너서
休兵樂事多	전쟁을 마치니 좋은 일 많구나.
蕭條淸萬里	쓸쓸한 만 리 벌판 거칠 것 하나 없고
瀚海寂無波[6]	한해瀚海 고요하게 물결조차 없어라.

주석

앞에 나온 <새하곡塞下曲>과 마찬가지로 한대(漢代)의 <출새出塞>, <입새入塞> 등을 변형시켜 만든 노래로서, 출정하는 병사들의 드높은 기개를 노래하였다. 신악부사(新樂府辭)에 속한다.

주석

[1] 無中策(무중책) : 보통 정도의 계책도 없다. ≪한서≫<흉노전匈奴傳>에 역대 왕조의 흉노

정책에 대해 비평하면서, 주(周)나라는 중책(中策)이었고, 진(秦)나라는 무책(無策)이었으며, 한(漢)나라는 하책(下策)이었다고 평하는 말이 나온다.

2 渭橋(위교) : 장안 근처의 다리. 여기서는 수도인 장안을 일컫는다.

3 五原(오원) : 영하성 염지현(寧夏省 鹽池縣) 북쪽의 벌판. 악부 <발백마> 참조.

4 陰山(음산) : 고비사막 남쪽에 있는 중국 북단의 산.

5 燕支(연지) : 감숙성 산단현(山丹縣)에 있는 산. 일명 언지산(焉支山)이라고도 한다. 악부 <유주호마객가> 참조.

6 瀚海(한해) : 서 시베리아의 바이칼 호.

해설

한족(漢族) 병사들의 애국심을 노래한 작품이다. 이백은 패배한 적국 아낙네들의 수심에 찬 표정마저도 마음에 걸려 하는 섬세한 시인이었지만, 이민족과의 전쟁은 그들의 도전에 의한 불가피한 대응이라 전제하고, 자국의 필승을 다짐할 만큼 한족(漢族)에 대한 자긍심이 강한 인물이었다. 언지산(焉支山)이 한나라에 의해 함락되자, 흉노 아낙의 얼굴이 어두워졌다는 표현은 이백의 독창적인 표현이 아니라, 한대(漢代) 오랑캐들이 부른 <흉노가匈奴歌>의 한 구절을 그대로 따온 것이다.

069 옥계원 玉階怨

옥섬돌에 우두커니

玉階生白露[1]　　옥섬돌에 흰 이슬 내리고
夜久侵羅襪[2]　　밤 깊어 비단 버선 적시네.
却下水精簾　　그제야 수정 발 풀어 놓고서
玲瓏望秋月[3]　　그렁그렁 가을 달을 바라보나니.

해제

한 성제의 후궁이던 반첩여(班婕妤)가 실총(失寵)을 슬퍼하며 처음 지었다는 노래인데, 이후 궁중여인들의 한(恨)을 소재로 한 궁원(宮怨)의 노래가 되었다. 상화가사(相和歌辭) 중의 하나이다.

주석

1 玉階(옥계) : 옥섬돌. 궁중을 가리킨다.
2 羅襪(나말) : 깁으로 지은 버선.
3 玲瓏(영롱) : 맑게 어리비치는 모양.

해설

단 몇 마디 말로 압축된 표현 속에 궁중 여인의 하염없는 기다림과 원(怨)을 함축시켜, 애처로움을 한껏 살린 작품이다. 그리고 '옥' 섬돌, '흰' 이슬, '비단' 버선, '수정' 발, '가을' 달 등과 같은 투명한 사물들은, 작중 인물의 '맑고 순수한' 그리움의 감정을 표현하기 위한 특별한 대상(객관적 상관물)으로서, 이들 상호간의 긴밀한 호응으로 작품의 주제가 한층 뚜렷이 부각된다. 특히 이 작품의 모든 맑은 이미지가 집중되는 마지막 구의 '영롱'한 상태는 그녀가 드리운 수정 주렴 때문이라기보다, 기다림 끝에 고여 버린 그녀의 눈물 탓일 것이다.

이백은 실로 다양한 여성들의 좌절과 불행을 악부에 담아 노래하였다. 그가 이러한 원시류(怨詩類)의 작품을 유난히 많이 짓게 된 이유가 그의 유별난 한량기 때문이라는 비판적 시각이 있기는 하지만, 그의 시 전반에서 이들의 의미를 해석해 볼 때, 그 자신의 정치적 패배 의식의 또 다른 표현이라는 주석가들의 견해가 더욱 온당해 보인다. 이 작품들은 여성적 우아함과 비장미를 갖추어 독자들의 미적 감각을 만족시킬 뿐 아니라, 타인의 고통에 대한 절실한 공감과 심각한 표현으로 독자들의 심금을 울린다.

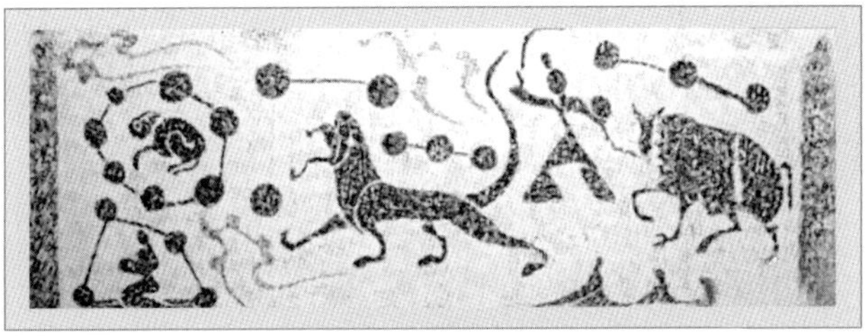

070 양양곡 襄陽曲 4수

양양의 노래

(1)

襄陽行樂處[1]	양양襄陽은 놀며 즐기는 곳
歌舞白銅鞮[2]	백동제白銅鞮를 노래하고 춤추네.
江城回淥水	가람 성엔 맑은 물 감돌고
花月使人迷	꽃과 달은 사람을 홀리네.

해제

이 노래의 본래 제목은 <양양악襄陽樂>으로, 남조 송(宋; 420~479)의 수왕(隨王) 탄(誕)이 처음 지었다고 한다. 그가 양양군(襄陽郡)을 다스리고 있을 때인 원가(元嘉) 26년(449)에 고을 이름이 옹주(雍州)로 바뀌었는데, 밤중에 아낙들이 부르는 노래를 듣고 이것을 짓게 되었다고 한다. 잡가요사(雜歌謠辭) 중의 하나이다. 가음 <양양가> 참조.

주석

1 襄陽(양양) : 지금의 호북성 양번시(襄樊市).

2 白銅鞮(백동제) : 양 무제(梁 武帝)가 지은 가곡의 이름.

(2)

山公醉酒時[1]	산공山公이 술에 취했을 적에
酩酊高陽下[2]	고양高陽 연못 아래서 곤드레가 되어

頭上白接䍦[3]	머리 우에 하얀 두건을
倒著還騎馬	거꾸로 쓰고서 말에 올랐네.

주석

[1] 山公(산공) : 산간(山簡; 253~312, 字는 季倫)을 이른다. 그가 양양(襄陽)에 있을 때 술에 취하면 두건을 거꾸로 쓴 채 수레를 몰아 집으로 돌아가는 등 꾸밈없고 호탕하였으므로, 아이들을 비롯한 고을 사람들의 사랑을 한 몸에 받았다고 한다.

[2] 酩酊(명정) : 만취된 상태.

* 高陽(고양) : 산간(山簡)이 취해 놀던 연못. 고양지(高陽池).

[3] 接䍦(접리) : 희고 우뚝한 모자.

(3)

峴山臨漢江[1]	현산峴山은 한수漢水가에 있어서
水綠沙如雪	물은 푸르고 모래는 눈 같은데
上有墮淚碑[2]	산 위에 있는 타루비墮淚碑는
青苔久磨滅	푸른 이끼 덮여서 닳은 지 오래라네.

주석

[1] 峴山(현산) : 양양 동남쪽에 있는 산 이름.

* 漢江(한강) : 섬서성에서 발원하여 호북성을 지나 무한(武漢)에서 합류하는 양자강의 지류.

[2] 墮淚碑(타루비) : 진(晋)나라 양호(羊祜; 221~278)를 기린 송덕비의 별칭. 그는 형주 도독(荊州 都督)으로 양양 지방을 잘 다스려 인망이 두터웠는데, 그는 현산에 자주 올라 술을 마시며 시를 짓곤 하였다. 양양 사람들은 그가 죽자 현산에 송덕비를 세우고, 그 빼어난 덕과 풍류를 그리워하며 눈물을 흘렸다고 한다.

(4)

且醉習家池[1]	습가習家네 연못에서 취한다 해도
莫看墮淚碑	타루비일랑은 바라보지 말게.
山公欲上馬	산공山公이 말에 오르려 할 때
笑殺襄陽兒	양양襄陽의 아이들, 배를 잡고 웃었으니.

✿ 주석

1 習家池(습가지) : 한(漢)나라 사람인 습욱(習郁)의 연못. 그는 연못을 만들어 물고기를 길렀는데, 뒤에 산간이 그 곳에서 취해 놀았다고 전한다.

✿ 해설

양양은 한수(漢水) 가에 위치한 곳으로서, 아이들조차 길거리에서 손뼉 치며 노래하는 풍류의 고장이었다. 성을 감돌아 흐르는 맑은 물, 꽃과 술과 달에 취하여 자연과 하나가 되며, 시름보다는 춤과 노래와 웃음을 사랑하는 사람들. 이백의 이상향이 어떤 것이었는지를 짐작해 볼 수 있는 작품들이다.

071 대제곡 大堤曲

대제의 노래

漢水臨襄陽	한수漢水는 양양襄陽에 흐르는데
花開大堤暖[1]	꽃 피는 대제大堤 따스하여라.
佳期大堤下	대제 아래에서 좋은 언약 맺었건만
淚向南雲滿	눈물 고인 채 남쪽 구름 바라볼 줄이야.
春風復無情	봄바람은 게다가 무정도 하여
吹我夢魂散	나의 꿈마저 흩어버리누나.
不見眼中人	마음 속 사람은 보이지 않고
天長音信斷[2]	하늘 먼 곳에 소식조차 끊겼세라.

해제

남조민가 중 서곡(西曲)인 <양양악襄陽樂>을 바탕으로 양 간문제(梁 簡文帝; 550~551 재위)가 만든 <옹주곡雍州曲>에서 유래한 노래이다. 옹주(雍州)는 양양(襄陽)의 옛 이름이다. 간문제의 옹주십곡(雍州十曲) 중에는 대제(大堤), 남호(南湖), 북저(北渚) 같은 명승지를 읊조린 노래가 있었는데, 이백이 그 중 대제(大堤)를 읊은 노래를 본떠 지은 것이다. 악부 청상곡사(淸商曲辭) 중의 하나이다.

주석

1 大堤(대제) : 양양(襄陽) 성 밖에 있던 제방.

2 音信(음신) : 편지나 소식.

해설

아끼는 임과 이별한 여성이 홀로 봄을 맞는 심경을 노래한 것이다. 작품 전체가 나른한 분위기를 띠고 있으면서도 지나친 애상에 흐르지 않는 것은, 임을 여읜 여인이 슬픔에 겨워 흐느껴 울기보다는 눈물을 머금은 채 먼 하늘을 바라본다는 담담한 감정 표현이나, 불면의 이유를 봄바람의 무정함 탓으로 돌리는 천진무구한 심리 묘사의 덕이 크다고 본다. 여러 평자들이 이 작품을 통해 이백 시의 그윽하고 맑은 면모를 읽을 수 있다고 입을 모으는 이유도, 이같이 절제된 감정 표현과 기품 넘치는 묘사 때문이 아닌가싶다.

072 궁중행락사 宮中行樂詞 8수

궁중의 즐거움

(1)

小小生金屋	어렸을 적부터 귀한 집에서 자라더니
盈盈在紫微[1]	탐스런 모습으로 자미궁紫微宮에 거하네.
山花揷寶髻[2]	산꽃을 꺾어서 쪽머리에 꽂았고
石竹繡羅衣[3]	비단옷에 석죽石竹 무늬 수놓았네.
每出深宮裏	매양 깊은 궁에서 나와
常隨步輦歸[4]	언제나 임금의 연輦을 따라 돌아오네.
只愁歌舞散	다만 근심커니, 노래 춤이 파하여
化作綵雲飛	오색구름 되어서 날아가 버릴까.

해제

당 현종이 봄날을 즐기다가 술 취한 이백을 불러 짓게 하였다는 노래이다. 이백은 평소 형식이 엄격한 근체의 시는 즐겨 짓지 않았으므로 현종은 짐짓 그 실력을 보고자 율시(律詩)를 짓게 하였는데, 이백은 그 자리에서 일필휘지로 10수의 <궁중행락사>를 지어 뒤에 귀비(貴妃)가 되는 양태진(楊太眞)과 궁녀들의 아름다운 자태를 묘사함으로써, 자신의 실력을 과시하였다. 지금 전해지는 것은 그 중 8수라고 한다. 당대(唐代)에 만들어진 근대곡사(近代曲辭) 중의 하나이다.

주석

1 盈盈(영영) : 탐스러운 모습.

* 紫微(자미) : 자미궁(紫微宮)을 말한다. 악부 <상운락> 참조.

2 髻(계) : 머리를 위로 끌어 올려 땋은 것. 쪽머리.

3 石竹(석죽) : 석죽과에 속하는 여러해살이 풀. 패랭이꽃. 잎은 섬세하고 여리며 꽃은 동전같이 생긴 식물로, 당대(唐代)의 복식에 이 무늬를 많이 사용하였다고 한다.

4 步輦(보련) : 사람이 끄는 수레.

(2)

柳色黃金嫩[1]	버들은 여린 황금 빛
梨花白雪香	배꽃은 향기로운 흰 눈.
玉樓巢翡翠[2]	옥루玉樓에 비취翡翠새 깃들이고
珠殿鎖鴛鴦	구슬 전각엔 원앙이 숨었네.
選妓隨雕輦[3]	기녀를 뽑아서 고운 가마 좇게 하고
徵歌出洞房[4]	명창을 데리고 깊은 방을 나선다네.
宮中誰第一	궁중에서 그 누가 제일이런가
飛燕在昭陽[5]	비연飛燕이 소양전昭陽殿에 계시다 하네.

주석

1 嫩(눈) : 어리고 연약함.

2 翡翠(비취) : 비취빛이 나는 물총새.

3 雕輦(조련) : 가장자리를 아로새겨 조각한 가마.

4 徵歌(징가) : 가희(歌姬)를 뽑다.

* 洞房(통방) : 깊숙이 자리 잡은 부인의 방.

5 飛燕(비연) : 조비연(趙飛燕)으로 양태진(楊太眞)을 비유한 것이다. 악부 <양춘가> 참조.

* 昭陽(소양) : 조비연의 동생 합덕(合德)이 성제(成帝)의 총애를 받아 거처하던 소양전(昭陽殿)을 말한다. 안채와 바깥채 가운데 뜨락은 붉게 칠하고, 전각에는 검은 옻칠을 하였으며, 섬돌은 모두 동으로 씌웠고, 황금 길에 백옥으로 된 계단을 만들었다고 한다.

(3)

盧橘爲秦樹[1] 노盧 땅의 귤은 진秦의 나무 되고
蒲桃出漢宮[2] 포도도 한漢나라 궁궐에서 난다네.
烟花宜落日 내 머금은 꽃 고운, 해 어스름에
絲管醉春風 풍악소리 봄바람에 얼크러지네.
笛奏龍鳴水[3] 피리 가락엔 물 속 용이 울어대고
簫吟鳳下空[4] 퉁소 소리에 봉황이 내려앉네.
君王多樂事 임금에겐 즐거운 일 많건마는
還與萬方同 도리어 온 천하와 더불어 즐긴다네.

주석

1 盧橘(노귤) : 기산(箕山) 동쪽에서 난다는 맛좋은 귤.
2 蒲桃(포도) : 페르시아가 원산인 포도. 제1, 2구는 세상의 진기한 과일들을 궁궐 안에서 맛볼 수 있다는 뜻이다.
3 龍鳴水(용명수) : 용의 울음소리를 닮았다는 악곡으로 <용저곡龍笛曲>이 있다.
4 鳳下空(봉하공) : 춘추시대 진(秦)나라 목공(穆公) 때 소사(簫史)가 피리를 불면 봉황새가 날아와 춤을 추었다고 한다.

(4)

玉樹春歸日[1] 고운 나무에 봄 돌아온 날
金宮樂事多 황금 궁궐엔 좋은 일 많기도 하다.
後庭朝未入[2] 후궁엔 아침에 들지 않고서
輕輦夜相過 가벼운 가마로 밤에만 납신다.
笑出花間語 웃으며 꽃에서 나와 소곤거리고

嬌來燭下歌	아리땁게 와 촛불 아래서 노래 부른다.
莫敎明月去[3]	밝은 저 달을 지게 두지 말지니
留著醉姮娥[4]	항아姮娥님 붙잡아 취해 보리라.

✿ 주석

[1] 玉樹(옥수) : 한 무제(漢 武帝; B.C.140~B.C.87 재위)가 신옥(神屋)의 앞뜰에 온갖 보석과 구슬로 만들어 세웠다는 나무. 여기서는 진기한 꽃나무들을 가리킨다.

[2] 後庭(후정) : 후비 궁녀들이 거하는 궁. 후궁(後宮).

[3] 莫敎(막교) : '~시키지 말라'는 권유형.

[4] 姮娥(항아) : 하(夏; B.C.2100~B.C.1600 전후)나라 예(羿)의 아내. 예가 서왕모(西王母)에게서 얻어온 불사약을 훔쳐 먹고 달로 올라가 두꺼비가 되었다는 전설 속의 여인이다.

(5)

繡戶香風暖	수놓은 방에 향그런 바람 따스한데
紗窗曙色新	깁창에는 새벽빛이 밝았구나.
宮花爭笑日	궁정의 꽃들 다투어 햇볕에 웃고
池草暗生春	연못 풀은 살며시 봄빛을 띠었세라.
綠樹聞歌鳥	녹음 속에는 새소리 들리고
靑樓見舞人	푸른 누대엔 춤추는 이 너울댄다.
昭陽桃李月	소양전昭陽殿 복사꽃 핀 달 아래선
羅綺自相親	비단 옷자락들 절로 스치누나.

(6)

今日明光裏[1]　　오늘은 명광문明光門 안에서
還須結伴遊　　짝지어 놀아 볼거나.
春風開紫殿　　봄바람에 궐문을 여니
天樂下珠樓　　천상의 음악이 구슬 누대에 울려온다.
豔舞全知巧　　고운 춤은 오만 기교를 터득했고
嬌歌半欲羞　　예쁜 노래는 반쯤 수줍음 머금었다.
更憐花月夜　　또 어여쁠 손, 꽃 핀 달밤에
宮女笑藏鉤[2]　　궁녀들이 웃으며 구슬 찾기를 하는거라.

주석

1 明光(명광) : 당대 흥경궁(興慶宮)의 남쪽 문인 명광문(明光門)을 말한다. 장안의 미앙궁(未央宮) 안에 명광전(明光殿)이 있었다.

2 藏鉤(장구) : 주먹 안에 구슬을 숨기고 어느 손에 있는지 알아맞히는 놀이.

(7)

寒雪梅中盡　　찬 눈은 매화 속에 스러지고
春風柳上歸　　봄바람은 버들 위로 돌아왔다.
宮鶯嬌欲醉　　궐 안 꾀꼴새 고운 소리 취한 듯 하고
簷燕語還飛　　처마 밑 제비는 지저귀며 나는구나.
遲日明歌席[1]　　긴긴 해는 노래 자리를 비추고
新花艶舞衣　　새로 핀 꽃에 춤옷 더욱 돋보인다.
晩來移綵仗[2]　　저물녘엔 의장대儀仗隊를 옮기나니
行樂好光輝　　즐거운 놀이에 빛 또한 좋구나.

주석

1 遲日(지일) : 봄날이 더디게 지나감.
2 綵仗(채장) : 궁중의 근위병의 번쩍이는 무기와 오색 깃발.

(8)

水綠南薰殿[1]	물 푸른 남훈전南薰殿이요
花紅北闕樓[2]	꽃 붉은 북궐루北闕樓로다.
鶯歌聞太液[3]	꾀꼬리 노래 태액지太液池에 들려오고
鳳吹遶瀛洲[4]	생황 소리 영주산瀛洲山을 감돌도다.
素女鳴珠佩	하얀 궁녀는 패옥을 울리고
天人弄綵毬	천상 선녀는 채색 공을 굴리난다.
今朝風日好	오늘 아침은 날씨가 좋으니
宜入未央遊	미앙궁未央宮에 들어가 놀 만하리.

주석

1 南薰殿(남훈전) : 당대 장안의 흥경궁(興慶宮) 안에 있던 전각 이름.
2 北闕樓(북궐루) : 본래는 한대(漢代) 미앙궁(未央宮) 안에 있던 현무궐(玄武闕)을 북궐(北闕)이라 하였으나, 여기서는 당대 궁전의 건물을 가리킨다.
3 太液(태액) : 윤택함이 널리 퍼진다는 뜻을 가진 장안 서쪽에 있는 연못.
4 鳳吹(봉취) : 생황(笙篁). 그 몸통이 봉황새 모양으로 생긴 데서 연유하였다.
* 瀛洲(영주) : 본래는 동해에 있다는 신산(神山) 중의 하나이나, 여기서는 태액지(太液池) 가운데에 만들어 세운 세 개의 인공산 중의 하나를 말한다.

해설

이백이 이 연작시에서 묘사하고자 한 것은 군왕의 화려하고 사치스러운 생활과 나른한 행복감이다. 제왕은 화사한 봄날 아름답게 단장한 총비(寵妃)를 대동하고 가마를 골라 탄다. 쾌청한 아침이나 풍악이 얼크러지는 저녁도 좋고, 꽃 핀 달밤 또한 좋다. 연못가나 푸른 누대 어느 곳이건 마음 내키는 곳에 가서는 노래와 춤을 즐기며 풍악을 울린다. 가기(歌妓)나 무희(舞姬)는 셀 수 없이 많고, 먼 곳에서 나는 노귤(盧橘)이나 포도 같은 진기한 과일은 얼마든지 있다. 온갖 새들은 푸른 녹음과 붉은 꽃 사이에서 노래하며 군왕의 즐거움을 더해 주고 있다. 이백의 악부시 중에 등장하는 장안 왕족들의 행복한 봄노래는 불우한 선비의 우울한 가을노래와 극단적인 대조를 이룬다.

당 현종 앞에서 술 취한 이백의 신발을 벗기는 수모를 감내해야만 했던 당대의 환관(宦官) 고력사(高力士)는, 이백의 악부 <궁중행락사>2의 "궁중에서 그 누가 제일이런가? 소양전에 있는 조비연이지"의 구절과 <청평조사>2의 "묻노니, 한 궁의 누구와 닮았는가. 가녀린 조비연이 새 단장하고 섰구나."와 같은 몇 구절을 예로 들면서, 이백이 양태진을 나라 망칠 여인으로 예언하였다며 그녀의 화를 돋우었다고 한다. 종래의 학자들 역시 궁중 행락을 예찬한 이 두 작품에 풍자의 뜻이 담긴 것으로 풀이해왔다.

073 청평조사 淸平調詞 3수

청평곡에 부쳐

(1)

雲想衣裳花想容	구름 같은 옷자락, 꽃다운 자태로다,
春風拂檻露華濃	봄바람은 난간 스치고 이슬 함초롬한데.
若非羣玉山頭見[1]	군옥산羣玉山 위에서 만날 수 없다면
會向瑤臺月下逢[2]	요대瑤臺 달 아래서나 만날 수 있으리라.

해제

앞에 나온 <궁중행락사>와 더불어 이백이 장안에서 벼슬할 때 당 현종의 명을 받들어 지은 노래이다. 양귀비와 함께 궁궐 안 침향정(沉香亭) 앞에 만개한 모란꽃을 구경하던 현종이 "좋은 꽃을 감상하고 어여쁜 왕비가 곁에 있는데, 어이 낡은 풍악을 울리겠는가. 마땅히 새 노래를 지어 부르리라." 하고서, 이백에게 이 <청평조사> 3장(章)을 짓게 하고, 당시의 명창(名唱) 이구년(李龜年)으로 하여금 노래 부르게 하였다고 전한다. 근대곡사(近代曲辭) 중의 하나이다.

주석

1 羣玉山(군옥산) : 신녀(神女) 서왕모(西王母)가 산다는 옥돌로 된 산.

2 瑤臺(요대) : 곤륜산(崑崙山)에 있다는 서왕모의 궁궐.

(2)

一枝紅豔露凝香	한 가지 붉은 꽃이 이슬 맺혀 향기롭다
雲雨巫山枉斷腸[1]	무산巫山의 선녀, 공연히 애끊난다.
借問漢宮誰得似	묻노니, 한궁漢宮의 누구와 닮았는가,
可憐飛燕倚新妝	가녀린 비연飛燕이가 새 단장하고 섰구나.

주석

1 雲雨巫山(운우무산) : 아침에는 구름이 되고 저녁에는 비가 된다는 무산의 신녀(神女)를 말한다. 전국시대 초(楚)나라 왕이 운몽(雲夢)의 고당관(高唐觀)에서 놀다가 낮잠을 자는데, 꿈에 한 여인이 나타나 잠자리를 같이하고는, 자신은 무산(巫山)의 신녀(神女)로서 아침에는 구름이 되었다가 저녁에는 비로 내린다고 말하였다. 왕이 아침에 일어나 보니 과연 그 말과 같아서, 묘당(廟堂)을 세우고 조운(朝雲)이라 이름 지었다고 한다.

* 枉(왕) : 애꿎다.

(3)

名花傾國兩相歡	이름난 꽃과 미인 모두 다 즐거우니
長得君王帶笑看	군왕께선 흐뭇이 웃음 띠고 보시누나.
解釋春風無限恨[1]	봄바람의 끝없는 한을 풀어버리며
沉香亭北倚闌干[2]	침향정沉香亭 북쪽 난간에 기대어 섰어라.

주석

1 解釋(해석) : 풀어버리다. 녹이다.

2 沉香亭(침향정) : 장안 경선궁(慶善宮) 안 용지(龍池) 앞에 있는 정자.

✿ 해설

봄날 침향정 앞에 화려하게 피어난 모란을 배경으로 양귀비의 아름다움을 노래한 작품들이다. 그 아름다움은 신화나 옛이야기, 혹은 꿈속의 여인처럼 신비스럽고 고귀하다. 오대(五代) 왕인유(王仁裕; 880~956)가 당 현종 시대의 여러 일화를 엮은 ≪개원천보유사開元天寶遺事≫에는 양귀비에 얽힌 여러 가지 꽃이 나오는데, 그 중에 하루에 여러 번 빛깔과 향기가 변했다는 침향정(沉香亭) 앞 목작약(木芍藥), 현종의 한(恨)을 풀어주었다는 금원(禁苑)의 천엽도(千葉桃), 그리고 향기가 술을 깨게 한다는 화청궁(華清宮)의 목작약(木芍藥), 술이 깨지 않은 새벽, 양귀비가 후원(後苑)에 나가 맺힌 이슬을 마셨다는 꽃나무(花樹) 등에 관한 기록들은 이백의 <청평조사> 3首의 내용과 밀접하게 호응하고 있다.

그러나 하고 많은 미인 중에서 성총을 어지럽히고 결국에는 나라를 망친 비연 왕후에 그 미모를 비기며 경국(傾國)이라는 어휘를 사용함으로써, 왕비의 사치스럽고 방탕한 행각에 우려를 표시하고, 군왕과 나라의 장래에 대한 염려를 넌지시 비춘 사실을 간과할 수는 없다.

074 고취입조곡 鼓吹入朝曲

왕궁의 조회

金陵控海浦[1]	금릉金陵은 바다에 가까이 있어
渌水帶吳京	맑은 물이 오吳나라 도읍을 감도는도다.
鐃歌列騎吹[2]	늘어선 기병대는 행진곡을 불어대며
颯沓引公卿[3]	즐비하게 공경대부를 불러 모은다.
搥鐘速嚴妝[4]	종을 울려서 엄한 채비 재촉하고
伐鼓啓重城	북을 두다리어 겹겹 성문을 여는도다.
天子憑玉几	천자께서 옥 안석에 기대시니
劍履若雲行	칼과 신발들이 구름처럼 오고 간다.
日出照萬戶	해는 돋아 온 누리에 비추이니
簪裾爛明星	비녀와 옷자락이 찬란히도 빛나고야.
朝罷沐浴閑	조회를 마친 후 목욕도 한가하게
遨遊閬風亭[5]	낭풍정閬風亭 아래서 유쾌하게 노니나니
濟濟雙闕下	우뚝 솟은 두 대궐 아래
歡娛樂恩榮	즐거이 성은을 누리는도다.

해제

고취곡(鼓吹曲)은 한대(漢代)부터 있었지만, 이것은 남조 제(齊)의 사조(謝朓)가 지은 <제수왕고취곡齊隨王鼓吹曲> 중의 네 번째 노래인 <입조곡入朝曲>을 모방한 것으로, 고취곡사(鼓吹曲辭)에 속한다.

주석

1 金陵(금릉) : 지금의 남경시(南京市). 육조(六朝; 吳, 東晉, 宋, 齊, 梁, 陳)의 수도였던 건강(建康)을 당대(唐代)에 금릉부(金陵府)라고 칭하면서 이 명칭이 생겨났다.

* 控(공) : 끌어당기다.

* 海浦(해포) : 바닷가. 여기서 바다는 양자강 하류 일대를 가리킨다.

2 鐃歌(요가) : 관악기를 불고 징을 두드리며 연주하는 군대 행진곡. 단소요가(短簫鐃歌)라고도 한다.

3 颯沓(삽답) : 많고 성한 모양. 혹은 빙빙 도는 모양.

4 搥鐘(추종) : 망치 같은 것으로 종을 두드리다.

5 閬風亭(낭풍정) : 강소성 진강(鎭江)에 있던 정자. 낭(閬)은 높다는 뜻.

해설

화려하고 안락하던 육조(六朝)의 수도 금릉(金陵)을 회상하는 노래이다. 성을 감돌아 흐르는 맑은 물, 조회 채비에 분주한 움직임들과 호사스러운 치레, 아침 햇살에 번득이는 금속성의 광채, 퇴색한 옛 도시는 그의 상상력에 힘입어 활기찬 모습으로 되살아난다.

이백은 안록산(安祿山)의 난 이후, 수도 장안(長安)이 수복되기 직전인 757년 <위송중승청도금릉표爲宋中丞請都金陵表>를 지어, 금릉은 부국강병을 도모할 수 있는 요지라고 하면서, 이곳으로 천도(遷都)할 것을 건의한 바 있다. 아마도 이 작품 역시 옛 도시에 대한 향수를 자극하여 그 곳으로 천도하기를 권하고자 지은 것으로 보인다.

075 진여휴행 秦女休行

여휴의 무용담

西門秦氏女	서문西門 사는 진씨秦氏네 낭자
秀色如瓊花	빼어난 자태는 옥으로 된 꽃 같은데,
手揮白楊刀[1]	백양白楊 칼 휘둘러
淸晝殺讎家	환한 대낮에 원수를 베었다네.
羅袖灑赤血	비단 소매에 붉은 피 뿌리고
英聲凌紫霞[2]	꽃다운 이름 자줏빛 노을 위에 떨쳤네.
直上西山去	곧바로 서편 산으로 떠나가는데
關吏相邀遮	국경의 관리가 기다렸다 막아서네.
壻爲燕國王[3]	"낭군은 연燕나라 임금이건만
身被詔獄加[4]	저는 벌을 받게 되었구려.
犯刑若履虎	법을 어기는 건 범 밟는 것 같다지만
不畏落爪牙	발톱과 이빨에 찢긴대도 두렵잖소."
素頸未及斷	하얀 목덜미 잘리기 전에
摧眉伏泥沙	두 눈 꼭 감고 땅 위에 엎드리자,
金雞忽放赦[5]	갑자기 금빛 닭이 사면을 알리며
大辟得寬賖[6]	그 죽음 너그러이 용서받았네.
何慚聶政姊[7]	섭정聶政의 누이만 못할 게 무어런가
萬古共驚嗟	만고에 찬탄을 한 몸에 받으리.

해제

이 노래는 삼국시대 좌연년(左延年; 230년경 활동)이 지었다는 <진여휴행秦女休行>에서 유래되었다. 내용은 연왕(燕王)의 아내 진여휴(秦女休)가 집안의 원수를 갚고 죄인이 되었으나 정상이 참작되어 끝내는 사면되었다는 이야기이다. 잡곡가사(雜曲歌辭) 중의 하나이다.

주석

1 白楊刀(백양도) : 칼의 일종. 백양(白楊)이라고도 한다.
2 紫霞(자하) : 자줏빛 노을. 신선 세계를 뜻한다.
3 壻(서) : 남편.
4 詔獄(조옥) : 칙명에 의해 죄를 다스리는 일을 말한다.
5 金鷄(금계) : 당대(唐代)에는 금장식을 한 닭을 나무 장대 위에 올려놓아 사면을 알렸다.
6 大辟(대벽) : 사형을 뜻한다.
* 寬賖(관사) : 너그러이 용서하다.
7 聶政姊(섭정자) : 전국시대 한(韓)나라 섭정(聶政)의 누이. 섭정은 엄중자(嚴仲子)의 부탁을 받고서 재상 한괴(韓傀)를 칼로 찌르고는, 자신도 형체를 알아볼 수 없는 끔찍한 모습으로 자결하였다. 관원은 자객의 주검을 저자에 내놓으며 천금(千金)의 현상금을 걸어 죽은 이의 신분을 알아내고자 했지만 찾는 사람이 없었고, 오랜 시간이 지나자 더더욱 식별할 수 없는 지경이 되었다. 섭정의 누이 앵(嫈)은 이 소식을 듣고 한나라에 와서 "나의 목숨을 아끼기 위해 아우의 이름을 세상에 알리지 않을 수는 없다."고 밝히고서 그 주검 아래서 자결하였고, 섭정의 이름은 이로써 후세에 남겨지게 되었다.

해설

전설적인 영웅 고사를 토대로 한 극적인 구성과 간결함을 갖춘 걸작이다. 주인공이 빼어난 미인이라는 점부터가 독자의 관심을 끌고 있지만, 그녀를 중심으로 전개되는 영웅담은 더욱 흥미진진하다. 독자들은 작가가 이끄는 대로 손에 땀을 쥐기도 하고, 안도의 한숨을 내쉬기도 하며 작중 인물과 호흡을 함께 하게 된다.

076 진녀권의 秦女卷衣

궁녀는 옷을 개고

天子居未央	임금님 미앙궁에 거하실 적에
妾侍卷衣裳	이 몸이 옷을 개어 받들어 모셨지.
顧無紫宮寵[1]	돌이켜보면 자미궁紫微宮의 사랑은 아니지만
敢拂黃金牀	감히 황금 침소 가까이는 해보았네.
水至亦不去[2]	물이 차올라도 떠나지 아니하고
熊來尙可當[3]	곰이 다가와도 나서서 막으리니,
微身奉日月	천한 이 몸이 일월日月 같은 임을 모셔
飄若螢之光	희미한 반딧불처럼 가물거릴 뿐.
願君採葑菲[4]	원컨대 임께서 무 캐실 때
無以下體妨	뿌리 나쁘다 내치지 마소서.

해제

진왕(秦王)이 옷을 개어 성은을 입은 여인에게 주었다는 <진왕권의秦王卷衣>를 변형시킨 노래로서, 잡곡가사(雜曲歌辭) 중의 하나이다. 악부 <중산유자첩가中山孺子妾歌> 참조.

주석

1 紫宮寵(자궁총) : 자미궁(紫微宮), 즉 미앙궁의 총애. 왕궁에서 제왕의 지속적인 사랑을 받는 것을 일컫는다.

2 水至(수지) : 물이 차오르다. 춘추 시대 제후(齊侯)의 딸 정강(貞姜)은 초 소왕(楚 昭王)의 부인이었다. 하루는 왕이 점대(漸臺)라는 누대 위에 왕후를 남겨놓고 놀러 갔다가, 누대 옆의 강물이 불어났다는 소식을 듣고 급작스럽게 사신을 보내 왕후를 모셔오게 하였다. 그러나

왕후는 사신임을 알리는 표지(符節)도 없는 사람을 따라 경거망동할 수 없다 거절하고는 끝내 큰물에 휩쓸려 죽음을 당하였다고 한다.

3 熊來(웅래) : 곰이 나타나다. 한 원제(漢 元帝; B.C.48~B.C.33 재위)가 동물원에 구경을 나갔는데, 곰이 우리를 뛰쳐나와 임금을 덮치려 하였다. 좌우에 모시던 후궁들은 다 놀라 도망쳤으나 풍첩여(馮婕妤)라는 후궁만이 곰 앞에 버티고 섰으며, 그 틈에 다른 사람들이 곰을 쏘아 잡았다고 한다.

4 葑菲(봉비) : 순무와 무. ≪시경 패풍邶風≫의 <곡풍谷風> 시에 "무우 캐고 순무 캘 때, 뿌리만 보지 마시오.[采葑采菲, 無以下體.]"라는 구절이 있는데, 이는 여인을 선택할 때 고운 용모만을 중시하지 말라는 뜻이다.

해설

송(宋)대 곽무천(郭茂倩)은 "함양의 봄 풍경과 궁궐의 아름다움을 묘사하고 진왕(秦王)이 옷을 개켜서 즐긴 정표로 주었다는 내용의 <진왕권의秦王卷衣>(梁 吳均 作)가 있으며, 이백에게 진녀권의가 있다"는 ≪악부해제樂府解題≫를 인용하며 이 작품의 연원을 논하였지만, 시녀가 왕의 옷을 개키는 설정의 위 작품과, 왕이 옷을 개켜 하사하는 <진왕권의秦王卷衣>는 내용상의 연관성이 떨어져, 정확한 연원은 분명하지 않은 상태이다. 오히려 이보다는 임금 옷을 개키는 미앙궁 궁녀가 화자(話者)인 유견오(庾肩吾; 487~551)의 <미앙재인가未央才人歌>가 연원에 가까우며, 보다 더 거슬러 올라가면 실전(失傳)된 한대(漢代) <미앙재인가未央才人歌>가 연원이 될 것이다.

이 작품은 임금의 측근에 있었던 행복한 시절을 되새기면서 이백 자신의 일편단심을 궁녀의 사랑에 빗대어 표현한 것으로 생각된다. 목숨마저 바치면서도 스스로는 보잘것없다고 여기는, 티 없는 사랑이자 절대적인 충성심인 것이다.

077 동무음 東武吟

불우를 노래함

好古笑流俗	옛 것을 사랑하고 세속을 비웃으며
素聞賢達風	평소에 어진 분들 풍도 들어 익혔다네.
方希佐明主	바야흐로 성군을 도와
長揖辭成功	공을 세우고는 길게 읍하고 떠나려 했었네.
白日在高天	밝은 해 높은 하늘에 떠서
迴光燭微躬	아득한 그 빛이 미물을 비추니,
恭承鳳凰詔	삼가 봉황의 뜻을 받들게 되어
欻起雲蘿中[1]	무성한 잡초 틈에서 떨쳐 일어났네.
淸切紫霄逈[2]	드높은 대궐에 귀하게 쓰이고
優游丹禁通[3]	의젓하게 구중궁궐을 드나들었네.
君王賜顔色	임금께서 흡족한 표정을 지으시자
聲價凌烟虹	명성은 안개와 무지개를 뚫고 올랐네.
乘輿擁翠蓋[4]	수레를 타고서 푸른 차일로 에워싸여
扈從金城東[5]	고관들 따라서 금성金城 동쪽에도 갔었네.
寶馬麗絶景[6]	날랜 말 타고 좋은 경치 벗하며
錦衣入新豐[7]	비단 옷 입고 신풍으로 들어갔네.
依巖望松雪	바위에 기대어 눈 쌓인 소나무 바라보고
對酒鳴絲桐	술을 마시며 풍악을 울렸다네.
因學揚子雲[8]	내쳐 양자운揚子雲이 그랬던 일 본떠
獻賦甘泉宮[9]	감천궁에서 부를 지어 올리면,
天書美片善	천한 재주 어여쁘다 글을 내리시어

淸芬播無窮[10]	고상한 평판이 한없이 자자했네.
歸來入咸陽	돌아와 함양咸陽에 들어가면
談笑皆王公	웃으며 얘기하는 이 모두가 왕공귀인.
一朝去金馬[11]	하루아침에 금마문을 나서고 보니
飄落成飛蓬	정처 없이 날리는 쑥대강 신세일세.
賓客日疎散	드나들던 빈객들도 날로 뜨막해지고
玉樽亦已空	옥 술잔 빈 지도 이미 오래라네.
才力猶可倚	재주야 아직도 여전하여서
不慚世上雄	세상의 호걸들에 부끄럽지 않건마는
閑作東武吟	한가롭게 동무음東武吟 노래 지어보자니
曲盡情未終	곡은 다했어도 마음 못내 아쉽네.
書此謝知己	이를 글로 적어 친구들과 하직하고
吾尋黃綺翁[12]	나, 황기옹黃綺翁이나 찾아가려네.

해제

세월의 흐름에 따라 만사가 변하는 것을 슬퍼하는 내용의 노래로서, <환산유별금문지기 還山留別金門知己>라고도 한다. 포조(鮑照)와 심약(沈約)의 가사가 남아 있다. 동무(東武)는 한대(漢代) 고을의 이름으로 지금의 산동성 제성현(諸城縣)이다. 상화가사(相和歌辭) 중의 하나이다.

주석

1 欻起(훌기) : 문득 떨치고 일어서다.

2 淸切(청절) : 사심 없는 마음으로 가까이 하였다는 뜻으로, 이백이 임금 측근으로서 봉사한 것을 일컫는다.

紫霄(자소) : 천제의 궁궐을 말한다.

3 丹禁(자소) : 붉은 색이 주조를 이루는 궁궐을 말한다.

4 乘輿(승여) : 임금이 타는 수레.

5 扈從(호종) : 백관(百官)이 천자를 따라 수행하다. 호(扈)는 대(大)의 뜻.

* 金城(금성) : 감숙성 고란현(皐蘭縣) 서북쪽 한대(漢代)에 세워진 옛 성으로, 장안의 서쪽에 위치하여 금성(金城)이라고 하였다. 오행설(五行說)에 따르자면 금(金)은 서쪽에 해당된다.

6 麗(려) : 짝지을 려(儷)와 같은 뜻.

7 新豐(신풍) : 섬서성 임동현(臨潼縣) 장안 부근. 좋은 술이 나는 고장.

8 揚子雲(양자운) : 한대(漢代) 양웅(揚雄; B.C.53~A.D.18)을 가리킨다. 자운(子雲)은 그의 자(字)이다. 그는 임금을 따라 감천궁(甘泉宮)에 가서 부(賦)를 지어 올려 재능을 인정받았다.

9 甘泉宮(감천) : 섬서성 부시현膚施縣) 남쪽에 있던 한대의 궁전 이름.

10 淸芬(청분) : 맑은 기운. 여기서는 좋은 평판.

11 金馬(금마) : 한 무제(漢 武帝)가 대완국(大宛國)에서 말을 얻은 것을 기념하여 미앙궁(未央宮) 궁문 앞에 주조하여 세운 구리로 된 말이다. 동방삭(東方朔)을 비롯한 여러 대신들이 그곳에서 왕의 조서(詔書)를 기다렸으므로 이 문을 금마문(金馬門)이라 불렀다. 이 문 옆에 한림원(翰林院)이 있었으므로 이백은 자신의 한림공봉(翰林供奉)직을 형상성이 풍부한 금마문(金馬門)이라는 시어(詩語)로 대치한 것이다.

12 黃綺翁(황기옹) : 한대(漢代) 상산(商山)에 숨어 살던 네 명의 은자(隱者)인 동원공(東園公), 하황공(夏黃公), 녹리선생(甪里先生), 기리계(綺里季) 중, 하황공과 기리계를 줄여 부른 것이다. 은둔하겠다는 뜻을 나타낸다.

해설

3년간의 벼슬 생활을 마치고 장안을 떠나는 시점에서 이백은 과거를 돌이켜보며 쓰라린 경험의 노래를 남긴다. 일찍이 청운의 꿈을 품고 궁중에 들어가 한때 화려한 생활도 누렸지만, 술수가 난무하는 궁중은 그가 오래 생활할 곳이 못되었다. 임금에게 다시 은거하기를[還山] 청하여 영락한 생활로 접어들자 세상인심은 하루아침에 변해 버리고, 그는 환멸을 느낀 나머지 무상한 속세를 등지고 도교로 귀의할 뜻을 비친다.

"곡은 끝났어도 못내 아쉬움이 남는다."는 마지막 대목은 이 작품이 곡조에 맞추어 노래한 것임을 뒷받침해 주고 있다.

078 한단재인가위시양졸부 邯鄲才人嫁爲厮養卒婦

한단의 궁녀가 못난이에게 시집가

妾本叢臺女[1]	이 몸 본래 총대叢臺의 여자로
揚蛾入丹闕	눈썹 활짝 펴고 궁궐에 들었지.
自倚顏如花	꽃다운 얼굴만 함빡 믿었지
寧知有彫歇[2]	시들 때 있을 줄 생각이나 했으리.
一辭玉階下	옥섬돌을 내려서서 하직을 하고
去若朝雲沒	아침 구름 스러지듯 떠나 왔다네.
每憶邯鄲城	언제나 한단성邯鄲城을 그릴 적마다
深宮夢秋月	깊은 궁 가을 달이 꿈에 보이네.
君王不可見	임금님 이제는 뵈올 수 없어
惆悵至明發	비통한 마음에 먼동이 트네.

해제

한단(邯鄲)의 궁녀가 하찮은 하인에게 시집간 불행한 이야기를 그린 노래로서, 사조(謝朓)의 가사가 남아 있다. 한단(邯鄲)은 지금의 하북성 한단시(邯鄲市)로서 전국시대 조(趙)나라의 수도였다. 잡곡가사(雜曲歌辭) 중의 하나이다.

주석

1 叢臺(총대) : 전국시대 조왕(趙王)이 한단(邯鄲)에 세운 대(臺) 이름.

2 彫歇(조헐) : 시들고 마르다.

해설

미모를 자랑하던 한 여인의 기구한 운명을 통해, 젊음이나 변덕스러운 인정 모두가 속절없는 것임을 노래한 작품이다. 이백의 악부 안에서는 임에게 사랑받던 행복한 여성의 처지가 '일(一)'이라는 어휘를 중심으로 급격하게 뒤바뀐다. <원가행怨歌行>에서는 어느 날 아침 사랑을 잃자[一朝不得意] 만사는 빛을 잃고, 남편이 어느 날 아침 무릉의 여자를 맞아들이자[一朝將聘茂陵女], 탁문군(卓文君)은 <백두음白頭吟>이라는 절교시를 써야 할 처지가 되고 만다. 한 번 섬돌을 내려서 궁궐을 떠나자[一辭玉階下]마자 행복이 자취도 없이 사라져버린 이 작품 속의 여인과 같이.

그럼에도 불구하고 그녀는 현재의 괴로움을 말하기보다 즐거웠던 지난날의 추억만을 이야기한다. 옛사람들은 단순한 회상 속에 감정을 함축시키는 세련된 심리 묘사방식을 '허리모신(虛裏摹神)'이라 탄복해마지 않으면서, 운명의 결정권이 남의 손에 있는 신하와 첩들의 애틋한 처지에 동정을 아끼지 않았다.

079 출자계북문행 出自薊北門行

계의 북쪽 문을 나서며

虜陣橫北荒[1]	오랑캐 군진, 거칠은 북쪽들에 늘어서고
胡星耀精芒[2]	오랑캐별이 뾰족한 빛을 발하더니,
羽書速驚電[3]	깃 달린 격서檄書가 번개처럼 날아들고
烽火晝連光	봉화가 낮에도 연이어 타오른다.
虎竹救邊急[4]	호죽虎竹으로 변새의 급난을 구하며
戎車森已行[5]	싸움 수레 빽빽이 길을 떠났다.
明主不安席	영명한 임금은 자리가 편치 않아
按劍心飛揚	검을 빼어들고 마음을 장히 하는도다.
推轂出猛將	수레 밀며 용맹한 장수 나가시고
連旗登戰場	깃발이 잇달아 전쟁터에 등장하니,
兵威衝絶幕[6]	병사들 위엄은 사막 우에 가득하고
殺氣淩穹蒼	죽음의 기운이 하늘을 찌르노라.
列卒赤山下[7]	적산赤山 아래서 병졸들 줄 세우고
開營紫塞旁[8]	자새紫塞 옆에서 진 치고 있자 하니,
孟冬風沙緊	한겨울에 날리는 모래 단단하거니와
旌旗颯凋傷[9]	높다란 깃발들 찢어져 펄럭인다.
畫角悲海月	바다에 달 비칠 때 호각소리 구슬프고
征衣卷天霜	서리 내리더니 수자리 옷 남루하다.
揮刃斬樓蘭[10]	칼날 휘둘러 오랑캐를 베히며
彎弓射賢王[11]	시위 한껏 당겨 현왕賢王을 죽이노라.
單于一平蕩	선우單于를 한바탕 토벌하고 나니
種落自奔亡[12]	졸개들도 어느 틈에 달아났도다.

收功報天子　　　공을 거두어 천자께 보고하고
行歌歸咸陽[13]　　　행진곡 부르며 함양咸陽으로 돌아온다.

✿ 해제

주로 종군의 고달픔과 호기(胡騎)의 거칠고 사나움, 변방의 낯선 풍경 등을 노래하던 노래로서 잡곡가사(雜曲歌辭) 중의 하나이다. 계(薊)는 유주(幽州; 지금의 북경 일대)에 있었다.

✿ 주석

1 北荒(북황) : 북쪽 변경의 거친 들판.
2 精芒(정망) : 별빛이 뾰족하게 보이는 것을 말한다. 전쟁이 임박했음을 뜻한다.
3 羽書(우서) : 새 깃털을 붙여 긴급을 알리는 편지.
4 虎竹(호죽) : 병사들을 징집할 때 쓰는 부절(符節). 악부 <새하곡塞下曲>5 참조
5 戎車(융거) : 싸움에 쓰는 수레.
6 絶幕(절막) : 먼 사막.
7 赤山(적산) : 요동(遼東) 지방 서북쪽에 있는 산.
8 紫塞(자새) : 만리장성(萬里長城)의 다른 이름. 그 흙빛이 자주색이라 붙여진 이름이다.
9 颯(삽) : 흩날리다.
10 樓蘭(누란) : 한나라 때 서역국(西域國)의 하나. <새하곡塞下曲>1 참조.
11 賢王(현왕) : 흉노의 우두머리인 선우(單于) 밑에 좌우(左右) 현왕(賢王)이 있었다.
12 種落(종락) : 부락.
13 咸陽(함양) : 본래 진(秦)나라 수도지만, 당시(唐詩)에서는 장안(長安)의 도성을 가리키는 말로 쓰인다.

✿ 해설

<종군행從軍行>과 유사한 내용에다 북방 지방의 풍물(風物) 묘사를 곁들인 노래이다. 전쟁의 발발, 병사의 징집, 진영 구축, 전쟁터의 정경, 교전, 승전, 개선 등 전쟁의 각 단계를 세밀하게 묘사하였을 뿐 아니라, 그 괴로움과 보람을 한데 아울러 표현한 역작이다.

080 낙양맥 洛陽陌

낙양 길

白玉誰家郎	백옥 같은 그 모습, 뉘 집 자제인지
回車渡天津[1]	수레를 돌려 천진교天津橋를 건너네.
看花東陌上	동편 길가에서 꽃구경을 하면서
驚動洛陽人	낙양洛陽 사람들 넋을 잃게 만드네.

해제

낙양의 남녀들이 어울려 노는 모습 읊은 노래로서 남조 양(梁)의 간문제(簡文帝), 심약(沈約), 유견오(庾肩吾), 서릉(徐陵) 등이 지은 <낙양도洛陽道>가 있지만, <낙양맥洛陽陌>이라는 제목은 이백이 처음 사용한 것이다. 횡취곡사(橫吹曲辭)에 속한다.

주석

1 天津(천진) : 하남성 낙양현(洛陽縣) 서남쪽에 있는 다리 천진교(天津橋)를 이른다. 수 양제(隋煬帝; 605~617 재위)가 낙양으로 천도하면서 도시를 가로질러 흐르는 낙수(洛水)를 하늘의 은하수에 비겨 다리를 놓고 천진교(天津橋)라 이름 붙였다.

해설

낙양 귀공자의 준수함을 간결하고 선명하게 묘사한 작품이다. 신분을 알 수 없어 더욱 매력적인 흰 얼굴의 귀공자는, 의젓하게 수레를 돌려 고운 꽃 옆에 멈추어 서서 이를 완상한다. 그 고고하고 우아한 모습에 낙양 사람들이 넋을 잃는 것도 당연하다.

081 북상행 北上行

북으로 가는 길

北上何所苦	북쪽으로 가는 길 무엇이 힘이 드나
北上緣太行[1]	북쪽으로 가는 길 태항산太行山을 지난다네.
磴道盤且峻[2]	돌투성이 비탈길은 구불구불 가파르며
巉巖淩穹蒼	치솟은 바위들은 하늘을 찌른다네.
馬足蹶側石[3]	말발굽은 길섶 돌에 비틀거리고
車輪摧高崗[4]	수레바퀴 높다란 언덕에서 부러지네.
沙塵接幽州[5]	모래 먼지는 유주幽州까지 퍼졌고
烽火連朔方[6]	봉홧불은 삭방朔方까지 연이었네.
殺氣毒劍戟	살기는 창칼보다 더 독하고
嚴風裂衣裳	매서운 바람이 옷깃을 찢는데,
奔鯨夾黃河[7]	날뛰는 고래가 황하를 끼고 있고
鑿齒屯洛陽[8]	악착같은 무리들이 낙양에 진을 쳤네.
前行無歸日	앞으로 나가자니 돌아올 날 기약 없고
返顧思舊鄉	뒤를 돌아보니 고향생각 사무치네.
慘慽冰雪裏	얼음과 눈 속에서 참담하기 그지없어
悲號絶中腸	구슬픈 울부짖음 애간장을 끊어내네.
尺布不掩體	조각 천으로는 몸 하나도 못 가리니
皮膚劇枯桑	피부는 터서 갈라지고 찢어졌네.
汲水澗谷阻[9]	계곡 험한 데서 물을 길어 마시고
採薪隴坂長	농산隴山 긴 비탈에서 땔감을 줍네.
猛虎又掉尾	사나운 범까지 또 꼬리를 흔들며

磨牙皓秋霜　　추상같은 허연 이빨 갈아대고 있으니,
草木不可餐　　풀과 나무조차 먹을 수 없어서
飢飮雰露漿　　굶주리며 이슬로 목을 축이네.
嘆此北上苦　　북쪽 행군 고달픔에 탄식하면서
停驂爲之傷　　말을 세워놓고 슬퍼하노니,
何日王道平　　어느 날에나 왕도王道가 바루어져
開顔覩天光　　얼굴 펴고 하늘 빛 바라볼 건지.

해제

얼음에 덮인 계곡을 지나가는 괴로움을 노래한 작품으로, 위 무제(魏 武帝) 조조(曹操)의 <고한행苦寒行>에서 유래했다. <고한행>은 첫머리가 "북쪽으로 태항산을 오른다[北上太行山]"로 시작하는 까닭에 일명 <북상편北上篇>으로 불리기도 한다. 상화가사(相和歌辭)에 속한다.

주석

1 太行(태항) : 하남성 제원현(河南省 齊源縣) 남쪽에서 시작하여 하북성(河北省)에 걸쳐 있는 산맥과 그 중심 봉우리.
2 磴道(등도) : 비탈길.
3 蹶(궐) : 헛디뎌 넘어지다.
4 崗(강) : 산등성이.
5 幽州(유주) : 하북성 순천(順天) 일대. 지금의 북경(北京) 북쪽이다.
6 朔方(삭방) : 당대(唐代)의 영무(靈武)를 가리킨다. 지금의 내몽고 자치구 악이다사(鄂爾多斯)시(市) 일대이다.
7 奔鯨(분경) : 날뛰는 고래. 안록산의 무리들이 급(汲)과 업(鄴) 일대에서 횡행하던 것을 빗댄 말이다.
8 鑿齒(착치) : 사나운 짐승의 이름. 이 짐승들이 낙양에 진치고 있다고 한 것은 안록산이 낙양을 점거하고 왕으로 참칭하였던 사실을 비유한 것이다.
9 澗谷(간곡) : 계곡 물.

* 阻(조) : 험하다.

✿ 해설

이백은 안록산이 하동(河東) 절도사를 겸하고 있던 751년에 북쪽으로 길을 떠나 이듬해 봄에 유주(幽州)에 도착하였다. 이 글은 유주로 가는 유랑길에서 직접 병사들의 고충을 목격하고 지은 것으로 추정된다.

북방 지역으로 출정하는 병사들의 갖가지 고생스러움을 사실적으로 묘사한 부분이나, 대적하기 어려운 반군의 무리를 날뛰는 고래나 표독한 착치(鑿齒) 같은 짐승에 빗댄 대목에 이르러서는, 그 종횡무진하는 필력과 기상천외한 상상력에 다시금 놀라게 된다.

082 단가행 短歌行

짧은 인생

白日何短短[1]	밝은 대낮은 어이 그리 짧은지
百年苦易滿	인생 백 년에 말도 많고 탈도 많다.
蒼穹浩茫茫	푸른 하늘은 끝도 없이 아득하고
萬劫太極長[2]	만겁 세월에 우주만물 여전하다.
麻姑垂兩鬢[3]	마고麻姑 선녀 늘어뜨린 양 살쩍도
一半已成霜[4]	태반이 벌써 서리가 되었구나.
天公見玉女	천공天公께서 선녀를 보시고서
大笑億千場[5]	크게 웃은 것이 억만 번이라.
吾欲攬六龍[6]	나는 여섯 용의 고삐를 잡아서
廻車挂扶桑[7]	수레 돌려 부상扶桑의 나무에다 매어놓고,
北斗酌美酒	북두칠성 술국자로 맛난 술 퍼내어
勸龍各一觴	여섯 용 하나마다 한 잔씩 권하리라.
富貴非所願	부富하고 귀한 것 바라는 바 아니어늘
爲人駐頹光[8]	남들 위해 지는 해나 잡아두리라.

해제

인생의 무상함을 한탄한 조조(曹操)의 <단가행短歌行>에서 유래한 악곡으로서, 상화가사(相和歌辭) 중의 하나이다.

주석

1 短短(단단) : 매우 짧은 모양.
2 萬劫太極長(만겁태극장) : 유구한 세월이 지나도록 우주의 운행은 끊임이 없다는 말이다. 태극(太極)은 천지가 막 모습을 갖추기 시작하는 때를 말한다.
3 麻姑(마고) : 신녀(神女)의 이름. 악부 <고유소사古有所思> 참조.
4 成霜(성상) : 시간 개념을 초월했다는 선녀도 할머니가 될 만큼 유구한 시간이 흘렀다는 의미이다. 다음에 나오는 '大笑億千場'도 마찬가지의 뜻이다.
5 大笑(대소) : 천제(天帝)가 옥녀(玉女)와 투호(投壺)를 하면서, 잘못 던져 막대가 튕겨져 나올 때 큰소리로 웃었다고 한다.
6 攬六龍((남육룡) : 여섯 용의 고삐를 잡아 멈추다. 육용(六龍)은 해를 실은 수레를 끈다는 전설 속의 여섯 마리 용을 말한다.
7 扶桑(부상) : 동해의 해가 떠오르는 곳에 있다는 거대한 신목(神木).
8 頹光(퇴광) : 지는 해.

해설

봄이 되면 다시 소생하는 한 포기 풀만도 못한 인생, 우주 만물의 거대한 움직임 속에 잠시 목숨을 붙였다 돌아가는 나그네, 그나마 번민으로 시달리는 나날들. 죽음을 보다 구체적으로 생각하게 되는 인생의 가을에는 이러한 무상감을 뿌리치기 어렵다. 이러한 무력감을 통감하면서, 이백은 시간을 끌고 가는 수레를 잡아 놓고 수레 끄는 용에게 술이나 먹여 늦추어 보겠노라고 특유의 허튼 소리를 늘어놓는다. 우주를 주관하는 천제(天帝)와 선녀, 그리고 마고할미에 여섯 용이 등장하는 현란한 환상 속에서 이 같은 허풍은 더욱 쓸쓸한 여운을 남긴다.

083 공성작 空城雀

빈 성의 참새

嗷嗷空城雀[1]	짹짹대는 빈 성의 참새는
身計何戚促[2]	제 몸 보살핌이 어이 그리 구차한고.
本與鷦鷯羣[3]	본시 뱁새와 한 집안이라
不隨鳳凰族	봉황의 무리는 좇지 않는다네.
提携四黃口[4]	노란 새끼 네 마리 끌고 다니며
飲乳未嘗足	젖을 먹여보건만 늘 모자란다네.
食君穅粃餘	그대의 겨 나부랑이 먹으면서도
常恐烏鳶逐	솔개가 쫓아올까 언제나 전전긍긍.
恥涉太行險	험난한 태항산은 날아 넘기 힘에 겹고
羞營覆車粟	엎어진 수레의 조알 탐하기도 부끄럽네.
天命有定端	천명에 정해진 도리 있으니
守分絕所欲	분수 지키며 욕심을 끊을밖에.

해제

참새의 고달픈 처지를 묘사하며 분수에 맞는 삶을 권유한 노래로서, 이백 이전에는 포조(鮑照)의 <공성작空城雀>이 있었다. 잡가요사(雜曲歌辭) 중의 하나이다.

주석

1 嗷嗷(오오) : 새가 지저귀는 소리.

2 戚促(척촉) : 도량이 좁은 모양.

3 鷦鷯(초료) : 참새 비슷하나 그보다 작은 새. 뱁새라고도 한다. 부리는 뾰쪽하여 띠풀을 교묘하게 엮어 둥지를 튼다.

4 黃口(황구) : 참새 새끼. 참새의 새끼는 부리가 노랗다고 한다.

해설

참새의 소심한 습성을 노래한 작품이다. 봉황(鳳凰)이나 천마(天馬)에 비기며 오만하기 그지없던 그가, 하찮은 적선에 목숨을 부지하는 참새의 소심함을 노래하게 된 일련의 과정을 지켜보노라면, 인생의 무상함을 새삼 절감하게 된다.

참새가 새끼에게 젖을 먹인다는 표현이 재미있다.

084 보살만 菩薩蠻

보살만

平林漠漠烟如織	드넓은 숲 아스라이 깁 같은 안개 피어나
寒山一帶傷心碧	차거운 산허리에 둘러 상심으로 푸르러라.
暝色入高樓	땅거미는 높은 누대에 드는데
有人樓上愁	누구인가, 누대 위에 시름겨워라.
玉階空佇立	옥섬돌에 우두커니 섰자니
宿鳥歸飛急	둥지 찾는 잘 새들은 급히도 날아든다.
何處是歸程	나 돌아가는 길 어드메인가
長亭連短亭[1]	큰 역참에 작은 역참 이어지는데.

해제

송사(宋詞)의 전신인 곡자(曲子)의 하나로, 최령흠(崔令欽)의 ≪교방기敎坊記≫에 실린 성당(盛唐; 713~762) 시대의 악곡 이름이다. 뒤에 사패(詞牌)가 되었고, ≪子夜歌≫, ≪花間意≫, ≪重疊金≫ 등으로도 불린다. 쌍조(雙調) 44자(字)이며, 상하 두 단으로 각 단에서 2측운(仄韻)이 2평운(平韻)으로 바뀐다.

주석

[1] 長亭連短亭(장정련단정) : 당(唐)대에는 교통 편의를 위해 큰 길 10리마다 장정(長亭)을 두고 5리마다 단정(短亭)을 설치하여 말과 나그네가 쉴 수 있게 하였다.

해설

보살만은 성당대의 악곡에 붙인 가사이다. 이백의 이 시에 대해서는 바로 다음에 나오는 <억진아憶秦娥>와 함께 위작(僞作) 논란이 끊이지 않고 있는데, 이유는 다음과 같다. 북송(北宋) 치평(治平) 원년(1064) 송민구(宋敏求)가 편찬하고 뒤에 증공(曾鞏; 1019~1083)이 목차를 매긴 현존 최고(最古)의 ≪이태백문집李太白文集≫ 최초 판본인 ≪소본蘇本≫은 현재 사라지고 없다. 후에 이를 바탕으로 간행한 ≪촉본蜀本≫과 청(淸)대 무왈기(繆曰芑)가 이를 저본으로 간행한 ≪무본繆本≫에는 이 작품이 들어 있지 않으며, 남송(南宋) 함순(咸淳; 1265~1574)본 ≪이한림집李翰林集≫의 <宋蜀本集外詩補遺>부분에 실렸고, 남송 양제현(楊齊賢)이 주(注)를 달고 원대(元代) 소사윤(蘇士贇)이 보주(補注)한 ≪분류보주이태백시分類補注李太白詩≫에서는 <악부樂府>편에 실려 있어 의심을 사고 있다. 남송(南宋)대의 시화집(詩話集)인 ≪시인옥설詩人玉屑≫에 따르자면, 정주(鼎州) 창수역루(滄水驛樓)에 저자가 표기되지 않은 이 작품이 있었는데, 증공(曾鞏)의 아우 증포(曾布)의 집에 있던 ≪고풍집古風集≫에 이 작품이 이백 작품으로 명기되어 실려 있었다고 한다.

<보살만>이 이백의 작품이 아닐 것이라는 의심은 근인(近人) 첨영(詹鍈; 1916~)에 의해 본격적으로 제기되었는데, 그 근거로서 청대 간행한 ≪무본繆本≫의 작품 수는 송(宋) 증공이 <이태백문집서李太白文集序>에서 밝힌 이백 시의 총 작품 수 1001편과 일치하며, ≪무본≫은 원본(原本)에 중복되어 실린 서문조차도 빼지 않고 그대로 실은 것으로 보아, 지금은 사라지고 없는 송대 최초본에 있었던 <보살만>과 <억진아>를 무왈기가 제거하지 않았을 것이라는 점이다. 명대(明代) 비평가 호응린(胡應麟)도, 내용이 지나치게 맥이 없어 이백 작품으로 볼 수 없으며, <보살만>은 사(詞)로서, 당대 말에서야 시작되었으므로 성당대 이백은 지을 수 없다고 주장하였다. ≪이백집교주李白集校注≫를 낸 근인(近人) 구태원(瞿蛻園) 등도 유사한 이유로 위작을 의심하고 있다.

반면에 ≪李太白全集≫을 낸 청(淸)대 주석가 왕기(王琦)는 <보살만>이 이미 북송 때 이백의 작품으로 간주되는 추세였다고 위작설을 부인하는 논조를 펴고 있으며, 사(詞)의 전신인 돈황(敦煌) 곡자사(曲子詞)를 연구한 학자 임반당(任半塘)은 <보살만>이나 <억진아>등은 성당대에 이미 민간에 유행하였기 때문에, 이 시기 활동했던 이백이 이런 작품들을 짓는 것이 불가능하다는 호응린의 반론은 옳지 않으며, 역대 학자들이 민가(民歌)를 속되다 여겨 시문집에서 제외한 예도 적지 않다고 하였다. ≪이백전집편년주석李白全集編年注釋≫을 낸 근인 안기(安旗; 1925~)는 임반당(任半塘), 유대걸(劉大杰) 등의 대학자들을 비롯하여, 이한초(李漢超), 오맹복(吳孟復) 등의 연구자들의 주장을 인용하며 이백 작품으로 보는 견해가 높아지는

추세라 보았다.

이백 시문의 수집과 편집은 그의 생전에도 체계적으로 이루어지지 않았고, 후세에 적지 않은 증보(增補)가 이루어져, 작품의 진위(眞僞)를 가리는 일은 여전히 어려운 실정이다.

085 억진아 憶秦娥
그리운 진아

簫聲咽	흐느끼는 퉁소 소리에
秦娥夢斷秦樓月[1]	진아秦娥는 꿈을 깨고, 장안 누대엔 달
秦樓月	장안 누대엔 달,
年年柳色	해마다 버들 빛
灞陵傷別[2]	파릉灞陵 이별 서러워라.

樂遊原上清秋節[3]	낙유원樂遊原 언덕 위 중양절
咸陽古道音塵絶	함양咸陽 옛길엔 소식 끊어지고
音塵絶	소식은 끊어지고,
西風殘照	가을바람 저녁노을에
漢家陵闕	한漢나라 왕릉과 궁터.

해제

앞에 나온 <보살만菩薩蠻>과 더불어 송사(宋詞)의 전신인 곡자(曲子)의 하나로서, 최령흠(崔令欽)의 ≪교방기教坊記≫에 실린 성당(盛唐)의 악곡이다. 이후 사패(詞牌)가 되었고, ≪秦樓月≫≪雙荷葉≫, ≪蓬萊閣≫ 등으로도 불린다. 쌍조(雙調) 46자(字), 상하(上下) 각 5구(句)에 측운(仄韻) 3구(句) 중에 중복된 첩운(疊韻)이 하나 있다.

주석

1 秦娥(진아) : 장안의 연인. 秦娥(진아)는 퉁소를 잘 부는 소사(蕭史)와 봉황을 타고 하늘로 날

아갔다는 전설 속 진제녀(秦帝女) 농옥(弄玉)으로서, 비유로 쓰인 듯하다. <고풍>27, 악부 <봉황곡鳳凰曲>, <봉대곡鳳臺曲> 참조.

2 灞陵(파릉) : 장안성의 동쪽의 지명. 파수(灞水)를 가로질러 다리가 놓여있는데 이 다리는 한나라 때부터 장안을 떠나는 나그네를 송별하는 장소였다. 부근에 가는 버들[細柳]이 많이 나서 이 버들가지를 꺾어 전송하였다고 한다.

3 樂遊原(낙유원) : 장안성 남쪽에 위치한 유적지. 본래 한나라 능묘가 있었지만, 수(隋)나라 때 인근의 곡강(曲江)을 파서 호수로 만들고, 명승지로 개발하면서 높은 지대에 위치한 낙유원은 뛰어난 전망으로 제왕들의 사랑을 받았다. 태평공주(太平公主)는 정자를 세우고 노닐었으며, 뒤에 왕의 일가친척들의 차지가 되었다. 성당 시절 정월 그믐, 삼월 삼진. 구월 구일 등에는 장안의 선비와 기녀들이 모두 여기에서 수계사(修禊事)를 올리느라 차일들이 하늘을 가리고 말과 수레가 길을 가득 메웠다고 한다.

* 淸秋節(청추절) : 음력 9월 9일 중양절(重陽節)을 말한다.

✿ 해설

장안에 두고 온 연인을 그리는 노래이다.

퉁소 소리에 꿈을 깬 그녀는 누대 위 달을 보며, 푸른 버들 늘어진 파릉에서 이별한 나를 생각하리라. 장안 사람들로 북적대는 중양절의 악유원에 올라 함양 옛길을 내려다보며 소식 한 자 없는 무정한 나를 그리워하겠지. 눈을 들어 멀리 바라보아도 석양에 그림자 드리운 옛 왕릉과 궁궐터 뿐, 그녀의 가을은 쓸쓸하기만 하리라. 진아가 오른 누대(秦樓), 성 동쪽의 파릉(灞陵), 남쪽 낙유원(樂遊原), 교외의 한가능궐(漢家陵闕). 작자는 그녀와 함께 했던 장안 곳곳을 꿈속에서도 헤매고 있다.

그의 <우언寓言>시 3수 중 제2수에는 “이로써 진아의 마음을 즐겁게 하고, 서왕모의 마음도 얻네.[以歡秦娥意, 復得王母心.]”과 같은 구절이 있다. 주석가 소사윤(蕭士贇)은 이 시의 주석(註釋)에서 진아는 공주를 가리키고, 왕모는 후비(后妃)를 가리킨다고 하였다. 이와 같은 구도를 감안해 본다면, <억진아>에서의 진아(秦娥)는 당 현종(玄宗)에게 접근하려는 생각으로 장안 종남산(終南山)에 있는 그녀의 별관(別館)에 여러 차례 머문 적 있는 옥진공주(玉眞公主)를 빗댄 것일 가능성도 적지 않다.

이 작품 역시 <보살만>과 함께 최고의 작품으로 예찬되면서도 위작 논란은 계속되고 있다.

086 발백마 發白馬

백마진을 떠나며

將軍發白馬[1]	장군이 백마진白馬津을 나서니
旌節渡黃河[2]	사자使者의 깃발과 부절, 황하를 건너네.
簫鼓聒川岳[3]	피리소리 북소리 산천을 뒤흔들고
滄溟湧濤波	푸른 물에는 큰 물결 솟구치네.
武安有震瓦[4]	무안武安에는 흔들리는 기와 있지만
易水無寒歌[5]	역수易水에는 차갑다는 노래 없다네.
鐵騎若雪山[6]	갑옷 입은 기병들 설산처럼 많아서
飮流涸滹沱[7]	강물을 마시면 호타강滹沱江이 마르겠네.
揚兵獵月窟[8]	병사를 일으켜 달 지는 곳 치더니만
轉戰略朝那[9]	전략을 바꾸어 조나朝那를 공격하네.
倚劍登燕然[10]	검을 짚고서 연연산燕然山에 올라보니
邊烽列嵯峨	변방의 봉화가 우뚝 우뚝 줄지었고,
蕭條萬里外	쓸쓸한 만 리 너머엔
耕作五原多[11]	일궈 놓은 오원五原 벌판 너르네.
一掃清大漠	한바탕 큰 사막을 토벌한 후엔
包虎戢金戈[12]	호랑이 가죽 안고 싸움을 마치려네.

해제

병사들의 출정을 노래한 것으로 잡곡가사(雜曲歌辭) 중의 하나이다. 백마(白馬)는 지명으로서, 춘추시대 위(魏)나라 조읍(曹邑)의 여양진(黎陽津)을 백마진(白馬津)이라 불렀다 한다. 지금의 하남성 활현(滑縣) 동북쪽이다.

주석

1 白馬(백마) : 백마진(白馬津).

2 旌節(정절) : 의장용으로 사자(使者)가 갖고 다니는 깃발과 부절(符節).

3 聒(괄) : 떠들썩하다.

4 武安有震瓦(무안유진와) : ≪사기≫에 의하면 전국시대 진(秦)나라가 한(韓)나라를 정벌하면서, 군사들을 무안(武安) 서쪽에 주둔시키고 북을 울리며 병졸들을 훈련하였는데, 이때 무안(武安)에 있는 집들의 기와가 모조리 다 흔들렸다고 한다.

5 易水無寒歌(역수무한가) : 연(燕)나라 형가(荊軻)가 진왕(秦王)을 저격하러 갈 때, 역수(易水) 가에서 고점리(高漸離)의 축에 맞추어 "바람 소슬하고 역수 물 차가운데, 장사는 한번 가면 돌아오지 못하리.[風蕭蕭兮易水寒, 壯士一去兮不復還.]"라는 비장한 노래를 불렀는데, 이를 <역수가易水歌>라 한다. 악부 <소년행少年行>1 참조.

6 雪山(설산) : 청해성(青海省)과 감숙성(甘肅省) 사이에 있는 기련산(祁連山), 즉 천산(天山)을 말한다. 연중 산봉우리의 눈이 녹지 않아 설산(雪山) 혹은 백산(白山)이라고도 한다.

7 滹沱(호타) : 산서성 번치현(繁峙縣) 동쪽에서 시작되어 동남쪽으로 흘러 바다에 흘러드는 강. 당나라 안사의 난을 전후하여 이 부근은 전쟁 그칠 날이 없었다고 한다.

8 月窟(월굴) : 중국 전설에서 달이 지는 곳을 말한다.

9 朝那(조나) : 한나라 때의 현(縣) 이름. 감숙성 평량현(平涼縣) 서북쪽.

10 燕然(연연) : 지금 몽고의 杭愛山을 말한다. 동한(東漢) 때 장군 두헌(竇憲)이 서한(西漢) 때부터 분쟁이 그치지 않았던 匈奴를 일거에 토벌하고, 이 산에 올라 그 공적을 새긴 비석을 세우고 돌아왔다고 한다.

11 耕作(경작) : 이백 악부 <전성남戰城南>에 따르자면, 오랑캐는 죽이는 것을 경작으로 여긴다. "흉노들은 죽이는 걸 농사로 여기어, 예로부터 보이는 건 황사 벌에 나뒹구는 백골들 뿐.[匈奴以殺戮爲耕作, 古來惟見白骨黃沙田.]"

* 五原(오원) : 영하성 염지현(寧夏省 鹽池縣) 북쪽의 벌판.

12 包虎(포호) : 옛날에는 칼과 방패를 호랑이 가죽으로 쌌다고 한다.

* 戢(즙) : 무기를 거두어들이다. 즉 전쟁을 마치다.

해설

멀리서 혹은 높은 곳에서 전망되는 전쟁터는 악부 <전성남戰城南>에 묘사된 죽음의 기운 가득한 벌판이 아니라, 두려움이나 거리낌 없는 당당한 응전의 장소이다. <결객소년장

행結客少年場行>을 위시한 여러 작품 속에서 반복 사용되던 역수가(易水歌)의 비장함조차도, 하늘을 찌르는 병사들의 사기와 위용에 그 빛을 잃었다. 반면에 흉노를 소탕하고 연연산(燕然山)에 비석을 새겼던 동한 때의 두헌(竇憲)과 같이 공로를 세우고 돌아가겠다는 굳세고 의연한 무장(武將)의 기개가 살아있다.

087 맥상상 陌上桑

밭두둑의 뽕나무

美女渭橋東	아리따운 아가씨 위교渭橋 동쪽에서
春還事蠶作	봄이 돌아오자 누에를 먹이는데,
五馬如飛龍	비룡 같은 말 다섯 마리에
青絲結金絡	푸른 실로 엮은 금 굴레를 두르고서,
不知誰家子	뉘 집 자젠지 알 수 없는 녀석이
調笑來相謔	싱글대며 와서는 수작을 하네.
妾本秦羅敷	"저는 본래 진나부秦羅敷라 하는데,
玉顏豔名都	고운 얼굴이 큰 고을에 으뜸이지요.
綠條映素手	푸른 가지 사이로 흰 손을 비치며
採桑向城隅	성 모퉁이에서 뽕을 따면서,
使君且不顧[1]	태수太守조차도 거들떠보지 않거늘
況復論秋胡[2]	추호秋胡의 일이야 더 말해 뭐하겠소.
寒螿愛碧草[3]	가을 매미는 푸른 풀 좋아하고
鳴鳳棲青梧	우는 봉황은 벽오동에 깃드는 법.
託心自有處	마음 부칠 곳 저마다 따로 있나니
但怪旁人愚	다만 의아할 손, 그대의 어리석음.
徒令白日暮[4]	공연히 긴긴 해 다 저물어가도록
高駕空踟躕	높은 수레 일 없이 머뭇대다뇨."

해제

≪운부군옥韻府群玉≫의 '맥상상(陌上桑)'조에 의하면, 전국시대 조(趙)나라 한단(邯鄲)지방에 진나부(秦羅敷)라는 여인이 살고 있었는데 왕인(王仁)의 아내였다. 어느 날 그녀가 뽕잎을 따고 있었는데 그 모습을 바라보던 조왕(趙王)이 그녀를 범하려 하자, 쟁(箏)을 울리며 <맥상상陌上桑>이란 노래를 지어 불러서 물리쳤다고 한다. 후세 시인들은 미모와 절개를 겸비한 이 여인을 제재로 삼아 즐겨 노래하였다. <염가나부행艶歌羅敷行>이라고도 하며, 상화가사(相和歌辭) 중의 하나이다.

주석

1 使君(사군) : 남을 부리는 고관(高官)이라는 뜻이다.

2 秋胡(추호) : ≪서경잡기西京雜記≫에 의하면, 춘추시대 노(魯)나라 사람 추호(秋胡)는 결혼한 지 사흘 만에 진(陳)나라로 벼슬살이 갔다가 삼년 만에 돌아오게 되었다. 그가 고향 집에 다다르기 전에 길에서 뽕을 따는 아름다운 여인을 보더니, 그녀가 자신의 아내인 줄 모르고 마음에 들어 황금을 주었다. 그녀는 자기 남편이 벼슬하러 나간 지 3년이 되어 여태 독수공방으로 지내왔지만, 오늘 같은 치욕은 당해본 적이 없다면서 계속 뽕잎만 따고 돌아보지도 않았다. 추호는 부끄러워져서 물러났다. 집에 돌아와 아내를 찾으니, 교외에 뽕잎을 따러 나가서 아직 돌아오지 않았다고 하였다. 아내가 돌아온 후 보니, 바로 좀 전에 자신이 유혹했던 여인이었다.

3 寒螿(한장) : 가을 애매미.

4 徒(도) : 쓸데없이. 부질없이.

해설

잘 알려진 이야기를 간추리면서 그 맛을 살리려고 애쓴 작품이다. 다만, 시점이 3인칭 객관적 묘사에서 1인칭 이야기체로 바뀌면서, 작중 인물이 자신의 아름다움을 묘사하는 대목은 다소 부자연스럽다. 그의 악부 중에는 이와 유사한 <자야오가子夜吳歌>1이 있는데, 스토리 중심의 이 작품에 비해 간결하다.

088 고어과하읍 枯魚過河泣

마른 어포 물가에서 울며

白龍改常服	흰 용이 평상복으로 갈아입었다가
偶被豫且制[1]	예저豫且에게 화를 당했네.
誰使爾爲魚	“누가 널더러 고기되라 했더냐?”
徒勞訴天帝	천제께 호소해도 소용이 없었네.
作書報鯨鯢[2]	글을 지어서 고래에게 알리노니
勿恃風濤勢	풍랑의 거센 힘을 믿지 말게나.
濤落歸泥沙[3]	파도에 밀려올라 개펄 위에 떨어지면
翻遭螻蟻噬	되려 땅강아지와 개미한테 뜯기게 된다네.
萬乘愼出入[4]	만승萬乘의 제후라면 처신을 삼가고
柏人以爲誡[5]	박인柏人 이야기를 교훈으로 삼아야지.

해제

마른 생선이 고래에게 이야기하는 형식으로 섣부른 처세를 삼갈 것을 당부하는 내용의 노래이다. 잡곡가사(雜曲歌辭) 중의 하나이다.

주석

1 豫且(예저) : 어부의 이름. 춘추시대 오(吳)나라 왕이 백성들과 함께 술을 마시려 하자, 오자서(伍子胥)가 이를 만류하며 한 예를 들었다. 그것은 흰 용이 물고기로 변장하자 어부인 예저(豫且)에게 눈 찔리는 화를 당했다는 것이다. 용은 그 억울함을 천제에게 호소하였으나, 물고기가 어부에게 화를 당하는 것은 당연한 일이라는 질책만 들었다고 한다. 윗사람의 섣부른 처신을 경계하는 내용이다.

2 鯨鯢(경예) : 수코래와 암코래. 세도를 믿는 인물을 빗댄 말이다.

3 螻蟻噬(누의서) : 땅강아지와 개미가 물어뜯다. 하찮은 인물에게 해를 당한다는 뜻이다.

4 萬乘(만승) : 유사시에 수레 만 대를 동원할 수 있는 세력을 지닌 제후, 즉 천자를 뜻한다.

5 柏人(박인) : 진대(秦代)의 고을 이름. 한 고조(漢 高祖)가 평성(平城)에서 조(趙)나라 땅을 통과할 때, 그곳 왕은 고조를 사위의 예로써 받들었지만 고조는 모욕적인 태도를 보였다. 이에 조왕이 원망하는 마음을 품게 되었다. 고조가 뒷날 다시 조나라를 지나게 되었을 때 조왕이 자객을 벽에 숨겨 해치려 하였으나, 고조는 그 지방의 이름이 박인(柏人; 사람에게 덤빈다는 뜻)임을 알고 미리 몸을 피하여 무사하였다고 한다.

해설

왕이 위엄을 잃고 신하와 과도한 친분을 맺자, 처지를 살펴 경거망동을 삼가라고 충고하는 내용으로서, 해학 속의 간엄(簡嚴)함이 돋보인다.

이 작품이 구체적으로 어떠한 사실을 근거로 한 것인지는 명확하게 밝힐 수 없으나, 용이 평상복으로 갈아입었다는 구절로 미루어볼 때, 당대 제왕이 위엄을 잃고 측근과 무람없는 사이가 되어 가는 형편을 우려하여 지은 것만은 틀림없다. 그의 다른 여러 시에서 고래[鯨鯢]가 안록산을 비롯한 그 일당들을 빗대어 지칭하는 어휘로 곧잘 사용되었다는 점을 고려해 본다면, 이 작품은 현종(玄宗)이 천보(天寶) 10년(751)을 전후로 하여 양국충(楊國忠)과 급격하게 가까워져 그의 집을 자주 방문하였던 사실을 토대로 지은 것이라는 견해가 온당해 보인다. 더구나 이 고래에게 파도의 세력을 믿다가 개미들에게 해를 입을 수도 있다고 충고를 하면서, 군신(君臣) 간의 원한과 보복을 상기시키는 박인(柏人)의 고사(故事)로 마무리 지은 것으로 볼 때, 이와 같은 해석은 상당한 설득력이 있다.

089 정도호가 丁都護歌

슬픈 탄식

雲陽上征去[1]	운양雲陽 땅으로 거슬러 올라가니
兩岸饒商賈[2]	양편 언덕엔 장사치들 북적대데.
吳牛喘月時[3]	오吳 지방 소가 달을 보고 헐떡일 제
拖船一何苦	배를 당기기 어이 이리 힘이 드노.
水濁不可飮	물은 탁하여 마실 수 없고
壺漿半成土	단지에 담으니 태반이 흙이라네.
一唱都護歌	한바탕 도호가都護歌 노래 부르노라니
心摧淚如雨	마음이 쓰라리고 눈물이 비와 같네.
萬人鑿盤石	만 명이 반석을 쪼갠다 한들
無由達江滸[4]	강기슭에 닿을 방도 바이없다네.
君看石芒碭[5]	그대도 울퉁불퉁 바윗돌 바라보면
掩淚悲千古	눈물 훔치며 천고 세월 슬퍼하리.

해제

남조(南朝) 송(宋; 420~479)나라 때 억울하게 죽은 남편을 시신을 수습하기 위해 파견된 독호(督護) 정오(丁旿)를 채근하면서, '정도호(丁都護)'라고 탄식한 高祖 장녀의 애절한 부르짖음을 본떠 만들었다는 노래로서, 청상곡사(淸商曲辭) 중의 하나이다.

주석

[1] 雲陽(운양) : 지명. 중국에는 대여섯 곳의 운양(雲陽)이 있다고 하나, 작품의 배경을 고려해

볼 때, 지금의 강소성 단양현(江蘇省 丹陽縣)을 일컫는다는 견해가 가장 온당해 보인다.
2 饒(요) : 넉넉하다.
3 喘月(천월) : 달을 보고 숨을 헐떡거리다. 오(吳) 지방의 물소는 더위가 싫어서, 달을 보고도 해가 나왔나 싶어 숨을 몰아쉬며 헐떡거린다고 한다.
4 滸(호) : 물가.
5 芒碭(망탕) : 바위가 울퉁불퉁함을 형용하는 말. 지명(地名)이라는 견해도 있다.

해설

부역의 고통을 목격하고 그들의 아픔에 공감하며 부른 노래이다. 이백의 시가 중에는 동시대 백성들의 실상과 고통을 반영한 작품이 많기는 하지만, 사회 현실에 대한 구체적 묘사가 그리 많지 않다. 여기에는 시시콜콜함을 싫어하는 그의 대범한 성격이 작용한 탓도 있겠지만, 개원(開元)과 천보(天寶) 초기 시절의 태평성대라는 시대적 특성 때문에, 이백 같은 계층의 인물이 절실하게 느낄 만큼 표면화된 사회 문제가 그다지 많지 않았기 때문이기도 하다.

그러나 744년 한림직(翰林職)을 사퇴하고 장안을 떠난 후부터 사회의 혼란상이 피부로 느껴지게 되었고, 그에 따라 이백의 관심도 개인적인 것에서부터 사회적인 것으로 변화해 갔다. 악부 <원별리遠別離>와 여러 고풍시(古風詩) 속에서 이러한 관심의 변화상을 읽을 수 있다. 만년 청년 같던 이백도 세월의 흐름과 함께 보다 성숙한 인격으로 변모해 가는 것이다.

090 상봉행2 相逢行

만남의 노래

朝騎五花馬[1]	아침에 오화마五花馬 타고서
謁帝出銀臺[2]	천자를 뵈온 후 은대문銀臺門을 나서누나.
秀色誰家子	빼어난 모습, 뉘 집 자제인지
雲車珠箔開[3]	구름수레에 구슬 발 열었는데,
金鞭遙指點	금 채찍으로 먼 데 가리키며
玉勒近遲迴[4]	옥 굴레 당겨 유유히 말을 돌리네.
夾轂相借問	수레를 붙여대고 말 건네 보는데
疑從天上來	하늘에서 내려온 듯 고상도 하여라.
蹙入青綺門[5]	머뭇대며 청기문青綺門으로 들어섰으니
當歌共銜杯	응당 노래하고 술잔도 돌려야지.
銜杯映歌扇	머금은 술잔이 노래 부채에 어리나니
似月雲中見	마치 구름 새로 달이 비치는 듯.
相見不得親	서로 만나 사귀지 못할 바엔
不如不相見	만나지 않으니 만 못한 법이지.
相見情已深	서로 만나 정 깊어지고 나면
未語可知心	말이 없어도 마음 알 수 있으니
胡爲守空閨[6]	어이 빈 방 지켜가며
孤眠愁錦衾	비단이불에 수심 안고 홀로 잠들리.
錦衾與羅幃	비단 이불과 깁 휘장
纏綿會有時[7]	얼크러질 때 정녕 있으리.

春風正澹蕩[8]	봄바람은 정녕 부드럽기만 한데
暮雨來何遲[9]	저녁 비는 어이 그리 더딘지.
願因三青鳥[10]	원컨대, 삼청조三青鳥가
更報長相思	그리운 마음 다시 전해 주기를.
光景不待人	세월은 사람을 기다리지 않아
須臾髮成絲	잠깐 새에 검은 머리 흰 실로 변한다네.
當年失行樂[11]	호시절 즐거움을 다 놓치고서
老去徒傷悲	늙은 뒤에 슬퍼해야 소용없으리.
持此道密意	이 은밀한 이치를 명심하고서
無令曠佳期[12]	좋은 때 일랑 허비하지 말진저.

✿ 주석

1 五花馬(오화마) : 여러 가지 빛깔의 꽃문양이 섞인 귀한 말. 일설에는 다섯 갈래로 갈기를 장식한 호화스러운 말이라는 견해도 있다.

2 銀臺(은대) : 은대문(銀臺門). 장안의 자신전(紫宸殿) 좌우에 서 있던 문. 학사(學士)들은 우은대문(右銀臺門)으로 출입하였다.

3 朱箔(주박) : 구슬 발.

4 玉勒(옥륵) : 옥 장식이 붙은 굴레. 굴레는 말의 목에서 고삐에 걸쳐 얽어매는 줄.

5 蹙(축) : 움츠리다. 여기서는 조심스럽게 머뭇거린다는 뜻으로 사용되었다.

* 青綺門(청기문) : 한대(漢代) 장안 동쪽의 세 번째 문인 패성문(覇城門). 그 빛깔이 푸르기 때문에 청성문(青城門) 혹은 청기문(青綺門)이라고도 불리었다. 당대(唐代)에도 역시 도성(都城)의 동쪽 문은 푸르게 칠하여 청문(青門)이라고 불렀으며, 이 문 주변에 주가(酒家)들이 많았다고 한다. 이백의 시 <送裴十八圖南歸嵩山>1에도 "어느 곳에서 이별하기 좋을까. 장안의 청기문이지. 오랑캐 각시는 흰 손으로 부르며 객을 끌어 금 술잔에 취케하네.[何處可爲別, 長安青綺門. 胡姬招素手, 延客醉金樽.]"이라는 시구가 있다.

6 胡爲(호위) : '어찌 하여', '무엇 때문에'라는 의미의 반어사. 胡는 何와 같음.

7 纏綿(전면) : 애정으로 얽혀 떨어지지 못함.

8 澹蕩(담탕) : 조용히 움직이다.

9 暮雨(모우) : 조운모우(朝雲暮雨). 송옥(宋玉)의 <고당부高唐賦>에서 유래한 말로서, 남녀 간의 사랑을 말한다. <고풍>58 참조.

10 三靑鳥(삼청조) : 삼위산(三危山)에 살면서 서왕모(西王母)의 부림을 받는다는 전설 속의 새. 서왕모가 한 무제(漢 武帝)를 만나기 전에 먼저 한궁(漢宮)으로 날아왔다고 한다.

11 當年(당년) : 젊었을 때. 호시절.

12 曠(광) : 헛되이 보내다.

✿ 해설

≪개원천보유사≫에 따르면, 장안 동시(東市)의 서쪽 평강방(平康坊)은 기녀들이 거주하는 지역으로, 장안의 한량들이 여기 모였으며 해마다 새로 진사(進士)가 된 자들은 붉은 찌지(종이)와 좋은 종이로 만나기를 청하여, 당시 사람들이 이곳을 풍류수택(風流藪澤)이라고 불렀다. 평강방은 도성의 동문(東門)인 춘명문(春明門)으로 들어와 궁성 쪽으로 가는 길목에 있는 구역이다.

5언 4구 형식인 <상봉행>1과는 달리, 30구 장편에 여인을 만난 즐거움을 노래하고 있다. 말꼬리를 이어가는 선련구법(蟬聯句法)을 간간히 사용함으로써, 부분적인 되풀이 효과를 통해 여인과 조금씩 가까워지는 미묘한 과정을 섬세하게 표현한다든가, 좋은 때를 놓치면 후회할 것이라는 은근한 유혹의 말을 늘어놓는 대목을 통해서, 놀기 좋아하고 여자를 가까이 하던 풍류객 이백의 취향을 엿볼 수 있다.

또한 장안 근처의 술집에서 고주망태가 되도록 취한 채 방탕한 나날을 보냈던 그 자신의 젊은 시절을 상기해 볼 때, 호탕하게 노니는 작중인물이 누군지 잘 모르겠다며, "빼어난 그 모습 뉘 집 자제인지"라고 한 제3구의 표현은 감정 노출을 피하기 위한 일종의 시치미 떼기 수법이다.

091 천리사 千里思

천리 길 그리워

李陵沒胡沙[1]	이릉李陵은 오랑캐 땅 사막에 묻히고
蘇武還漢家[2]	소무蘇武는 한漢나라로 돌아왔도다.
迢迢五原關[3]	아득히 멀기만 한 오원五原의 관문
朔雪亂邊花	북녘 눈은 변방의 꽃처럼 날려라.
一去隔絶國	한 번 떠나 먼 나라에 떨어지게 되었으니
思歸但長嗟	돌아가고픈 생각에 한숨뿐이리.
鴻雁向西北	큰 기러기 서북으로 날아갈 제
因書報天涯	그 편에 하늘 멀리 소식 전하리라.

해제

북위(北魏) 조숙변(祖叔辨)은 ＜천리사千里思＞에서 서한(西漢) 때 오손국(烏孫國)으로 시집간 유세군(劉細君)과 흉노(匈奴)에게 시집간 왕소군(王昭君)의 고국에 대한 그리움을 노래했는데, 이백은 이릉(李陵)과 소무(蘇武)의 그리움으로 바꾸어 노래했다. 잡가요사(雜歌謠辭) 중의 하나이다. 그에게는 ＜소무蘇武＞라는 시도 있다.

주석

1 李陵(이릉) : 한나라 장수. 이광리(李廣利)의 작전에 참가하였다가 흉노에게 항복하여 볼모가 되었다. 흉노 우두머리 선우(單于)는 그의 용맹함을 알고 자신의 딸을 아내로 주어 호(胡) 땅에 머무르게 하였다. 소무(蘇武)는 그보다 먼저 한의 사신으로 흉노에 가 있다가 이릉을 만났으나, 소제(昭帝; B.C.86~B.C.74 재위)가 흉노와 화친을 맺자 소무만 한으로 돌아오게 되었다. 이 때 이릉은 이별의 괴로움과 이역만리 타국에서 살 수밖에 없는 가혹한 운명을

오언시(五言詩)로 표현하였다.

2 迢迢(초초) : 까마득히 먼 모양.

3 五原關(오원관) : 지금의 섬서성 정변현(定邊縣)에 있던 관문(關門).

✿ 해설

적의 포로가 되어 고향으로 돌아갈 길이 막혀버린 병사의 슬픔을 그 옛날 이릉(李陵)의 처지에 비기며, 그에 대한 안타까움을 고향에 돌아온 소무(蘇武)의 입장에 빗대었다.

092 수중초 樹中草

숲속 풀

鳥銜野田草	새 한 마리 들풀을 물고서
誤入枯桑裏	마른 뽕 사이로 잘못 들었네.
客土植危根	낯선 데다 간신히 뿌리 내리고
逢春猶不死	봄 될 때까지 목숨을 부지했네.
草木雖無情	푸새가 제 아무리 무정타 해도
因依尚可生	서로 의지하여 살아가거늘
如何同枝葉[1]	어이하여 한 가지 이파리끼리
各自有枯榮	제 각각 시들고 싱싱한 건지.

해제

양 간문제(梁 簡文帝)의 <수중초樹中草>를 모방하여 지은 것으로, 같은 가지에 있으면서도 먼저 시드는 풀잎의 가련한 운명을 노래했다. 잡곡가사(雜曲歌辭) 중의 하나이다.

주석

1 同枝葉(동지엽) : 나무 한 그루 중 가지 한 쪽이 시들면 다른 한 쪽이 무성해진다는 교양목(交讓木)을 이른다. 악부 <상류전행上留田行> 참조.

해설

<상류전행>의 속뜻을 감안해 볼 때, '같은 가지의 이파리'를 노래한 이 작품 역시, 같은

부모 밑에서 자랐으나 왕위를 놓고 겨루던 형제 숙종과 영왕 린의 관계를 빗대어 표한 것임을 알 수 있다. 단, 한 그루의 나무 안에서 영고(榮枯)가 갈마드는 교양목(交讓木)을 묘사함에 있어서, 양보심이라는 긍정적 측면을 부각시킨 <상류전행>과는 달리, 대결이라는 부정적 측면을 강조하고 있음에 유의해야 할 것이다.

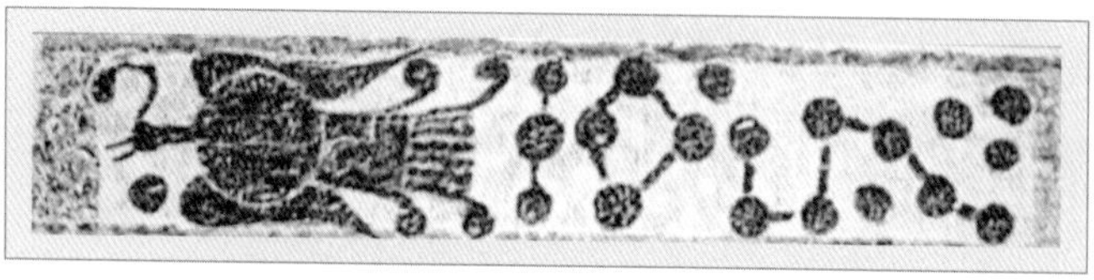

093 군마황 君馬黃
그대 누런 말

君馬黃	그대 말 누르고
我馬白	내 말은 희다네.
馬色雖不同	말의 빛깔이야 다를지언정
人心本無隔	사람 마음엔 본래 거리가 없다네.
共作遊冶盤[1]	서로 질탕하게 노닐고서
雙行洛陽陌	낙양洛陽 거리를 나란히 가네.
長劍旣照曜[2]	긴 칼 번쩍번쩍 빛날 뿐 아니라
高冠何絶赫[3]	높다란 관은 어이 그리 붉은지.
各有千金裘	저마다 천금의 갖옷 입고
俱爲五侯客[4]	함께 제후들의 빈객이 되었네.
猛虎落陷穽	사나운 호랑이도 구렁에 빠지고
壯士時屈厄[5]	헌걸찬 사나이도 때론 운이 없나니
相知在急難	급하고 어려울 제 서로 도와야지
獨好亦何益	혼자만 좋아본들 무슨 소용이리오.

해제

준마의 기상과 협객의 의리와 포부 등을 노래한 한대(漢代)부터 전해져온 민가로서, 고취곡사(鼓吹曲辭)에 속한다.

주석

1 遊冶盤(유야반) : 환락을 탐하며 실컷 돌아다니며 즐기다.
2 照曜(조요) : 빛나다.
3 赩赫(혁혁) : 붉디붉은 모양.
4 五侯(오후) : 한 성제(漢 成帝)가 외숙이었던 다섯 왕씨(王氏)를 같은 날에 후(侯)에 봉하여, 이들을 오후라 불렀다고 한다. 또 후한 광무제(光武帝) 때 왕흥(王興)의 다섯 아들도 오후에 봉해졌다. 여기서는 세력가를 뜻한다.
5 屈厄(굴액) : 재앙에 꺾이다.

해설

낙양 명문자제들의 화려한 생활과 시원스런 마음가짐을 노래하면서, 즐기는 데만 치중하다가 경박하게 의리를 잊는 지경에 이르지 말라는 당부를 덧붙였다. 인생의 우여곡절을 겪은 선배로서의 충고가 곡진하다.

094 의고 擬古

옛 노래

融融白玉輝　　은은하게 빛나는 흰 옥빛
映我青蛾眉　　나의 푸른 아미를 비추노라.
寶鏡似空水　　보배로운 거울은 맑은 물 같고
落花如風吹　　지는 꽃들은 바람에 날리는 듯하도다.
出門望帝子[1]　　문을 나서서 옛 왕비를 기다리나
蕩漾不可期[2]　　아득히 흘러가 기약할 길 없구나.
安得黃鶴羽　　어이하면 누른 학의 날개를 얻어
一報佳人知　　좋은 이에게 소식 한 번 알릴 수 있나.

해제

이백이 새로 만든 악부로 보기도 하지만 ≪악부시집≫에는 실려 있지 않다.

주석

1 帝子(제자) : 요(堯)의 두 딸이자 순(舜)의 아내였던 아황(娥皇)과 여영(女英)을 가리킨다. 순(舜)이 세상을 떠나자 이들도 그의 뒤를 따라 상수(湘水)에 투신하였다 전한다.

2 蕩漾(탕양) : 물결이 흐르는 모양.

해설

번쩍이거나 눈부시지 않는 흰 옥 빛은 화자(話者)의 젊은 얼굴을 비추어주고 있다. 보배로운 거울이야 변함없이 조용하게 그 모습을 비추건만, 바람에 날려 지는 꽃들은 무상한 세월의 흐름을 상기시킨다. 자신의 고운 모습이 바랄세라 문을 나서서 가인(佳人)에게 소식 전해줄 누군가를 하염없이 기다리고 있다.

흰 옥에 비친 푸른 아미, 고요하게 비치는 귀한 거울, 지는 꽃, 아리땁고 정결한 왕비, 누른 학과 같은 예스럽고 고상한 심상들은 한데 어울려 화자의 고고함을 형상적으로 표현해주고 있다. 이는 위 작품이 임을 못 만난 자의 탄식이라는 좁은 경계를 넘어서, 시들어가는 난초에 정치 지망생의 불우함을 빗대어 표현하는 감우시(感遇詩)의 전통을 잇고 있음을 말해주는 것이다.

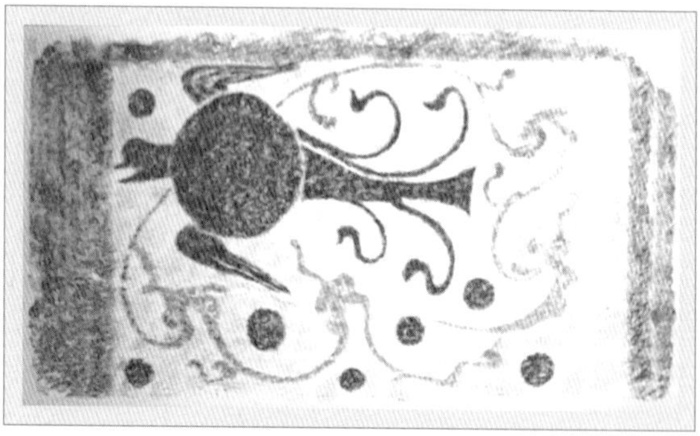

095 절양류 折楊柳

버들가지 따다가

垂楊拂淥水　　늘어진 버들가지 맑은 물에 스치고
搖豔東風年　　꽃가지 흔들며 봄바람이 불어올 제,
花明玉關雪[1]　　꽃은 옥관玉關에 날리는 눈처럼 환하고
葉暖金窗烟[2]　　나뭇잎은 금창金窗에 낀 안개처럼 따스하다.
美人結長想　　미인은 긴 시름에 잠긴 채
對此心凄然　　이를 대하니 마음이 애절코나.
攀條折春色　　가지 더위잡고 봄빛을 꺾어다가
遠寄龍庭前[3]　　멀리 용정龍庭의 임께 부쳐볼까나.

해제

한대(漢代)에 이연년(李延年; ?~B.C.87)이 처음 지었다고 하지만 옛 가사는 이미 전하지 않고, 남조시대 후반에 유행한 악곡이다. 주로 여성이 먼 곳에 수자리 나간 남정네를 그리워하는 내용의 노래로서, 횡취곡사(橫吹曲辭) 중의 하나이다.

주석

1 玉關(옥관) : 옥문관(玉門關). 지금의 감숙성 돈황현(甘肅省 敦煌縣) 서쪽에 있는 관문.
2 金窗(금창) : 화려하게 꾸민 창.
3 龍庭(용정) : 용성(龍城)에 있었다는 흉노의 왕정(王庭). 오랑캐들이 사는 곳.

✿ 해설

임을 떠나보낸 아낙이 어느 계절인들 외롭지 않으랴만서도, 버들가지 늘어지고 꽃가지마다 화사한 봄이 무르익자 수심 더욱 깊어진다. 봄이 왔어도 마냥 즐거워할 수 없는 것은 눈 덮인 국경에서는 아직 봄소식을 느끼지 못할 것이기 때문이다. 그래서 버들가지를 더위잡아 봄빛을 꺾어다 임에게 보내야겠다는 푸념을 하고 있는 것이다. 이백은 제3자적인 입장에서 '미인'을 형용하다가도, 때로 그 마음 속 깊은 곳까지 짚어내는 등 표현이 자유로웠다.

096 소년자 少年子
젊은이들

靑雲少年子	청운靑雲의 젊은이들
挾彈章臺左[1]	탄환 옆에 차고 장대章臺 왼편에.
鞍馬四邊開	말안장 얹자 사방이 활짝 트여
突如流星過	유성처럼 쏜살같이 달려 나가네.
金丸落飛鳥	금빛 탄환으로 나는 새 쏴 맞히고
夜入瓊樓臥[2]	밤에는 술집에 들어가 누웠네.
夷齊是何人	백이伯夷와 숙제叔齊는 어떤 사람이런가.
獨守西山餓[3]	홀로 고고한 체, 서산西山에서 굶어죽었지.

해제

남조(南朝) 때 나온 노래로서, 주색을 좇으면서 의리를 중시하는 젊은이들의 질풍노도의 모습을 그렸다. 잡곡가사(雜曲歌辭) 중 하나이다.

주석

1 章臺(장대) : 진대(秦代)부터 있었다는 장안 서남쪽의 누대. 당대(唐代)에는 이 일대가 버들이 늘어진 유명한 번화가가 되었다고 한다.

2 瓊樓(경루) : 달 속에 있다는 옥으로 만들어진 궁전. 여기서는 화려하게 꾸민 술집을 말한다.

3 西山(서산) : 은나라 백이(伯夷)와 숙제(叔齊)가 은거하며 고사리만 먹다가 세상을 떠났다는 수양산(首陽山)을 일컫는다. 산서성 영제현(山西省 永濟縣) 남쪽에 있다.

해설

뭇 소년배들이 장안 근처로 몰려들자, 시인들은 이들을 제재로 삼아 <소년행少年行> 계열의 노래를 많이 지어내었다. 여기에는 사냥과 투계, 축구, 격축(擊築), 주색잡기 등으로 이어지는 소년배들의 방탕한 생활과, 나라를 위해 공을 세우고자 하는 포부, 의를 위해서는 목숨조차 가볍게 여기는 용맹함 등이 묘사되고 있다.

이백의 <소년자少年子> 역시 이와 궤를 같이하는 작품인데, 한량들의 분방한 생활과 냉소적인 어투는 젊은이 특유의 오만방자함을 잘 드러내주고 있다.

097 자류마 紫騮馬

붉은 말

紫騮行且嘶[1]	자류마紫騮馬는 걸으며 히힝대다
雙翻碧玉蹄[2]	푸른 옥 같은 앞발굽을 치켜 올리네.
臨流不肯渡	물가에 이르러 건널 생각 않으니
似惜錦障泥[3]	비단 말다래 더럽히기 싫어선가.
白雪關山遠[4]	흰 눈 덮인 관산關山은 멀기만 하고
黃雲海戍迷[5]	누런 구름 감도는 청해青海 수자리 아득하네.
揮鞭萬里去	채찍 휘둘러 만 리 길 떠나노니
安得念春閨	포근한 규방엔들 어이 연연하리오.

해제

한대(漢代) 이연년(李延年)이 지었다는 악곡으로 전통적으로는 종군 끝에 고향으로 돌아가고자 하는 병사의 마음을 노래하는 것이 일반적이며, 때로는 명마의 뛰어남만을 읊은 노래도 있다. 잡곡가사(雜曲歌辭) 중의 하나이다.

주석

1 紫騮(자류) : 대추같이 붉은 색의 명마.

2 蹄(제) : 소나 말의 발굽.

3 障泥(장니) : 말의 배에 진흙이 튀는 것을 막기 위해 말안장 옆에 달아 늘어뜨린 배가리개. 말다래.

4 白雪(백설) : 다음 구의 黃雲(황운)과 더불어 모두 당대(唐代)의 수자리 이름이기도 한 것으로 보아, 중의적(重義的) 효과를 겨냥한 기교인 듯이 보인다.

5 海戍(해수) : 청해성(青海省) 동북부에 있는 청해(青海) 호수 부근의 수자리.

해설

좋은 말에 치장을 하고 전쟁터로 떠나는 병사의 마음을 그린 노래이다. 가지 않으려는 말에 채찍질하며 포근한 아내의 규방 따위엔 미련이 없다고 큰소리치는 심경은 얼핏 단호한 듯이 보이기도 하지만, 사실은 앞에 놓인 먼 길이 막막하고 오던 길을 되짚어 돌아가고 싶은 마음뿐이다. 본래 말이야 말다래 더럽혀지는 것에 개의할 리도 없거니와, 강을 건너기 싫어할 이유도 없다. 정작 강을 건너기 싫은 것은 말이 아니라 고향을 떠나온 병사인 것이다.

098 소년행1 少年行 2수

젊은이의 노래1

(1)

擊筑飮美酒[1]	축筑을 연주하며 살진 술을 마시고
劍歌易水湄[2]	역수易水 물가에서 검가劍歌를 부르노라.
經過燕太子[3]	연燕나라 태자에 들러서는
結託幷州兒[4]	병주幷州의 사나이와 결탁하노라.
少年負壯氣	젊은이들 힘찬 기상 자랑하지만
奮烈自有時	떨쳐 일어나는 건 때가 있는 법.
因聲魯句踐[5]	이로써 노구천魯句踐에 알려주노니
爭博勿相欺[6]	쌍륙 노름 하면서 업신여기지 마소.

해제

주로 의리를 중시하며 호쾌한 기상이 넘치는 젊은이들을 묘사한 악곡으로서, 남조시대에 유행한 <결객소년장행>이나 <소년자> 등과 같은 주제의 노래이다. 잡곡가사(雜曲歌辭) 중의 하나이다.

주석

1 擊筑(격축) : 축을 연주하다. 축(筑)은 현악기이다. 자객 형가(荊軻)의 친구였던 고점리(高漸離)는 축(筑)이란 악기를 잘 탔는데, 연(燕)나라 태자의 부탁을 받고 진왕(秦王)을 암살하러 떠나는 형가를 역수(易水) 가에서 송별하며 축을 연주한 것을 말한다. 뒤에 형가가 진왕 암살에 실패하고 죽은 후, 진왕(秦王) 앞에서 축을 연주할 때 축 속에 납덩이를 숨기고 있다가

진왕(秦王)을 저격하였지만 역시 실패하였다.

2 劍歌(검가) : 형가(荊軻)가 진왕을 저격하러 갈 때 역수 가에서 고점리(高漸離)의 축에 맞추어 비장한 노래를 불렀다. 그 내용은 다음과 같다. '바람소리 쓸쓸하고 역수 물은 차갑구나. 장사는 한 번 가면 다시 오지 못할지라.' 이 작품에서 검가(劍歌)를 불렀다고 표현한 것은 그 노래의 비장함을 강조하기 위해 덧붙인 표현인 듯하다.

3 經過(경과) : 들르다. 악부 <양춘가> 참조.

4 幷州兒(병주아) : 병주(幷州; 山西省 永濟縣)에서는 예로부터 협객과 호탕한 인물들이 많이 나왔다고 한다.

5 魯句踐(노구천) : 한단(邯鄲)에서 형가와 노름을 하다가 눈을 부릅뜨며 화를 내어 형가로 하여금 달아나게 만들었던 전국시대의 인물. 후에 형가가 진왕(秦王)의 암살에 실패하였다는 소식을 듣고 형가가 검술을 익히지 못하였음을 애석해하면서, 지난 날 그의 됨됨이를 몰라보고 화냈던 일을 후회하였다고 한다.

6 博(박) : 주사위를 던져 하는 노름. 쌍륙(雙六).

해설

의를 위해 목숨도 마다않은 전국시대 형가와 고점리의 일을 토대로 지은 작품이다. 술 좋아하고 큰일을 위해 죽음도 마다않는 의리의 사나이들을 예찬하며, 비록 그의 현 지위가 미천하다 할지라도 결코 가볍게 보아서는 안 됨을 경고하고 있다.

(2)

五陵年少金市東[1]	오릉五陵의 젊은이, 금시金市의 동쪽에서
銀鞍白馬度春風	은 안장에 흰 말로 봄바람 속을 가네.
落花踏盡遊何處	지는 꽃을 다 밟고서 어디로 가 노니는가.
笑入胡姬酒肆中[2]	웃으며 드나니, 오랑캐 각시 술집이라네.

주석

1 五陵(오릉) : 장안 북쪽에 있던 호족(豪族)들의 거주지. 악부 <백마편白馬篇> 참조.

* 金市(금시) : 본래는 낙양(洛陽) 서쪽에 있는 서시(西市)를 일명 금시(金市)라 하였으며, 술집과 창루가 집결해 있었다고 한다. 소년들의 생활상을 그린 이백의 <소년자少年子>, <상봉행相逢行>, <백마편白馬篇> 등에 등장하는 장대(章臺), 오릉(五陵)과 같은 지명이 장안 부근에 분포되어 있었음을 미루어볼 때, 이 작품에서 사용한 금시(金市) 역시 장안의 서시(西市)를 일컫은 것으로 보는 것이 온당하다.

2 胡姬(호희) : 가무와 술시중을 드는 오랑캐 출신의 아가씨.

* 肆(사) : 가게.

해설

눈부시게 흰 말은 은빛 안장을 번쩍이며 부드러운 봄바람 속을 지나간다. 싱그러운 청년들을 태운 채. 이들은 꽃이야 지건 말건 아랑곳 않고 호쾌하게 웃으며 술집으로 들어선다. 특징적 인물묘사가 돋보이는 작품이다.

시각적, 촉각적 심상(心象)들이 한껏 호사스러움을 돋우는 가운데, 젊은이들의 거칠 것 없는 기상과 호탕한 형상이 자연스럽게 묘사된 수작(秀作)이다.

099 백비과 白鼻騧

흰 코배기 말

銀鞍白鼻騧	은 안장의 흰 코배기 말
綠地障泥錦[1]	초록 바탕 비단 말다래.
細雨春風花落時	가랑비 봄바람에 꽃이 질 적에
揮鞭直就胡姬飲	채찍 휘둘러 곧바로 호희胡姬 찾아 한 잔 하네.

✿ 해제

삼국시대에 만들어진 <고양악인가高陽樂人歌>에서 유래했다는 악곡으로서, 남조 양(梁)에서 유행하여 북위(北魏)에까지 전해졌다. 내용은 젊은이들의 기상과 낭만을 노래한 것이 대부분이다. 횡취곡사(橫吹曲辭) 중의 하나이다.

✿ 주석

[1] 障泥錦(장니금) : 안장 양 옆에 비단을 늘어뜨려 진흙 먼지가 말에 튀는 것을 방지하려는 말배 가리개. 말다래.

✿ 해설

≪개원천보유사≫에 따르면, 성당대 장안의 한량들은 봄이 오면 무리를 지어 조랑말에 비단 언치(韉; 안장이나 길마 밑 깔개)와 금 안장으로 치장을 하고 꽃나무 아래를 오고 가면서, 하인들더러 술을 들고 쫓아오게 하고는 경개 좋은 동산을 만나면 말을 멈추고 마셨다 한다.

과(騧)란 원래 주둥이가 검은 연황색의 말을 일컫는데, 이 작품에서 노래한 것은 흰 코배기의 연황색 말이다. 이름 모를 주인공은 가랑비 내리는 고즈넉한 봄날, 은 안장에 초록 말다래를 드리운 멋진 말을 타고 어여쁜 아가씨가 있는 술집으로 향한다. 색채와 형상이 어우러진 앞 세 구절의 묘사를 배경으로 "채찍을 휘두르며[揮鞭]" "주저 없이 갈 곳을 정하는[直就]" 젊은이들의 시원스러운 동작 묘사가 펼쳐져, 마치 눈앞에 전개되는 한 장면을 보는듯한 느낌을 준다. 이들의 젊음은 봄바람에 지는 꽃과 다를 바 없는 것이지만, 이 순간만큼은 지는 꽃마저 압도할 듯 아름답고 힘차다. <소년행少年行>2에 나오는 "지는 꽃을 다 밟는다.[落花踏盡]" 같은 구절이 이를 잘 설명해 주고 있다.

100 예장행 豫章行

예장의 노래

胡風吹代馬[1]	오랑캐 바람이 대마代馬에 불어
北擁魯陽關[2]	북쪽 노양관魯陽關을 감싸도누나.
吳兵照海雪	오吳 땅의 군사, 눈 쌓인 물가에서 번득이니
西討何時還	서쪽 토벌에서 언제나 돌아오려나.
半渡上遼津[3]	상료上遼 나루를 반쯤 건널 제
黃雲慘無顏	누른 구름 어두워져 낯빛마저 굳었는데
老母與子別	늙은 어미는 아들을 보내면서
呼天野草間	들풀 사이서 하늘 보고 울부짖네.
白馬繞旌旗	흰 말들은 깃발을 에워싸고
悲鳴相追攀	구슬피 울며 뒤 좇아 나아가는데
白楊秋月苦	백양白楊나무도 가을 달빛 괴로워
早落豫章山	서둘러 예장산에 잎을 떨구네.
本爲休明人[4]	본시 바탕이 순한 사람이라
斬虜素不閑[5]	오랑캐 베히기가 쉽지 않다만,
豈惜戰鬪死	싸우다 죽는 것을 어이 꺼리랴
爲君掃凶頑	임금 위해 고얀 무리 무찌를지라.
精感石沒羽	정성이 지극하면 바위도 꿰뚫나니
豈云憚險艱	어이 험하다 고되다 불평하랴.
樓船若鯨飛	누선은 고래처럼 나는 듯 달려
波蕩落星灣[6]	낙성만에 거센 물결 일으키누나.
此曲不可奏	이 가락일랑 연주하지 말지니

三軍鬢成斑[7]　　　삼군三軍의 머리카락 희끗희끗 세리라.

해제

<고백양古白楊>, 혹은 <고상편苦相篇>이라고도 하던 옛 노래로서, 대개 이별을 슬퍼하며 사람의 수명은 짧은데 세월은 빨라 고운 얼굴은 오래 가지 못함을 한탄하고 슬퍼하는 내용이다. 예장(預章)은 당대(唐代)의 군(郡) 이름으로서 홍주(洪州)에 해당하며, 지금의 강서성 남창시(南昌市)이다. 상화가사(相和歌辭) 중의 하나이다.

주석

1 代馬(대마) : 대(代) 지역에서 나는 명마. 대는 지금의 하북성 울현(蔚縣) 동북 지역이다.
2 魯陽關(노양관) : 관새 이름. 지금의 하남성 등현(鄧縣)에 있었다.
3 上遼津(상료진) : 나루터 이름, 강서성을 흐르는 요수(遼水)에 있었다.
4 休明人(휴명인) : 덕이 매우 두터운 사람.
5 閑(한) : 익숙하다. 습관이 되었다.
6 落星灣(낙성만) : 별이 물에 떨어져 바위가 되었다는 강서성 팽이호(澎彛湖) 부근을 이른다.
7 三軍(삼군) : 많은 군사라는 뜻이다. 본래 일군(一軍)은 12,500명이다.

해설

≪당서唐書≫의 기록에 따르자면, 안록산(安祿山), 사사명(史思明)의 잔당들이 노양성(魯陽關) 부근에 출몰하였다고 한다. 같은 지명이 나오는 이 작품은 이백이 영왕 린에 가담하여 오랑캐를 무찌르고자 출정하던 시기에 지어진 것으로 추정된다.

나라를 구하고 임금의 은혜에 보답한다는 대의명분으로 시작한 일이건만, 가족들의 통곡 속에 펼쳐지는 출정의 광경은 처참하기 이를 데 없으며, 제 목숨을 걸고 남의 생목숨을 끊어야만 하는 싸움은 비장하다 못해 처절하기까지 하다. 제 살던 예장산(豫章山)을 떠나는 백양나무의 절절한 아픔에 공감하여 <예장행>을 부르는 이유가 여기에 있다.

101 목욕자 沐浴子

목욕하는 사람

沐芳莫彈冠	향 우린 물에 머리 감고 갓 털지 말며
浴蘭莫振衣	난초로 목욕하고 옷 털지 마라.
處世忌太潔	세상살이 깨끗한 체 아예 말지니
至人貴藏暉	도를 아는 사람은 그 빛을 숨기니라.
滄浪有釣叟[1]	창랑滄浪에 사는 고기잡이 늙은이야
吾與爾同歸	나 그대와 함께 돌아가리라.

해제

남북조시대 양진(梁陳) 간에 나온 노래로서, 곧게 처신하면서도 이를 회의하는 내용이다. 잡곡가사(雜曲歌辭) 중의 하나이다.

주석

1 滄浪有釣叟(창랑유조수) : 굴원(屈原)이 지었다고 전해지는 <어부사漁父辭>는, 독야청청(獨也靑靑; 혼자서라도 지조를 지키며 살기)을 주장하는 굴원이 여세추이(與世推移; 세상의 흐름에 따라 살기)를 권유하는 어부(漁夫)와 대화하는 내용으로 되어 있다. 굴원이 "내 듣기로, 새로 머리 감은 사람은 반드시 갓을 털고, 막 목욕한 자는 옷을 털게 마련이라고 합디다.[吾聞之, 新沐者必彈冠, 新浴者必振衣.] 어찌 희고 깨끗한 몸에 세상의 더러움을 묻히겠소?"라고 되묻자, 어부는 "창랑(滄浪)의 물이 맑으면 갓끈을 씻을 것이요, 창랑의 물이 탁하면 발을 씻으면 되거늘"이라 노래하면서 홀로 고고한 체하며 화를 자초하는 굴원에게 불만을 표시하고, 세태에 따라 적당히 살아갈 것을 권하였다.

✿ 해설

정계에의 진출을 단념한 이백에게는 때 늦은 후회와 관념적 처세관만이 남아 있을 뿐, 옳고 그름을 가리는 정의의 잣대나 역사의 심판과 같은 개념은 이제 무의미하게 되어버린 것 같다. 현실을 잊고서 초연하게 살아가고 싶은 것이다.

102 고구려 高句驪

고구려

金花折風帽[1]	금꽃 달린 절풍모 쓰고
白馬小遲回	흰 말 걸음도 의젓하게.
翩翩舞廣袖	펄렁펄렁 넓은 소매 날리니
似鳥海東來	바다 동쪽에서 새가 온 듯하구나.

해제

고구려(高句麗)는 활을 잘 쏘던 부여(夫餘) 출신의 주몽(朱蒙)이 세웠다는 나라로서, 도읍지는 평양성(平壤城). 잡곡가사(雜曲歌辭) 중의 하나이다.

주석

[1] 折風帽(절풍모) : 고구려 사람들이 쓰던 모자. 고구려 사람은 머리에 모두 절풍모를 썼고 선비들은 두 개의 새 깃털을 꼽았는데, 귀한 신분은 이 모자를 자줏빛 비단으로 만들고 금과 은으로 장식하였다. 또 의복은 소매와 바지 품이 넓고, 흰 가죽 띠에 누런 가죽신을 신었다고 한다.

해설

이국적인 몸차림에서 받은 신선한 인상을 간결하게 그려낸 작품이다. 단 몇 개의 특징적 묘사로 포착된 고구려인의 모습은 시원스러운 필체의 크로키를 연상시킨다.

103 정야사 靜夜思

적막한 밤에

牀前看月光[1]	침상 앞 달빛을 바라보자니
疑是地上霜	땅 위에 서리 내린 듯.
擧頭望山月[2]	머리 들어 산 위 달을 쳐다보고
低頭思故鄕	고개 수그려 고향을 생각 하네.

해제

고요한 밤 고향을 그리는 간절한 마음을 표현한 곡으로 이백이 직접 작사 작곡한 노래이다. 신악부사(新樂府辭) 중의 하나이다.

주석

1 看月光(간월광) : ≪당시삼백수唐詩三百首≫에는 "明月光"으로 되어 있다.

2 山月(산월) : ≪당시삼백수≫에는 "明月"로 되어 있다.

해설

간결한 표현 속에 무한한 정을 담은 그리움[思歸]의 노래이다. 떠난 후에야 사랑하게 되는 곳, 약해졌을 때에야 돌아가고 싶어지는 그 곳이 고향이리라. 시린 듯한 달빛 속에 사무치는 고향 생각은 그지없이 맑고 깊다.

고개를 들거나 수그린 자세를 대비시키면서 눈앞의 서로 다른 풍경을 묘사하는 전통적인 대구 방식을 발전시켜, 사물을 바라보고 상념에 잠기는 과정으로 자연스럽게 이끌어가는 수법에는 그저 탄복하지 않을 수 없다. 또한 흰 가을 달빛을 묘사함에 있어서 '정녕 서리로구나[正是]'라고 단정 짓기보다는 '서리인 듯하구나.[疑是]'라고 모호하게 표현한 대목을 통해, 현실과 환상의 언저리에서 흔들리고 있는 이백의 여린 감수성을 엿볼 수 있다.

104 녹수곡 淥水曲

맑은 호수

淥水明秋日　맑은 물에 가을 해 빛나는데
南湖採白蘋[1]　남쪽 호수에서 흰 마름을 따네.
荷花嬌欲語　연꽃은 수줍게 말 건네려는 듯
愁殺蕩舟人[2]　배 젓는 사람을 수심 겹게 만드네.

✿ 해제

당대(唐代)에 전해 오던 강남의 옛 거문고 곡조로서, 금곡가사(琴曲歌辭) 중의 하나이다.

✿ 주석

1 南湖(남호) : 중국에 남호는 여럿 있지만, 작품의 제목이 남방 전래 민요와 같고, 본문에 연꽃과 마름이 등장하는 것으로 보아, 이러한 식물들이 많이 자생하던 동정호(洞庭湖)를 일컫는 듯하다.

* 白蘋(백빈) : 여름에서 가을 사이에 희고 조그만 꽃이 피는 식물로서, 열매는 강남 지방 서민들의 간소한 제사예물로 쓰였다.

2 愁殺(수살) : 수심에 겨워 죽을 지경이라는 과장적 표현.

* 蕩舟(탕주) : 배를 젓다.

✿ 해설

강남의 정경을 간결한 필치로 묘사한 작품이다. 맑은 가을 햇살에 눈부시게 빛나는 호수, 그 곳에서 마름을 뜯는 마을 처자의 아름다운 자태, 그리고 반쯤 벙글어져 말이라도 건넬 듯한 연꽃, 이를 바라보는 뱃사공의 공연한 수심. 빛과 그림자, 그리고 색채가 어우러진 한 폭의 수채화처럼 선명하고 아름답다.

105 봉황곡 鳳凰曲

봉황의 노래

嬴女吹玉簫[1]	영嬴씨네 여인 옥피리 불어
吟弄天上春	하늘나라의 봄을 노래하였지.
青鸞不獨去	푸른 난새 혼자 떠나지 않고
更有攜手人[2]	손잡아 끄는 이도 있었네.
影滅綵雲斷	그림자 사라지고 채색 구름 흩어져
遺聲落西秦	남은 소리만 서진西秦 땅에 떨어졌고녀.

해제

농옥(弄玉)이 피리를 불다가 봉황새를 타고 날아 가버렸다는 신선고사(神仙故事)를 읊은 노래로서, 청상곡사(清商曲辭) 중의 하나이다.

주석

1 嬴女(영녀) : 농옥(弄玉)을 가리킨다. 춘추시대 소사(蕭史)라는 사람은 퉁소를 잘 불어, 그가 퉁소를 불면 공작새와 흰 학이 앞마당에 와서 놀았다. 진 목공(秦 穆公)의 딸 농옥(弄玉)이 그를 좋아하여, 소사는 그녀를 처로 삼아 날마다 퉁소를 가르쳤다. 몇 년이 지나 봉황소리 내는 법을 배우자 난(鸞)새가 그 집에 와 머물렀다. 목공(穆公)이 봉대(鳳臺)를 지어 부부가 그 위에서 지내기를 몇 년, 어느 날 아침 둘은 봉황을 따라 가버렸다고 한다. 진(秦)은 영씨(嬴氏) 성(姓)의 나라였으므로 농옥을 영녀(嬴女)라 한 것이다.

2 青鸞(청란) : 봉황의 일종. 봉황새에는 다섯 종류가 있는데 붉은 색이 많이 도는 것을 봉(鳳), 황색이 많은 것을 원추(鵷雛), 푸른색이 나는 것을 난(鸞), 자줏빛이 많은 것을 난작(鸑鷟), 흰색이 많이 도는 것을 곡(鵠)이라 한다.

✿ 해설

천상의 피리소리로 봉황을 불러 하늘로 날아갔다는 전설적 인물을 제재로 삼아, 신선에 대한 동경심을 읊은 작품이다.

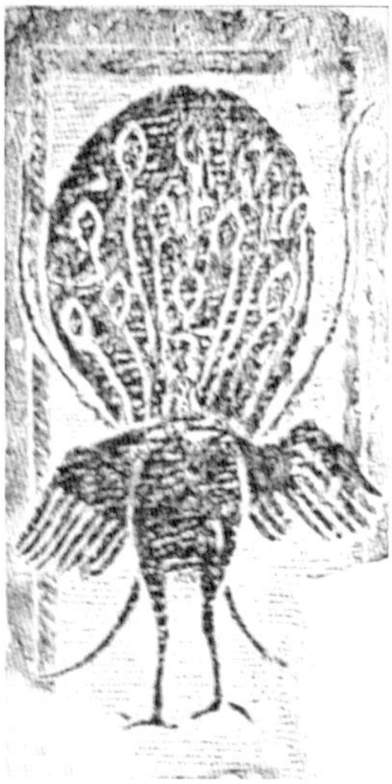

106 봉대곡 鳳臺曲

봉황이 날아간 누대

嘗聞秦帝女[1]	일찍이 듣자 하니, 진왕秦王의 따님
傳得鳳凰聲	봉황의 울음소리 배워 익히다
是日逢仙子	이 날 신선을 만나더니만
當時別有情	그 자리서 살뜰한 정 품게 되었네.
人吹彩簫去	사람이 고운 피리 불며 떠나니
天借綠雲迎	하늘은 푸른 구름 보내 맞이하였지.
曲在身不返	노래는 있어도 돌아오지 아니하고
空餘弄玉名	공연히 농옥弄玉이란 이름만 남겨 놓았네.

해제

<봉황곡鳳凰曲>과 함께 소사(蕭史)와 농옥(弄玉)의 신선고사(神仙故事)를 읊은 옛 악곡으로서 <소사곡蕭史曲>이라고도 하며, 청상곡사(淸商曲辭) 중의 하나이다.

주석

[1] 秦帝女(진제녀) : 농옥(弄玉)을 가리킨다. 악부 <봉황곡鳳凰曲> 참조.

해설

악부 <봉황곡>과 같은 소재(素材)를 사용한 것으로 보아, 이백은 피리를 불며 하늘로 날아간 농옥(弄玉)을 고귀한 여인으로 여기고 사모하였던 듯하다. 시선(詩仙)이라는 그의 별칭은 바로 이 같은 심경을 낭만적으로 노래한 데서 비롯된 것이다. 악부 <억진아憶秦娥>에 비추어 보자면 <봉황곡>과 <봉대곡>의 '秦帝女', 농옥(弄玉)은 옥진공주(玉眞公主)를 암시한 듯이 보인다.

107 종군행 從軍行

종군의 노래

從軍玉門道[1]	싸우러 나서네, 옥문관玉門關 길로
逐虜金微山[2]	오랑캐 뒤를 쫓네, 금미산金微山에서
笛奏梅花曲[3]	피리로 구성지게 매화곡梅花曲을 불어대고
刀開明月環[4]	명월환明月環 장식된 칼 빼어드네.
鼓聲鳴海上	북소리 바다 위에 울려 퍼지고
兵氣擁雲間[5]	사기는 구름 가를 휘어 도나니
願斬單于首[6]	원컨대 선우單于의 머리를 베어
長驅靜鐵關[7]	영영 몰아내고 철관鐵關을 평정하고자.

해제

주로 종군 생활의 고충을 읊은 옛 노래로, 삼국시대 좌연년(左延年)이 만들었다는 악곡 <고재苦哉>에서 유래했다고 한다. 횡취곡사(橫吹曲辭) 중의 하나이다.

주석

1 玉門(옥문) : 옥문관(玉門關). 지금의 감숙성 돈황현(甘肅省 敦煌縣) 서쪽에 있는 관문.

2 金微山(금미산) : 옥문관의 북쪽에 있는 산 이름. 후한(後漢)의 군사가 금미산(金微山)에서 북선우(北單于)를 물리쳤다는 기록이 ≪후한서後漢書≫에 나온다.

3 梅花曲(매화곡) : 옛 저곡(笛曲) 중 <낙매화落梅花>라는 곡이 있었다.

4 明月環(명월환) : 보름달처럼 둥근 고리 모양의 칼 손잡이 장식을 말한다.

5 擁(옹) : 감싸다.

6 單于(선우) : 흉노(凶奴)의 우두머리.

7 鐵關(철관) : 산동성 이진현(利盡縣) 북쪽의 관새(關塞).

해설

근체(近體)로 된 전형적인 종군의 노래이다. <전성남戰城南>에서와 같이 멀리 떨어져 있는 전장의 이름을 두 구에 연이어 서술하면서, 사방으로 이동하며 빈번하게 전쟁을 치러야 하는 병사들의 어려운 생활을 암시하고 있다. 밤이 되어 겨우 한가해진 병사는 어디에선가 들려오는 피리소리에 시름이 깊어지지만, 다시 칼을 빼어들고 승전을 다짐한다. 고달픈 생활 중에도 애써 의연하려는 병사들의 모습이 간결한 필치로 묘사된 작품이다.

108 추사1 秋思

가을 시름

春陽如昨日	봄날 따스함이 어제 같구나,
碧樹鳴黃鸝[1]	푸른 나무에 꾀꼬리 울었지.
蕪然蕙草暮[2]	무성하던 난초 잎 이울어가고
颯爾涼風吹	스산하게 서늘한 바람이 분다.
天秋木葉下	계절은 가을, 낙엽이 지고
月冷莎雞悲[3]	달빛 차가운데 귀뚜라미 처량하다.
坐愁羣芳歇	앉아 한하노니, 뭇 꽃들 다 지고
白露凋華滋[4]	흰 이슬에 싱싱함이 사라지는 것을.

해제

세월의 흐름을 한탄하는 상조(商調)의 옛 거문고 곡조로서, 금곡가사(琴曲歌辭) 중의 하나이다.

주석

1 黃鸝(황리) : 꾀꼬리.
2 蕪然(무연) : 풀이 무성한 모양.
3 莎雞(사계) : 귀뚜라미. 혹은 베짱이. 악부 <독불견獨不見> 참조.
4 華滋(화자) : 한창 무성하게 피어난 꽃.

해설

<유간천幽澗泉>, <원별리遠別離> 등 만년의 이백에게는 가을의 노래가 유난히 많다. 해

마다 계절은 어김없이 찾아오는 것이련만, 그만이 유독 가을을 타며 한탄하는 까닭은 무엇일까? 그것은 인생의 조락을 고즈넉이 맞이하기엔 못 다한 꿈에 대한 아쉬움이 너무 크기 때문일 것이다.

109 춘사 春思

봄 시름

燕草如碧絲[1]	연燕 땅의 풀이 푸른 실 같을 제
秦桑低綠枝[2]	진秦 땅 뽕나무, 푸른 가지 드리우지.
當君懷歸日	임께서 돌아오기 손꼽으실 날은
是妾斷腸時	이 몸 애간장이 끊어지는 때.
春風不相識	봄바람은 눈치도 없이
何事入羅幃	어인 일로 비단 장막에 불어오는지.

해제

이백이 새로 창작한 신제악부(新題樂府)이다. 종군하는 임을 그리는 아낙의 노래인데, 부부지간의 이심전심을 절묘하게 그려낸 3, 4구로 더욱 유명한 작품이다.

주석

1 燕(연) : 춘추 전국시대 연(燕)나라가 있었던 하북성(河北省) 지역. 중국 대륙의 동북 지방.
2 秦(진) : 춘추 전국시대 진(秦)나라가 있었던 감숙성(甘肅省) 섬서성(陝西省) 일대. 중국 대륙의 서북 지방.

해설

봄이 찾아온 진(秦) 땅의 아낙은 짙푸른 뽕나무를 바라보며 마음이 산란하다. 임 계신 연(燕) 땅은 봄이 늦으니 아마 실낱같은 풀이 겨우 연두빛을 띠었으리라. 나의 애간장은 왜 이리 끊어지는지? 필경은 우리임도 돌아올 날을 손꼽고 계실 것이 분명하구나. 이처럼 그녀의 상념은 끝도 없이 이어지는데, 애타는 그 마음을 알지 못하는 무심한 봄바람은 멋모르고 장막 안으로 들어오다가 그녀의 원망을 산다.

짙푸른 봄 풍경, 하염없이 생각에 잠긴 주인공, 산들바람에 흔들리는 장막의 가벼운 움직임, 그녀의 혼잣말 등, 그 모습이 생생하게 눈앞에 보인다.

110 추사2 秋思

가을 시름

燕支黃葉落[1]	연지산燕支山에 누른 잎 떨어져
妾望白登臺[2]	이 몸 백등대白登臺에 올라 서 보니
海上碧雲斷	호수 위엔 푸른 구름 끊기고
單于秋色來	선우單于 땅에도 가을빛이 찾아드네.
胡兵沙塞合	오랑캐 군사들 사막에 모여들고
漢使玉關回	한漢나라 사신은 옥문관玉門關서 돌아가네.
征客無歸日	떠난 임 돌아올 날 기약도 없는데
空悲蕙草摧	난초 꺾어짐만 공연히 슬퍼하네.

주석

[1] 燕支(연지) : 감숙성에 있는 산. 일명 언지산(焉支山). 악부 <왕소군王昭君> 참조.

[2] 白登臺(백등대) : 산서성 대동현(大同縣) 동쪽 백등산(白登山)에 있던 누대. 악부 <관산월關山月> 참조.

해설

변새의 가을을 노래한 작품이다. 거친 북녘 벌판에 조락의 계절이 찾아오자 국경의 아낙은 싸우러 나간 임 걱정이 새로운데, 또다시 전쟁이 시작되었다는 사신의 기별을 받고 보니 만날 날은 더더욱 기약 없다. 낙엽 지고 난초도 시들어 꺾이니 그녀의 고운 모습도 얼마 안 가 스러지리라.

111 자야오가 子夜吳歌 4수

자야의 노래

(1)

秦地羅敷女[1]	진秦 땅의 나부羅敷 아씨
採桑綠水邊	푸른 물가에서 뽕을 딴다네.
素手青條上	하얀 손 짙푸른 가지에 얹고서
紅妝白日鮮	붉은 단장 햇살에 곱기도 하네.
蠶飢妾欲去	누에 배고파서 저는 가야 해요.
五馬莫留連[2]	오마五馬 탄 높으신 분, 기웃거리지 말아요.

해제

본래 진대(晉代)에 오(吳) 땅에 살던 자야(子夜)라는 여인이 임을 그리며 만들었다는 애절한 노래인 <자야가子夜歌>가 남조시대에 크게 유행하면서, <자야사시가子夜四時歌>, <대자야가大子夜歌>, <자야경가子夜警歌>, <자야변가子夜變歌> 같은 여러 변주곡들이 생겨났다. 이백은 <자야오가子夜吳歌>에서 본래 5언 4구의 절구(絶句) 형식은 6구 형식으로 바꾸면서도, 사시가(四時歌)로서의 성격은 유지하여 각각 춘하추동의 정경을 담았다. 청상곡사(淸商曲辭) 중의 하나이다.

주석

1 羅敷(나부) : 절개가 굳은 전국(戰國)시대 조(趙)나라 미인. 악부 <맥상상陌上桑>참조.

2 五馬(오마) : 다섯 마리 말이 이끄는 수레를 탄 지체 높은 사람.

* 留連(유련) : 머뭇거리다. 지체하다.

✿ 해설

고운 아씨 나부(羅敷)가 헌헌장부 제 낭군을 자랑하며 지체 높은 관리의 유혹을 거절한다는 한(漢) 악부 <맥상상陌上桑>의 내용을 축약시킨 작품이다. 녹색, 흰색, 푸른색, 붉은 색, 그리고 눈부신 햇빛 등 갖가지 고운 색깔을 풀어 아가씨의 아름다움을 채색하고, 천진스럽고 단호한 거절의 말을 덧붙여 정결한 마음씨를 강조하였다.

(2)

鏡湖三百里[1]	경호鏡湖 삼 백리에
菡萏發荷花[2]	아리따운 연꽃이 벙긋 피었네.
五月西施採[3]	오월에 서시西施가 연꽃을 따자 하니
人看隘若耶[4]	구경 온 사람들이 약야계若耶溪를 메웠네.
回舟不待月	달이 뜨기 전에 배를 돌리어
歸去越王家	월왕越王의 궁궐로 돌아가 버리네.

✿ 주석

[1] 鏡湖(경호) : 회계(會稽; 지금의 절강성 紹興)에 있는 호수. 한(漢)나라 때부터 있었다고 한다.
[2] 菡萏(함담) : 연꽃 봉오리.
[3] 西施(서시) : 춘추(春秋)시대 월(越)나라의 미녀. 악부 <오서곡烏棲曲> 참조.
[4] 若耶(약야) : 약야계(若耶溪). 절강성 소흥의 약야산(若耶山)에서 내려와 경호(鏡湖)로 흘러드는 시냇물. 월나라 서시가 이곳에서 깁을 빨아 말리는 일을 하였다고 하여, 일명 완사계(浣紗溪)라고도 한다.

✿ 해설

회화성이 강한 이백의 악부 중에는, 꽃과 미인이 한 폭의 그림 속에 함께 담겨 있는 경우가 허다하다. 연꽃이 만발한 가운데 서시가 꽃을 따는 정경을 묘사한 이 작품을 비롯하여, 천하절색 양귀비 옆에 모란이 웃고 있는 <청평조사>나, 분단장이 한창인 왕후의 방문 앞에 갓 붉은 꽃이 피어 있는 <양춘가>도 그러하다. 활달한 동작도 없고 말도 없다. 단지 하늘에서 내려온 선녀처럼 우아하고 꽃다운 자태만이 있을 뿐이다.

(3)

長安一片月	장안長安엔 조각달 하나
萬戶擣衣聲[1]	집집마다 다듬이 소리.
秋風吹不盡	가을바람 한없이 불어올 제면
總是玉關情[2]	하나같이 옥관玉關을 그리는 마음 뿐.
何日平胡虜	어느 날에나 오랑캐 무찌르고서
良人罷遠征[3]	고운 님 먼 출정을 마치려는고.

주석

1 擣衣(도의) : 다듬이질하다.
2 玉關(옥관) : 지금의 감숙성 돈황현(敦煌縣) 서쪽에 있는 옥문관(玉門關)을 일컫는다.
3 良人(양인) : 아내가 남편을 일컫는 애칭.

해설

조각달이 뜬 장안의 가을 밤, 다듬이질 소리가 바람결에 실려 온다. 겨울이 다가오니 멀리 추운 곳에서 수자리 사는 낭군의 솜옷을 마련하는 아낙네의 손길은 바쁘기만 하다. 낭군의 무사귀환을 바라는 마음이야 또 오죽하랴. 마지막 두 구절은 염려 섞인 이백의 말소리 같기도 하고, 간곡한 바람이 담긴 아낙의 혼잣말 같기도 하다. 높은 데서 내려다보이는 장안의 밤 풍경을 시원스럽게 그려낸 제1, 2구, 그리고 가을바람에 여울지는 뭇 여인네들의 그리움을 형상화한 제3, 4구는 예로부터 천하의 명구로 회자되어 왔다.

(4)

明朝驛使發[1]	내일 아침 역졸이 길 떠난다고
一夜絮征袍[2]	한밤을 꼬박 새워 수자리 옷에 솜을 두네.
素手抽針冷	흰 손으로 뽑는 바늘 싸늘도 한데
那堪把剪刀[3]	차디찬 가위일랑 또 어이 잡으리.
裁縫寄遠道	옷을 지어서 먼 길에 부치나니
幾日到臨洮[4]	어느 날에나 임조臨洮에 가 닿으려는지.

주석

1 驛使(역사) : 배달부. 역졸
2 絮(서) : 솜을 넣다.
3 剪刀(전도) : 가위.
4 臨洮(임조) : 당대의 조주(洮州)에 속한 군사적 요충지. 지금의 감숙성 민현(岷縣) 동북쪽 일대.

해설

남조(南朝) 때 배타고 떠난 임을 그리던 노래였던 남방의 노래 <자야가子夜歌>가, 이제는 북방에서 수자리 하는 병사를 위한 솜옷을 지으며 부르는 내용으로 바뀌었으니, 노래란 실로 당대의 대중 정서를 반영하며 변화해 나아가게 마련인가 보다.

당대(唐代)의 민요 <장두화牆頭花>에 "임을 위해 춤옷을 마르나니, 날씨 차가워 가위도 싸늘하다.[爲君裁舞衣, 天寒剪刀冷.]"라는 구절이 보이며, 시인 최국보(崔國甫; 741전후)의 <자야동가子夜冬歌>에도 "밤 깊어지자 등불 심지 자주 돋우는데, 서리 차가워 가위도 싸늘하다.[夜久頻挑燈, 霜寒剪刀冷.]"라는 표현이 있다. 이 셋 중에 어느 것이 가장 먼저 나왔는지를 가늠하기는 쉽지 않다. <자야가>가 오래된 민요이고 이백이 민요 가사를 부지불식간에 수용했다는 악부 <장상사長想思>2에 얽힌 뒷이야기도 있지만, 당대 여러 유행가에 시인들의 시를 가사로 사용한 경우도 많기 때문이다. 겨울철 불도 변변치 않은 방에서 '바늘이나 가위가 얼마나 차가울까'란 표현은 여염집 아낙보다도 남성 시인들의 감각을 더 반영하고 있는 듯이 보인다.

112 대주행 對酒行

술을 대하고

松子棲金華[1]	적송자赤松子는 금화산金華山에 깃들이고
安期入蓬海[2]	안기생安期生는 봉해蓬海에 들었네.
此人古之仙	이 같은 옛적의 신선들
羽化竟何在[3]	날개 돋아 날아갔다더니 어디에 있나.
浮生速流電	부질없는 한 세상 번개같이 빨라서
倏忽變光彩	눈 깜박할 사이에 빛깔이 변한다네.
天地無彫換[4]	천지는 변함이 없어도
容顏有遷改	얼굴 모습엔 바뀐 데 있네.
對酒不肯飮	술을 대하여 마시지 않고
含情欲誰待[5]	속마음 품고서 누구를 기다리리.

해제

본래 조조(曹操)가 지은 노래인 <단가행短歌行>의 "술을 대하면 응당 노래가 있어야지, 인생을 살면 얼마나 살겠나.[對酒當歌, 人生幾何.]"에서 유래하였으며, 짧은 인생 중에 세간의 헛된 명예를 추구하지 말고 술을 즐기자는 내용이다. 상화가사(相和歌辭) 중의 하나이다.

주석

1 松子(송자) : 도교의 전설적 인물인 적송자(赤松子)를 가리킨다. 그는 금화산(金華山)에서 노닐다가 스스로 산화(酸化)되어 신선이 되었다고 한다. 금화산은 지금의 절강성 금화시(金華市) 북쪽에 있다.

2 安期(안기) : 진시황(秦始皇)이 만나보았다고 하는 도교의 전설적 인물인 안기생(安期生)을 가

리킨다. 그는 해변에서 약초를 팔면서 천 년 가까이 살고 나서, 수천 년 후 봉래산(蓬萊山)에 가서 자신을 찾으라는 말을 남기고 홀연히 사라졌다고 한다. 여기서 봉해(蓬海)는 蓬萊山이 있는 바다를 말한 것이다.

3 羽化(우화) : 날개가 돋아 신선이 되는 것을 말한다.

4 彫換(조환) : 시들고 변하다.

5 含情(함정) : 정을 품다. 위(魏)나라 왕찬(王粲; 177~217)의 <공연시公讌詩> 중에도 "오늘 한껏 즐기지 않고서, 정을 품은 채 누구를 기다리랴.[今日不極歡, 含情欲待誰.]"라는 유사한 구절이 나온다.

해설

<등고구이망원해登高丘而望遠海>에 표현된 바 있는 도교(道教)에 대한 회의와 <전유준주행前有樽酒行>1에 담긴 술에 대한 예찬이 결합된 시이다. 부귀와 신선을 다 추구하다가는 세월만 가기 십상이라는 <장가행長歌行>의 깨달음은, 친구에게 한 잔 술을 권하며 속마음을 털어놓는 게 상책이라는 권주가로 귀결된다. 인생은 모름지기 젊었을 때 즐겨야만 늙어 후회가 없다는 옛 조상들의 충고를 이백은 이렇게 수용한 것이다. 우리는 이즈음에서 그를 '술 취한 신선'이라는 뜻의 '주중선(酒中仙)'이라 부르기에 주저하지 않게 된다.

113 고객행 估客行

장사꾼의 노래

海客乘天風	바다의 나그네 바람을 타고
將船遠行役	배를 내어 먼 길 떠나노라.
譬如雲中鳥	마치 구름 속 새 한 마리
一去無蹤跡	한 번 가면 가뭇없듯이.

✿ 해제

본래 이름은 <고객악估客樂>으로 제 무제(齊 武帝; 483~493 재위)가 처음 만들었다고 하며, 양대(梁代; 502~557)에는 상려행(商旅行)으로 부르기도 했다는 양자강 유역의 장사꾼의 노래이다. 청상곡사(淸商曲辭) 중의 하나이다.

✿ 해설

이 작품은 양자강의 수운(水運)을 이용하여 장사하는 뱃사람들의 모습을 그려낸 것이다. 배를 타고 아무런 미련 없이 길 떠나는 상인들의 담담한 태도를 멀리 사라져가는 새에 빗대어 형상미를 높이고, 짧은 절구체(絶句體)로 간결함을 살린 수작(秀作)이다.

114 도의편 擣衣篇

다듬이질 노래

閨裏佳人年十餘	규방에 가인, 나이 겨우 열 서넛
嚬蛾對影恨離居[1]	눈썹 찌푸리고 거울 보며 외로움을 한하다가,
忽逢江上春歸燕	문득 만난 강물 위로 돌아온 봄 제비
銜得雲中尺素書	구름 새로 흰 깁 편지 물고 왔다네.
玉手開緘長歎息	섬섬옥수 봉함 뜯고 길게 한숨 쉬나니
征夫猶戍交河北[2]	원정 떠난 낭군은 아직 교하交河 북녘에.
萬里交河水北流	만 리 먼 교하 강물, 북으로 흐른다니
願爲雙鳥泛中洲	바라건대 물 섬 가를 떠다니는 한 쌍 새들 되고파.
君邊雲擁青絲騎	임 계신 곳 구름은 푸른 말고삐를 에워쌌고
妾處苔生紅粉樓	나 있는 이곳 단장 누대엔 이끼가 돋아났네.
樓上春風日將歇	누대에 봄바람 불고 해 뉘엿 지려는데
誰能攬鏡看愁髮	그 누가 거울 당겨 어수선한 머리를 바라보리오.
曉吹篔管隨落花[3]	새벽엔 왕대피리 불면서 지는 꽃을 따르고
夜擣戎衣向明月	밤중엔 수자리 옷 다듬으며 밝은 달 바라보네.
明月高高刻漏長	밝은 달 높디높고 물시계 깊어갈 제
眞珠簾箔掩蘭堂[4]	진주 주렴은 향그런 방을 가리웠네.
橫垂寶幄同心結	비단 장막에 가로 드리운 동심결 매듭
半拂瓊筵蘇合香[5]	고운 자리엔 소합향蘇合香이 스쳐 이네.
瓊筵寶幄連枝錦[6]	고운 자리, 비단 장막, 연지連枝 문양 비단
燈燭熒熒照孤寢[7]	등촉은 가물가물 텅 빈 방을 비추네.
有使憑將金剪刀	교하 가는 인편에, 금 가위를 가지고

爲君留下相思枕	그대 위해 상사 베개 만들어나 볼까.
摘盡庭蘭不見君	뜰 앞 난초 다 꺾도록 임은 보이지 않고
紅巾拭淚生氤氳[8]	붉은 수건 눈물 닦아 축축하게 젖었구나.
明年若更征邊塞	내년에 또 다시 변새로 떠난다면
願作陽臺一段雲[9]	바라건대 양대陽臺의 한조각 구름이 되고 지고.

해제

≪악부시집≫에는 이 노래가 수록되어 있지 않고, 다만 신악부사(新樂府辭) 중에 <도의곡擣衣曲>이 실려 있다. 한(漢)나라 반첩여(班婕妤; B.C.48~B.C.6)의 <도소부擣素賦>에서 유래한 노래라 하는데, 이 작품도 내용이 유사하다.

주석

1 嚬(빈) : 찌푸리다.

2 征夫(정부) : 원정 간 낭군.

* 交河(교하) : 신강성(新疆省) 토로번현(吐魯番縣) 서쪽에 위치한 성(城). 야루나이제강의 삼각주로, 강물에 의해 깎여 나간 30미터의 황토 흙 벼랑이 천연의 요새를 만든 곳이다.

3 篔管(운관) : 대로 만든 관악기.

4 簾箔(염박) : 주렴. 발.

5 蘇合香(소합향) : 고대 로마[大秦]에서 나는 여러 가지 향초의 즙을 고아 만든 향.

6 瓊筵寶幄(경연보악) : 아름다운 대자리와 고운 휘장.

* 連枝錦(연지금) : 가지가 서로 얽힌 연지 무늬의 비단. 부부간의 깊은 애정을 기원하는 마음이 담겨 있다.

7 熒熒(형형) : 조그맣게 빛나는 모습.

8 紅巾(홍건) : 연지와 분이 묻어 진홍색을 띤 귀인의 손수건.

* 氤氳(인온) : 축축한 기운.

9 陽臺(양대) : 무산(巫山) 남쪽에 있다는 누대. 지금의 호북성 한천현(漢川縣). 전국시대 초왕(楚王)이 운몽(雲夢)에 놀러 갔다가 꿈속에서 이곳에 신녀(神女)를 만나 하룻밤을 놀았다고 한다.

✿ 해설

원정나간 낭군을 그리워하는 어린 아낙의 심경을 노래한 작품이다. 여인 주변의 집기들을 호사스럽게 형용한 부분은 궁녀(宮女)나 기녀(妓女)의 아름다움을 중점적으로 묘사하던 육조(六朝)와 초당(初唐) 시의 영향을 받은 것이다. 임을 원정 보낸 여염집 아낙에 걸맞지 않은 감이 있지만, 일인칭 화자의 하소연 형식을 운용하여 육조시와 초당시의 방관자적인 태도를 탈피해 보려는 노력은 높이 사 줄만 하다.

115 소년행2 少年行
젊은이의 노래

君不見	그대 모르는가,
淮南少年游俠客[1]	회남淮南의 젊은 협객
白日救獵夜擁擲	낮에는 사냥이요 밤에는 노름.
呼盧百萬終不惜[2]	돈 걸고 소리치며 백만금도 마다 않고
報仇千里如咫尺	원수를 갚으려 천리 길도 지척일세.
少年游俠好經過	젊은 유협객 만나기를 좋아하여
渾身裝束皆綺羅	온 몸 치레일랑 비단 일색이라.
蕙蘭相隨喧妓女	혜초 난초 단짝이니 기녀 소리 왁자하고
風光去處滿笙歌	풍광 따라 가는 곳엔 생황笙簧소리 가득하다.
驕矜自言不可有	으스대며 잘난 체일랑 옳지 못하다고
俠士堂中養來久	협객은 집 안에서 배워온 지 오래러니
好鞍好馬乞與人[3]	좋은 안장 좋은 말, 달라면 내어주고
十千五千旋沽酒[4]	만 냥이며 오천 냥을 선뜻 내고 술을 사네.
赤心用盡爲知己	벗을 위해서는 일편단심 다 바치고
黃金不惜栽桃李[5]	복사 오얏 심는 데 황금인들 아낄건가.
桃李栽來幾度春	복사 오얏 심은 후 몇 봄이 가고
一回花落一回新	한 번 꽃 지면 또 한 차례 자라는 걸
府縣盡爲門下客	고을 사람들 모두 나의 벗이요
王侯皆是平交人	왕후장상도 전부 다 가까운 사이.
男兒百年且樂命	대장부 한평생 천명을 누릴지니
何須徇書受貧病[6]	어이 책벌레에 가난뱅이로 살아가랴.

男兒百年且榮身	대장부 평생에 귀한 자리 오르리니
何須徇節甘風塵[7]	어이 지조에 목을 매고 풍진 속을 헤메랴.
衣冠半是征戰士	의관은 거반 전쟁터 병사 차림
窮儒浪作林泉民	쩨쩨한 선비야 나무꾼이나 되라지.
遮莫枝根長百丈[8]	그까짓 연줄, 천 길이 된다한들
不如當代多還往	맞대어 사귀느니만 못할 것이요
遮莫姻親連帝城	제아무리 일가들이 장안에 즐비한들
不如當身自簪纓[9]	제 몸 벼슬살이에 비길 수가 있으랴.
看取富貴眼前者	눈앞에 부귀를 거머 쥐어야지
何用悠悠身後名	어이 죽은 후 이름에 연연할 것가.

주석

1 淮南(회남) : 당(唐)대 회남도의 행정 소재지는 양주(揚州)였다.
2 呼盧(호로) : 다섯 개의 나무 주사위로 하는 노름인 저박(樗博)에서 검은 색은 상채(上彩)가 되고, 흰색은 하채(下彩)가 된다. 땅에 던져 전부 검은 색이 나오는 자가 노(盧)가 되고, 전부 흰색이 나오는 자는 백(白)이 된다. 던지면서 전부 검은 색 나오라고 소리를 치는 것을 호로(呼盧)라고 한다.
3 乞與(걸여) : 달라고 조르면 주다.
4 旋(선) : 곧바로.
5 桃李(도리) : 인재(人才)를 빗댄 것이다.
6 徇書(순서) : 학문에 몸을 바침.
7 徇節(순절) : 절개에 몸을 바침.
8 遮莫(차막) : '겨우 그만한 정도의'라는 뜻의 속어. 그까짓.
9 簪纓(잠영) : 비녀와 갓끈. 벼슬을 상징함.

해설

이백이 젊었을 적 회남에 있을 때 지은 것으로 추정되는 작품이다. 이 작품과 앞의 <소

년행少年行> 2수는 북송(北宋)초, 양(梁) 말기부터 만당(晩唐). 오대(五代)까지의 시문(詩文) 정화를 모은 ≪문원영화文苑英華≫에 <소년행> 3수로 실려 있다. 송(宋) 엄우(嚴羽)는 "이 작품은 몇 구절만 이백 것 같다"라며 작품의 진위 여부를 의심하였고, 원(元)대 주석가 소사윤(蕭士贇)도 "작품의 마지막 12구 내용이 지나치게 세세하여 이백의 것이 아닌 듯하다."라 하였다. 표현이 지나치게 천속(賤俗)하여 위작(僞作)인 듯이 보인다.

116 장가행 長歌行

긴 노래

桃李待日開	복사꽃 오얏꽃, 햇빛 따라 피어나
榮華照當年	화려한 자태 제철 만나 빛나네.
東風動百物	봄바람이 만물을 건듯 흔들어
草木盡欲言	풀과 나무 모두가 무슨 말을 하려는 듯,
枯枝無醜葉	마른 가지엔 시든 잎 없고
涸水吐淸泉	마른 샘도 맑은 물 뿜어내네.
大力運天地	큰 힘이 온 천지를 움직이는 건
羲和無停鞭[1]	희화羲和가 채찍질을 멈추지 않아서지.
功名不早著	공명功名을 일찌감치 드러내지 못했으니
竹帛將何宣[2]	죽백竹帛일랑 장차 무엇에 쓰겠나.
桃李務靑春	도리桃李는 푸른 봄에 부지런히 꽃피우니
誰能貰白日[3]	그 누가 해의 걸음 멈출 수 있으리.
富貴與神仙	부귀와 신선
蹉跎成兩失[4]	우물쭈물하다가는 둘 다 놓치리.
金石猶銷鑠[5]	쇠와 돌도 닳고 녹아져
風霜無久質	흐르는 세월에 견디는 것 없네.
畏落日月後	해와 달의 걸음에 뒤처질세라
强歡歌與酒	애써 노래하고 술을 즐기네.
秋霜不惜人	가을 서리는 인정도 없이
倏忽侵蒲柳[6]	어느 틈에 포류蒲柳 같이 여린 몸에 엄습하노니.

해제

인생에서 좋을 때는 순식간에 지나가므로 젊을 때 즐겨야지 늙어서 후회해도 소용없다는 내용의 옛 민요로서, 상화가사(相和歌辭) 중의 하나이다.

주석

1 羲和(희화) : 여섯 마리의 용이 끄는 수레에 해를 싣고 달린다는 전설 속의 신(神).
2 竹帛(죽백) : 공을 기록해 둘 만한 종이나 비단.
3 貰白日(세백일) : 해를 빌리다. 즉 세월의 흐름을 멈추어 놓는다는 말이다.
4 蹉跎(차타) : 우물쭈물하다가 시기를 놓치다.
5 銷鑠(소삭) : 쇠붙이가 녹다.
6 蒲柳(포류) : 부들과 버들. 가을에 먼저 시드는 이 식물에 인체의 연약함을 제일 비유한 것이다.

해설

공명을 이루겠다는 꿈은 일찌감치 좌절되고 시간은 쉬지 않고 흘러간다. 무엇을 할 것인가. 복사꽃이 제철 만나 흐드러지게 피어나듯이, 나 또한 노래하고 술이라도 즐겨야지. 부귀나 신선에 연연하다 가을 되면 아무 소용없는 것을. 불우한 정치 지망생은 이제 술과 노래로나마 인생을 꽃피우려 안간힘을 써본다.

117 장상사2 長相思

오랜 그리움

日色欲盡花含烟　　황혼이 스러질 때 꽃은 내를 머금고
月明如素愁不眠　　달빛은 깁처럼 밝아 수심에 잠 못 이루네.
趙瑟初停鳳凰柱[1]　　조趙의 비파, 봉황 안족에 막 멈추고
蜀琴欲奏鴛鴦絃[2]　　촉蜀의 비파, 원앙 줄을 울리려 하네.
此曲有意無人傳　　이 곡조에 마음 실어도 전해줄 이 없어
願隨春風寄燕然[3]　　봄바람에 실어서 연연산燕然山에 보내고저,
憶君迢迢隔靑天　　하늘 저편 아득한 임 생각노라.
昔時橫波目[4]　　예전 곱게 흘기던 눈
今爲流淚泉　　이제는 눈물 흐르는 샘.
不信妾斷腸　　첩의 애간장 끊긴 것을 못 믿겠다면
歸來看取明鏡前　　돌아와 밝은 거울 보면 알리라.

✿ 해제

한대(漢代)의 고시(古詩)에서부터 유래한 주제를 바탕으로 남조(南朝) 때부터 문인들이 본격적으로 짓기 시작한 악곡이다. 잡곡가사(雜曲歌辭) 중의 하나이다. <장상사>1 참조.

✿ 주석

1 趙瑟(조슬) : 큰 거문고. 전국시대 조(趙)나라 여자들이 잘 연주했다고 하여 이렇게 부른다.
* 鳳凰柱(봉황주) : 봉황 모양으로 만들어진 현악기의 기러기 발.

2 蜀琴(촉금) : 거문고. 한(漢)나라 때 촉(蜀) 출신의 사마상여(司馬相如)가 잘 연주했다고 하여

이렇게 부른다.

3 燕然(연연) : 악부 <발백마發白馬> 참조.

4 橫波(횡파) : 곱게 흘겨보는 요염한 눈짓.

해설

여인의 애끓는 그리움을 노래한 작품이다. 안개에 싸인 듯, 달빛에 젖은 듯 아련한 그리움의 정서를 형상화한 첫 두 구와, 연주가 갓 시작되려고 하거나 막 끝나려는 순간을 포착한 뛰어난 감각의 제3, 4구는, 여성 주변을 농염하게 표현하였던 육조시(六朝詩)의 감각을 뛰어넘어 환상적이고 신비한 분위기를 한껏 자아내고 있다.

절절한 심정일수록 에둘러 말하는 곡진한 말솜씨가 돋보이는 마지막 두 구는 측천무후(則天武后)가 지은 악부 <여의낭如意娘>의 "이즈음 내내 눈물짓는 줄 못 믿으신다면, 장롱 열어 석류 무늬 치마 보면 아시리.[不信比來常下泪, 開箱驗取石榴裙.]"의 내용을 자기도 모르게 원용하여, 부인 허씨(許氏)의 지적을 받고 실소(失笑)하였다는 일화가 얽힌 구절이기도 하다.

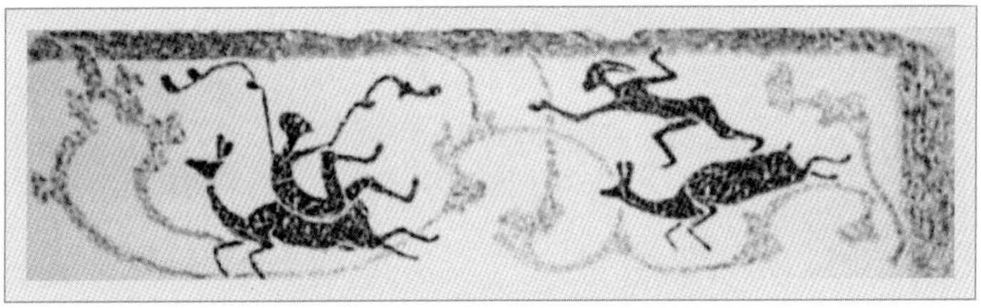

118 맹호행 猛虎行

사나운 범

朝作猛虎行	아침에 맹호행猛虎行 짓고
暮作猛虎吟	저녁엔 맹호음猛虎吟 짓네.
腸斷非關隴頭水[1]	애가 끊기는 건 농두수隴頭水와 상관없고
淚下不爲雍門琴[2]	눈물 흐르는 건 옹문금雍門琴 탓 아니라네.
旌旗繽紛兩河道[3]	깃발들은 양하도兩河道에 즐비하게 나부끼고
戰鼓驚山欲傾倒	전장의 북소리에 산도 놀라 무너지려네.
秦人半作燕地囚	진秦의 사람들 태반이 연燕 지방 죄수 되고
胡馬翻銜洛陽草	오랑캐 말은 이제 낙양의 풀을 먹누나.
一輸一失關下兵	일진일퇴의 관새關塞 병사들
朝降夕叛幽薊城[4]	아침에 항복했다 저녁에 배반하는 유계성幽薊城
巨鼇未斬海水動	큰 자라 베지 않아 바닷물 진동하여
魚龍奔走安得寧	고기와 용이 달아나니 어이 편안하리오.
頗似楚漢時	자못 초한楚漢시절처럼
翻覆無定止	엎치락뒤치락 끝이 없구나.
朝過博浪沙[5]	아침에 박랑사博浪沙 지나
暮入淮陰市[6]	저녁에 회음시淮陰市에 들었도다.
張良未遇韓信貧[7]	장량張良 불우하고, 한신韓信 가난할 적에
劉項存亡在兩臣	유비劉備와 항우項羽의 존망이 이들에 달려
暫到下邳受兵略[8]	잠시 하비下邳에 가서는 병략을 받고
來投漂母作主人[9]	표모에게 의탁하여 주인으로 섬겼지.

賢哲棲棲古如此	현철도 불우함이 자고로 이랬거늘
今時亦棄青雲士	지금도 또한 청운의 선비를 버리는도다.
有策不敢犯龍鱗[10]	계책 있어도 감히 용안에 다가가지 못하고
竄身南國避胡塵[11]	남쪽 땅에 숨어들어 오랑캐 먼지나 피하는 신세
寶書玉劍掛高閣[12]	귀한 책과 옥 칼을 높은 누에 걸어놓고
金鞍駿馬散故人	금 안장, 준마는 벗들에게 다 주었네.
昨日方爲宣城客[13]	지난날 막 선성宣城의 나그네 되었을 때는
制鈴交通二千石[14]	방울 울리며 태수와 오고 가고
有時六博快壯心[15]	때로 육박六博으로 마음을 장히 하여
繞床三匝呼一擲	침상을 세 번 돌며 소리치며 던졌도다.
楚人每道張旭奇[16]	초의 사람들 매번 장욱張旭이 희안타 하며,
心藏風雲世莫知	풍운을 품었건만 세상이 몰라준다 하네.
三吳邦伯皆顧盼[17]	오吳 땅의 사또들이 모두 돌아보고
四海雄俠兩追隨	천하의 영웅이 뒤를 따르니
蕭曹曾作沛中吏[18]	패沛 땅 아전이었던 소하蕭何와 조참曹參
攀龍附鳳當有時	용과 봉새 따른 것도 때가 있었네.
溧陽酒樓三月春[19]	율양溧陽의 주루, 때는 춘삼월
楊花茫茫愁殺人	버들 꽃은 끝도 없어 시름겨워 죽겠노라.
胡雛綠眼吹玉笛[20]	푸른 눈의 오랑캐 녀석은 옥저玉笛를 불고
吳歌白紵飛梁塵	오가吳歌에 백저무白紵舞로 서까래 먼지 인다.
丈夫相見且爲樂	장부끼리 만났으면 모름지기 즐길지니
槌牛撾鼓會衆賓[21]	소 잡고 북 울리며 손들을 모을지라.
我從此去釣東海	나 이 길로 동해東海로 가서 고기를 낚아
得魚笑寄情相親	잡은 고기 웃으며 벗에게 보내리라.

해제

한대(漢代) 민요 <맹호행猛虎行>의 옛 가사에서 "굶주려도 호랑이 좇아 먹지 말고, 저녁에는 참새 좇아 깃들지 마라. 참새는 편안할 수 없으니, 나그네는 어딜 가서 당당하리오.[饑不從猛虎食, 暮不從野雀棲. 野雀安無果. 遊子爲誰驕.]"라고 한 구절을 본떠, 약자(弱子)의 설움을 노래한 작품이다. <상화가사相和歌辭> 중의 하나이다.

주석

1 隴頭水(농두수) : 중국 서북쪽 섬서성(陝西省)과 감숙성(甘肅省) 사이 농산(隴山) 부근, 농두(隴頭)일대를 흐르는 서역(西域)의 강. 악부 <새하곡塞下曲>2 참조.

2 雍門琴(옹문금) : 금(琴)을 잘타는 옹문자주(擁門子周)가 "선생이 금을 잘 탄다 하니, 나를 울릴 수 있겠는가"라는 전국시대 제(齊)나라 권력자 맹상군(孟嘗君; ?~B.C.279)의 질문을 받고는, 권력의 무상함을 열거한 후 금을 연주하여 그를 크게 울렸다고 한다.

3 兩河道(양하도) : 당대(唐代) 행정구역인 회남도(淮南道)와 회북도(淮北道).

4 幽薊城(유계성) : 하북성(河北省) 순천(順天)일대, 지금의 북경(北京) 북쪽.

5 博浪沙(박랑사) : 장량(張良)이 조국 한(韓)나라를 멸한 진시황(秦始皇)에게 복수하려고 120 근 무게의 철퇴(鐵槌)로 박랑사에서 그를 저격하려다가, 호위하는 수레를 잘못 맞추는 바람에 쫓기는 신세가 되었다.

6 淮陰市(회음시) : 강소성 회음현(淮陰縣). 한신(韓信)의 고향. 빈한하여 굶주린 그가 성 아래서 낚시질을 하고 있을 때, 솜을 마전하는 아낙들 중에 하나가 그에게 밥을 먹여주었고 한신은 수십일 동안 그녀의 마전을 도왔다. 나중에 그가 한(漢)을 세운 공을 인정받아 초왕(楚王)이 되었을 때, 그 아낙을 수소문하여 천금(千金)을 하사하였다.

7 張良(장량) : 패공(沛公) 유방(劉邦)이 천하를 얻도록 계책을 세워 도운 한(漢)나라 일등공신. 젊었을 때 하비(下邳)에서 도사 황석공(黃石公)을 만나 뒤에 태공병법(太公兵法) 책을 전수받고, 이로서 초한(楚漢)의 전쟁 중에 유방을 도운 공을 인정받아 유후(留侯)가 되었으며, 왕비 여후(呂后)를 도와 태자 유영(劉盈)을 후계자로 삼게 하였고, 만년에는 신선술을 익혔다. ≪사기史記≫ <유후세가留侯世家> 참조.

* 韓信(한신) : 회음 출신으로 어릴 때 부모를 여의고 가난한 환경 속에서 병법을 익혔으며, 뒤에 유방(劉邦)을 도와 공을 세워, 한 (漢)나라를 건설하는데 공을 세운 한초삼걸(漢初三杰 : 소하, 장량, 한신) 중 하나가 되었음. 초왕(楚王)에 책봉 받았다가 회음후(淮陰后)로 강등되고, 끝내는 모반죄로 죽음을 당하였다.

8 下邳(하비) : 장량이 진시황을 잘못 저격하고, 검문검색을 피하여 숨어든 곳.

9 漂母(표모) : 솜을 물로 두드려 표백한다는 뜻이며, 이를 일로 삼았던 아낙. 굶주린 한신(韓信)에게 밥을 먹여주었다.

10 龍鱗(용린) : 임금을 뜻한다.

11 竇(두) : 숨다.

* 南國(남국) : 작품의 배경이 되는 선성(宣城) 일대를 가리킨다.

* 胡塵(호진) : 오랑캐 출신인 안록산(安祿山) 등이 내란을 일으킨 것.

12 寶書(보서) : 공자(孔子)가 자하(子夏) 등을 시켜 주(周)의 역사 자료를 구하게 하여, 백 이십 개국에 관한 귀한 책을 얻었다.

13 宣城(선성) : 안휘성(安徽省) 선주(宣州).

14 二千石(이천석) : 봉급으로 쌀 이천 섬을 받는 태수(太守). 당대(唐代)에는 자사(刺史)에 해당한다.

15 六博(육박) : 젓가락과 여섯 개의 바둑돌을 움직여 하는 도박의 일종.

16 張旭(장욱) : 초서(草書)로 이름난 당대(唐代) 기인. ≪신당서新唐書≫<문예열전文藝列傳>에 따르자면, 문종(文宗; 826~840 재위)은 조서를 내려, 이백의 가시(歌詩). 장욱의 초서. 배민(裵旻)의 칼춤(劍舞)을 '삼절(三絶)'로 지정하였다. 가음 <초서가행草書歌行> 참조.

17 邦伯(방백) : 고을(州)의 책임자(牧). 사또.

18 蕭曹(소조) : 한(漢)의 개국공신 소하(蕭何)와 조참(曹參). 소하는 패(沛)지방 출신으로 진(秦)의 하급관리로 있다가, 패(沛)현에서 평민으로 있던 유방(劉邦)과 접촉을 가진 후, 군사를 일으켜 패공(沛公)이 된 유방을 도와 관중(關中; 섬서성陝西省 위수渭水 분지 일대)을 수호하고, 치밀한 법과 율령을 세워 개국공신이 되었다. 조참 역시 (沛) 출신으로서 진(秦)나라 때 옥리(獄吏)였으며, 소하는 이 때 조참의 상사였다. 초한 전쟁에서 70여 군데 상처를 입어가며 야전(野戰)들을 통해 공을 세우고, 한신(韓信)의 군대에 종군하여 위(魏), 조(趙), 제(齊)를 무찌르고, 유방을 도와 항우를 격파하여 천하를 평정하였다.

19 溧陽(율양) : 강소성(江蘇省) 율양현(溧陽縣).

20 胡雛(호추) : 오랑캐를 낮추어 부르는 말.

21 槌(추, 퇴) : 椎(칠 추)와 같다.

해설

장안(秦)의 사람들 태반이 유주(幽州) 지방(燕) 사람들의 포로가 되었다는 구절이 말해주고 있듯이, 755년에 발발한 안사(安史)의 난 전후의 정황을 묘사한 작품으로 보인다. 난이 일어나기 얼마 전인 753년 가을, 이백은 선성(宣城)으로 내려가 집안 종제(從弟)인 장사(長史) 이소(李昭)에게 의탁하면서, 동남(東南)으로 사신(使臣)을 가던 족숙(族叔) 이화(李華)를 모시고 인근 사조루(謝朓樓)에 오르기도 하였는데, 이 작품 중간에 묘사된 이천 석(二千石)은 팔품(八品) 감찰어사(監察御史) 이화(李華)의 직책과 녹봉을 가리킨 것 같다.

이어서 등장하는 율양(溧陽)이라는 지명은 가음 <부풍호사가扶風豪士歌>에 묘사되어 있듯이, 난이 일어난 직후 756년 봄에 내려간 곳이다. 이처럼 작품에 등장하는 지명(地名)들이 안사의 난을 전후하여 선성을 거쳐 율량으로 피난했던 이백의 남하(南下) 경로와 부합하고 있다.

하지만 작품에 이백 사후의 인물이라고도 하는 장욱에 대한 묘사가 등장한다고, 위작 논란이 있기도 하다. 장욱은 이백과 함께 음중팔선 중에 한명으로 꼽히기도 하는데, 이 작품이 위작이 아니라고 보는 주석가 왕기(王琦)는, 장욱의 건원 2년(乾元 二年; 759) 첩(帖)이 ≪산곡집山谷集≫에 나온다는 사실을 근거로, 장욱은 762년 세상을 떠난 이백과 동시대 인물로서 심지어 이들이 서로 만났을 것이라 보았다.

이백시문집 중에는 "너 댓 잔 기울이고는 홀로 맹호사를 읊조리노라.[還傾四五酌, 自詠猛虎詞.]"<尋魯城北范居士, 失道落蒼耳, 中見范置酒摘蒼耳作>, 혹은 "한 고을에서 추포를 가운데 두고 맹호사 읊조리는 소리 듣노라.[同州隔秋浦。聞吟猛虎詞.]"<聞謝楊兒吟猛虎詞因此有贈>라는 시구들이 있어, 그가 손수 짓기도 하고 남이 읊조리기도 한 <맹호사>가 있었음을 알 수 있다.

119 거부사 去婦詞
버림받은 아낙

古來有棄婦	예로부터 버림받은 여인 있었지만
棄婦有歸處	버림받아도 갈 곳은 있었네.
今日妾辭君	이제 이 몸 낭군을 하직하려니
辭君遣何去	하직하고는 어디로 가야하나.
本家零落盡	친정도 모두 다 쇠락했으니
慟哭來時路	오던 길에서 통곡할 뿐이네.
憶昔未嫁君	예전에 그대에게 시집오기 전
聞君卻周旋	그대 도량도 크고 친절하고
綺羅錦繡段	화려한 비단에 수놓은 옷
有贈黃金千	내게 줄 황금도 수천이라 하더니
十五許嫁君	열다섯에 시집 와서
二十移所天	갓 스물에 버려졌네.
自從結髮日未幾	쪽을 지은 지 얼마도 되지 않아
離君緬山川[1]	임은 떠나 산천 아득히 멀어졌네.
家家盡歡喜	집집마다 오순도순 단란도 한데
孤妾長自憐	외로운 이 몸만 장 가련한 신세.
幽閨多怨思	외딴 방에서 원망만 늘어
盛色無十年	고운 모습도 십년이 못가고
相思若循環	임 생각이 꼬리를 물어
枕席生流泉	베갯머리는 샘물이 되었어라.

流泉咽不掃	샘물이 흥건해도 닦지 않고 흐느끼며
獨夢關山道	홀로 관산關山 길만 꿈에 보았네.
及此見君歸	이제사 그대가 돌아왔지만
君歸妾已老	그대 돌아와도 이 몸은 하마 늙어져
物情惡衰賤	시들고 추한 것은 싫어하게 마련이라
新寵方姸好	꽃다운 아가씨를 새로 맞았네.
掩淚出故房	눈물지으며 옛 집을 나서니
傷心劇秋草	가슴 메어지게 가을 풀만 무성하네.
自妾爲君妻	이 몸이 그대 아내 된 후로
君東妾在西	그대 동쪽이면 나는 서편
羅幃到曉恨	비단 장막 드리우고 새벽까지 한숨만
玉貌一生啼	옥 같은 얼굴로 평생 울었지.
自從離別久	헤어진 지 오래다 보니
不覺塵埃厚	어느새 먼지만이 수북하다.
嘗嫌玳瑁孤[2]	대모玳瑁 침상 쓸쓸한 것 보기가 싫고
猶羨鴛鴦偶	원앙새 짝지은 것 부럽기만 하여라.
歲華逐霜霰[3]	무서리에 싸락눈, 세월 흘러가니
賤妾何能久	이 몸인들 어이 오래 갈 수 있으랴.
寒沼落芙蓉	차가운 연못에 부용 꽃 이울고
秋風散楊柳	가을바람에 버들가지 나부끼네.
以此顦顇顏	이같이 초췌한 얼굴이 되어서
空持舊物還	부질없이 짐을 꾸려 돌아가노니
餘生欲何寄	남은 날들을 어디다 기탁하며
誰肯相牽攀	그 누가 다정하게 이끌어 주리.

君恩旣斷絶	낭군 사랑 끊어진 지 이미 오래이니
相見何年月	어느 날에나 마주해보리.
悔傾連理杯[4]	연리배로 마신 것 후회되고
虛作同心結[5]	동심결 맺었던 일 부질없구나.
女蘿附靑松	겨우살이가 소나무를 휘어감아
貴欲相依投	서로 의지함이 가상도 하건만
浮萍失綠水	마름 풀이 푸른 물을 떠나
敎作若爲流	이리 저리 흘러 다니게 하누나.

不嘆君棄妾	그대가 날 버림을 원망하지 않으며
自嘆妾緣業	전생의 업보라 한탄할 밖에.
憶昔初嫁君	예전 그대에게 갓 시집 올 때에
小姑纔倚床[6]	시누이 겨우 침상 잡고 일어서더니
今日妾辭君	이제 낭군을 하직하려니
小姑如妾長	그 시누이 나만큼 자랐네.
回頭語小姑	고개 돌려 시누에게 얘기하노니
莫嫁如兄夫	"오빠 같은 이에게 시집가지 말아요."

해제

원(元)대 주석가 소사윤(蕭士贇)은 이 작품이 고황(顧況; 727~816)의 <기부사棄婦詞>에 몇 구를 첨가한 위작이라고 보았다. 오대(五代) 때에 나온 당시선집(唐詩選集)인 ≪재조집才調集≫에도 <기부사棄婦詞>란 제목 하에 고황의 작으로 수록되어 있다. 이백의 악부나 가음 작품 중에 이 작품처럼 제목이 「○○詞」 형태로 된 것으로서 이처럼 긴 작품이 없는 것으로 보아, 위작일 가능성이 커 보인다.

주석

1 緬(면) : 멀다.

2 玳瑁(대모) : 짝을 바꾸지 않는 미물로 호랑이, 원앙, 바다거북(玳瑁)이 있다. 여기서는 대모 자개로 만든 침구중에 하나를 가리키는 듯하다.

3 霜霰(상산) : 서리와 싸리눈. 산(霰)은 일설에 진눈깨비라고도 한다.

4 連理杯(연리배) : 가지가 서로 얽힌 모양이 새겨진 술잔으로, 혼인을 의미한다.

5 同心結(동심결) : 두 고를 내고 맞 죄어 리본 모양으로 매는 매듭으로 역시 혼인을 의미한다.

6 小姑(소고) : 초중경(焦仲卿)의 아내 유난지(劉蘭芝)가 시어머니 구박을 받고 쫓겨나는 과정을 그린 고대 서사시 <공작동남비孔雀東南飛>에, "신혼 초에 침상을 붙들던 어린 시누이, 어느덧 나만큼 자라났네"라는 구절이 있다.

해설

기다림에 지친 여인이 화자로 등장하여, 헤어날 길 없는 신세를 한탄하는 것은 <도의편擣衣篇>과 같지만, 이별의 원인이 전쟁인지 남편의 변심인지에 따라 원망과 비탄의 정도는 천양지차이다. 상황을 개략적으로 묘사하는 전반부 뒤에, 7언구를 기점으로 그녀의 곡진한 하소연이 본격적으로 이어지는데, 긴 종군 후에 집으로 돌아와 젊디젊은 아내를 버리는 남편의 부당한 처사를 세세히 묘사하고, 오순도순 살아가는 이웃들과 얼크러져 살아가는 푸샛 것들로 인해 더해만 가는 외로움, 버림을 받고 정처 없이 길을 떠나야하는 막막한 심경을 호소하고 있다. 작품 말미에 어린 시누에게 던지는 충고의 말에서, 몹쓸 남편에게 버림받은 이 상황을 탄식은 할지언정 잘못은 내게 있지 않다는 그녀의 자존심을 엿볼 수 있다.

제 3 부

가음歌吟

〈종리선인도鍾離仙人圖〉
긍재兢齋 김득신金得臣(1754~1822), 삼성 리움미술관

노래가 된 시

≪신당서≫<이백열전>의 기록에 따르자면, 이백이 세상을 떠난 후 문종(文宗; 827~840 在位)은 조서를 내려 "배민(裴旻)의 검무(劍舞), 장욱(張旭)의 초서(草書), 이백의 가시(歌詩)를 삼절(三絶; 최고의 경지)이라 부르도록 하였다." 노래와의 밀접한 관계 속에서 태어나고 자라난 중국 시이기에, '가시'라는 용어의 기원은 한대(漢; B.C.206~A.D.220)까지 거슬러 올라갈 수 있지만 실제로는 거의 통용되지 않았으며, 시인의 음악적 소양이 부족했던 남북조시대(420~581) 이후로 앞뒤 글자를 도치시킨 '시가(詩歌)'라는 용어의 쓰임이 우세해지면서, '가시'라는 용어는 이백(李白; 701~762), 이하(李賀; 791~817), 나은(羅隱; 833~909), 우교(牛嶠; 890년 전후), 오융(吳融; ?~903 무렵) 등 노래와 연관이 깊은 당대(唐代; 618~907) 시인들의 시를 일컫는 경우에 한정되어 쓰였다.

'가시' 작가들 중에서도 이백이 최우선적으로 손꼽히는 이유는 아마도 시문집을 펼치기만 하면 등장하는 '제멋대로 노래한다.', '호탕하게 노래한다.', '오(吳) 지방 노래를 불러 본다.', '금(琴)을 타며 노래한다.' 같은 구절들을 통하여 악곡(樂曲)이 일상화되었던 그의 생활을 짐작해볼 수 있기 때문일 것이다. 이제와서 그의 작품과 악곡 간의 관계를 규명해 내는 작업에는 한계가 있지만, '가음(歌吟)'이라는 항목에 속한 41제(題) 81수(首)의 작품들은 호칭에서부터 노래와의 연관성을 짙게 시사하고 있어서 상호 관계를 추적해 볼 만 하다.

이백이 애초에 가음(歌吟)이라는 분류 항목을 설정했었는지는 확실치 않지만, 7언(言) 장단구(長短句) 위주에 근체(近體) 작품도 간간이 섞인 가음 작품들은, 5언 고체(古體) 형식만으로 이루어진 고풍(古風)시와 쉽게 구분되며, 새로운 제목으로 된 가음 작품들은 옛 제목을 답습한 악부(樂府)시와도 분명한 차이를 보이는 등, 나름의 영역을 확보하고 있다. 이들은 또한「○○歌」,「○○詞」,「○○吟」,「○○歌行」,「○○行」과 같은 제목의 외양만으로도 다른 시가들과 쉽게 구분되는데, 이 같은 여러 유형의 제목은 각기 특정한 작시 상황이나 정서적 기조를 반영하고 있다.

전체 81수 중 59수로 가장 많은 분량을 차지하는「○○歌」류는 의연하고 호방한 정서적 기조에, 묘사 대상에 대한 예찬이 중심을 이룬다. 그 외에 기성 곡조에 붙인 가사 성격의 여덟 수의「○○詞」류, 비장하고 침울한 기조의「○○吟」류 5수, 긴 시간적 흐름을 조망하며 인물의 일대기나 가치관을 노래한「○○歌行」류 4수, 특정 장소의 주변을 다니며 관찰하고, 그 정경과 유래를 중점적으로 묘사한「○○行」3수가 있으며, 기타 2수가 있다.

이들은 노래[歌]라는 글자가 들어간 '가음(歌吟)'이라는 명칭 자체만으로도 가창(歌唱)과의 연관성을 의식한 '가사성(歌辭性) 시제(詩題)'라고 불리고 있지만, 글자로만 남은 시에서 노래의 자취를 찾아내기란 거의 불가능하여, 이백 연구의 권위자인 일본의 송포우구(松浦友久)조차도 악부나 가음은 단지 노래를 '연상하며' 쓴 작품, 즉 읽는 시일 뿐이라 보았다. 그러나 좀 더 살펴보면 드물기는 해도 가창 가능성을 뒷받침하는 소중한 단서들을 작품 안팎에서 찾아볼 수 있다.

1. 풍류의 시대, 음악적 재능

이백이 살았던 개원(開元; 713~741), 천보(天寶; 742~756)년간은 당 현종의 태평정국과 맞물려, 전국에 춤과 음악이 넘치던 시대였다. 남북조시대 악부의 곡조들은 사라져가고, 국경의 확장에 따른 외래 음악의 유입이 왕성해지면서, 옛 가락과 새 곡조가 뒤섞인 음악의 전성기를 이루었다.

왕실에서는, 선왕(先王)의 덕을 기리는 당대의 아악(雅樂) 외에도, 지난 왕조의 음악인 청악(淸樂)에 여러 서역 음악들을 더한 연악(燕樂)이 연주되었다. 여기에 당 현종이 특히 애호한 호악(胡樂)인 법곡(法曲) 등이 더해져, 궁궐 안의 이원(梨園)과 궁궐 밖 좌우(左右) 교방(敎坊)에서는 밤낮으로 연주가 이어졌다.

음악에 문외한인 대다수 문인들의 시는 낭송 수준에 머물렀지만, 개중에는 이백처럼 음악적 재능을 겸비하여 악기를 연주하거나 악곡에 맞춘 가사를 지은 작가들도 있었다. 강흡(康洽; 742 전후) 등 몇몇 작가들은 새로운 가사를 지어 연회 자리 같은 특별한 공개석상에서 사용하였고, 궁궐의 이원재자(梨園才子)들은 뇌물까지 써가며 시인들이 지은 새 가사를 구하는데 힘을 기울였다. 이들은 이렇게 구한 가사를 악곡에 맞추어 손질한 후, 노래로 만들어 연주하고 궁궐과 세상에 유포시켰다. 이교(李嶠)의 <분음행汾陰行> 마지막 네 구절을 잘라 만든 <수조가水調歌>가 촉(蜀)으로 피난 간 당 현종의 감회를 돋우었다는 고사(故事)나, 고적(高適; 706~765), 왕지환(王之煥; 688~742), 왕한(王翰; 678?~726?) 등이 기방에 모여 기생들이 부르는 노래가사가 누구의 시인지를 두고 내기를 했다는 고사, 왕유(王維)의 <위성곡渭城曲>이 양관삼첩(陽關三疊)이 된 과정, 그리고 이보다 다소 뒤에 활동했던 원진(元稹)이나 백거이(白居易)의 악부가사(樂府歌辭)들이 궁녀들에게 인기가 많았다는 기록들도 음악이 넘치던 시대 풍조를 잘 반영해 주고 있다. 당시 민간에서는 기성 곡조에 새로운 가사를 지어 넣는 곡자사(曲子詞)들이 유행하였고, 궐내에서는 ≪교방기教坊記≫의 285곡이 연주되었으므로, 당시에 유행했던 곡조는 줄잡아 1,000 내지 2,000곡으로 추정된다.

이백이 743년부터 장안에서 햇수로 삼년간 맡았던 한림공봉(翰林供奉)이란 직책은 제왕의 갖가지 요청에 부응하기 위해 현종 초에 설치된 한림대조(翰林待詔)에서 파생된 것으로서, 한림대조만큼의 정치적 권한은 없었지만, 적지 않은 음악적 소양이 요구되는 자리였다. 이백의 선배로서 한림학사를 맡았던 장열(張說; 667~730)이 39수나 되는 <교묘가사郊廟歌辭>의 곡사를 지은 것, 이백보다 다소 뒤에 한림봉공을 맡았던 백거이(白居易)가 신악부(新樂府)를 지어 노래하였다는 사실이 한림공봉직과 음악적 소양간의 밀접성을 뒷받침해 주고 있다.

실제로, 당 현종이 봄날 양귀비와 모란꽃을 구경하며 한림공봉 이백을 불러 <청평조사清平調詞>를 짓게 하여 새로운 가사로 된 노래를 들었다는 ≪송창잡록松窓雜錄≫의 기록은, 악곡에 대한 이백의 재능이 제왕 측근에서 일익을 담당할 수준이었음을 말해준다. 뿐만 아니라, 현악기의 연주기법 중에 하나인 전조(轉調 : 음조를 바꾸어 연이어 연주하는 것)를 나타내는 '집(緝)'이라는 전문용어가 등장하는 <유간천幽澗泉>, 작품 제목에 음조를 표시한 <이칙격상백구불무사夷則格上白鳩拂舞辭>, 노래에 한을 실어 표현했다는 구절이 나오는 <동무음東武吟>, <예장행豫章行> 등의 악부 작품들은, 의고(擬古) 형식의 고악부(古樂府)임에도 악곡과의 밀접성이 분명하다는 점에서 그의 음악적 소양을 강하게 뒷받침해 주는 자료라 할 수 있다. 이제 실제 가음 작품 내에서 선율의 자취를 찾아보기로 하자.

2. 〈명고가鳴皐歌送岑徵君〉류

천보(天寶) 5년(746) 겨울, 송성(宋城; 지금의 河南省 商邱縣) 청령지(淸冷池)에서 벗 잠징군(岑徵君)을 전별(餞別)하며 지은 <명고가1鳴皐歌送岑徵君>은 제목에서뿐 아니라, 내용을 통해서도 가창 가능성을 찾아볼 수 있는 소중한 자료이다.

아! 명고산鳴皐山 그리운 사람이 있건만 / 쌓인 눈이 가로막혀 가슴 답답하네.
큰 강물이 덜덜 떨려 건널 수 없고 / 얼음장이 용 비늘 같아 거룻배도 못 띄우네.
신선 사는 산, 멀고도 가파름이여 / 하늘이 으르렁대는 소리만 들린다네
서리 언덕 새하얗게 저 멀리 펼쳐지면 / 마치 긴 바람이 바다를 부채질하여
푸른 바다 파도가 솟구쳐 오르는 듯 / 검은 잔나비와 푸릇한 큰곰이
날름날름 위태위태 / 가지 꼭대기에서 바위를 울리면서
간담이 서늘하여 벌벌 떨리도록 / 떼 지어 소리치며 서로를 부른다네.
봉우리 삐죽삐죽 길은 끊어지고 / 까마득한 벼랑 위엔 별들이 걸렸네.
돌아가는 그대를 배웅하면서 / 명고산 새 노래를 연주하나니.
북과 피리에 거문고도 울리면서 / 청령淸冷 연못 누각에서 권커니 자시거니.
그대 안 떠나고 무엇을 기다리나 / 마치도 누른 학이 뒤돌아보는 듯.
양원의 뭇 꽃들을 모두 쓸어버리고 / 동쪽 낙양에서 큰 포부 펼치고는
수레에 포장 씌워 험한 길을 넘어 / 깊은 곳을 찾아서 험한 산을 넘을 테지.
희고 너른 바위 위 흰 달빛 속에 앉아 / 송풍곡松風曲을 몰아 타면 온 골짜기 고요하리.
바라봐도 뵈지 않아 마음만 어지럽고 / 덩굴 풀 얼기설기 싸락눈 푸슬푸슬
계곡물은 아래로 맑아 너르게 펼쳐져 / 잔물결 소리 위에까지 들리겠네.
골짜기에 범이 울어 바람이 일고 / 계곡에 용이 숨어 구름을 토하겠네.
숨은 학은 맑게 울고 / 주린 청솔모 찌푸리며 끽끽대고
우두커니 홀로 앉아 잠자코 있노라면 / 빈산이 시름겨워 서글퍼지리.
닭들은 모여 먹을 것을 다투지만 / 봉황은 홀로 날며 이웃조차 없도다.
도마뱀붙이가 용을 비웃고 / 물고기 누깔이 진주와 뒤섞였다.
못난 모모嫫母가 비단옷을 걸치고 / 고운 서시西施가 땔나무를 등에 졌다.
소보巢父와 허유許由더러 벼슬을 살게 함은 / 기夔와 용龍이 진창에 빠진 것과 무에 다르랴.

슬피 울어 초楚나라를 구해본들 무엇 하며 / 담소하며 진秦나라를 물리친들 무엇 하랴.
나 진실로 이 두 사람을 배워 / 명예 사고 허리 굽혀 낯내는 일 못하겠다.
그저 한 세상 버리고, 이 한 몸도 내던지고
흰 갈매기여 너희 날아오면 / 오래도록 너와 함께 친해 보리라.

이 긴 작품의 중간에 "돌아가는 그대를 배웅하며 명고산 새 노래를 연주하노라.[送君之歸兮, 動鳴皐之新作.]"하는 시구는 이 작품의 제작 동기와 표현양식을 말해주고 있다.

이백 시문집 안에서 "餐霞樓上動仙樂, 嘈然宛似鸞鳳鳴.[찬하루 위에서 신선의 음악을 연주하니, 재재대는 게 난새 봉새 우짖는 것 같구나.]"<憶舊游寄譙郡元參軍>, "淸樂動諸天, 長松自吟哀.[청악으로 제천諸天을 연주하니, 높다란 소나무 절로 애달피 웅얼대네.]"<陪族叔當塗宰游化城寺升公淸風亭> 등과 같은 경우, '동(動)'은 연주나 노래를 '시작한다'는 뜻으로 쓰였다. 이러한 용례는 노래 가사를 수록한 곽무천(郭茂倩)의 ≪악부시집樂府詩集≫ 이후로 드물지 않게 등장하지만, 이러한 쓰임은 아직 주장된 바 없다.

이백에게는 명고산(鳴皐山)을 소재로 한 <送岑徵君歸鳴皐山>과 같은 송별시도 있고, <鳴皐歌奉餞從翁淸歸五崖山居>와 같은 가음도 있지만, 잠징군을 전송하는 '새로운' 명고의 노래란 이들과는 '다른' 작품, 곧 이 <鳴皐歌送岑徵君>을 가리키는 것이 분명해지며, 결과적으로 이 작품에서의 "動鳴皐之新作"은, "새로 지은 이 작품을 연주하고 노래한다."는 뜻이 된다.

작품에 사용된 악곡의 형태는 여전히 알 수 없지만, 바로 뒤에 이어지는 '북과 피리에 거문고도 울리면서'라는 구절로 볼 때, 이 작품이 북. 피리. 거문고 등 반주를 곁들인 노래 가사임은 분명하다(이를 A형이라 불러 본다). 그가 지은 <수군의 연회에 참석하여 위사마 다락배에서 기예를 감상하다在水軍宴韋司馬樓船觀妓>라는 시에서 "시는 북과 피리에 실려 펼쳐지고, 술은 검가를 힘차게 돋우노라.[詩因鼓吹發, 酒爲劍歌雄.]”라는 구절은, 연회석상에서 악기 반주로 시를 노래하는 것이 당시 풍습이었음을 말해준다.

이처럼 <鳴皐歌送岑徵君>은 이백 ‘가음’이 단지 곡조를 상상하기만 한 읽는 시의 형태가 아니라, 실제 노래된 것임을 시사해 주는 중요한 작품이다.

3. 〈산자고사山鷓鴣詞〉류

당 현종이 봄날 양귀비와 모란꽃을 구경하며 한림공봉 이백을 불러 <청평조사清平調詞>를 짓게 하고, 이원제자(梨園弟子; 궁궐 안의 樂工과 歌妓)들로 하여금 청평조(清平調) 악곡의 길이를 조절하여 명창(名唱) 이구년(李龜年)에게 노래를 명하고, 그 자신도 옥 피리(玉箸)로 반주를 넣었다는 ≪송창잡록松窓雜錄≫의 기록은 ‘「○○詞」’ 형태의 제목으로 된 이백 가음의 가창가능성을 시사해준다.

흥미롭게도, 이백이 말년에 지은 것으로 보이는 <산자고사山鷓鴣詞>의 제목은 <청평조사>와 같은 유형이면서, 성당(盛唐)대에 유행했던 곡조의 명칭과 겹친다. 작품은 다음과 같다.

> 고죽령苦竹嶺 머리에 가을 달이 밝았는데 / 고죽 남쪽 가지에 자고새 나네.
> 연산燕山 북쪽 기러기에 시집을 왔더니만 / 나를 물고 안문雁門으로 돌아가려 하네.
> 산닭과 꿩이 와서 서로 충고하길 / 남녘 새는 북쪽 새에 곧잘 속는다 하네.
> 북방 요새의 찬 서리는 창칼처럼 독할테니 / 창오산蒼梧山에 살고픈 맘 저버리기 어렵네.
> “제 마음은 죽어도 떠날 수 없어요.” / 애절한 울음, 놀란 외침, 눈물이 옷깃을 적시네.
> (苦竹嶺頭秋月輝, 苦竹南枝鷓鴣飛. 嫁得燕山胡雁壻, 欲銜我向雁門歸. 山雞赤雉來相勸, 南禽多被北禽欺. 紫塞嚴霜如劍戟, 蒼梧欲巢難背違. 我今誓死不能去, 哀鳴驚叫淚沾衣.)

이백과 동시대에 활동하였던 최령흠(崔令欽; 749 전후)은 당 현종 치세(712~756)에 대궐 안팎의 교방(教坊)에서 노래되었던 악곡들을 회고하며 285개의 제목을 ≪교방기教坊記≫에 수록하였는데, 그 중에 <산자고山鷓鴣>가 들어있다. ≪교방기≫가 762년 이후에 나왔으므로, 이백(701~762)의 생존 시기에 이 곡조가 유행했음이 분명하다. 송(宋) 곽무천도 역대(歷代) 악부를 모아 분류한 ≪악부시집≫ 중에 당대(唐代) 유행하던 악부, <근대곡사近代曲辭> 항목에 무명씨 작 <산자고> 두 수를 싣고 있는 것으로 보아, 이 곡조가 당대 유행곡임은 확실하다.

이백 <산자고사>의 가창 가능성은, 남방 나그네가 부른 산자고사 노래에 감동하여 지은 <추포의 청계 눈 온 밤에 술 마시며 어느 객이 자고새 노래 부르는 것을 듣다秋浦清溪雪夜對酒客有唱鷓鴣者>라는 그의 작품을 통해 더욱 높아진다. 작품은 다음과 같다.

그대의 담비 웃도리를 입고 / 그대의 백옥 술단지를 마주하였네.
눈꽃은 술 위에 스러지고 / 문득 찬 밤기운이 사라졌음을 알겠네.
객 중에 계양에서 온 이가 있어 / 산자고를 잘 읊조리데.
맑은 바람이 창 가 대나무를 흔들고 / 월의 새들은 날아오르며 서로 우짖네.
이를 간직하고 즐기면 그만, / 생황과 피리로 요란스러울 필요 무에 있으리.
(披君貂襜褕, 對君白玉壺. 雪花酒上滅, 頓覺夜寒無. 客中桂陽至, 能吟山鷓鴣. 清風動窓竹, 越鳥起相呼. 持此足爲樂, 何繁笙與竽.)

이 작품의 제목과 내용을 ≪교방기≫, ≪악부시집≫ 수록 악곡명 등과 종합해 볼 때, 당시 유행하였던 여러 형태의 <산자고> 곡조가 그의 가음 <산자고사>와 관련되었으리라는 점은 분명하다.

이백 이전에 「○○詞」(B형)의 제목은 만사(挽詞) 외에 그다지 흔치 않았는데, 이백과 거의 동시대를 살았던 맹호연(孟浩然; 689~740), 왕한(王翰; 713 전후), 왕지환(王之渙; 742전후) 같은 시인들이 당시 유행곡에 가사를 붙여 <양주사涼州詞>,

<답가사踏歌詞>를 지은 것을 보면, <산자고사>처럼 이와 같은 유형에 속하는 이백 가음도 기성 멜로디에 붙인 노랫말이었을 가능성이 상당히 높다.

이 같은 추정은 같은 유형인 <옥진선인사玉眞仙人詞>와 <횡강사橫江詞> 6수에까지도 확대 적용시켜볼 수 있다. 이백과 동시대에 활동했던 시인 고적(高適; ?~765)에게는 742년 전후에 지은 것으로 추정되는 <옥진공주가玉眞公主歌>가 있다. 옥진공주는 당 현종의 넷째 여동생인 공주 신분으로서 도사가 되기를 청하였고, 743년에도 지영법사(持盈法師)라는 호를 받아, 왕유(王維; 699~759)가 <봉화성제행옥진공주산장奉和聖制行玉眞公主山莊>을 짓고, 저광희(儲光羲; 742전후)가 <옥진선인산거玉眞仙人山居>를 짓는 등, 당시 많은 정치 지망생들이 그녀의 고상한 선택에 찬사를 보내는 시를 지었다. 특히 고적(高適) 작품의 제목에 가창적 성격을 강하게 드러낸 '歌'자가 들어 있고, 730년 경 지어진 것으로 보이는 이백의 가음 <옥진선인사>의 제목이 이와 비슷한 것으로 보아, 이들은 유사한 성격의 기성곡, 이를테면 선악(仙樂)이나 진곡(眞曲)과 같은 도가(道家) 성향의 곡조를 바탕으로 지어졌을 가능성이 있다.

<산자고사>나 <옥진선인사>와 같은 계열인 <횡강사橫江詞> 6수도 기성곡과의 연관성을 짐작해 볼 수 있는데, 여기에 더하여 작품 내에 암시되고 있는 악곡의 요소들은 그 가창 가능성을 높여준다. 총 여섯 수 중에 첫 번째 작품이 가장 특징적이다.

> 남들은 횡강橫江이 좋다고들 하지만 / 나는 횡강이 사납다 하겠네.
> 바람이 한 번 불면 사흘 동안 산을 뒤집고 / 허연 물결은 와관각瓦官閣보다도 높은 것을.
> (人道橫江好, 儂道橫江惡. 一風三日吹倒山, 白浪高于瓦官閣.)

횡강은 안휘성(安徽省) 화주(和州) 역양현(歷陽縣) 동남으로 흐르는 강이며, 안휘성은 강소성(江蘇省)과 함께 오(吳) 땅에 속한다. 시 중에 '나'라는 뜻의 농(儂)은 오(吳) 지방 사투리이다. 중심 소재와 사투리라는 양면에서 오의 민가(吳歌)의 영향을 강하게 시사하고 있는 것이다. 뿐만 아니라, 이 작품은 또한 남조의 양(梁)대 시인 포조(鮑照; 421전후~465전후)의 <오가吳歌>3과도 매우 닮았다.

> 남들은 형강이 좁다지만 / 형강은 정녕 절로 넓어지네.
> 뱃머리 오랑소리 아예 들리지 않는데 / 바람은 윙윙대고 어이 건너리.
> (人言荊江狹, 荊江定自闊. 五兩了無聞, 風聲那得達.)

'남쪽의 강'이라는 공통된 소재, '거센 풍파 속의 기다림'이란 유사한 주제, '남들은……라 말하지만/실제로는……'식의 같은 첫머리 등, 여러 면에서 유사점이 보인다. '남들은……/나는……'식의 첫머리는 또한 남조(南朝) 오(吳) 지방에서 유행한 노래, <자야변가子夜變歌>1의 시작 부분과도 겹친다.

> 남들이 그대 마음 바뀌었다 말해도 / 나만은 그런 것 본 적이 없었건만.
> 삼경에 문 열고 나가니 / 그제사 자야가 변했음을 알았네.
> (人言歡負情, 我自未常見. 三更開門去, 始知子夜變.)

이러한 자료들 외에, 성당대 교방(教坊)에서 수집한 민가의 곡조명 중에 <오초가吳楚歌>도 있고, 당대(唐代) 이강성(李康成)이 '근래의 오가이다(今時吳歌也)'라면서 몇몇 악부를 예시하고 있는 ≪악부시집≫의 내용, 이백보다 후배인 유우석(劉禹錫; 772~842) 역시 오성곡(吳聲曲)인 <삼각사三閣詞>를 지은 사실 등을 미루어볼 때, <횡강사橫江詞>가 당대(唐代) 강소, 안휘성 일대의 오가(吳歌) 곡조에 붙여진 가사였을 가능성은 매우 높다.

이백의 사후(死後)에 여러 시인들에게서 B형의 작품들이 많이 발견되는데, 그 중에도 유우석(劉禹錫; 772~842)의 경우, 민가 곡조 <죽지竹枝>, <양류지楊柳枝>

에 가사를 붙인 <죽지사竹枝詞>, <양류지사楊柳枝詞> 등이 있다. 비록 이백의 <산자고사山鷓鴣詞>, <옥진선인사玉眞仙人詞>, <횡강사橫江詞>6수가 유우석의 작품처럼 널리 유행되지는 못하여, 전래 가사를 수집한 송(宋)대 ≪악부시집樂府詩集≫에 실리지 못한 것으로 보이지만, 당(唐)의 세력 확장과 함께 활발하게 유입된 서역(西域)의 음악, 장강 유역에 잔존하던 고곡(古曲), 새로이 유행하기 시작한 곡자(曲子) 등 악곡이 만연하던 당대 분위기를 감안해 볼 때, B군(群)의 이백 가음 작품들은 기성곡을 수반한 가사였을 가능성이 무엇보다 높다고 하겠다.

4. 〈추포가秋浦歌〉 등

노래 가사에 그것이 가사임을 알리는 표시를 구태여 넣을 필요가 없다는 사실을 염두에 둘 때, 이상과 같은 단서들은 이백 가음 전체의 가창 가능성을 여는 소중한 열쇠인 셈이다. 서정(抒情)을 위주로 하는 노래의 속성에 비해, 서사성(敍事性)이 강한 그의 가음의 곡조는 비슷한 성격의 악곡들을 연이어 붙이거나, 혹은 단일 곡조를 반복하거나, 즉흥적으로 변형시켰을 것이다. 노래불린 사실이 기록된 악부 <청평조사淸平調詞>의 제작과 연주 과정에 대한 다음과 같은 기록은 이러한 추정을 뒷받침해준다. 즉, "당 현종은 이백이 지은 가사에 맞추어 이원제자(梨園弟子)들로 하여금 악곡을 짤막하게 변주토록 하고[略約調撫絲竹], 이구년(李龜年)더러 노래하게 하면서, 본인도 옥피리로 합주하면서 매 곡편(曲遍)이 바뀔 때마다 끝소리를 길게 끌어 멋을 부렸다."는 대목은, 기존 악곡에 대한 변형과 즉흥적인 애드립(ad libitum)의 기교가 용인되던 당대 연주 양상을 짐작케 한다.

이들에 비해 「○○吟」의 용도는 그 폭이 다소 넓다. 악기 반주 없는 산자고 노래를 듣고 쓴 그의 <秋浦清溪雪夜對酒客有唱鷓鴣者>에서는 제목 중의 '唱/鷓鴣가 내용에서는 '吟/鷓鴣'로 변하면서, 음(吟)은 도가(徒歌; 육성(肉聲)만으로 부른 노래) 형태의 '창(唱)'과 같은 의미로 사용되었다. 이 작품에서 남방의 객이 불렀다는 <산자고>는 당시 교방(敎坊) 악곡 제목이기도 하였으므로, 이 때의 음(吟)에는 일정한 선율이 있었음이 분명하다. 그 외에 "<양원가梁園歌>를 짓는다"는 내용의 <양원음梁園吟>, "멋대로 노래하고 어슬렁대며 읊조리노라(放歌行吟)"한 <산수벽화가山水壁畵歌>, "옥 단지를 두드리며 높은 소리로 읊조린다(高詠)"는 <옥호음玉壺吟>, ""침울하게 읊조린다(沈吟)"는 <월하음月下吟> 등, 이백 가음에서 「吟」의 쓰임은 도가(徒歌)로부터 웅얼거림에 이르는 너른 스펙트럼을 보이는데, 이는 근인(近人) 임이북(任二北)이 ≪당성시唐聲詩≫에서 "당대(唐代) '음(吟)'의 용례는 가창(歌唱)에서 낭송(朗誦)에 이르기까지 그 폭이 매우 넓다."라 한 견해와 부합한다.

기성곡에서 즉흥곡에 이르는 다양한 가락에, 호탕한 발산과 침울한 움츠림이 뒤섞인 이백 가음(歌吟)은, 이 천재 시인의 꿈을 고스란히 보여주고 있다. 출세한 친척 형에게 자신의 가난을 하소연한 <빈가행豳歌行上新平長史兄粲>이나, 아는 이에게서 호화로운 가죽 옷을 받아들고 신이 나서 노래 부른 <오운구가酬殷明佐見贈五雲裘歌> 같은 작품에는 찌푸리거나 희희낙락한 그의 꾸밈없는 표정들이 생생하게 드러난다. 의춘원으로 당 현종을 수행하여 명을 받아 궁정의 봄을 노래한 <신앵백전가侍從宜春苑奉詔賦龍池柳色初青聽新鶯百囀歌>, 정치 상황을 잘못 판단하여, 임금 자리를 노리는 영왕(永王) 린(璘)을 예찬한 <영왕동순가永王東巡歌>11수, 현종의 서쪽 남경 순방을 노래한 <상황서순남경가上皇西巡南京歌>10수에는 공명심이 꿈틀댄다. 당시(唐詩)를 읊조리는 사람들이 빼놓지 않고 애송하는 <아미산월가峨眉山月歌>와 <양양가襄陽歌>, 신선을 그리는 <회선가懷仙歌>, 기생을 데리고 뱃놀이를 하며 시재를 뽐낸 <강상음江上吟> 등에는 호기롭고 낭만적인 기개가 넘실대어, 가음이 그의 재주와 열정이 마음껏 발휘된 장르임을 여실히 보여주고 있다.

이처럼 제목이나 내용, 혹은 부제(副題)에 묘사 대상, 주변 환경, 제작 배경 등이 적시(摘示)된 가음은 고전적인 고풍(古風)이나 악부(樂府)와 구별되는, 사실적이고 개인적 성향이 강한 노랫말이 분명하다. 이렇듯 다양한 가음들 중에서 가장 뛰어난 작품이 무엇인가 묻는다면, 인생의 파란만장한 굴곡을 겪고 나서 양자강 가에 와, 강가의 정경을 말쑥하고 담담하게 노래한 <추포가秋浦歌> 10여 수를 꼽겠다. 술기운을 빌려 분방하게 펼쳐낸 대다수 가음 작품과는 달리, 이들은 맑은 거울처럼 고요하게 그의 고독을 비추고 있다. 송(宋)대 시인 황정견(黃庭堅; 1045~1105)도 새로 지은 정자에 앉아 새소리를 들으며 이백의 추포가 열다섯 수를 초서(草書)로 써 내려갔다고 한다.

001 양양가 襄陽歌

양양의 노래

落日欲沒峴山西[1]	저문 해는 현산峴山 서편으로 지려는데
倒著接䍦花下迷[2]	건을 거꾸로 쓰고 꽃 아래서 헤매노라.
襄陽小兒齊拍手	양양襄陽의 아이들 저마다 손뼉 치며
攔街爭唱白銅鞮[3]	거리를 누비면서 백동제白銅鞮를 노래하노라.
旁人借問笑何事	옆 사람아 물어보자, 무에 그리 우스운가
笑殺山公醉似泥	산공이 곤죽으로 취하니 우스워 죽겠구나.
鸕鶿杓[4]	노자鸕鶿 구기
鸚鵡杯[5]	앵무鸚鵡 술잔
百年三萬六千日	백년 삼만 육천 날을
一日須傾三百杯	하루에 모름지기 삼백 잔은 마시리로다.
遙看漢水鴨頭綠[6]	멀리 보니 한수漢水는 오리 머리처럼 푸르러
恰似葡萄初醱醅[7]	흡사 포도가 막 괼 때 같아라.
此江若變作春酒	이 강물이 변하여 봄 술이 된다면
壘麴便築糟丘台[8]	쌓아올린 누룩으로 조구대糟丘台를 지으리라.
千金駿馬換小妾[9]	천금되는 준마를 소첩으로 바꾸어
笑坐雕鞍歌落梅[10]	고운 안장에 웃으며 앉아 낙매곡落梅曲을 부르리라.
車旁側掛一壺酒	수레 옆엔 술 한 병 기우뚱 매달아 놓고
鳳笙龍管行相催[11]	봉 피리와 용 젓대로 가는 길 재촉하련다.
咸陽市中嘆黃犬[12]	함양 성안에서 누른 개를 한탄하였으니
何如月下傾金罍[13]	달빛 아래 금 술잔 기울임이 어떠하리오.
君不見	그대 못 보았나,

晉朝羊公一片石[14]	진晉나라 양공羊公의 돌 조각은
龜頭剝落生莓苔	거북 머리 닳아지고 이끼만 덮쌓인 것을.
淚亦不能爲之墮	눈물 또한 흘릴 수 없고
心亦不能爲之哀	마음 또한 슬퍼할 수 없나니
清風明月不用一錢買	맑은 바람과 밝은 달은 한 푼 들여 살 게 없고
玉山自倒非人推[15]	옥산玉山이 절로 무너지니 떠밀어서가 아니라.
舒州杓	서주舒州 구기
力士鐺	역사力士의 주전자
李白與爾同死生	나 이백李白은 너희와 생사를 같이 하리라.
襄王雲雨今安在[16]	양왕襄王의 운우지락, 지금 어디 있는고
江水東流猿夜聲	강물은 동으로 흐르고 잔나비 밤에 우는데.

해제

양양(襄陽)은 지금의 호북성 양번시(襄樊市)이다.

주석

1 峴山(현산) : 양양襄陽 동남쪽에 있는 산. 악부 <양양곡襄陽曲>3 참조. 이백 시 중에는 산간(山簡; 字 季倫)을 노래한 <현산회고峴山懷古>라는 제목의 시도 있다.

2 接䍦(접리) : 희고 우뚝한 모자, 위진(魏晉)시대 산간(山簡)은 양양의 고양지(高陽池)에서 술에 취해 두건을 거꾸로 쓴 채 말을 타고 집으로 돌아가는 천진하고 호탕한 모습으로 아이들을 비롯한 고을 사람들의 사랑을 받았다고 한다. 악부 <양양곡>2 참조.

3 白銅鞮(백동제) : 남조시대 양양 일대에 유행한 동요.

4 鸕鶿杓(노자작) : 물새의 한 종류인 가마우지[鸕鶿]는 목이 긴 것으로 유명한데, 그 긴 목의 모양을 본떠 만든 손잡이가 달린 술구기(술을 푸는 손잡이가 달린, 국자보다 작은 기구)를 말한다.

5 鸚鵡杯(앵무배) : 앵무조개의 구부러진 곳은 붉은 색을 띠어 앵무새 부리처럼 보이는데, ≪낭

현기瑯嬛記≫의 전설에 따르자면, 금모(金母)가 여러 신선들을 불러 적수(赤水)에서 잔치를 벌일 때, 푸른 옥으로 된 앵무배와 흰 옥으로 된 노자작를 썼는데, 잔이 비면 노자작이 절로 당겨지고, 술을 마시려 하면 앵무배가 절로 올라왔다고 한다.

6 鴨頭綠(압두록) : 물을 들이는 염색장들은 오리 깃털의 푸른색을 '압두록'이라 불렀다고 한다.

7 醱醅(발배) : 술이 괴는 것. ≪박물지博物志≫에 의하면 서역(西域)에는 포도주가 나는데, 여러 해가 되어도 썩지 않아 십년도 가며, 한 번 취하게 되면 여러 날이 있어야 깬다고 한다. ≪연번로演繁露≫에서는 전희백(錢希白)의 ≪남부신서南部新書≫를 인용하여, 태종(太宗)이 고창(高昌)을 함락시키고 마유포도(馬乳葡萄)를 얻어 뜰에 심고 그 때 알아 온 양조법을 응용하여 초록빛 술을 담근 후로 장안 사람들도 그 맛을 보게 되었다고 하였다.

8 糟丘臺(조구대) : 하(夏)나라 걸왕(桀王)이 술로 된 연못을 만들었는데 배를 띄울 만 했으며, 술지게미를 쌓은 언덕[糟丘]은 십리 밖에서도 보였다고 한다. 또한 은(殷)나라 주왕(紂王)도 술에 절어, 지게미로 언덕을 쌓고 술로 연못을 만들었다고 한다.

9 馬換小妾(마환소첩) : 양(梁)나라 간문제(簡文帝)는 애첩을 말과 바꾼다는 뜻의 <애첩환마愛妾換馬>라는 제목의 악부(樂府)를 지었다.

10 落梅(낙매) : <매화락梅花落>은 본래 피리 연주곡이었는데, 후에는 여러 사람이 여기에 가사를 붙여 노래로 부르기도 했다.

11 鳳笙(봉생) : 악기 생황. 길이가 다른 열 세 개의 대나무 관으로 이루어져 있으며, 봉황의 몸통을 닮았고, 정월(正月)의 소리를 냈다.

12 黃犬(황견) : 진(秦)나라 재상(宰相) 이사(李斯)는 진시황(秦始皇)이 죽자, 간신 조고(趙高)와 함께 이세(二世)를 왕으로 세우고 권세를 휘둘렀지만, 끝내 조고의 모함으로 허리 잘리는 벌을 받아 죽게 되자, 형장에서 둘째 아들에게 "너와 함께 누렁이와 매를 데리고 고향 상채上蔡의 동문 밖에서 토끼 사냥을 못하게 되는 것이 한이로구나."라고 하였다. 악부 <행로난>3 참조.

13 金罍(금뢰) : 금으로 만든 술잔, 제후와 대부들이 사용하였다.

14 羊公一片石(양공일편석) : 진(晉)나라 양호(羊祜; 221~278)는 형주(荊州)의 도독(荊州)으로서 양양지방을 잘 다스려 인망이 두터웠는데, 그는 현산(峴山)에 자주 올라 술을 마시며 시를 짓곤 하였다. 양양 사람들은 그가 죽자 현산에 송덕비를 세우고 그의 훌륭한 덕과 풍류를 그리워하며 눈물을 흘렸다고 한다. 송덕비는 '울게 하는 비석'이라는 뜻의 타루비(墮淚碑)라고도 한다. 악부 <양양곡>3, 4 참조.

15 玉山自倒(옥산자도) : 진대(晉代) 혜강(嵇康)은 풍채가 아주 좋아서, 사람들이 말하기를 평소의 그는 고송(孤松)이 홀로 서 있는 모습과 같고, 취한 뒤에는 마치 옥산(玉山)이 넘어지는 것 같다고 했다. ≪세설신어世說新語≫<용지容止>편 참조.

16 襄公雲雨(양공운우) : 송옥(宋玉; B.C.290~B.C.222?)의 <고당부高唐賦>에 나오는 남녀 간의

낭만적이면서도 덧없는 사랑을 말한다. <고풍>58 참조.

해설

네 수의 이백 악부 <양양곡>에는 이 고장과 인연이 깊은 두 인물, 산간(山簡)과 양호(羊祜)가 등장한다. 하나는 곤죽으로 취하여 아이들을 웃겼던 위인이며, 다른 하나는 어진 정치로 남들을 울렸던 인물이다. 이백은 다시 가음 <양양가>에서, 그 옛날의 천진난만한 고주망태 산간(山簡)과 자신을 동일시하면서, 양호(羊祜)처럼 어진 정치를 못할 바에야 명 재촉이나 하지 않는 게 상책이라며 술을 예찬한다. 만취로 넘어지는 순간마저 '옥으로 된 산이 쓰러지는' 것으로 묘사한 이 우아한 술 노래에, 시인은 '이백(李白)'이라는 자신의 이름을 아로새겨 넣었다.

002 남도행 南都行

남도의 노래

南都信佳麗	남도南都는 정녕 아름다울시고
武闕橫西關[1]	무궐산武闕山이 서쪽 관문에 가로누웠네.
白水眞人居[2]	백수진인白水眞人이 살았다더니
萬商羅廛闤[3]	수많은 장사치들 저자거리에 늘어섰네.
高樓對紫陌[4]	높다란 누대들 큰 길 가에 마주 섰고
甲第連靑山[5]	우람한 건물들 푸른 산으로 이어졌네.
此地多英豪	이 고을에는 영웅호걸도 많아
邈然不可攀	한없이 훌륭하여 따라잡을 수 없네.
陶朱與五羖[6]	도주공陶朱公과 오고대부五羖大夫
名播天壤間	그 이름 온 세상에 날렸으며
麗華秀玉色[7]	음려화陰麗華는 옥 같은 자태 빼어났고
漢女嬌朱顔[8]	한수漢水의 아가씨도 얼굴 고왔다지.
淸歌遏流雲[9]	맑은 노래는 떠가는 구름에 닿고
艶舞有餘閑	고운 춤엔 나긋함이 넘치네.
遨游盛宛洛[10]	완宛과 낙洛의 땅에서 실컷 노닐고는
冠蓋隨風還	고관대작들 바람 따라 돌아오네.
走馬紅陽城[11]	홍양성紅陽城에서 말 달리고
呼鷹白河灣[12]	백하만白河灣에서 매사냥이니
誰識臥龍客[13]	뉘라서 와룡객臥龍客을 아랑곳 하리.
長吟愁鬢斑	길게 읊조리며 백발 슬퍼하는 것을.

해제

남도(南都)는 낙양의 남쪽에 있는 번화가라는 뜻으로 남양군(南陽郡)을 가리킨다. ≪문선≫에는 한나라 장형(張衡; 78~139)의 <남도부南都賦>가 실려 있는데, 남양은 본래 광무제(光武帝; 25~57 재위)의 고향으로, 황제에 즉위한 후 낙양을 도읍으로 정하고, 남양을 특별히 남도(南都)라고 불렀다 한다.

주석

1 武闕(무궐) : 남도(南都)의 서쪽에 있는 무궐산(武闕山)을 말한다.

2 白水眞人(백수진인) : 왕망(王莽; B.C.45~A.D.23)의 신(新; A.D.9~25)나라를 가리킨다. 서한(西漢) 말에 왕망이 한나라를 찬탈하여 신나라를 세우고 칼 모양의 한나라의 화폐를 녹여 새로운 화폐를 만들었다. 이것이 화천(貨泉)인데 이는 白水(泉)와 眞人(貨)이라는 글자로 풀어쓸 수 있다. 뒤에 광무제가 춘릉(春陵) 백수향(白水鄕)에서 기의(起義)하여 동한(東漢)을 세웠다.

3 廛闤(전환) : 가게들이 늘어선 거리. 즉 시장을 말한다. ≪한서漢書≫에서 남양의 풍속은 사치스러움을 뽐내며 기력을 으뜸으로 치고 장사하기를 좋아하였다고 묘사하고 있다.

4 紫陌(자맥) : 도시의 큰 거리.

5 甲第(갑제) : 큰 저택. 장형(張衡)의 <서경부西京賦>에 "북쪽 대궐 큰 건물, 길옆에 바로 열렸네.[北闕甲第, 當道直啓.]"라는 표현이 있다.

6 陶朱(도주) : 춘추시대 월(越)나라 범려(范蠡)의 별칭. ≪사기≫ <월세가越世家>에 의하면, 월(越)의 구천(勾踐; B.C.497~B.C.465 재위)을 섬겨 오(吳)나라에 승리하도록 도왔던 범려가 말년에 재상자리를 내놓고 가진 재산을 일가친척에게 나누어주고 일부만 가지고 도(陶) 지방으로 도망가서, 도주공(陶朱公)이라 자칭하며 큰 부를 쌓았다고 한다.

* 五羖(오고) : 춘추시대 백리해(百里奚)를 가리킨다. ≪사기≫<진본기秦本紀>에 의하면, 진(晉) 헌공(獻公)은 우(虞)나라를 멸망시키고, 그 임금과 어진 신하 백리해(百里奚)를 사로잡아 진(秦)나라로 보내려 하였으나, 백리해는 완(宛)으로 도망쳤다. 초楚의 천한 사람이 그를 사로잡았기에 진(秦) 목공(穆公)은 양가죽 다섯 장과 그를 맞바꾸었다. 목공은 이미 70세가 넘은 그를 풀어주고 사흘간 이야기를 나누어보더니, 좋아하며 그에게 국정을 맡기고 오고대부(五羖大夫)라 불렀다고 한다. 악부 <국가행鞠歌行> 참조.

7 麗華(여화) : 후한의 광무제의 황후 음려화(陰麗華)를 가리킨다. ≪후한서≫에 의하면, 광무제는 황제가 되기 전 신야(新野)에 갔을 때, 여화(麗華)가 아름답다는 말을 듣고 매우 좋아

하였다. 후에 장안으로 가 집금오(執金吾)가 화려한 수레를 타고 가는 것을 보고, "벼슬아치는 마땅히 집금오처럼 되어야 하고, 처를 얻는다면 음려화 정도는 되어야 하지."라고 하더니, 갱시(更始) 원년 6월에 완(宛) 지방 당성리(當成里)에서 음려화를 황후로 맞아들였다고 한다.

8 漢女(한녀) : 한수(漢水)의 여인. 장형의 ≪남도부≫에서 "한수(漢水) 언덕에서 여인이 구슬을 가지고 논다.[遊女弄珠於漢皐.]"라 하였다. 이선의 주에 인용된 ≪한시외전韓詩外傳≫에 따르면, 정교보(鄭交甫)가 남쪽 초(楚)나라로 가다가 한수 언덕을 지날 때 강의 여신이 구슬을 두 개씩 차고 있었는데, 그 크기가 형계(荊鷄)의 알만하였다고 한다.

9 淸歌遏流雲(청가알유운) : ≪열자≫에 의하면, 설담(薛譚)이 진청(秦靑)에게 노래를 배웠는데, 스승의 재주를 다 배우지도 않고서 다 배웠다며 그만 돌아가겠다고 하였다. 스승은 그를 막지 못하고 교외에서 배웅하면서 절(節; 타악기의 일종)을 치며 슬피 노래하였는데, 그 소리가 숲을 울리고 메아리가 지나는 구름까지 닿았다[響遏行雲]고 한다.

10 宛洛(완락) : 남양(南陽)과 낙양(洛陽)을 말한다.

11 紅陽(홍양) : 남양성의 북쪽에 홍산(紅山)이 있어, 남양을 홍양(紅陽)이라도 불렀다 한다.

12 白河(백하) : 남양성 동쪽 3리에 흐르는 육수(淯水)를 일명 백하(白河)라 했다고 한다.

13 臥龍客(와룡객) : 삼국(三國) 시대 제갈량(諸葛亮; 181~234)이 유명해지기 전, 그 집이 남양의 등현(鄧縣)에 있었는데 몸소 밭을 갈며 악부 <양보음梁甫吟> 노래를 부르기 좋아하였다. 유비(劉備)가 신야(新野)에 주둔하였을 때, 서서(徐庶)가 유비에게, "제갈공명은 와룡(臥龍; 때를 기다리는 용)입니다. 장군께서 어찌 그를 만나 보려하십니까?"라 하였다고 한다. 이백도 <留別王司馬嵩> 시에서 자신을 제갈량에 비기며 남양자(南陽子)라 일컬었다. 악부 <양보음> 참조.

해설

홍청대고 호사스러운 남도. 시인은 눈앞에 펼쳐진 활기찬 정경에 놀라며 이 고장에 얽힌 아름다운 내력들을 회상해 보기도 하는데, 제 세상인 양 으스대는 벼슬아치들을 바라보자니 화려한 도시에 자신만 외톨이인 듯, <양보음>을 읊조리며 신세를 한탄하던 이 고장 출신 제갈량처럼 서글프기만 하다. 그러면서 한편으로는 유비에게 발탁되어 청사에 이름을 남긴 제갈공명처럼, 자신에게도 언젠가는 그 같은 기회가 찾아올지 모른다는 한줄기 희망을 품어본다.

003 강상음 江上吟

강가의 노래

木蘭之枻沙棠舟[1]	목란木蘭 노 사당沙棠나무 배에
玉簫金管坐兩頭	옥퉁소와 황금피리 앞뒤로 앉혔세라.
美酒樽中置千斛	좋은 술 천 섬을 동이에 담아 놓고
載妓隨波任去留[2]	기녀 싣고 물결 따라 제멋대로 가노라.
仙人有待乘黃鶴[3]	신선은 황학 오길 기다려서 날아올랐지만
海客無心隨白鷗[4]	바다 나그네 무심하게 흰 갈매기만 따르는다.
屈平詞賦懸日月[5]	굴평屈平의 시와 글은 일월처럼 빛나건만
楚王臺榭空山丘[6]	초왕楚王 놀던 누대는 산언덕에 적막하다.
興酣落筆搖五岳[7]	흥에 겨워 붓을 대면 오악五岳이 흔들흔들
詩成笑傲凌滄洲[8]	시를 짓고 으스대며 푸른 바다를 넘나든다.
功名富貴若長在	부귀와 공명이 정녕 영원하다면
漢水亦應西北流[9]	한수漢水도 응당 서북으로 흐르리라.

주석

1 木蘭(목란) : 나무 이름. 열매는 작은 감처럼 달고 껍질을 먹을 수 있다는 큰 나무이다.

* 枻(예) : 배 옆의 판, 노.

* 沙棠(사당) : 나무 이름. ≪술이기述異記≫에 의하면, 한나라 성제(成帝)와 조비연(趙飛燕)이 장안(長安)의 태액지(太液池)에서 놀 때, 사당나무로 된 배를 띄웠다. 그 나무는 곤륜산에서 나오며, 열매를 먹으면 물에 들어가도 빠지지 않는다고 한다.

2 木蘭之枻……任去留(임거류) : 진(晉) 곽박(郭璞; 227~324)은 <산해경찬山海經贊>에서 "어이하면 사당나무 얻어다 용주를 만들어서, 이리저리 떠다니며 물결에다 가고 오는 것을 맡겨둘 수 있을까.[安得沙棠, 制爲龍舟, 聊以逍遙, 任波去留.]"라 하였다.

또 ≪오서吳書≫에 "정천(鄭泉)은 박학하고 뜻이 별났으며 술을 좋아하였는데, 한가할 때는 '좋은 술을 오천 말 가득 부은 배를 얻어, 사시장철 달고 바삭한 것을 양 끝에 두고 오며 가며 마셔보았으면. 힘들면 쉬어가며 안주를 먹고, 술이 말이나 되로 줄어들 때 그만큼 더해준다면 얼마나 좋을까?'라 하였다."고 한다. 이 시의 앞 네 구절은 <산해경찬>과 ≪오서≫ 등의 내용을 수용한 것이다.

3 黃鶴(황학) : 악주(鄂州; 지금의 호북성 무창 武昌) 성(城)은 서쪽으로 장강을 굽어보고 있는데, 서남쪽에 황학루(黃鶴樓, 일명 黃鵠樓)가 있다. 이곳에서 역대로 비위(費褘), 순괴(荀瓌), 왕자안(王子安) 등이 신선이 되어서 황학을 타고 날아갔다는 여러 가지 전설이 전한다.

4 白鷗(백구) : ≪열자列子≫에 이르기를, 바다에 사는 어떤 사람이 갈매기를 좋아하여 매일 아침 바다에 나가 갈매기를 좇아 놀았는데, 많을 때는 갈매기가 백 마리까지 되었다고 한다. <고풍>42 참조.

5 日月(일월) : ≪사기≫<굴평전屈平傳>에서 사마천이 굴원의 <이소離騷>를 평하면서, 일월(日月)과 그 빛을 견줄 만하다고 극찬하였다.

6 臺榭(대사) : 누대와 정자. 여기서는 초왕(楚王)이 짓고 놀았다고 하는 장화대(章華臺)나 양운대(陽雲臺) 같은 것을 가리킨다.

7 五岳(오악) : 중국의 대표적인 다섯 산으로, 동쪽의 태산(泰山), 서쪽의 화산(華山), 남쪽의 형산(衡山), 북쪽의 항산(恒山), 중앙의 숭산(嵩山)을 말한다.

8 滄洲(창주) : 세속과 거리가 먼 바다, 즉 은둔의 세계를 뜻한다.

9 漢水(한수) : 섬서성에서 발원하여 남동쪽으로 흘러 무한(武漢)에서 양자강에 합류하는 강. 여기서 이 강이 서북쪽으로 흐른다는 것은 결코 가능하지 않는 일이라는 말이다.

해설

술과 행락에 탐닉하는 이백의 취향이 잘 드러난 노래다. 이 때문에 송(宋) 왕안석(王安石) 같은 이에게서 '세상일은 안중에 없었다.'는 극단적인 비판을 받기도 했지만, 기울어 가던 성당(盛唐)의 운명을 감안해 볼 때, 전적으로 그의 탓이라고만 보기는 어렵다. 더욱이 이 작품에 극명하게 표현되어 있듯이, 창작 활동을 통해 영원을 구현하고자 한 그를 '세상을 잊고 주색잡기에만 몰두한 한량배'로 매도하는 것은 정치와 문학을 지나치게 동일시하는 것이다.

004 신앵백전가 侍從宜春苑奉詔賦龍池柳色初靑聽新鶯百囀歌

의춘원에 따라가 명을 받들어, '용지 버들 갓 푸를 제 〈꾀꼬리 노래〉 듣다'를 읊은 노래

東風已綠瀛洲草[1]	봄바람에 영주瀛洲의 풀 하마 푸르고
紫殿紅樓覺春好	자주 전각 붉은 누대엔 벌써 봄이 좋아라.
池南柳色半靑靑	연못 남쪽 버들색은 태반이 푸릇하고
縈烟裊娜拂綺城	안개 서려 한들한들 고운 성에 스치노라.
垂絲百尺挂雕楹	드리운 실 치렁대며 조각 기둥에 걸렸는데
上有好鳥相和鳴	그 위에 좋은 새들 화답하며 우지진다.
間關早得春風情[2]	우는 소리 일찌감치 춘풍의 정 품었으니
春風卷入碧雲去	춘풍이 푸른 구름에 휘돌아 들어가며
千門萬戶皆春聲	이집 저집 온 천지에 모다 봄 소리로다.
是時君王在鎬京[3]	이때에 군왕은 호경鎬京에 계시어
五雲垂暉耀紫淸[4]	오색구름 광채 드리워 궁궐이 빛나도다.
仗出金宮隨日轉	의장대는 금궐 나와 해를 따라 돌아가고
天回玉輦繞花行	천자는 옥연玉輦 돌려 꽃길 누벼 가는도다.
始向蓬萊看舞鶴[5]	바야흐로 봉래蓬萊를 향하여 학 춤을 구경하고
還過茝若聽新鶯[6]	채약전茝若殿에 들러서 새 꾀꼬리 노래 듣는도다.
新鶯飛繞上林苑[7]	새 꾀꼬리 소리 상림원上林苑 위를 날아 휘돌다
願入簫韶雜鳳笙[8]	태평가에 들어가 생황 소리에 섞이기를 바라노라.

해제

춘원(宜春苑)은 한나라 장안 동남쪽에 있던 궁중 행락지인데, 당나라 천보(天寶) 연간에 동

궁 가까운 곳에 의춘북원(宜春北苑)을 세웠다는 기록이 있어서, 위치에 대한 논란이 있다. 송대(宋代)에 지어진 장안(長安) 관련 지리서인 ≪옹록雍錄≫에서는 의춘원이 당대(唐代) 곡강(曲江)을 가리킨다고 하였다.

용지(龍池)는 흥경궁(興慶宮)의 연못으로 언제나 구름 기운이 서려 있고, 혹자는 황룡이 그 가운데서 나왔다고 한다. 속칭 오왕자지(五王子池)라고 불리며 궁을 세운 후 용지라 하였다.

주석

1 瀛洲(영주) : 흥경궁의 궁 안에 있던 궁문 이름.

2 間關(간관) : 새 우는 소리.

3 鎬京(호경) : 본래는 주(周)나라의 수도이나 여기서는 장안(長安)을 가리킨다. ≪시경 소아≫ <어조魚藻> 편에서 주(周)나라 무왕(武王)의 덕을 기리면서 "왕께서 호경에 계시며, 술 마시고 즐기노라.[王在在鎬, 豈樂飮酒.]"라 하였다.

4 紫淸(자청) : 신선이나 천제가 산다는 하늘의 궁전. 악부 <춘일행> 참조.

5 蓬萊(봉래) : 대명궁(大明宮) 내에는 전각 봉래전(蓬萊殿)과 연못인 봉래지(蓬萊池)가 있다. ≪옹록雍錄≫에 "당대 대명궁(大明宮)의 남쪽 문을 단봉문(丹鳳門)이라 하였다. 문의 북쪽으로 세 전각이 서로 이어졌는데, 모두 산 위에 있었다. 자신전(紫宸殿)에 이르러 또 북쪽으로 가면 봉래전(蓬萊殿)이다. 전각 북쪽에는 연못이 있는데, 또한 봉래지(蓬萊池)라고도 불렀다."라 하였다.

그런데 현종 때에는 장안 동남쪽 유원지인 곡강(曲江) 어귀에 인공산인 봉래산을 만들었다는 기록과 함께 ≪옹록≫의 지도에도 표기되어 있어서, 위치에 대한 논란의 여지가 남아 있다.

6 茝若(채약) : 한(漢) 미앙궁(未央宮)에는 채약전(茝若殿)이 있었다. 채와 약은 옛 글자에서는 통용된 향초 두약(杜若)을 이른다.

7 上林苑(상림원) : 한(漢) 무제(武帝) 건원(建元) 3년(B.C.138)에 개장한 대규모 정원을 말한다. ≪삼보황도≫에 의하면, 동남으로는 남전(藍田), 의춘원(宜春苑), 정호(鼎湖), 어숙원(御宿苑), 곤오정(昆吾亭)에 이르고, 남산을 끼고 서쪽으로는 장양궁(長楊宮), 오작궁(五柞宮)에 이르며, 북으로는 황산(黃山)을 에워싸고 위수(渭水)를 따라 동쪽으로 벋어 있었다. 세로로 삼백 리에 별장이 칠십 곳으로, 모두 천 대의 수레와 만 필의 말을 둘 수 있는 규모였다고 한다.

8 簫韶(소소) : 순(舜) 임금이 지었다는 음악 이름. 혹은 그가 만들었다는 10개의 대통으로 이루어진 악기.

❀ 해설

약 3년간의 궁중 생활(742~744) 중에 임금의 명을 받고 지은 작품이다. 임금이 신선 되고자 하는 일신상의 욕심을 포기하고 호경(鎬京)에 남아 있으니 무위지치(無爲之治)의 태평성대를 이루시라는 송축(頌祝)의 주제는 악부 <춘일행>과도 겹치지만, 아부의 기색은 그리 짙지 않다. 임금에게 문인으로서 최고의 기량을 선보인 작품이니만큼, 육조(六朝) 궁체시(宮體詩) 특유의 전아한 표현, 짜임새 있는 구성 등 예술적 완성도가 매우 높다.

제목에서 <새 꾀꼬리 노래>로 번역한 <신앵백전>은 가수가 꾀꼬리 소리를 흉내 내어 목을 떨며 부르는 당대 악곡 <춘앵전春鶯囀>을 가리키는 듯하다. 성당(盛唐)의 궁중 악곡에 관해 기록해놓은 ≪교방기≫에 따르면, 이 곡조는 음악에 능했던 당(唐) 고종(高宗; 650~683 재위)이 새벽에 꾀꼬리 소리를 듣고서, 악공 백명달(白明達)에게 받아 적게 하여 만들었다고 하는 관악기 연주곡이며, 나긋한 춤 연무(軟舞)를 동반하게 되었다.

<춘앵전>이 <신앵백전新鶯百囀>으로 바뀌게 된 이유에 대해 다음과 같은 기록을 참고해 볼 수 있을 것이다. 894년경 당(唐) 단안절(段安節)이 지은 ≪악부잡록樂府雜錄≫에 의하면, 개원(開元;713~741) 말 궁궐에 들어와, 최고 기생들의 교습기관 의춘원(宜春院)에 적을 두었던 영신(永新)이라는 가기(歌妓)가 목을 떠는[變] 새로운 소리[新聲]를 잘하고 목소리를 잘 굴려[喉囀], 천 년에 한 번 나오기도 힘든 명가수로서 인정을 받았다. 당 현종은 그를 아껴 피리 명인 이모(李謨)로 하여금 그의 노래를 따라 연주하게 하였는데, 온 힘을 다하여 불어 곡이 끝나면 피리가 망가졌다고 한다. 이 작품의 제작시기가 영신(永新)의 활동시기와 겹치며, 작품 끝에 생황의 여운이 묘사된 것도, 연주를 수반한 노래를 듣고 지었다는 추정을 뒷받침해 준다.

005 옥호음 玉壺吟
옥 술 단지의 노래

烈士擊玉壺	열사烈士가 옥 술 단지 두드리며
壯心惜暮年	침통한 마음으로 저문 세월 탓하노라.
三杯拂劍舞秋月	석 잔 술에 칼을 들고 가을 달빛에 춤추다가
忽然高詠涕泗漣	문득 낭랑하게 읊조리곤 눈물을 뿌리노라.
鳳凰初下紫泥詔[1]	봉황이 처음으로 자줏빛 조서를 내렸을 적에
謁帝稱觴登御筵	군왕 뵙고 잔 받으며 높은 자리에 올랐니라.
揄揚九重萬乘主[2]	구중궁궐 지체 높으신 임금을 높이 기렸고
謔浪赤墀青瑣賢[3]	지체 높은 어진 분들께 허물없는 농담도 하였다.
朝天數換飛龍馬[4]	조회에 나가면서 여러 번 비룡마를 바꾸었고
敕賜珊瑚白玉鞭	임금께선 산호와 백옥 장식의 채찍도 내리셨다.
世人不識東方朔	세상사람 동방삭東方朔을 못 알아보았다만
大隱金門是謫仙[5]	금문金門에 어엿이 숨은, 귀양 온 신선이었다.
西施宜笑復宜顰[6]	서시西施야 웃어도 찌푸려도 늘 고왔지만
醜女效之徒累身	못난이가 따라 하다 큰 허물이 되었더라.
君王雖愛蛾眉好	임금이야 어여쁜 이 사랑하였건만
無奈宮中妒殺人	질투에 눈 먼 궁중 사람을 어쩌지는 못하였니라.

해제

≪세설신어世說新語≫<호상豪爽>편에 "왕처중(王處仲; 王敦, 266~324)은 매번 술을 마친 후, '늙은 천리마 구유에 엎드려 있으나 그 뜻은 천리에 있도다. 열사는 나이가 저물었다만 장한 마음 그치지 않도다.[烈士暮年, 壯心不已.]'라 읊으며, 여의(如意)로 타호(唾壺)를 치곤하여

타호 주둥이의 이가 다 빠졌다."라 하였다. <옥호음玉壺吟>이라는 제목은 이 고사를 끌어 쓴 것이다.

✿ 주석

1 紫泥(자니) : 천자나 귀인이 쓰는 자줏빛 인주. 무도자수(武都紫水)에 진흙이 있는데, 그 빛이 보랏빛이며 점성이 있어 가공하여 옥새 찍힌 문서를 봉하는 데 썼기에, 임금이 내린 조서를 아름답게 일컫는 별칭이 되었다고 한다.

2 揄揚(유양) : 찬양하여 높이 기리다.

3 謔浪(학랑) : 함부로 농담을 하며 희롱하다.

* 赤墀青瑣(적지청쇄) : 붉게 꾸민 마룻바닥과 푸른 무늬로 가장자리를 장식한 창. 모두 궁궐의 건축양식으로서 여기서는 앞 구의 '九重萬乘'의 임금과 대구(對句)를 이루며, 궁궐의 대전에 오르는 고관들을 가리킨다.

4 飛龍馬(비룡마) : 궁중 최고의 말. 당대 궁중에는 금위군이 타는 말을 공급하는 마구간이 여섯 개 있었는데 그중 비룡구(飛龍廐)의 말이 가장 뛰어났으며, 학사(學士)가 처음 궁중에 들어가면 비룡마를 빌려주었다고 한다.

5 金門(금문) : 금마문(金馬門). 한 대(漢代) 청동 말이 서 있던 내시부(內侍府)의 문으로서, 한나라 동방삭(東方朔)이 자신을 가리켜 '세상을 피해 금마문에 깃든 신선'이라 하였다. 악부 <동무음>, <고풍>30 참조.

6 宜嚬(의빈) : 찌푸려도 아름답다. 춘추시대 월(越)나라 미인 서시(西施)는 심장병을 앓아 이따금 찌푸렸는데, 그 모습도 아름다웠다.

✿ 해설

임금의 총애를 한 몸에 받고 궁중에서 호사스러운 생활을 누리던 지난날을 회고하며, 비방을 받아 쫓겨날 수밖에 없었던 사연과 현재의 비통한 심경을 토로한 자전적 성격의 작품이다. 그가 지은 <술을 기다려도 오지 않음待酒不至> 시의 "옥단지에 푸른 줄 매어, 술 받아오기 어이 이리 더딘고.[玉壺系青絲, 沽酒來何遲.]" 구절 등 여러 용례로 볼 때, 옥호(玉壺)는 술 단지임이 분명하며, 백옥 단지와 절세가인은 본인이 자부해 마지않는 순수한 품성과 타고난 재능을 상징하고 있다.

006 빈가행 豳歌行上新平長史兄粲

신평장사 찬 형님께 올린 빈 땅의 노래

豳谷稍稍振庭柯[1]	빈곡豳谷의 칼바람, 뜨락 나무 뒤흔들 제
涇水浩浩揚湍波[2]	드넓은 경수涇水에 소용돌이 휘도네.
哀鴻酸嘶暮聲急	슬픈 기러기 애끓는 울음소리 저물녘에 요란한데
愁雲蒼慘寒氣多	수심 찬 구름 캄캄해지며 한기마저 오싹하네.
憶昨去家此爲客	생각하면 지난날 집 떠나 예 노닐 적
荷花初紅柳條碧	연꽃은 막 붉어지고 버들가지 푸르렀지.
中宵出飮三百杯	한밤중에 나와서 삼백 배를 마셔대고
明朝歸揖二千石[3]	날 밝으면 돌아가 어르신께 읍했었지.
寧知流寓變光輝	어이 알았으리, 떠도는 세월 속에 그 빛도 바래
胡霜蕭颯繞客衣	북녘 서리 매섭게 나그네 옷 파고들 줄.
寒灰寂寞憑誰暖	차가운 재 적막한데 그 누가 덥혀주리.
落葉飄揚何處歸	낙엽은 펄펄 날려 어디로 돌아가는지.
吾兄行樂窮曛旭[4]	우리 형님 행락은 밤낮으로 이어져
滿堂有美顔如玉	온 집안에 옥 같이 고운 얼굴 그득하네.
趙女長歌入彩雲	조趙의 기생 긴 노래는 오색구름으로 들어가고
燕姬醉舞嬌紅燭	연燕의 계집 취한 춤은 붉은 촛불에 교태롭네.
狐裘獸炭酌流霞[5]	여우 갖옷 입고 귀한 숯 달궈 유하배流霞杯로 마시나니
壯士悲吟寧見嗟	장사의 비통한 노래, 어이 가여이 여기리오.
前榮後枯相翻覆[6]	앞에 빛나다가 뒤에는 시들함이 서로 갈마들거늘
何惜餘光及棣華[7]	남은 빛 아우에게 비추기를 아껴 무엇 하리오.

해제

신평(新平)은 지명으로 지금의 섬서성 빈현(彬縣)이다. 개원(開元) 13년 빈(豳)을 빈(邠)으로 바꾸었고 천보(天寶) 원년 신평군(新平郡)으로 바꾸었으며, 건원(乾元) 원년에 다시 빈주(邠州)가 되었다. 장사(長史)은 벼슬이름으로 주(州) 장관(長官)의 보좌직에 해당한다.

찬(粲)에 대해서는 ≪신당서≫<재상세계표宰相世系表>에서 조군(趙郡) 이씨(李氏)의 동조방(東祖房) 중에 복주자사(濮州刺史)를 지낸 찬(粲)이라는 인물이 나오는데, 이 사람이 신평(新平)으로 옮겨 온 것으로 추측된다.

주석

1 豳谷(빈곡) : 지명. 빈주(邠州)에서 동북쪽으로 30리 떨어진 골짜기로, 농천수(隴川水) 서쪽에 있으며 옛날 후직(后稷)의 증손인 공류(公劉)가 도읍으로 정한 곳이라 한다.

稍稍(초초) : 나뭇가지가 잎이 다 지고 마른 모습.

2 涇水(경수) : 강 이름. 안정(安定) 조나현(朝那縣) 서쪽 계두산(筓頭山)에서 발원하여 동남쪽으로 신평(新平)과 부풍(扶風)을 지나 장안(長安) 고릉현(高陵縣)에서 위수(渭水)와 합쳐진다.

3 二千石(이천석) : 위작(僞作)으로 의심받는 이백의 악부 <맹호행猛虎行>에 "방울 울리며 지체 높은 분들과 사귀었지.[擊鈴交通二千石]"라는 구절이 나온다. 당시 이천 석의 녹(祿)을 받은 관직이라면 자사(刺史)에 해당된다.

4 曛旭(훈욱) : 밤낮. 훈(曛)은 해가 지는 황혼을 말하고, 욱(旭)은 해 돋는 모습이다.

5 獸炭(수탄) : 짐승 모양으로 만든 숯. ≪진서晉書≫<양수전羊琇傳>에 "수(琇)의 성격은 호사스러워 돈 쓰는 데 구애되지 않았는데, 재 부스러기로 짐승 모양의 숯을 만들어 술을 데우니, 낙양의 호사가들이 앞 다투어 이를 흉내 내었다."라 하였다.

* 流霞杯(유하배) : 신선이 마시는 술잔(流霞杯). 가음 <백호자가> 참조.

6 前榮後枯(전영후고) : 예전과 지금의 대우가 다르다는 것을 만물의 변화에 빗댄 표현.

7 餘光(여광) : 남은 빛. 남은 은덕. ≪사기≫<저리자감무열전樗里子甘茂列傳>에 따르면, 감무(甘茂)가 진(秦)을 탈출하여 제(齊)로 달아나 소대(蘇代)를 만났다고 한다. 이때 소대(蘇代)는 제(齊)를 위해 진(秦)나라에 사신을 가던 중이었는데, 그를 만난 감무(甘茂)가 말하기를 "저는 진(秦)나라에 죄를 지어 두려워 도망했는데 자취를 숨길 데가 없습니다. 제가 듣기를 가난한 집 여인과 잘사는 여인이 모여 길쌈을 하는데 가난한 여인이 말하기를 '제가 초를 살 수 없는데 그대 촛불이 다행히 여분이 있으니, 당신이 빛을 나누어 준다면, 그대의 밝음을 이지러뜨리지 않고도 한 사람이 편의를 보겠네요.'라고 하였다 하는데, 지금 신은 곤

궁하고 그대는 진(秦)으로 길 떠나려 하시온데, 그곳에 저의 처자식이 있으니 그대의 희미한 빛으로 통촉하시기 바랍니다."라고 하였다고 한다.

* 棣華(체화) : 형제. ≪시경 소아≫<당체棠棣>에 "아가위 꽃이여. 꽃받침이 화려하도다[棠棣之華, 鄂不韡韡.]"라고 한 구절이 있는데, 아우가 형을 존경하고 형이 아우를 잘살게 해주어 우애가 빛나는 것을 비유한 노래이다. 이후로 우애로운 형제 사이를 체화(棣華)라고 하게 되었다.

✿ 해설

화려했던 지난날을 회상하며, 입신출세하여 호사스럽게 지내는 일가 형에게 자신의 옹색한 처지를 하소연하는 작품이다. '가행(歌行)'은 초당사걸(初唐四傑)의 창작 이후로, 인생무상(人生無常)의 주제(主題)를 즐겨 다룬 7言 장편(長篇) 형식인데, 이 작품 또한 제목과 내용 면에서 그 흔적을 보여주고 있다. 가음 해제(解題) 참조.

007 서악운대가 西岳雲臺歌送丹丘子

원단구를 전송한 서악 운대의 노래

西岳崢嶸何壯哉	서악西岳은 삐쭉삐쭉 어이 그리 웅장한가
黃河如絲天際來[1]	실낱같은 황하는 하늘가에서 내려오네.
黃河萬里觸山動	황하는 만 리에 흘러 산을 치고 철썩대며
盤渦轂轉秦地雷[2]	널따란 소용돌이 휘돌아 진秦 땅에 진동하네.
榮光休氣紛五彩[3]	빼어난 빛 좋은 기운, 오색으로 뒤섞여
千年一淸聖人在[4]	천년에 한번 맑아지면 성인이 난다네.
巨靈咆哮擘兩山[5]	황하 신이 포효하며 두 산을 갈라놓고
洪波噴流射東海	큰 물결 뿜어 대며 동해로 쏟아지네.
三峰却立如欲摧[6]	세 봉우리는 거꾸러질 듯 솟았으며
翠崖丹谷高掌開[7]	푸른 벼랑 붉은 골짜기에 높다란 손바닥 펼쳤네.
白帝金精運元氣[8]	가을 임금의 번쩍이는 정령이 원기를 부려
石作蓮花雲作臺[9]	돌로 연꽃을 만들고 구름으로 누대를 지었네.
雲臺閣道連窈冥	운대雲臺사다리는 까마득히 하늘로 이어지고
中有不死丹丘生	그 가운데 불사신 단구생丹丘生이 산다네.
明星玉女備灑掃[10]	샛별옥녀 대령하여 물 뿌리며 소제하고
麻姑搔背指爪輕[11]	등 긁어주는 마고선녀 손가락 날렵하네.
我皇手把天地戶[12]	우리 임금, 손에다 천지 문을 잡았는데
丹丘談天與天語[13]	단구는 하늘을 말하며 하늘과 소통하네.
九重出入生光輝[14]	구중을 출입하며 찬란하게 빛나거늘
東求蓬萊復西歸[15]	동으로 봉래를 찾았다가 다시 서쪽으로 돌아왔네.
玉漿儻惠故人飮[16]	신선의 음료, 벗에게 나눠 주려나

騎二茅龍上天飛[17]　　두 마리 띠 풀 용 타고 하늘로 날아오르게.

해제

서악(西岳)은 오악(五岳) 중의 하나인 화산(華山)을 말하며, 섬서성 화음현(華陰縣)에 있다. 높이 수천 길 되는 석벽이 층층이 깎아지르고, 여러 봉우리들과 팔괘지(八卦池), 태을지(太乙池), 백련지(白蓮池), 창포지(菖蒲池), 이십팔수지(二十八宿池), 세신평(細辛坪), 옥녀세두분(玉女洗頭盆), 노군동(老君洞), 선기대(仙棋臺), 창룡령(蒼龍嶺), 일월애(日月崖), 선장암(仙掌巖) 등의 명승지가 있다. <고풍>19 참조.

운대(雲臺)는 화산의 북쪽 봉우리로서 사면이 깎아지른 듯 우뚝하게 솟아 마치 돈대(墩臺; 흙으로 쌓은 대) 모양을 이루었다. 그 아래 굴이 있는데 예전에 어떤 사람이 이 동굴로 들어가서 동쪽의 산으로 나와 가다보니, 황하 밑으로 지나게 되어 위쪽으로 물 흐르는 소리가 들렸다고 한다.

단구자(丹丘子)는 이백의 친구인 원단구(元丹丘)를 말한다. 시 속에 '단구(丹丘)' 혹은 '단구생(丹丘生)' 등으로 나오기도 한다.

주석

1 黃河如絲(황하여사) : 송대 주밀(周密; 1232~1308)의 《계신잡식癸辛雜識》에 "오악(五岳) 중 화악(華岳, 華山)이 제일로 험준한데, 위로 사십오 리를 가도록 길이 없어, 쇠줄을 타고 갈 수 밖에 없다. 산꼭대기에 서악묘(西岳廟)가 있는데, 황하를 바라보면 꼭 허리띠와 같도다." 라 하였다.

2 盤渦轂轉(반와곡전) : 넓은 소용돌이가 무서운 기세로 수레바퀴처럼 휘돌다.

3 榮光(영광) : 여기서는 황하에서 발하는 오색 빛을 말한다.

4 千年一淸(천년일청) : 황하는 천 년에 한 번 맑아지는데, 이는 성군이 나올 징조라고 한다.

5 巨靈(거령) : 황하의 신을 말한다. 장형(張衡)의 <서경부西京賦>에 나오는데, 이에 대한 설종(薛綜)의 주(注)에 따르면, 화산은 하동(河東)의 수양산(首陽山)을 마주하고 있는데, 황하가 이 두 산 사이로 흘러간다. 전설에 의하면 이 두 산은 본래 하나였는데 황하가 구불구불 흘러가면서 황하의 신 거령(巨靈)이 손으로 그 위를 열고, 다리로 그 아래를 끊어놓고 중간을 둘로 나누어 황하가 그 사이를 흐르게 하였다고 한다. 그 손발의 흔적은 후대에까지 선명

하게 남아있다고 한다.

6 三峰(삼봉) : 화산(華山) 세 봉우리인 부용(芙蓉, 蓮花), 낙안(落雁), 옥녀(玉女)를 말한다. 위로 수 천 길 솟았는데 아래로부터 작은 봉우리가 층층이 솟아 박산향로(博山香爐)처럼 보인다고 한다.

7 高掌(고장) : 화산의 동북쪽에 있는 손바닥 모양의 바위. 황하의 신 거령(巨靈)의 손바닥이라고 한다. 바위벽은 흑색이고 석고가 이 검은 가운데서 흘러나와 굳어서 흔적을 이루어 황색과 흰색이 섞여 있다. 멀리서 바라보면 다섯 손가락 같으므로, 황하의 신이 산을 갈라놓았던 손바닥 자국이라 하였다. 손바닥 높이는 서른 길 정도이며 다섯 손가락은 들쭉날쭉한데, 높이 이십 길인 중지가 꼭대기 봉우리로 가장 높다.

8 白帝(백제) : 가을을 맡은 서쪽의 신을 말한다. ≪침중서枕中書≫에 따르면, 오제(五帝) 중의 하나인 금천씨(金天氏)가 백제(白帝)가 되어서 화음산(華陰山)을 다스렸다고 한다.

9 石作蓮花雲作臺(석작연화운작대) : 명(明) 신몽(愼蒙)의 ≪명산기名山記≫에서 "이백의 시에 '돌로 연꽃을 만들고 구름으로 대를 지었다.[石作蓮花雲作臺]'라는 구절이 있는데, 산의 모습을 보자니 밖으로는 뭇 산들이 연의 꽃잎 같고, 중간의 세 봉우리가 삐죽 올라와 연꽃 같으며, 그 아래는 운대봉(雲臺峰)이 있어, 멀리서 바라보면 푸른 연꽃이 운대 위에 피어난 것 같다."라 하였다.

10 明星玉女(명성옥녀) : 선녀의 이름. ≪태평광기≫<집선록集仙錄>에서 "샛별옥녀(明星玉女)는 화산(華山)에 살며 옥으로 된 음료를 마시고 대낮에 하늘로 오른다."라고 하였다. <고풍>19, 가음 <옥진선인사玉眞仙人詞> 참조.

11 麻姑(마고) : 선녀 이름. 그녀의 손톱은 새의 발톱과 같았다고 하는데, ≪신선전≫에 채경(蔡經)이 그녀를 만났을 때 그 손톱을 보고서 등이 가려울 때 그걸로 긁으면 좋겠다는 생각을 했다가 왕원(王遠)에게 채찍으로 등을 맞았다는 이야기가 나온다.

12 我皇(아황) : 당 현종(玄宗)을 가리킨다.

* 天地戶(천지호) : ≪한무제내전≫에 의하면 왕모(王母)는 시녀 법안영(法安嬰)에게 명하여 <원령지곡元靈之曲>을 부르게 했다고 하는데, 여기에 "천지가 너르고 크다만, 나는 천지의 문을 잡았노라.[我把天地戶]"라는 구절이 있다.

13 談天(담천) : ≪사기≫<맹자순경열전孟子荀卿列傳>에서 "제(齊)나라 사람들은 '하늘을 말하는 추연(鄒衍)[談天衍]'이라는 속어(俗語)를 만들었다."하였고, 유향(劉向)의 ≪별록別祿≫에서는 "추연(鄒衍)이 하는 말은 오덕(五德)의 시말(始末)과 천지의 광대함이며, 그의 글도 하늘의 일을 말하기 때문에 그래서 하늘을 말한다[談天]고 한다."라 하였다.

14 九重出入(구중출입) : 이백 연구자 안기(安旗). 설천위(薛天緯)는 ≪금석속편金石續篇≫에 실린 <玉眞公主朝詣譙郡眞源宮受道王屋山仙人臺靈壇祥應記>라는 비문 중에 '西京大昭成觀威儀臣元丹丘奉敕修建'이라는 기록을 근거로, 원단구가 왕옥산(王屋山)에 가서 옥진공주(玉眞公

主)의 수도사(受道事)에 참여하고, 또 왕의 명을 받아 서경(西京) 대소성관(大昭成觀)의 위엄을 과시하는 기념비 건립 작업을 주도한 행적들을 가리킨 것으로 보았다.

15 東求蓬萊(동구봉래) : 원단구가 옥진공주를 따라 왕옥산(王屋山)에 가서 수도(受道)한 일을 가리킨 듯 하다.

16 玉漿(옥장) : 신선의 음료. ≪신선습유神仙拾遺≫에 의하면, 숭산(嵩山) 북쪽에 큰 굴이 있는데 한 노인이 그 가운데 잘못 떨어졌다. 십 여일을 헤매다보니 띳집이 한 채 있었는데 두 신선이 바둑을 두면서 한 판이 끝나면 몇 잔의 음료를 그냥 마셨다. 노인이 배고프다 하자 바둑 두는 이들이 그와 나누어 마셨는데, 다 마시고 나니 기력이 열 배나 났다. 반년 있다가 촉(蜀)의 청성산(青城山)으로 나오게 되었는데, 낙양(洛陽)으로 돌아가 장화(張華)에게 물으니, 그곳은 신선의 집이며, 마신 것은 옥장(玉漿)이라고 하였다.

17 茅龍(모룡) : 띠 풀로 된 용. ≪열선전≫ 중에 한중(漢中)의 관문 아래에 살던 점술가 호자선(呼子先)이 신선에게서 두 마리를 받아 주모와 함께 타고 화음산(華陰山)에 올랐다는 띠풀 용을 말한다. 처음에는 띠풀 강아지인 줄로 알고 받았는데, 타보니 용이었다고 한다. <고풍>20 참조.

해설

유창한 장광설로 화산(華山)의 위용을 묘사하며, 벗 원단구가 입관(入官)과 유선(遊仙)의 간극을 뛰어넘어 조야(朝野)의 존경을 한 몸에 받았던 일을 예찬한 작품이다. 이백 연구자 안기(安旗) 등은 천보 2년(743) 장안에 있던 이백이 자신보다 먼저 장안(長安)을 떠나는 원단구를 전송하면서 그의 행적을 기린 작품으로 보았다.

008 원단구가 元丹丘歌

원단구의 노래

元丹丘	원단구元丹丘는
愛神仙	신선을 사랑하여
朝飮潁川之淸流[1]	아침엔 영천潁川의 맑은 물을 마시고
暮還嵩岑之紫煙[2]	저녁엔 숭산嵩山 자줏빛 안개 속으로 돌아오지.
三十六峰長周旋	서른여섯 봉우리를 장 돌고 돌면서
長周旋	돌고 또 돌아
躡星虹	별과 무지개까지 가나니
身騎飛龍耳生風	몸은 비룡을 타고 귀에서 바람 이네.
橫河跨海與天通	황하를 질러 바다 건너 하늘까지 통하나니
我知爾遊心無窮	나는 안다네, 그대 노니는 마음 가없는 줄을.

해제

원단구(元丹丘)는 이백 시에 자주 등장하는 이백의 벗이다. 가음 <서악운대가> 참조.

주석

1 潁川(영천) : 강 이름. ≪수경주水經注≫에 따르면, 영수(潁水)는 영천(潁川) 양성현(陽城縣) 서북 소실산(小室山)에서 시작된다.

2 嵩岑(숭잠) : 하남성에 있는 숭산(嵩山)을 말한다. ≪하남통지河南通志≫에 "숭산(嵩山)은 오악(五岳)의 가운데에 있어 중악(中岳)이라고 불린다. 그 산은 두 개의 봉우리로 되어 있는데, 동쪽은 태실(太室), 서쪽은 소실(小室)이다. 남으로는 등봉(登封), 북쪽으로는 공읍(鞏邑), 서쪽으로는 낙양(洛陽), 동쪽으로는 밀현(密縣)에 걸쳐서 백 오십여 리에 펼쳐 있다. 소실산에서

영수(潁水)가 발원하며, 이 산에 서른여섯 개의 봉우리가 있는데, 조악(朝岳), 망락(望洛), …… 등이다."라 하였다. <고풍>18 참조.

✿ 해설

신선처럼 거칠 것 없는 벗의 모습을 자유자재의 율조(律調) 속에 녹여낸 수작이다.

009 부풍호사가 扶風豪士歌

부풍 호걸의 노래

洛陽三月飛胡沙	낙양洛陽 삼월에 황사가 휘날리니
洛陽城中人怨嗟	낙양 사람들 원망하며 한숨짓네.
天津流水波赤血[1]	천진교天津橋 흐르는 물에 붉은 피가 출렁대고
白骨相撑如亂麻[2]	백골이 쌓인 모습 뒤엉킨 삼대 같네.
我亦東奔向吳國	나 또한 동으로 달아나 오吳 땅으로 향하자니
浮雲四塞道路賖[3]	뜬 구름이 사방 막고 길 또한 아득하네.
東方日出啼早鴉[4]	동쪽에 해 뜨고 이른 까마귀 울어댈 제
城門人開掃落花	사람이 성문 열고 떨어진 꽃을 비질하는데
梧桐楊柳拂金井	오동과 버들 나부끼는 고운 우물가
來醉扶風豪士家	부풍扶風 호걸의 집으로 와서 취하네.
扶風豪士天下奇	부풍의 호걸은 천하에 별난 인물.
意氣相傾山可移	의기가 투합하니 산조차 옮기겠네.
作人不倚將軍勢[5]	됨됨이가 장군 세도에 기대지 않으니
飮酒豈顧尙書期[6]	술 마시면 상서尙書와의 약조인들 대수리.
雕盤綺食會衆客	멋진 쟁반 귀한 음식으로 뭇 손을 맞아
吳歌趙舞香風吹	오吳의 노래, 조趙의 춤에 향그런 바람 이네.
原嘗春陵六國時[7]	평원平原 맹상孟嘗 춘신春申 신릉군信陵君은 육국 시절에
開心寫意君所知[8]	마음 열고 뜻 펼치면 주군이 알아줬고
堂中各有三千士	집에는 저마다 식객이 삼천 명
明日報恩知是誰	내일 보은報恩할 자가 뉘일까 했었지.
撫長劍	긴 칼에 손 대고

一揚眉	눈썹 한번 움찔하면
淸水白石何離離[9]	맑은 물에 흰 돌 어이 그리 또렷한고.
脫吾帽	내 모자 벗고서
向君笑[10]	그대 향해 웃으며
飮君酒	그대의 술 마시고
爲君吟	그대 위해 노래하네.
張良未逐赤松去	장량張良이 적송자赤松子를 따라가진 못했으나
橋邊黃石知我心[11]	다리 옆 누른 돌은 이 마음 알 것이네.

✿ 해제

부풍(扶風)은 옛 지명으로서 당대(唐代)엔 장안 근교인 관내도(關內道)의 봉상부(鳳翔府)에 속하였다. 지금의 섬서성 봉상현(鳳翔縣) 일대이다. 호사(豪士)는 호방한 인물, 즉 호걸이다.

✿ 주석

1 天津(천진) : 낙양(洛陽)에 있는 다리 이름. <고풍>18 참조.

2 撐(탱) : 기대어 세우다.
* 亂麻(난마) : ≪사기≫<천관서天官書>에 '죽은 시신들이 뒤얽힌 삼대[亂麻] 같다.'는 표현이 있다.

3 賒(사) : 멀다.

4 東方日出(동방일출) : 안록산의 난으로 나라가 어수선하고 피난길이 험난했지만, 피난지인 동부 지방은 태평하였다는 뜻이다.

5 將軍勢(장군세) : 한(漢) 신연년(辛延年; B.C.220~?)의 시에 '옛적 곽가네 노비 중, 풍씨(馮氏)네 자도(子都)란 자가 장군의 위세를 빌어서[依倚將軍勢], 주막의 오랑캐 계집을 희롱했네.'라는 구절이 있다. 장군의 힘에 의지한다는 것은 세도가의 힘을 빌린다는 뜻이다.

6 尙書期(상서기) : 높은 벼슬아치(尙書)와의 약속. ≪한서≫<진준전陳遵傳>에 의하면, 진준은 술을 무척 좋아하여 매번 크게 마셨는데, 손님이 집에 가득차면 갑자기 문을 닫아걸고 손님 수레의 비녀장(자물통)을 우물 속에 던져 넣어, 급한 일이 있어도 끝내 못 가게 하였다

고 한다. 한번은 어떤 자사(刺史)가 일을 아뢰러 왔다가 크게 마시고는 매우 난처하게 되었는데, 진준이 만취하기를 기다렸다가 그의 어머니께 가 머리를 조아리며, "상서(尙書)를 만나 문서 받을 약속이 있다"고 아뢰자, 그의 어머니가 후원으로 나가게 해주었다고 한다.

7 原嘗春陵(원상춘릉) : 전국시대 조(趙)의 평원군(平原君), 제(齊)의 맹상군(孟嘗君), 초(楚)의 춘신군(春申君), 위(魏)의 신릉군(信陵君) 등의 네 공자(公子)를 말한다. 이들은 몸을 낮추고 사방의 선비들을 우대하여 각각 식객이 삼천 명이나 되었다고 한다.

8 開心寫意(개심사의) : 마음을 열고 뜻을 펼치다. 寫意는 瀉意와 같다.

9 淸水白石(청수백석) : <고염가행古艶歌行>에 "그대에게 말하노니 눈 흘기지 마오. 물이 맑으면 돌은 절로 보이는 법.[水淸石自見]"이라는 구절이 있다. 이는 떳떳하면 거리낄 것이 없다는 뜻이다.

10 脫吾帽, 向君笑(탈오모, 향군소) : ≪자치통감≫<양기梁紀>10에서 "이주영(爾朱榮)이 상당왕(上黨王) 천목(天穆)과 한창 내기를 하는 중인데, 성양왕(城陽王) 휘(徽)가 이주영의 모자를 벗기고서 즐겁게 소리치며 빙빙 돌았다."라 하였고, 이에 대한 호삼성(胡三省)의 주에서 이백 시의 이 대목을 인용하면서, 모자 벗고 즐겁게 춤추는 것은 이민족의 풍습일 것이라고 추측하였다.

11 黃石(황석) : ≪사기≫<유후세가留侯世家>에 따르면, 한(漢)의 공신 장량(張良; 字 子房, ?~B.C.186)은 젊은 시절에 하비(下丕)의 흙다리에서 황석공(黃石公)이라는 노인을 만나 태공(太公)의 병법서를 받았는데, 그 후 13년 뒤에 고조(高祖) 유방(劉邦)를 따라서 제북(濟北)을 지날 때 곡성산(穀城山) 아래에서 '누른 돌[黃石]'을 발견하고는 귀중하게 모시며 제사를 지냈다. 장량이 죽자 이 돌도 함께 묻었고 그 무덤을 황석총(黃石冢)이라고 불렀다고 한다.
또 장량이 공신에 책봉되어 유후(留侯)에 봉해진 후 선인 적송자(赤松子)를 따르겠다고 하면서 조정에서 물러나와 벽곡(辟穀), 도인(道引), 경신(輕身) 등을 배웠다고 한다. 여기서는 자신이 아직 공을 세우고 신선을 따라 노닐지는 못하고 있지만, 재능만은 장량(張良) 못지않다는 자부심을 표현한 것으로 볼 수 있다.

해설

756년 안록산의 난을 피하여 강남 율양(溧陽) 땅으로 피난하였을 때, 호의를 베푼 부풍 출신의 인물에게 찬사와 함께 감사의 마음을 전하며, 재능이 있으면서도 불우한 자신의 처지를 한대의 유후(留侯) 장량(張良)에게 빗대어 노래한 작품이다. 전란의 뒤숭숭한 분위기 때문인지 혹은 술기운 탓인지 분방하다 못해 산만한 감이 있으며, 상대방을 의식한 의례적인 표현도 적지 않다. 그의 영감은 강렬한 감정에 사로잡혔을 때 빛을 발하였던 것 같다.

010 산수벽화가 同族弟金城尉叔卿燭照山水壁畫歌

문중 아우 금성 현위 숙경과 촛불로 산수벽화를 비춰 본 노래

高堂粉壁圖蓬瀛[1]	높다란 집 회벽에 봉래蓬萊와 영주蓬洲 그림
燭前一見滄洲淸[2]	촛불 앞에 창주滄洲의 맑은 경치 펼쳤어라.
洪波洶湧山崢嶸	큰 파도 몰아치고 산 우뚝 솟아올라
皎若丹丘隔海望赤城[3]	단구丹丘처럼 환한 적성산赤城山을 바다 건너 보노라.
光中乍喜嵐氣滅[4]	촛불에 명멸하는 산 기운이 문득 즐거워
謂逢山陰晴後雪[5]	“눈 그친 후 산음 설경 마주한듯하다” 말하네.
廻谿碧流寂無喧	휘도는 골짜기 푸른 물은 조용하니 소리 없어
又如秦人月下窺花源[6]	진秦나라 사람이 달빛 아래 도화원桃花源을 엿보는 듯.
了然不覺淸心魂	어느새 또렷하게 영혼이 맑아지니
祇將疊嶂鳴秋猿[7]	흡사 첩첩산중에 가을 잔나비 우는 듯.
與君對此歡未歇	그대와 보노라니 즐거움 끝이 없어
放歌行吟達明發[8]	소리 높여 노래하다 먼동이 터오누나.
卻顧海客揚雲帆	뱃사람이 구름 돛 올리는 모습 돌아보자니
便欲因之向溟渤	신선의 땅으로 가고픈 맘 절로 일어라.

해제

금성위(金城尉)는 금성의 현위(縣尉)를 말한다. ≪당서唐書≫<지리지地理志>에 따르면, 경조(京兆) 홍평현(興平縣)의 본래 이름은 시평(始平)이다. 경룡(景龍) 2년(708)에 중종(中宗)이 금성공주(金城公主)를 토번(吐蕃)에게 보내면서 이곳까지 와서, 이곳의 이름을 금성(金城)으로 바꾸었다고 한다. 그 외에도 금성(金城)이라는 지명은 여러 곳이어서 이 작품에서 어디를 가리키는지 확실치 않다.

숙경(叔卿)은 신룡(新龍; 705~707)년간에 중서사인(中書舍人)과 소문관학사(昭文館學士), 공부시랑(工部侍郎) 등을 지낸 이적(李適)의 아들이다. 이씨 성이므로 문중 아우[族弟]라 한 것이다.

주석

1 蓬瀛(봉영) : 동해에 있다고 믿어온 신선의 세계인 봉래(蓬萊)와 영주(瀛洲)를 가리킨다.

2 滄洲(창주) : 세속과 거리가 먼 바다, 즉 은둔의 세계를 뜻한다. 가음 <강상음江上吟> 참조.

3 丹丘(단구) : 신선이 사는 곳으로 밤낮으로 늘 밝다고 한다.

* 赤城(적성) : 지금의 절강성 천태현(天台縣) 북쪽에 있는 산 이름. 흙이 모두 붉고 바위 봉우리가 연이어 있어 마치 노을이 낀 것 같다고 하여, 이 이름이 붙었다고 한다.

4 嵐氣(남기) : 산 기운.

5 山陰(산음) : 고을 이름. 지금의 절강성 소흥(紹興). 회계산(會稽山)의 북쪽에 위치하여 이런 이름이 생겼다. 물이 맑고 땅도 아름다운 곳으로, 왕희지(王羲之)는 "산음의 길을 가는 것은 마치 거울 속을 걸어가는 것 같다."라고 하였다.

6 花源(화원) : 무릉(武陵)의 도화원(桃花源)을 가리킨다. 여기서 진인(秦人)은 세상의 혼란을 통해 처음으로 도화원을 찾아 들어왔던 사람들을 말한다.

7 祇將(지장) : 흡사 ~인 듯하다.

* 嶂(장) : 높고 가파른 산.

8 溟渤(명발) : 큰 바다. 명(溟)과 발(渤)은 각각 바다의 이름인데, 여기서는 봉래(蓬萊)나 영주(瀛洲) 같은 신산(神山)이 있는 큰 바다를 말한 것이다.

해설

일가 아우와 함께 어둠 속에서 촛불을 비추어 가며 벽화를 구경한 감동을 노래하고 있다. 가물대는 촛불 속에 눈앞에 홀연히 펼쳐지는 채색 산수화는 별천지인 양 경이로워, 가슴 벅찬 상상의 세계로 작자를 이끈다. 티 없이 맑고 아름다운 세상에 대한 이백의 그리움이 잘 표현된 작품이다.

011 백호자가 白毫子歌

백호자의 노래

淮南小山白毫子[1]	회남淮南 소산小山 백호자白毫子는
乃在淮南小山裏	아직도 회남淮南의 소산小山에 산다네.
夜臥松下雲	밤에는 소나무 아래 구름에 눕고
朝餐石中髓[2]	아침엔 바위 속 진액을 먹는다네.
小山連綿向江開	소산은 연이어 강을 향해 열렸는데
碧峰巉巖淥水迴	푸른 봉우리 우뚝우뚝, 맑은 물 감도네.
余配白毫子	나 또한 백호자처럼
獨酌流霞杯[3]	홀로 유하배流霞杯로 마시네.
拂花弄琴坐青苔	꽃을 쓸고 거문고 퉁기며 푸른 이끼에 앉으니
綠蘿樹下春風來	초록 덩굴 나무 아래로 봄바람이 불어오네.
南窗蕭颯松聲起	남쪽 창에 설렁설렁 솔바람 일제
憑崖一聽淸心耳	언덕 모퉁이에서 들으며 마음 귀를 씻어보네.
可得見	볼 수는 있어도
未得親	가까이하긴 어려워.
八公攜手五雲去[4]	팔공八公이 손을 끌어 오색구름 위로 사라지고
空餘桂樹愁殺人[5]	공연히 계수나무만 남아 사람 애를 끊누나.

해제

백호자(白毫子)는 당시의 은자의 호칭이다. 주1 참조

✿ 주석

1 淮南小山(회남소산) : 회남왕(淮南王) 유안(劉安; B.C.179~122) 문하의 문인을 말한다. 왕일(王逸)의 <초사서楚辭序>에 "<초은사招隱士>는 회남 소산(淮南小山)이 지은 것이다. 옛날에 회남왕(淮南王) 유안(劉安)이 옛것을 좋아하고 천하의 뛰어난 선비들을 불러다 품으니, 팔공(八公; 주4 참조)의 무리를 비롯하여 다들 그의 덕을 흠모하고 그 어짊에 의지하여 저마다 재주와 지혜를 다하여 작품을 짓고, 나누어 사부(辭賦)를 지어 비슷한 이들끼리 서로 추종하였다. 그리하여 어떤 이는 대산(大山)이라 하고 어떤 이는 소산(小山)이라 하였는데, 그 뜻은 마치 ≪시경≫에 <소아小雅>와 <대아大雅>가 있는 것과 같다."라 하였다.

또 ≪고금주古今注≫에서는 "<회남왕淮南王> 악곡은 회남(淮南) 소산(小山)이 지은 것이다. 회남왕은 복식(服食)을 통해 신선을 추구하며 방사(方士)들을 두루 예우하였는데, 결국 팔공(八公)과 손을 잡고 함께 떠나버려 어디에 있는지 아무도 모른다. 소산(小山)의 무리들은 그를 그리워한 나머지 마침내 <회남왕> 악곡을 지었다."라 하였다.

왕기(王琦)의 견해에 따르자면, 앞 구의 '淮南小山'은 <초사서楚辭序>를 근거로 백호자(白毫子)의 재주를 빗대어 찬미한 것이고, 뒷 구의 '淮南小山'은 백호자가 은거한 곳을 말한 것이다. 백호자는 아마도 당시의 은자(隱者)였던 것 같다.

2 石中髓(석중수) : ≪열선전≫에서 "공소(邛疏)라는 사람은 주(周)나라의 봉사(封士)로서 기(氣)를 부리고 육체를 단련할 수 있었는데, 석수(石髓)를 삶아 먹으면서 이를 석종유(石鍾乳)라고 하였다."라 하였다. 석회 동굴의 종유석(鐘乳石)을 가리키는 듯하다.

3 流霞杯(류하배) : 마시면 몇 달 동안 배고프지 않다는 신선의 음료, 유하(流霞)를 따라 마시는 술잔.

4 八公(팔공) : 회남왕과 함께 등선(登仙)했다고 하는 여덟 명의 도인(道人). ≪수경주水經注≫에서 "회남왕 유안(劉安)은 선비들에게 몸을 낮추면서 유학을 좋아하였고, 방술(方術)하는 무리 수십 명을 곁에 두었는데 모두 뛰어나고 특이한 이들로 신선의 비법과 뛰어난 도술을 갖고 있었다. 홀연히 수염과 눈썹이 흰 여덟 명의 노인들이 나타나 그를 만나고자 하니, 문지기가 말하기를 '우리 왕은 장생술을 좋아하시는데, 선생들은 노쇠함을 이기는 방법도 모르시니 뵙기 어려울 것입니다.'라 하였다. 그러자 이들은 갑자기 동자(童子)로 변하였다. 그 후로 왕은 팔공을 매우 중히 여기게 되었다. 이들은 모두 연금술과 연단술에 능하여 거칠 것 없이 자유로웠는데, 회남왕과 함께 산에 올라 금을 땅에 묻고는 하늘로 승천하였다. 약이 그릇에 남아 있었는데 이를 핥아먹은 개와 닭도 모두 공중으로 떠올랐다."라 하였다.

5 桂樹(계수) : 회남소산(淮南小山)이 지었다는 <초은사招隱士>에 "계수나무 빽빽이 깊은 산 속에 자라네."라는 구절이 있다.

✿ 해설

평생 도교를 통해 마음의 위안과 해방을 얻었던 이백은 도사들의 헌걸찬 위풍과 기골을 예찬하며, 그들을 헌원(軒轅), 회남왕(淮南王), 왕자진(王子晉), 상산사호(商山四皓), 농옥(弄玉), 마고(麻姑) 같은 전설 속의 인물에 비기곤 하였다. 백호자가 사는 청정한 산중의 모습, 초속적이고 자유로운 은거생활이 한 폭의 신선도처럼 깨끗하게 묘사되어 있다.

이 작품을 백호자 곁에 있으면서 그를 예찬한 노래로 보기도 하는데, 작품 중간에 등장하는 '홀로 마시다[獨酌]'라는 표현을 미루어볼 때, 마시는 주체인 이백(余)이 백호자를 '配'한다는 앞 구절은 '사모하다, 그리워하다'로 보아, 백호자를 그리며 지은 노래로 이해하는 것이 온당하다.

012 양원음 梁園吟

양원의 노래

我浮黃河去京闕	나 황하에 배를 띄워 장안을 멀리 떠나
掛席欲進波連山	돛을 올려 가려 하니 산 같은 파도 줄이었다.
天長水闊厭遠涉	하늘 멀고 강물 넓어 먼 물길이 싫증날 제
訪古始及平臺間[1]	옛 자취 찾아 처음으로 평대平臺에나 가볼거나.
平臺爲客憂思多	평대의 길손에겐 수심이 많아
對酒遂作梁園歌	술을 들며 양원가梁園歌를 지어보자니
卻憶蓬池阮公詠	문득 봉지蓬池를 노래한 완적阮籍이 생각나
因吟淥水揚洪波[2]	“맑은 물에 큰 물결 일며”를 읊어보네.
洪波浩蕩迷舊國[3]	큰 물결 드넓은데 옛 고장에서 헤매며
路遠西歸安可得	길은 먼데 어이하면 서쪽으로 돌아가려나.
人生達命豈暇愁	인생을 달관하면 수심 찰 겨를 있을 손가
且飮美酒登高樓	좋은 술이나 마시고 높은 누에 오르리라.
平頭奴子搖大扇	떠꺼머리 아이놈이 큰 부채를 부치니
五月不熱疑淸秋	오월도 덥지 않아 맑은 가을 같구나.
玉盤楊梅爲君設[4]	옥 접시에 양매楊梅를 그대 위해 내어놓고
吳鹽如花皎白雪[5]	꽃 같은 오 땅 소금은 백설보다 희도다.
持鹽把酒但飮之	소금을 안주 삼아 술을 들어 마실지니
莫學夷齊事高潔[6]	백이와 숙제처럼 고결함만 일삼지 말지라.
昔人豪貴信陵君	옛 사람 호걸 귀인 신릉군信陵君이었건만
今人耕種信陵墳[7]	지금 사람 그 무덤에 밭 갈아 씨 뿌리네.
荒城虛照碧山月	무너진 성엔 푸른 산 달빛만 속절없이 비치고

古木盡入蒼梧雲[8]	고목들은 모조리 창오蒼梧의 구름 속에 들었네.
梁王宮闕今安在	양왕의 궁궐은 지금 어디 있나
枚馬先歸不相待[9]	매승枚乘과 사마상여司馬相如, 먼저 가고는 기다리지 않았도다.
舞影歌聲散淥池	춤 그림자 노래 소리 맑은 연못에 흩어지고
空餘汴水東流海[10]	공연히 변수汴水만 남아 동해로 흘러간다.
沉吟此事淚滿衣	침울하게 이 일 읊자하니 눈물이 옷을 적셔
黃金買醉未能歸	황금으로 취하기를 사 돌아갈 줄 모르노라.
連呼五白行六博[11]	연해 오백을 부르면서 육박六博 놀이를 벌여
分曹賭酒酣馳暉	패를 갈라 술내기로 해 지는 줄도 잊노라.
歌且謠	노래하고 읊조리니
意方遠	가슴이 후련하다.
東山高臥時起來[12]	동산東山에 높이 누웠다 때 되면 일어날 터
欲濟蒼生未應晚	창생을 구하는 일 늦지는 않으리라.

해제

양원(梁園)은 한대(漢代) 양효왕(梁孝王)이 만들었다는 사방 삼백 리의 동산이다. 지금의 하남성 개봉(開封)의 동남쪽에 있었으며 양원(梁苑)이라고도 한다. 본래의 휴양성(睢陽城)을 칠십 리 넓히고 궁실을 많이 지어, 평대(平臺)까지 이어지는 이십 여리를 2층 복도로 연결하였다고 한다. 작품 속의 양왕(梁王)은 양효왕을 말한다.

주석

1 平臺(평대) : 양원(梁園) 동북쪽에 있었다는 누대의 터.

2 蓬池(봉지)…淥水揚洪波(녹수양홍파) : 진(晉)나라 시인 완적(阮籍)은 <영회시詠懷詩>16에서 "봉지(蓬池) 가를 서성이다가, 문득 대량(大梁)을 바라보네. 맑은 물에 큰 물결 일며(淥水揚洪波),

너른 들로 아득하게 달려가네. ……나그네 신세 벗조차 없으니, 고개 수그렸다 하늘 보며 설운 마음 가누지 못하네."라고 하여 외로움을 노래한 바 있다. 봉지(蓬池)는 하남성 위지현(尉氏縣)에 있던 연못.

3 舊國(구국) : 화려했던 옛 고장, 대량(大梁).

4 楊梅(양매) : 난대 지방에서 자라는 소귀나무의 붉은 색 열매.

5 吳鹽(오염) : ≪한서≫<오왕비전吳王濞傳>에 "동쪽에서 바닷물을 끓여 소금을 만든다."고 하였는데, 지금의 강소성(江蘇省) 일대인 오(吳) 지역에서 만들어진 소금이 중국 전역에서 사용되었다고 한다.

6 夷齊(이제) : 백이(伯夷)와 숙제(叔齊). 주(周)나라 무왕(武王)의 은(殷)나라 정벌에 반대하여 수양산(首陽山)에 들어가 고사리를 캐먹다가 세상을 떠났다.

7 信陵墳(신릉분) : 신릉군(信陵君)에 봉해졌진 전국시대 위(魏)나라 공자(公子) 무기(無忌)의 묘. 그는 어질고 선비들을 예우하였기에 사방 천리에서 선비들이 모여와 식객이 삼천 명이나 되었다고 하며, 그의 묘가 대량(大梁:지금의 開封) 준의현(浚儀縣) 남쪽 12리에 있다고 한다.

8 蒼梧(창오) : 지금 호남성 영원현(寧遠縣) 남쪽에 있는 구의산(九疑山)을 말한다. 흰 구름이 창오(蒼梧)에서 나와 대량(大梁)으로 들어간다고 하는 전설이 있다.

9 枚馬(매마) : 한대(漢代)의 문인이었던 매승(枚乘)과 사마상여(司馬相如). 양효왕의 빈객으로 양원에 와서 놀았다는 이들도 지금은 죽고 없다는 뜻이다.

10 汴水(변수) : 하남성 형양시(滎陽市)에서 개봉(開封) 성 안을 지나 회수(淮水)로 흘러드는 강. 변하(汴河)라고도 한다.

11 號五白(호오백) : 쌍륙(雙六) 놀이에서 말을 던져 효(梟)가 되면 '오백(五白)'을 부른다. 또 효가 한 쌍이 되면 민채(珉采)라 하여 상대의 말을 빼앗게 되는데, 그러면 이기기 때문에 오백을 소리쳐 부른다고 한다.

* 六博(육박) : 쌍륙 놀이. 여섯 개의 막대기와 여섯 개의 말 두 벌을 가지고 하는 노름.

12 東山高臥(동산고와) : 동진(東晉)의 사안(謝安; 320~385)이 젊은 시절 고고하게 동산(東山)에서 은거하며 지낸 일을 가리킨다. 그는 지금의 절강성 상우현(上虞縣) 남서쪽 45리에 있는 동산에 은거하면서 조정에서 여러 차례 명을 내려 벼슬에 임명해도 나오지 않았지만, 뒤에는 재상의 지위에 올라 왕실의 위기를 구하고 외적의 침입에 맞서는 등 많은 공을 세웠다.

해설

일찍이 남조(南朝) 시대 사혜련(謝惠連; 397~433)은 <설부雪賦>에서 양효왕(梁孝王)이 추양

(鄒陽), 매승(枚乘), 사마상여(司馬相如) 등의 문인들과 어울려 양원(梁園)에서 설경을 감상하면서, 번갈아 노래하는 방식으로 눈 내리는 풍경을 묘사하였다. 하지만 북위(北魏)의 역도원(酈道元)이 ≪수경주水經注≫에서 노래 누대는 무너지고 피리 소리도 사라졌다고 하였듯이, 이 시대에 이미 양원은 영고성쇠의 무상함을 느끼게 할 정도로 폐허가 된 유적지였다. 이백도 이곳 주변에서 명망을 떨쳤던 옛 호걸들의 무상한 자취를 바라보며 불우한 자신을 다독이며 애써 대범해지고자 하였다.

대부분의 주석가들은 이백이 약 3년간의 한림공봉(翰林供奉)의 관직을 접고 장안을 나와, 양원에서 두보(杜甫)와 고적(高適)을 만나 함께 노닐 때 지은 745년 무렵의 작품으로 추정하고 있다. 하지만 근인 안기(安旗) 등은 신릉군과 같은 제후급 인물에게 발탁을 기대하는 중간의 시구나, 마지막 두 구에 담긴 낙관적 기대 등을 미루어볼 때, 관직 생활에 환멸을 느낀 중년 이후의 작품으로 보기는 어렵다고 보았다. 또 장안을 나와 양원으로 가는 경로도 황하 강물을 따라간 것으로 묘사된 첫 구절로 볼 때, 육로를 통해 양원에 도착한 745년경의 작품은 아니라고 하였는데, 일리 있는 주장이다.

013 명고가1 鳴皐歌送岑徵君

잠징군을 전송한 명고산의 노래

若有人兮思鳴皐[1]	아! 명고산鳴皐山 그리운 사람이 있건만
阻積雪兮心煩勞[2]	쌓인 눈이 가로막혀 가슴 답답하네.
洪河凌競不可以徑度[3]	큰 강물이 덜덜 떨려 건널 수 없고
冰龍鱗兮難容舠[4]	얼음장이 용 비늘 같아 거룻배도 못 띄우네.
邈仙山之峻極兮	신선 사는 산, 멀고도 가파름이여
聞天籟之嘈嘈[5]	하늘이 으르렁대는 소리만 들린다네.
霜崖縞皓以合沓兮[6]	서리 언덕 새하얗게 저 멀리 펼쳐지면
若長風扇海	마치 긴 바람이 바다를 부채질하여
湧滄溟之波濤	푸른 바다 파도가 솟구쳐 오르는 듯.
玄猿綠羆[7]	검은 잔나비와 푸릇한 큰곰이
舔談崟岌[8]	날름날름 위태위태
危柯振石	가지 꼭대기에서 바위를 울리면서
駭膽慄魄	간담이 서늘하여 벌벌 떨리도록
羣呼而相號	떼 지어 소리치며 서로를 부른다네.
峰崢嶸以路絕	봉우리 삐죽삐죽 길은 끊어지고
掛星辰於巖嶅[9]	까마득한 벼랑 위엔 별들이 걸렸네.
送君之歸兮	돌아가는 그대를 전송하면서
動鳴皐之新作	명고산 새 노래를 연주하나니
交鼓吹兮彈絲	북과 피리에 거문고도 울리면서
觴清泠之池閣	청령清泠 연못 누각에서 권커니 자시거니.

君不行兮何待	그대 안 떠나고 무엇을 기다리나
若反顧之黃鵠	마치도 누른 학이 뒤돌아보는 듯.
掃梁園之羣英	양원의 뭇 꽃들을 모두 쓸어버리고
振大雅於東洛	동쪽 낙양에서 큰 포부 펼치고는
巾征軒兮歷阻折[10]	수레에 포장 씌워 험한 길을 넘어
尋幽居兮越巇崿[11]	깊은 곳을 찾아서 험한 산을 넘을 테지.
盤白石兮坐素月	희고 너른 바위 위 흰 달빛 속에 앉아
琴松風兮寂萬壑	송풍곡松風曲을 몰아 타면 온 골짜기 고요하리.

望不見兮心氛氳[12]	바라봐도 뵈지 않아 마음만 어지럽고
蘿冥冥兮霰紛紛	덩굴 풀 얼기설기 싸락눈 푸슬푸슬
水橫洞以下淥	계곡물은 아래로 맑아 너르게 펼쳐져
波小聲而上聞	잔물결 소리 위에까지 들리겠네.
虎嘯谷而生風	골짜기에 범이 울어 바람이 일고
龍藏溪而吐雲[13]	계곡에 용이 숨어 구름을 토하겠네.
冥鶴淸唳[14]	숨은 학은 맑게 울고
飢鼯嚬呻[15]	주린 청솔모 찌푸리며 끽끽대고
塊獨處此幽默兮	우두커니 홀로 앉아 잠자코 있노라면
愀空山而愁人[16]	빈산이 시름겨워 서글퍼지리.

雞聚族以爭食	닭들은 모여 먹을 것을 다투지만
鳳孤飛而無鄰	봉황은 홀로 날며 이웃조차 없도다.
蝘蜓嘲龍[17]	도마뱀붙이가 용을 비웃고
魚目混珍[18]	물고기 눈깔이 진주와 뒤섞였다.
嫫母衣錦[19]	못난 모모嫫母가 비단옷을 걸치고

西施負薪[20]	고운 서시西施가 땔나무를 등에 졌다.
若使巢由桎梏於軒冕兮[21]	소보巢父와 허유許由더러 벼슬을 살게 함은
亦奚異於夔龍蹩躠於風塵[22]	기夔와 용龍이 진창에 빠진 것과 무에 다르랴.
哭何苦而救楚[23]	슬피 울어 초楚나라를 구해본들 무엇 하며
笑何誇而却秦[24]	담소하며 진秦나라를 물리친들 무엇 하랴.
吾誠不能學二子	나 진실로 이 두 사람 배워서
沽名矯節以耀世兮[25]	명예 사고 허리 굽혀 낯내는 일 못하겠다.
固將棄天地而遺身	그저 한 세상 버리고, 이 한 몸도 내던지고
白鷗兮飛來	흰 갈매기여 너희 날아오면
長與君兮相親	오래도록 너와 함께 친해 보리라.

해제

송본(宋本)에는 제목 아래에 "이때 양원에 눈이 석자나 쌓였고, 청령지에서 지었다.[時梁園三尺雪, 在淸泠池作.]"라는 원주(原注)가 붙어 있다.

남조(南朝)시대 사혜련(謝惠連; 397~433)은 <설부雪賦>에서 양효왕(梁孝王)이 추양(鄒陽), 매승(枚乘), 사마상여(司馬相如) 등의 문인들과 어울려 양원(梁園)에서 설경을 감상하면서, 번갈아 노래하는 방식으로 눈 내리는 풍경을 묘사하였는데, 이를 의식한 설정인 듯하다. 가음 <양원음> 참조. 청령지(淸泠池)는 양원 근처에 있었던 연못으로, 이 이름은 요(堯)임금에게서 천하를 맡아달라는 청(請)을 들었다는 허유(許由)의 이야기를 듣고 그의 벗 소보(巢父)가 가서 귀를 씻었다는 강물 청령수(淸泠水)에서 유래한 것이다. <고풍>24 참조. <원화군현지>에 양원은 하남도(河南道) 송주(宋州) 송성현(宋城縣)에서 동남쪽으로 10리 되는 곳에 있고, 청령지는 송성현에서 동쪽으로 2리 되는 곳에 있다고 하였다. 지금의 하남성 상구현(商丘縣) 동쪽이다.

명고(鳴皐)는 지금의 하남성 숭현(崇縣) 동북쪽에 있는 산 이름으로, 당대(唐代)에는 육혼현(陸渾縣)에 속하였다.

잠징군(岑徵君)은 이백의 친구였던 잠훈(岑勛)을 말한다. 이백의 시 <酬岑勛見尋就元丹丘對酒相待以詩相招>와 <將進酒>에 나오는 잠부자(岑夫子)가 바로 이 사람이다. 징군(徵君)은 징사(徵士)라고도 하는데, 조정의 부름을 받고도 벼슬에 나가지 않은 사람을 말한다.

주석

1 若有人兮(약유인혜) : ≪초사≫ <구가九歌 산귀山鬼>편에 "아, 산모퉁이에 사람이 있도다[若有人兮山之阿]"라고 한 구절이 있다. 여기서 若은 감탄사.

2 煩勞(번로) : 장형(張衡; 78~139)의 <사수시四愁詩>에서 "어이해 근심 안고 마음 답답해하는가.[何爲懷憂心煩勞]"라 하였다.

3 凌競(능경) : 벌벌 떨리다. 양웅(揚雄)은 <감천부甘泉賦>에서 "하늘 문으로 내달아 능경(凌競)에 들어선다.[馳閶闔而入凌競]"라 하였는데, 이 '凌競'에 대해 복건(服虔)은 두렵다[恐懼]는 뜻으로, 안사고(顏師古)는 춥고 떨리는 곳[寒涼戰慄之處]으로 풀이하였다.

4 龍鱗(용린) : 얼음장이 용 비늘처럼 날카롭게 솟은 모습을 형용한 것.

* 舠(도) : 돛이 없는 작은 배. 거룻배.

5 天籟(천뢰) : 대자연의 소리. ≪장자≫의 <제물론齊物論>에 인뢰(人籟), 지뢰(地籟)와 함께 나온다.

6 縞皓(호호) : 희다.

* 合沓(합답) : 여럿이 모이고 중첩되다.

7 玄猿綠羆(현원녹비) : 검은 수컷 원숭이와 초록빛이 도는 털을 가진 큰곰.

8 舔錟(첨담) : 혀를 날름거리는 모습.

* 崟岌(음급) : 높고 위태로운 모습.

9 嚴嶅(엄오) : 산이 가파르고 잔 돌이 많은 모습.

10 巾征軒(건정헌) : 장거리 여행용 수레에 포장을 씌우다. 여기서 巾은 동사로 쓰였다.

11 巘崿(헌악) : 험한 낭떠러지.

12 氛氳(분온) : 분분하다. 많고 복잡하다.

13 虎嘯谷(호소곡)……吐雲(토운) : ≪회남자≫<음양훈陰陽訓>에서 "범이 울부짖으니 골짜기 바람이 일고, 용이 오르니 상서로운 구름 이어지네.[虎嘯而谷風至, 龍擧而景雲屬.]"라 하였다.

14 唳(려) : 학 우는 소리.

15 冥鶴(명학)……飢鼯(기오) : 사조(謝朓; 464~499)의 시에서 "외로운 학은 아침 되면 울어대고, 배고픈 날다람쥐 이 밤에 울어댄다.[獨鶴方朝唳, 飢鼯此夜啼.]"라 하였다.

16 愀(초) : 근심하다.

17 蝘蜓(언정) : 인가의 벽에 살며 용과 비슷하게 생겨 사람들이 가지고 놀기도 하는 회갈색 도마뱀붙이. 일명 수궁(守宮)이라고도 한다.

18 魚目(어목) : ≪문선≫에 실린 장협(張協; ?~307)의 <잡시雜詩>에 "물고기 눈알이 밝은 달

을 비웃는다[魚目笑明月]"라 하였는데, 이선(李善)의 주(注)에서 ≪낙서雒書≫를 인용하여 "진(秦)에서 금 거울을 잘못 만들어, 물고기 눈알이 구슬 사이에 섞였다."라 하였고, 또 ≪한시외전韓詩外傳≫을 인용하여 "백골은 상아와 비슷하고, 물고기 눈알은 구슬과 닮았다."라 하였다. 악부 <국가행鞫歌行> 참조. 그의 <답왕십이한야독작유회答王十二寒夜獨酌有懷>시에도 "고기 눈알도 나를 비웃으며, 밝은 달이 되기를 청하네.[魚目亦笑我, 請與明月同.]"이라는 구절이 있다.

19 嫫母(모모) : 중국 고대의 임금인 황제(黃帝)의 넷째 부인으로, 현명했지만 못생겼다고 한다.

20 西施(서시) : 춘추시대 월(越)나라 출신의 미녀. 악부 <채련곡採蓮曲>, <자야오가子夜吳歌>2 참조.

* 負薪(부신) : ≪오월춘추吳越春秋≫에 따르면 월왕(越王)이 관상 보는 사람을 시켜 저라산(苧羅山) 나무꾼의 딸 서시(西施) 정단(鄭旦)을 찾아내어, 비단 옷을 입히고 자태를 가르치고 성 안 일을 익히게 하여 오(吳)임금에게 바쳤다고 한다.

21 使巢由桎梏於軒冕(소유질곡어헌면) : 소유(巢由)는 요(堯)임금 시대에 산에 은거하여 유유자적하게 살았던 소보(巢父)와 허유(許由)를 말한다. 악부 <산인권주山人勸酒> 참조. 여기서 질곡(桎梏)은 동사로서 은자를 벼슬자리(軒冕)에 붙들어 매어 구속한다는 뜻으로 쓰였다.

22 夔龍蹩躠於風塵(기룡별설어풍진) : 기룡(夔龍)은 ≪상서尙書≫<순전舜傳>에 나오는 순임금 시대의 훌륭한 신하인 기(夔)와 용(龍)을 가리키며, 별설(蹩躠)은 절뚝대며 걷는 모습을 말한다.

23 救楚(구초) : ≪춘추좌씨전春秋左氏傳≫ 정공(定公) 4년조에 따르면, 오(吳)나라가 초(楚)나라의 수도 영(郢)을 침공하자 초나라의 신포서(申包胥)가 진(秦)나라에 들어가 궁궐 벽에 기대어 밤낮으로 통곡하여 진나라로부터 구원병을 얻어 초나라를 구했다고 한다.

또 ≪전국책戰國策≫에는 오나라가 초나라와 백거(柏擧)에서 싸움이 붙어 수도 영이 함락될 위기에, 초나라의 분모발소(棼冒勃蘇)가 진나라로 달려가 식음을 전폐하고 밤낮으로 통곡하자, 결국 진왕이 감동하여 수레 천 대와 병졸 만병을 자포(子蒲)와 자호(子虎) 휘하에 맡겨 구원하게 하여 오나라 군사를 패퇴시켰다고 한다.

24 却秦(각진) : 전국시대 진(秦)나라가 조(趙)나라를 포위하고 압박을 가할 때, 노중련(魯仲連)이 나서서 대화로써 진나라 군사들을 물리친 일을 가리킨다. <고풍>10 참조. 좌사(左思)의 <영사詠史>3에서 "나는 노중련을 사모한다네. 얘기하고 웃어가며 진나라 군사 물리쳤지.[我慕魯仲連, 談笑却秦軍.]"라 하였다.

25 二子(이자) : 앞에 나온 신포서와 노중련을 가리킨다. 분모발소와 노중련으로 볼 수도 있다.

* 沽名矯節(고명교절) : 명예를 탐하여 허리를 굽히다.

✿ 해설

장편 고체 형식에 현란한 시취(詩趣)가 돋보이는 작품이다. 떠나는 벗과의 이별을 한하는 곡조가 찬연히 울리는 가운데, 장애물들의 기괴한 형상 너머로 검푸른 색채와 기이한 짐승들의 소리가 어우러져 펼쳐진 명고산은 그림같이 험준하고 빼어나다. 이어지는 어두운 신세한탄은 고금을 넘나들며 눈물과 웃음 사이를 누비다가, 마침내 흰 갈매기와 짝하는 무심의 세계에 이르러 비로소 잦아든다. 은거에의 소망과 지식인의 책무 사이에서 망설이면서, 속세의 가짜들에 속수무책인 형국, 이것이 신선 사는 명고산이 더없이 가파르고 사납게 보이는 이유이다.

평자(評者)에 따라서는 두서없이 장황한 작품이라고 평한 사람도 있고, 예측불허는 이백의 본색임을 이해하지 못한 경박한 견해라는 반박도 있다. 사실, 여러 단락으로 나뉠 수 있는 긴 분량에, 각 구절을 이루는 글자 수도 4, 5, 6, 7, 8, 9, 10, 11까지 자유로우며, 운(韻)도 여섯 번이나 바뀌는 등, 변화의 극치를 보여주는 작품인 것만은 틀림없다.

이러한 분방함은 굴원(屈原)의 <복거卜居>나 가의(賈誼; B.C.200~B.C.168)의 <조굴원부弔屈原賦> 같은 초사체(楚辭體)의 영향을 받은 것이다. 그의 대표작이라 할 수 있는 <몽유천모음유별夢遊天姥吟留別>도 구성이나 주제가 이 작품과 유사하여, 계년가(繫年家)에 따라서는 같은 해(746)에 지어진 것으로 분류하기도 한다.

014 명고가2 鳴皐歌奉餞從翁淸歸五崖山居

오애산장으로 돌아가는 종조부 어르신을 받들어 전송한 명고산의 노래

憶昨鳴皐夢裏還	그 옛날 꿈속에서 명고산鳴皐山에 돌아가
手弄素月淸潭間	말간 물가에서 흰 달 만지며 놀았지.
覺時枕席非碧山	깨어보니 잠자리는 푸른 산이 아니었고
側身西望阻秦關	몸 기우려 서쪽 보니 진관秦關이 가로막았지.
麒麟閣上春還早[1]	기린각麒麟閣 우에는 봄이 아직 이른데
著書卻憶伊陽好[2]	책을 쓰다 문득 그 좋던 이양현伊陽縣 그리워라.
青松來風吹古道	푸른 솔숲엔 바람 일어 옛 길에 불어오고
綠蘿飛花覆烟草[3]	초록 덩굴 날리는 꽃들, 뽀얀 풀밭 덮으리라.
我家仙翁愛淸眞	우리 집안 신선 어르신은 청진淸眞함을 사랑하며
才雄草聖淩古人[4]	높은 재주 훌륭한 초서草書, 옛 사람을 넘었는데
欲臥鳴皐絶世塵	세속과 인연 끊고 명고산에 누우려네.
鳴皐微茫在何處	명고산 아득하다, 어디에 있는고
五崖峽水橫樵路	다섯 벼랑 깊은 골에 나무꾼 길 벋어 있네.
身披翠雲裘	몸에는 푸른 구름 갖옷 걸치고
袖拂紫烟去	소매로 자줏빛 안개 헤치며 가시리.
去時應過嵩少間[5]	가실 때 응당 숭산嵩山 소실봉少室峯에 들릴 터
相思爲折三花樹[6]	그리우면 보리수나 꺾어 보내주오.

✿ 해제

從翁(종옹)은 종조부(從祖父)를 말한다. ≪신당서新唐書≫<종실세계표宗室世系表>에 의하면,

이청(李淸)은 당 태종(太宗)의 손자이자 조왕(趙王) 이정(李貞)의 아들이었다. 당대(唐代)의 작품과 시인들을 평론한 남송(南宋) 계유공(計有功)의 ≪당시기사唐詩紀事≫에 따르면, 이청은 천보(天寶) 24년(753)에 진사(進士)에 급제했다.

五崖山(오애산)은 다섯 개의 벼랑으로 이루어진 명고산(鳴皐山)을 말한다. 오애산거(五崖山居)는 이 명고산 안에 있었던 산장이었을 것이다.

주석

1 麒麟閣(기린각) : 한(漢)나라 때 비밀문서를 넣어 놓고 공신(功臣)들의 초상화를 걸었다는 전각. 악부 <새하곡>3, <사마장군가> 참조. ≪옹록≫2에 인용된 ≪삼보황도≫에서 "미앙궁에 있는 기린전에는 비밀문서를 수장해 놓았는데, 여기가 양웅이 교정보던 곳이다.[未央有麒麟殿, 藏秘書, 卽揚雄校書處.]"라는 한 구절에 비추어볼 때, 한(漢) 양웅(揚雄)이 교서(校書)하던 곳이 기린각(麒麟閣)이었음을 알 수 있다.

이백은 장안 생활을 회고하는 그의 시 <書懷贈南陵常贊府>에서 "목성이 한나라에 내려와, 동방삭이 임금을 뵈었네, 당대 사람들과 웃고 희롱도 하며, 하늘에서 임금의 총애가 내렸었네. 하루아침에 기린각을 떠나 끝내 조정과는 멀어지게 되었네.[歲星入漢年, 方朔見明主. 調笑當時人, 中天謝雲雨. 一去麒麟閣, 遂將朝市乖.]"라 하여, 자신의 장안 행적을 동방삭에 빗대며 벼슬 생활을 '기린각'으로 대유(代喩)하였다.

2 伊陽(이양) : 하남성에 있는 지명. 여기서는 이양현 동쪽 35 리에 있는 명고산을 가리킨다.

3 烟草(연초) : 산 속의 풀에 안개가 서린 것을 말한다.

4 草聖(초성) : 초서(草書)의 대가라는 뜻이다.

5 嵩少(숭소) : 크고 높아서 숭고산(崇高山)이라고도 하는 숭산(嵩山)은 중국의 오악(五岳) 중 중악(中岳)으로서, 영천(潁川) 양성현(陽城縣) 서북쪽에 있다. 이 산은 둘로 나뉘어져, 서남쪽은 소실(少室)이고 동북쪽은 태실(太室)이다. 가음 <원단구가> 참조.

6 三花樹(삼화수) : 보리수. 부처가 그 아래서 깨달음을 얻었다는 패다수(貝多樹)를 말한다. 일년에 세 번 꽃이 핀다고 해서 이름이 붙었다. 한나라 때 어느 도사가 그 씨앗을 가져다 심어 네 그루를 얻었는데, 숭산의 숭사(嵩寺)에 이 나무가 있었다고 한다.

해설

장안에서 벼슬 하던 시기에, 명고산으로 돌아가는 일가 어른을 전송하며, 청정한 산을 그리면서도 장안을 못 떠나는 갈등을 묘사한 작품이다. 이와 같이 일견 모순되어 보이는 지향은 장안에서 왕창령과 함께 일가 아우를 강남으로 보내며 쓴 <동왕창령송족제양귀계양同王昌齡送族弟襄歸桂陽> 2首에도 잘 드러나 있다. 이처럼 그의 평생 여정은 벽산(碧山)과 진(秦) 사이에서의 방황으로 이어졌다.

꿈 이야기나 오애산을 상상하는 몽롱한 의경에다, 벼슬에 묶여 어르신을 전송해야만 하는 엄연한 현실을 절묘하게 대비시킴으로서 그리움과 안타까운 정을 극대화하고, 흰 달, 푸른 산, 초록 덩굴, 날리는 꽃, 자줏빛 안개, 초서에 능한 어르신 등 고상한 형상과 아름다운 색채로 맑은 운치를 더하였다.

왕기(王琦) 등 여러 주석가들과 계년가(繫年家)들은 "몸을 기우려 서쪽 보니 진관이 가로막았다.[側身西望阻秦關]"라는 구절을 근거로, 이 작품은 이백이 진관(秦關 : 函谷關과 潼關 등)의 동쪽인 양원(梁園) 일대나 동노(東魯) 인근에 있을 때 지은 작품일 것이라 추정해 왔다. 그러나 '憶昨(일부 판본에서는 昨憶)'과 유사한 '憶昔'으로 시작하는 그의 <억구유기초군원참군憶舊遊寄譙郡元參軍> 등도 지난날에 대한 회고의 내용으로 전개되었음을 감안한다면, 기억 속의 어느 날이 묘사된 첫 4구를 작품 제작 시기나 장소의 추정 근거로 삼는 것은 타당치 않아 보인다.

이 때문에, 꿈을 꾸다 깨어났었다는 작품 첫머리의 장소는 오애산이 위치한 하남성 숭현(嵩縣) 동북쪽도 아니고, 길이 막혀 갈 수 없는 진(秦, 장안)도 아닌 제 3의 지역이며, 그것은 종래 주석가나 계년가들이 본 것처럼 반드시 장안의 동쪽에 위치한 양원(梁園)이나 동로(東魯)로 한정시킬 필요는 없다. 오히려 이백이 "'서쪽 장안이 막혔다'며 한탄한[橫江西望阻西秦]" <횡강사橫江詞>3의 횡강(橫江), 혹은 "정 서편으로 장안을 향하노라[正西望長安]" <추포가秋浦歌>1의 추포(秋浦), 또는 "서쪽 장안으로 들어가 해 근방에 가보리라던[西入長安到日邊]" <영왕동순가永王東巡歌>11의 양주(揚州)와 금릉(金陵) 일대 등, 장강 유역이었을 가능성이 높다.

또 기린각에서 책을 쓴다는 구절로 미루어볼 때, 이 작품은 장안 한림공봉 시기에 지어진 것으로 보인다.

015 노로정가 勞勞亭歌

노로정의 노래

金陵勞勞送客堂	금릉金陵의 노로정勞勞亭은 나그네 전송하는 곳
蔓草離離生道旁	덩굴 풀 더부룩이 길가에 났어라.
古情不盡東流水	옛 정은 동류수로도 다 하지 못할 손
此地悲風愁白楊	이곳 슬픈 바람에 백양白楊나무 수심 겹다.
我乘素舸同康樂[1]	나, 조각배 타고서 강락康樂과 함께 하여
朗詠淸川飛夜霜	맑은 강을 읊조리며 밤 서리를 날리노라.
昔聞牛渚吟五章[2]	그 옛날 우저牛渚에서 다섯 수를 읊었다니
今來何謝袁家郎[3]	이제 와 원가랑袁家郎에게 어이 사양하랴만
苦竹寒聲動秋月[4]	고죽苦竹의 차거운 소리 가을 달을 흔들고
獨宿空簾歸夢長	홀로 자는 빈 주렴에 돌아갈 꿈만 길고나.

✿ 해제

원주(原注)에서 "강녕현 남쪽으로 15리 되는 곳에 있다. 옛날 송별하던 장소로서 일명 임창관이라고도 한다.[在江寧縣南十五里. 古送別之所, 一名臨滄觀.]"라 하였다.

강녕현(江寧縣)은 지금의 남경(南京)으로, 과거에는 말릉(秣陵), 건업(建業, 建鄴), 건강(建康), 금릉(金陵) 등으로 불리기도 했다. 노로정(勞勞亭)은 오(吳)나라 때 이곳 노로산(勞勞山) 위에 세웠다는 정자이다. 여기서 노로(勞勞)는 애달프다는 뜻이다.

✿ 주석

[1] 舸(가) : 배.

* 康樂(강락) : 강락공(康樂公)에 봉해졌던 남조 송(宋)나라 시인 사령운(謝靈運; 385 ~433)을 가리킨다. 그의 시 중에 "가여워라, 뉘 집 장부인가, 강물 따라 조각배 타고 가네.[可憐誰家郞, 緣流乘素舸]"라는 구절이 있으니, 이백이 이를 본뜬 것이다.

2 牛渚(우저) : 지금의 안휘성 당도현(當塗縣) 북쪽에 있는 산 이름. 이 산의 북면으로 바로 장강과 접한 곳을 채석기(采石磯)라고 하는데 오래된 나루터로 알려져 있다.

3 袁家郎(원가랑) : 원씨 집안의 아들이란 뜻으로, 동진(東晉)의 문인 원굉(袁宏; 328 ~376)을 가리킨다. ≪세설신어≫에 따르면, 그는 젊었을 때 집안이 어려워 한때 남에게 고용되어 공물 운반하는 일을 하고 있었다. 그가 어느 달 밝은 밤에 배 위에서 영사시(詠史詩)를 읊고 있었는데, 때 마침 우저(牛渚)에 진을 치고 있던 진서장군(鎭西將軍) 사상(謝尙; 308~357)이 이곳에 나왔다가 그 소리를 듣고서 사람을 보내 알아보게 하고, 맞이하여 새벽이 될 때까지 이야기를 나누었다고 한다.

≪속진양추續晉陽秋≫에도 비슷한 이야기가 나오는데, 여기서는 원굉을 일컬어 '원임여랑(袁臨汝郞)'이라고 하였다. 이는 그의 부친 원욱(袁勖)이 임여(臨汝)의 수령(守令)을 지낸 적이 있기 때문이다. 여기서 원가네 아들 노릇을 사양치 않는다는 표현은 자신의 재능에 대한 자부심을 드러낸 것이다.

4 苦竹(고죽) : 대나무에는 담죽(淡竹)과 고죽(苦竹)의 두 종류가 있는데, 줄기와 잎 빛깔은 같고 죽순 맛이 순한 지 쓴 지에 따라 이름이 다르다고 한다.

해설

금릉(金陵)에서 당도(當涂)로 이어지는 장강(長江) 유역의 유서 깊은 이별의 장소, 노로정(勞勞亭)에서 작가는 고금의 무수한 작별을 상상하며 상심에 잠긴다. 그리고는 이곳을 거쳐 간 여러 인물들의 '만남'과 '출세'의 날을 상기하면서 자신의 앞날에 실낱같은 희망을 걸어본다. 그의 시 중에는 같은 소재를 쓴 <노로정勞勞亭>, <야박우저회고夜泊牛渚懷古>와 같은 작품도 있다.

수북한 가을 풀과 가슴 메어지는 이별을 병치시키는 표현은 악부 <거부사去婦詞>에도 등장하며, 백양나무로 가을의 수심을 돋구는 표현은 악부 <예장행豫章行>과 <상류전행上留田行>에도 보이는데, 이는 특정 사물과 특정 정서를 연관 짓는 시경의 '흥(興)'과 유사한 기법으로서, 고전적이고 소박한 풍취를 자아낸다. 이에 비해, "바람에 흔들리는 차거운 댓잎 소리가 가을 달을 흔든다.[苦竹寒聲動秋月]"는 마지막 구절은 섬세함의 극치를 보여준다. 이백 작품의 첫머리는 문을 열고 산을 보듯 시원하고 명쾌하지만, 마무리에 있어서는 도저히 따라갈 수 없다는 명대(明代) 안반(安磐; 1505 전후)의 찬탄이 잘 어울리는 시이다.

016 횡강사 橫江詞 6수

횡강사

(1)

人道橫江好	남들은 횡강橫江이 좋다고들 하지만
儂道橫江惡[1]	나는 횡강이 사납다 하겠네.
一風三日吹倒山	바람이 한 번 불면 사흘 동안 산을 뒤집고
白浪高於瓦官閣[2]	허연 물결은 와관각瓦官閣보다도 높은 것을.

해제

≪태평환우기太平寰宇記≫에 의하면, 횡강나루[橫江浦]는 화주(和州) 역양현(歷陽縣) 동남쪽 26 리 되는 곳에 있었으며, 강 건너 남쪽 언덕에 채석기(采石磯; 일명 牛渚)가 있어 배들이 오갔다고 한다. 지금의 안휘성 마안시(馬鞍市) 경내에 있다.

주석

1 儂(농) : 나. 1인칭 대명사로 오(吳)지방에서 주로 사용하는 방언이었다.

2 瓦官閣(와관각) : 남조 양대(梁代)에 남경(南京)의 성 밖에 세운 사찰이었던 와관사(瓦官寺)의 건물. 승원각(昇元閣)이라고도 한다. 이 절의 오래된 묘비에 따르자면, 법화경(法華經)을 읊던 어느 스님을 기와로 된 관(瓦棺)에 장사지냈는데 관 위에서 연꽃이 피어, 절 이름이 와관(瓦官)이 되었다고 한다. 또 다른 설로는, 벽돌과 기와(甎瓦) 만드는 도요지가 이 부근에 옮겨와 생겨난 이름이라고도 한다. 절 안에 높이 240척(1尺; 약 25cm) 되는 누각이 있어서 많은 사람들이 배에서 내려서 앞 다투어 여기에 올라 절경을 구경하였다.

(2)

海潮南去過尋陽[1]	밀물이 남쪽으로 밀려와 심양尋陽을 넘어
牛渚由來險馬當[2]	우저牛渚는 예로부터 마당馬當보다 험하다지.
橫江欲渡風波惡	횡강을 건너려면 풍파가 사납고
一水牽愁萬里長	한줄기 강물이 수심 끌어 만 리나 길데.

주석

1 尋陽(심양) : 지금의 강서성(江西省) 구강시(九江市). 심양(潯陽)으로 쓰기도 한다. 옛날에는 조수가 장강으로 밀려들면 심양까지 들어왔다고 하는데, 장계(張繼; 753전후)의 시 <봉기황보보궐奉寄皇甫補闕>에도 "밀물은 심양까지 밀려왔다 돌아가건만, 그리워도 편지 보낼 곳조차 없구나.[潮至潯陽回去, 相思無處通書.]"라고 한 구절이 있다.

2 牛渚(우저) : 지금의 안휘성 당도현(當塗縣) 북쪽에 있는 산 이름. 가음 <노로정가勞勞亭歌> 참조. 여기서는 이 산이 장강과 접한 부분인 채석기(采石磯)를 가리킨다. 이 채석기는 화주(和州)의 횡강 나루터[橫江渡]를 마주한 전술상 중요한 군사 주둔지였다. 우저(牛渚)란 '황금소가 나온 물가'라는 전설 때문에 붙은 이름이었는데, 뒤에는 인근에서 오색 돌이 난다고 채석(彩石)이라 개명하였다.

* 馬當(마당) : 강서성(江西省) 구강시(九江市) 팽택현(彭澤縣) 동북쪽 100여 리 되는 곳에 있는 산 이름. 장강에 걸쳐진 말 모양의 험준한 산세가 강을 건너는 배들에게 큰 위협이 되었다고 한다. 위 구절은 소와 말에 연관된 지명이 대비된 재미있는 표현이다.

(3)

橫江西望阻西秦[1]	횡강 서편 바라보니 서진西秦 땅은 막혀있고
漢水東連揚子津[2]	한수漢水는 동으로 양자진揚子津에 이었구나.
白浪如山那可渡	허연 물결 산 같으니 어이 건너리
狂風愁殺峭帆人[3]	미친바람이 뱃사람의 속을 썩이는구나.

✿ 주석

1 西秦(서진) : 전국시대 진(秦)나라가 있던 섬서성(陝西省) 일대를 가리키는 말. 여기서는 당나라 수도 장안(長安)을 가리킨다.

2 揚子津(양자진) : 강소성 한강현(邗江縣; 지금의 揚州市) 남쪽 장강 북안에 있던 나루터. 한수(漢水)는 파총산(嶓冢山)에서 발원하여 한구(漢口)에서 민강(岷江)과 합류하고, 다시 동쪽으로 흘러 양주(揚州)에 당도하면서 양자강(揚子江)이 되어 바다로 흘러들어간다. ≪자치통감≫의 호삼성(胡三省) 주(注)에서 "양자진(揚子津)은 지금의 진주(眞州) 양자현(揚子縣) 남쪽에 있으며 강을 건너는 나루터이다."라 하였다.

3 峭帆人(초범인) : 높다란 돛단배를 탄 뱃사람이란 말이다.

(4)

海神來過惡風迴	바다의 신이 지나가니 사나운 바람 휘돌고
浪打天門石壁開[1]	물결은 천문天門을 때려 돌 벽이 열렸어라.
浙江八月何如此[2]	절강浙江의 팔월인들 어이 이러하리
濤似連山噴雪來[3]	산처럼 잇단 물결, 눈을 뿜으며 다가오네.

✿ 주석

1 天門(천문) : 안휘성 당도현(當塗縣)의 서남쪽 30 리에 있는 박망산(博望山)과 양산(梁山)의 합칭(合稱)으로 아미(蛾眉)라고도 한다. 장강 사이로 두 산이 서로 대치하고 있는 모습이 마치 하늘의 문과 같다고 하여 생긴 이름이다.

2 浙江(절강) : 절강성 전당강(錢塘江)의 별칭. ≪수경주水經注≫에 의하면, 전당현(錢塘縣) 동남쪽에 정산(定山), 포산(包山) 등의 산이 있는데 모두 서쪽으로 절강(浙江)을 굽어본다. 강은 두 산 사이를 지나며 물결이 급하고 깊은 데, 조수가 주야로 맞부딪히는 그믐과 보름에 더욱 거세지고 2월과 8월에 최고조에 이른다고 한다.

3 連山(연산) : ≪문선≫에 수록된 진(晉) 목화(木華; 약 290)의 <해부海賦>에 "파도가 잇단 산과 같다.[波如連山]"라 하였다.

(5)

橫江館前津吏迎[1]	횡강관橫江館 앞에서 나루 아전이 나와 맞으며
向余東指海雲生	내게 동편 바다 구름 이는 곳을 가리키네.
郎今欲渡緣何事	"나으리, 지금 무슨 일로 건너시려는지
如此風波不可行	이런 풍파에는 갈 수가 없소이다."

주석

[1] 橫江館(횡강관) : 역정(驛亭)의 이름. 당대(唐代)에 채석 나루[采石津] 물가에 있던 채석역(采石驛)을 횡강관이라 하였다고 한다.

* 津吏(진리) : 나루터의 배와 교량을 관리하는 관리.

(6)

月暈天風霧不開	달무리 지고 큰 바람, 안개 자욱한데
海鯨東蹙百川迴	바다 고래 동편으로 닥쳐드니 온 강물이 빙빙 도네.
驚波一起三山動[1]	놀란 파도 한번 일면 삼산이 흔들리니
公無渡河歸去來	그대 강물 건너지 말고 돌아오시게.

주석

[1] 三山(삼산) : 강소성 강녕현(江寧縣) 북쪽으로 12 리 되는 장강 가에 세 개의 봉우리가 이어져 있는 산 이름.

해설

오(吳)지방의 사투리와 구어체가 많이 구사된 남방의 노래이다. 명(明)대 비평가 양신(楊愼)

은 ≪이시선李詩選≫에서 "<횡강사>는 여섯 편이 떨어져 있는 듯하나, 뜻은 목걸이처럼 하나로 엮여 있다."라고 하였듯이, 험준한 산과 사나운 파도, 강 건너기를 만류하는 아전의 걱정스런 목소리, 강을 건너지 못하여 안타까워하는 지은이, 모두가 어우러진 한 폭의 두루마리 그림이다.

017 월하음 金陵城西樓月下吟

금릉성 서루 달빛 아래의 노래

金陵夜寂涼風發	금릉金陵에 밤이 고요한데 서늘한 바람 일어
獨上高樓望吳越[1]	홀로 높은 누에 올라 오월吳越 땅을 바라본다.
白雲映水搖空城	흰 구름 물에 비쳐 빈 성 그림자를 흔들고
白露垂珠滴秋月	맑은 이슬 방울져 잠긴 가을 달에 떨어진다.
月下沉吟久不歸	달빛 아래 울적하게 읊조리며 서성거리니
古來相接眼中稀	자고로 마음 맞는 사람 얻기 드물거늘
解道澄江淨如練	맑은 강이 깁처럼 희다는 말, 알 듯도 하여
令人長憶謝玄暉[2]	사현휘謝玄暉가 사무치게 그리워지누나.

✿ 해제

금릉(金陵)은 지금의 남경(南京)이고, 성서루(城西樓)는 금릉성 서쪽에 진(晉)나라 은사(隱士) 손초(孫楚; ?~293)가 세웠다는 주루(酒樓)로 추측된다.

✿ 주석

1 吳越(오월) : 월주(越州) 회계군(會稽郡은 구천(勾踐; BC.496~BC.465 재위)이 세웠던 월나라의 도읍지이고, 소주(蘇州의 오군(吳郡)은 합려(闔閭; BC.514~BC.496 재위)가 세웠던 오나라의 도읍지였다.

2 玄暉(현휘) : 제(齊) 시인 사조(謝朓; 464~499)의 자(字)이다. 저녁 무렵 삼산에 올라 남경을 돌아보며 지은 <晩登三山還望京邑詩>라는 그의 시에서 "남은 노을 흩어지며 비단 자락이 되고, 맑은 강물 희기가 깁과 같구나.[餘霞散成綺, 澄江淨如練.]"라 하였다.

해설

청(淸)대 비평가 왕사정(王士禎; 1634~1711)은 <논시절구論詩絶句>에서, "(이백은) 평생토록 사조(謝朓)에게 머리 숙였네.[一生低首謝宣城]"라 하여 사조에 대한 이백의 흠모와 동경을 지적하였다. 일인(日人) 松浦友久는 천 여수의 이백 시 중에 '謝朓', '謝朓詩', '謝朓樓' 등과 같이 사조를 직접 언급한 것이 12곳, '玄暉'나 '謝玄暉' 등과 같이 자(字)를 쓴 것이 2곳, '謝公', '謝公作', '謝公宅' 등과 같이 경칭을 쓴 것이 5곳, '小謝'라 표현한 것이 1곳 등, 거론된 빈도수에서 압도적이라고 하면서 '투명함과 빛'을 동경하는 이백 시어의 성향이 바로 사조의 영향이라고 지적하였다.

사조에 대한 그리움을 강하게 표현한 이 작품은, 제목에 거론된 달빛 아래[月下] 펼쳐지는 흰 구름[白雲], 흰 이슬[白露], 마전한 비단[練], 맑다[滑], 깨끗하다[淨], 비다[空] 등, 희거나 투명함을 형용한 시어들을 통해 선배 시인의 청신(淸新)함을 닮고 싶은 마음을 드러내고 있다.

018 동산음 東山吟

동산의 노래

攜妓東土山[1]	기생을 끌고 동쪽 흙산에서 노닐자니
悵然悲謝安	사안謝安이 몹시도 가슴 아파라.
我妓今朝如花月	내 기생은 오늘 아침 꽃님 달님 같은데
他妓古墳荒草寒	저 기생 옛 무덤엔 잡초들만 썰렁하다.
白雞夢後三百歲[2]	흰 닭 꿈을 꾼 후 삼백 년이 되었으니
洒酒澆君同所懽	그대에게 술 뿌리며 함께 즐겨 보노라.
酣來自作青海舞[3]	거나해져 멋대로 청해무青海舞를 추자커니
秋風吹落紫綺冠	가을 바람은 자주빛 비단 관에 불어 떨어지누나.
彼亦一時	그도 한 때요
此亦一時	나 또한 한 때이거늘
浩浩洪流之詠何必奇[4]	너르고 큰 강물 읊던 일, 대단할 게 무어런가.

해제

"사안의 동산에 취해서 눕다[醉臥謝安東山]"라는 시제(詩題)로 전하는 판본도 있다. 원주(原注)에서 "토산(土山)은 강녕성(江寧城; 지금의 남경)에서 35리 떨어져 있으며 진(晉)나라 사안(謝安)이 기녀를 데리고 놀던 곳이다."라 하였다.

주석

[1] 土山(토산) : 진(晉)나라 태부(太傅) 사안(謝安; 320~385)은 자신이 예전에 은거하던 회계(會稽 : 지금의 절강성 소흥紹興)의 동산(東山)이 그리워서, 그 모습을 본떠 흙산을 만들어 토산(土山)이라 불렀으며, 여기에 숲을 조성하고 누대를 지어 조정의 선비들과 친지들을 불러다

놓고 기녀들과 놀았다고 한다. 이백의 시 <억동산憶東山>에도 사안(謝安)에 대한 그리움이 나타나 있다.

2 白雞(백계) : ≪진서晉書≫<사안전謝安傳>에 의하면, 사안(謝安)이 동산으로 돌아와 지내다가 병을 앓던 중, 하루는 이미 세상을 떠난 환온(桓溫)의 수레를 타고 16리를 가서 흰 닭을 만나는 꿈을 꾸었다. 그는 일어나 친구에게 말하기를, "환온 생전에 나는 목숨을 보전하지 못할까 늘 두려워했는데, 꿈속에서 그의 수레를 탔다는 것은 그의 뒤를 따른다는 뜻이요, 16리를 간 것은 그의 죽음으로부터 16년이 지났다는 뜻이며, 흰 닭을 본 것은 올해가 닭의 해라는 뜻이오. 그러므로 내 병은 낫지 않을 것이오."라 하고는 벼슬을 내놓고 얼마 후 세상을 떠났다고 한다. 여기서 흰 닭 꿈을 꾼 후라는 것은 사안이 세상을 떠난 후라는 의미이다.

* 三百歲(삼백세) : 송본(宋本)에는 "五百歲"로 되어 있지만, 사안의 시대로부터 이백에 이르는 기간은 약 삼백년이다.

3 青海舞(청해무) : 춤의 이름. 위호(魏顥)의 <이한림집서李翰林集序>에 따르면, 이백은 때때로 소양(昭陽)이나 금릉(金陵) 출신의 기생들을 데리고 사령운(謝靈運)처럼 돌아다녀, 세상에서 그를 이동산(李東山)이라고 불렀다고 한다. 또 준마(駿馬)나 미첩(美妾)이 있으면 2천석을 주고 성 밖까지 나가서 데려왔으며, 술 몇 말을 마시고 거나해지면 하인 단사(丹砂)로 하여금 청해파(青海波)라는 춤을 추게 하였다는데, 바로 이 시에 나오는 청해무(青海舞)인 듯하다.

4 浩浩洪流(호호홍류) : 위기의 순간에 사안(謝安)이 불렀다는 노래 구절. ≪세설신어≫<아량雅量>편에 의하면, 환공(桓公)이 병사를 매복시키고 연회를 베풀어 조정의 선비들을 두루 불러서, 그 참에 사안(謝安)과 왕탄지(王坦之)를 없애려 하였다. 왕탄지가 절박하여 "무슨 계책이 없습니까?" 하고 묻자, 사안은 의연하게 "진(晉) 왕조의 존망은 이 행동 하나에 달렸다."라고 답하고는 함께 앞으로 나아갔다. 왕탄지는 두려운 표정이 역력하였지만 사안은 더욱 늠름한 태도가 얼굴에 드러났다. 그는 계단을 바라보며 자리로 가면서 다소 코 막힌 듯한 낙양(洛陽) 서생의 창법으로 "너르고 너른 저 강물이여[浩浩洪流]"라는 시를 읊었다. 환공은 그의 호탕함에 놀라 서둘러 복병을 해산시켰다.

✿ 해설

남조 때 뛰어난 정치가이자 시인이었던 사안(謝安)이 노닐던 곳에 들러 그 감회를 표현한 작품이다. 흥 나는 대로 장단을 맞춘 노래로서, 고금의 흐름 속에서 자신의 위치를 조망해보며, 기생의 손을 잡고 술과 가무를 즐길 수 있는 자신의 처지는 그 누구의 것과도 견줄 수 없다고 큰소리친다. 이러한 오만방자함과 4, 5, 7, 9언으로 된 자유로운 리듬이 특유의 호탕함을 만들어내고 있다.

019 승가가 僧伽歌

승가의 노래

眞僧法號號僧伽	참 스님은 법명法名을 승가僧伽라 하는데
有時與我論三車[1]	이따금 나와 함께 삼거三車를 논한다네.
問言誦呪幾千遍	묻자니, "주문을 몇 천 번이나 읊었는고."
口道恆河沙復沙[2]	말씀이, "항하恆河 모래가 다시 모래 될 때까지."
此僧本住南天竺[3]	이 스님 본래 남천축南天竺에 살았는데
爲法頭陀來此國[4]	불법佛法 위해 떨치고 이 나라에 왔다네.
戒得長天秋月明	높은 하늘에 밝은 가을 달 같은 계戒를 받으니
心如世上青蓮色[5]	마음은 세상 밖 푸른 연꽃 빛일세.
意清淨	생각 청정하고
貌稜稜	모습 의연하니
亦不減	닳아질 것도 없고
亦不增	더할 것도 없도다.
瓶裏千年舍利骨[6]	병 안엔 천 년된 사리골舍利骨
手中萬歲胡孫藤[7]	손에는 만년 묵은 등나무 지팡이.
嗟予落泊江淮久[8]	나 오래도록 강회江淮의 나그네임을 탄식하던 터에
罕遇眞僧說空有[9]	공유空有를 설법하는 참 스님을 어렵사리 만났네.
一言懺盡波羅夷[10]	한마디 말씀에 억겁의 죄 다 뉘우치고
再禮渾除犯輕垢[11]	절 두 번에 가벼운 죄 다 스러졌네.

해제

僧伽(승가)는 당대 승려의 이름이다. ≪태평광기≫에 의하면, 승가대사(僧伽大師)는 서역(西

域) 사람으로서 성은 하(何)씨이다. 당나라 용삭(龍朔; 661~663)년간에 처음 중국에 와 북방에서 지내다가, 초주(楚州)의 용흥사(龍興寺)에서 법명을 얻었다. 후에 땅을 얻어 깃대를 세우고 절을 세우려 하자 깃대 아래서 옛 향적사(香積寺) 명기(銘記)와 보조왕불(普照王佛)이라는 글씨가 새겨진 금 불상 하나가 나왔다고 한다. 경룡(景龍) 2년 중종(中宗)이 사람을 보내어 그를 궐내 도량에 모시고 국사(國師)로 존경하였다. 경룡 3년(709) 3월 2일 장안(長安) 천복사(薦福寺)에서 앉아 열반에 들었다. 당시에 승가(僧伽)라는 법명의 호승(胡僧)들이 많았기 때문에, 이 노래가 반드시 중종(中宗) 때의 승가를 노래한 것이라고 볼 수만은 없다.

주석

1 三車(삼거) : 양거(羊車), 녹거(鹿車), 우거(牛車)를 말한다. 각각 뒤 돌아보지 않는 양, 사람에게 의지하지 않는 사슴, 우직한 소가 이끄는 수레를 예로 들어, 불교에서 말하는 성문승(聲聞乘), 연각승(緣覺乘), 보살승(菩薩乘) 등 3단계의 깨달음의 경지를 비유한 것이다.

2 恒河(항하) : 서역에 있는 강 이름. 서역에 있는 향산(香山) 정상에는 무열뇌지(無熱惱池; 히말라야 북쪽에 있는 연못의 이름)가 있어 사방으로 네 개의 강물이 흘러내리는데, 그 동쪽으로 흘러가는 긍가하(殑伽河)를 항하(恒河)라고 한다.

3 南天竺(남천축) : 한나라 때의 신독국(身毒國)을 말한다. 총령(葱嶺) 서북쪽에 있으며 둘레가 삼만여 리 되는데, 다섯 개로 나뉜 중에 큰 바다에 맞닿은 남천축이 있다.

4 頭陀(두타) : 속세의 번뇌를 끊고 청정하게 불도를 닦는 수행을 말한다. 번뇌를 떨쳐내고 욕심과 집착을 멀리하는 것이 마치 옷에서 먼지를 털어내는 것과 같다 하여 떨어낸다는 의미의 '두수(抖擻)'와 음이 비슷한 두타(頭陀)를 쓰게 된 것이라 한다.

5 秋月(추월), 青蓮(청련) : 모두가 스님의 맑고 깨끗한 경지를 비유한 것이다.

6 舍利骨(사리골) : ≪위서魏書≫<석로지釋老志>에 의하면, 부처 열반 후에 화장(火葬)하고 나니, 때려도 부서지지 않고 태워도 타지 않으며 광채가 영롱한 사리가 나왔는데, 제자들은 이를 모셔 귀한 병에 넣고 꽃과 향을 바쳐 공경하였다고 한다.

7 胡孫藤(호손등) : 등나무로 만든 지팡이.

8 江淮(강회) : 양자강과 회수(淮水)가 흐르는 강소성(江蘇省)과 안휘성(安徽省) 일대.

9 空有(공유) : 불교 용어. ≪후한서≫<서역전西域傳>에 "空有兼遣之宗"이라는 구절이 있는데, 이에 대한 장회태자(章懷太子)의 주(注)에서, "집착하지 않으면 공(空)이 되고, 집착하면 유(有)가 된다. 겸견(兼遣)이란 공(空)도 아니고 유(有)도 아니며, 허(虛)건 실(實)이건 다 잊고 구애되지 않는 것이다."라고 풀이하였다.

10 波羅夷(파라이) : 범어(梵語)로 버려진다는 뜻으로, 중죄(重罪)를 의미하는 불교용어이다. 중

죄(重罪)를 지으면 부처님 나라 밖으로 영원히 버려진다는 뜻이다.

11 輕垢(경구) : 중죄보다는 한 등급 가벼운 죄로서, 깨끗한 행실에 흠결이 있는 것이다.

✿ 해설

서역에서 온 승가(僧伽) 스님의 고결함을 예찬한 노래이다. 주석가 왕기(王琦)는 승가대사(?~709)의 활동 시기를 미루어 아홉 살 이백(701~762)이 그를 만나 이러한 시를 지을 수 없다고 하면서 이 작품을 위작으로 간주하고 있지만, 명(明)대 호진형(胡震亨)은 당시에 승가(僧伽)라는 법명을 가진 호승(胡僧)이 많았기 때문에, 이 작품에서도 동명이인이었을 것으로 추정하였다.

020 백운가 白雲歌送劉十六歸山

산으로 돌아가는 유 십육을 전송한 흰 구름의 노래

楚山秦山皆白雲[1]	초산楚山 진산秦山 모두 흰 구름
白雲處處長隨君	흰 구름은 어디서나 그대를 따르네.
長隨君	내내 그대를 따라다니니
君入楚山裏	그대 초산楚山으로 들어가면
雲亦隨君渡湘水[2]	구름도 그대 따라 상수湘水를 건너리.
湘水上	상수湘水 가에서
女蘿衣[3]	갈 옷 걸치고
白雲堪臥君早歸	흰 구름에 누울 만하여 그대 일찌감치 되돌아가네.

해제

유십육(劉十六)은 은자였던 이백의 벗이다. 십육(十六)은 집안 항렬(行列)의 순번으로 가까운 사이에서 흔히 이름을 대신하여 사용되었다.

주석

1 楚山秦山(초산진산) : 초산은 초나라 지역인 동정호(洞庭湖) 일대의 산을, 진산은 섬서성(陝西省) 장안 일대의 산들을 가리킨다. 이들은 이백의 모순된 두 지향점인 강호와 장안을 상징하며, 어느 곳이나 나 흰 구름 일색이라는 말은 어떤 지향도 부질없기는 마찬가지라는 의미도 담긴 듯 하다.

2 湘水(상수) : 상강(湘江). 광서성(廣西省)에서 발원하여 호남성(湖南省)을 거쳐 동정호로 흘러드는 양자강 지류.

3 女蘿衣(여라의) : 은자(隱者)의 옷을 말한다. 여라(女蘿)는 덩굴 풀의 일종인 겨우살이. 초사(楚

辭) ≪구가九歌≫<산귀山鬼>에서 “누군가 산모롱이에, 당귀 옷 입고 여라 띠 두르고 있네.[若有人兮山之阿, 被薜荔兮帶女蘿.]”라 하였다.

✿ 해설

앞서 본 <명고가송잠징군鳴皐歌送岑徵君>에서도 여실히 드러나듯이, 은거하려는 벗을 전송하는 이백의 노래에는 청정함이 넘치며 더없이 자연스럽다.

그의 시문집에는 다소 거칠기는 하지만 이와 거의 비슷한 내용의 <백운가송우인白雲歌送友人>이 있다. 또한 <오송산송은숙五松山送殷叔>과 같은 시에서도 “술을 싣고 오송산에 가서, 곤드레가 되어 백운가를 부르노라.[載酒五松山, 頹然白雲歌.]”라고 한 것으로 보아, 이백이 실제로 벗을 전송할 때 <백운가>를 즐겨 노래했던 것으로 보인다. 다른 작품을 배제하고 이 작품만 가음에 편입된 것에 굳이 의미를 부여하자면, 제목에 상대방의 실명을 넣는 등 보다 격식을 차린 송별곡이기 때문이 아닐까 생각된다.

021 금릉가 金陵歌送別范宣

범선을 송별한 금릉의 노래

石頭巉巖如虎踞[1]	석두산石頭山 우뚝 솟은 바위는 웅크린 범이
淩波欲過滄江去	파도를 타고서 푸른 강물 건너려는 듯.
鍾山龍盤走勢來[2]	종산鍾山에 서린 용은 기세 좋게 내달리고
秀色橫分歷陽樹[3]	빼어난 그 빛을 역양歷陽 숲이 가르네.
四十餘帝三百秋[4]	사십여 황제에 삼백년 세월
功名事跡隨東流	공명의 자취는 강물 따라 동으로 흘렀지.
白馬小兒誰家子[5]	백마 탄 애송이, 뉘 집 아들이
泰淸之歲來關囚[6]	태청泰淸의 해에 임금을 가두었지.
金陵昔時何壯哉	그 옛날 금릉金陵은 얼마나 웅장했나
席卷英豪天下來	자리를 휩쓰는 호걸들 천하에서 모이더니
冠蓋散爲烟霧盡	수레 덮개 흩어져 연기 되어 사라지고
金輿玉座成寒灰	금수레 옥 의자는 차가운 재 되었네.
扣劍悲吟空咄嗟	칼 두드리며 슬피 읊고 부질없이 한숨 쉬니
梁陳白骨亂如麻	양진梁陳의 백골들은 삼대마냥 어지러워.
天子龍沉景陽井[7]	천자는 경양전景陽殿 우물에 용처럼 잠겼으니
誰歌玉樹後庭花[8]	그 누가 <옥수후정화玉樹後庭花>를 노래하리오.
此地傷心不能道	이곳은 애달프기 말할 수 없고
目下離離長春草	눈 아래엔 무성하게 봄풀만 자랐는데
送爾長江萬里心	그대를 보내는 장강 만 리 아쉬움
他年來訪南山皓[9]	다음 번 올 적엔 남산 늙은이 찾아 주오.

해제

금릉(金陵)은 지금의 남경(南京)을 말하고, 범선(范宣)은 생애를 알 수 없는 이백의 지인(知人)이다.

주석

1 虎踞(호거) : 범이 웅크린 모습. 장발(張勃)의 ≪오록吳錄≫에 의하면 "유비(劉備)가 제갈량(諸葛亮)을 금릉(金陵; 지금의 남경)으로 보내자 그곳에 도착한 제갈량이 주변 말릉산(秣陵山)의 언덕을 바라보며, "종산(鍾山)엔 용이 서려있고, 석두(石頭)는 범이 웅크리고 있어[虎踞] 왕조가 들어 설 자리로다."라고 찬탄하였다고 한다. ≪경정건강지景定建康志≫에 석두산(石頭山)은 성 서쪽 2리 되는 곳에 있는 있다고 하였고, ≪여지지輿地志≫에는 둘레가 7리 100보이며 장강의 남쪽으로 진회구(秦淮口)와 닿아있고, 대성(臺城)으로부터 9리 떨어져 있다고 하였다.

2 鍾山(종산) : 윤주(潤州; 지금의 강소성 경내) 상원현(上元縣) 서북쪽 8리에 있는 옛 금릉산(金陵山)이다.

3 歷陽(역양) : 지금의 안휘성 화현(和縣). 금릉(金陵)과 장강을 사이에 둔 요충지.

4 四十餘帝三百秋(사십여제삼백추) : 40여 황제에 300년. 오(吳)나라 손권(孫權)이 금릉에 도읍을 정하고 건업(建業)이라고 개칭한 후, 동진(東晉), 송(宋), 제(齊), 양(梁), 진(陳)의 육조(六朝)를 거쳐 수(隋)나라에 이르기까지, 실제로는 모두 39명의 임금과 335년의 세월이 흘렀다.

5 白馬小兒(백마소아) : 양(梁)나라 대동(大同; 535~546)년간 동요에 "푸른 실 늘인 백마가 수양에 오네.[青絲白馬壽陽來]"라는 구절이 들어 있었는데, 548년 후경(侯景)이 반란을 일으켜 수도 금릉을 함락하고 단양(丹陽)에 왔을 때, 백마를 타고 푸른 실로 굴레를 매었다고 한다.

5 泰淸(태청) : 양 무제(梁 武帝)의 연호인 태청(太淸; 547~549)을 말한다.

6 關囚(관수) : 태청 2년에 후경이 금릉을 장악한 후 양 무제가 대성(臺城)에 갇혀 고생하다 화병으로 세상을 떠났다.

7 景陽井(경양정) : 금릉 대성(臺城)의 경양궁(景陽宮)에 있던 우물. ≪진서陳書≫<후주기後主紀>에 따르면, 진(陳)의 마지막 임금 후주(後主; 583~589 재위)는 병사들이 쳐들어왔다는 소식을 듣고, 궁인 십 여 명을 따라 경양전(景陽殿)을 나와 우물에 빠지려고 하였다. 곁에서 모시는 원헌(袁憲)이 간곡하게 간하였지만 따르지 않았다. 후각사인(後閣舍人) 하후공운(夏侯公韻)이 또 몸으로 우물을 가리고 오래 실랑이를 하였지만 결국 우물 안으로 들어갔는데, 밤

이 되자 수(隋)나라 군사들에게 잡혀 나왔다.

8 後庭花(후정화) : 진 후주가 즐겼다는 노래. ≪진서陳書≫<장귀비전張貴妃傳>에 의하면, 후주는 평소 빈객들을 불러 모아 귀비 등과 연회를 벌이면서 여러 귀인들과 여학사, 가까운 친지들로 하여금 모두 새 시를 짓고 서로 주고받게 하여, 그 중에 특히 아름다운 것을 골라 가사를 만들고 최신 곡조를 붙였다고 한다. 그리고는 용모가 아름다운 궁녀 천백 명을 뽑아 이를 익혀 노래하게 하였으며, 조를 나누어 번갈아 들고 나게 하면서 즐겼는데, 그 곡 중에 <옥수후정화玉樹後庭花>, <임춘악林春樂> 등이 있었다.

9 南山皓(남산호) : 진(秦)나라 때 상산(商山)에 숨어살았다고 하는 동원공(東園公), 녹리선생(甪里先生), 기리계(綺里季), 하황공(何黃公) 등 이른바 상산사호(商山四皓)를 말한다. 이들은 한(漢)나라 때에 종남산(終南山)에 숨어살았는데, 당시에 종남산을 남산이라고도 불렀다. 여기서는 이백 자신을 가리킨다. 악부 <산인권주山人勸酒> 참조.

✿ 해설

원(元)대 주석가 소사윤(蕭士贇)은 이백의 작품이 아닐 것이라고 하였지만, 명(明) 호진형(胡震亨)은 여러 판본들이 나오기 전에, 송(宋) 초 이방(李昉)이 양(梁)부터 당(唐)까지의 작품들을 수록한 ≪문원영화文苑英華≫에 실려 있으므로, 위작이 아니라 하였다.

방동수(方東樹)는 ≪소매첨언昭昧詹言≫에서 이 작품의 변화무쌍한 구성을 칭찬하였지만, 전체 흐름은 다소 산만한 감이 있다. 감회가 밀려오는 옛 도읍에서 벗까지 송별하자니 솟구치는 슬픔을 억누르기 어려웠으리라. 이백은 오(吳)나라부터 300년간 남조(南朝)의 도읍지였던 이곳을 "옛 장안[此地舊長安.]"이라 부르며 <금릉金陵>시 3수를 짓기도 하고, 악부 <고취입조곡鼓吹入朝曲>에서 금릉의 영화와 쇠락을 대비시키기도 하였으며, 말년에는 송약사(宋若思)를 위해 <위송중승청도금릉표爲宋中丞請都金陵表>를 올려 금릉 천도의 당위성을 강조하는 등, 이곳에서 그 옛날의 영광을 재현해보고 싶어 하였다. 작품 말미에는 은거의 소망이 피력되어 있다.

022 소가행 笑歌行

웃기는 노래

笑矣乎	우습구나
笑矣乎	우스워.
君不見曲如鉤	그대 못보았나, 갈고리처럼 굽어도
古人知爾封公侯	옛 사람은 공후公侯에 봉해질 줄 알았지.
君不見直如絃	그대 못보았나, 시위처럼 곧아도
古人知爾死道邊[1]	옛 사람은 주검 길에 버려질 줄 알았네.
張儀所以只掉三寸舌[2]	출세했던 장의張儀는 세 치 혀나 놀렸고
蘇秦所以不墾二頃田[3]	유명한 소진蘇秦은 두 뙈기 밭도 못 갈았네.
笑矣乎	우습구나
笑矣乎	우스워.
君不見滄浪老人歌一曲	그대 못보았나, 창랑滄浪 노인 노래 한 가락에
還道滄浪濯吾足[4]	창랑에 가 발이나 씻는다고 했거늘
平生不解謀此身	평생토록 제 한 몸도 보살필 줄 모르면서
虛作離騷遣人讀[5]	부질없이 <이소離騷>를 지어 남더러 읽으라고.
笑矣乎	우습구나
笑矣乎	우스워.
趙有豫讓楚屈平[6]	조趙나라엔 예양豫讓이, 초楚나라엔 굴원屈原이 있어
賣身買得千年名	목숨을 팔아 천년의 명성을 사들였네.
巢由洗耳有何益[7]	소보巢父, 허유許由 귀를 씻어 무슨 보탬 되었나
夷齊餓死終無成[8]	백이伯夷, 숙제叔齊 굶어죽어 끝내 이룬 것 없도다.
君愛身後名	그대는 죽은 후의 명성을 사랑하나

我愛眼前酒	나는 눈앞의 한 잔 술이 더 좋아라.
飮酒眼前樂	술을 마시면 눈앞이 즐겁건만
虛名何處有	헛된 이름일랑 어디에 있단말가.
男兒窮通當有時	대장부 궁하고 통함에는 때가 있는 법
曲腰向君君不知	허리 굽혀 그댈 보나, 그대는 몰라주네.
猛虎不看机上肉	맹호猛虎는 탁자 위의 고기 따윈 보지 않으며
洪爐不鑄囊中錐[9]	큰 화로는 주머니에 든 송곳일랑 만들지 않네.
笑矣乎	우습구나
笑矣乎	우스워.
寧武子, 朱買臣[10]	영무자寧武子와 주매신朱買臣은
叩角行歌背負薪	소 뿔 치며 노래하고 등에 섶을 졌다지.
今日逢君君不識	오늘 그댈 만났으나, 그대는 눈 뜬 소경
豈得不如佯狂人	어이 거짓 미치광이 나만도 못하오.

주석

1 曲如鉤(곡여구)…直如絃(직여현) : ≪후한서≫＜오행지五行志≫에 따르면, 순제(順帝) 말년에 서울에서 유행하던 동요에 "시위처럼 곧았건만 길가에서 죽었고, 갈고리처럼 굽었으나 제후에 봉해졌네.[直如絃, 死道邊. 曲如鉤, 反封侯.]"라는 구절이 있었다고 한다.

2 張儀(장의) : 연횡책(連橫策)으로 제후들을 설득한 전국시대 진(秦)나라의 책사(策士). ≪사기≫＜장의열전張儀列傳＞에 따르면, 그가 초(楚)나라에 갔다가 매를 수백 대 맞고 집에 돌아왔는데, 그의 아내가 "허! 글 읽고 유세하러 다니지 않았더라면 어찌 이런 치욕을 당했겠소?"라 하자, 장의는 아내에게 "내 혀가 아직 붙어 있소?"라고 물었다. 아내가 웃으며 "혀는 있소."라 하자, 장의는 "그럼 충분하오."라 하였다고 한다.

＜평원군열전平原君列傳＞에는 "모(毛) 선생의 세치 혀는 백만 군사보다 더 강하다."라는 구절이 있다.

3 蘇秦(소진) : 합종책(合縱策)으로 육국(六國)이 연합하여 진(秦)나라에 맞서게 한 전국시대의 책사(策士). 제 선왕(齊 宣王)은 그를 재상으로 삼았으며, 육국이 진(秦)을 공략하도록 약조하

자 조나라도 그를 무안군(武安君)에 봉하였다.

≪사기≫<소진열전蘇秦列傳>에 따르면, 출세하기 전해 그를 무시하던 친척들이 출세한 후 그를 두려워하는 모습을 보고서 한숨 쉬며 말하기를, "이 한 몸 부귀해지니 친척들이 두려워 떨며 가난하면 업신여기니, 하물며 다른 사람들이야 더 말해 무엇하랴? 만일 내게 낙양성 아래 밭 두 뙈기만 있었더라면, 내 어찌 육국(六國) 재상의 인(印)을 찰 수 있었으랴!"라고 말하며, 각박한 세상인심을 개탄하였다고 한다.

4 滄浪濯足(창랑탁족) : ≪맹자≫<이루離婁>에 인용된 '애송이의 노래'에 "창랑의 물이 맑으면 내 갓끈을 씻고, 창랑의 물이 흐리면 내 발을 씻으리.[滄浪之水淸兮可以濯我纓. 滄浪之水濁兮可以濯我足.]"라 하였고, ≪초사≫<어부사漁父辭>에도 어부가 굴원(屈原)과 대화를 마치고 헤어지면서 이 노래를 부르며 떠나가는 것으로 되어 있다.

5 離騷(이소) : 전국시대 초(楚)나라의 충신이었던 굴원(屈原)이 죄 없이 참소를 당해 쫓겨나 강호를 방랑하며 지었다는 노래. 세상과 적당히 타협하지 못하고 바른 행실만 고집하다가 결국 자신을 보전하지 못에 것에 대한 작자의 안타까운 마음이 나타나 있는 대목이다.

6 豫讓(예양) : 춘추(春秋) 말 전국(戰國) 초의 자객. ≪사기≫<자객열전刺客列傳>에 따르면, 조양자(趙襄子)가 지백(智伯)을 죽이자, 예양은 온 몸에 옻칠을 하고 숯을 삼켜 변장을 하고서 조양자를 죽이려 하다가, 결국 잡혀서 자살하였다.

* 屈平(굴평) : 굴원(屈原). 이름이 평(平)이고 자(字)가 원(原)이다.

7 巢由(소유) : 소보(巢父)와 허유(許由). 허유는 요(堯)임금에게 구주(九州)의 장(長)이 될 것을 권유받고서 못들을 소리를 들었다며 영수(潁水) 가에 가서 귀를 씻었고, 소보는 허유가 귀를 씻은 구정물을 소에게 먹일 수 없다면서 상류로 소를 끌고 갔다고 한다.

8 夷齊(이제) : 백이(伯夷)와 숙제(叔齊). 이들은 제후였던 주(周) 무왕(武王; BC.1027~ 1025 재위)이 천자의 나라인 상(商)의 주왕(紂王)을 정벌하는 것은 옳지 못하다며 만류하였고, 주(周)나라가 세워진 후에는 그 나라의 곡식을 먹는 것이 부끄럽다며 수양산(首陽山)에 들어가 고사리를 캐 먹다가 굶어죽었다.

9 猛虎(맹호)……洪爐(홍로)…… : 큰 기상을 가진 사람은 시시한 것에 개의치 않는다는 뜻. 송곳이 주머니 속에 있다는 것은 무디다는 뜻이다.

10 甯武子(영무자) : 춘추(春秋) 시대 위(衛)나라 사람 영척(甯戚)을 말한다. ≪여씨춘추呂氏春秋≫<거난擧難>에 따르면 그는 집이 가난하여 수레를 끄는 일을 하며 살았다고 하는데, 제(齊) 나라에 와서 수레 아래서 소에게 여물을 먹이고 소뿔을 두드리며 노래를 하다가, 이를 들은 제나라 환공(桓公; B.C.685~B.C.643 재위)이 범상치 않은 인물이라 여기고 발탁하여, 높은 벼슬에 올랐다고 한다. 악부 <국가행> 참조.

* 朱買臣(주매신) : 한 무제(漢 武帝; B.C.140~B.C.87 재위) 때 인물. ≪한서≫<주매신전朱買臣傳>에 따르면, 그는 집이 가난하였으나 독서를 좋아하여 직업을 가지지 않고 늘 땔

나무를 지고 다니면서 책을 읽었고 길에서 노래를 불렀다고 한다. 이를 부끄럽게 여긴 그의 처는 참다못해 떠나버렸는데, 그는 뒤에 대부시중(大夫侍中)이 되었고 회계태수(會稽太守)의 지위에까지 올랐다.

✿ 해설

뒴됨이가 출세를 담보하지 않는 모순된 현실, 제 앞가림도 못한다는 자책감, 인물을 알아보지 못하는 세태…. 한 잔 술에 밀려오는 회한은 헛헛한 웃음으로 눙쳐볼 수밖에 없다.

여러 주석가와 연구자들은 이 작품을 <비가행悲歌行>과 함께 위작(僞作)일 것이라 보고 있다. 간헐적인 후렴구와 다양한 대구(對句)로 노래 특유의 반복적 리듬과 함축미를 살린 솜씨도 엿보이지만, 분방하면서도 훤칠한 그의 많은 수작(秀作)들에 비해 산만한 감을 지울 수 없다. 일인(日人) 大野實之助는 "술을 마시면 눈앞이 즐겁지만, 헛된 이름이야 어디에 남으랴.[飮酒眼前樂, 虛名何處有.]"라고 한 구절 등에 이백의 핵심 가치가 잘 표현되어 있다고 보아 조심스럽게 그의 작품으로 간주하였다. 고통스런 말년에 대취(大醉)하여 지었을 가능성, 이백의 호탕함을 흉내 낸 위작일 가능성, 모두 배제하기 어렵다.

023 비가행 悲歌行

슬픈 노래

悲來乎	슬퍼지네
悲來乎	슬퍼져.
主人有酒且莫斟	주인장, 술 있어도 따르지 말고
聽我一曲悲來吟	이 몸의 슬픈 노래가락 들어나 주게.
悲來不吟還不笑	슬프지만 읊지도 웃지도 못하는
天下無人知我心	이 마음 아는 이, 세상에 하나 없네.
君有數斗酒	그대에게 몇 말 술 있고
我有三尺琴	내겐 삼 척 거문고 있어
琴鳴酒樂兩相得	거문고 소리, 술의 낙을 모두 얻었으니
一杯不啻千鈞金[1]	한 잔 술에 천금千金도 부족하겠네.
悲來乎	슬퍼지네
悲來乎	슬퍼져.
天雖長	하늘은 아득하고
地雖久	땅은 영원하건만
金玉滿堂應不守[2]	집안 가득 금은보화 지킬 수 없네.
富貴百年能幾何	부귀 백년이 그 얼마나 되리오
死生一度人皆有	한 번 죽고 사는 일 누구나 마찬가지.
孤猿坐啼墳上月	외 잔나비, 무덤 위 달을 보고 흐느끼니
且須一盡杯中酒	따른 술이나 마땅히 다 비워야 하리.

悲來乎	슬퍼지네
悲來乎	슬퍼져.
鳳鳥不至河無圖[3]	봉황은 오지 않고 황하엔 그림도 없고
微子去之箕子奴[4]	미자微子는 떠나가고 기자箕子는 노예 신세.
漢帝不憶李將軍[5]	한漢나라 임금은 이장군李將軍을 잊었으며
楚王放卻屈大夫[6]	초왕楚王은 굴대부屈大夫를 내쳐버렸네.

悲來乎	슬퍼지네
悲來乎	슬퍼져.
秦家李斯早追悔[7]	진나라 이사李斯는 일찌감치 후회할 일 좇았으니
虛名撥向身之外[8]	헛된 이름을 그만 세상에서 찾으려 했네.
范子何曾愛五湖	범자는 언제 적에 오호五湖를 좋아했다고
功成名遂身自退[9]	공 세우고 명예 얻자 제 발로 물러났는가.
劍是一夫用	칼은 한 명만을 상대하며
書能知姓名[10]	글은 이름자나 알면 그만.
惠施不肯千萬乘[11]	박식한 혜시惠施는 만승 군주 마다했으나
卜式未必窮一經[12]	승승장구 복식卜式은 경전 한 권도 다 못 읽었네.
還須黑頭取方伯[13]	머리 검은 젊을 적에 출세해야지
莫謾白首爲儒生[14]	늘그막에 백발로 유생 노릇 마시게.

주석

1 啻(시) : 단지, …일 뿐,

2 金玉滿堂(금옥만당) : ≪노자≫에 "금과 옥이 집에 가득하나, 지킬 수가 없다.[金玉滿堂, 莫之能守.]"라 하였다.

3 鳳凰不至河無圖(봉조부지하무도) : ≪논어≫<자한子罕>편에 "봉황도 날아오지 않고, 황하에

서는 그림도 나오지 않으니, 나도 그만이로구나.[鳳凰不至, 河不出圖 吾已矣夫.]"라 하였다. 여기서 봉황은 옛날 순(舜)임금과 문왕(文王) 때에 나타났다고 하는 상서로운 동물이고, 그림이란 옛날 중국 복희씨(伏羲氏) 때에 황하(黃河)에서 용마(龍馬)가 지고 나왔다는 쉰다섯 개의 점으로 된 하도(河圖)를 말하는데, 뒤에 낙서(洛書)와 함께 ≪주역周易≫의 기본 이치가 되었다. 봉황이 날아오고, 황하에서 그림이 나온다는 것은 길조를 뜻한다.

4 微子(미자) : 상(商)나라 폭군 주왕(紂王)의 서형(庶兄). 주왕에게 여러 번 충고하였으나 소용이 없자, 나라를 떠났다고 한다. ≪사기≫<송미자세가宋微子世家> 참조.

* 箕子(기자) : 주왕의 숙부. 주왕에게 충고를 하였으나 듣지 않고 도리어 구금하려 하자, 미친 척하여 노비가 되었다고 한다. ≪사기≫<은본기殷本紀> 참조.

5 李將軍(이장군) : 한(漢)나라 문제(文帝) 때부터 무제(武帝) 때까지 흉노(匈奴)와 전투에 많은 전공을 세우며 비장군(飛將軍)이라 불렸던 이광(李廣; ?~B.C.119)을 말한다. ≪사기≫<이장군열전李將軍列傳> 참조.

6 屈大夫(굴대부) : 초(楚)나라에서 삼려대부(三閭大夫)를 지냈던 굴원(屈原)을 가리킨다.

7 李斯(이사) : 전국(戰國)시대 초(楚)의 상채(上蔡) 사람으로서, 진시황이 객경(客卿)으로 삼았다가, 후에 정위(廷尉)가 되었다. 시황이 죽자, 조고(趙高)의 미움을 사 함양(咸陽)의 저자거리에서 허리 잘리는 형을 받았다. 형이 임박하자 그 아들에게, "내가 너와 다시 누렁이를 끌고 상채 문 밖에서 토끼를 몰아 사냥하려 했는데, 어이 그럴 수 있으랴"라고 탄식하였다. ≪사기≫<이사열전李斯列傳> 참조.

8 撥向(발향) : 방향을 잘못 잡다.

9 范子(범자) : 춘추시대 범려(范蠡). 그는 월(越)나라의 대부로서 월왕 구천(勾踐)을 보좌해서 오(吳)나라를 멸망케 한 후, 구천과는 환난은 같이할 수 있을지언정 안락은 나눌 수는 없다고 하며, 월나라를 떠나 오호(五湖)를 돌아다니며 상술(商術)로 큰 부자가 되어 도주공(陶朱公)이라 불렸다고 한다.

10 劍是(검시)……知姓名(지성명) : 진(秦)나라 말기 하상(下相; 지금의 江蘇省 宿遷市 宿城區) 출신 항적(項籍, 字 羽; B.C.232~202)을 가리킨다. 그는 초(楚)나라 장수 집안의 후손으로, 초나라가 망한 후 작은 아버지 항량(項梁)이 가르쳤지만, 책을 배워도 끝맺지를 못하고 검을 배워도 끝내지를 못하였다. 이에 항량이 화를 내자 항적은, 책이란 이름 석 자 쓸 수 있으면 되고, 칼이란 한 사람을 상대하는 것이어서 배우기엔 부족하니, 만인 대적하는 것을 배우겠다고 하였다. 이에 항량은 그에게 병법을 가르쳤다고 한다. 뒤에 유방(劉邦; B.C.247?~B.C.195))과 천하를 놓고서 겨루어, 한때 기세를 자랑하는 서초패왕(西楚霸王)이 되기도 하였지만, 결국 해하(垓下)에서 유방에게 패하였다.

11 惠施(혜시) : 전국시대 제자백가 중 명가(名家)의 대표적인 인물. ≪여씨춘추呂氏春秋≫<불굴不屈>에 따르면, 송(宋) 사람으로서 위(魏)나라에서 벼슬을 하였으며, 위나라 혜왕(惠王)

이 그에게 나라를 양위하려 하였으나 사양하였다고 한다. 사양이 비록 자의(自意)에 의한 것이기는 했지만, 배움이 많아도 높은 자리에 오르지 못한 인물로 거론한 것이다.

12 卜式(복식) : 한(漢)나라 때 하남(河南) 사람. ≪한서≫<복식전卜式傳>에 따르면, 그는 양을 쳐서 부자가 되었고 한 무제가 흉노(匈奴)와 싸울 때 사재를 털어 도왔으며, 이에 무제는 그를 중랑(中郎)에 임명하여, 상림원(上林苑)에서 양을 치도록 하였다. 후에 어사대부(御史大夫)까지 올라 봉선(封禪;제왕이 정치적 성공을 천지에 고하는 의식) 의례를 주관하게 되었는데, 문장에 능하지 못하여 태자태부(太子太傅)로 강등되었다. 혜시(惠施)에 비해 배움이 없어도 출세했던 대표적인 인물로 거론한 것이다.

13 方伯(방백) : 제후의 우두머리. 후에는 지방장관을 방백이라 불렀다.

14 謾(만) : 늦추다.

해설

앞의 <소가행>과 마찬가지로, 네 번 반복되는 "슬퍼지네, 슬퍼져.[悲來乎 悲來乎]"를 중심으로 자연스레 단락이 나뉜다. 무상한 인생, 불우한 처지, 그리고 흰머리…. 욕망은 슬픔의 근원일 따름이건만, 악부 <행로난> 등에도 단골로 등장하는 버림받거나 말년을 그르쳤거나 득의하였거나 성공했던 여러 역사 인물들은 출세를 향한 작자의 욕망을 고스란이 투사(投射)하고 있다.

이 작품 역시 <소가행>처럼 위작으로 추정하는 학자들이 많은데, 근인(近人) 안기(安旗) 등은 이백이 병들어 희미한 정신으로 쓴 것이라고 추정하며, 위작설을 부인하고 있다.

024 추포가 秋浦歌 17수

추포의 노래

(1)

秋浦長似秋	추포秋浦의 가람 가을인양 길어서
蕭條使人愁	쓸쓸하게 수심을 자아내누나.
客愁不可度	나그네 시름을 헤아릴 길 없어
行上東大樓[1]	동쪽 대루산大樓山에 올라 보노라.
正西望長安	바로 서편으로 장안長安을 바라보고
下見江水流	아래론 장강 물을 굽어보노라.
寄言向江水	강물아, 말 한번 물어 보자
汝意憶儂不	널랑은 나를 알고 있느냐.
遙傳一掬淚[2]	저 멀리 한 웅큼 눈물일랑
爲我達揚州	날 위해 양주揚州에 전해주려마.

해제

추포(秋浦)는 당대에 선주(宣州)에 속했다가 뒤에 지주(池州)에 속했던 고을 이름으로, 이곳에 장강의 지류인 추포수(秋浦水)가 흐른다. 지금의 안휘성 지주시(池州市) 일대이다. ≪일통지一統志≫에, "추포(秋浦)는 지주부(池州府)의 성(城) 서남쪽 80리에 있는데, 길이가 80리요 폭이 30리이며, 사계절 풍광이 소상강(瀟湘江)이나 동정호(洞庭湖)와 비슷하다."라고 하였다.

주석

[1] 大樓(대루) : 지주부(池州府) 성 남쪽 60리 되는 곳에 있던 산 이름.

2 掬(국) : 두 손에 움켜 뜬 분량.

(2)

秋浦猿夜愁	추포의 잔나비 소리 밤에 시름겨운 데
黃山堪白頭[1]	황산黃山은 흰 머리를 이고 앉았네.
淸溪非隴水[2]	청계淸溪는 변방의 농두수隴頭水가 아니언만
翻作斷腸流	어느덧 애끊는 강물이 되었네.
欲去不得去	가려 해도 가지 못하고
薄游成久游	잠깐 들른 사람이 오랜 손이 되었네.
何年是歸日	어느 해나 돌아가려나
雨淚下孤舟	눈물이 비 오듯 외딴 배에 떨어지네.

주석

1 黃山(황산) : 지주시 남쪽의 황산령(黃山嶺)을 말하며, 황산시(黃山市)에 있는 황산(黃山)과 구분하여 소황산(小黃山)이라고 부르기도 한다. ≪강남통지江南統志≫에 따르면, 황산은 지주(池州)의 성 남쪽 90리에 있는데, 높이가 백 길도 넘는다고 한다.

* 白頭(백두) : 산꼭대기에 눈이 덮인 풍경을 말한다.

2 靑溪(청계) : 청계(淸溪)라고 해야 옳다. ≪강남통지≫에 따르면 청계(淸溪)는 지주부(池州府) 성 북쪽 5리에 있으며, 고계산(考溪山)에서 발원하여 상로령(上路嶺) 계곡물과 합쳐지고, 지주부의 성을 지나서 장강에 합류한다.

* 隴水(농수) : 지금의 섬서성 농현(隴縣) 서북쪽에 있는 농두산(隴頭山)에서 흘러나오는 강. 농두수(隴頭水)라고도 한다. 진한(秦漢) 이후로 이 지역이 변방의 중요한 요충지어서, 이곳으로 수자리 나간 병사들의 애환이 담긴 노래들이 많이 지어졌다. "농두에 흐르는 물, 우는 소리 흐느낀다. 멀리 진천을 바라보니, 애간장 끊어진다.[隴頭流水, 鳴聲幽咽. 遙望秦川, 肝腸斷絕.]"라고 한 악부 <농두가隴頭歌>가 대표적인 예이다. <고풍>22 참조.

(3)

秋浦錦駝鳥[1]	추포의 금타조錦駝鳥는
人間天上稀	하늘과 땅에 드물레라.
山雞羞淥水[2]	산닭도 맑은 물이 부끄러워
不敢照毛衣	감히 깃털을 비춰보지 못하노라.

주석

1 錦駝鳥(금타조) : 비단 무늬 깃털의 타조를 말한다. ≪태평환우기太平寰宇記≫에 흡주(歙州; 지금의 안휘성 흡현歙縣) 지역에서 타조가 나온다고 하였다. ≪군국지郡國志≫에서는 깃 아래쪽에 푸른색과 노란색이 인끈처럼 알록달록하며 생김새는 초작(楚雀)과 비슷한데 등은 붉은 색이라고 하였다.

2 山鷄(산계) : 금계(錦鷄) 혹은 야계(野鷄)라고도 하는 깃털이 아름다운 닭. ≪박물지博物志≫에서 "산계(山鷄)는 아름다운 깃털을 가졌는데, 스스로 그 털빛에 반하여 종일 그 모습을 물에 비춰보다가 어지러워 익사한다."라고 하였다.

(4)

兩鬢入秋浦	귀밑머리 드리우고, 추포에 들었더니
一朝颯已衰	하루아침에 허옇게 쇠었도다.
猿聲催白髮	잔나비 소리가 백발을 재촉하여
長短盡成絲	길고 짧은 살쩍이 온통 흰 실 되었다.

(5)

秋浦多白猿	추포에는 흰 원숭이가 많아
超騰若飛雪	훨훨 뛰며 다니니 눈 날리는 것 같구나.

牽引條上兒　　가지 위에 어린 것을 안아다가
飮弄水中月　　물을 마시며 잠긴 달을 헤적이노라.

해설

사람 하나, 티끌 한 점 없는 맑고 사랑스러운 풍경화이다.

(6)

愁作秋浦客　　쓸쓸히 추포의 길손이 되어
强看秋浦花　　하염없이 추포의 꽃을 바라보노라.
山川如剡縣[1]　　산과 내는 섬현剡縣 비슷하고
風日似長沙[2]　　바람과 볕은 장사長沙와 같구나.

주석

1 剡縣(섬현) : 월주(越州) 회계군(會稽郡) 동남쪽 180리 되는 곳에 있던 고을로, 지금의 절강성 승현(嵊縣)이다. ≪세설신어≫<언어言語>에 의하면 고개지(顧愷之)가 회계(會稽)에 다녀와서 그곳 산천의 아름다움을 묻는 이에게, "천 개의 절벽들이 저마다 빼어나고, 일 만 골짜기가 흐름을 다투는데, 풀과 나무는 무성하여 마치 그 위에 구름이 일고 노을이 깔린 것 같더라."라고 하였다 한다.
2 長沙(장사) : 호남성의 지명. 이곳에서 소상강(瀟湘江)이 동정호(洞庭湖)로 흘러들어간다.

(7)

醉上山公馬[1]　　취하여 산공山公의 말에 오르고
寒歌甯戚牛　　영척甯戚의 소 붙들고 쓸쓸히 노래한다.

空吟白石爛[2]　　부질없이 흰 돌 눈부시다 노래하자니
淚滿黑貂裘[3]　　눈물이 초피 갖옷 가득하고나.

주석

1 山公(산공) : 진대(晉代)의 산간(山簡; 253~312)을 가리킨다. 가음 <양양가>, 악부 <양양곡>2, 4 참조.

2 甯戚(영척)…白石爛(백석란) : 甯戚(영척)은 춘추(春秋) 시대 위(衛)나라 사람. ≪태평어람≫에서 ≪사기≫를 인용하여, "영척이 제(齊)나라에서 벼슬을 하고 싶어, 소를 끌고 그 뿔을 두드리며 노래하기를, '남산 말쑥하고, 흰 돌 눈부신데(白石爛), 태어나 요순(堯舜)의 양위(讓位)를 못 보았네. 짧은 홑옷 간신히 정강이뼈에 닿는데, 지루하고 기나 긴 밤 언제나 아침 될꼬.'라는 노래를 불렀다."라 하였다. 가음 <소가행>, 악부 <국가행> 참조.

3 黑貂裘(흑초구) : 검은색의 담비 가죽옷. ≪전국책≫<진책秦策>에 따르자면, 소진(蘇秦)이 진왕(秦王)에게 유세할 때 열 번이나 글을 올렸으나 채택되지 못하여, 검은 담비 갖옷이 다 해졌고 황금 백 근이 바닥났다고 한다.

(8)

秋浦千重嶺[1]　　추포의 첩첩 산봉우리 중
水車嶺最奇　　수거령水車嶺이 기이할 손 으뜸이로다.
天傾欲墮石　　바위가 떨어질 듯 하늘에서 기울고
水拂寄生枝[2]　　겨우살이 가지들은 강물을 스친다.

주석

1 水車嶺(수거령) : 지금의 지주시(池州市) 도파향(桃坡鄕) 용서하(龍舒河)에 있는 산봉우리. ≪귀지지貴池志≫에 따르면, 현(縣)의 서남쪽 70리에 모산(姥山)이 있고, 또 5리를 가면 수거령이 있는데, 험한 지세가 못을 굽어보며 거센 물줄기가 내리꽂히면서 두레박[水車] 잠기는 소리가 난다고 하여 붙은 이름이다.

2 寄生(기생) : 겨우살이. 소나무나 버들, 단풍나무 등에 기생하는 식물로서, 잎은 둥글고 청홍색에 두껍고 윤이 나며 물러서 잘 부러지고 곁가지가 벋는다.

(9)

江祖一片石[1]	강조江祖 큰 바위 하나
靑天掃畫屛	푸른 하늘이 그림 병풍을 쓸어주누나.
題詩留萬古	시 지어 만고에 남겼건만
綠字錦苔生	푸른 글자에 고운 이끼 돋았어라.

주석

1 江祖(강조) : 지주시(池州市) 성 남쪽 20리 되는 청계하(淸溪河)의 북안에 있는 바위. ≪일통지≫에 따르면, 지주부(池州府) 서남쪽 25 리에 있으며 수십 길 되는 큰 바위 하나가 물가에 치솟아 있고, 그 위에는 신선의 자취가 있어 사람들이 강조석(江祖石)이라고 불렀다고 한다.

(10)

千千石楠樹[1]	천천 그루의 석남石楠 나무요
萬萬女貞林[2]	만만 그루의 여정女貞 숲이라.
山山白鷺滿	산마다 백로가 가득하고
澗澗白猿吟	계곡마다 흰 잔나비 우노라.
君莫向秋浦	그대 부디 추포로 오지 마오
猿聲碎客心	잔나비 울음소리에 나그네 마음 부서진다오.

✿ 주석

1 石南(석남) : 장미과에 속하는 상록관목. 잎이 두껍고 작은 꽃이 피며 구형의 열매가 맺는다. ≪당초본唐草本≫에서 석남은 잎이 뽕나무처럼 너르고 겨울에도 잎이 지지 않는 나무라고 하였다.

2 女貞(여정) : 여름에 흰 꽃이 피는 상록관목으로, 동청수(冬青樹)라고도 한다. 안사고(顔師古)의 ≪한서주漢書注≫에 따르면, 이 나무는 여름이나 겨울에 늘 푸르러 지조가 있다고 이런 이름이 붙었다고 한다.

✿ 해설

온통 나무만 스산하게 펼쳐진 계곡 풍광을 첩자(疊字)로 묘사하고, 외로움을 돋구는 흰 빛과 애절한 짐승 울음소리를 섞어 깊은 외로움을 그려내었다.

(11)

邏人橫鳥道[1]	순라꾼은 가파른 산길에 비꼈고
江祖出魚梁[2]	강의 신神은 통발로 솟았다.
水急客舟疾	물살 급해 나그네 탄 배, 나는 듯 하고
山花拂面香	산꽃은 얼굴에 스쳐 향기로워라.

✿ 주석

1 邏人(나인) : 순라꾼. 지주시(池州市) 남쪽 20리 정도 떨어진 만라산(萬羅山)의 산허리에 있는 바위, 나인석(邏人石). 높이가 수십 길에 이르고 아래로는 청계하(淸溪河)가 흐른다고 한다.
* 鳥道(조도) : 새나 넘을 수 있는 가파른 산길. 순라꾼이 산길에 비꼈다 함은 비탈에 난 좁은 길을 큰 바위가 막고 있음을 형용한 것이다.

2 魚梁(어량) : 강조 바위가 거대한 통발 모양임을 표현한 것. <추포가>9 참조.

해설

동사(橫, 出, 拂)와 형용사(急, 疾, 香)들은 추포의 명승지에 생명을 불어넣어, 고요한 추포는 작가의 눈길이 닿는 곳마다 맑고 영롱한 그림으로 피어난다.

(12)

水如一匹練[1]	강물이 한 필 비단 같으니
此地郎平天	여기가 바로 질편한 하늘.
耐可乘明月[2]	에라, 밝은 달을 타고서
看花上酒船	꽃구경하러 술 배에 올라나 볼까.

주석

[1] 匹練(필련) : 한 필의 흰 비단.
[2] 耐可(내가) : '차라리[寧可]'라는 뜻의 항주(杭州) 사투리.

(13)

淥水淨素月	맑은 물에 흰 달이 깨끗하고
月明白鷺飛	달이 밝아 백로가 나는구나.
郎聽采菱女[1]	총각은 마름 뜯는 처자가
一道夜歌歸	돌아오며 부르는 밤 노래 소리 듣는구나.

주석

[1] 採菱(채릉) : 문자의 뜻을 고증하고 설명한 ≪이아爾雅≫의 주석서인 ≪이아익爾雅翼≫에 따

르자면, 오(吳)와 초(楚) 지역의 풍속으로는 마름이 익으면 남자와 여자들이 어울려 이를 따는데, 채릉(採菱) 노래를 주거니 받거니 하며 그 소리가 야단스럽고 질펀하였다고 한다.

해설

물에 비친 달, 날아오는 흰 백로, 더없이 맑고 깨끗한 정경에 어울리는 처녀 총각의 그림자가 어른댄다. 후세 사람들은 백로 그림을 그리면서 백로를 묘사한 이백의 시들을 화제시(畫題詩)로 많이 사용하였다.

(14)

爐火照天地[1]	용광로 불이 천지를 비추고
紅星亂紫烟	붉은 별똥이 자색 연기 속에 튄다.
赧郎明月夜[2]	검붉은 얼굴의 사내가 달 밝은 밤에
歌曲動寒川	부르는 노랫가락 찬 가람에 울리도다.

주석

1 爐火(노화) : 주석가 왕기(王琦)는 ≪당서지리지唐書地理志≫에 '추포(秋浦)에는 은(銀)과 구리가 난다'는 기록이 있으니, 이 작품은 쇳물을 부어 물건을 만드는 주조(鑄造) 과정을 노래한 것이라고 보았다. 동진(東晉)시대 소설집 ≪수신기搜神記≫에도 '도안공(陶安公)은 육안(六安)의 놋갓장이(놋쇠 세공하는 장인)인데, 여러 번 풀무질을 하면 불이 하루아침에 위로 흩어져, 온 하늘이 자줏빛이 된다'는 대목이 있다.

2 赧郎(난랑) : 란(赧)은 얼굴이 붉어진다는 뜻으로 이에 관해 여러 견해들이 있지만, 풀무질로 얼굴이 벌겋게 달아오른 사내의 모습을 가리킨다고 보는 설이 가장 온당해 보인다.

해설

아무도 눈 여겨 보지 않는 토속적인 소재, 색채와 빛과 움직임과 노래소리…. 이처럼 특이한 정경을 이토록 아름답게 그려낼 수 있는 시인은 다시없을 것이다.

(15)

白髮三千丈	백발이 삼천 장
緣愁似箇長[1]	시름에 겨워 이토록 자랐구나.
不知明鏡裏	모를레라, 밝은 거울 속으로
何處得秋霜	어디서 가을 서리를 맞았는지.

✿ 주석

1 似箇(사개) : '이처럼, 이렇게'라는 뜻의 당나라 때의 구어(口語).

✿ 해설

과장이 심한 이백의 대표작으로 회자되고 있지만, 꾸밈없는 구어체로 백발을 한탄하는 하소연은 깊은 울림을 자아낼지언정, 허세와는 거리가 멀다.

(16)

秋浦田舍翁	추포의 시골 노인장
採魚水中宿	고기를 잡느라 강 속에서 자네.
妻子張白鷴[1]	아내가 백한白鷴을 잡으려고
結罝映深竹[2]	쳐 놓은 그물이 깊은 대숲에 어른대네.

주석

1 白鷴(백한) : 강남(江南) 지역에 사는 꿩의 일종. 희고 등에 가는 검은 무늬가 있으며 집에서 기를 수 있다.

2 結罝(결저) : 그물을 엮다. 저(罝)는 그물.

해설

신선한 소재, 간결한 묘사, 아무도 그려낸 적 없고 그려낼 수도 없는 강촌의 고요한 정경이 시 속의 그림[詩中有畵]으로 피어난다.

(17)

桃波一步地[1]	도피桃陂는 한 걸음 남짓
了了語聲聞	또렷하게 말소리 들리는데
闇與山僧別[2]	말없이 산승山僧과 작별하고
低頭禮白雲	고개 숙여 흰 구름에 절하노라.

주석

1 桃波(도파) : 도피(桃陂)의 오자(誤字)이며 도파(桃坡)라고도 한다. 지금의 지주시에서 남쪽으로 30리 떨어진 도파향(桃坡鄕)이다. 왕기(王琦)는 이백의 <청계옥경담연별시淸溪玉鏡潭宴別詩>의 원주(原註)에서 "옥경담(玉鏡潭)은 '추포(秋浦)의 도호피(桃胡陂) 아래에 있다."라고 한 것을 근거로, 도파(桃波)는 도피(桃陂)를 잘못 쓴 것이 분명하다고 하였다.

2 闇(은) : 조용한 모양.

해설

두런두런 들리는 말소리, 눈으로 보내는 작별 인사. 담백하고 허정(虛靜)한 정경 묘사가 무한한 여운을 느끼게 한다.

<추포가>는 이백이 벼슬 생활을 그만둔 후 추포에 와, 강가의 평화로운 정경과 숨길 수 없는 시름을 노래한 작품들이다. 금타조, 백한, 산닭, 백로들이 무심하게 오가고, 이따금 잔나비 소리도 들리며, 고요 속에 비껴 솟은 바위와 첩첩 산들, 강물에 비친 달과 작자의 맑은 고독 등, 더없이 말쑥한 시 속의 그림들이다.

송(宋) 시인(詩人) 황정견(黃庭堅; 1045~1105)은 <초서로 추포가를 쓴 후에書自草秋浦歌後>라는 글에서 "소성(紹聖) 3년(1096) 5월 을미일 새로 작은 정자를 짓고서, 숲속에서 지저귀는 새 소리를 들으며 더없이 즐거운 마음에 초서를 쓰다가, 이백의 <추포가> 15수를 다 써 내려갔다."라고 하였다.

근인 첨영은 황정견이 초서로 쓴 <추포가>가 15수였다면, 적어도 2수는 위작일 가능성이 있다고 보았다. 남송(南宋) 홍매(洪邁; 1123~1202)가 엮은 ≪당인만수절구唐人萬首絶句≫에 <추포가>1, 2, 4, 10, 13 등이 빠져 있어 위작으로 보는 견해가 있지만, 그와 비슷한 시기에 살았던 육유(陸游; 1125~1209)의 ≪입촉기入蜀記≫에서는 <추포가>를 17수라 하여, 위작의 존재 여부를 규명하기가 쉽지 않다.

025 분도산수가 當塗趙炎少府粉圖山水歌

당도소부 조염의 산수벽화 노래

峨眉高出西極天[1]	아미산峨眉山은 서쪽 하늘 끝에 높이 솟았고
羅浮直與南溟連[2]	나부산羅浮山은 남녘 바다로 곧장 이어졌다.
名工繹思揮綵筆	이름난 화공이 궁리 끝에 채색 붓을 휘둘러
驅山走海置眼前	산을 몰고 바다 질러 눈앞에 펼쳤어라.
滿堂空翠如可掃	건물 가득 푸른빛은 쓸어낼 수 있을 듯
赤城霞氣蒼梧烟[3]	적성산赤城山에 노을이요 창오산蒼梧山엔 안개로다.
洞庭瀟湘意渺緜[4]	동정호洞庭湖 소상강瀟湘江에 끝없는 사연 이어지고
三江七澤情洄沿[5]	삼강三江 칠택七澤 따라 마음 오르내린다.
驚濤洶湧向何處	놀란 파도 치솟거늘 어데로 가려하나
孤舟一去迷歸年	외로운 배, 한 번 가면 돌아올 날 모를레라.
征帆不動亦不旋	펼친 돛은 움직이지 않고 돌지도 않으며
飄如隨風落天邊	바람 따라 나부끼며 천애에 떨어졌다.
心搖目斷興難盡	마음이 설레어 눈을 돌려도 흥은 식지 않으니
幾時可到三山巓[6]	어느 때나 삼산三山 봉우리 가볼 수 있으려나.
西峰崢嶸噴流泉	서쪽 봉우리 우뚝우뚝 냇물을 쏟아내고
橫石蹙水波潺湲[7]	비낀 바위에 물길 대질러 지줄대며 흐른다.
東崖合沓蔽輕霧[8]	동편 벼랑 첩첩 쌓여 실안개에 갇혔으며
深林雜樹空芊綿[9]	깊은 숲 온갖 나무, 허공에 우거졌다.
此中冥昧失晝夜	이 가운데 삼매에 들어 밤낮을 잊은 사람
隱几寂聽無鳴蟬	안석에 홀로 기대어 울지 않는 매미 소리 듣노라.
長松之下列羽客	긴 소나무 아래엔 선인들 즐비한데

對坐不語南昌仙	말없이 마주 앉은 남창南昌 신선이로다.
南昌仙人趙夫子[10]	남창南昌의 신선 조부자趙夫子는
妙年歷落青雲士[11]	젊은 나이에 청운의 선비로 우뚝 섰는데
訟庭無事羅衆賓	한가로운 청사 마당에 손들이 벌여 있으니
杳然如在丹青裏[12]	깊숙이 그림 안에 들어앉은 듯하도다.
五色粉圖安足珍	오색으로 그린 벽화 무에 그리 진기하랴
眞仙可以全吾身	진정한 신선일랑 제 몸 건사 잘 하는 것.
若待功成拂衣去[13]	공을 세운 후 옷 털고 가길 바란다면
武陵桃花笑殺人[14]	무릉武陵의 복사꽃이 우스워 죽으리라.

해제

당도(當塗)는 당(唐)나라 때 강남서도(江南西道)의 선주(宣州)에 속한 현(縣)으로, 지금의 안휘성 마안시(馬鞍市)의 부속 현이다.

소부(少府)란, 현령(縣令)을 보좌하는 현위(縣尉)의 벼슬을 말한다. 현령을 명부(明府)라 하고 현위를 소부(少府)라 하였다 한다.

조염(趙炎)은 이백의 지인(知人)으로서 이백이 여러 편의 증시(贈詩)를 썼는데, <送當塗趙少府赴長蘆>, <寄當塗趙少府炎詩> 등이 이백시문집에 남아 있다.

분도(粉圖)는 벽화의 일종으로, 회를 바른[粉] 벽에다 그리는[圖] 그림이다.

주석

1 峨眉(아미) : 지금의 사천성 아미현(峨眉縣) 서남쪽에 있는 산. ≪사천통지四川通志≫에 의하면, 아미산은 가정주(嘉定州) 아미현(峨眉縣) 남쪽 100 리에 있으며, 두 봉우리가 눈썹처럼 마주보고 있어 이런 이름 붙었다고 한다. 또 주위가 1000 리이고 높이는 80 리인데, 돌로 된 감실이 112개에 크고 작은 동굴이 40개 있고 남쪽과 북쪽에 누대가 있으며, 첩첩 봉우리와 골골 계곡이 원근을 가늠하기 어려운, 촉(蜀) 지방 산 중에 으뜸이라 하였다.

2 羅浮(나부) : 지금의 광동성 층성시(增城市), 박라현(博羅縣), 하원현(河源縣) 사이에 있는 산. ≪원

화군지≫에 따르면, 나부산은 순주(循州) 박라현(博羅縣) 서북 28 리에 있다. 나산(羅山) 서쪽에 부산(浮山)이 있는데, 본래 봉래산(蓬萊山)의 한 언덕이 바다를 떠다니다 와서 나산과 합쳐졌다고 나부산이라 불렀다고 한다. 높이 360길이고 둘레가 327 리나 되며, 높은 봉우리가 432개이다.

3 赤城(적성) : 산 이름. 가음 <산수벽화가> 참조.

* 蒼梧(창오) : 산 이름. 가음 <양원음>, 악부 <원별리> 참조.

4 洞庭瀟湘(동정소상) : 동정호(洞庭湖)와 여기로 흘러 들어가는 소강(瀟江), 상강(湘江)의 통칭. <추포가>1, 6참조.

5 三江(삼강) : 세 강이 무엇을 가리키는 지는 일정치 않다. ≪상서尙書≫<우공禹貢>에서는 민산(岷山)의 강을 중강(中江), 파총(嶓冢)의 강을 북강(北江), 예장(豫章)의 강을 남강(南江)이라 하였다. 오월(吳越) 지역의 삼강으로 어떤 이는 송강(松江), 전당강(錢塘江), 포양강(浦陽江)을 꼽고, 또 어떤 이는 송강(松江), 동강(東江), 누강(婁江)을 거론하기도 한다. 또 어떤 이는 악양(岳陽)의 삼강으로서 민강(岷江), 풍강(灃江), 상강(湘江)을 꼽는다. 여기서는 특정한 강을 가리키는 것이 아니라, 그림에 나오는 강을 가리켜 여러 강들로써 통칭(通稱)한 것이다.

* 七澤(칠택) : 한(漢)나라 사마상여(司馬相如)의 <자허부子虛賦>에, '초(楚)나라에 일곱 개의 연못이 있다' 하였는데, 운몽(雲夢)은 그 중 하나이다. 여기서는 이 지역 연못들을 통칭한 것이다.

* 洄沿(회연) : 물을 거슬러 올라가고 따라서 내려가다. 사령운(謝靈運)의 시 <과시녕서過始寧墅>에 "물길마다 다 거슬러 올라가보기도 하고 따라내려 가보기도 하였다.[水涉盡洄沿]"란 구절이 있고, 이선(李選)의 주에서 "거슬러 올라가는 것을 소회(遡洄)라 한다."라 하였다. 공안국(孔安國)의 ≪상서전尙書傳≫에서는 "물 따라 내려가는 것을 연(沿)이라 한다."라고 하였다.

6 三山(삼산) : 봉래(蓬萊), 방장(方丈), 영주(瀛洲)의 삼신산(三神山).

7 潺湲(잔원) : 얕은 강물 소리, 혹은 그 흐르는 모습. ≪문선≫ 사령운(謝靈運)의 시 <칠리뢰七里瀨>에 "돌이 얕아 물이 지줄대네.[石淺水潺湲]"라는 구절이 있는데, 이선(李選)의 주에서 ≪초사≫에 "졸졸 흘러가는 물을 바라보노라.[觀流水兮潺湲]"라는 구절이 있다고 하였다.

8 合沓(합답) : 높은 산이 중첩된 모습. ≪문선≫ 사조(謝朓)의 시 <경정산敬亭山>에서 "높은 산 첩첩이 구름과 나란하네.[合沓與雲齊]"라 하였다.

9 芊綿(천면) : 초목이 우거진 모습. 왕기(王琦)는 "천면(阡眠)"으로 보고, 멀리 바라보는 모습이라 하였으나 적절치 않다.

10 南昌仙人趙夫子(남창선인조부자) : 조염(趙炎)을 가리킨다. 한(漢)나라 매복(梅福)이 남창(南昌) 지역의 현위(縣尉)를 지내다가, 후에 벼슬을 버리고 수춘(壽春)으로 돌아갔다. 왕망(王莽)이 정치를 천단(擅斷)하자, 하루아침에 처자를 버리고 구강(九江)으로 가서 신선이 되었다고

전해진다. 그 후에 복(福)이 회계(會稽)에서 이름을 바꾸고 오(吳)의 장터 문지기가 된 것을 본 사람이 있다고 한다. 조염(趙炎)이 당도현(當塗縣)의 현위에 해당하는 소부(少府)였기에, 매복에 빗댄 것이다.

11 歷落(역락) : 두드러진 모습. 뇌락(磊落).

12 杳然(묘연) : 여유롭고 한가한 모습.

13 拂衣去(불의거) : 속세를 떠나 신선이 된다는 뜻.

14 武陵桃花笑殺人(무릉도화소살인) : 공을 세운 후 또 신선이 되는 것은 무릉도원(武陵桃源)처럼 꿈같은 바람일 뿐이어서, 그곳의 복사꽃이 이런 터무니없는 욕망을 한없이 비웃는다는 의미이다.

해설

당도현의 현위인 조염이 근무하는 청사 벽에 신선이 있는 산수벽화의 찬란함을 공들여 묘사하고는, 진정한 신선의 삶은 내 몸을 잘 건사하는 데 있다는 충고를 덧붙인 작품이다.

당송대의 시선집(詩選集)인 ≪당송시순唐宋詩醇≫에서는 "이 작품은 산과 바다를 몰아 자신의 팔 아래에 둔 시이다. 특히 '깊숙하게 그림 속에 들었다'는 구절은 사실을 그림으로 표현하여 기이한 느낌이 드니, 사령운의 산수묘사와는 또 다른 면모다"라고 평하였다. 이는 시와 그림의 경계를 자유자재로 넘나들 수 있는 이백의 탁월함을 지적한 것이다. 이러한 재주는 앞서 산수 벽화를 촛불로 비춰본 경이로움을 노래한 가음 <산수벽화가同族弟金城尉叔卿燭照山水壁畫歌>에도 잘 발휘되어 있다. 남송 비평가 엄우(嚴羽; 1197~1253?)는 "작품 전체가 제목을 서술하고 있으니, 이처럼 할 때만이 자신의 흉금을 남김없이 표현할 수 있다."고 하였으며, "이를 보고서야 시에서는 본색이 중요하고 착색이 중요치 않음을 알게 되었다."고 하였다. 이는 작품 주제에 대한 내용의 집중도(concentration)가 특히 높은 것을 지적한 말이다.

026 영왕동순가 永王東巡歌 11수

영왕의 동쪽 순방의 노래

(1)

永王正月東出師	영왕永王이 정월에 동으로 군사 내니
天子遙分龍虎旗[1]	천자도 멀리에서 용호기龍虎旗를 보내셨다.
樓船一擧風波靜	누선 한번 납시면 풍파가 잠잠하고
江漢翻爲雁鶩池[2]	강한江漢 일대는 기러기와 오리 못 되리라.

해제

영왕(永王)은 당 현종(玄宗)의 열여섯 번 째 아들 이린(李璘)이다.

주석

1 龍虎旗(용호기) : 용과 범을 그린 깃발.

2 江漢(강한) : 장강(長江)과 한수(漢水) 일대.

* 雁鶩池(안무지) : 임금의 쉼터. ≪서경잡기≫에 따르면 한대(漢代) 양 효왕(梁 孝王)은 궁궐과 정원 만들기를 좋아하여 기러기 연못(雁池)을 만들었는데, 못 가운데에 학 섬[鶴洲]과 오리 섬[鳧渚]이 있었다고 한다.

해설

천보(天寶) 14년(755) 11월 안록산(安祿山)이 범양(范陽)에서 반란을 일으키고, 15년 6월 당 현종(玄宗)은 촉(蜀)지방으로 피난하였다. 한중군(漢中郡)에 당도하여 조서를 내려, 영왕(永王) 린을 산남동로(山南東路) 영남(嶺南) 검중(黔中) 상남서로(江南西路) 사도(四道) 절도채방등사(節度

採訪等使), 강릉대도독(江陵大都督)으로 임명하였다.

그해 7월 영왕은 양양(襄陽)에 당도하였고, 9월에는 강릉(江陵)에 이르러 장사 수만 명을 모집하여 자의적으로 부서(部署)를 늘렸으며, 강회(江淮)의 특산물과 세금을 거두어 강릉에 쌓아두고 수 억(數億)을 써대었다. 숙종(肅宗)은 이 소식을 듣고 명령을 내어 촉(蜀)으로 돌아오라 하였으나, 영왕은 이 명을 어기고 12월에 마음대로 배와 군사들 끌고 동쪽으로 내려갔으며, 승승장구하면서 기세가 하늘을 찔렀다. 숙종은 고적(高適)을 회남절도사(淮南節度使)에 임명하여 광릉(廣陵) 등의 12개 군을 다스리게 하였고, 내진(來瑱)으로 하여금 회남서도절도사(淮南西道節度使)로 삼아 여남(汝南) 등 5개 군을 맡게 하고, 강동절도사 위척(韋陟)과 함께 영왕을 에워싸 공격하였다. 이에 영왕은 혼유명(渾惟明)으로 하여금 오군태수(吳郡太守)겸 강남도로채방사(江南道路採訪使)로 있던 이희언(李希言)을 습격하게 하고, 계광침(季廣琛)으로 하여금 광릉(廣陵)으로 가서 광릉장사(廣陵長將史) 겸 회남채방사(淮南採訪使) 이성식(李成式)을 잡게 하였다. 영왕의 장수 계광침은 여러 장군을 불러 팔을 베어 맹서하고, 혼유명과 함께 도리어 영왕을 공격하였다. 이린은 패하여, 남쪽 파양(鄱陽)으로 갔으나, 강서채방사(江西採訪使) 황보신(黃甫侁)의 호위병에게 잡혀 활에 맞아 세상을 떠났다.

영왕 이린의 위세가 하늘을 찌를 때, 당도(當塗)에 머물고 있었던 이백은 안록산의 잔당을 토벌해야한다는 명분에 못 이겨 영왕의 막하에 들어가 이러한 작품들을 지으면서 그의 승승장구를 고대하였다. 그러나 결국 영왕의 행동은 역모로 간주되어 응징을 당하게 되고, 이십 여 일 동안 영왕 린의 막하에 있었던 이백도 이 일에 연루되어 천애 야랑(夜郎)으로 귀양을 가게 되었다.

(2)

三川北虜亂如麻[1]	삼천三川의 북녘 오랑캐, 삼 가닥 얽히듯 어수선하고
四海南奔似永嘉[2]	온 세상이 남으로 달아나니 영가永嘉 때와 같구나.
但用東山謝安石	다만 동산東山의 사안석謝安石을 쓰기만 한다면
爲君談笑靜胡沙	임금 위해 담소하며 오랑캐를 평정하리라.

주석

1 三川(삼천) : 하수(河水), 낙수(洛水), 이수(伊水)가 있던 하남군(河南郡; 지금의 낙양 일대).

2 永嘉(영가) : 서진(西晉) 회제(懷帝) 때의 연호(307~313). 영가(永嘉) 5년(311), 유요(劉曜)가 낙양을 함락시켰을 때 죽은 자가 십만이 넘었다. 사안(謝安; 字 安石, 320~385)은 동산(東山)에 은거하고 있다가 백성들의 요청으로 출정하였다. 부견(符堅)의 대군이 진나라로 쳐들어오자, 사안은 아우 석(石)과 현(玄)을 동원하여 이들을 크게 물리쳤다. 이때 많은 사람들이 난을 피하여 남쪽으로 내려오면서 남조(南朝) 시대가 열리게 되고, 강남(江南) 지역이 중국의 중심지로 바뀌게 된다. 가음 <양원음>, <동산음> 참조.

(3)

雷鼓嘈嘈喧武昌[1]	뇌고 소리 쿵쿵 무창武昌에 들렐 제
雲旗獵獵過尋陽[2]	구름 깃발 펄럭펄럭 심양尋陽을 지나는다.
秋毫不犯三吳悅[3]	추호도 범함이 없어 삼오三吳 지역 기뻐하고
春日遙看五色光[4]	봄날 저 멀리로 오색 무지개 보이는도다.

주석

1 雷鼓(뇌고) : 천둥같이 큰 북 소리.
武昌(무창) : 지금의 호북성 악성현(鄂城縣).

2 雲旗(운기) : 사마상여(司馬相如)의 <상림부上林賦>에 "구름 깃발 날린다.[靡雲旗]"라 하였고, 장읍(長揖)의 주(注)에, "깃발의 술에 곰과 범을 그려 만든 기로, 구름 기운과 같다.[畵熊虎於旒爲旗, 似雲氣.]"라 하였다.
* 獵獵(엽렵) : 바람이 깃발에 펄럭이는 소리.
* 尋陽(심양) : 지금의 강서성 구강시(九江市). 가음 <횡강사>2 참조.

3 不犯(불범) : 군사들이 흔히 자행하는 약탈이나 납치와 같은 일을 하지 않는다는 뜻.

4 三吳(삼오) : 오(吳) 땅에 있는 세 군데 지명을 일컫는 말로 여기서는 강동(江東) 일대를 가리킨다. 춘추시대 오왕(吳王) 부차(夫差)의 도읍지인 고소(姑蘇), 오왕(吳王) 비(濞)의 도읍지인 광릉(廣陵), 손권(孫權)의 도읍지인 건업(建鄴)을 일컬어 삼오(三吳)라고 부르기 시작하였다고

하나, ≪수경주≫ <절강수浙江水>에서는 오흥(吳興), 오군(吳郡), 회계(會稽)를, ≪통전通典≫ <주군州郡>에서는 오흥(吳興), 오군(吳郡), 단양(丹陽)을 삼오라 하였다. 또 일설에는 지명의 변경과정이나 분할의 내력을 따져볼 때 삼오(三吳)나 오흥(吳興), 오군(吳郡), 회계(會稽) 등은 다 같은 지역을 가리키는 별칭이라고도 한다.

(4)

龍蟠虎踞帝王州[1]	용 서리고 범 웅크린 제왕의 고을
帝子金陵訪古丘	왕자는 금릉金陵에서 옛 언덕을 찾아보네.
春風試暖昭陽殿[2]	봄바람은 소양전昭陽殿을 덥히려 하고
明月還過鳷鵲樓[3]	환한 달은 또 지작루鳷鵲樓를 지나가네.

주석

1 帝王州(제왕주) : 금릉(金陵), 즉 지금의 남경(南京)을 가리킨다. ≪일통지≫에 따르면 주(周)나라 말엽부터 제왕의 기운이 있었다고 한다. 진시황(秦始皇)도 동남쪽에 천자의 기운이 있다고 하였으며, 제갈량(諸葛亮)도 용이 서리고 범이 웅크린[龍蟠虎踞] 진정한 제왕의 도읍지라고 하였다.

2 昭陽殿(소양전) : 남조시대 금릉(金陵)의 대성(臺城) 내에 있던 왕후의 거처.

3 鳷鵲樓(지작루) : 금릉의 궁전 이름. 鳷는 새매, 鵲은 까치.

(5)

二帝巡游俱未迴[1]	두 임금 길을 떠나 모두 돌아오지 못해
五陵松柏使人哀[2]	오릉五陵의 송백이 서글프기 그지없네.
諸侯不救河南地[3]	제후들은 하남河南 땅을 구하지 않으니
更喜賢王遠道來[4]	어진 영왕永王 멀리서 옴이 더욱 더 기쁘도다.

✿ 주석

1 二帝(이제) : 촉(蜀) 땅으로 피난 간 당(唐) 현종(玄宗)과 영무(靈武)에서 즉위한 숙종(肅宗)을 가리킨다.

2 五陵(오릉) : 장안(長安) 근처에 있는 당초(唐初) 제왕들의 능. 고조(高祖)의 헌릉(獻陵), 태종(太宗)의 소릉(昭陵), 고종(高宗)의 건릉(乾陵), 중종(中宗)의 정릉(定陵), 예종(睿宗)의 교릉(橋陵).

3 河南(하남) : 안록산(安祿山)이 장악하고 있던 낙양(洛陽)을 가리킨다.

4 賢王(현왕) : 영왕(永王) 린(璘)을 가리킨다.

(6)

丹陽北固是吳關[1]	단양丹陽의 북고산北固山은 오吳 땅의 관새
畫出樓臺雲水間	구름과 물 사이에 누대를 곱게도 그려 냈네.
千巖烽火連滄海	봉우리마다 봉홧불은 퍼런 바다로 이어지고
兩岸旌旗繞碧山	양편 강 언덕 깃발들은 푸른 산을 에워쌌네.

✿ 주석

1 丹陽(단양) : 당대의 강남동도(江南東都)에 있던 윤주(潤州)로서 지금의 진강시(鎭江市) 지역에 해당한다.

* 北固(북고) : 윤주(潤州)의 단도현(丹徒縣)에서 북쪽으로 1리 되는 곳에 있는 산 이름. 장강(長江)에 삼면이 임하고 벼랑이 높이가 수십 길이 되는 등, 형세가 험준하여 이런 이름이 붙었다고 한다.

(7)

王出三江按五湖[1]	왕은 삼강三江을 나와 오호五湖를 제압하고
樓船跨海次揚都[2]	누선은 바다 끼고 양도揚都에 주둔했네.
戰艦森森羅虎士[3]	전함엔 삼엄하게 용사들이 늘어섰고

征帆一一引龍駒[4]	돛대마다엔 하나씩 용마를 매었네.

주석

[1] 三江(삼강) : 양주(揚州) 일대의 양자강을 일컫는 말. ≪주례周禮≫에 "동남쪽이 양주(揚州)인데, 그곳의 내는 삼강(三江)이고 오호(五湖)로 흘러들어간다."라 하였다. 양자강은 아홉 갈래 강줄기가 심양(尋陽) 남쪽에 이르러 하나로 합쳐 양주(揚州)로 흘러 팽려호(彭蠡湖)에 들어간 후, 다시 세 갈래로 나뉘어 바다로 들어간다고 한다.

* 五湖(오호) : 소주(蘇州) 서쪽 40 리에 있는 태호(太湖)와 그 인근의 유호(遊胡), 막호(莫湖), 서호(胥湖), 공호(貢湖) 등을 통칭한 것이다.

[2] 揚都(양도) : 양주(揚州)와 금릉(金陵) 일대를 가리킨다.

[3] 虎士(호사) : 용맹한 병사.

[4] 龍駒(용구) : 전쟁터에서 쓰는 씩씩한 말.

(8)

長風掛席勢難迴[1]	긴 바람에 돛을 거니 돌쳐서기 어려워라
海動山傾古月摧[2]	바다 흔들리고 산이 휘청하며 오랑캐가 꺾이도다.
君看帝子浮江日	그대 보시라, 영왕永王 강물 따라 출정하는 날
何似龍驤出峽來[3]	용양장군龍驤將軍이 협곡을 나설 때와 얼마나 비슷한지.

주석

[1] 掛席(괘석) : 돛을 걸다. 돛을 올려 배를 띄우다.

[2] 古月(고월) : 오랑캐 '胡(호)'자를 나누어 쓴 것으로 안록산(安祿山)의 반군을 가리킨다.

[3] 龍驤(용양) : 서진(西晉)의 용양장군(龍驤將軍) 왕준(王濬)을 가리킨다. ≪진서晉書≫<무제기武帝紀>에 "함녕(咸寧) 5년(279) 11월에 크게 병사를 일으켜 오(吳)를 정벌하였는데, 용양장군(龍驤將軍) 왕준(王濬)과 광무장군(廣武將軍) 당빈(唐彬)을 보내어 파촉(巴蜀) 지역의 병사들을 이끌고 강을 따라 내려가게 하였다"는 기록이 있다.

(9)

祖龍浮海不成橋[1]	진시황은 바다에 나가 다리를 못 세웠고
漢武尋陽空射蛟[2]	한 무제는 심양尋陽에서 공연히 교룡蛟龍을 쏘았도다.
我王樓艦輕秦漢[3]	우리 왕의 누선은 진秦과 한漢을 능가하리니
卻似文皇欲渡遼[4]	흡사 태종太宗께서 요수遼水를 건널 적 같도다.

주석

1 祖龍(조룡) : 진시황(秦始皇)을 가리킨다. <고풍>31 참조.

* 成橋(성교) : ≪수경주≫에 인용된 <삼제략기三齊略記>에 따르면, 진시황(秦始皇)이 바다에 돌다리를 놓으려 하자 바다의 신(神)이 기둥을 세워주었다. 시황이 그를 만나보려 하였더니, 바다 신이 말하기를 "내 모습이 추하니, 나의 모습을 그리지만 않는다면 황제를 만나보리라."라 하였다. 진시황은 바다로 40 리를 들어가 바다 신을 만났다. 이때 신하들은 꼼짝도 하지 않았으나 화공(畵工)만이 자맥질하며 그 모습을 그렸다. 신이 노하여 "그대는 약속을 어겼으니 빨리 가시오."라고 하였다. 시황이 말을 돌려 돌아오는데, 말의 앞다리는 서 있고, 뒷다리만 따라 달려 겨우 언덕에 올라갈 수 있었다. 그림 그리던 이는 바다에 빠져 죽었다. 뭇 산의 돌은 모두 비스듬히 쏟아져 지금도 동쪽으로 기울어 있다고 한다.

2 射蛟(사교) : ≪한서≫<무제기武帝紀>에 따르면 원봉(元封) 5년(B.C.106) 겨울에 남쪽으로 순방을 떠나 심양(尋陽)에서 배를 저어 가다가 교룡(蛟龍)을 쏘아 잡았다고 한다.

3 樓艦(루함) : 양면에 두꺼운 판을 대고 무기를 배열한 다락 배.

4 文皇(문황) : 문황제(文皇帝) 즉 당 태종(太宗). ≪구당서舊唐書≫<태종본기太宗本紀>에 따르면, 정관(貞觀) 19년(645) 2월 친히 육군(六軍)을 거느리고 낙양을 떠나, 5월에 요수(遼水)를 건넜다고 한다.

(10)

帝寵賢王入楚關[1]	황제께서 어진 왕을 아껴, 초楚 땅에 들어오더니
掃清江漢始應還[2]	강한江漢 지역 쓸어내고 이제사 소환에 응하는도다.

初從雲夢開朱邸[3] 처음엔 운몽雲夢으로 가서 붉은 궁궐 세우더니
更取金陵作小山[4] 다시 금릉金陵을 취하여 작은 산을 만들도다.

주석

1 入楚關(입초관) : 영왕(永王)이 사도절도사(四道節度使)와 강릉대도독(江陵大都督)에 임명된 일을 가리킨다.

2 江漢(강한) : 장강(長江)과 한수(漢水) 유역.

3 雲夢(운몽) : 지금의 호남성 북부와 호북성 서중부에 넓게 분포하던 고대의 늪 지역이다. 강북의 못을 운(雲)이라 하고 강남의 못을 몽(夢)이라 하였다는데, 운(雲)은 장사(長沙), 감리(監利), 경릉(景陵) 일대를, 몽(夢)은 공안(公安), 석수(石首), 건녕(建寧) 일대를 가리킨다고 한다. 또 ≪태평환우기≫에 따르면 운몽택(雲夢澤)은 안주(安州) 안륙현(安陸縣) 동남쪽 수십 리 넓이의 호수로서, 남쪽으로는 형(荊)과 양(襄)에 맞닿아 있었다고 한다. 여기서는 호북성의 강릉(江陵) 일대를 가리킨다.

* 朱邸(주저) : 붉은 집, 궁궐. 여기서는 강릉대도독(江陵大都督)의 관부(官府)를 가리킨다.

4 小山(소산) : 옛 회남왕(淮南王) 유안(劉安)의 거처를 소산(小山)이라 하였는데, 여기서는 일명 금릉산(金陵山)이라고도 하는 종산(鍾山)이 영왕 린(璘)의 거처가 됨을 빗댄 것이다. 가음 <금릉가송별범선金陵歌送別范宣> 참조.

(11)

試借君王玉馬鞭 옥으로 된 군왕의 말채찍 한번 빌려
指揮戎虜坐瓊筵 오랑캐 무찌르고 잔치 자리에 앉고파라.
南風一掃胡塵靜 남풍 한 줄기에 오랑캐 먼지 사라지면
西入長安到日邊[1] 서쪽 장안으로 가, 해 근방에 닿으리라.

주석

1 日邊(일변) : ≪진서晉書≫에 따르면, 명제(明帝)가 어려서 총명하여 원제(元帝)의 사랑이 남달

라 여러 번 무릎 앞에 앉히곤 하였다. 어느 날 장안(長安)에서 사신이 왔기에, 명제(明帝)에게 "해와 장안 중에 어디가 더 멀까?"라고 물었더니, "장안이 가깝습니다. 사람이 해에서 왔다는 소리는 못 들었으니 분명하게 알 수 있습니다."라고 대답하여, 원제는 기특하게 여겼다. 이튿날 군신들과 잔치를 벌이며 또 물으니, 이번에는 "해가 가깝습니다."라고 대답하였다. 원제는 아연실색하며, "어이하여 다른 이야기를 하는가?"라고 하자, "고개를 들면 해를 볼 수 있지만, 장안은 못 봅니다."라고 하여 더욱 기특하게 여겼다. 이후로, 임금이 있는 곳을 해 근방[日邊]이라고 부르게 되었다고 한다.

027 상황서순남경가 上皇西巡南京歌 10수

상황의 서쪽 남경 순방의 노래

(1)

胡塵輕拂建章臺[1]	오랑캐 먼지가 가볍게 건장대建章臺를 스치자
聖主西巡蜀道來[2]	성군께서 서쪽 촉도蜀道에 오르셨네.
劍壁門高五千尺[3]	검문관劍門關 절벽 문은 그 높이가 오천 척
石爲樓閣九天開	돌로 만든 누각에 높은 하늘 열렸네.

해제

상황(上皇)은 당 현종(玄宗)을, 南京(남경)은 촉군(蜀郡)의 成都(성도)를 가리킨다. 가음 해설 참조.

주석

[1] 建章臺(건장대) : 한(漢)대 장안(長安)의 궁중에 건장궁(建章宮)이 있었으며, 그 안에 건장대가 있었다. 여기서는 당(唐)대의 궁원(宮苑)을 가리킨다. 경(輕)에는 오랑캐의 침략쯤은 별 것 아니라는 폄하의 뜻이 담겨 있다.

[2] 蜀道(촉도) : 수도 장안(長安)으로부터 촉군의 성도(成都)로 이어어지는 험난한 길. 악부 <촉도난> 참조.

[3] 劍壁門(검벽문) : 사천성 검각현(劍閣縣) 북쪽의 험한 요새인 검문관(劍門關)을 가리킨다. 소검산(小劍山)과 대검산(大劍山) 사이 천 길 절벽이 문 모양으로 마주하여 이룬 험준한 천연 요새이다.

(2)

九天開出一成都[1]	높다란 하늘에 성도成都란 곳을 열었으니
萬戶千門入畫圖	천문만호가 그림 속에 들었세라.
草樹雲山如錦繡	풀. 나무. 구름. 산이 비단에 수놓은 듯
秦川得及此間無[2]	제아무리 진천秦川 땅인들 이곳만 하겠나.

주석

1 成都(성도) : 여기서는 촉군(蜀郡)을 뜻한다. 촉군 안에 성도가 있지만, 당(唐)나라 때에는 촉군(蜀郡)을 성도(成都)라고 통칭하였다.

2 秦川(진천) : 위수(渭水)가 흐르는 관중(關中) 지역. 여기서는 장안(長安)을 가리킨다.

* 無(무) : 반문형 어조사.

해설

제 1수의 마지막 구절을 제 2수의 첫머리에 이어 한 폭의 두루마리 그림처럼 보이게 한 시이다.

(3)

華陽春樹似新豐[1]	화양華陽의 봄 나무는 신풍新豐을 닮았고
行入新都若舊宮	행렬은 새 도읍을 옛 궁인 양 들어가누나.
柳色未饒秦地綠	버들색은 진秦 땅의 푸르름에 못 대지만
花光不減上陽紅[2]	꽃빛은 상양궁上陽宮의 붉은 빛에 못지 않아라.

주석

1 華陽(화양) : 촉(蜀) 지방의 옛 나라 이름. 여기서는 성도(成都)를 가리킨다.

* 新豊(신풍) : 한대(漢代)의 고을 이름. ≪서경잡기≫에 따르면, 한(漢)나라 태상황(太上皇)이 장안(長安)으로 거처를 옮겨 구중궁궐에서 지내다보니 우울하고 재미가 없었다. 고조(高祖)가 측근을 통해 그 까닭을 알아보니, 평생의 낙이 짐승 잡고 장사하는 젊은이들과 술 받아오고 떡 사먹고, 닭싸움에 축구하는 것이었는데, 그것이 없어 즐겁지 않다는 것이다. 이에 고조는 장안의 교외에 신풍(新豊)이란 고을 만들고 옛 친구들을 옮겨 살게 하였더니 태상황이 기뻐하였다고 한다. 이 때문에 신풍에는 무뢰배들과 예의 없는 젊은이들이 많게 되었다. 당(唐) 숙종(肅宗)이 영무(靈武)에서 즉위함에 따라 현종은 태상황(太上皇)이 되었으므로, 이백이 이 고사를 쓴 것이다.

2 上陽(상양) : 낙양(洛陽)에 있던 궁전 이름. <고풍>18 참조.

(4)

誰道君王行路難	그 누가 군왕 행차 어렵다 했던가
六龍西幸萬人歡[1]	여섯용이 서편으로 가니 만인이 기뻐하도다.
地轉錦江成渭水[2]	땅이 변하여 금강錦江은 위수渭水가 되었고
天回玉壘作長安[3]	하늘도 돌아 옥루산玉壘山이 장안長安 되었도다.

주석

1 六龍(육룡) : 천자의 어가(御駕)를 모는 여섯 마리의 말. 키가 일곱 자 이상 되는 말을 용(龍)으로 부르는데, 임금의 수레몰이를 용을 타고 하늘을 가로지르는 모습으로 빗대기도 한다. 악부 <촉도난> 참조.

2 錦江(금강) : 민강(岷江)의 지류인 탁금강(濯錦江)을 말한다. 비단을 짠 후 이 강물에 빨게 되면 무늬가 선명해지고 더 좋게 되어 탁금강(濯錦江)이라고 불렀다고 한다. 악부 <백두음> 참조.

* 渭水(위수) : 장안(長安)을 가로질러 흐르는 강물.

3 玉壘(옥루) : 성도의 서북쪽 관현(灌縣)에 있는 산.

(5)

萬國同風共一時[1] 모든 나라가 하나의 기풍으로 한 시대를 이루니
錦江何謝曲江池[2] 금강錦江이 어이 장안 곡강지曲江池만 못하리오.
石鏡更明天上月[3] 돌 거울은 하늘의 달보다 더 밝으니
後宮親得照蛾眉 후궁들도 가까이 가 아미 비춰본다네.

✿ 주석

1 同風(동풍) : 풍속이 같다. ≪한서≫＜종군전終軍傳＞에서 "이제 천하는 하나요, 만 리가 같은 풍속이다.[今天下爲一, 萬里同風.]"라 하였다.

2 曲江池(곡강지) : 장안성(長安城) 동남쪽에 있던 연못. 진(秦)나라 때 사다리 섬[隑洲]이었던 것을 당(唐)나라 개원(開元)년간에 넓게 파서 명승지가 되었다. 그 남쪽에는 자운루(紫雲樓)와 부용지(芙蓉池), 서쪽에는 행원(杏園)과 자은사(慈恩寺) 등이 있다. 꽃과 풀들이 우거져 주위를 둘러싸고 안개 낀 강물이 아름다워, 중화(中和)나 상사(上巳) 같은 명절에는 도성의 사람들로 인산인해를 이루었다 한다.

3 石鏡(석경) : ≪화양국지華陽國志≫＜촉지蜀志＞에 따르면 무도(武都)의 한 사나이가 아름다운 여자로 변하였는데, 산(山)의 요정이라고 하였다. 촉왕(蜀王)이 그녀를 왕비로 맞이했지만 풍토가 맞지 않아 떠나가려 하였다. 왕은 그녀를 잡아두려고 동평의 노래[東平之歌]를 지어 즐겁게 해 주었으나 얼마 후 병으로 죽었다. 촉왕은 슬퍼하며 다섯 명의 장정을 무도로 보내어 흙을 쌓아 왕비의 무덤을 만들었는데, 그 넓이는 여러 이랑이었고 높이는 일곱 길, 그 위에는 돌로 된 거울이 있었다고 한다. ≪태평환우기≫에서는 "촉왕의 왕비 무덤 위에 바위가 하나 있는데, 두께가 다섯 치요 지름이 다섯 자이며, 맑고 환해 석경(石鏡)이라고 부른다."라 하였다.

(6)

濯錦淸江萬里流[1] 탁금濯錦 맑은 강은 만 리에 흐르는데
雲帆龍舸下揚州[2] 구름 돛에 용선龍船으로 양주揚州로 내려가네.
北地雖誇上林苑[3] 북쪽 땅에선 상림원上林苑을 자랑하나

南京還有散花樓[4]　　남경에는 산화루散花樓가 있다네.

✿ 주석

[1] 濯錦(탁금) : 성도(成都)를 지나는 금강(錦江).

[2] 龍舸(용가) : 뱃머리와 배의 양 옆에 용을 그린 큰 배. 황제가 타는 용선(龍船).

[3] 上林苑(상림원) : 한(漢)나라 때부터 장안(長安)에 있던 넓은 황제의 정원.

[4] 散花樓(산화루) : 수(隋)나라 때 촉왕 수(秀)가 성도의 의화원(宜華苑) 성 위에 세운 누대. 이백에게 <등금성산화루登錦城散華樓>라는 시가 있다.

(7)

錦水東流繞錦城[1]　　금수錦水는 동쪽으로 금성錦城을 감돌아 흐르고
星橋北掛象天星[2]　　칠성교七星橋는 북녘에 걸려 별자리를 본떴네.
四海此中朝聖主　　온 세상이 이곳의 성군께 조아리며
峨眉山上列仙庭[3]　　아미산峨眉山 위에는 신선 나라 펼쳐졌네.

✿ 주석

[1] 錦城(금성) : 성도(成都)의 부성(府城)으로 금관성(錦官城)이라고 한다. 진(秦)나라가 촉(蜀)을 멸하고 장의(張儀; ?~B.C.310)가 세웠으며 각 면(面)에 3개의 리(里)가 있고, 둘레 12 리에 높이는 일곱 길이었다고 한다.

[2] 星橋(성교) : 촉군(蜀郡)에 이빙(李氷)이 세운 일곱 개의 다리. 북두칠성을 본 따서 만들었다고 한다.

[3] 峨眉(아미) : 성도 서남쪽 아미현(峨眉縣)에 있는 산. 이 산에는 선약(仙藥)이 있다고 하며, 당대(唐代)엔 도교의 성지였다. 악부 <촉도난>, 가음 <아미산월가>, <아미산월가峨眉山月歌送蜀僧晏入中京>, <분도산수가當塗趙炎少府粉圖山水歌> 참조.

(8)

秦開蜀道置金牛[1]	진秦나라는 황금소를 세워 촉도蜀道를 닦았고
漢水元通星漢流[2]	한수漢水는 원래 은하수와 통한다네.
天子一行遺聖迹[3]	천자의 한 번 행차에 귀한 자취 남겼으니
錦城長作帝王州	금성錦城은 오래도록 제왕 고을 되겠네.

✿ 주석

1 金牛(금우) : 황금을 낳는 소. ≪수경주水經注≫<면수沔水>에 따르자면, 진(秦) 혜왕(惠王)이 촉(蜀)을 치려고 하였지만 길을 몰랐다. 돌로 된 소 다섯 마리를 만들어 그 꼬리 밑에 금을 놓고는 금을 낳는 소라고 하자, 촉(蜀)왕은 힘을 믿고서 장정 다섯 명을 시켜 성도로 옮겨 오게 하였다. 진(秦) 왕은 장의(張儀)와 사마착(司馬錯)으로 하여금 그 길을 따라가서 촉나라를 멸하게 하였다. 이 일로 인해 석우도(石牛道)라는 이름이 붙었다고 한다.

2 漢流(한류) : 한강(漢江). 섬서성 영강현(寧强縣) 파총산(嶓冢山)에서 발원하여, 호북성 한구(漢口)에서 장강에 합류하는 강. ≪운회韻會≫에 따르자면, 한수는 파총산에서 발원하여 한양(漢陽)에 이르러 양수(漾水)가 되고, 무도(武都)에 이르러 한수(漢水)가 되며, 일명 면수(沔水)라고도 불렀다고 한다.

* 星漢流(성한류) : 은하(銀河).은한(銀漢) 여기서 한수가 은하수와 통한다고 한 것은 그 강물이 멀고 아득한 곳에서 흘러온다는 뜻으로, 한(漢)이라는 어휘를 공유하고 있기 때문이기도 하다.

3 一行(일행) : 현종의 촉(蜀) 행차를 예견하였던 승(僧) 일행(一行)을 가리킨 것이라는 견해도 있지만, 작품의 흐름으로 볼 때 '한 번의 행차'로 봄이 타당하다.

(9)

水淥天青不起塵	물 맑고 하늘 푸르러 먼지 하나 일지 않고
風光和暖勝三秦[1]	풍광 따스함은 삼진三秦보다 낫구나.
萬國烟花隨玉輦[2]	천지에 자북한 꽃들 고운 가마 따라서

西來添作錦江春　　　서쪽으로 와 금강錦江의 봄을 꾸며 주도다.

✿ 주석

1 三秦(삼진) : 전국시대 진(秦)나라의 영역으로 장안이 있는 관중(關中) 지역을 말한다. ≪삼보황도≫에 따르면 항적(項籍)이 진(秦)을 멸망시킨 후 이를 삼등분하였기 때문에 붙여진 이름이다.

2 玉輦(옥연) : 황제가 타는 수레.

(10)

劍閣重關蜀北門　　　검각劍閣의 겹겹 관새 촉蜀의 북문 나서서
上皇歸馬若雲屯　　　돌아가는 상황의 말들 모인 구름 같도다.
少帝長安開紫極[1]　　　젊은 황제가 장안에 새 궁궐을 열었으니
雙懸日月照乾坤　　　나란히 걸린 해와 달이 천지를 밝히리라.

✿ 주석

1 紫極(자극) : 임금의 궁궐. 반악(潘岳; 247~300)은 <서정부西征賦>에서 "자극이 단조롭고 싫증나누나.[厭紫極之閑敞.]"라 하였는데, 여기서 자극(紫極)은 별이름으로, 황제의 궁궐을 가리킨다.

✿ 해설

천보(天寶) 15년(756) 6월 안록산의 반군이 동관(童關)을 함락하자 현종은 장안(長安)을 버리고 촉(蜀)으로 피난을 떠나, 7월 경신(庚辰)일에 촉군(蜀郡)에 당도했다. 8월 계사(癸巳)일에 숙종(肅宗)이 영무(靈武)에서 즉위하고, 현종을 상황천제(上皇天帝)라 불렀다. 이듬해 지덕(至德) 2년(757) 10월 정사(丁巳)일에 숙종은 수도 장안을 수복하였고, 계해(癸亥)일에 태자태사(太子

太師) 위견소(韋見素)를 보내어 촉군에서 상황천제를 맞이하게 하였다. 12월 병오(丙午)일에 상황천제가 촉군에서 장안으로 왔다. 술오(戌午)일에 대사면을 내리고, 상황이 계시던 촉군을 남경(南京)으로 삼았다.

촉군을 남경이라 한 것은 장안(長安)의 남쪽이기 때문이고, 서편 순방이라 한 것은 촉 지역이 천하의 서쪽에 치우쳐 있기 때문이다. 순방이란 표현도 사실은 촉으로의 피난을 완곡하게 나타낸 것이다. 당시 이백은 영왕(永王)의 일에 연루되어 심양(尋陽)에서 재판을 받아 야랑(夜郞)으로 귀양가라는 판결을 받은 상태였지만, 비통함을 억누르고 이 시들을 지어 당 현종의 귀환을 기리며 나라의 운명에 소중한 전환점이 되기를 기원하였다.

028 아미산월가1 峨眉山月歌

아미산 달 노래

峨眉山月半輪秋	아미산峨眉山 달은 반 만 둥글어 가을인데
影入平羌江水流[1]	달그림자 평강平羌에 들어 강물 흐르누나.
夜發淸溪向三峽[2]	밤에 청계淸溪를 떠나 삼협三峽으로 향하나니
思君不見下渝州[3]	그대 그리며 못 본채 유주渝州로 내려간다.

✿ 해제

아미산(峨眉山)은 사천성 아미현(蛾眉縣) 서남쪽에 있는 산. 악부 <촉도난>, 가음 <분도산수가>, <상황서순남경가>7, <아미산월가2峨眉山月歌送蜀僧晏入中京> 등 참조.

✿ 주석

1 平羌江(평강강) : 지금의 청의강(青衣江). 사천성(四川省) 노산현(蘆山縣)에서 발원하여 민강(岷江)으로 흘러드는 강. 아미산의 동북쪽으로 흐른다.

2 淸溪(청계) : 사천성 건위현(犍爲縣)에 있던 청계역(淸溪驛)을 가리킨다.

* 三峽(삼협) : 파동(巴東)에 있는 세 개의 큰 협곡으로서, 기주(夔州)부터 귀주(貴州)에 이르는 육 칠 백 리 장강(長江)에 있는 수많은 협곡들이 있는데, 대표적인 것이 이른바 장강삼협(長江三峽)이라고 불리우는, 구당협(瞿塘峽), 무협(巫峽), 서릉협(西陵峽)이다.

3 君(군) : 2인칭 대명사로서 보통 아미산에 사는 이백의 친구를 지칭한 것으로 본다. 심덕잠(沈德潛)은 ≪唐詩別裁集≫에서 "아미산의 달"을 가리키는 것으로 보았는데, 운치 있는 해석이다. 그럴 경우 "그대 보고파도 못 보겠지, 유주로 내려가고 나면" 정도로 번역할 수 있을 것이다.

* 渝州(유주) : 지금의 사천성(四川省) 중경시(重慶市). 주(周)나라 때 파자국(巴子國)이 있었으며, 진한(秦漢)대에는 파군(巴郡)이 있던 곳.

해설

불과 스물여덟 글자 안에 아미산, 평강강, 청계, 삼협, 유주에 이르는 긴 여정을 응축시키면서도, 그 연결이 매끄럽고 기상 또한 뛰어나 만고의 절창이라는 평을 받고 있다. 등장하는 지명을 미루어볼 때, 이백이 개원(開元) 12년 (724) 아미산의 평강강에서 유주를 거쳐 삼협을 건너, 장강을 따라 고향을 떠났을 때의 작품임을 짐작해 볼 수 있다.

029 아미산월가2 峨眉山月歌送蜀僧晏入中京

장안에 들어가는 촉 스님 안을 전송한 아미산 달 노래

我在巴東三峽時[1]	내가 파동巴東의 삼협三峽에 있을 적에
西看明月憶峨眉	서편 밝은 달을 보며 아미산峨眉山을 생각했지.
月出峨眉照滄海[2]	달은 아미를 나와 창해를 비추며
與人萬里長相隨	나와 함께 만 리를 장 따라 왔었네.
黃鶴樓前月華白[3]	황학루黃鶴樓 앞에 달빛이 눈부시게 밝을 때
此中忽見峨眉客[4]	그 속에서 홀연히 아미의 객을 만났건만
峨眉山月還送君	아미의 달은 또다시 그대를 전송하니
風吹西到長安陌	바람은 서편으로 불어 장안長安 길에 닿겠네.
長安大道橫九天	장안대로에 구천 하늘이 비꼈으니
峨眉山月照秦川[5]	아미의 달은 진천秦川 땅을 비추겠네.
黃金獅子乘高座[6]	황금 사자로 된 높은 자리에 올라
白玉麈尾談重玄[7]	백옥 주미 들고서 깊은 이치 말하겠지.
我似浮雲滯吳越	나는 뜬 구름처럼 오월에 머무는데
君逢聖主游丹闕	그대는 임금 뵈러 붉은 궁궐로 가네.
一振高名滿帝都	높은 이름 한 번 떨쳐 도성에 날리고서
歸時還弄峨眉月	돌아와선 또다시 아미의 달을 벗하겠네.

해제

중경(中京)은 장안(長安)을 가리킨다. ≪당서唐書≫ <숙종본기肅宗本紀>에 따르자면, 지덕(至德) 2년(757) 12월 촉군(蜀郡)을 남경(南京)으로 하고, 봉상군(鳳翔郡)을 서경(西京)으로 삼고, 본래의 서경(西京; 長安)은 중경(中京)으로 하였다. 호삼성(胡三省)은 장안이 낙양(洛陽), 봉상(鳳

翔), 촉군(蜀郡), 태원(太原)의 중간에 있었기 때문에 중경(中京)이라 했다고 하였다. 그 후 상원(上元) 2년 (761)에 장안은 다시 서경이 되었다.

주석

1 巴東(파동) : 산남서도(山南西道)의 귀주(歸州)를 천보(天寶) 원년(742)에 파동군(巴東郡)으로 바꾸었다. 치소(治所)는 지금의 호북성 파동현(巴東縣).
* 三峽(삼협) : 가음 <아미산월가1> 참조.

2 滄海(창해) : 여기서는 장강(長江) 일대의 넓은 강과 호수를 통칭한다.

3 黃鶴樓(황학루) : 지금의 호북성 무한시(武漢市) 장강 남안 황학기(黃鶴磯)에 있는 누각. 예전에 비의(費禕)가 신선이 되어 황학을 타고 날아가다가 이 누대에 내려서 쉬었다는 전설이 있다.

4 峨眉客(아미객) : 제목에 있는 촉 출신의 승려 안[蜀僧晏]을 가리킨다.

5 秦川(진천) : 장안이 있는 섬서성(陝西省) 일대. 악부 <오야제>, 가음 <상황서순남경가>2 참조.

6 黃金師子(황금사자) : ≪법원주림法苑珠林≫에 따르면, 구자왕(龜兹王)은 황금 사자로 된 자리를 만들고 대진(大秦)의 비단깔개를 얹어서, 구라마습(鳩摩羅什)으로 하여금 앉아 설법하게 하였다고 한다.

7 白玉麈尾(백옥주미) : 흰 옥의 손잡이가 달린 사슴꼬리로 만든 먼지털이. 위진(魏晉) 시대에 현리(玄理)를 논하는 청담가(淸談家)들이 이것을 들고 고아(高雅)함을 과시하였다고 한다. ≪세설신어≫에 왕이보(王夷甫)가 늘 이것을 들고서 노자의 이치를 논했다는 이야기가 나온다.
* 重玄(중현) : ≪노자老子≫에서의 "깊고도 깊은[玄之又玄]" 경지를 말한다.

해설

장강 가에서 장안으로 떠나는 스님을 부러운 마음으로 배웅하며, 눈에 선한 그곳의 모습을 그려보는 작품이다. 가보고 싶은 장안(長安)이나 인근의 진천(秦川)과 같은 지명과 함께 아미(峨眉)라는 단어가 여섯 번이나 엇섞여 돌고 도는 변화를 꾀하고 있지만, 고향의 아미산 달은 노래의 주제라기보다는 출세한 스님과의 인연을 강조하는 수단으로 사용된 감이 짙다.

중경(中京)이라는 명칭이 사용되었던 시기를 미루어, 760년 원상(沅湘) 부근에 머물 때의 작품으로 추정된다.

030 적벽가 赤壁歌送別

송별을 위한 적벽의 노래

二龍爭戰決雌雄	두 용이 전쟁으로 자웅을 겨룰 적에
赤壁樓船掃地空	적벽赤壁의 누선들을 말끔히 쓸어버렸네.
烈火張天照雲海	거센 불길 하늘에 닿아 구름바다 비추며
周瑜於此破曹公	주유周瑜가 이곳에서 조공曹公을 물리쳤네.
君去滄江望澄碧	그대, 찬 강에 가 맑고 푸른 물 바라보면
鯨鯢唐突留餘跡[1]	당돌했던 잔당들이 흔적 남겼으리.
一一書來報故人	하나하나 적어서 벗에게 보내며
我欲因之壯心魄	이로써 나 또한 심지를 장히 해보려네.

해제

적벽(赤壁)은 지금의 호북성 적벽시(赤壁市)에 있는 산 이름이다. ≪원화군현지≫에 따르면 적벽산은 악주(鄂州)의 포기현(蒲圻縣) 서쪽 120리 되는 곳 장강의 남안에 있으며, 마주보는 북안이 오림(烏林)이다. 삼국시대 주유(周瑜)가 황개(黃蓋)의 계책을 써서 조조(曹操)를 패퇴시킨 곳으로, 산의 절벽이 붉은 빛이라 붙은 이름이라고 한다.

주석

[1] 鯨鯢(경예) : 큰 고래. 불의(不義)한 사람이 작은 나라를 삼키는 것을 비유한 것이다.

해설

송별의 자리에서, 천하를 얻고자 싸웠던 옛 적벽 영웅들의 활약상을 그려보며 자신의 군센 심지(心志)를 얹어 표현한 노래이다. 강한(江漢)에 적벽이라 불리는 곳은 여러 곳이지만, 강하(江夏)에 있는 적벽이 당시 격전지였을 가능성이 가장 높아, 여러 계년가들 모두 이 작품을 이백이 강하에 머물렀을 때에 지은 것으로 보고 있다.

031 강하행 江夏行

강하의 노래

憶昔嬌小姿	그리노니, 지난날 곱고 어린 자태에
春心亦自持	사랑의 마음 살포시 품었을 때
爲言嫁夫壻	날더러 남편에게 시집을 가게 되면
得免長相思	장 그리워할 일은 면한다더니
誰知嫁商賈	누가 알았으리, 장사꾼에게 시집 온 일이
令人卻愁苦	사람을 이토록 괴롭힐 줄을.
自從爲夫妻	부부가 된 이래로
何曾在鄕土	고향에 머물던 게 언제였던고.
去年下揚州	작년에 양주揚州로 내려간다고
相送黃鶴樓[1]	황학루黃鶴樓에서 배웅하였지.
眼看帆去遠	돛단배 저 멀리 사라지는 것을 보며
心逐江水流	마음은 강물 따라 함께 흘렀네.
只言期一載	일 년만 기약이라더니
誰謂曆三秋	세 번의 가을을 보낼 줄이야.
使妾腸欲斷	이 때문에 나의 애간장 다 끊어지고
恨君情悠悠	그대 원망하는 마음 끝도 한도 없네.
東家西舍同時發	동편 서편 이웃집들 함께 떠나서
北去南來不逾月	북쪽 갔다 남쪽 와도 달포를 안 넘건만
未知行李游何方[2]	보따리 싸들고서 어디로 다니는지
作箇音書能斷絶[3]	편지 써 보내어도 전해지지 못하기에
適來往南浦[4]	발길 따라 와서는 남포南浦로 가려고

欲問西江船	서강으로 가는 배를 물어보려 하였네.
正見當壚女	목로 앞에 앉은 여인이 눈에 띄는데
紅妝二八年	붉은 단장에 나이는 열여섯.
一種爲人妻[5]	모두 다 누군가의 아내가 되어
獨自多悲悽	저마다 슬픔이 많기도 하네.
對鏡便垂淚	거울 바라보며 문득 눈물짓고
逢人只欲啼	사람을 만나면 흐느낄 따름.
不如輕薄兒	차라리 경박아 아내로
旦暮長追隨	아침저녁 장 따라나 다닐 것을.
悔作商人婦	한스러워라, 장사꾼 아내 되어
青春長別離	꽃다운 청춘에 긴 이별이라니
如今正好同歡樂	다정하던 시간들 엊그제 같건만
君去容華誰得知	그대 떠난 고운 얼굴, 그 누가 돌아보리.

해제

강하(江夏)는 지금의 호북성 무창(武昌)이다. 당대(唐代)에 강남서도(江南西道)에 속하던 악주(鄂州)가 천보(天寶) 원년(742)에 강하군(江夏郡)이 되었다.

주석

1 黃鶴樓(황학루) : 무창(武昌)의 장강 남안의 황학기(黃鶴磯)에 있는 누각. 가음 <아미산월가2> 참조.

2 行李(행리) : 본래는 나그네라는 뜻이었는데, 뒤에 행인이 꾸리는 행장이나 짐을 가리키는 것으로 변하였다.

3 能(능) : '곧잘[善]'이라는 의미의 오(吳) 지방 구어.

4 南浦(남포) : 악주(鄂州) 강하현(江夏縣) 남쪽 3리에 있던 나루터. 강물은 경수산(景首山)에서

발원하여 서쪽으로 장강에 유입되며, 가을과 겨울에는 마르다가 봄과 여름에 수량이 불어나 상인들이 배로 왕래하며 모두 이곳에 정박하였다. 성곽의 남쪽에 위치하여 남포라고 하였다고 한다.

5 一種(일종) : '마찬가지'의 뜻.

해설

악부 <장간행>처럼 장강 가 상인의 어린 아낙 입을 빌어 기약 없이 낭군을 기다리는 처지를 묘사한 것이다. <장간행>이 곡진하고 사랑스럽다면 <강하행>은 수수하다.

'江夏', '南浦' 등과 같은 강남의 지명(地名), '能'과 같은 강남 사투리, '作箇', '一種'같은 구어체 등은 남조(南朝)시대 서곡(西曲)과 같은 민가(民歌)풍을 느끼게 한다. 버림받은 처지나 다를 바 없는 화자(話者)가 술파는 여성을 보고 연민을 느낀다는 설정(設定)은, 평생 방랑으로 일관한 이백이었을망정, 여성들의 그리움을 주제로 한 남조 민가를 접하고 익히면서, 결혼으로 인해 발이 묶여버린 모든 아내들의 우울한 처지와 심경을 보다 깊이 이해하게 되었음을 짐작케 해 주는 대목이다.

032 회선가 懷仙歌

신선을 그리는 노래

一鶴東飛過滄海[1]	학 한 마리 동으로 날아 창해滄海로 건너가서
放心散漫知何在	제멋대로 너울너울, 어디에 있는고.
仙人浩歌望我來	선인들이 호탕한 노래로 나 오길 기다리니
應攀玉樹長相待[2]	응당 옥수玉樹에 올라가 장 함께 하리라.
堯舜之事不足驚[3]	요순堯舜의 일인들 놀랄 게 못되는데
自餘囂囂直可輕	나머지 왁자한 소리일랑 부질없도다.
巨鰲莫戴三山去[4]	큰 자라야 삼산三山을 떠메고 가지 마라
我欲蓬萊頂上行	나 봉래산 꼭대기에 올라 보련다.

주석

1 滄海(창해) : 바다에 있다고 하는 신선의 섬인 창해도(滄海島)를 가리킨다. ≪해내십주기海內十洲記≫에 따르면 창해도(滄海島)는 북해(北海) 중에 있는데, 넓이는 삼천리이고 해안에서 21만 리 떨어져 있다. 바다는 사방 5000 리의 너비로 섬을 감싸며 펼쳐 있고, 물이 온통 푸른빛이어서 선인들이 창해라 부른다고 한다.

2 玉樹(옥수) : 신선세계에 있다고 하는 신비로운 나무. ≪열자≫<탕문湯問>에 따르면 봉래산(蓬萊山)의 누대는 모두 금과 옥으로 이루어져 있고 그곳은 금수는 모두가 순백색이다. 옥으로 된 나무가 빽빽이 자라는데 그 꽃과 열매가 모두 맛이 있으며, 먹으면 늙지도 죽지도 않는다 한다.

3 堯舜之事(요순지사) : 요(堯)의 덕이 쇠하자 순(舜)이 그를 가두었다고 하고, 순은 들판에서 죽었다는 일. 악부 <원별리> 참조.

4 巨鰲(거오) : 신화에 나오는 큰 자라. ≪열자≫<탕문>에 따르면 본래 바다에는 대여(岱輿), 원교(員嶠), 방호(方壺 : 방장方丈이라고도 함), 영주(瀛洲), 봉래(蓬萊) 등 5개의 신산(神山)이 있었는데, 바다에 가라앉을까봐 상제(上帝)가 15마리의 거대한 자라들로 하여금 등에 업게

하였다. 그런데 용백국(龍伯國)의 대인(大人)이 동해에서 자라 6마리를 연이어 낚시로 잡아, 대여산과 원교산은 북극으로 흘러가 큰 바다에 가라앉고 말았다고 한다.

* 三山(삼산) : 봉래(蓬萊), 영주(瀛洲), 방장(方丈)의 삼신산(三神山)을 말한다.

✿ 해설

초당사걸(初唐四傑) 중 왕발(王勃)에게는 ＜회선懷仙＞, 노조린(盧照隣)에겐 ＜회선인懷仙引＞이 있었다. 일인(日人) 大野實之助는 곽박(郭璞; 227~324) 등에게서 시작된 유선시(遊仙詩)가 초당대에 들어 특히 왕발(王勃)에 의해 계승되었다고 보았다. 이백의 이 작품은 이들 선행 작품들을 의식하거나 적극 모방한 형태로서 전체적으로 선유(仙遊)를 노래한 것이지만, 중간에 요순(堯舜)의 일에 대해 언급한 부분 때문에 의견이 분분하다.

사람들이 왁자지껄 떠드는 요순의 일이란, 요임금이 말년에 반강제로 순에게 양위하게 되었다는 이야기를 가리킨 듯하다. 이와 유사한 일로는 이백의 말년에 숙종(肅宗)이 영무(靈武)에서 즉위하고 현종이 억지로 왕위를 내어 놓은 사건이 있다. 따라서 이 작품의 제 5, 6구가 이 일을 완곡하게 표현한 것이라는 의견도 일리가 있어 보인다.

이백이 궁궐에 가는 일을 신선되는 것에 비긴 경우가 왕왕 있어, 소사윤(蕭士贇)이나 안기(安旗)는 이 작품을 벼슬에 기용되기를 희망한 것으로 해석하기도 하지만, 제목이나 전체 비중으로 볼 때 이러한 추정은 다소 지나쳐 보인다. 실제로 대야실지조(大野實之助)는 이 작품을, 이백 시가에서 적지 않은 비중을 차지하고 있는 유선시(遊仙詩) 중 하나로 보았다. 세속적 욕심이 없는 신선의 눈에는 임금 자리를 양보한 역사적인 사건조차 대수롭지 않게 보일 수 있다는 표현으로 봄이 좋겠다.

033 옥진선인사 玉眞仙人詞
옥진선녀의 가사

玉眞之仙人	옥진玉眞의 선녀
時往太華峰[1]	이따금 태화봉太華峰에 간다네.
淸晨鳴天鼓[2]	맑은 아침에 이 두드리며 도를 닦다가
飆欻騰雙龍[3]	갑자기 용 두 마리 솟구쳐 오르네.
弄電不輟手	우레로 장난치며 손에서 놓지 않고
行雲本無蹤	구름 타고 다니니 본시 자취가 없네.
幾時入少室[4]	언젠가는 소실산少室山에 들어가
王母應相逢[5]	서왕모西王母를 꼭 한 번 만나 보리라.

해제

옥진(玉眞)은 당(唐)나라 예종(睿宗)의 딸인 옥진공주를 말한다. 공주의 신분으로서 도사가 되어 많은 선비들의 예찬을 받았다고 한다. 가음 해제 참조.

주석

1 太華峰(태화봉) : 오악(五嶽)의 하나로서 산서성 화음현(華陰縣)에 있는 화산(華山)을 가리킨다.

2 天鼓(명천고) : 도가 양생법의 하나로 아래 위 앞니 네 개를 마주쳐 울리면서 입을 다물고 볼은 부풀려 깊은 소리를 내는 명천고법(鳴天鼓法).

3 飆欻(표홀) : 갑자기.

4 少室(소실) : 오악(五嶽)의 하나로서 하남성 등봉현(登封縣) 서쪽에 있는 숭산(嵩山)을 가리킨다. 그 동쪽 부분은 태실산(太室山)이라 하고 서쪽 부분을 소실산(少室山)이라 한다.

5 王母(왕모) : 서왕모(西王母). 하늘 위와 아래 삼계(三界)에 있는 모든 여선(女仙)과 득도(得道)한 여자를 지배한다는 전설 속의 인물.

✿ 해설

≪당서唐書≫에 따르면, 당 현종의 누이인 옥진공주는 개원(開元) 15년(727)에 도사가 되었다고 한다. 그녀가 도사가 된 시기에 대해서는 태극(太極) 원년(712)이라는 설도 있으며, 천보(天寶) 연간에도 지영(持盈)이라는 법호를 하사받았다고 한다. 동시대 시인 고적(高適)에게 <옥진공주가玉眞公主歌>가 있고, 또 왕유(王維)의 <봉화성제행옥진공주산장奉和聖制行玉眞公主山莊>, 저광희(儲光羲)의 <옥진선인산거玉眞仙人山居> 등으로 미루어보아, 그녀가 당시의 정치 지망생들로부터 예찬을 받았음을 알 수 있다.

이백은 730년경 장안 근처에 있는 옥진공주 별관에 객(客)으로 지내며 출세의 길을 모색한 일이 있다. 시에서 조용히 도를 닦다가 갑자기 용을 잡아탄다거나, 우레로 장난을 치며 손에서 놓지를 않는다는 묘사 등, 실세를 가진 여성의 변덕을 묘사한 악부 <원별리>, <양보음>이나 <설참시증우인雪讒詩贈友人>의 모티프와 비슷한 것으로 보아, 그녀의 무심하고 종잡을 수 없는 행동과 성품을 완곡하게 비난하는 어조도 담긴 것 같다.

034 청계행 淸溪行

청계의 노래

淸溪淸我心	청계淸溪가 내 마음을 맑게 하나니
水色異諸水	물빛이 다른 물과 전혀 달라라.
借問新安江[1]	묻노니, 신안강新安江이
見底何如此	바닥 보인다 한들 어이 이만 하겠나.
人行明鏡中	사람은 밝은 거울 가운데로 가고
鳥度屛風裏	새는 병풍 속을 건너가누나.
向晩猩猩啼	해 질 무렵 성성이는 구슬피 울어
空悲遠游子	공연히 먼 길손 슬프게 하는도다.

해제

청계(淸溪)는 안휘성 지주(池州) 북쪽을 흐르는 냇물. 상로령(上路嶺)에서 흘러오는 물과 합쳐 지주를 거쳐 장강으로 들어간다. 유장경(劉長卿; 749전후)의 시 중에 <차추포계청계관次秋浦界淸溪館>이 있다. 가음 <추포가>2 참조.

주석

1 新安江(신안강) : 안휘성의 황산(黃山)에서 발원하여 동남쪽으로 흘러 전당강(錢塘江)으로 흘러가는 강. 지금의 황산시 일대를 수대(隋代)에 신안(新安)이라 불렀다. 이 강은 일찍부터 맑기로 유명하였는데, 남조(南朝) 시대 심약(沈約; 441~513)은 <新安江水至淸淺見底貽京邑遊好>라는 시에서 "깊은 곳 얕은 곳 어디나 다 투명하고, 겨울 봄 할 것 없이 늘 밝은 거울 같다. 천길 높은 나무 또렷이 다 비치고, 백 장 깊은 물속 물고기가 보이도다.[洞徹隨深淺, 皎鏡無冬春. 千仞寫喬樹, 百丈見遊鱗.]"라고 노래한 바 있다.

해설

선성(宣城; 지금의 池州市 일대) 지역의 맑고 고즈넉한 아름다움을 묘사한 작품이다. 심약(沈約) 뿐만 아니라 일찍이 진(晉)의 왕희지(王羲之; 321~379)도 <경호鏡湖> 시에서 “산음 길을 걸어가노라니, 거울 안에 앉아 노는 것 같도다.[山陰路上行 如坐鏡中遊.]”라고 하여, 물의 맑음을 거울에 비유한 바 있지만, 이백 시의 제5, 6구는 묘사가 특히 빼어나 널리 회자되었다.

이 작품은 그의 <선성청계宣城清溪> 시와 한데 묶여 ‘<선주청계宣州清溪>2수’로 ≪당문수唐文粹≫에 실려 있고, 송대(宋代)에 나온 함순간본(咸淳刊本)에는 ‘<선주청계宣州青溪>2수’로 실려 있다.

035 오운구가 酬殷明佐見贈五雲裘歌

은명좌가 보내준 오색구름 갖옷에 답한 노래

我吟謝朓詩上語[1]	나 사조謝朓의 시 읊으며,
朔風颯颯吹飛雨	'북풍이 휘몰아쳐 비바람 불어온다.'고 했지.
謝朓已沒青山空[2]	사조가 죽어서 청산이 비게 되자
後來繼之有殷公	그 뒤를 이어서 은공殷公이 나왔다네.
粉圖珍裘五雲色	물감 칠해 그린 귀한 갖옷은 오색구름 빛
曄如晴天散綵虹	아름답기가 갠 하늘에 무지개 흩어진 듯.
文章彪炳光陸離	무늬는 알록달록 광채는 함치르르
應是素娥玉女之所爲	필시 소아 선녀가 지은 것이리라.
輕如松花落金粉	송화처럼 사뿐히 금빛 가루 내려앉고
濃似苔錦含碧滋	고운 이끼 함초롬히 푸른 윤기 머금었네.
遠山積翠横海島	먼 산 첩첩 푸르게 바다 섬에 걸쳐 있고
殘霞飛丹映江草	저문 노을 붉게 아롱져 강 풀 섶에 비치네.
凝毫采掇花露容	엉긴 털 풀어 놓으니 이슬 머금은 꽃과 같고
幾年功成奪天造	여러 해 공을 들여 오묘한 재주 다 부렸네.
故人贈我我不違	벗이 내게 주기에 내 그 뜻 저버리지 않고
著令山水含清暉	차려 입어보니 '산천이 맑은 기운 머금었네.'
頓驚謝康樂[3]	화들짝 사강락謝康樂에 놀라니
詩興生我衣	시흥이 내 옷에서 일어나누나.
襟前林壑斂暝色	앞 옷자락 산골짜기엔 땅거미 드리우고
袖上雲霞收夕霏[4]	소매 위 구름 노을엔 저녁 비 개였구나.
群仙長嘆驚此物	뭇 신선들 감탄하며 이 옷에 놀라니

千崖萬嶺相縈鬱	천봉만학이 얽히고 설켜 울창하도다.
身騎白鹿行飄颻	몸은 흰 사슴 타고 훨훨 날아가며
手翳紫芝笑披拂	손에 자줏빛 지초 들고 웃으며 흔드노라.
相如不足誇鷫鸘[5]	상여相如의 숙상鷫鸘 옷도 으스대기 부족하고
王恭鶴氅安可方[6]	왕공王恭의 학창의鶴氅衣인들 이에 견줄 소냐.
瑤臺雪花數千點	요대瑤臺의 눈꽃 천만 송이
片片吹落春風香	편편이 날리며 봄바람에 향기롭다.
爲君持此淩蒼蒼	그대 위해 이를 입고 하늘 위로 날아올라
上朝三十六玉皇[7]	위로 서른여섯 옥황상제玉皇上帝 뵈련다.
下窺夫子不可及	아래로 그대를 굽어봐도 닿지 못해
矯首相思空斷腸	고개 들고 그리워 애간장만 끊이리라.

해제

무본(繆本)에는 은명좌(殷明佐)가 '은좌명(殷佐明)'으로 되어 있는데, 근인(近人) 첨영(詹鍈)은 이것이 옳다고 보았다. 구태원(瞿蛻園) 등은, 은가소(殷嘉紹)의 재종제(再從弟)로서 창부낭중(倉府郎中)을 지낸 좌명(佐明)이 있는데, 진군(陳郡) 장평현(長平縣) 사람이라 하였다.

오운구(五雲裘)는 털가죽 옷이 오색구름처럼 찬란하다고 하여 붙은 이름이다.

주석

1 謝脁詩(사조시) : 사조(謝脁; 464~499)의 <관조우시觀朝雨詩>에 "북풍 휘몰아쳐 비바람 강 위로 불어오네.[朔風吹飛雨, 蕭條江上來.]"라는 구절이 있다.

2 青山(청산) : 태평부(太平府)의 성(城) 동남쪽 30리에 있는 산으로, 제(齊)의 선성(宣城) 태수를 였던 사조(謝脁)가 산 남쪽에 집을 짓고 사공산(謝公山)이라 이름 붙였다. 근처에 사공정(謝公井)과 백운천(白雲泉) 등이 있었다고 한다.

3 山水含清暉(산수함청휘) : 사령운(謝靈運; 385~433)의 <석벽정사환호중작石壁精舍還湖中作> 시 제2구는 바로 "山水含清暉"이다.

4 夕霏(석비) : 사령운의 <석벽정사환호중작>에 “수풀 계곡에 어스름 가두었고, 구름 낀 노을에 저녁 안개 스러지네.[林壑斂暝色, 雲霞收夕霏.]”라는 구절이 있는데, 이백은 갖옷의 그림이 이 시의 뜻을 담고 있다 본 것이다.

5 鷫鷞(숙상) : 한(漢) 나라 문인(文人) 사마상여(司馬相如)가 입었다는 갖옷의 이름. 사마상여는 이 갖옷을 시정배 양창(楊昌)에게 팔아 술집을 내고, 같이 야반도주 한 아내 탁문군(卓文君)으로 하여금 술을 팔게 하였다고 한다.

장화(張華)의 ≪금경주禽經註≫에 의하면, 숙상은 새 이름이며 그 날개로 추위를 막을 수 있는 가죽 옷을 만들 수 있다고 한다. 악부 <백두음>2 참조.

6 鶴氅(학창) : ≪세설신어≫<기선편企羨篇>에 따르면, 맹창(孟昶)이 아직 출세하지 못했을 때 왕공(王恭)이 높은 수레를 타고 학창 갖옷을 입고 가는 것을 보았다. 그 때 눈이 조금 내렸는데 맹창은 울타리 사이로 엿보면서, “정녕 선계의 사람이로다.”라고 탄식하였다고 한다. 氅(창)은 새의 깃털이다.

7 玉皇(옥황) : 도가(道家)에서 말하는 서른여섯 천제왕(天帝王)을 가리킨다.

해설

벗으로부터 귀한 가죽옷을 선물로 받고 그에게 바친 감사의 노래이다. 고마운 마음에 넘쳐 지은 작품이라서 그렇기도 하겠지만, 옛 시인들의 시구를 인용하며 가죽 옷의 무늬를 묘사한 미사여구들은 장황하고 억지스러운 감마저 든다.

036 임로가 臨路歌

저승길 노래

大鵬飛兮振八裔[1]	큰 붕새 날아서 온 천지에 떨치더니
中天摧兮力不濟	중천에서 꺾이어 힘이 부치도다.
餘風激兮萬世	남은 바람이야 만대에 몰아쳐 불 터이나
游扶桑兮掛石袂[2]	부상扶桑에서 노닐다 왼편 날개 걸렸어라.
後人得之傳此	후세에 누군가 이를 얻어 전하여도
仲尼亡兮誰爲出涕[3]	공자孔子 없으니 그 누가 눈물 흘려주리.

해제

임로(臨路)에서 길은 저승으로 가는 길을 뜻한다.

주석

1 八裔(팔예) : 팔방. 온 세상.

2 石袂(석메) : 엄기(嚴忌; B.C.188~B.C.105)의 <애시명哀時命>에 "왼편 소매가 부상(榑桑; 扶桑. 해가 솟아오른다는 전설 속의 나무.)에 걸렸다[左袂挂於榑桑]"는 표현이 있으며, 이는 덕은 너르나 펼쳐 쓸 곳이 없음을 표현한 것이라는 왕일(王逸)의 주석이 있다. 이에 따라 작품에서의 석(石)은 좌(左)의 잘못된 표기라고 본다. 메(袂)는 본래 '옷소매'라는 뜻이나, 작품에서 붕새를 표면에 내세웠으므로 왼편 날개라고 보아야 할 것이다.

3 出涕(출체) : 노(魯)나라 사람이 상서로운 짐승인 기린을 잡아들이자, 공자(孔子)가 이를 안타까워하며 눈물을 흘렸다고 한다.

해설

곧 다가올 자신의 죽음에 바치는 장송곡이다. 동시대 이화(李華; ?~766)는 <고한림학사이군묘지故翰林學士李君墓誌>에서 이백이 <임종가臨終歌>를 지은 후 세상을 떠났다고 하였는데, 청대(淸代) 왕기(王琦)는 임종가가 바로 이 <임로가臨路歌>일 것이라고 추정하였다.

이백은 젊었을 때 당대의 명사(名士) 이옹(李邕)에게 바치는 <상이옹上李邕>시에서 "큰 붕새 하루 만에 바람을 타고 올라, 휘돌아 곧바로 구만 리를 오르네.[大鵬一日同風起, 扶搖直上九萬里.]"라 하여 자신을 붕새에 비기곤 하였는데, 이 시에서 날개가 꺾여 날지 못하게 되었고 잘못하여 나뭇가지에 소매가 걸려 괴로웠다는 비유는 그의 생애 중에 가장 고통스러웠던 두 가지 큰 사건, 즉 장안으로부터의 환산(還山)과 영왕 린(永王 璘)의 사건을 함축하고 있는 듯이 보인다. 언제나 대범함을 뽐내던 인물답게 죽음 앞에서도 여전히 자신을 붕새에 비기면서, 한 때를 풍미한 시문(詩文)들이 천만년 갈 것이라 자부해 보고, 자신의 꿈과 고뇌를 이해해 줄 인물로 공자를 들고 있다. 이는 <고풍>1에서 자신의 창작 지향은 공자(孔子)의 술이부작(述而不作)과 동일선상인 '산술에 있다[我志在刪述]'라고 밝힌 것과 깊은 연관이 있다.

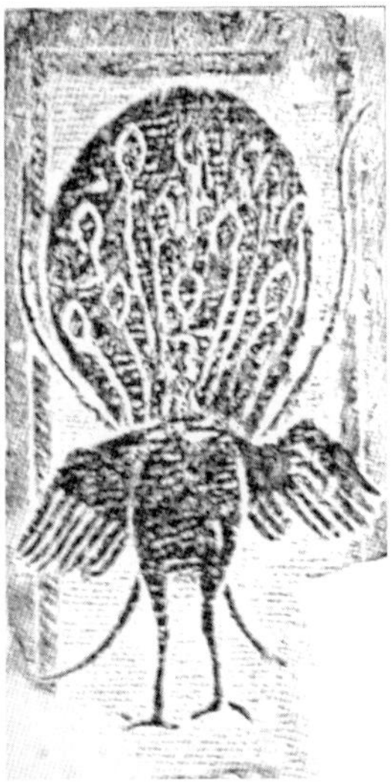

037 고의 古意

옛 노래

君爲女蘿草[1]	그대가 겨우살이면
妾作兎絲花[2]	이 몸은 새삼 꽃.
輕條不自引	가는 줄기 절로 난 게 아니라
爲逐春風斜	봄바람 타고서 비스듬히 벋었네.
百丈託遠松	아득한 천 길 소나무에 기대서
纏綿成一家	얽히고 설켜 한 식구가 되었는데
誰言會面易	그 누가 말했나, 만나기가 쉽다고
各在靑山崖	푸른 산 기슭에 떨어져 있네.
女蘿發馨香	겨우살이 향기 풍기면
兎絲斷人腸	새삼은 애 끊어지네.
枝枝相糾結	가지마다 얼기설기
葉葉竟飄揚	잎사귀마다 흩날리며.
生子不知根	씨앗을 맺어도 뿌리를 모르니
因誰共芬芳	누구와 향기를 나누어야 하나.
中巢雙翡翠	사이에 비취 새 한 쌍이 깃들고
上宿紫鴛鴦	위에는 자줏빛 원앙 잠들었는데.
若識二草心	두 푸새의 마음을 알 수 있다면
海潮亦可量	바다의 깊이조차 헤아리겠네.

해제

고의(古意)란 옛 주제나 소재를 노래한다는 의미에서 붙인 시제(詩題)이다.

주석

1 女羅(여라) : 송라(松蘿). 소나무 겨우살이. 이백의 악부 <백두음> 등에는 칭칭 감긴 토사와 여라를 보며 다정한 부부를 연상하는 대목이 자주 나온다. 지역에 따라서는 등나무를 여라라 부르기도 한다.

2 兎絲(토사) : 새삼. 육기(陸璣; 261~303)의 ≪시소詩疏≫에 "풀에 있으면 토사(兎絲)요, 나무에 있으면 송라인데, 송라가 소나무에 벋으면 생가지가 푸르게 위로 올라가지만, 토사가 풀 위에 얽혀 벋으면 노란 색과 붉은 색이 금빛으로 어우러진 것이 송라와는 완전히 다르다."고 하였다. 육기가 토사와 송라를 함께 거론한 것은 모두 다른 식물에 의지해 살기 때문이지만, 이 둘은 전혀 다른 것이다. 새삼은 실처럼 생겨 칡이나 콩과 식물에 기생하는 식물이며, 송라는 큰 나무를 타고 올라가는 덩굴 식물이다.

해설

겨우살이와 새삼 같은 덩굴 풀은 ≪시경≫의 <갈생葛生>편이나 <고시십구수>의 <염염고생죽冉冉孤生竹> 이래로 신혼부부의 사랑을 상징해 온 고전적인 소재이다. 큰 소나무에 의지해 한 식구가 되었다는 표현이나, 씨앗을 맺어도 뿌리를 모른다는 표현에서도 짐작해 볼 수 있듯이, 오래도록 멀리 떨어져 있는 가족에 대한 그리움을 고풍스럽게 노래한 작품으로 보인다.

038 산자고사 山鷓鴣詞

산자고새 가사

苦竹嶺頭秋月輝[1]	고죽령苦竹嶺 머리에 가을 달이 밝았는데
苦竹南枝鷓鴣飛[2]	고죽 남쪽 가지에 자고새 나네.
嫁得燕山胡雁壻	연산燕山 북쪽 기러기에 시집을 왔더니만
欲銜我向雁門歸[3]	나를 물고 안문雁門으로 돌아가려 하네.
山雞翟雉來相勸[4]	산닭과 꿩이 와서 서로 충고하길
南禽多被北禽欺	남녘 새는 북쪽 새에 곧잘 속는다 하네.
紫塞嚴霜如劍戟	북방 요새 찬 서리는 창칼처럼 독할테니
蒼梧欲巢難背違[5]	창오산蒼梧山에 살고픈 맘 저버리기 어렵네.
我心誓死不能去	"제 마음은 죽어도 떠날 수 없어요"
哀鳴驚叫淚沾衣[6]	애절한 울음, 놀란 외침, 눈물이 옷깃을 적시네.

해제

산자고(山鷓鴣)는 당대 남쪽 지방에서 발생한 새로운 노래 이름이다.

주석

1 苦竹嶺(고죽령) : 지주(池州) 원삼보(原三保)에 있으며, 이백이 이곳에서 책을 읽은 적이 있다고 한다.

2 鷓鴣(자고) : ≪태평광기≫에 의하면, 자고새는 오(吳), 초(楚) 등 남쪽 지방의 들녘에 다 있지만, 영남(嶺南)에 특히 많다고 한다. 앞가슴에 희고 둥근 점이 있으며 등에는 자줏빛과 붉은 털이 섞였다. 크기는 야생 닭만 하고, 마주 보고 지저귀기를 잘한다. 그 우는 소리는 '鉤輈格磔'로 묘사된다.

3 雁門(안문) : 북수(北水)가 500리를 흘러 안문(雁門)의 산에 다다르는데, 풀과 나무가 없는 곳이다. 안문산은 북릉의 서유(西隃)로서, 기러기가 나오는 곳이라 하여 이렇게 이름이 붙었으며, 고류(高柳)의 북쪽에 있고 한다.

4 山鷄(산계) : 닭처럼 생겼으나 검은 색이고, 나무에 깃들여 살면서 새벽에 운다. 일설에는, 머리에 알록달록 털이 있는 것이 산계라고 하는데, 긴 꼬리를 가졌으며, 이를 소중히 여겨 수풀이 우거진 데는 꼬리가 부딪힐까 싶어 들어가지 않고, 비가 오면 젖을까봐 바위 아래로 피한다. 비가 오래 내리면, 나와서 먹으려 하지 않다가 굶어죽는 경우가 많다고 한다. 가음 <추포가>3 참조.

5 蒼梧(창오) : 호남성(湖南省) 남부, 영릉(零陵)의 남쪽에 있는 남방의 산.

6 哀鳴驚叫(애명경규) : 북쪽으로 가기를 포기한 암컷의 슬픈 울음과 이 대답에 놀란 수컷의 외마디. 마주보고 지저귀는 습성을 가진 자고새 울음소리를 형용한 것으로 보인다.

해설

자고새의 습성과 특이한 울음의 비밀을 자고새가 밝히는 설정이 참신하고 훌륭한 작품이다. <산자고>는 당대 악곡명이자, 이백이 말년에 어느 나그네를 통해 듣기도 한 민가의 제목이기도 하다. ≪송창록松窓錄≫의 기록 등에 나타난 이백 악부 <청평조사清平調詞>3수의 제작과정은「○○詞(辭)」형태로 된 제목의 그의 시가가 기성곡에 붙인 노래가사일 가능성을 강하게 시사해 준다. 가음 해제 참조.

039 역양장사근장군명사제가 歷陽壯士勤將軍名思齊歌

역양장사 근사제 장군의 노래

자서(自序) : 역양장사 근장군은 신통한 힘이 사내 백 명을 능가했다. 측천무후가 불러 만나보고는 대단하다 여겨 유격장군에 제수하고 비단 옷과 옥대를 하사하니, 조정과 재야에서 모두들 영광이라 부러워하였다. 후에 횡남장군의 벼슬을 내리자 대신들은 그의 의로움을 사모하여 십우(十友)를 맺었는데, 연공 장열, 관도공 곽원진이 그 우두머리가 되었다. 내 이를 장히 여겨 이에 시를 짓노라.[歷陽壯士勤將軍, 神力出于百夫. 則天太后召見, 奇之, 授游擊將軍,[1] 賜錦袍玉帶, 朝野榮之. 後拜橫南將軍.[2] 大臣慕義結十友, 卽燕公張說館陶公郭元振爲首.[3] 余壯之, 遂爲詩.]

太古歷陽郡	그 옛날 역양군歷陽郡은
化爲洪川在[4]	홍천洪川으로 변하여 오늘에 이르렀네.
江山猶鬱盤	강산은 여전히 울창하게 얽히어
龍虎秘光彩	용과 호랑이가 광채를 숨겼네.
蓄洩數千載	수 천 년 세월이 쌓이고 흘러
風雲何靉霴[5]	풍운의 기운, 어이 그리 짙게 서렸나.
特生勤將軍	걸출한 근장군勤將軍을 배출했으니
神力百夫倍	신통한 힘은 사내 백 명 몫일세.

해제

역양(歷陽)은 지금의 안휘성 화현(和縣)으로, 당대에 회남도(淮南道) 화주(和州)였던 것이 천보(天寶) 원년(742)에 역양군(歷陽郡)으로 바뀌었다.

근장군(勤將軍)은 측천무후(則天武后) 시절의 명장이었던 근사제(勤思齊)를 말한다.

✿ 주석

1 游擊(유격) : 유격장군은 종오품(從五品) 하(下)에 해당된다.

2 橫南(횡남) : 횡남장군이라는 명칭은 당대(唐代)에 있던 것이 아닌데, 남들이 말을 인용한 듯하다.

3 張說(장열) : 자는 도제(道濟)이며, 낙양(洛陽) 사람이다. 측천무후(則天武后) 때 재상이 되었고, 현종(玄宗) 때 다시 재상이 되어 연국공(燕國公)에 봉해졌다

* 郭元振(곽원진) : 이름은 진(振)이며 위주(魏州) 사람인데, 원진(元振)이라는 자(字)로 더 알려졌다. 예종(睿宗; 684) 때 재상이 되어 관도현남(館陶縣南)에 봉해졌고, 뒤에 또 대국공(代國公)에 봉해졌다.

4 洪川(홍천) : ≪수신기搜神記≫에 의하면, 역양군은 하루 저녁에 땅 속으로 들어가 늪이 되었는데, 지금의 마호(麻湖)가 그곳이라 한다. 소설집 ≪술이기述異記≫에 의하면, 이곳에서 어느 서생이 한 노파를 만났는데, 노파가 그를 잘 대접하자 서생이 노파에게, 이 고을 문에 있는 돌거북 눈에서 피가 나면 이곳은 꺼져 호수가 될 거라고 말해주었다. 노파가 후에 자주 가서 보았는데, 고을 문을 맡은 관리가 노파에게 그 연유를 물어 노파가 말해주었다. 그 말을 들은 관리가 주사(朱沙)로 거북 눈을 칠함에, 노파가 이를 보고 북산으로 달아나며 되돌아보니 성이 무너졌다. 지금 이 호수에는 지금도 명부어(明府魚; 태수 고기), 노어(奴魚; 노비 고기). 비어(婢魚; 하녀 고기)들이 있다고 하였다.

5 靃靅(담대) : 구름이 많이 낀 모양.

✿ 해설

한 지역이 배출한 이름난 장사의 기개를 예찬한 작품이다. 당대의 내노라하는 문인(文人)들에게서 무인(武人)의 '힘'이 칭송과 기림을 받았던 성당(盛唐) 초(初)는 진정 활달하고 건강한 시대였다.

040 초서가행 草書歌行

초서의 노래

少年上人號懷素[1]	회소懷素라 불리는 젊은 스님은
草書天下稱獨步	초서로 천하제일 이름이 났네.
墨池飛出北溟魚[2]	묵지墨池에서 북녘 바다 곤이 날아 나오고
筆鋒殺盡中山兎[3]	붓 끝에서 중산中山의 토끼 다 죽어나네.
八月九月天氣涼	팔월 구월에 날씨도 서늘한데
酒徒詞客滿高堂	술친구와 시인들이 고대광실에 한 가득.
牋麻素絹排數箱[4]	갈포 종이 흰 명주가 상자마다 쌓였고
宣州石硯墨色光	선주宣州의 돌벼루에 먹빛이 빛나네.
吾師醉後倚繩牀[5]	나의 스승은 취한 후에 매듭 침상에 기대어
須臾掃盡數千張	잠깐 사이 수천 장을 남김없이 써대니
飄風驟雨驚颯颯	돌개바람 폭풍우가 불현듯 몰아치고
落花飛雪何茫茫	눈꽃처럼 날리는 낙화, 어이 그리 아득한가.
起來向壁不停手	일어나 벽을 향해 손을 멈추지 않으니
一行數字大如斗	한 줄에 몇 글자, 크기가 한 말이라.
怳怳如聞神鬼驚	귀신 소리 들은 듯 놀라 멍해지기도 하고
時時只見龍蛇走	때때로 용과 뱀이 내닫는 모습만 보이누나.
左盤右蹙如驚電	왼편으로 휘돌고 오른편으로 꺾임이 번갯불 같으니
狀同楚漢相攻戰	그 모습 마치 초楚와 한漢이 맞붙어 싸우는 듯.
湖南七郡凡幾家[6]	호남湖南 일곱 고을 숱한 집
家家屛障書題徧	가가호호 그 병풍 글씨 많기도 하다.
王逸少[7]	왕일소王逸少니

張伯英[8]	장백영張伯英이니
古來幾許浪得名	예로부터 거품 명성 얻은 이, 그 얼마이던가.
張顚老死不足數[9]	장 이마는 늙어 죽는대도 쳐주기 어려우니
我師此義不師古[10]	나는 씨알을 섬길 뿐, 옛 것이라 섬기진 않노라.
古來萬事貴天生	예로부터 모든 일엔 타고난 재주가 귀한 법
何必要公孫大娘渾脫舞[11]	공손대랑公孫大娘 혼탈무渾脫舞가 어이 꼭 필요하단 말가.

주석

1 上人(상인) : 스님의 존칭.

* 懷素(회소) : 당대(唐代)의 승려 출신의 서예가. ≪국사보國史補≫에 따르면, 장사(長沙)의 승(僧) 회소(懷素)는 자가 장진(藏眞)이며, 속세의 성은 전(錢)씨였다. 경조(京兆; 長安)로 집을 옮겨 삼장법사(三藏法師) 현장(玄奘)의 문인(門人)이 되었다. 처음에는 율법(律法)에 열심이더니, 만년에는 서예에 힘을 기울여 열심히 글쓰기를 멈추지 않아, 몽당붓이 집채같이 쌓이니 산 아래에 묻고 이름을 '붓 무덤[筆塚]'이라 하였다. 어느 날 저녁에 여름 구름이 바람 따라 가는 것을 보고 붓놀림의 방법을 터득하여, 스스로 초서삼매(草書三昧)를 터득하였다고 말하였다. 당대의 명사였던 이백(李白), 대숙륜(戴叔倫), 두기(竇息), 전기(錢起) 등이 모두 시(詩)로써 칭송하였는데, 그의 필세는 놀란 뱀이나 달리는 살무사와 같고, 급작스런 호우에 미친바람 같아서, '미치광이'이라 불리기도 하였다. 그는 평소에 술을 마시고 홍이 일어서 글씨를 쓰면 글자마다 살아 생동하며, 꺾어 돌려쓰는 재주가 신의 경지에 달하였다고 한다. 만년에 더욱 정진하여 후한(後漢)의 명필 '장지(張芝)와 사승을 좇는 경지에 이르렀다'는 평을 받았다.

2 墨池(묵지) : 후한(後漢) 때 홍농(弘農)의 장지(張芝)가 초서를 잘 썼는데, 연못가에서 서법을 익히는 바람에 연못물이 다 먹물이 되었다고 한다. 본래 묵지(墨池)는 왕희지(王羲之)가 벼루를 씻던 연못의 이름이기도 하다.

3 中山兎(중산토) : 중산(中山)은 선주(宣州; 지금의 安徽省 宣城) 율수현(溧水縣) 동남쪽 15리에 있는 산인데, 이곳에서 나는 토끼털로 만든 붓이 품질을 놓은 것으로 유명하였다.

4 箋麻素絹(전마소견) : 전마(箋麻)는 모두 종이로서, 오색으로 물을 들여서 윤나는 돌빛도 있고, 금박 은박으로 꽃문양을 넣은 것도 있다. 삼으로 만든 것을 마지(麻紙)라고 하였는데, 당대(唐代) 조서(詔書)에 쓴 황마(黃麻), 백마(白麻) 등이 그것이다. 견(絹)이나 소(素)는 모두 명주[繒]의 종류로, 명주 중에 맨 아래 치를 생명주[絹]라고 하며, 그 중에 아주 흰 것을 소

(素)라고 한다.

5 繩牀(승상) : 매듭을 엮어 판으로 만들어 앉을 수 있으며, 등받이와 손 걸이도 있다.

6 七郡(칠군) : 동정호의 남쪽에 있는 일곱 개의 군(郡), 호남(湖南)이라고도 불렀다.

7 王逸少(왕일소) : 동진(東晉)의 왕희지(王羲之; 321~379). 일소(逸少)는 그의 자(字)이다. 초서(草書)와 예서(隸書)에 뛰어났다.

8 張伯英(장백영) : 후한(後漢)의 장지(張芝). 伯英은 그의 자(字)이다. 초서를 잘 썼다. 위항(衛恒; ?~291)의 ≪사체서세四體書勢≫에 따르면, 한(漢)나라 때 초서가 나왔으나 누가 만들었는지는 알 수 없고, 장제(章帝; 76~88) 때 제(齊)지방의 두도(杜度)가 글씨로 이름이 났고, 뒤에 최완(崔瑗), 최식(崔寔)등도 잘 썼다고 한다. 두씨는 글자의 짜임새가 매우 편안하나 서체는 조금 마른 듯하며, 최씨는 필세가 좋지만, 글자체의 짜임이 조금 성글었는데, 장백영은 이 두 서체의 장점을 살렸다고 한다. 그는 집안의 모든 옷에다 글씨를 쓴 후에 빨았고, 연못가에서 글씨를 배워 연못물이 다 검게 되었다고 한다.

9 張顚(장전) : 장 이마. 당대(唐代) 서예가였던 장욱(張旭; 711 전후 재세)의 별명이다. ≪국사보≫에 따르면 그는 공손씨(公孫氏)가 추는 혼탈무(渾脫舞)에서 영감을 받아 초서 필법을 터득하였고, 이는 최막(崔邈), 안진경(顔眞卿)에게 전해졌다. 그는 취하면 초서를 썼는데, 붓을 휘두르며 큰 소리로 외치면서 머리로 먹물을 찍어 글씨를 써서, 사람들이 그를 '장이마[張顚]'라 불렀다고 한다. 시에도 능하여 하지장(賀知章), 장약허(張若虛), 포융(包融)과 함께 오중사사(吳中四士)로 불렸다.

10 不師古(불사고) : 유명하다 해서 무턱대고 옛 것을 추앙하지는 않는다는 의미이다.

11 渾脫舞(혼탈무) : 혼탈이란 통째로 벗긴 양가죽이라는 뜻으로서, 이것으로 만들어 쓰고 추던 당대(唐代) 서역(西域)의 칼춤(劍舞)을 가리킨다. 이 구절은 혼탈무에서 초서 필법의 영감을 얻었다는 장욱(張旭)의 허장성세를 비꼰 것이다.

해설

운(韻)을 자주 바꾸어가면서 변화무쌍한 회소의 붓글씨를 예찬한 노래이다. 이 작품에 대해서 위작(僞作) 논란이 복잡하다. 가짜로 보는 이유는 다음과 같다.

<1>≪문언영화文言英華≫에 실린 <회소상인초서가懷素上人草書歌> 8수에 이 작품은 없으며, 주석가인 소사윤(蕭士贇)과 호진형(胡震亨)도 진위를 의심한 바 있다.

<2>젊었을 때 장안 부근 죽계(竹溪)에서 음중팔선(飮中八仙)으로 함께 노닐던 벗, 장욱의 글씨를 폄하한 것은 분별없는 처사이다.

<3>나이도 어린 일개 소년을 선생님이라고 호칭하며, 왕우군(王右軍)이나 장전보다 높게

추어올린 것은 온당한 평가가 아니다.

<4>소식(蘇軾)도 이 작품 중의 "갈포 종이 흰 비단이 상자마다 쌓였네.[箋麻素絹排數箱]"의 구절은 '촌티'가 줄줄 흐른다면서, 이백의 작품이 아닐 것이라고 의심하였다.

<5>근인(近人) 첨영(詹鍈)은 칠군(七郡)이라는 명칭이 광덕(廣德) 2년(764)에 설치된 것이기 때문에, 이백(701~762)의 작품이 아니라고 보았다.

반면에 근인(近人) 곽말약(郭沫若)은 ≪李白與杜甫≫에서 위작설을 다음과 같이 반박하였다.

<1>호응린(胡應麟)이 이 작품을 위작으로 본 근거는, 회소(懷素)의 자서(自敍)에 전기(錢起), 노륜(盧綸) 등은 기록하였으나, 이백에 대해서는 언급이 없다는 이유에서이다. 그러나 회소가 거론한 사람은 겨우 아홉 사람인데다가, 거론되지 못한 인물로는 이백 외에도 소환(蘇渙), 임화(任華), 마운기(馬雲奇) 등이 있다. 게다가 이 자서(自敍)는 대력(大曆) 12년(777) 회소가 53세 때 장안에 있으면서 매일 왕공대인(王公大人)의 거처에 출입하던 시기에 지어진 것이므로, 벼슬을 얻기에 용이한 당대의 유명인사들만 거론하고, 징계 받은 일이 있는 이백 등은 의도적으로 제외시켰을 가능성이 크다.

<2>이백이 이 작품을 쓸 건원(建元) 2년(759) 당시, 장욱은 이미 세상을 떠난 상태였기에 그를 비판할 수도 있다. 두보(杜甫)도 이와 비슷하게 <음중팔선가飮中八仙歌>에서 장전을 치켜올렸다가, <이조팔분소전가李潮八分小篆歌>에서는 "오군(吳郡)의 장전(張顚)은 초서를 뽐내는데, 예스럽지 못하고 공연히 웅장하기만 하다."고 비판하였다. 또 후학 회소(懷素)를 격려하기 위해 다소 과한 찬사를 쓸 수도 있다.

<3>칠군(七郡)이라고 지적한 지역이 정확하지 않은 것은, 개괄이나 과장이 빈번한 시(詩)의 속성이므로, 위작의 근거가 되기 어렵다.

근인 안기(安旗)도 이와 같은 곽씨의 견해에 일리가 있다며, 이 작품이 위작일 가능성을 배제하고 있다. 그러나 음중팔선(飮中八仙)에 장욱이 포함되었었는지 여부는 확실치 않으며, 악부 <맹호행猛虎行>의 해설에서와 같이 장욱의 사망연도에 대해서도 이견이 있어, 곽씨의 주장도 완벽한 것은 아니다. 덧붙인다면, 가음 <오운구가酬殷明佐見贈五雲裘歌> 등에 나타난 이백의 호사취미(好事趣味)를 보면, 귀한 물건을 보고 흥분하는 촌스러움도 그의 꾸밈없는 한 면모라고 생각된다.

041 통당곡 和盧侍御通塘曲

노시어에게 화답한 통당곡

君誇通塘好	그대, 통당通塘이 좋다고 으스대기를
通塘勝耶溪[1]	통당이 약야若耶보다 낫다고 하였지.
通塘在何處	통당은 어디에 있는가
遠在尋陽西[2]	저 멀리 심양尋陽 서쪽에 있지.
青蘿裊裊掛烟樹	푸른 덩굴 한들한들, 안개 낀 나무에 걸려있고
白鷳處處聚沙堤[3]	백한白鷳은 여기저기 모래 언덕에 모여 있네.
石門中斷平湖出	석문산石門山 뚫린 데로 평호平湖가 보이는데
百丈金潭照雲日	백 길 금빛 소에 구름과 해 비치네.
何處滄浪垂釣翁	창랑滄浪의 고기 낚는 어부는 어디에 있나.
鼓棹漁歌趣非一	뱃전 두드리는 어부가漁父歌는 흥취도 가지가지.
相逢不相識	서로 만나 알지는 못해도
出沒繞通塘	들며나며 통당을 돌고 또 도네.
浦邊清水明素足	나루터 곁 맑은 물에 흰 발 환히 빛나는
別有浣紗吳女郎	또 다른 완사浣紗의 오吳 처자 있다네.
行盡綠潭潭轉幽	발길이 푸른 소에 멈추니, 소 더욱 고요한데
疑是武陵春碧流[4]	그 옛날 무릉武陵 봄날 푸르던 그 물 아니던가.
秦人雞犬桃花裏	진秦나라 사람, 닭과 개가 살던 도화원도
將比通塘渠見羞	통당 도랑에 비한다면 부끄러우리.
通塘不忍別	통당은 차마 떠나기 어려워
十去九遲迴	열에 아홉은 머뭇대며 망설이네.
偶逢佳境心已醉	어쩌다 고운 풍경 만나 마음 벌써 취했는데

忽有一鳥從天來	홀연 새 한 마리 하늘에서 내려오네.
月出青山送行子	청산에서 달이 나와 나그네를 전송하고
四邊苦竹秋聲起	사방의 고죽苦竹에선 가을 소리 이는데
長吟白雪望星河[5]	길게 <백설가白雪歌> 읊조리며 은하수를 바라보니
雙垂兩足揚素波	달 속 신선은 발을 드리우고 흰 물결 일으키네.
梁鴻德耀會稽日[6]	양홍梁鴻과 덕요德耀가 회계會稽에서 살려던 때
寧知此中樂事多	통당에 좋은 일 많을 줄 어이 알았으리.

해제

노시어(盧侍御)는 노허주(盧虛舟)를 가리킨다. 字는 유진(幼眞)이고, 지덕(至德; 756~ 758) 이후에 전중시어사(殿中侍御史)를 지냈다고 한다. 이 시는 지금은 전하지 않는 그의 <통당곡通塘曲>에 화답하여 지은 것이다. <廬山謠寄盧侍御虛舟>도 그에게 부친 시이다.

통당(通塘)은 작품 중에 심양(尋陽) 서쪽에 있는 호수라 하였으나 자세한 것은 알 수 없다.

주석

1 耶溪(야계) : 절강성 소흥(紹興) 남쪽에 있는 약야계(若耶溪)를 말한다. 악부 <채련곡> 참조.

2 尋陽(심양) : 강서성 구강현(九江縣). 가음 <횡강사>2 참조.

3 白鷴(백한) : 강남에서 기르는 꿩 종류의 흰 새. 가음 <추포가>16 참조.

4 武陵(무릉) : 무릉도원(武陵桃源)을 말한다. 도연명의 <도화원기桃花源記> 중에 진대(秦代)에 피난 온 사람들과 닭과 개 등이 등장한다.

5 白雪(백설) : 전국시대 초(楚)나라의 고상한 노래인 <양춘백설陽春白雪>. 여기서는 노시어의 <통당곡>을 높여서 부른 것이다.

6 梁鴻(양홍) : ≪후한서≫에, "……그리하여 양홍이 동쪽으로 관문을 나서 낙양(洛陽)으로 가며 <오희지가五噫之歌>를 지었다. 숙종(肅宗)이 듣고서 반성하고, 양홍을 부르려 하였으나 그러지를 못하였다. 양홍은 성(姓)을 운기(運期)로, 이름을 요(燿)로, 자를 후광(侯光)으로 바꾸고 처자와 함께 제(齊)와 노(魯) 땅 사이에서 살았다. 얼마 후 오(吳)로 가서 대가(大家) 고백통(皐伯通)에게 의지하여 처마 밑에 살면서 사람들에게 절구를 찧어 그 품값으로 생계를

꾸렸다. 늘 그가 집에 돌아오면 아내가 음식을 대접하는데, 남편의 얼굴을 바로 쳐다보지 못하고, 밥상을 눈썹에까지 들었다. 백통이 이를 보고, '평범한 사람이 그 처로 하여금 이처럼 존경하게 만들다니, 예사 사람이 아니로구나.'하며 자기 집에서 살게 하였다. 양홍은 숨어서 책을 십여 편 지었다."는 기록이 있다. 양홍이 간 곳은 소주(蘇州) 지방에 있는데, 회계(會稽)라 한 것은 예전에 오(吳)에 속했지만, 진(秦)나라 때는 회계군(會稽郡)에 속했고, 한(漢)나라 때 답습하여 고치지 않다가, 후한(後漢) 순제(順帝) 영건(永建) 4년에 오군(吳郡)에 나누어 설치하였기 때문이다.

* 德燿(덕요) : 양홍의 처 맹광(孟光)의 자(字)이다.

해설

명대(明代) 주간(朱諫; 1455~1541)은 ≪이시변의李詩辨疑≫에서 이 작품에 대하여, "지나치게 경쾌하다 못해 천속(賤俗)하다. 이백이 이런 작품을 쓸 리 만무하다"라면서 위작(僞作)으로 보았고, 방홍정(方弘靜; 1516~1611)도 "반복되는 '素足'은 상투어를 빈번하게 사용하는 그의 좋지 않은 버릇의 연장"이라고 비판하였는데, 이러한 비난들은 민가(民歌)의 특성이나 가치에 대한 낮은 이해에서 비롯된 것 같다.

작품의 저본(底本)인 <노시어의 통당곡盧侍御通塘曲>은 지금 전해지지 않지만, 제목 세 글자 '통당곡(通塘曲)'에 담긴 -ng와 입성(入聲) 운소(韻素)가 작품 전체를 지배하고 있고, 초성(初聲)이 같은 쌍성(雙聲; 通塘), 종성(終聲)이 같은 첩운(疊韻; 滄浪, 秦人), 같은 글자를 반복하는 첩자(疊字; 裊裊, 處處), 같은 단어를 반복하는 첩어(疊語; 素足), 글자의 뒤를 바로 잇는 선련구법(蟬聯句法; 相, 潭)등의 기교나, 유사음운(類似音韻; 渠見, 通塘, 金潭, 月出, 出沒, 白雪, 梁鴻), 빈번하게 바뀌는 각운(脚韻) 등을 고려해 볼 때, 이 작품은 소리들로 짜서 엮은 '말재간(pun) 노래'이며, 이는 ≪시경≫에서부터 남조(南朝)의 오성(吳聲)·서곡(西曲)까지 이어져 온 발랄하고 경쾌한 민가(民歌)의 여향(餘響)이라고 생각된다.

역사 연표 歷史 年表

한 국	중 국
고조선(B.C. 2333～B.C. 108)	하(夏; B.C. 2100～B.C. 1600)
	상(商; B.C. 1600～B.C. 1028)
	은(殷; B.C. 1300～B.C. 1028)
	주(周; B.C. 1027～B.C. 256)
	서주(西周; B.C. 1027～B.C. 771)
	동주(東周; B.C. 770～B.C. 256)
	춘추(春秋; B.C. 770～B.C. 481)
	전국(戰國; B.C. 480～B.C. 222)
	진(秦; B.C. 221～B.C. 207)
	한(漢; B.C. 206～A.D. 220)
	전한(前漢, 西漢; B.C. 206～A.D. 8)
	후한(後漢, 東漢; A.D. 25～220)
	삼국(三國; 220～265)
	위(魏; 220～265)
	촉(蜀; 221～263)
	오(吳; 222～280)
	진(晉; 265～420)
	서진(西晉; 265～316)
	동진(東晉; 317～420) 북위(北魏; 386～534)
삼국(?～935)	송(宋; 420～479)
	제(齊; 479～502)
	양(梁; 502～557)
	동위(東魏; 534～550)
고구려(?～668)	진(陳; 557～589)
	서위(西魏; 535～556)

	북제(北齊; 550～577)
	북주(北周; 557～581)
백제(?～660)	
	수(隋; 589～618)
	당(唐; 618～907)
신라(?～935)	오대(五代; 907～960)
	송(宋; 960～1279)
고려(918～1392)	북송(北宋; 960～1127)
	남송(南宋; 1127～1279)
	원(元; 1206～1368)
	명(明; 1368～1644)
조선(1392～1910)	청(淸; 1616～1911)
	중화민국(中華民國; 1911～현재)
대한민국(1945～현재)	
	중화인민공화국(中華人民共和國; 1949～현재)

고금지명 대조표 古今地名對照表

왼쪽은 당대(唐代) 현(縣) 이상의 지명이며, 오른편은 현재 위치이다. 선후(先後)는 이백이 거쳐 간 순서에 따랐다.

창륭(昌隆, 昌明) ———— 사천성 강유현 남쪽(四川江油縣南)
강유(江油) ———— 사천성 강유현 북쪽(四川江油縣北)
검문(劍門) ———— 사천성 검각현 북쪽(四川劍閣縣北)
재주(梓州) ———— 사천성 삼대현(四川三台縣)
성도(成都) ———— 사천성 성도시(四川成都市)
가주(嘉州) ———— 사천성 요산현(四川樂山縣)
유주(渝州) ———— 사천성 중경시(四川重慶市)
강릉(江陵) ———— 호북성 강릉현(湖北江陵縣)
강녕(江寧, 金陵) ———— 강소성 남경시(江蘇南京市)
양주(揚州) ———— 강소성 양주시 북쪽(江蘇揚州北)
여주(汝州) ———— 하남성 임여현(河南臨汝縣)
안륙(安陸) ———— 호북성 안륙현(湖北安陸縣)
진주(陳州) ———— 하남성 회양현(河南淮陽縣)
양양(襄陽) ———— 호북성 양번시(湖北襄樊市)
강하(江夏) ———— 호북성 무한시(湖北武漢市)
응성(應城) ———— 호북성 응성현(湖北應城縣)
남양(南陽) ———— 하남성 남양시(河南南陽市)
장안(長安) ———— 섬서성 서안시(陝西西安市)
빈주(邠州) ———— 섬성성 빈현(陝西彬縣)
방주(旀州) ———— 섬서성 황릉현(陝西黃陵縣)
개봉(開封) ———— 하남현 개봉시(河南開封市)
송성(宋城) ———— 하남성 상구현(河南商邱縣)
영양(潁陽) ———— 하남성 등봉현 서쪽(河南登封西)

낙양(洛陽) ―――――――― 하남성 낙양시(河南洛陽市)
수주(隨州) ―――――――― 호북성 수현(湖北隨縣)
태원(太原) ―――――――― 산서성 태원시 남쪽(山西太原市南)
안문(雁門) ―――――――― 산서성 대현(山西代縣)
초주(楚州) ―――――――― 강소성 회안현(江蘇淮安縣)
안의(安宜) ―――――――― 강소성 보응현(江蘇寶應縣)
오군(吳郡) ―――――――― 강소성 소주시(江蘇蘇州市)
당도(當涂) ―――――――― 안휘성 당도현(安徽當涂縣)
파릉(巴陵) ―――――――― 호남성 악양현(湖南岳陽縣)
임성(任城) ―――――――― 산동성 제녕시(山東濟寧市)
곤주(袞州) ―――――――― 산동성 곤주시(山東袞州市)
금향(金鄕) ―――――――― 산동성 금향현(山東金鄕縣)
노성(魯城) ―――――――― 산동성 곡부현(山東曲阜縣)
단보(單父) ―――――――― 산동성 단현(山東單縣)
하비(下邳) ―――――――― 강소성 비현 남쪽(江蘇邳縣南)
남릉(南陵) ―――――――― 안휘성 남릉현(安徽南陵縣)
섬현(剡縣) ―――――――― 절강성 승현(浙江嵊縣)
상락군(上洛郡) ――――――― 섬서성 상현(陝西商縣)
안릉(安陵) ―――――――― 하북성 오교현 북쪽(河北吳橋縣北)
제남군(濟南郡) ――――――― 산동성 제남시(山東濟南市)
중도(中都) ―――――――― 산동성 문상현(山東汶上縣)
단양군(丹陽郡) ――――――― 강소성 진강시(江蘇鎭江市)
회계(會稽) ―――――――― 절강성 회계현(浙江會稽縣)
임해군(臨海郡) ――――――― 절강성 임해현(浙江臨海縣)
강양(江陽) ―――――――― 강소성 양주시 북쪽(江蘇揚州市北)
성당(盛唐) ―――――――― 안휘성 육안현(安徽六安縣)
여강(廬江) ―――――――― 안휘성 여강현(安徽廬江縣)
심양(尋陽) ―――――――― 강서성 구강시(江西九江市)
초군(譙郡) ―――――――― 안휘성 박현(安徽亳縣)
엽현(葉縣) ―――――――― 하남성 엽현 남쪽(河南葉縣南)

업군(鄴郡) ―――――――――――――― 하남성 안양시(河南安陽市)
청장(淸漳) ―――――――――――――― 하북성 비현 동쪽(河北肥縣東), 관도현 서쪽(館陶縣西)
한단(邯鄲) ―――――――――――――― 하북성 한단시(河北邯鄲市)
임명(臨洺) ―――――――――――――― 하북성 영년현(河北永年縣)
상곡군(上谷郡) ―――――――――――― 하북성 역현(河北易縣)
범양군(范陽郡 幽州) ――――――――― 북경시(北京市)
요양군(饒陽郡) ―――――――――――― 하북성 요양현(河北饒陽顯)
위군(魏郡) ―――――――――――――― 하북성 위현 동쪽(河北魏縣東)
서하군(西河郡) ―――――――――――― 산서성 분양현(山西汾陽縣)
제양군(濟陽郡) ―――――――――――― 산동성 정도현 서남쪽(山東定陶縣西南)
선성(宣城) ―――――――――――――― 안휘성 선성현(安徽宣城縣)
추포(秋浦) ―――――――――――――― 안휘성 귀지현(安徽貴池縣)
청양(靑陽) ―――――――――――――― 안휘성 청양현(安徽靑陽縣)
경현(涇縣) ―――――――――――――― 안휘성 경현(安徽涇縣)
율양(溧陽) ―――――――――――――― 강소성 율양현 서북쪽(江蘇溧陽縣西北)
태호(太湖) ―――――――――――――― 안휘성 태호현(安徽太湖縣)
숙송(宿松) ―――――――――――――― 안휘성 숙송현(安徽宿松縣)
무창(武昌) ―――――――――――――― 호북성 악성현(湖北鄂城縣)
한양(漢陽) ―――――――――――――― 호북성 무한시(湖北武漢市)
봉절(奉節) ―――――――――――――― 사천성 봉절현(四川奉節縣)
영릉(零陵) ―――――――――――――― 호남성 영릉현(湖南零陵縣)
상음(湘陰) ―――――――――――――― 호남성 상음현 서쪽(湖南湘陰縣西)
건창(建昌) ―――――――――――――― 강서성 영수현 서북쪽(江西永修縣西北)
예장(豫章) ―――――――――――――― 강서성 남창시(江西南昌市)
역양(歷陽) ―――――――――――――― 안휘성 화현(安徽和縣)

찾아보기索引

ㄱ

● ● ● ㄴ

••• ㄷ

ㅁ

●●● ㅂ

●●● 人

● ● ● **ㅇ**

● ● ● ㅈ

● ● ● ㅊ

● ● ● ㅌ

ㅍ

ㅎ

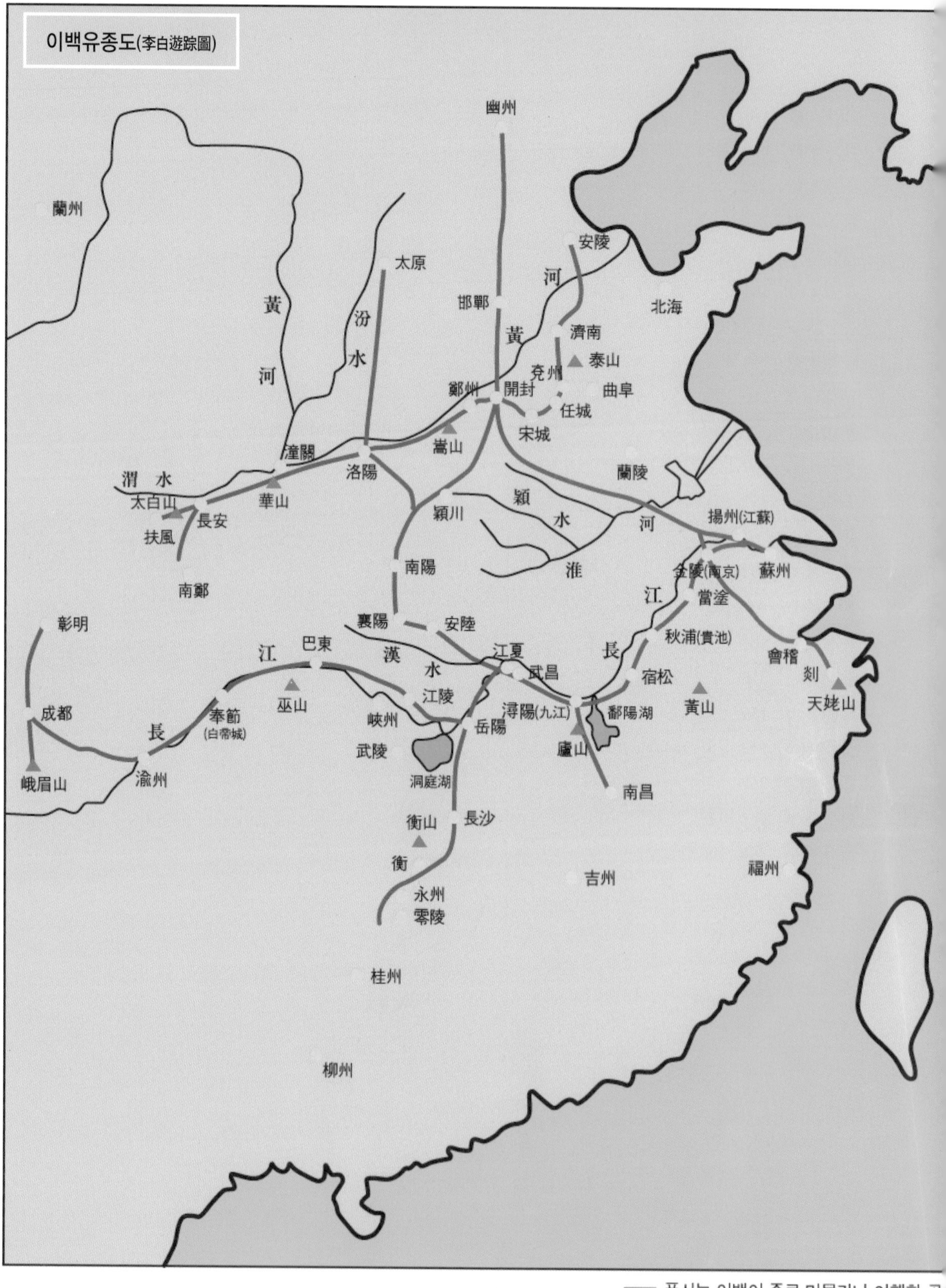

— 표시는 이백이 주로 머물거나 여행한 곳

진옥경

성신여자 사범대학교 한문교육과 졸업
서울대학교 대학원 졸업, 문학박사
충북대학교 중어중문학과 강사

역서 : 『이태백 악부시』
논문 : 「이백 고풍 59수의 복고적 특질」
「이백 악부시 연구」
「이백 의악부에 수용된 선행 작품들의 영향력에 관한 연구」 외 다수.

노경희

서울대학교 중어중문학과 졸업
서울대학교 대학원 졸업, 문학박사
충북대학교 중어중문학과 교수
한국중국어문학회 부회장

역서 : 『태양은 상건하에 비친다』, 『안씨가훈』
논문 : 「庾信의 小園賦와 전원풍의 시」
「庾信의 枯樹賦와 枯木의 이미지」
「陶淵明詩語研究」
「육조문학과 문학방탕론」
「南朝詩에서 경물묘사 양상의 변화」 외 다수.